सात पागल

सात पागल

रोबेर्तो आर्ल्ट

द अर्जेंटीन रिपब्लिका के उपासना और विदेश मंत्रालय के अनुवाद सहायता कार्यक्रम, ''सुर'', के सहयोग से प्रकाशित

Obra editada en el marco del Programa "Sur" de Apoyo a las Traducciones del Ministerio de Relaciones Exteriores, Comercio Internacional y Culto de la República Argentina

राजपाल

अनुवाद

प्रगति सक्सेना

द अर्जेंटीन रिपब्लिका के उपासना और विदेश मंत्रालय के अनुवाद सहायता कार्यक्रम, ''सुर'', के सहयोग से प्रकाशित

"Obra editada en el marco del Programa "Sur" de Apoyo a las Traducciones del Ministerio de Relaciones Exteriores, Comercio Internacional y Culto de la República Argentina"

स्थापित 1912
100 वर्षों की श्रेष्ठ प्रकाशन परम्परा
राजपाल

ISBN : 9789389373110

प्रथम संस्करण : 2019

SAAT PAGAL (Novel) by Roberto Arlt

(Hindi edition of *The Seven Madmen*)

राजपाल एण्ड सन्ज़

1590, मदरसा रोड, कश्मीरी गेट, दिल्ली–110006

फोन : 011–23869812, 23865483, 23867791

e-mail : sales@rajpalpublishing.com

www.rajpalpublishing.com

www.facebook.com/rajpalandsons

अध्याय
1

आश्चर्य

मैनेजर के कमरे के ओस से ढँके दरवाज़े को खोलते ही रेमो एर्दोसैन ने चाहा कि वह वापिस मुड़ जाये; उसे महसूस होने लगा कि वो एक हारा हुआ आदमी है, लेकिन तब तक बहुत देर हो चुकी थी।

उसका इंतज़ार करने वाले लोगों में डायरेक्टर था, एक छोटा गोल-मटोल आदमी, जिसका सर एक जंगली सूअर की तरह था, उसके सफ़ेद बाल इटली के उम्बर्तो प्रथम के अंदाज़ में छोटे-छोटे कटे हुए थे और ग्रे मछली-सी आँखों से छन कर आती हुई उसकी नज़र कठोर थी; गुआलडी छोटा, दुबला-पतला, मीठी ज़बान लेकिन चौकस और नाप-तौल कर देखने वाली नज़र रखता था; और असिस्टेंट मैनेजर, जो सूअर जैसे सिर वाले शख्स का बेटा था, तीस साल का आकर्षक नौजवान, सफ़ेद बालों का एक गुच्छा उसके माथे पर पड़ा था, वो नज़रिये से कुछ सनकी था, उसकी आवाज़ कर्कश थी और दिखने में वह अपने पिता जैसा ही कठोर नज़र आता था। डायरेक्टर किसी खाते का हिसाब-किताब देखने के लिए झुका हुआ था, उसका असिस्टेंट आरामकुर्सी के हत्थे पर टाँग लटकाये इत्मीनान से बैठा था, या गुआलडी जो बड़े आदर के साथ दूसरे डेस्क के आस-पास मंडरा रहा था—इनमें से किसी ने भी एर्दोसैन के अभिवादन का जवाब देने का कष्ट नहीं किया। सिर्फ़ असिस्टेंट मैनेजर ने अपना सर उठाया और कहा; ''हमें बताया गया है कि तुम एक ठग हो और तुमने हमारे 600 पेसोस मार लिए हैं।''

''और सात सेंट्स'' गुआलडी ने उन अकाउंट्स में से एक पर डायरेक्टर के दस्तखत पर ब्लॉटिंग पेपर रखते हुए कहा। और इसी वक्त मैनेजर ने अपनी सांड जैसी गर्दन से मानो बहुत यत्न करते हुए अपनी आँखें ऊपर उठायीं। अपने वेस्ट कोट के बटन होल्स में अपने अँगूठों को घुसाते हुए डायरेक्टर लगा जैसे बहुत बुद्धिमान हो, लेकिन जब उसने बगैर किसी स्पष्ट दुर्भावना के, एर्दोसैन के दुबले-पतले भावहीन चेहरे-मोहरे को देखा तो उसकी आँखें सिकुड़ गयीं।

"तुम इतनी खराब पोशाक क्यों पहने हो?" डायरेक्टर ने जानना चाहा।

"बतौर कलेक्टर मैं कुछ ख़ास नहीं कमाता।"

"और उस पैसे का क्या, जो तुमने हमसे चुराया?"

"मैंने कुछ नहीं चुराया। ये सब झूठ है।"

"तो तुम ऐसी स्थिति में हो कि हर चीज़ का हिसाब दे सको? क्या तुम हो ऐसी हालत में?"

"हाँ, अगर आप चाहें तो आज दोपहर तक सब हिसाब दे सकता हूँ।"

इस जवाब ने उसे थोड़ी राहत दी। उन तीनों ने एक-दूसरे को देखा। मानो कुछ पूछताछ कर रहे हों, फिर असिस्टेंट मैनेजर ने अपने कंधे उचकाए और अपने पिता की सहमति से बोला, "नहीं...तुम्हारे पास कल तीन बजे तक का वक्त है। अपनी सभी खाता-बही और रसीदें ले आना मिलान करने के लिए...अब तुम जा सकते हो।"

इस फ़ैसले ने एर्दोसैन को इतने अचरज में डाल दिया कि वो दीन-हीन सा खड़ा हुआ उन लोगों को घूरता रहा। हाँ, उन तीनों को। गुआलडी को, जो खुद को समाजवादी कहने का दम भरने के बावजूद उसका अपमान किया करता था; असिस्टेंट मैनेजर को जो उसकी फटी-पुरानी टाई को नफ़रत से देख रहा था; डायरेक्टर को जिसका सूअर जैसा कंटीले खड़े बालों वाला सर उसकी तरफ़ झुका हुआ था। उसकी सनकी, घटिया-सी नज़र, भूरी सिकुड़ी हुई आँखों के परदे से उसकी तरफ़ घूर रही थी।

लेकिन एर्दोसैन वहाँ से हिला नहीं...वह उनसे कुछ कहना चाहता था, क्या, वो नहीं जानता था।...शायद ऐसा कुछ जिससे वह उन लोगों को उस क्रूर दुर्भाग्य के बारे में बता सके जिसने उसके जीवन को इतना दयनीय बना दिया था; इसलिए वो बस वहाँ लाचार-सा खड़ा रहा, उसके सामने सेफ़ (तिजोरी) का काला क्यूब जैसा बटन था, हर गुज़रते क्षण में वह महसूस कर रहा था कि उसकी पीठ आगे और आगे झुकती जा रही है। हल्की घबराहट और बेचैनी से वह अपने काले हैट की किनारी को घुमा रहा था, और वह खुद और भी रहस्यमय और उदास-सा लगने लगा था। आखिरकार उसने स्फुट स्वर में कहा, "तो मैं जा सकता हूँ?"

"हाँ "...

"नहीं, मेरा मतलब है कि क्या मैं अपनी आज की मज़दूरी ले लूँ..."

''नहीं...अपनी रसीदें सुआरेज़ को सौंप दो और कल तीन बजे तक हर हालत में यहाँ ले आओ...हर चीज़।''

मुड़ते हुए बगैर कुछ बोले, वह वहाँ से चल दिया।

वह चिले से होता हुआ पासेओ कोलोन की तरफ़ चल पड़ा। वह खुद को अदृश्य दबावों से घिरा हुआ महसूस कर रहा था। सड़क ज्यों ही ढलान पर आयी सूरज की रौशनी से गली के घृणित अंदरूनी हिस्से उजागर हो उठे। विरोधाभासी विचारों का इतना जमावड़ा उसके दिमाग में दौड़ रहा था कि उन्हें सुलझाने में उसे घंटों की मेहनत लग जाती। बाद में उसे एहसास हुआ कि एक क्षण भी उसके दिमाग में ये बात नहीं आई कि उसे कौन धोखा दे सकता था!

मन की स्थितियाँ

वह जानता था कि वह एक चोर है लेकिन उसे किस तरह का लेबल दिया गया है, इसमें उसकी कोई दिलचस्पी नहीं थी। इसके अलावा 'चोर' शब्द में वह जीवंतता ज़रा भी नहीं थी जो वह अपने भीतर महसूस करता था। वहाँ वह एक अलग भाव के प्रति सजग था—एक प्रकार की गोलाकार चुप्पी जो उसके सिर को स्टील के एक डंडे से चीर देती थी, जो उसे अपनी तकलीफ़देह निराशा के अलावा हर चीज़ के प्रति बहरा बना देती थी।

चुप्पी के इस घेरे और अँधेरे ने एर्दोसैन के विचारों के प्रवाह को नष्ट कर दिया। उसकी तर्कशक्ति लड़खड़ाने लगी और इस वजह से वही जगह जिसे वो अपना घर कहता था और वह संस्था जिसका नाम जेल था—इन दोनों के बीच एक कड़ी ढूँढना असंभव हो गया।

वह बेतार की भाषा में सोच रहा था, जिसमें सम्बन्धसूचक शब्द हटा दिए जाते हैं। इससे उसके स्नायु कुछ और उलझ गए थे। उसने अंतहीन रिक्त से घंटे जीए थे जब वह कोई भी अपराध कर सकता था, उसके लिए कोई भी ज़िम्मेदारी महसूस किये बगैर। तार्किक तौर पर देखा जाए तो, कोई भी न्यायाधीश ये नहीं समझ सकता था कि क्या माजरा है। लेकिन एर्दोसैन तो पहले से ही एक खोखला आदमी था, एक खोल जो महज़ आदतन जी रहा था।

अगर वो चीनी कम्पनी में काम करता रहता तो इसलिए नहीं कि उसे वहाँ से कुछ और पैसा चुराना था, बल्कि इसलिए कि वह किसी असाधारण घटना के घटित होने की उम्मीद कर रहा था, कोई ऐसी विलक्षण असाधारण घटना जो उसके जीवन को एक अनपेक्षित मोड़ दे सके ताकि वह उस त्रासदी से बच सके जिसके मुहाने पर वह खड़ा था।

सपनों और बेचैनी के इस मूड को, जिसके असर में वो ऐसे जीता रहता था मानो नींद में चल रहा हो, एर्दोसैन ने नाम दिया था 'दर्द का दायरा'।

उसकी कल्पना में दर्द का ये घेरा शहरों के ऊपर हवा में करीब दो मीटर की ऊँचाई पर तैरता रहता। एक चित्र के तौर पर वह इस क्षेत्र को नमक के मैदानों या रेगिस्तानों की तरह देखता, जिन्हें नक्शों में हिलसा के अंडों जैसे सघन छोटे-छोटे बिन्दुओं से दिखाया जाता है।

दर्द का ये दायरा मनुष्य के कष्टों से उपजा था। ज़हरीली गैस के बादलों की तरह यह एक जगह से दूसरी जगह तक फिसलता हुआ, दीवारों के बीच से रिसता हुआ, इमारतों में से सीधे गुज़रता था, अपने क्षैतिज आकार को खोये बगैर; एक दो आयामी पीड़ा जो उन गलों में आँसुओं का ज़ायका छोड़ जाती जिन्हें ये गिलोटिन की तरह काटती थी।

एर्दोसैन यही व्याख्या कर पाया था जब उसने पहली बार हताशा की उबकाई महसूस की थी।

"मैं क्या कर रहा हूँ अपनी ज़िन्दगी में," वो खुद से पूछता। इस सवाल के ज़रिये उस बेचैनी के मूल को पहचानने की कोशिश करता जिसके कारण उसमें एक ऐसी ज़िन्दगी के लिए एक तीव्र इच्छा उठी थी जब अगला दिन समय के लिहाज़ से महज़ आज के दिन का दोहराव ही नहीं होगा, बल्कि बिलकुल अलग होगा, कुछ बिलकुल अप्रत्याशित, उत्तरी अमेरिका की फ़िल्मों के कथानक की तरह, जिसमें कल का आवारा अचानक आज के समय में एक गुप्त सोसाइटी का बॉस बन जाता और मर्दों से पैसा झटकने वाली सेक्रेटरी अचानक इस भेस में कोई करोड़पति स्त्री निकलती।

इसके बाद की दयनीय अनिश्चितता में, किसी चमत्कार की तीव्र इच्छा, जिसे वह संभवत: पूरा नहीं कर सकता था—क्योंकि वह सिर्फ़ एक असफल आविष्कारक और जेल की दहलीज़ पर खड़े एक अपराधी से ज़्यादा कुछ नहीं था, एर्दोसैन के मुँह में निराशा और क्षोभ का कड़वा स्वाद छोड़ जाती, जिससे उसके दाँत किटकिटाने लगते मानो उसने नींबू चूस लिया हो।

जब वो इस मूड में होता तो उसे बेतहाशा निरर्थक सपने आते। उसने यहाँ तक कल्पना की कि अमीर लोगों ने गरीबों और दुखी लोगों की आहों-कराहों से उकता कर बड़े-बड़े पिंजरे बनवा लिए हैं, जिन्हें घोड़ों का एक समूह खींच रहा है। जेलर, जिन्हें उनकी शारीरिक ताकत के कारण चुना गया है, कुत्ते पकड़ने वाले, डंडों से गरीबों को खदेड़ रहे हैं, और एर्दोसैन एक दृश्य तो साफ़-साफ़ देख सकता था, जिसमें मैले-कुचैले कपड़े पहने एक लम्बी-सी औरत ऐसे ही एक पिंजरे के पीछे भाग रही है जिसमें से उसका काना बेटा चीख-चीख कर उसे पुकार रहा है, और तब एक 'कुत्ता पकड़ने वाला' उसकी चीख-चिल्लाहट से तंग आकर अपने डंडे के हैंडल से उसे इतना मारता है कि वो बेहोश हो जाती है।"

जैसे ही ये भयावह दृश्य धुंधला पड़ा, एर्दोसैन ने त्रस्त महसूस करते हुए खुद से कहा, "लेकिन मेरी आत्मा, किस तरह की है मेरी आत्मा?" और चूँकि उसका मन उसी मनोवेग से चल रहा था जिसने ये भयावह नज़ारा पैदा किया था, उसने आगे जोड़ा, "मुझे तो एक सेवा-चाकरी करने वाले नौकर के तौर पर पैदा होना चाहिए था, उन नीच इत्र लगाए हुए नौकरों में से एक जिनका इस्तेमाल अमीर वेश्याएँ अपनी चोली कसवाने के लिए करती हैं, जबकि उनका प्रेमी सोफ़े पर पसरा हुआ सिगरेट पीता रहता है।"

उसके विचार एक बार फिर उड़ान भरने लगे, इस बार एक भव्य हवेली के तलघर में बनी रसोई की तरफ़ मेज़ के चारों तरफ़ दो नौकरानियाँ, एक ड्राईवर, और गेटिस व इत्र बेचने वाला एक पूर्व का व्यापारी। इस मौके पर, एर्दोसैन खुद एक छोटी काली जैकेट पहने हुए था जो इतनी लम्बी भी नहीं थी कि उसके नितम्बों तक पहुँच सके और एक सफ़ेद टाई भी। अचानक उसके 'मालिक' ने उसे बुलाया, मालिक का चेहरा बिलकुल ऐसा था जैसे आईने में खुद उसका चेहरा, सिवाय इसके कि उसकी मूँछ थी और वो चश्मा पहनता था। एर्दोसैन को कोई अंदाज़ा नहीं था कि मालिक उससे क्या चाहता था, लेकिन उसके कमरे से जाते वक्त मालिक ने जिस अजीबोगरीब भाव से उसे देखा, वह उसे कभी नहीं भुला पायेगा। फिर वो रसोई में वापस चला गया, ताकि उस शोफ़र के सामने गंदे और भद्दे किस्से-कहानियाँ झाड़ सके जो बता रहा था कि किस तरह उसने एक हाई सोसाइटी की महिला की कमसिन लड़की को अपने साथ सोने के लिए फुसलाया था। इस कहानी से नौकरानियाँ बहुत कौतुक से भरी थीं और वो लौंडेबाज़ अरब बिलकुल चुप था।

एर्दोसैन ने फिर खुद से कहा, "हाँ, मैं एक चापलूस चाकर ही हूँ। मेरे भीतर की आत्मा वाकई एक चाकर की है," इस तरह अपना अपमान करते हुए, खुद को नीचा दिखाते हुए उसने संतोष में अपने दाँत भींच लिए।

और दूसरे मौकों पर वो खुद को एक बूढ़ी और सच्ची कुंवारी स्त्री के बेडरूम से उसके पेशाब से भरे एक भारी पॉट को खुशामद करने के अंदाज़ से ले जाते देखता। अचानक उसे एक पादरी मिल जाता है—जो उस घर में नियमित तौर पर आता है—और वो उससे सुखपूर्वक मुस्कुराते हुए पूछता है, "और तुम्हारे धार्मिक काम-काज कैसे चल रहे हैं, एर्नेस्तो?" और वो, एर्नेस्तो, अम्ब्रोसियो या होसे एक अश्लील और पाखंडी नौकर का घटिया जीवन जी रहा होता है।

जब भी वह इस तरह सोचता, पागलपन का एक आवेग उसके भीतर दौड़ जाता।

एर्दोसैन बहुत अच्छी तरह से जानता था कि वह अपनी आत्मा को स्वेच्छा से नाराज़ कर रहा है और उसके विरुद्ध पाप कर रहा है। इस तरह जानबूझकर कीचड़ में धंसते हुए वह एक ख़ास तरह के आतंक से पीड़ित हो जाता जैसे कोई रसातल में गिरने का सपना देखते हुए महसूस करता है, ये जानते हुए कि वह मरेगा नहीं।

कभी-कभी वह खुद का अपमान करने के लिए मजबूर महसूस करता, जैसा कि कुछ संत लोग प्लेग से पीड़ित लोगों के घावों को चूमने के लिये महसूस करते हैं; किसी करुणा या सहानुभूति की वजह से नहीं बल्कि इसलिए ताकि वे ईश्वर की कृपा के अधिक योग्य हो जाएँ, जबकि खुद ईश्वर को इस तरीके से नफ़रत महसूस होती है, जिसके ज़रिये वे अपनी आस्था को इन घिनौने इम्तहानों से आज़माते हैं, स्वर्ग को पाने के लिए।

लेकिन जब ये कल्पनाएँ गायब हो जातीं और उसके दिमाग में सिर्फ़ एक ही, 'जीवन

का अर्थ जानने की इच्छा' रह जाती, तब वो खुद से कहता, "नहीं, मैं एक चापलूस किस्म का नौकर नहीं हूँ...वाकई नहीं हूँ..." और फिर उसके मन में एक ही इच्छा रह जाती कि वह जाए और अपनी बीवी से विनती करे कि इतने भयावह और घिनौने विचारों के लिए उस पर दया करे। लेकिन उसे ये याद आ जाता कि कितनी बार उसे अपनी बीवी की खातिर खुद को कुर्बान करना पड़ा और इससे वह एक ज़बरदस्त और विवेकशून्य गुस्से से भर जाता और जल्द ही खुद को, उसे जान से मार देने की इच्छा से भरा पाता।

उसे पक्का यकीन था कि एक दिन वह खुद को किसी दूसरे मर्द को समर्पित कर देगी और यह एक और तत्व था, जिसे वह अपने अन्य दुखों में शामिल कर सकता था।

जब उसने पहली बार बीस पेसोस चुराए थे तो एर्दोसैन इस बात पर हैरान हो गया था कि कितनी आसानी से 'ये' किया जा सकता था—शायद ऐसा इसलिए हुआ कि चोरी करने से पहले उसने सोचा था कि उसे बहुत से संदेहों को ख़त्म करना होगा जिनके लिए जिन हालात में वो था, उनमें जगह बनाना संभव नहीं था। इसलिए उसने अपने आप से कहा, "ये महज़ इच्छाशक्ति रखने और करने का ही सवाल है।"

और इसमें कोई शक नहीं था कि 'इससे' उसका काम आसान हो गया; 'इसी' बात की बदौलत ही उसके पास पैसा था, इससे उसे बहुत अजीब महसूस होने लगा, क्योंकि उस पैसे को पाने के लिए उसे कोई प्रयास नहीं करना पड़ा था। और एर्दोसैन को जो बात सबसे ज़्यादा परेशान कर रही थी, वो चोरी करना नहीं था बल्कि ये ख़याल था कि उसका चोर होना उसके चेहरे पर ज़ाहिर हो सकता है। वह चोरी करने को बाध्य हुआ था क्योंकि वह हर महीने बहुत ही कम रकम कमाता था। सिर्फ़ अस्सी, सौ, एक सौ बीस पेसोस, जितना वह इकट्ठा कर पाता उस रकम के मुताबिक क्योंकि उसकी तनख्वाह में उसके लाये गए हर सेंट पर कमीशन शामिल था।

कुछ दिन तो ऐसे होते कि उसके पास चार या पाँच हज़ार पेसोस होते, जबकि उसे भूखा रहना पड़ता, और नकली चमड़े के बैग की गंध झेलनी पड़ती जिसके अन्दर बैंक नोट्स, चेक्स, मनी ट्रान्सफ़र, पेमेंट ऑर्डर के रूप में ख़ुशी पड़ी होती।

बहुत लम्बे अरसे तक, हालाँकि परेशानियाँ और दिक्कतें उसके मकान और घर को दीमक की तरह खा रही थीं, लेकिन इसके बावजूद कम्पनी से पैसे कमाने का ख़याल तक उसे नहीं आया था।

उसकी पत्नी हर रोज़ कंजूसी करने और पैसे बचाने के लिए मजबूर होने पर उसे भला-बुरा कहती; वह अपनी निंदा और तिरस्कार को चुपचाप सुनता रहता लेकिन जब वह अकेला होता तो खुद से कहता, "आखिर वो मुझसे क्या करवाना चाहती है?"

जब उसे ये विचार आया, तब इस विचार की चमक उसके भीतर कौंधी कि वह अपने बॉसेस को धोखा दे सकता है, तो उसे इतनी ख़ुशी हुई मानो उसने कोई नया

आविष्कार कर लिया हो। चोरी? उसने पहले कभी इस बारे में क्यों नहीं सोचा?

एर्दोसैन को खुद अपनी कमज़ोरी पर निराशा हुई। यहाँ तक कि अपने भीतर पहल करने की कमी को लेकर उसने अपनी आलोचना भी की—उस वक्त (यह उन घटनाओं से करीब तीन महीने पहले की बात है, जिनका बयान यहाँ किया गया है।) उसे अपना गुज़ारा अधिकांश चीज़ों के बगैर करना पड़ रहा था, जबकि हर रोज़ उसके हाथों से बड़ी-बड़ी रकम गुज़रती थी।

और जिस बात ने उसके धोखे और कपट भरे बर्ताव को बढ़ावा दिया, वह थी शुगर कम्पनी की लापरवाही।

गली में आतंक

इसमें कोई शक नहीं कि एर्दोसैन का जीवन अजीब था, क्योंकि कभी-कभी अचानक एक उम्मीद उसे उस गली में जाने को प्रेरित कर देती थी।

वह एक बस पकड़ता और पलेर्मो या बेल्ग्रानो पर उतर जाता। अपने विचारों में खोया हुआ जब वह दोनों तरफ़ लगे पेड़ों वाली उस सड़क पर घूमता तो अपने आप से कहता, ''एक युवती मुझे देखेगी, एक लम्बी, सुंदर और भावुक युवती अपनी रोल्स रोयस कार में यूँ ही घूमती हुई। वह उदास सी यूँ ही ड्राइव कर रही होगी। अचानक वो मुझे देखेगी और उसे एहसास होगा कि मैं ही उसके जीवन का प्यार हूँ और उसके चेहरे पर वो भाव—उस पल तक, जो मानो बदकिस्मतों का तिरस्कार करता हुआ होगा—मुझ पर ठहर जायेगा—और उसकी आँखें आँसुओं से भर जाएँगी।''

इस तरह ऊँचे मकानों और हरे मैदानी पेड़ों की फुटपाथ के सफ़ेद पत्थरों पर पड़ती त्रिकोणीय छाया में धीरे-धीरे चलते हुए एर्दोसैन की मूर्खतापूर्ण कल्पना उसके ज़ेहन में चलती रहती, 'वो एक करोड़पति होगी लेकिन मैं उससे कहूँगा, ''मुझे खेद है लेकिन मैं तुम्हें छू भी नहीं सकता। अगर तुम खुद को मुझे देना भी चाहो, तो भी मैं तुम्हें स्वीकार नहीं करूँगा।'' वो मेरी तरफ़ हैरानी से देखेगी और मैं उसे बताऊँगा; ''कोई फ़ायदा नहीं, देखो, कोई फ़ायदा नहीं क्योंकि मैं शादीशुदा हूँ।'' लेकिन वो एलसा को ढेर सारी दौलत दे देगी और फिर हम शादी कर लेंगे और उसकी शानदार नौका में ब्राज़ील की तरफ़ निकल जायेंगे।'

'ब्राज़ील' शब्द उसके कच्चे और सरल से सपने को एक अनोखी सम्पन्नता का एहसास देता जो ऊष्म और खुरदुरा-सा था और उसकी कल्पना में एक गुलाबी और सफ़ेद समुद्री तटरेखा बना देता, जिसमें उस गरम और नीले सागर में गहरे तक जाने वाली चट्टानें और पहाड़ियाँ होतीं। जल्द ही उस नवयुवती का दुखद भाव ख़त्म हो जाता—एक साधारण स्कूली लड़की की सफ़ेद रेशमी पोशाक में अब वो एक खुश और मुस्कुराती हुई जीव थी, भयभीत लेकिन फिर भी साहसी।

और एर्दोसैन सोचता, 'हम कभी सेक्स नहीं करेंगे। अपने प्यार को बनाये रखने के लिए हम अपनी इच्छाओं पर काबू रखेंगे; मैं तो उसके होंठों को चूमूँगा भी नहीं, सिर्फ़ हाथों को चूमूँगा।'

और वह उस ख़ुशी की कल्पना करने लगता जो उसके जीवन को शुद्ध और पवित्र कर देगी, अगर कोई इस तरह की असंभव-सी बात हो जाती है तो। फिर भी वो जानता था कि पृथ्वी को घूमने से रोकना आसान था बनिस्पत इस अनहोनी घटना के। सो, अचानक एक नाराज़गी भरे गर्व से वो खुद से कहता, "ठीक है, फिर, मैं वेश्याओं का एक दलाल बन जाऊँगा।" इस ख़याल से उसका दिमाग इतना आतंकित हो उठता जितना किसी और वजह से नहीं हो सकता था। उसे ऐसा लगता मानो उसकी आत्मा के रोम-रोम से खून रिस रहा हो—मानो उसे एक ड्रिल मशीन से तोड़ा जा रहा हो। इस तरह पीड़ा से उसकी तर्कशक्ति के सुन्न और भौचक्का हो जाने के बाद वो किसी वेश्यालय की तलाश में निकल पड़ता। और तब उसे बिलकुल रिक्त शून्यता की भयावहता का एहसास होता, आँखों को चौंधिया देने वाली भयावहता जैसी नमक के मैदान की वक्राकार सतह पर धूप की किरणों के टकराने से पैदा होती है।

फिर वह उस तरह के मनोवेग के वश में हो जाता जो उन लोगों पर हावी हो जाता है जो जीवन में पहली बार ये महसूस करते हैं कि वे जेल जाने वाले हैं। वो अँधा मनोवेग जो उन बदकिस्मत और दयनीय लोगों को एक ताश के पत्ते या एक औरत पर सब कुछ दांव पर लगाने को प्रेरित कर जाता है, वो नीच और दुखी लोग जो शायद अपने अस्तित्व की कोई उदास या चौंका देने वाली वजह ढूँढते रहते हैं, इन सभी घिनौने अधम और खराब कामों में उस पवित्रता की पुष्टि की उम्मीद लिए जो उन्हें सदा के लिए इस दुखद और नीच ज़िन्दगी से बचा ले, उबार ले।

इसलिए तपती दोपहरी के दौरान एर्दोसैन चमकती हुई धूप में आग उगलते फुटपाथों पर सबसे घिनौने वेश्यालय की तलाश में घूमता।

उसे वो वेश्यालय पसंद थे जिनके बाहरी बरामदे संतरे के छिलकों और राख के निशानों से भरे हों, जिनकी खिड़कियाँ लाल या हरे कपड़े से ढँकी हों और जिन पर तारों की जाली लगी हो।

अपनी आत्मा में मौत का-सा एहसास लिए वो अन्दर गया। अक्सर वहाँ आँगन में एक फीके भूरे रंग की बैंच पड़ी होती जिसके ऊपर चौकोर आसमान। वह थकान से चूर उस पर ढेर हो जाता और 'मैडम' की भावहीन बर्फ़ीली-सी नज़र को झेलता रहता, जब तक कि या तो कोई बहुत मोटी या बहुत ही दुबली लड़की उसके लिए बाहर नहीं आती।

फिर एक बेडरूम के अधखुले दरवाज़े से, जहाँ से किसी दूसरे आदमी के कपड़े पहनने की आवाज़ आ रही होती, एक वेश्या उससे चिल्ला कर कहती, "क्या तुम आ रहे हो, स्वीटहार्ट?" और एर्दोसैन दूसरे कमरे में चला जाता, उसके कानों में सनसनाहट-सी होती और आँखों के सामने मानो कोहरा छा जाता।

फिर वह जिगर के रंग वाले लाल-भूरे बिस्तर पर लेट जाता, जिस पर बिछी चादर

पर एक के बाद एक आये मर्दों के जूतों के निशान होते।

अचानक उसका मन करता कि वो फूट-फूट कर रोये, और उस घिनौनी रंडी से पूछे कि प्यार क्या है, वो दिव्य प्रेम जिसके गीत जीवित भगवान के सिंहासन के नीचे देवताओं के समूह गाते हैं—लेकिन वो ऐसा नहीं कर पाता, क्योंकि दु:ख और पीड़ा से उसका गला जकड़ जाता और अचानक एक नफ़रत उसके पेट को एक मुट्ठी की तरह मरोड़ देती।

और जब उसके कपड़ों के नीचे उस रंडी के हाथों की हरकत रुकती तो एर्दोसैन एक बार फिर सोचने लगता, 'मैंने अपने जीवन में किया क्या है?'

सूरज की एक किरण मकड़ी के जालों से भरी शहतीर से तिरछी आ रही थी, और वो वेश्या अपनी एक टाँग उसकी टाँग पर रखे तकिये के दूसरी तरफ़ लेटी हुई अपने हाथ धीरे-धीरे चलाती और वह उदासी से सोचता, 'मैंने अपने जीवन का क्या कर डाला?'

अचानक एक अपराधबोध उसकी आत्मा को छू जाता; उसे याद आ रहा था कि कैसे पैसे की कमी के कारण उसकी बीमार पत्नी को अपने कपड़े खुद धोने के लिए मजबूर होना पड़ा था, सो, आत्म घृणा के इस ज्वार में वह बिस्तर से कूद कर उठा, वेश्या को पैसे दिए, और उसे बगैर छुए अगले नरक की तरफ़ चल पड़ा। वो पैसे खर्च करने के लिए जो उसके नहीं थे, उस पागलपन में और गहरे डूब जाने के लिए जो उसके चारों ओर बिना रुके लगातार गूँज रहा था।

एक अजनबी

सुबह दस बजे 'पेरू एंड एवेनिदा डी मेयो' के करीब नुक्कड़ पर था। वह जानता था कि उसकी दुविधा से निकलने का कोई रास्ता नहीं था सिवाय जेल जाने के, क्योंकि बार्सुत उसे पैसे उधार नहीं देगा। अचानक उसे एक आघात-सा लगा।

कैफ़े की मेज़ पर एर्गुएता, फ़ार्मेसिस्ट बैठा था।

उसका हैट कानों तक खिंचा हुआ था। उसके अँगूठे उसकी बड़ी-सी तोंद पर टिके थे और उसके पीले ऊँघते हुए से चेहरे पर चिड़चिड़ाहट का भाव था।

उसकी कुछ उभरी हुई आँखों की चमक, चपटी और हुकदार नाक, फूले हुए गाल इन सभी को मिला कर लगता था कि वो जन्मजात मूर्ख है।

एर्गुएता का विशाल शरीर दालचीनी के रंग वाले सूट में मानो भरा हुआ था और बार-बार वो अपना चेहरा झुकाकर अपने दाँतों को अपने बेंत की मूठ पर टिका देता।

एर्गुएता के ये सनकी से हाव-भाव और उसकी ऊब से पैदा हुआ एक घिनौना-सा भाव उसकी शख्सियत को ऐसा रूप देता था मानो वो गुलामों का सौदागर हो। संयोगवश, उस फ़ार्मेसिस्ट की नज़रें एर्दोसैन से मिलीं जब वो उसकी तरफ़ आया और फ़ार्मेसिस्ट का चेहरा एक बचकानी मुस्कान से खिल उठा तो एर्दोसैन ने सोचा, 'इस मुस्कान पर कितनी औरतें इस पर न्यौछावर हो चुकी हैं!'

एर्दोसैन खुद को न रोक सका और उससे पूछ बैठा, "तो क्या तुमने हिपोलिता से शादी कर ली...?"

"हाँ, लेकिन तुम सोच भी नहीं सकते कि इससे घर में कितना बड़ा हंगामा खड़ा हुआ..."

"क्या?...क्या उन्हें पता चल गया कि वो एक रंडी थी?"

"नहीं...बाद में खुद उसने उन्हें यह बता दिया। क्या तुम जानते हो कि वेश्या होने से पहले हिपोलिता एक घर में नौकरानी के तौर पर काम करती थी?"

''तो ?''

''हमारी शादी के तुरंत बाद ही मेरी माँ, हिपोलिता, मेरी बहन और मैं हमारे पहचान वाले के घर गये। तुम सोच भी नहीं सकते कि उनकी हिपोलिता के साथ की कितनी अच्छी यादें थीं! दस साल के बाद भी वो हिपोलिता को पहचान गये कि उसने उनके यहाँ काम किया था। इस पर तो यकीन ही नहीं किया जा सकता! मैं और हिपोलिता एक रास्ते से आये और मेरी माँ और हुआना दूसरे रास्ते से। उन्हें बताने के लिए अपनी शादी की पूरी कहानी जो मैंने सोची थी, बर्बाद हो गयी।''

''उसने ये क्यों मान लिया कि वो एक वेश्या रही है ?''

''ऐसा एक पल के गुस्से में हो गया। लेकिन उसने ठीक ही किया, नहीं ? क्या वो मुझे झेल नहीं रही थी—मैं, जिसने सिरदर्दी के अलावा उसे कुछ नहीं दिया ?''

''इसके अलावा, और सब कैसा चल रहा है ?''

''बढ़िया।...फ़ार्मेसी से मुझे हर रोज़ के साठ पेसोस मिल जाते हैं। पिको में ऐसा कोई भी नहीं जो *बाइबिल* को उतनी अच्छी तरह जानता हो जैसे कि मैं। मैंने पादरी को चुनौती दी कि मुझसे आकर इस पर बहस करे, लेकिन वो तैयार नहीं हुआ।''

''क्या तुम अब भी जुआ खेलते हो ?''

''हाँ, और भला हो मेरे ज़बरदस्त भोलेपन का, जीसस ने मेरे लिए रूलेट (जुए का खेल) का रहस्य खोल दिया है।''

''क्या मतलब ?''

''तुम सोच भी नहीं सकते...यह एक बहुत बड़ा रहस्य है।...मैं दो बार मोंटेविडियो जा चुका हूँ और बहुत पैसे जीत चुका हूँ, लेकिन आज रात मैं हिपोलिता को साथ ले जा रहा हूँ, और हम ज़बरदस्त पैसा जीतेंगे।''

एकाएक फ़ार्मेसिस्ट ने एक पेचीदा तरीके से समझाना शुरू कर दिया, ''सुनो, मान लो कि तुम बारह बॉल्स वाली हर पंक्ति की पहली तीन बॉल्स पर कुछ रकम लगाते हो। अगर इन तीनों ग्रुप्स में से कोई भी नहीं आता, तो एक तरह से ये हैरान कर देने वाला असंतुलन है। तो तुम हर उन बारह बॉल्स वाली पंक्ति जो नहीं आयी, उस पर एक पॉइंट जीत जाओगे। अगली तीन बॉल्स के लिए तुम्हारी पहली बारह बॉल्स वैसे ही रहती हैं। ज़ाहिर है, ज़ीरो की गिनती नहीं होती और तुम इन ग्रुप्स को तीन बॉल्स की कड़ियों में खेलते हो। फिर तुम उन दर्जन भर बॉल्स पर एक और पॉइंट जीत जाते हो, जिन पर कोई क्रॉस नहीं लगा हुआ, तुम उस ग्रुप में से एक या दो पॉइंट निकाल देते हो जो तीन बार आ चुका है, और इस आधार पर तुम कम या ज़्यादा संभावनाओं का हिसाब लगा सकते

हो, सो, जो बाकी दर्जन भर या दर्जनों के समूह बचे हैं उन पर तुम अपना सारा पैसा लगा सकते हो।''

एर्दोसैन को इसका एक शब्द भी समझ नहीं आया था। जैसे-जैसे उसकी उम्मीद बढ़ी, उसने हँसने की अपनी इच्छा को दबा लिया—इसमें कोई शक नहीं था, एर्गुएता पूरी तरह पागल था। इसलिए उसने जवाब दिया, ''जीसस ऐसे रहस्यों को सिर्फ़ उन्हीं पर खोलते हैं जो पवित्र आत्माएँ होती हैं।''

''और पवित्र मूर्खों पर भी,'' एर्गुएता ने एक चिढ़ाने वाली मुस्कराहट से और बायीं आँख को दबाते हुए कहा। ''जब से मैं इन रहस्यों के चक्कर में पड़ा हूँ, मैंने बहुत बड़ी गलतियाँ की हैं...जैसे मिसाल के तौर पर उस घटिया रंडी से शादी।...''

''लेकिन क्या तुम उसके साथ खुश नहीं हो?''

''जब हर शख्स तुम्हें नीचा दिखाने की कोशिश कर रहा हो और ये फैलाने की कोशिश कर रहा हो कि तुम पागल हो तो किसी की भलमनसाहत पर यकीन करना।...''

एर्दोसैन ने बेसब्री से अपनी भौंहें चढ़ाईं और कहा, ''तुम उनसे ऐसा न करने की उम्मीद भी कैसे कर सकते हो? खुद तुमने ही तो कहा था कि तुम एक महान पापी थे। फिर अचानक तुम धार्मिक हो जाते हो, एक वेश्या से शादी कर लेते हो, क्योंकि *बाइबिल* में ऐसा कहा गया है। तुम लोगों से फ़ोर्थ सील और पेल हॉर्समैन की बातें करते हो...यकीनन, लोग तुम्हें पागल समझेंगे, क्योंकि तुम्हें इसका ज़रा-सा भी अंदाज़ा नहीं कि तुम किस बारे में बात कर रहे हो। क्या वो मुझे पागल नहीं बुलाया करते थे क्योंकि मैं कहा करता था कि कुत्तों के लिए एक सैलून होना चाहिए और ये कि कमीज़ों के कफ़्स धातु के होने चाहिए? लेकिन मुझे नहीं लगता कि तुम पागल हो। वाकई नहीं। जो तुम्हारे पास है वो है जीवन्तता की अधिकता, दानशीलता और अपने पड़ोसियों के लिए प्यार। लेकिन मैं ये ज़रूर कहूँगा कि जीसस ने तुम पर रूलेट के रहस्य खोले, ये आइडिया ज़रा कुछ ज़्यादा हो गया...''

''दोनों बार मैंने 5000 पेसोस जीते थे...''

''हो सकता है। लेकिन तुम्हें जो बचा लेता है वो रूलेट का रहस्य नहीं बल्कि ये असलियत कि तुम अन्दर से बहुत अच्छे हो। तुम में भला और अच्छा करने की कुव्वत है, तुम उस आदमी पर दया कर सकते हो, जो जेल जाने की कगार पर खड़ा हो।''

''हाँ, ये तुमने ठीक कहा,'' एर्गुएता बीच में बोल पड़ा। ''हमारे कस्बे में एक और फ़ार्मेसिस्ट है, एक बूढ़ा कंजूस। उसके बेटे ने उसके 5000 पेसोस चुरा लिए...और फिर मेरे पास आया सलाह लेने। जानते हो मैंने क्या कहा? मैंने उससे कहा कि अगर उसके बाप ने इस चोरी की पुलिस में रिपोर्ट की तो उसे धमका देना कि कोकेन का धंधा करने के लिए उसे जेल हो सकती है।''

''देखा, मैं तुम्हें कितना समझता हूँ? तुम उस बूढ़े आदमी की आत्मा को बचाना चाहते थे, उसके बेटे से एक पाप करवा कर, एक ऐसा पाप जिसके लिए वह अपनी सारी ज़िन्दगी पछताता रहता। ठीक कहा ना?''

''हाँ। *बाइबिल* में लिखा है—और पिता, पुत्र के खिलाफ़ उठेगा, और पुत्र, पिता के खिलाफ़...''

''देखा? मैं तुम्हें समझता हूँ। मैं नहीं जानता कि तुम्हारी क्या नियति होगी।...मनुष्य की किस्मत हमेशा अनिश्चित ही होती है। लेकिन मुझे लगता है कि तुम्हारे सामने एक शानदार रास्ता है। एक अजीब रास्ता।''

''मैं इस दुनिया का राजा बनूँगा। क्या तुम इसे देख सकते हो? मैं हर रूलेट टेबल पर जितना पैसा मैं चाहता हूँ, जीत लूँगा। मैं फिलिस्तीन जाऊँगा, येरुशलम जाऊँगा और सोलोमन के महान मन्दिर को फिर से बनवाऊँगा...''

''और तुम बहुत से लोगों को हताशा और निराशा से बचाओगे। उनमें से कितने तो अपने बॉस के पैसे चुराने को मजबूर हुए होंगे, उन्होंने वो पैसे ले लिए होंगे जिनकी हिफ़ाज़त करना उनकी ज़िम्मेदारी थी! क्या तुम उनकी पीड़ा, उनके दर्द का अंदाज़ा लगा सकते हो? एक दुखी और परेशां बन्दे को पता नहीं होता कि वो क्या कर रहा है।...एक दिन वो एक पेसो चुराता है, अगले दिन पाँच, उससे अगले दिन बीस...और जब तक उसे ये एहसास होता है, उसके ऊपर सैकड़ों पेसोस चढ़ जाते हैं। सो, वह सोचता है।...'ये तो कुछ ज़्यादा नहीं, और अचानक वो पाता है कि 500, नहीं 600 पेसोस और सात सेंट्स गायब हैं। क्या तुम सोच सकते हो? ऐसे ही लोग हैं जिनको तुम्हें बचाना होगा।...दुखी-परेशान, ठग, धोखेबाज़।''

फ़ार्मेसिस्ट ने एक पल के लिए सोचा। उसके फूले हुए चेहरे पर एक गंभीर भाव तैर गया; फिर वो बोला, ''तुम ठीक कह रहे हो...ये दुनिया इस तरह के नीच, बेचारे और कमीने लोगों से भरी पड़ी है।...लेकिन इसमें क्या किया जा सकता है? ये बात मुझे परेशान करती है। हम इन पवित्र सच्चाइयों को इन अविश्वासी और आस्थाहीन लोगों के सामने एक नए तरीके से कैसे पेश कर सकते हैं?''

''लोगों को जिस चीज़ की ज़रूरत है वो पैसा है, पवित्र सच्चाइयाँ नहीं।''

''नहीं, पवित्र ग्रंथों का अपमान करने का यही नतीजा मिलता है। एक बंदा जिसके भीतर पवित्र सच्चाइयाँ रहती हैं, वो कभी अपने बॉस का पैसा नहीं चुराएगा, उस कम्पनी को कभी नहीं ठगेगा जहाँ वो काम करता है, वह खुद को कभी इस हालत में नहीं पायेगा कि उसे जेल जाना पड़े।''

उसने विचारपूर्ण मुद्रा में अपनी नाक को खुजलाया और फिर आगे बोला, ''इसके

अलावा कौन कह सकता है कि ये सब अच्छे के लिए नहीं हुआ? आखिरकार, अगर, धोखेबाज़, दु:ख से भरे दयनीय लोग, हत्यारे और ठग और वो सभी निम्न वर्ग के लोग जिनके पास रंच मात्र की आस-उम्मीद नहीं बची है, अगर वो लोग सामाजिक क्रांति नहीं लायेंगे तो और कौन लायेगा? या फिर तुम ये सोचते हो कि कलम घिसने वाले और दुकानदार ये बदलाव लायेंगे?''

''ठीक है, ठीक है।...लेकिन जब तक वह इस बदलाव, इस क्रांति के होने का इंतज़ार कर रहा है, तब तक वो बेचारा गरीब बदकिस्मत क्या करे? मैं क्या करूँ?''

एर्दोसैन ने एर्गुएता की बाज़ू पकड़ी और चिल्लाया, ''क्योंकि मैं जेल से सिर्फ़ एक कदम दूर हूँ, तुम जानते हो। मैंने 600 पेसोस और सात सेंट्स चुराए हैं।''

फ़ार्मेसिस्ट ने अपनी बायीं आँख हल्के से दबाई और जवाब दिया, ''परेशान मत हो। परेशानियों और मुश्किलों के जिस वक्त का ज़िक्र धार्मिक किताबों में है, वही हमारे ऊपर आ पड़ा है। क्या मैंने एक अपाहिज, एक वेश्या से शादी नहीं की? क्या बेटा, पिता के खिलाफ़ और पिता, बेटे के खिलाफ़ बँट नहीं गए? वो क्रांति मनुष्य जितना सोचता है उससे कहीं ज़्यादा नज़दीक है। क्या तुम वो धोखेबाज़, वो भेड़िया नहीं हो जो जानवरों के झुण्ड पर हमला बोल देता है।... ?''

''बस मुझे ये बताओ कि क्या तुम किसी तरह वो 600 पेसोस उधार देने का तरीका नहीं सोच सकते?'' एर्गुएता ने धीरे से मनाही में अपना सिर हिलाया। ''क्या तुम्हें लगता है कि चूँकि मैं *बाइबिल* पढ़ता हूँ, इसलिए मैं बेवक़ूफ़ हूँ?'' एर्दोसैन ने हताशा से उसे घूरा। ''मैं कसम खा कर कहता हूँ, यही रकम है जो मुझ पर उधार है।''

अचानक एक ऐसी घटना हुई जिसके बारे में सोचा भी नहीं गया था।

फ़ार्मेसिस्ट उठ खड़ा हुआ, मानो इनकार में उसने अपनी उँगलियाँ चटकायीं और एर्दोसैन पर ज़ोर से गुर्राया जबकि पास खड़ा वेटर उसे हैरानी से देख रहा था, ''यहाँ से फ़ौरन चले जाओ, नीच आदमी, चले जाओ!''

शर्म से सुर्ख एर्दोसैन वहाँ से चल पड़ा। जब वह नुक्कड़ पर पहुँचा तो उसने मुड़ कर देखा। एर्गुएता अपनी बाँहें हिला-हिला कर वेटर से बात कर रहा था।

नफ़रत

एर्दोसैन का जीवन मानो धीरे-धीरे चुक रहा था, उसकी सारी दबी हुई निराशा उस क्षितिज की तरफ़ ताकते हुए सूख रही थी जिसकी एक झलक वो टेलीफ़ोन केबल्स और ट्राली बस के तारों के परे देख सकता था; उसे अचानक ऐसा लगा मानो वो अपने ही दु:ख में ऐसे चल रहा हो जैसे वह दु:ख एक कालीन हो। जैसे वो घोड़े अपनी ही आँतों के बीच दर्द से लोटते रहते हैं, जिनकी अंतड़ियाँ कोई सांड़ चीर कर बाहर निकाल देता है; इस तरह, एर्दोसैन का हर कदम उसके फेफड़ों में खून का प्रवाह थोड़ा कम कर देता था। उसकी साँस धीमे और धीमे आ रही थी। उसने सोचा कि वो अब कभी नहीं पहुँच पायेगा। कहाँ? इसका उसे ज़रा भी अंदाज़ा न था।

पिएद्रस के एक खाली घर के दरवाज़े की सीढ़ियों पर वो बैठ गया। कई मिनटों तक वो वहीं रहा, फिर उठा और इतनी जल्दी-जल्दी चलने लगा कि उसके चेहरे पर पसीने की बूँदें ऐसे झलकने लगीं मानो वो एक बहुत गर्म दिन हो। फिर वो सेरितो और लावाल्ले के नुक्कड़ पर पहुँचा।

अपनी जेब में हाथ डाला तो उसे कुछ मुट्ठी भर नोट मिले और वो एक जापानी बार में घुस गया। मेज़ों पर चारों तरफ़ ड्राइवरों और ठगों का जमावड़ा था। विंग कॉलर और काली स्ट्रेप वाले सैंडल पहने एक नीग्रो अपनी बगल में से जुएँ चुन रहा था, तीन पोलिश दलाल, अपनी उँगलियों में बड़ी-बड़ी सोने की अँगूठियाँ पहने रंडी खानों और उनकी मैडमों की बातें अपनी ख़ास भाषा में कर रहे थे। एक कोने में कई टैक्सी ड्राईवर ताश खेल रहे थे। अपनी जुएँ निकालते हुए नीग्रो ने चारों तरफ़ देखा, मानो सभी को इस काम में वो कहाँ तक आगे बढ़ा, ये दिखाने के लिए बुला रहा हो। लेकिन किसी ने उसकी तरफ़ ध्यान नहीं दिया।

एर्दोसैन ने एक कॉफ़ी ऑर्डर की, अपने हाथों से सिर पकड़ लिया और नीचे काउंटर को देखने लगा, "वो 600 पेसोस मैं कहाँ से ला सकता हूँ?"

फिर उसे ग्रेगोरियो बार्सुत का ख़याल आया जो उसकी बीवी का कज़िन था।

अचानक वो एर्गुएता का पैसे देने से इनकार करना भूल गया। एर्दोसैन ने अपने दिमाग में इस दूसरे शख्स ग्रेगोरियो बार्सुत की तस्वीर खींची, उसका घुटा हुआ सिर,

चिड़िया के शिकारी जैसी नुकीली हड़ीली नाक, हल्के हरे रंग की आँखें और भेड़िये जैसे नुकीले कान। इस छवि से ही उसके हाथ काँपने लगे और गला सूख गया। वह उससे इसी रात पैसे माँगेगा। वह हमेशा की तरह साढ़े नौ बजे के करीब आएगा। एर्दोसैन ने अपनी कल्पना में उसकी तस्वीर देखी, अपने आने के बहाने बड़बड़ाते हुए, शब्दों की मूसलाधार बारिश जो एर्दोसैन को तेज़ी से आती हुई धूल में डुबो देगी।

उसे याद आया कि किस तरह बार्सुत एक बेचैन-सी चपलता के साथ एक विषय से दूसरे विषय पर लगातार बोलता रहता, उसकी घाघ नज़रें एर्दोसैन पर टिकी रहतीं। एर्दोसैन का गला सूख जाता और हाथ काँपने लगते, लेकिन उसकी हिम्मत नहीं पड़ती कि वो उसे उठा कर अपने घर से बाहर फेंक दे।

और ग्रेगोरियो बार्सुत को भी एर्दोसैन में अपने लिए इस नफ़रत का एहसास तो ज़रूर रहा होगा, क्योंकि वो कई बार एर्दोसैन से कह चुका था, ''मेरी बातचीत तुम्हें ज़्यादा पसंद नहीं है, है ना?'' लेकिन इसके बावजूद बार्सुत के उनके घर बार-बार आने का खीज भरा सिलसिला कम न हुआ।

एर्दोसैन तुरंत इस बात से इनकार कर देता और ऐसा दिखावा करने की कोशिश करता कि उसे इस दूसरे शख़्स की गपशप में दिलचस्पी है, ये बातचीत जो घंटों बगैर किसी लक्ष्य के जारी रहती, और इस दौरान बार्सुत कमरे के दक्षिण-पूर्वी कोने की तरफ़ घूरता रहता। आखिर इससे उसका क्या मतलब था? इस तरह के नाखुशगवार पलों में एर्दोसैन खुद को ये सोचते हुए तसल्ली देता रहता कि बार्सुत बिना किसी स्पष्ट कारण के ईर्ष्या का शिकार है और इससे बहुत तकलीफ़ भोग रहा है।

एक रात, ये उन दुर्लभ मौकों में से एक था जब एर्दोसैन की बीवी ने दूसरे कमरे में खुद को बंद नहीं किया था ताकि वो उन्हें न सुन सके, ग्रेगोरियो बोला, ''ये कितना हैरतअंगेज़ होगा कि मैं पागल हो जाऊँ और तुम दोनों को गोली मार दूँ और फिर खुद भी मर जाऊँ!''

उसकी तिरछी नज़रें अब भी कमरे के दक्षिण-पूर्वी कोने पर टिकी थीं। वह अपने नुकीले दाँत दिखाते हुए मुस्कुराया, मानो उस बात को ख़ारिज करते हुए जो उसने मज़ाक में कही थी। लेकिन एलसा ने गंभीर भाव से उसकी तरफ़ देखा और जवाब दिया, ''ये आख़िरी मौका है जब तुम मेरे घर में ऐसी बात कर रहे हो। वर्ना, तुम यहाँ कदम भी नहीं रखोगे।''

ग्रेगोरियो ने माफ़ी माँगने की कोशिश की। लेकिन एलसा वहाँ से चली गयी और उस रात उन्हें वो नहीं दिखाई दी।

दोनों आदमी बातें करते रहे। बार्सुत पहले से ज़्यादा पीला पड़ गया था और उसके माथे के निचले भाग में घबराहट से नसों की फड़कन ज़्यादा हो रही थी और वो अपने कांसे के रंग वाले कड़े बालों पर बार-बार अपना चौड़ा हाथ फिराता रहा।

बार्सुत के कारण उसके मन में जो नफ़रत पैदा होती थी, एर्दोसैन उसकी कोई स्पष्ट व्याख्या या कारण नहीं ढूँढ़ पाया। वह सोचता कि बार्सुत एक असभ्य और अश्लील व्यक्ति है लेकिन ये उन ख़ास सपनों से मेल नहीं खाता था जो ग्रेगोरियो ने देखे थे, जिनसे एक अनोखा, बहुत स्पष्ट तो नहीं लेकिन एक कोमल स्वभाव झलकता था जो उन भावनाओं से संचालित होता था जो किसी भी व्याख्या से परे थी।

हालाँकि कभी-कभी उसकी स्पष्ट या वास्तविक बेहूदगी बहुत खुले तौर पर घिनौनी हो जाती थी और एर्दोसैन को अपना गुस्सा अपने पीले पड़े होंठों को काट कर दबाना पड़ता, जबकि बार्सुत दूसरे व्यक्ति की समझ और संवेदना को आहत करने के विशुद्ध आनंद के लिए लगातार ऐसी बेहूदा बातें बोलता जाता, जिनको बयां नहीं किया जा सकता।

उन दोनों के बीच एक अदृश्य, अस्पष्ट द्वन्द्व युद्ध चलता रहता था। बगैर किसी लक्ष्य के, लेकिन ये इतना दहला देने वाला होता कि जब भी बार्सुत जाता तो एर्दोसैन कसम खाता कि अब वो उसे सहन नहीं करेगा। लेकिन रात होने से कुछ घंटे पहले ही एर्दोसैन महसूस करता कि वह पहले से ही उसके बारे में सोच रहा है।

अक्सर बार्सुत आता और बैठने से पहले ही बोलना चालू कर देता, ''जानते हो, कल रात मैंने बहुत अजीब सपना देखा।''

बगैर किसी मुस्कान के, उसकी नज़रें कमरे के दक्षिण-पूर्वी कोने पर टिक जातीं। उसके चेहरे, जिस पर तीन दिन की दाढ़ी बढ़ी होती, पर एक मातमी-सा भाव होता। और बार्सुत एक उबाऊ एकालाप शुरू कर देता, जिससे ज़ाहिर होता कि एक सत्ताईस साल के व्यक्ति को क्या डर हो सकता है—मसलन, वो कैसे सपने में एक आँख वाली मछली को देख कर डर गया था जो उसकी तरफ़ आँख मार रही थी, फिर किस तरह उसने इस एक आँख वाली मछली को एक प्राचीन मैडम की जासूसी भरी नज़रों से जोड़ा था जो आध्यात्मिकता की तरफ़ आकर्षित थी और उससे अपनी बेटी की शादी करवाने की कोशिश कर रही थी, और फिर वह अपनी बातचीत को इतने बेतुके और निरर्थक ढर्रे पर ले जाता कि जल्द ही एर्दोसैन अपनी नफ़रत को भूल कर ये सोचने लगता कि कहीं ये शख्स पूरी तरह पागल तो नहीं है। जब एर्दोसैन स्तब्ध और बहुत गहरी व्याकुलता महसूस करते हुए ये सब सुन रहा होता तो एलसा दूसरे कमरे में सिलाई करने में मशगूल होती, इस सबसे बिलकुल अनजान।

एर्दोसैन अपनी उँगलियों के जोड़ों में बेसब्री की कँपकँपाहट महसूस कर सकता था, और इस ऐंठन को छिपाने की जो कोशिश वो करता वह उसे थकान से चूर कर देती। बहुत ही मुश्किल से उसके मुँह से कुछ शब्द निकल पाते, ऐसा लगता मानो उसके होंठों को गोंद से चिपका दिया गया हो।

मेज़ पर एक कोहनी टिकाकर उसके बल खुद को उठाते हुए और दूसरे हाथ से

अपनी पैंट की क्रीज़ को सीधा करते हुए बार्सुत कभी-कभार शिकायत करता कि उससे कोई प्यार नहीं करता। ऐसा कहते हुए वो सीधे एर्दोसैन की तरफ़ घूरता। कभी-कभी वो अपने ही डरों का मज़ाक उड़ाने लगता—उस एक भूत का भी जो उसके मुताबिक उसने अपने किराये के एक कमरे वाले मकान के शौचालय में देखा था, एक विशाल औरत का भूत जिसकी बाँहें हड़ीली थीं और उसके पास एक झाड़ू थी, और वह उसे एक चुड़ैल की तरह घूर रही थी। कुछ और शामों के दौरान वह यह मान लेता कि अगर वो पहले से ही बीमार नहीं है तो शर्तिया बीमार हो जायेगा। उसकी सेहत के लिए झूठी चिंता जताते हुए एर्दोसैन उसकी बीमारी के लक्षणों के बारे में पूछता और सलाह देता कि वह बिस्तर में ही रहे और आराम करे; एक बार जब एर्दोसैन ने इस बात पर ज़िद की तो बार्सुत ने दुर्भावनापूर्वक ज़ोर से कहा, ''क्या मेरा यहाँ रहना तुम्हें इतना अखरता है?''

कुछ और रातों के दौरान बार्सुत दुष्टतापूर्ण ढंग से खुश होते हुए आता, उस नाराज़ और चिड़चिड़े शराबी की तरह जिसने गुस्से में पेट्रोल पंप में आग लगा दी हो। वो डाइनिंग रूम में चक्कर लगाता रहता, एर्दोसैन की पीठ पर इतनी बार धौल जमाते हुए कि एर्दोसैन के दाँत गुस्से में किटकिटाने की कगार पर आ जाते, और बार-बार उससे पूछता, ''कैसा चल रहा है? तुम कैसे हो?''

बार्सुत की आँखें चमक रही होतीं, जबकि एर्दोसैन वहाँ असहाय लाचार और झुका हुआ खड़ा रहता, ये सोचते हुए कि आखिरकार ऐसा क्या है जो उसे दूसरे आदमी की मौजूदगी में इतना संकोची बना देता है, जैसे कि अब जो वो कुर्सी के किनारे पर बैठा है, अब भी लगातार इस कमरे के कोने-कोने की जासूसी कर रहा है।

वे हमेशा एक-दूसरे से नज़रें मिलाने से बचते थे। उनके बीच एक अस्पष्ट अपरिभाषित-सी कड़ी थी जो उन दो लोगों के बीच होती है जो एक-दूसरे से दिली नफ़रत करते हैं लेकिन फिर भी न जाने क्यों एक-दूसरे को झेलते रहते हैं।

एर्दोसैन, बार्सुत से नफ़रत करता था, लेकिन एक नीरस, कायराना द्वेष के साथ जो दुष्ट कल्पनाओं और उससे भी भयानक संभावनाओं से बना था। उसकी नफ़रत और भी ज़्यादा सघन इसलिए थी, क्योंकि उसका कोई ख़ास फ़ोकस नहीं था।

कभी-कभी वो खुद को एक बदला लेने की कल्पना करते हुए पाता और सबसे भयानक तबाही की कल्पना करते हुए वह अपनी त्यौरियाँ चढ़ा लेता। लेकिन जब अगले दिन बार्सुत घर के बाहरी दरवाज़े को खटखटाता तो एर्दोसैन ऐसे काँपने लगता जैसे एक शादीशुदा औरत काँपती है अगर उसका पति उसे किसी और के साथ पकड़ ले, यहाँ तक कि एक बार तो वो एलसा पर गुस्सा हुआ था क्योंकि उसे दरवाज़ा खोलने में देरी हो गयी थी, और अपनी कायरता छिपाने के लिए बोला, ''वो सोचेगा कि हम उसे अन्दर आने ही नहीं देना चाहते। अगर ऐसा है तो हमें उसे कह देना चाहिए कि वो यहाँ अब और न आए।''

असल मकसद और इरादे की कमी की वजह से ये दबी-छिपी नफ़रत एर्दोसैन के भीतर कैंसर की तरह फैल रही थी। बार्सुत का हर हाव-भाव उसे भीषण नाराज़गी महसूस करने का बहाना दे देता कि वो उसकी भयावह ढंग से मौत की कामना करने लगता। और मानो इन भावनाओं को महसूस करते हुए, बार्सुत भी अनजाने ही और भी घिनौने तरीके से जवाब देता। एर्दोसैन इस एक घटना को कभी नहीं भूला—

एक शाम की बात थी जब वे कॉकटेल के लिए बाहर गये थे। उनकी ड्रिंक्स के साथ वेटर पोटैटो सलाद और मस्टर्ड की प्लेट लेकर आया। बार्सुत ने इतने लालच के साथ टुथपिक से आलू के टुकड़े को उठाया कि सारा सलाद उस संगमरमर की मेज़ पर फैल गया, जो पहले से ही सिगरेट की राख और बहुत से दूसरे लोगों के हाथों के निशानों से गन्दी थी। एर्दोसैन वितृष्णा से देखता रहा और बार्सुत ने मज़ाक उड़ाने वाले भाव से एक-एक करके उन टुकड़ों को मुँह में डाल लिया और जब आखिर में एक टुकड़ा बचा तो उसने बाकायदा उस टुकड़े को मेज़ पर बिखरे मस्टर्ड में लपेटा और एक विडम्बनापूर्ण मुस्कान के साथ अपने मुँह में डाल लिया।

"अब तुम इस मेज़ को ही क्यों नहीं चाट लेते?" एर्दोसैन ने अरुचि और गुस्से से कहा। बार्सुत ने उसे एक जंगली और उकसाने वाली नज़र से देखा। फिर वो नीचे झुका और उसने उस मेज़ के ऊपरी हिस्से को चाट-चाट कर बिलकुल साफ़ कर दिया।

"अब तसल्ली हो गयी तुम्हें?"

एर्दोसैन के चेहरे का रंग उड़ चुका था।

"क्या तुम पागल हो गये हो?"

"क्या हुआ? ये मत कहना कि तुम परेशान हो गये हो।"

फिर अचानक बार्सुत ठहाका लगा के हँस पड़ा और एक बार फिर मुस्कराने लगा, अचानक उस रोष से मुक्त हो गया जिसने उस सारी शाम उसे जकड़ रखा था। जल्द ही वो उठ खड़ा हुआ और उसने अपनी सामान्य बकवास चालू रखी।

एर्दोसैन वो दृश्य कभी नहीं भूला—संगमरमर की मेज़ पर झुके बार्सुत के कांसे के रंग वाले कड़े बाल, उस पीले पत्थर पर पड़े गाढ़े मैल में धंसी हुई एक जीभ।

वह अक्सर सोचता कि बार्सुत उससे उन गुप्त बातों के लिए नफ़रत करता होगा जो उसने बार्सुत पर भरोसा करते हुए बताई हैं। फिर भी वो खुद पर काबू नहीं रख पाता—जैसे ही वो एर्दोसैन के घर आता, अपने मेज़बान के कानों की बाल्टी में अपनी नाखुशी को उड़ेलने लगता, हालाँकि वो जानता था कि ये सब सुनकर एर्दोसैन को और ख़ुशी ही होती थी।

असल बात तो ये थी कि अपनी क्षणिक लेकिन वास्तविक सहानुभूति के कारण रेमो एर्दोसैन उससे वो अपराध स्वीकारोक्ति निकलवा लेता था, जिससे बार्सुत की उसके प्रति नफ़रत गायब हो जाती थी जब भी वह कोई गंभीर सलाह देता। लेकिन वही नफ़रत दौड़ कर वापस आ जाती जब भी कभी वो एर्दोसैन की तेज़ और चोरी-छिपे देखने वाली नज़रों को पकड़ लेता, जिससे ये ज़ाहिर हो जाता कि उसमें दया की बजाय बार्सुत के दयनीय अस्तित्व के सबूत पर एक दुष्टतापूर्ण ख़ुशी ने जगह ले ली है, क्योंकि बार्सुत इस ख़याल से ही आतंकित रहता था कि हालाँकि उसके पास इतना पैसा था कि वो बगैर काम किये गुज़ारा कर सकता था, लेकिन वो भी पागल हो सकता था जैसे उसके पिता और भाई पागल हो गये थे।

अचानक एर्दोसैन सीधा हुआ। विंग कॉलर पहने नीग्रो ने अपनी जुएँ निकालनी बंद कर दी थीं; वो तीनों दलाल पैसे के बंडल आपस में बाँट रहे थे, जबकि दूसरी मेज़ पर बैठे टैक्सी ड्राईवर तिरछी और लालची निगाहों से उधर देख रहे थे। नीग्रो इतने दयनीय तरीके से उन दलालों को देख रहा था, ऐसा लग रहा था कि पैसे के जादू से उसे छींक आ जाएगी।

एर्दोसैन खड़ा हुआ, उसने पैसे दिए। फिर वो वहाँ से चल दिया, खुद से कहता हुआ, ''अगर ग्रेगोरियो भी नहीं दे पाया तो मैं उस ज्योतिषी से कहूँगा पैसे देने के लिए।''

आविष्कारक के सपने

अगर एर्दोसैन को कोई पहले से ये चेतावनी देता कि कुछ ही घंटों बाद वो बार्सुत की हत्या का षड्यंत्र रच रहा होगा और अपनी पत्नी को खुद को छोड़कर जाते हुए देख रहा होगा तो उसे कतई विश्वास नहीं होता।

वह पूरी दोपहर इधर-उधर घूमता रहा। उसे अपने ऊपर ही निर्भर करने की ज़रूरत थी, उन मानवीय आवाज़ों को भूलने की ज़रूरत थी और अपने आस-पास के परिवेश से खुद को काट लेने की ज़रूरत थी, उस आदमी की तरह जिससे एक नितांत अजनबी शहर में ट्रेन छूट जाती है।

वो एरेनालेस और ताल्काहुआनो की एकाकी सड़कों, चरकास और रोड्रीगेज़ पना के नुक्कड़ों, मोंटेविडियो और कुइंताना के दोराहों, जिनके दोनों तरफ़ पेड़ लगे थे, पर घूमता रहा। उन शानदार वास्तुशिल्पीय नज़ारों का मज़ा लेते हुए जिनसे गरीब और बदकिस्मत वंचित कर दिए गए थे। चिनार के पेड़ों की पत्तियाँ चलते हुए उसके पैरों तले चरमरा रही थीं और वो ऊपर मुँह कर विशाल खिड़कियों के गोल फलकों को घूरता रहा जो चमकते सफ़ेद और लेसदार पर्दों की चाँदी से झिलमिला रहे थे। यह वो दुनिया थी जो उस कठोर और क्रूर दुनिया से बहुत अलग और दूर थी जिसे वो जानता था, एक दूसरी दुनिया जिसकी चाह वो अपने दिल की धीमी और भारी धड़कन में महसूस कर सकता था।

वह उन गैराजों को ताकने के लिए थोड़ा रुक गया जो मास (चर्च की प्रार्थना सभा) में प्रयोग की जाने वाली चाँदी की तश्तरियों जैसे भव्य थे या बुर्जदार दीवारों के पीछे संरक्षित साईप्रस पेड़ों की हरी कलगियों की तरह, या उन रेलिंग्स की तरह जो इतनी मोटी थीं कि एक हमलावर शेर को भी रोक लें। गोलाकार क्यारियों के चारों ओर बिछी लाल बजरी। कभी-कभार एक ग्रे कैप लगाये कोई गवर्नेस उस बगीचे के बीच बने रास्ते से गुज़र जाती थी।

और उसे 600 पेसोस और सात सेंट्स चुकाने थे!

वह सम्मोहित-सा घूरता रहा उन विशाल मकानों के जंगलों को जो अपनी सुसम्पन्न गोलाई से काली बालकनियों की विशिष्ट सुन्दरता प्रकट कर रहे थे, उन काँच के पल्लों

को जो इतने मोटे थे कि वहाँ से गुज़रने वाले लोगों को लगे मानो वो पानी के अन्दर चल रहे हों, उन लेसदार पर्दों को जो इतने महीन तारों से बने थे कि उनका नाम भी किसी सुदूर भौगोलिक जगह की तरह आकर्षक लगे। उन रेशमी पर्दों के साये में प्रेम कितना अलग होता होगा, जिनसे रौशनी छनकर आती है और बाहरी आवाज़ें भी मंद हो जाती हैं।...

लेकिन उसे 600 पेसोस और सात सेंट्स चुकाने थे। और उस फ़ार्मेसिस्ट के शब्द उसके कानों में गूँजने लगे, "तुम ठीक कहते हो...ये दुनिया निम्न वर्ग के लोगों से भरी हुई है...नाखुश बदकिस्मत लोगों से...लेकिन क्या किया जा सकता है?...इन आस्थाहीन लोगों के सामने आप पवित्र सच्चाइयों को एक नए तरीके से कैसे पेश कर सकते हैं... ?"

उन पौधों की तरह जिनकी बढ़त को बिजली की रौशनी से प्रेरित किया जाता है, हताशा उसके सीने में कहीं गहरे उगी और बढ़ती रही और उसे अपना गला लगभग घुटता हुआ महसूस होने लगा।

वहाँ खड़े हुए, एर्दोसैन को ऐसा लगा मानो उसकी हर परेशानी एक उल्लू की तरह है जो उसके कष्ट की एक शाखा से दूसरी शाखा तक मंडरा रहा है। उसे 600 पेसोस और सात सेंट्स चुकाने थे। और हालाँकि वह अपनी उम्मीदें बार्सुत या उस ज्योतिषी से बाँध कर इस बात को भूलने की कोशिश कर रहा था, उसके विचार फिर एक अँधेरी गली की तरफ़ मुड़ गये। छतों से रौशनी की लड़ियाँ लटक रही थीं। नीचे, धूल के बादल से गली का अँधेरा कुआँ भरा हुआ था। फिर भी वो एक ख़ुशी की जगह की तरफ़ बढ़ रहा था, और वो शुगर कंपनी उसके पीछे रह गयी थी। उसने अपने जीवन में क्या किया था? क्या ये वो पल था जब वह ये सवाल खुद से पूछे? वो चल कैसे सकता था जब वो अपने शरीर का कुल सत्तर किलो बोझ उठा रहा था? या फिर क्या वो सिर्फ़ एक भूत था, जो उन घटनाओं को याद कर रहा था जो इस पृथ्वी पर उसके जीवन के दौरान घटित हुई थीं?

उसके भीतर कहीं गहरे इतनी सारी चीज़ें तेज़ी से दौड़ रही थीं! "उस फ़ार्मेसिस्ट का क्या जिसने एक वेश्या से शादी की थी? और बार्सुत, जिसका पीछा एक आँख वाली मछली और एक अध्यात्मवादी की बेटी कर रही थी? और एलसा, जिसने बार्सुत के सामने हथियार डालने की बजाय उसे बाहर फेंक देने की धमकी दी? क्या वो पागल है या नहीं?" उसने खुद से ये सवाल पूछा, क्योंकि कुछ ऐसे क्षण थे जब एक अजीब उम्मीद उसके भीतर जाग जाती।

वह कल्पना करता कि उन भव्य महलों में से एक के पर्दों में लगे एक गुप्त झरोखे से एक, दुखी और अल्पभाषी करोड़पति (ठीक-ठीक यही शब्द एर्दोसैन ने इस्तेमाल किये थे) उसे एक ओपेरा देखने वाली दूरबीन से जाँच-परख रहा है।

अजीब बात यह थी कि जब एर्दोसैन ये सोचता कि एक दुखी और खामोश किस्म का करोड़पति उसे परख रहा होगा, तो वह एक दुखभरा और खुद में डूबा हुआ-सा भाव

बना लेता और करीब से गुज़रती हुई नौकरानियों की टाँगों की तरफ़ देखना बंद कर देता और ऐसे बनता मानो वो किसी गहरे आंतरिक संघर्ष से गुज़र रहा हो। वो ऐसा दिखावा इसलिए करता क्योंकि उसका अनुमान था कि अगर वह 'दुखी और खामोश करोड़पति' ये देखेगा कि वो नौकरानियों की टाँगों की तरफ़ देख रहा है तो यही नतीजा निकालेगा कि एर्दोसैन पर्याप्त कष्ट में नहीं है और उसकी सहानुभूति के लायक नहीं है।

एर्दोसैन तो इस हद तक चला जाता कि उसे यकीन हो जाता कि उसके चेहरे की तनी हुई मांसपेशियों में अंकित बरसों के कष्टों को देख कर वो 'गंभीर, दुखी और खामोश करोड़पति' उसे किसी भी क्षण बुला भेजेगा।

इस ख़ास दोपहर में तो उसका ये जुनून इतना बढ़ गया कि उसे अचानक पक्का यकीन हो गया कि एक होटल के दरवाज़े पर लाल और पीली धारियों वाला वेस्टकोट पहने खड़ा एक नौकर जो उसे घूर रहा था, वही उस 'दुखी और खामोश करोड़पति' का सन्देश लाने वाला होगा।

फिर बटलर ने उसे बुलाया और वो उसके पीछे-पीछे चला गया। वे एक बाग़ से गुज़रे, जिसमें बहुत सारे नुकीले काँटेदार कैक्टस लगे थे, वे एक बड़े से कमरे में गये जहाँ उसे चंद मिनटों के लिए अकेला छोड़ दिया गया। पूरी इमारत में अँधेरा था। कमरे के एक कोने में सिर्फ़ एक लैंप जल रहा था। पियानो ब्रैकेट में रखे संगीत के कागज़ों से जो खुशबू आ रही थी, उससे लगता था कि पियानो हमेशा कोई महिला ही बजाती थी। एक खिड़की जिस पर जामुनी पर्दे थे, उसकी सिल पर एक स्त्री की आवक्ष मूर्ति उपेक्षित-सी रखी थी। आरामकुर्सी पर रखे कुशन क्यूबिस्ट पेंटिंग्स जैसे कपड़ों से ढँके थे और डेस्क पर चमकती हुई कांसे की एशट्रे पड़ी थी और किसी प्रसिद्ध मूर्ति की नकल थी।

एर्दोसैन अपने जीवन में कब ऐसे कक्ष में आया था जैसा उसकी कल्पना में अब था? उसे इसकी कोई याद नहीं थी। फिर भी उसने आबनूस का एक विशाल फ्रेम देखा जिसके समानान्तर किनारे थे और वो चमकदार सीलिंग तक ऊँचा था। उसके प्लास्टर में एक समुद्र तटीय लैंडस्केप चमक रहा था जिसमें एक निराश सुनसान-सा लकड़ी का पुल था जिसके विशाल मेहराबों के नीचे कुछ अस्पष्ट आकृतियों का एक समूह परिश्रम कर रहा था। बहुत सारा बोझा उठाते हुए लोग जिनकी आकृतियाँ ज़ंग लगी परछाइयों के धब्बों में अस्पष्ट थीं, पृष्ठभूमि में लाल से रंग का समुद्र था, जिसमें दूर एक पथरीला घाट दिखाई दे रहा था, जिस पर क्रेन्स, रेल्स और लंगर की चर्खियों की भरमार थी।

यह वो कमरा था जिसमें से एलसा तिरती हुई आई थी जब वो उसकी मंगेतर थी। हाँ, शायद, लेकिन अब उसे क्या याद करना? वो ठग था, वो शख्स जिसके जूतों की हील्स घिस गयी थीं, जिसकी टाई जगह-जगह से फट रही थी, जिसके सूट पर तेल और ग्रीस के दाग थे, वो आदमी जो गलियों में अपनी कमाई के ज़रिये ढूँढता था, जबकि उसकी बीमार पत्नी को लोगों के कपड़े धोने पड़ते थे। वो यही सब था इससे ज़्यादा कुछ नहीं। यही वजह

थी कि 'दुखी, खामोश करोड़पति' ने उसे बुलाया था।

अपनी कल्पना में डूबते हुए—जो लगभग वास्तविक बन गयी थी, शुक्र है उन दृश्यों और छवियों का जो उसके संरक्षक के द्वारा रची गयी थीं—अब एर्दोसैन को उस 'दुखी और खामोश करोड़पति' के साथ अपनी मुलाकात के विस्तृत ब्यौरे की फ़िक्र नहीं थी, जो उसे उसके आविष्कारों को व्यावहारिक रूप देने के लिए पैसा दे रहा था, लेकिन उन उत्सुक पाठकों की तरह जो किसी रोमांचक कहानी को पढ़ते हुए कथानक का क्लाइमेक्स जानने की जल्दी में कई 'उबाऊ ब्यौरों' को छोड़ते जाते हैं, उसने भी अपनी कल्पना द्वारा सुझाये गए उन ज़रा कम दिलचस्प किस्सों को छोड़ दिया, और कल्पना की कि वह एक बार फिर बाहर सड़क पर है, हालाँकि असल में वो बाहर सड़क पर ही था।

यहाँ से, वो एक बार फिर चरकास और ताल्काहुआनो के नुक्कड़ या एरेनालेस और रोड्रीगेज़ पना से उद्देश्यपूर्ण ढंग से कदम बढ़ाता हुआ चल निकला।

हताशा की गहराइयों ने सबसे ज़्यादा निराधार और निरंकुश उम्मीद को जगह दे दी।

वह जीतेगा—हाँ वो जीतेगा! उस 'दुखी और खामोश करोड़पति' के द्वारा दिए गए पैसे से वो एक इलेक्ट्रिकल प्रयोगशाला शुरू करेगा जहाँ वो बीटा किरणों, ऊर्जा के तारों के बगैर प्रसारण, और इलेक्ट्रो मेग्नेटिक प्रवाहों के अध्ययन में स्वयं को समर्पित कर देगा। वह एक अंग्रेज़ी उपन्यास के बेतुके किरदार की तरह अपनी जवानी खोये बगैर बूढ़ा हो जायेगा; उसकी उम्र का केवल एक ही संकेत होगा कि उसका चेहरा धीरे-धीरे सफ़ेद होता जायेगा और आखिरकार उस पर संगमरमर की पीली-सी चमक आ जाएगी, जबकि उसकी चमकती जादुई आँखें पृथ्वी पर हर युवती को उसका दीवाना बना देंगी।

रात हो रही थी और एर्दोसैन को एकाएक याद आया कि सिर्फ़ एक ही व्यक्ति उसे भयावह दुर्दशा से बचा सकता था और वो था—ज्योतिषी। इस ख़याल ने उसके दिमाग से बाकी सभी चीज़ों को बाहर कर दिया। शायद उसके पास पैसा हो। एर्दोसैन को तो यहाँ तक शक था कि वो एक बोल्शेविक एजेंट भी हो सकता है जिसे कम्युनिस्ट प्रोपेगंडा फैलाने के लिए अर्जेंटीना भेजा गया है, क्योंकि उसके पास क्रान्तिकारी समाज की स्थापना करने की एक असाधारण योजना थी। बिना किसी संकोच के एर्दोसैन ने एक टैक्सी रोकी और ड्राइवर से कोन्स्तितुसिओन स्टेशन चलने के लिए कहा। वहाँ उसने टेम्परले के लिए एक टिकट खरीद लिया।

ज्योतिषी

जिस घर में ज्योतिषी रहता था वो एक फ़ार्म के बीचोंबीच था जहाँ सप्ताहांत में जाया जाता है। उसकी लाल टाइल्स आस-पास लगे घने पेड़ों में से दूर से नज़र आ जाती थीं। इन पेड़ों के वज़नदार तनों के बीच जो साफ़ जगह थी वह घास और लताओं की घनी लहरों में डूबी थी और वहाँ काली पीठ वाले कीट सारा दिन भुनभुनाते रहते और घास-फूस और टहनियाँ लगातार टूट कर गिरती रहतीं। उस मकान से कुछ ही दूरी पर हवा से चलने वाली पवन चक्की के तीन ब्लेड ज़ंग खाये लोहे की टेक लिए धीरे-धीरे गोल-गोल घूमते रहते, उससे थोड़ा और दूर एक घुड़साल के लाल और नीले काँच के दरवाज़े हल्के से चमकते रहते। पवन चक्की और उस मकान के पीछे नीची दीवारों की दूसरी तरफ़ यूकेलिप्टस के पेड़ों के झुण्डों की गहरी हरी कलगी गहरे नीले आकाश की पृष्ठभूमि में झूमती-मंडराती दिखती।

हनीसकल फूल की एक पत्ती को चूसते हुए एर्दोसैन उस मकान की तरफ़ चलने लगा। उसे ऐसा लगा मानो वो शहर से बहुत दूर, गाँव के बीचोबीच है और उस इमारत को देख कर उसे राहत महसूस हुई। हालाँकि इसका बाहरी खाका बहुत ऊँचा नहीं था, इसमें दो मंज़िलें थीं, सबसे ऊपर वाली मंज़िल के चारों ओर एक जीर्ण-क्षीण बालकनी थी और प्रवेश द्वार पर ही एक हास्यास्पद किस्म का ग्रीक खम्बा था जो पाम वृक्षों से ढँका था और उस तक पैदल जाया जा सकता था।

लाल टाइल्स नीचे की तरफ़ कोण बनाये हुए लगी थीं ताकि मकान के छज्जे, अटारी के झरोखे और छोटी खिड़कियों को साया दे सके। चेस्टनट के पेड़ों के साफ़-सुथरे पत्तियों के झुण्ड, अनार के पेड़ों के ऊपर जो अपने लाल सितारों से सजे थे, हवा की दिशा दिखाने वाला ज़िंक का यंत्र लगा था जिसकी पूँछ हवा चलने पर हिलने लगती थी। एक छोटे से जंगल की तरह बने उस बाग़ की सूक्ष्मताएँ, एर्दोसैन के चारों तरफ़ खुद को उद्घाटित कर रही थीं। शाम की स्थिर हवा में जब सूरज की रौशनी में हर चीज़ एक मोती जैसी चमक से सराबोर थी, गुलाब की झाड़ियों से इतनी तेज़ और चीरती हुई खुशबू आ रही थी कि ऐसा लगता था मानो पूरे बाग़ में एक पहाड़ी नदी जैसी शीतल, लाल झिलमिलाहट व्याप्त हो।

एर्दोसैन सोचने लगा, 'अगर मेरे पास एक चाँदी के रंग की नाव भी हो जिसके

सुनहरे पाल हों और हाथी दाँत के चप्पू हों और समुद्र सात रंगों से झिलमिलाता हो और एक करोड़पति प्रेमिका चाँद से मेरी तरफ़ चुम्बनों की बौछार कर रही हो, मैं तब भी उतना ही उदास होऊँगा जितना कि अब हूँ...लेकिन ये मैं क्या कह रहा हूँ? मैं यहाँ शहर की बनिस्पत बेहतर तरीके से रह सकता हूँ। यहाँ कम-से-कम मैं एक प्रयोगशाला तो खोल ही सकता हूँ।'

एक नल में से पानी एक पीपे में धीरे-धीरे टपक रहा था। एक समरहाउस के सामने एक कुत्ता ऊँघता हुआ लेटा था—और जब एर्दोसैन सीढ़ियों के नीचे पुकारने के लिए रुका तो ज्योतिषी की विशाल आकृति जल्द ही दरवाज़े की तरफ़ आते गलियारे में नमूदार हुई, वह एक पीला चोगा पहने हुए था। उसका हैट उसकी भौंहों की तरफ़ आगे को झुका हुआ था, जिससे उसका सपाट चेहरा छाया में था। बालों की कुछ लटें उसके चेहरे के दोनों तरफ़ लटक रही थीं और उसकी नाक जो बीच में से टूटी हुई थी वो बायीं तरफ़ अजीब तरह से पिचकी हुई थी। घनी भौंहों के नीचे से एक जोड़ी काली आँखें चमकीं और इसके साथ उसके खुरदरे गालों में खिंची कठोर रेखाओं से ऐसा लग रहा था मानो उस ज्योतिषी के चेहरे को सीसे के खाँचे में उकेरा गया हो। वो सिर कितना भारी रहा होगा!

''ओह, तुम हो, है ना? अन्दर आओ। तुम उस उदास ठग से मिल सकते हो।''

उन्होंने एक अँधेरा और नम गलियारा पार किया और एक अध्ययन कक्ष में पहुँचे जो एक हल्के हरे फूलों वाले वॉल पेपर से सजा हुआ था।

ऊँची सीलिंग से लटकते हुए मकड़ी के जालों और तंग खिड़कियों पर जड़ी ग्रिलों के कारण ईमानदारी से वह कमरा काफ़ी मनहूस लग रहा था। एक कोने में, एक पुराने फ़ैशन की अलमारी का खाँचा पड़ा था जिससे माहौल में अँधेरी और हल्की परछाइयाँ अपवर्तित हो रही थीं। ग्रे रंग के कपड़े पहने एक आदमी हरे वेलवेट की हत्थेदार कुर्सी पर बैठा था। उसके माथे पर घने बालों का एक गुच्छा लटक रहा था। जैसे ही वह अजनबी की तरफ़ बढ़ा, ज्योतिषी का चोगा लहराया।

''एर्दोसैन, आओ तुम्हें अर्तुरो हेफ्नर से मिलवाऊँ।''

कोई और मौका होता तो एर्दोसैन को इस आदमी से लम्बी बातचीत करने में मज़ा आता, जिसे ज्योतिषी ने एकांत में 'उदास ठग' कहा था, जो एर्दोसैन से हाथ मिलाने के बाद अब उस कुर्सी पर एक पैर को दूसरे पर रख कर बैठ गया था और करीने से साफ़ किये गए नाखूनों वाली तीन उँगलियों पर उसने नीली रंगत वाले अपने गालों को टिका लिया। एर्दोसैन ने उसके लगभग बिलकुल गोल और निश्चिन्त चेहरे का ध्यान से अध्ययन किया। उसकी आँखों की गहराई में एक उपहासपूर्ण और कपटपूर्ण चमक और कोई बात सुनते हुए एक भौंह को उठा लेने की आदत से पता चलता था कि वो काफ़ी सक्रिय शख़्स है। ठग जो जैकेट और रेशमी कमीज़ पहने था, उसके बीच में रखी काली रिवॉल्वर के हत्थे

की एक झलक भी एर्दोसैन को दिखाई दी। वाकई, चेहरा लोगों के बारे में ज़्यादा कुछ नहीं बता पाता।

फिर वो ठग यूनाइटेड स्टेट्स ऑफ़ अमेरिका के नक़्शे को देखने के लिए मुड़ा, जिसकी तरफ़ ज्योतिषी एक संकेत सूचक छड़ी लेकर जा रहा था। वो उसके सामने रुका, उसकी पीली बाजू से नीला केरिबियन सी छिप गया। उसने घोषणा की, ''सिर्फ़ शिकागो में ही क्लू क्लक्स क्लान के 1,50,000 सदस्य थे...मिसूरी में 1,00,000। कहा जाता है कि अरकंसास में 200 से ज़्यादा 'गुफाएं' हैं। लिटल रॉक में इनविज़िबल एम्पायर का दावा है कि हरेक प्रोटोस्टेंट धर्मोपदेशक उस ब्रदरहुड का सदस्य है। टेक्सास स्टेट में डलास, फोर्ट वर्थ, हॉस्टन और बेओगोंत पर उसका पूरी तरह से कब्ज़ा है। बिंगहैम्पटन में, जो इस सम्प्रदाय के स्मिथ द ग्रेट ड्रैगन का जन्म स्थान है, 75,000 सदस्य थे, जबकि ओक्लाहोमा में क्लान ने विधान सभा को एक बिल लाने के लिए बाध्य कर दिया था जिसके तहत उन पर हमला बोलने के लिए गवर्नर वाल्टन को निलंबित कर दिया गया था, जिसका नतीजा यह हुआ कि अभी कुछ ही वक्त पहले तक क्लान ही दरअसल उस राज्य को चला रहा था।''

ज्योतिषी का पीला लबादा एक बौद्ध भिक्षु के लबादे जैसा लग रहा था, वह बोलता रहा, ''क्या तुम जानते हो उन्होंने बहुत से लोगों को ज़िंदा जला दिया था?''

''हाँ,'' उस ठग ने कहा, ''मैं ख़बरें पढ़ता हूँ।''

एर्दोसैन ने फिर उस उदास ठग को ध्यान से देखा। ज्योतिषी ने उसे ये नाम बहुत सालों पहले दिया था, जब उस दलाल ने ख़ुदकुशी की कोशिश की थी। वो बहुत रहस्यमय प्रकरण रहा। हेफ्नर जो एक लम्बे समय से रोज़-ब-रोज़ वेश्याओं की कमाई से गुज़ारा कर रहा था, ने अचानक अपने सीने में दिल के करीब गोली मार ली। उसकी ज़िन्दगी सिर्फ़ इसलिए बच गयी कि ऐन उस क्षण में उसका वह अंग संकुचित हुआ और गोली सनसनाती हुई निकल गयी। उसके बाद, ज़ाहिर है कि वो अपनी ज़िन्दगी बदस्तूर जीता रहा, शायद इससे उसके अति लालची साथियों के बीच उसकी प्रतिष्ठा और भी बढ़ गयी। इनमें से कोई भी उसकी इस अजीब हरकत की वजह नहीं बता पाया।

ज्योतिषी बोलता रहा, ''क्लू क्लक्स क्लान ने करोड़ों जमा किये...''

ठग हिला और उसने विरोध किया, ''हाँ, और वो ड्रैगन...क्या ड्रैगन है! और उस ड्रैगन पर अब पैसे की घपलेबाज़ी का मुकदमा चल रहा है।...''

ज्योतिषी ने ऐसा बर्ताव किया मानो ये सुना ही न हो, ''अर्जेंटीना में क्लू क्लक्स क्लान जैसे ताकतवर गुप्त समाज को रोकने के लिए क्या है? मैं तुम्हें ईमानदारी से बता रहा हूँ—मैं नहीं जानता कि हमारी संस्था बोल्शेविक होगी या फासीवादी। कभी-कभी मुझे लगता है कि सबसे अच्छी बात तो ये होगी कि हम कुछ ऐसा खतरनाक मिश्रण बनायें जिसे ईश्वर भी सुलझा न सके। अब मैं तुमसे बिलकुल खुल कर बात कर रहा हूँ। फ़िलहाल मेरा

लक्ष्य है एक विशाल अपरिभाषित समूह जो हर संभव इंसानी चाहत और महत्त्वाकांक्षा को खुद में शामिल कर सके। मेरी योजना है युवा बोल्शेविक्स, छात्रों और समझदार सर्वहारा पर ध्यान केन्द्रित करने की। हम उन सभी का भी स्वागत करेंगे जिनके पास इस ब्रह्माण्ड की पुनर्रचना के लिए कोई शानदार स्कीम है, वो सभी क्लर्क जो करोड़पति बनने के सपने देखते हैं, सभी असफल आविष्कारक—इसे व्यक्तिगत तौर पर मत लेना एर्दोसैन—वो सभी भी जिनकी नौकरी छूट गयी है, चाहे कोई भी नौकरी रही हो, वो जिन पर मुकदमा चलने वाला है और उन्हें मालूम नहीं कि वे किससे मदद माँगें...''

एर्दोसैन को वो मिशन याद आ गया जिसके लिए वह वहाँ आया था, और बीच में बोल उठा, ''मुझे आपसे बात करनी है।''

''बस एक मिनट...मैं बस अभी तुम्हारे पास आता हूँ,'' और फिर उसने बोलना जारी रखा; ''हमारी संस्था की ताकत इस पर इतनी निर्भर नहीं करेगी कि इसका हर सदस्य कितना चंदा देता है बल्कि उन वेश्यालयों पर निर्भर करेगी जिन्हें संस्था की हर शाखा चलाएगी। और जब मैं एक गुप्त सोसाइटी की बात कर रहा हूँ तो मेरा आशय एक परंपरागत गुप्त संस्था से नहीं है बल्कि एक अति आधुनिक संस्था से है जिसमें हर सदस्य या सहयोगी का कोई-न-कोई हित है और वह उससे मुनाफ़ा भी कमाए—यही तरीका है जिसके ज़रिये उन्हें इसके लक्ष्यों के करीब लाया जा सकता है ताकि वो इसे अपने लक्ष्यों जैसा ही समझें, हालाँकि ये लक्ष्य दरअसल सिर्फ़ कुछ चुनिन्दा लोगों को ही पता होंगे। ये तो हुआ इसका वित्तीय पक्ष। वेश्यालयों से उतनी आय की गारंटी मिलेगी जो इस संस्था के लगातार बढ़ते हुए साहसिक कामों को चला सके। हम पहाड़ों में क्रान्तिकारी प्रशिक्षण केंद्र स्थापित करेंगे। नए भर्ती हुए लोगों को अराजकतावादी और विद्रोही रणनीतियों, प्रोपेगंडा, सैन्य इंजीनियरिंग, औद्योगिक संबंधों वगैरह के क्षेत्र में शिक्षण मिलेगा ताकि जब वो उस कॉलोनी से बाहर निकलें तो कहीं भी इस संस्था की शाखा खोलने में सक्षम हों...तुम समझ रहे हो? इस सीक्रेट सोसाइटी की अपनी अकादमी होगी, क्रान्तिकारियों की अकादमी।''

दीवार पर लगी घड़ी में पाँच बजे। एर्दोसैन को लगा कि अब उसके पास ज़ाया करने को वक्त नहीं है, और वह बोल पड़ा, ''आपको बीच में रोकने के लिए माफ़ी चाहूँगा। लेकिन मैं यहाँ एक ज़रूरी काम से आया हूँ। क्या आपके पास 600 पेसोस हैं?''

ज्योतिषी ने अपनी छड़ी नीचे रख दी और बाँहें बाँध लीं, ''तुम्हें क्या हुआ है?''

''अगर मैं शुगर कम्पनी के 600 पेसोस कल तक नहीं चुकाता तो मुझे जेल हो जाएगी।''

हैरान होकर दोनों लोग एर्दोसैन को घूरने लगे। उसकी हालत वाकई खराब होगी कि वह इस तरह लगभग भीख माँग रहा था। एर्दोसैन बोलता रहा, ''तुम्हें मेरी मदद करनी ही होगी। पिछले कुछ महीनों में मैंने 600 पेसोस चुराए हैं। किसी ने मेरा पर्दाफाश करते हुए

एक अनाम चिट्ठी भेज दी। कल अगर मैं पैसे वापस नहीं करता तो मुझे गिरफ़्तार कर लेंगे।''

''तुमने पैसे चुराए कैसे?''

''थोड़ा-थोड़ा करके...''

ज्योतिषी विचारशील मुद्रा में अपनी दाढ़ी पर हाथ फिराने लगा।

''लेकिन तुमने ये किया कैसे?''

एर्दोसैन को सारा ब्यौरा देना पड़ा। जब भी स्टोरकीपर के पास सामान आता, तो उन्हें एक नोट पर दस्तखत करने होते ये वादा करते हुए कि जो सामान उन्होंने प्राप्त किया है उसकी कीमत वो चुका देंगे। हर महीने के अंत में एर्दोसैन और दो अन्य कलेक्टर्स को ये नोट्स दिए जाते और उन्हें तीस दिनों में इस पैसे को लोगों से वसूल करना होता। कलेक्टर्स के पास वो सभी नोट्स भी होते जो रद्द नहीं किये गये हैं—उनके मुताबिक—जब तक कि उधारकर्ता अंत में भुगतान न कर दे।

एर्दोसैन आगे बोलता रहा, ''ज़रा सोचिये, हमारा मुनीम इतना लापरवाह था कि उसने एक बार भी उन वाउचर्स को नहीं जाँचा, जिनका, हमने कहा था कि भुगतान नहीं हुआ है, सो, अगर हमने वो पैसे ले भी लिए थे और उन्हें अपने पास रख लिया था, तो हम खाते को दूसरे अकाउंट से मिलने वाले पैसे से बैलेंस कर सकते थे, जिसका निपटारा बाद में होना था। क्या आप समझ रहे हैं?''

एर्दोसैन उस त्रिकोण के शिखर पर था जो उन तीनों बैठे हुए आदमियों से बना था। वो उदास ठग और ज्योतिषी रह-रह कर एक-दूसरे को देख लेते थे। हेफ्नर ने अपनी सिगरेट की राख झाड़ी, फिर एर्दोसैन का सिर से पैर तक निरीक्षण किया, एक भौंह ऊपर उठा कर। आखिरकार, उसने उसके सामने एक अजीब-सा सवाल रखा, ''क्या तुम्हें चोरी करके कोई ख़ुशी हुई?''

''नहीं, बिलकुल नहीं।''

''ओह, तो बताओ ज़रा, तुम्हारे जूते इतनी बुरी हालत में क्यों हैं?''

''मेरी कमाई न के बराबर थी।''

''और उन पैसों का क्या हुआ जो तुमने चुराए?''

''मुझे ये कभी ख़याल ही नहीं आया कि मुझे उस पैसे का इस्तेमाल जूते खरीदने के लिए करना चाहिए।''

ये सच था। जो उसका नहीं है उसे बगैर किसी सज़ा के चुरा लेने पर जो शुरुआती ख़ुशी एर्दोसैन को हुई थी वो जल्द ही हवा हो गयी और एक दिन उसे अपने भीतर एक

ऐसी पीड़ा का एहसास हुआ जिससे लोग धूप भरे आसमान को भी एक कालिख से भरा देख पाते हैं जो सिर्फ़ एक पीड़ित और यातनाग्रस्त आत्मा को ही दिखाई देती है।

जब एर्दोसैन को ये एहसास हुआ था कि उसने 400 पेसोस चुरा लिए हैं तो वो लगभग पागल हो गया था। तब से उसने बहुत मूर्खतापूर्ण और उन्मत्त तरीके से पैसे खर्च करने शुरू कर दिए। उसने कीमती चॉकलेट्स खरीदीं हालाँकि उसे वो कभी पसंद नहीं थीं, उन रेस्तरांओं में बैठ कर क्रैब, टर्टल सूप और फ्रॉग लेग्स का लंच करता जहाँ सुन्दर सजीले लोगों के साथ बैठने के लिए ही ढेर सारा पैसा देना पड़ता था; उसने कीमती शराब और वाइन पी, जो उसकी अप्रशिक्षित ज़बान को बेस्वाद लगतीं; और फिर भी उसने उन चीज़ों को खरीदने के बारे में कभी सोचा ही नहीं जिनकी उसे रोज़मर्रा के जीवन में ज़रूरत थी, जैसे—अंडरवियर, टाई, जूते...

उसने भिखारियों को उदारता से पैसे दिए और उन वेटर्स के लिए बड़ी-बड़ी टिप्स छोड़ीं जो उसे खाना परोसते थे, अपनी जेब से चुराए हुए पैसों का नामोनिशान मिटाने के लिए, ये जानते हुए कि वो बिना कोई जोखिम उठाये अगले दिन फिर जेब में पैसे भर लेगा।

"तो तुम्हें जूते खरीदने का कभी ख़याल ही नहीं आया?" हेफ्नर ने जानने की ज़िद की।

"अब जब आप इसका ज़िक्र कर रहे हैं तो मुझे भी ये अजीब लग रहा है, लेकिन सच तो ये है कि मैंने कभी सोचा ही नहीं कि चोरी के पैसे इस तरह की चीज़ों को खरीदने के लिए इस्तेमाल किये जा सकते हैं।"

"तो तुमने इन पैसों को कहाँ खर्च किया?"

"मैंने 200 पेसोस एस्पिलास परिवार को दे दिए, जिनसे मेरी दोस्ती है ताकि वो एक अक्युमलेटर खरीद सकें और एक कांसे का गुलाब बनाने के लिए गल्वानो प्लास्टिक की वर्कशॉप शुरू कर सकें जो..."

"हाँ, मैं इसके बारे में जानता हूँ।"

"मैं उसे इस बारे में बता चुका हूँ," ज्योतिषी ने समझाया।

"और बाकी 400 का क्या?"

"पता नहीं...मैंने उन्हें बेकार और बेतुकी चीज़ों पर खर्च कर दिया।"

"अब तुम क्या करने की सोच रहे हो?"

"मुझे कोई अंदाज़ा नहीं।"

"क्या तुम ऐसे किसी शख्स को नहीं जानते जो तुम्हारी मदद कर सके?"

"नहीं, किसी को नहीं। दस दिन पहले मैंने अपनी बीवी के एक रिश्तेदार बारसूर से पूछा था। उसने कहा वो कोई मदद नहीं कर सकता।"

"तो फिर तुम जेल जाओगे?"

"ऐसा लगता तो है।"

ज्योतिषी उस दलाल की तरफ़ मुड़ा और बोला, "जानते हो, मेरे पास 1000 पेसोस हैं। अगर मेरा प्रोजेक्ट मुझे शुरू करना है तो मुझे इनकी ज़रूरत पड़ेगी। मैं तुम्हें सिर्फ़ 300 ही दे सकता हूँ। लेकिन तुमने भी खुद को किस पचड़े में उलझा लिया, नहीं?"

इस पर एर्दोसैन भी हेफ्नर की तरफ़ मुड़ा और फूट पड़ा, "यही निराशा है देखो... वो दर्द का मनहूस एहसास जो आपको नीचे घसीटता है..."

"क्या मतलब है तुम्हारा?" ठग ने पूछा।

"ये सब दर्द की, मन के भीतर के मलाल की वजह से है। यही वजह है कि तुम लूटते हो, और इस तरह के पचड़ों में फँस जाते हो। तुम पीले सूरज की धूप में सड़क पर चल रहे हो...तकलीफ़देह सूरज की धूप में...तुमने भी ऐसा ही महसूस किया होगा। आपके पर्स में 5000 पेसोस हैं, लेकिन फिर भी दबा-कुचला हुआ महसूस करते हुए। फिर एकाएक छोटा-सा आइडिया फुसफुसाते हुए पैसा लूटने की सलाह देता है। उस रात आप इतने खुश हो जाते हैं कि सो भी नहीं पाते। अगले दिन हल्की घबराहट के साथ आप इसकी कोशिश करते हैं और इतनी सफलता मिलती है कि उसे जारी रखने के अलावा कोई और चारा भी नहीं होता...उसी तरह जैसे तुमने खुद को जान से मारने की कोशिश की थी।"

जब एर्दोसैन ऐसा कह रहा था तो हेफ्नर उठा और उस कुर्सी पर अपने हाथों को घुटनों पर बाँध कर दुबक कर बैठ गया। ज्योतिषी ने एर्दोसैन को बीच में रोकने की कोशिश की लेकिन एर्दोसैन रुकने वाला नहीं था, और वह जल्दी-जल्दी कहने लगा, "हाँ, बिलकुल वैसे ही जब तुमने खुद को मारने की कोशिश की थी। अक्सर मैंने दिमाग में उसकी कल्पना की है। तुम रंडियों की कमाई खाते हुए ऊब गये थे। तुम सोच भी नहीं सकते कि मैं तुमसे कितना मिलना चाहता था! मैं खुद से कहता कि ये ज़रूर एक अजीब बंदा होगा! 1,00,000 उन लोगों में से जो औरतों की कमाई खाते हैं जैसे तुम खाते हो, तुम्हारे जैसा कोई एक ही होता है। तुमने मुझसे पूछा था कि चोरी करने पर मुझे कोई ख़ुशी हुई थी या नहीं। और तुम्हारा क्या? क्या तुम्हें दलाल का काम पसंद है? बताओ मुझे, क्या तुम्हें इससे कोई ख़ुशी मिलती है?...क्या बकवास है! मैं यहाँ खुद की सफ़ाई देने नहीं आया था। मुझे पैसे की ज़रूरत है, शब्दों की नहीं।"

एर्दोसैन खड़ा हो चुका था और अब बेचैनी से अपने हैट की किनारी को उँगलियों के बीच मोड़ रहा था। उसने विद्रोही और निडर तरीके से ज्योतिषी को घूरा जिसके हैट

के कारण नक़्शे में कानसास स्टेट नहीं दिख पा रहा था और उस ठग को भी जिसने अपने हाथों को अपने बैल्ट में घुसा लिया था। हेफ्नर ने उस फटे हुए हरे वैलवेट वाली कुर्सी से अपने पैर निकाल कर फिर नीचे रख लिए, अपने गालों को अपनी मोटी-मोटी उँगलियों पर टिका लिया और एक मक्कार मुस्कान के साथ बहुत शांति से कहा, ''बैठ जाओ, मेरे दोस्त। मैं तुम्हें 600 पेसोस दे दूँगा।'' एर्दोसैन काँपने लगा। तब मानो अपनी जगह पर जड़ हुआ वह बहुत देर तक उस ठग को घूरता रहा, जिसने एक बार फिर अपनी बात को ज़ोर देकर दोहराया, ''बैठ जाओ, परेशान मत हो। मैं तुम्हें 600 पेसोस दे दूँगा। हम लोग इसीलिए तो यहाँ हैं।''

एर्दोसैन को समझ नहीं आया कि क्या कहे। उसे वही खालीपन महसूस हुआ जो उस वक्त हुआ था जब सूअर जैसे सिर वाले शख़्स ने उससे कहा था कि वो जा सकता है, उसी खालीपन ने अब उसे जकड़ लिया। सो, ज़िन्दगी आख़िरकार इतनी बुरी भी नहीं थी!

''ऐसा करते हैं,'' ज्योतिषी ने कहा, ''मैं उसे 300 पेसोस दे देता हूँ, और तुम भी तीन सौ दे देना।''

''नहीं,'' हेफ्नर ने इस पर आपत्ति की। ''तुम्हें पैसे की ज़रूरत है। मुझे नहीं। मेरे पास तीन औरतें हैं इस बात का ख़याल रखने के लिए।'' फिर वो एर्दोसैन की तरफ़ मुड़ा, ''देखा, कितनी आसानी से चीज़ों को सुलटाया जा सकता है? अब तुम खुश हो?''

वो एक कुटिलतापूर्ण शांति से बोल रहा था, एक किसान जैसे आत्मविश्वास के साथ, जिसे मालूम होता है कि प्रकृति के साथ उसका अनुभव उसे जटिलतम स्थिति से भी बाहर निकलने का रास्ता सुझा देगा। और फिर इसी वक्त एर्दोसैन गुलाब की तेज़ खुशबू और अधखुली खिड़की से आती हुई नल के टपकने की आवाज़ के प्रति सजग हुआ। घर के चारों ओर के रास्ते दोपहर की धूप में लिपटे हुए थे। और पक्षी सितारों जैसी लाल कलियों से सजे अनार के पेड़ों पर झूल रहे थे।

एक दुष्टता भरी चमक उस ठग की आँखों में फिर लौट आई। उसने एक भौंह दूसरी से ऊपर करके इंतज़ार किया कि एर्दोसैन ख़ुशी से फूट पड़ेगा, लेकिन जब ऐसा कुछ नहीं हुआ तो बोला, ''क्या तुम लम्बे वक्त से ऐसे ही रह रहे हो?''

''हाँ, लम्बे अरसे से।''

''तुम्हें याद है, हालाँकि तुमने ऐसा कुछ भी मुझसे नहीं कहा था, लेकिन एक बार मैंने तुमसे कहा था कि तुम इस तरह से जीते नहीं रह सकते?'' ज्योतिषी बोला।

''हाँ, लेकिन मैं इस बारे में बात नहीं करना चाहता था। पता नहीं क्यों लेकिन जिन चीज़ों को आप खुद को नहीं समझा पाते, उन्हें आप उन लोगों से साझा नहीं करते जिन पर आप सबसे ज़्यादा भरोसा करते हैं।''

"तुम पैसा कब लौटाने वाले हो?"

"कल।"

"तो मैं तुम्हें चेक लिख कर दे देता हूँ। तुम्हें सुबह इसको भुनाना पड़ेगा।"

हेफ्नर अलमारी के पास गया। उसने अपनी जेब से चेकबुक निकाली और दृढ़ हाथों से रकम लिखी, फिर उस पर दस्तखत कर दिए।

एर्दोसैन बिलकुल स्थिर खड़ा था लेकिन उसका दिमाग एक मिनट लम्बी यात्रा पर दौड़ पड़ा—एक ऐसा अनुभव जो बाद में ये साबित करता नज़र आता है कि जीवन एक भविष्यदर्शी नियतिवाद में से गुज़रता है।

"ये लो तुम्हारी सेवा में, मेरे दोस्त।" एर्दोसैन ने चेक लिया और उसे बगैर देखे उसे चार तह में मोड़ कर अपनी जेब में रख लिया। इस सब में केवल एक मिनट लगा।

ये सब जो हुआ था वो किसी भी उपन्यास में लिखे हुए से भी ज़्यादा अवास्तविक था, लेकिन वो वहाँ था, हाड़-मांस का आदमी। एक आदमी जिसे नहीं पता था कि वो क्या कहे। एक मिनट पहले तक उसे 600 पेसोस और सात सेंट्स चुकाने थे। अब ऐसा नहीं था। और ये चमत्कार उस ठग के एक इशारे से हो गया था। दैनिक क्रिया-कलापों के तर्क के मुताबिक अभी-अभी जो हुआ था, वो असंभव था, मगर फिर भी ये सब पूरी तरह से स्वाभाविक लग रहा था। वह कुछ कहना चाहता था। उसने फिर उस शख्स को ध्यान से देखा जो फिर पुराने घिसे हुए हरे मखमल वाली हत्थेदार कुर्सी पर धंस गया था। उसकी ग्रे जैकेट से रिवॉल्वर बाहर निकल रहा था जबकि हेफ्नर ने बहुत तटस्थ भाव से अपनी तीन दमकती हुई उँगलियों के नाखूनों पर गाल टिका लिए। वह उस ठग का शुक्रिया अदा करना चाहता था लेकिन उसे शब्द नहीं मिल पा रहे थे। लेकिन उस आदमी को ये समझ आ गया; वह ज्योतिषी की तरफ़ मुड़ा, जो डेस्क के बगल में रखे स्टूल पर बैठ गया था, और बोला, "तो, आज्ञा का पालन करना तुम्हारी संस्था की मुख्य शर्तों में से एक होगा?"

"और उद्योग भी। हमें लोगों की कल्पना को अपनी तरफ़ खींचने के लिए सोचना चाहिए। जैसा कि पहले समय में धर्म का रहस्यवाद और शौर्य था, तो अब हमें उद्योग को रहस्यमय बनाना होगा। लोगों को दिखाने के लिए कि एक भट्ठी का इन्चार्ज होना भी उतना ही महान और श्रेष्ठ काम है जितना कि अतीत में एक महाद्वीप की खोज कर लेना था। इस सोसाइटी में मेरा राजनेता, मेरा राजनीतिक शिष्य वह होगा जिसका लक्ष्य होगा—ख़ुशी को उद्योग से जीत लेना। ये क्रान्तिकारी किसी कपड़े के डिज़ाइन के बारे में उतनी ही सरलता से बात करेगा, जितनी कि स्टील के विचुम्बकन के बारे में। यही वजह है कि जब मैं एर्दोसैन से मिला तो मेरे ख़यालात इसके बारे में बहुत अच्छे थे। इसका दिमाग उसी दिशा में काम करता है जैसे मेरा। तुम्हें याद है हम इस बारे में अक्सर ही बात करते थे कि कैसे हम दोनों के आइडियाज़ एक-दूसरे से मिलते थे? एक स्वाभिमानी, उम्दा, कठोर और मेहनती व्यक्ति

का निर्माण जो लोगों की भीड़ का नेतृत्व कर सके और उन्हें विज्ञान पर आधारित भविष्य दिखला सके। इसके अलावा सामाजिक क्रांति और कैसे लायी जा सकती है? आज के नेता को ऐसा व्यक्ति होना होगा जो हरेक चीज़ जानता हो। बुद्धिमानी और समझदारी के इस राजकुमार को हम गढ़ेंगे। हमारी संस्था ये सुनिश्चित करेगी कि उसकी कहानी को किंवदंती का रूप दे दिया जाए और उसे जितना संभव हो लोगों में फैलाया जाए। एक राजनेता की बनिस्पत एक फ़ोर्ड या एक एडिसन की हज़ार गुना ज़्यादा सम्भावना होती है कि वो क्रांति ले आये। क्या तुम्हें लगता है कि भविष्य में तानाशाही सैन्य रूप में होगी? नहीं, श्रीमान। उद्योगपतियों की तुलना में सैनिकों की कोई कीमत नहीं। वे सिर्फ़ उनका हथियार या साधन मात्र हो सकते हैं लेकिन इससे ज़्यादा कुछ नहीं। हमारे भावी तानाशाह तेल, स्टील और गेहूँ के राजा होंगे। और हमारी संस्था इसके लिए ज़रूरी ज़मीन तैयार करेगी। हम अपने सिद्धांतों को हर जगह फैलायेंगे। इसीलिए हमें प्रोपेगंडा का ध्यान से अध्ययन करना चाहिए। हमें छात्र, छात्राओं का इस्तेमाल करना है। हमें विज्ञान को आकर्षक बनाना है, लोगों का इससे परिचय कराना है ताकि...''

''मैं जा रहा हूँ,'' एर्दोसैन ने कहा।

वो हेफ्नर को अलविदा कहने ही वाला था कि उस ठग ने कहा, ''मैं तुम्हारे साथ चलता हूँ।''

''अगर ऐसा है तो मुझे तुमसे ज़रा कुछ बात करनी है।''

ज्योतिषी उसे बाहर ले गया, और एर्दोसैन इंतज़ार करने लगा। फिर वो दोनों वापिस अन्दर आ गये। और जब दरवाज़े से एर्दोसैन ने मुड़ कर उस मकान की तरफ़ देखा तो वह ज्योतिषी की विशाल आकृति को विदा में हाथ हिलाते हुए देख सकता था।

उदास ठग के विचार

जब वे घर के बाहर वाली गली के नुक्कड़ पर मुड़ गये तो एर्दोसैन बोला, "मुझे नहीं मालूम कि इतना बड़ा उपकार जो तुमने मुझ पर किया है उसके लिए तुम्हारा शुक्रिया कैसे करूँ। तुमने मुझे इस तरह पैसे क्यों दिए?"

हेफ्नर, चलते हुए जिसके कंधे उत्तेजना या घबराहट में फड़क रहे थे, उसकी तरफ़ उदासीनतापूर्वक मुड़ा और उसने जवाब दिया, "मुझे कोई अंदाज़ा नहीं कि क्यों दिए। शायद एक अच्छे पल में तुमने मेरा ध्यान अपनी तरफ़ खींच लिया। लेकिन अगर रोज़ ऐसा करना पड़े तो बात अलग होगी।...लेकिन इस तरह...और वैसे भी याद है ना कि मुझे ये पैसे एक हफ़्ते के भीतर मिल जायेंगे..."

एर्दोसैन पूछे बिना न रह सका, "लेकिन ऐसा क्यों है कि तुम्हारे पास इतनी दौलत है फिर भी तुम दलाली कर रहे हो?"

गुस्से में, हेफ्नर मुड़ कर उसके सामने आ गया और बोला, "देखो, दलाली ऐसा काम नहीं है जो कोई भी कर सके। और फिर मैं उन तीन औरतों को बीच मझधार में कैसे छोड़ दूँ जो एक महीने में मुझे 2000 पेसोस कमा कर देती हैं? क्या तुम छोड़ दोगे? नहीं। तो फिर?"

"पर क्या तुम उनकी परवाह नहीं करते? क्या उनमें से कोई एक ऐसी नहीं है जिसके लिए तुम ख़ास खिंचाव महसूस करते हो?" जैसे ही एर्दोसैन ने ये सवाल पूछा तो उसे एहसास हो गया कि ये कितना मूर्खतापूर्ण सवाल था।

उस दलाल ने एर्दोसैन को एक पल के लिए घूरा और फिर कड़े स्वर में बोला, "मेरी बात सुनो। अगर कल एक डॉक्टर मेरे पास आकर कहे कि वह लड़की एक हफ़्ते में मरने वाली है, चाहे तुम उसे वेश्यालय से निकालो या नहीं, तो मैं उस लड़की को, जिसने पिछले चार सालों में मुझे 30,000 पेसोस दिए हैं, छः दिन काम करने और सातवें दिन मर जाने की इजाज़त दे दूँगा।"

ठग का स्वर अब कड़ा और रूखा हो गया था। उसके शब्दों में एक ख़ास किस्म

की उग्र कड़वाहट थी, ऐसी कड़वाहट जो एर्दोसैन सभी रहस्यमय, कम बोलने वाले कमीने लोगों और ऊबे हुए अपराधियों की आवाज़ में पहचान लेता, जिनसे वो मिलता था।

"दया?" दूसरा आदमी बोला, "इन रंडियों को दया की ज़रूरत नहीं है। वे सख्त जान, बदला लेने वाली कुतियाएँ हैं। यही हैं वे। हैरान होने की ज़रूरत नहीं। मुझे पता है मैं क्या कह रहा हूँ। वे सिर्फ़ अच्छी पिटाई को ही समझती हैं। दस में से नौ लोगों की तरह तुम सोचते हो कि दलाल ही उनका शोषण करता है, और ये कि लड़की पीड़ित और त्रस्त होती है। लेकिन मुझे ये बताओ कि एक लड़की को वो सारे पैसे क्यों चाहिए जो वो कमाती है? उपन्यासकार जो नहीं लिखते वो यह है कि एक वेश्या जिसके पास एक मर्द नहीं है, हमेशा बेतहाशा किसी शख्स को ढूँढती रहती है जो उसे धोखा दे, समय-समय पर उसकी पिटाई करे और उसका सारा पैसा ले ले। ऐसा कहा जाता है कि औरतें मर्द के बराबर होती हैं। शुद्ध बकवास है। औरतें, मर्दों से कमतर ही होती हैं। ज़रा जंगली जनजातियों को देखो। वहाँ औरतें ही खाना बनाती हैं, काम करती हैं और सब कुछ करती हैं, जबकि मर्द शिकार करने जाते हैं या लड़ने। आज भी यही हाल है। पैसा कमाने के अलावा मर्द कुछ नहीं करते। और ये बात बिलकुल सही है, एक रंडी किसी भी उस आदमी से नफ़रत करेगी जो उससे उसका पैसा नहीं लेता। ओह हाँ, जैसे ही वो तुम पर ज़रा कोमल हो जाएँ तो पहली चीज़ जो वो चाहती हैं वो ये कि तुम उससे पैसे माँगो...तुम सोच भी नहीं सकते उस दिन वो कितनी खुश होती हैं जब तुम कहते हो, 'डार्लिंग, क्या तुम मुझे 100 पेसोस दे सकती हो?' इससे वो तुम्हारे ऊपर शर्तिया मर मिटेगी, उसे अच्छा लगेगा। आखिरकार जिस गन्दी तरह से वो पैसा कमा रही है वो अच्छे मकसद के लिए इस्तेमाल हो रहा है, उसके मर्द को खुश करने के लिए। बेशक किसी उपन्यासकार ने कभी ये बात नहीं लिखी। इसलिए लोग सोचते हैं कि हम राक्षस हैं या चिड़ियाघर के जानवर, जैसा कि हमारी तस्वीर सस्ते उपन्यासों में उकेरी जाती है। लेकिन अगर तुम आकर हमारी दुनिया में रहो और हमें अच्छी तरह जानो, तो तुम देखोगे कि ये बिलकुल हमारे बुर्जुआ लोगों या हमारे अभिजात वर्ग की तरह ही है। एक रखैल कैबरे आर्टिस्ट को हिकारत से देखती है, आर्टिस्ट गलियों में घूमने वाली बाज़ारू औरत को नीचा समझती है तो गलियों वाली बाज़ारू और वेश्यालय में रहने वाली रंडी को अपने से तुच्छ समझती है, और सबसे ज़्यादा हैरानी की बात तो ये है कि कोठे में रहने वाली लड़की लगभग हमेशा अपने लिए किसी घटिया नीच को ही चुनती है, जबकि कैबरे आर्टिस्ट खुद को चलाने के लिए किसी विशुद्ध बाप पर निर्भर बेटे या किसी कुटिल डॉक्टर को ही चुनती है। तुम एक रंडी का मनोविज्ञान जानना चाहते हो? एक लड़की जिसे मेरे एक दोस्त ने छोड़ दिया था, ने रोते हुए मुझे संक्षेप में बताया था, 'सिर्फ़ अपने नितम्बों से मैं एक मर्द को पाल सकती हूँ।' आम लोग और उपन्यासकार ये नहीं जानते। लेकिन इसका लब्बोलुबाब एक फ्रेंच कहावत में है, 'एक भिखारी औरत के पिछवाड़े को नहीं धकेल सकता'।"

एर्दोसैन हतप्रभ होकर उसे घूरता रह गया। हेफ्नर ने बोलना जारी रखा, "दलाल से

बेहतर एक रंडी की देखभाल कौन करता है? जब वो बीमार पड़ती है या पुलिस उसे उठा लेती है तो कौन उसकी परवाह करता है? लोग जानते क्या हैं? अगर एक शनिवार को तुम एक वेश्या को अपने दलाल से ये कहते सुनो, 'मेरी जान, इस हफ़्ते पिछले हफ़्ते के देखते मैंने पचास और ग्राहकों से सेक्स किया,' तो तुम भी एक दलाल ही होना चाहोगे, नहीं? क्योंकि वो 'पचास बार और सेक्स' उतने ही गर्व से कहती है जितना कि एक ईमानदार औरत अपने पति को बताते हुए कि 'प्रिय, इस महीने मैंने तीस पेसोस बचा लिए क्योंकि मैंने नयी ड्रेस नहीं खरीदी और सारे कपड़े भी खुद धोये।' मेरी बात को मानो औरतें, ईमानदार हों या नहीं, ऐसी जीव होती हैं जो अपनी क़ुरबानी देना पसंद करती हैं। वो ऐसी ही बनी हैं। तुम्हें क्या लगता है, फ़ादर्स ऑफ़ द चर्च औरतों को इतना नापसंद क्यों करते थे? उनमें से ज़्यादातर औरतों की ही बदौलत ऐश से ज़िन्दगी बिता चुके थे और जानते थे कि वो किस बारे में बात कर रही हैं। और वेश्याएँ तो बदतर होती हैं। वे बच्चों की तरह होती हैं। उन्हें हर बात बतानी पड़ती है। 'तुम यहाँ चलोगी; उस नुक्कड़ के आगे मत जाना; उस माफ़िया के लफ़ंगे को पूरा दिन मत देना; उस औरत से झगड़ना मत'। उन्हें हर छोटी बात सिखानी पड़ती है।''

वे बाग़ की दीवारों के पास से गुज़र रहे थे और शाम की हल्की हवा में उस दलाल के शब्दों ने एर्दोसैन को स्तब्ध कर दिया। उसे एहसास हुआ कि वो एक ऐसी ज़िन्दगी को छू कर निकल रहा था जो उसकी ज़िन्दगी से बिलकुल अलग थी। उसने पूछा, ''तुमने शुरुआत कैसे की?''

''तब मैं बहुत छोटा था। मैं तेईस बरस का था और गणित का प्रोफ़ेसर था। हाँ, मैं प्रोफ़ेसर हूँ।'' हेफ्नर ने गर्व से बताया, ''गणित का प्रोफ़ेसर। मैं पढ़ा कर अपनी रोज़ी-रोटी चला रहा था। फिर एक रात रिन्कों के एक कोठे में मैं एक फ्रेंच लड़की से मिला। मैं उसे बहुत पसंद करता था। दस साल पहले की बात है। उसी वक्त मुझे एक रिश्तेदार से 5000 पेसोस विरासत में मिले थे। मुझे लुसीयेन नाम की लड़की पसंद थी तो मैंने उससे कहा कि वो मेरे साथ रहे। उसका एक दलाल था, एक विशाल क्रूर बंदा जिसे मर्सेलाई के नाम से जाना जाता था। वह उससे कभी-कभार मिलती रहती थी। मैं नहीं जानता कि वो मेरी मीठी बातें थीं या मेरी शक्ल सूरत, पर सच्चाई ये है कि वो भी मुझे प्यार करने लगी थी और एक तूफ़ानी रात में मैं चुपके से उसे उस वेश्यालय से निकाल लाया। फिर क्या नाटक हुआ! पहले हम कोरडोबा की पहाड़ियों पर रहे, फिर मार देल प्लाटा में समुद्र के किनारे, और जब हमने सारे 5000 पेसोस खर्च कर दिए तो मैंने उससे कहा, 'तो अब ये खुशहाल ज़िन्दगी ख़त्म। सब ख़त्म हो गया।' लेकिन वो बोली, 'नहीं, मेरी जान, तुम और मैं कभी जुदा नहीं होंगे।''

अब वो दोनों पत्तों से बने मेहराबों, एक-दूसरे से उलझी शाखाओं और हरियाली के अर्धगोलाकार मंडपों के नीचे चल रहे थे।

"और मुझे जलन होने लगी। क्या तुम सोच सकते हो कि उस औरत के लिए ईर्ष्यालु महसूस करना कैसा होता होगा जो हरेक के साथ सोती हो? या फिर उस पहले लंच को खाते हुए कैसा लगता होगा, जिसका भुगतान उसने उस पैसे से किया हो जो किसी मालदार बूढ़े ने उसे दिए हों? गलत तरीके से कांटे-छुरी से खाते हुए जबकि वेटर आप दोनों को देख रहा हो और समझ रहा हो कि क्या हो रहा है? या उसके हाथ में हाथ डाल कर गली में घूमने का सुख जबकि पुलिसवाला आपको ध्यान से देख रहा हो? या ये जानना कि वो औरत जो इतने सारे मर्दों के साथ सोती है, तुम्हें सिर्फ़ तुम्हें पसंद करती है? मैं बता सकता हूँ कि ये बहुत ही बढ़िया एहसास होता है, जब आप एक गलियों में घूमने वाली वेश्या के साथ हों। और वही इस बात का भी ख़याल रखे कि आपको एक दूसरी लड़की भी मिल जाये, वही उस लड़की को घर लेकर आये, ये कहते हुए कि हम दोनों सलहजें होने जा रही हैं, वही उस नयी छोटी लड़की को लाये ताकि वही आपसे सेक्स कर सके—और आप जितना शर्मिंदा और शर्मसार होते हैं, उतना ही उसे आपकी नैतिक हिचक और संकोच को कमज़ोर करने में ख़ुशी मिलती है, आपको उसके अपने स्तर तक नीचे लाने में और फिर अचानक जब आपको इसकी सबसे कम आशंका होती है, आपको लगता है कि आप गले तक गन्दगी में डूब गये हैं...और तब शुरू होता है असली खेल। और आपको तब तक इस स्थिति का फ़ायदा उठाना होता है जब तक वो आपके साथ फँसी है, क्योंकि एक दिन वो किसी और के लिए दीवानी हो सकती है और जिस तरह वह बिना देखे-समझे आपके साथ हो ली वो फिर किसी और के लिए कुर्बान होने चली जाएगी। आप कह सकते हैं कि एक औरत को एक मर्द की ज़रूरत ही क्यों है? लेकिन मैं तुम्हें सीधे-सीधे बताता हूँ—किसी भी कोठे का मालिक एक औरत से नहीं निपटना चाहता। वो हमेशा उसके दलाल से धंधा करना चाहते हैं। और दलाल ही वो शख़्स है जो उस औरत को मन का सुकून दे सकता है ताकि वो अपनी ज़िन्दगी ठीक-ठाक चला सके। पुलिसवाले उसे परेशान नहीं करते। अगर उसे गिरफ़्तार कर लिया जाता है तो दलाल उसे छुड़ा लाता है; अगर वो बीमार हो जाती है तो वही उसे क्लिनिक ले जाता है जहाँ उसकी देखभाल हो सके; वह उसे तमाम तरह के लफड़ों से दूर रखता है और सिर्फ़ उसके लिए हज़ारों अविश्वसनीय चीज़ें करता है। देखो, अगर कोई औरत इस धंधे में अपने आप काम करने की कोशिश करती है तो या तो उस पर हमला हो जाता है, पिटाई हो जाती है, या उसे लूट लिया जाता है या फिर वो किसी और खतरनाक मामले में फँस जाती है। लेकिन एक मर्द की हिफ़ाज़त में लड़की चैन से काम कर सकती है, उसे कोई दिक्कत नहीं होती, उसके साथ कोई फ़ालतू की बात करने की कोशिश नहीं करता, हर कोई उसकी इज़्ज़त करता है। और चूँकि—चाहे किसी भी वजह से—उसने अपने लिए यह ज़िन्दगी चुनी है तो ऐसी कोई वजह नहीं कि वो अपने पैसे का इस्तेमाल वे सारी खुशियाँ खरीदने के लिए करे जिनकी उसे चाहत रही है।"

"बेशक ये सब तुम्हारे लिए नया है लेकिन तुम्हें इस आइडिए की आदत हो जाएगी। और अगर तुम इससे सहमत नहीं तो ये समझाओ कि एक 'दलाल' के पास सात औरतें

कैसे हो सकती हैं। जब वो रेपोलो अपने पूरे जलवे में था तो ग्यारह औरतें उसके लिए काम कर रही थीं। और जुलिओ द दागो के पास आठ थीं। लगभग सभी फ्रेंच दलालों के पास तीन–तीन औरतें हैं। और न सिर्फ़ वे सभी एक–दूसरे को जानती हैं बल्कि वे साथ–साथ भी रहती हैं और उनमें ये होड़ लगी रहती है कि कौन अपने मर्द को सबसे ज़्यादा औरतें लाकर दे सकती है, क्योंकि ये उनके लिए प्रतिष्ठा की बात है कि वो ऐसे किसी शख़्स की पसंदीदा हैं, जिसकी एक नज़र उन्हें सबसे सख्त छापेमारी से बचा सकती है। और फिर ये बेचारियाँ इतनी पागल होती हैं कि आपको कभी पता ही नहीं चलता कि उनके लिए दुखी हुआ जाये या लाठी से उनका सिर फोड़ दिया जाये।''

एर्दोसैन इस आदमी की औरतों के प्रति नफ़रत से विह्वल महसूस करने लगा। उसे याद आया किस तरह एक बार ज्योतिषी ने उसे इस शख़्स के बारे में बताया था, ''ये उदास ठग उस तरह का आदमी है जो जब भी एक औरत को देखता है तो पहली बात यही सोचता है, 'सड़कों पर ये नयी छोकरी पाँच पेसोस लाएगी या दस, या बीस,' बस और कुछ नहीं।''

एर्दोसैन को उससे नफ़रत–सी होने लगी। बातचीत का विषय बदलने के लिए, उसने कहा, ''ठीक है, लेकिन मुझे बताओ...क्या तुम्हें लगता है कि ज्योतिषी की स्कीम कारगर होगी?''

''नहीं।''

''क्या वो ये जानता है?''

''हाँ।''

''तो फिर तुम उसका साथ क्यों देते रहते हो?''

''मैं एक खास हद तक ही उसकी हाँ में हाँ मिलाता रहता हूँ। और सिर्फ़ इसलिए क्योंकि मैं बस इस ज़िन्दगी से ऊब चुका हूँ। जीवन का कोई मतलब ही नहीं है, तो फिर जिस तरफ़ की हवा चले उसी तरफ़ क्यों न हो लिया जाए?''

''तो तुम्हारे लिए जीवन का कोई मतलब नहीं।?''

''बिलकुल भी नहीं। हम पैदा होते हैं, हम जीते हैं, फिर मर जाते हैं, लेकिन उससे सितारे घूमना बंद नहीं कर देते या चीटियाँ अपना काम करना बंद नहीं कर देतीं।''

''और तुम वाकई ऊब गये हो?''

''कुछ–कुछ मैंने एक उद्योगपति की तरह अपने जीवन का प्लान बना लिया है। हर रोज़ मैं आधी रात को सोने जाता हूँ और सुबह नौ बजे उठता हूँ। एक घंटा वर्जिश करता हूँ, नहाता हूँ, अखबार पढ़ता हूँ, लंच करता हूँ और फिर दोपहर की नींद लेता हूँ। फिर शाम छह बजे मैं कॉकटेल पीता हूँ, नाई के पास जाता हूँ। रात आठ बजे खाना खाता हूँ, फिर मैं एक

कैफ़े जाता हूँ। आज से दो साल बाद जब मेरे पास 2,00,000 पेसोस जमा हो जायेंगे तो मैं इस खेल से रिटायर हो जाऊँगा और अपनी बाकी ज़िन्दगी अपनी आमदनी पर बिताऊँगा।''

''फिर ज्योतिषी की सीक्रेट सोसाइटी में तुम्हारे रोल का क्या मतलब है?''

''अगर उसे उतना पैसा मिल जाता है, तो मैं लड़कियाँ ढूँढने और एक कोठा शुरू करने में उसकी मदद कर दूँगा।''

''लेकिन अपने मन में तुम ज्योतिषी के बारे में वाकई क्या सोचते हो?''

''यही कि वो एक बावला है जो सफल हो भी सकता है, नहीं भी।''

''लेकिन उसके आइडियाज़...''

''उसके कुछ विचार साफ़ नहीं हैं,गड्ड-मड्ड हैं, कुछ बड़े साफ़-स्पष्ट लगते हैं, लेकिन ईमानदारी से, मुझे नहीं मालूम कि उसका वाकई मकसद क्या है। कभी-कभी ऐसा लगता है कि आप किसी प्रतिक्रियावादी को सुन रहे हैं, कभी वो वामपंथी लगता है और तुम्हें सच बताऊँ तो मेरे ख़याल से खुद उसे नहीं पता कि वो चाहता क्या है।''

''और अगर वो सफल हो जाता है तो?''

''तब भगवान् ही जानता है कि क्या होगा! वैसे, क्या ये तुम थे जिसने एशियाटिक हैज़ा के कीटाणु पैदा करने और पालने का विचार पेश किया था?''

''हाँ...ये एक पूरी सेना के खिलाफ़ बहुत बढ़िया हथियार होगा। ज़रा सोचो सेना के हर बैरक में इस कीटाणु के एक बैच (batch) को छोड़ दिया जाये। तीस और चालीस आदमी एक पूरी सेना को एक झटके में ख़त्म कर सकते हैं और सर्वहारा जनता के लिए क्रांति का रास्ता खुल सकता है...''

''ज्योतिषी तुम्हारे बारे में बहुत अच्छी राय रखता है। वह हमेशा तुम्हारे बारे में एक ऐसे शख्स के तौर पर बात करता है जो बहुत आगे जायेगा।''

एर्दोसैन ख़ुशी से हँसा।

''हाँ, हमें इस समाज को नष्ट करने के लिए कोई रास्ता तो ढूँढना ही होगा। लेकिन जो हम पहले कह रहे थे वापस उस तरफ़ जाते हुए, जो मैं नहीं समझ पा रहा हूँ वो है हम सबके बरअक्स तुम्हारी स्थिति, तुम्हारा दर्जा...''

हेफ्नर जल्दी से एर्दोसैन की तरफ़ मुड़ा, उसे ऊपर से नीचे तक देखा मानो उसके बोलने के तरीके पर हैरान हो और फिर उपहासपूर्ण हँसी के साथ बोला, ''मेरी कोई स्थिति, कोई दर्जा नहीं है, जैसा कि तुमने कहा। तुम्हें समझना होगा कि ज्योतिषी की मदद करने के लिए मुझे कोई ख़ास कोशिश नहीं करनी पड़ रही। इसके परे, उसके सारे सिद्धांत मेरे

लिए सिर्फ़ गर्म हवा ही हैं। वो बस एक दोस्त है जो एक कारोबार शुरू करने जा रहा है जो कानूनी तौर पर स्वीकृत है, जायज़ है। बस इतना ही। अब इस कारोबार से कमाए गये पैसे को वो एक गुप्त संस्था में लगाता है या एक कॉन्वेंट में—मेरे लिए एक ही बात है। तो तुम देख सकते हो कि इस मशहूर सोसाइटी में मैं जो भी रोल अदा करूँगा वह बिलकुल तटस्थ होगा।''

''लेकिन क्या ये तुम्हें तर्कसंगत लगता है, एक क्रांतिकारी संस्था का आधार दुराचार के ज़रिये औरतों के शोषण को बनाना?''

ठग ने अपने होंठ दबाए और एर्दोसैन को तिरछी नज़र से देखते हुए जवाब दिया, ''तुम बकवास कर रहे हो। हमारा मौजूदा समाज मर्द, औरत और बच्चों के शोषण पर आधारित है। जाओ अवेल्लान्दा के स्टील वर्क्स में जाकर देखो, गोश्त पैक करने वाले प्लांट्स में जाकर देखो, काँच, माचिस और तम्बाकू फ़ैक्टरियों में जाकर देखो।'' ये कहते हुए वह बड़े अरुचिकर तरीके से हँसा। ''हम में से जो लड़कियों को चलाते हैं, उनके पास एक या दो लड़कियाँ ही होती हैं; लेकिन उद्योगपति तो इंसानों के एक विशाल समूह को चलाते हैं, उन पर काबू रखते हैं। उनके लिए सबसे अच्छा नाम क्या होगा? और कौन ज़्यादा निर्दयी है, एक कोठे का मालिक या एक बड़ी कंपनी का शेयर होल्डर? दूर क्यों जाएँ, क्या वे तुमसे 100 पेसोस की तनख्वाह पर ईमानदारी की उम्मीद नहीं कर रहे थे, जबकि तुम अपने पर्स में उनके लिए दस हज़ार लेकर घूम रहे थे?''

''तुम सही हो...लेकिन फिर तुमने मुझे पैसे क्यों दिए?''

''वो बिलकुल अलग बात है।''

''लेकिन मैं जानना चाहूँगा।''

''ठीक है, तो फिर मुलाकात होती है।''

और इससे पहले कि एर्दोसैन कुछ जवाब दे पाता, दूसरा आदमी पत्तों से ढँकी एक गली की तरफ़ मुड़ गया। वह बहुत तेज़ क़दमों से चल रहा था। एर्दोसैन ने एक पल के लिए उसे घूरा और फिर उसके पीछे चल पड़ा। अगले नुक्कड़ पर वह उसके पास आ गया। हेफ्नर तेज़ी से घूमा और उस पर चिल्लाया, ''क्या तुम मुझे बताओगे तुम मुझसे क्या चाहते हो?''

''मैं क्या चाहता हूँ?...मैं तुम्हें ये बताना चाहता हूँ कि जो पैसा तुमने मुझे दिया है उसके लिए तुम्हारा शुक्रिया अदा करने की मेरी ज़रा-सी भी मंशा नहीं है। क्या तुम अपना चेक वापस चाहते हो? यह लो ये रहा।'' बोलते हुए एर्दोसैन ने वो चेक आगे बढ़ाया, लेकिन ठग ने सिर्फ़ उसे व्यंग्यपूर्ण स्वर में कहा, ''बेहूदा बातें मत करो। जाओ और अपना उधार चुका दो।''

सड़क के किनारे की दीवारें एर्दोसैन की आँखों के सामने लहराने सी लगीं। वो इतने कष्ट में था कि बिलकुल पीला पड़ गया। एक लैंपपोस्ट के सहारे वो झुक गया, उसे लगा कि वो उल्टी कर देगा। हेफ्नर उसके कुछ आगे चलकर रुक गया और उसने व्यंग्यात्मक ढंग से पूछा, ''चक्कर से उबर रहे हो?''

''हाँ...कुछ-कुछ...''

''तुम्हारी तबियत ठीक नहीं है...तुम्हें डॉक्टर के पास जाना चाहिए...''

वे कुछ देर चुपचाप चले। एर्दोसैन के लिए लाइट्स कुछ ज़्यादा ही चमकदार थीं, इसलिए वो सड़क की दूसरी तरफ़ चले गए जो छाया में थी। आख़िरकार वे रेलवे स्टेशन पहुँच गये। हेफ्नर प्लेटफ़ार्म में इधर-से-उधर चहलकदमी करता रहा। एकाएक वह एर्दोसैन की तरफ़ मुड़ा, ''क्या कभी तुम्हारा मन हुआ है, किसी से जितना हो सके उतना क्रूर तरीके से बर्ताव करने का?''

''हाँ, कभी-कभी।''

''अजीब बात है।...मैं अभी उस वक्त को याद कर रहा था जब मैंने एक अंधी लड़की को रंडी बनाने का तय कर लिया था।...''

''क्या वो अब भी तुम्हारे आस-पास है?''

''हाँ, वो चोलियाँ बनाने वाले की लड़की है। वो सिर्फ़ सत्रह साल की है। मालूम नहीं क्यों लेकिन उसे देख कर मेरे भीतर सबसे ज़्यादा वहशी फंतासी जाग जाती है।''

''क्या वो अब भी तुम्हारे लिए काम करती है?''

''हाँ, और अब वो पेट से है। क्या तुम सोच भी सकते हो? अंधी और गर्भवती। मैं तुम्हें कभी उससे मिलवाने ले चलूँगा। तुम उससे मिल सकते हो। मैं तुम्हें ये तो बता सकता हूँ कि वो एक दिलचस्प नज़ारा है। क्या तुम सोच सकते हो? अंधी और गर्भवती। और काफ़ी पागल भी। हमेशा सुई अपने हाथों में चुभा लेती है।...और वो सूअर जैसी लालची भी है। तुम मोहित हो जाओगे...''

''और तुम सोचते हो...''

''हाँ, जब ज्योतिषी अपना कोठा शुरू करेगा तो वो पहली लड़की होगी जिसे मैं वहाँ डालूँगा। हम उसे एक राज़ रखेंगे। वो हमारी तरफ़ से पेश किया हुआ एक सरप्राइज़ पैकेज होगा।''

''तुम उससे काफ़ी ज़्यादा अजीब हो, तुम जानते हो?''

''हूँ?''

''क्योंकि तुम्हें समझना बहुत मुश्किल है। जब तुम उस अंधी लड़की की बात कर रहे थे तो मैं उस किस्से के बारे में सोच रहा था जो ज्योतिषी ने मुझे तुम्हारे बारे में बताया था कि तुम एक बार एक ईमानदार औरत से मिले और संयोग से वो औरत तुम्हारे घर आ गयी, लेकिन तुम उससे इज़्ज़त से पेश आये। इससे भी ज़्यादा—नहीं, मुझे कहने दो—ये औरत तुम्हें प्यार करती थी और वो कुंवारी थी, लेकिन तुमने उसे छुआ भी नहीं।''

''वो अलग बात है। अपने पर ज़रा-सा काबू, बस और क्या।''

''नेकलेस वाली कहानी का क्या?''

ज्योतिषी से, एर्दोसैन को ये पता चला था कि एक बार ठग ने किसी नाचने वाली से उसके प्यार की कोई निशानी माँगी थी; और ये कि औरतों के एक समूह के बीच उसने अपना शानदार नेकलेस उतार दिया था जो उसे उसके प्रेमी ने तोहफ़े में दिया था, जो कि एक उमरदार कपड़ों का व्यापारी था। ये नज़ारा कुछ और अजीब हो गया था क्योंकि उस वक्त उसका प्रेमी भी वहाँ मौजूद था। हेफ्नर ने वो हार लिया और सभी को ये देख कर हैरानी हुई कि उसने उसे अपने हाथ में तौला, उसके कीमती रत्नों को जाँचा और फिर एक व्यंग्यपूर्ण मुस्कान के साथ वो हार वापस कर दिया।

''ओह, ये तो आसान-सी बात है,'' हेफ्नर ने जवाब दिया, ''मैं दारू पिए हुए था। लेकिन इतनी भी नहीं कि मुझे ये एहसास न हो कि जो मैं कर रहा हूँ उससे मुझे सारे कैबरे से जुड़े निचले लोगों, खासकर औरतों के बीच जो हमेशा रूमानी ख़यालों से भरी रहती हैं, हमेशा के लिए इज़्ज़त और नेकनामी मिल जाएगी। और सबसे अजीब बात तो ये कि वह बूढ़ा आदमी जिसने रेनी को वो हार दिया था, आधे घंटे बाद मेरे पास आया और उसने नेकलेस न लेने के लिए मेरा शुक्रिया अदा किया। क्या तुम सोच सकते हो? उसने ये सारा नज़ारा पास में ही एक मेज़ पर बैठे हुए और काँपते हुए देखा था—लेकिन उसने किया कुछ नहीं क्योंकि उसे डर था कि कहीं उसकी बदनामी न हो जाये। वह सबसे ज़्यादा परेशान इस बात से था कि उसके नेकलेस का क्या होगा।...आप इतना नीचे कैसे गिर सकते हैं? बहरहाल, ला प्लाटा की ट्रेन आ गयी, मैं चलता हूँ। जल्दी मिलेंगे...ओह हाँ, अगले बुधवार को ज्योतिषी के यहाँ जो मीटिंग है, उसमें ज़रूर आना। वहाँ तुम्हें मुझ से भी ज़्यादा दिलचस्प लोग मिलेंगे।''

सोच में गहरे डूबे हुए एर्दोसैन ने प्लेटफ़ॉर्म पार किया और ब्युनो आयर्स वाले प्लेटफ़ॉर्म पर चला गया। इसमें कोई शक नहीं कि हेफ्नर एक हैवान था।

अपमान

उस रात वो आठ बजे घर पहुँचा।

''डाइनिंग रूम की बत्ती जल रही थी।...लेकिन मुझे समझाने दो...'' एर्दोसैन ने मुझसे कहा, ''मेरी बीवी और मैं ऐसी ख़राब हालत में थे कि जिसे हम डाइनिंग रूम कहते थे वो बस एक खाली कमरा था, जिसमें फ़र्नीचर न के बराबर था। दूसरा कमरा हमारा बेडरूम था। तुम पूछ सकते हो कि जब हम इतने गरीब थे तो हमने एक मकान क्यों किराए पर लिया हुआ था, लेकिन ये ऐसी बात थी जिस पर मेरी बीवी अड़ गयी थी—उसे इससे बेहतर और खुशनुमा दिन याद थे और वो 'घर को बनाने' के आइडिया की कभी आदी नहीं हो पायी।''

''डाइनिंग रूम में जो अकेला फ़र्नीचर था वो थी एक देवदार की लकड़ी की मेज़। कमरे के एक कोने में एक तार बँधा था जिस पर हम अपने कपड़े लटकाते थे, दूसरे कोने में टीन का एक संदूक था, जिससे ये लगता था कि हम एक खानाबदोश-सी ज़िन्दगी जीते हैं जो एक दिन एक अंतिम यात्रा के साथ ख़त्म हो जाएगी। बाद में मैंने अक्सर 'यात्रा के उस एहसास' के बारे में सोचा है जो उस कमरे के एक कोने में पड़े एक सस्ते से संदूक के कारण उस शख्स के अन्दर जागता था जो जानता था कि वो जेल जाने की कगार पर है।

''जैसा कि मैं कह रहा था, बत्ती जली हुई थी। जैसे ही मैंने दरवाज़ा खोला, मैं मानो जम-सा गया। मेरी बीवी मेरा इंतज़ार कर रही थी, बाहर जाने के लिए तैयार। वो मेज़ पर बैठी हुई थी, एक काला पतली जाली वाला हैट पहने जिसकी जाली वाला पर्दा उसके गुलाबी गालों तक आ रहा था। उसके पैरों के दायीं तरफ़ एक सूटकेस पड़ा था और मेरे अन्दर आते ही या जब मैं अन्दर आकर दरवाज़े पर ही स्तब्ध खड़ा था मानो लकवा मार गया हो तो मेज़ के दूसरी तरफ़ एक आदमी उठ खड़ा हुआ।

''एक सेकंड के लिए हम में से कोई भी नहीं हिला।...कप्तान वहीं खड़ा रहा, उसका एक हाथ मेज़ पर था और दूसरा उसकी तलवार की मूठ पर, मेरी बीवी की आँखें फ़र्श की तरफ़ झुकी हुई थीं और मैं अभी तक दरवाज़े पर हाँफते हुए खड़ा हुआ मुँह बाए उन दोनों को देख रहा था। उस आदमी को कभी न भूल पाने के लिए वो क्षण ही मेरे लिए काफ़ी था। वो लम्बा था और उसकी वर्दी में से उसका मज़बूत और खिलाड़ियों जैसा शरीर दिखाई दे

रहा था। जब उसकी नज़रें मेरी बीवी की तरफ़ से हटीं, तो उसमें एक अजीब सख्त-सा भाव आ गया। मैं कुछ ज़्यादती नहीं करूँगा अगर मैं ये कहूँ कि वो मेरी तरफ़ कुछ अकड़ कर देख रहा था, मानो मैं निचले रैंक का हूँ। मैंने भी वापस उसे घूरा। उसके हट्टे-कट्टे शरीर के उलट उसका चेहरा छोटा और अंडाकार था, नाजुक-सी नाक और पतले तीखे होंठ। अपने सीने पर उसने वायुसेना के पायलट का बैज लगाया हुआ था।

मेरे पहले शब्द थे, ''यहाँ क्या चल रहा है?''

''ये सज्जन...'' लेकिन फिर एलसा शर्मा गयी और खुद को सुधारते हुए बोली, ''रेमो'' मुझे मेरे पहले नाम से पुकारते हुए उसने कहा, ''रेमो, मैं तुम्हारे साथ अब और नहीं रह सकती।''

एर्दोसैन को इस पर कुछ कहने का वक्त ही नहीं मिला, इससे पहले ही कप्तान बोल उठा, ''तुम्हारी बीवी, जिससे मैं कुछ वक्त पहले मिला था...''

''और तुम उससे कहाँ मिले?''

''ये किस तरह का सवाल है?'' एलसा बीच में बोली।

''ठीक कहा,'' कप्तान ने भी विरोध करते हुए कहा। ''जैसा कि तुम्हें मालूम होना चाहिए, कुछ बातें ऐसी होती हैं जो कोई पूछता नहीं।''

एर्दोसैन का चेहरा लाल हो गया।

''हो सकता है कि तुम ठीक कह रहे हो...मैं शर्मिंदा हूँ...''

''और चूँकि तुम इतना नहीं कमाते कि इसकी ठीक से देख-रेख कर सको...''

एर्दोसैन ने अपनी पैंट की जेब में रखी रिवॉल्वर के हत्थे को कस के पकड़ लिया और कप्तान को घूरा। फिर इस ख़याल से कि उसके पास डरने के लिए कुछ नहीं है, वो बेवजह मुस्कुरा पड़ा। अगर वो चाहता तो उसे आसानी से मार सकता था।

''जो मैं कह रहा हूँ उसमें मुझे कुछ भी मज़ाकिया नहीं लगता।''

''नहीं, ऐसे ही कोई बेकार-सा ख़याल दिमाग में आया। तो, उसने तुम्हें ये भी बता दिया?''

''हाँ, और उसने ये भी कहा कि तुम एक हताश प्रतिभा हो...''

''हमने तुम्हारे आविष्कारों के बारे में बात की।...''

''हाँ, धातु के फूल बनाने की तुम्हारी स्कीम...''

“फिर तुम जा क्यों रही हो?”

“मैं थक गयी हूँ, रेमो।”

एर्दोसैन उस गुस्से को महसूस कर सकता था जो उसके होंठों को बुरा-भला कहने और कोसने के लिए ऐंठ रहा था। वो उसका अपमान कर सकता था, लेकिन इस विचार ने कि कप्तान बहुत आसानी से उसकी पिटाई कर सकता था, उसे रोक लिया।

“तुम हमेशा थकी हुई रहीं...अपने माँ-बाप के घर में भी तुम थकी हुई थीं...और यहाँ...पहाड़ों पर भी।...तुम्हें याद है?”

भौचक्क एलसा ने सिर्फ़ हामी में सिर हिलाया।

“थकी हुई।...ऐसा क्या है जिसकी वजह से तुम थकी हुई रहीं?...सभी औरतें थकी हुई ही लगती हैं...मुझे कोई आइडिया नहीं कि ऐसा क्यों है, लेकिन वे थकी हुई होती हैं... तुम्हारा क्या कप्तान, क्या तुम भी थके हुए नहीं हो?”

बिना मतलब किसी के बीच में आने वाले शख्स ने उसे ऊपर से नीचे तक देखा।

“थकान से तुम्हारा क्या मतलब है?”

“ऊब, पीड़ा।...क्या तुमने ध्यान दिया है कि हम ऐसे संकट के समय से गुज़र रहे हैं जिसका ज़िक्र *बाइबिल* में है? ऐसा मेरा एक दोस्त कहता है जिसने एक अपाहिज से शादी की है। वो अपाहिज वेश्या है। धार्मिक चरित्र की।”

“मैंने इस बारे में कभी सोचा नहीं।”

“मैंने हालाँकि सोचा है। तुम सोच सकते हो कि इन हालात में मेरा कष्टों की बात करना अजीब है। लेकिन चीज़ें ऐसी ही हैं...मर्द इतने उदास हैं कि किसी के द्वारा उनको अपमानित करने की ज़रूरत है।”

“मैं ऐसा नहीं देख सकता।”

“बेशक, जितना तुम कमाते हो उसके कारण...वैसे तुम कितना कमाते हो? पाँच सौ?”

“कुछ इतना ही।”

“बेशक इतना कमाते हो तो ये तर्कसंगत है...”

“क्या तर्कसंगत है?”

“कि तुम फँसा हुआ, उलझा हुआ महसूस नहीं करते।”

कप्तान की सख्त नज़र एर्दोसैन पर टिक गयी।

''उसकी बात मत सुनो, गेर्मेन,'' एलसा बीच में ही बोली। ''रेमो हमेशा पीड़ा और दु:ख की इसी तरह बात करता रहता है।''

''क्या ऐसा है?''

''हाँ...जबकि ये खुश रहने में विश्वास करती है, एक तरह की 'शाश्वत ख़ुशी' वो महसूस करेगी अगर वो अपना सारा समय मज़ा करने में बिता सके...''

''मुझे नाखुश होना नापसंद है।''

''बेशक, चूँकि तुम नाखुशी में विश्वास नहीं करतीं, वो भयानक नाखुशी जो हमारे भीतर है, बहुत गहरे...आत्मा की नाखुशी जो हमारी हड्डियों को खाती, खोखला करती रहती है गुप्त रोग की तरह।''

वे सब चुप हो गये। कप्तान जो ज़ाहिर तौर पर ऊब रहा था, अपने करीने से पोलिश किये गये नाखूनों को ध्यान से देख रहा था।

जाली वाले परदे में से एलसा अपने उस पति के मरियल चेहरे को घूरने लगी, जिसे वह कभी बहुत प्यार करती थी, जबकि एर्दोसैन खुद इस पहेली को सुलझाने की कोशिश कर रहा था कि उसके अन्दर इतना विशाल खालीपन क्यों है, वह खालीपन जो उसकी चेतनता को लील रहा था, वो शब्द ढूँढने में अपने को बिलकुल असमर्थ पा रहा था जिनके ज़रिये वो इस शाश्वत यंत्रणा को प्रकट कर सके।

अचानक कप्तान ने ऊपर देखा।

''तुम अपने धातु के फूल कैसे बनाना चाहते हो?''

''आसान है।...मसलन आप एक फूल लें, उसे अल्कोहल में मिले सिल्वर नाइट्रेट के घोल में डुबो दें। फिर आप उस फूल को प्रकाश में रख दें, जो नाइट्रेट को धातु में बदल देगा, तो वह गुलाब अब चाँदी के एक झीने आवरण में ढँक जायेगा और चाँदी एक संचालक होती है। फिर आप कॉपर प्लेटिंग के गल्वानो-प्लास्टिक प्रणाली का इस्तेमाल करें...और आपको मिल जायेगा एक फूल जो अब ताँबे का गुलाब है। इस प्रक्रिया को बहुत से अलग-अलग तरीकों में लागू किया जा सकता है।''

''ये मौलिक विचार है।''

''क्या मैंने तुम्हें बताया नहीं था कि रेमो बहुत योग्य है?''

''मैं वो देख सकता हूँ।''

''हाँ, मैं योग्य हूँ, लेकिन मुझमें जीवन की कमी है।...उत्साह की। किसी तरह के अभिभूत कर देने वाले सपने की।...एक महान भ्रम की जो मुझे उसे हासिल करने के लिए प्रेरित करे...बहरहाल, विषय बदलते हैं, क्या तुम दोनों को उम्मीद है कि तुम खुश रहोगे?''

''हाँ।''

वे फिर चुप हो गये। बल्ब की पीली रौशनी में उन तीनों के चेहरे मोम के मुखौटे जैसे लग रहे थे। एर्दोसैन को एहसास हुआ कि कुछ ही मिनटों में सब कुछ ख़त्म हो जायेगा। अपनी हताशा को काटते हुए उसने कप्तान से पूछा, ''तुम यहाँ क्यों आये?''

दूसरा आदमी कुछ सकुचाया, फिर बोला, ''मैं तुमसे मिलना चाहता था।''

''क्या तुम्हें लगा था कि इसमें मज़ा आएगा?''

कप्तान का चेहरा लाल हो गया, ''नहीं...मैं कसम खाता हूँ, मैंने ऐसा नहीं सोचा था।''

''फिर क्या?''

''मैं बस उत्सुक था। पिछले कुछ हफ़्तों में तुम्हारी बीवी ने मुझे तुम्हारे बारे में बहुत कुछ बताया है। और फिर...मैंने कभी सोचा ही नहीं था कि मैं ऐसी स्थिति में होऊँगा।...अगर देखा जाये तो...मुझे कोई आइडिया नहीं है कि मैं क्यों आया।''

''तुमने देखा? ऐसी चीज़ें हैं जिन्हें हम समझा नहीं सकते। मिसाल के तौर पर मैं खुद को समझाने की कोशिश कर रहा हूँ कि मैं तुम्हें गोली चला कर मार क्यों नहीं देता, जबकि मेरी जेब में एक रिवॉल्वर भी है।''

एलसा ने एर्दोसैन की तरफ़ देखा जो मेज़ के सिरे पर खड़ा था।...कप्तान ने पूछा, ''क्या है जो तुम्हें रोक रहा है?''

''सच ये है कि मुझे पता नहीं...या शायद...हाँ, मुझे यकीन है कि यही वजह है। मुझे लगता है कि हम में से हरेक के दिल में एक किस्मत की रेखा होती है। ये कुछ ऐसा है कि हम कुछ बातों को पहले ही भांप लेते हैं, भला हो हमारी रहस्यमय सहज प्रवृत्ति का। मुझे लगता है कि हर वो बात जो मेरे साथ अब हो रही है, वो पहले से ही किस्मत की उस रेखा पर अंकित है।...जैसे मैंने ये सब पहले ही देख लिया हो...लेकिन पता नहीं कहाँ...''

''ये क्या है?''

''तुम क्या कह रहे हो?''

''ये ऐसा है मानो तुम इसकी वजह नहीं हो...नहीं...जैसा कि मैं कह रहा हूँ...मुझे एक अजीब-सा एहसास था कि ऐसा होना ही है।''

"मैं तुम्हें नहीं समझता।"

"लेकिन मैं खुद को समझता हूँ। यह कुछ इस तरह है। अचानक आपको एहसास होने लगता है कि कुछ चीज़ें आपकी ज़िन्दगी में होना बदा हुआ है।...ताकि जीवन खुद को बदल सके फिर से ताज़ा कर सके।"

"और तुम..."

"तो तुम सोचते हो कि तुम्हारा जीवन..."

सवाल को नज़रअंदाज़ करते हुए, एर्दोसैन ने कप्तान को बीच में ही टोका।

"मेरा मतलब ये है कि इसमें से किसी बात ने मुझे हैरान नहीं किया। अगर तुम मुझे जाकर तुम्हारे लिए सिगरेट का एक पैकेट लाने के लिए कहते, वैसे, तुम्हारे पास सिगरेट है क्या?"

"ये लो...फिर क्या?"

"मैं नहीं जानता। मेरी ज़िन्दगी फ़िलहाल काफ़ी अस्त-व्यस्त हो गयी है।...मैं दुःख और मलाल के इस एहसास से बेबस हो गया हूँ। और तुम देख सकते हो कि मैं कितनी शांति से तुमसे बात कर रहा हूँ।"

"हाँ, रेमो हमेशा इस उम्मीद में था कि कुछ असाधारण घटित होगा।"

"तुम डरी तो थीं।"

"क्या—तुम भी, एलसा?"

"हाँ।"

"लेकिन वो गलत है, है ना, एलसा?"

"तुम्हें ऐसा लगता है?"

"सच बताओ, तुम भी ऐसा कुछ असाधारण होने की उम्मीद में हो जो तुम्हें इस सबसे बाहर निकाल ले, है ना?"

"मैं नहीं जानती।"

"देखा, कप्तान? साथ-साथ हमारा जीवन हमेशा ऐसा ही था। हम दोनों, चुपचाप यहाँ इस मेज़ पर बैठे..."

"चुप हो जाओ!"

"किसलिए? हम यहाँ बैठे होते, और एक शब्द बोले बगैर हम समझ जाते कि हम दोनों के पास कोई उम्मीद नहीं है और हम एक बेमेल प्रेम से जुड़े हुए हैं। और जब हम बिस्तर पर जाते..."

"रेमो!"

"सेनोर (senor, मिस्टर) एर्दोसैन!"

"इतने शर्मीले और संकोची होने का दिखावा मत करो...क्या तुम दोनों साथ नहीं सोते?"

"अगर तुम इस तरह की बातें करोगे तो फिर और कुछ कहने को नहीं है।"

"ठीक है। तो बाद में हम दोनों एक ही बात महसूस करते—क्या जीवन और प्रेम के सुख इतने ही हैं?...और एक बार फिर, एक शब्द बोले बगैर, हमें एहसास हो जाता कि हम दोनों एक ही बात महसूस कर रहे हैं...मगर अब बातचीत का विषय बदलते हुए, क्या तुम यहाँ इस शहर में रहने का सोच रहे हो?"

"हम कुछ दिनों के लिए स्पेन जायेंगे।" उसके शब्दों ने एर्दोसैन के ज़ेहन में एक यात्रा की भावशून्य तस्वीर बना दी। वो एलसा को काँच के सुराखों की एक पंक्ति के नीचे एक रेलिंग पर झुके हुए क्षितिज पर एक नीली रेखा पर टकटकी लगाये देख सकता था। सूरज की चौंध पीले मस्तूल और काली चरखी के हत्थों पर से गुज़र रही थी। देर दोपहरी का वक्त था लेकिन वो दोनों केबिन्स की ओट में खड़े थे, उनके मन सुदूर की आबोहवा में लीन। एलसा ने ज्यों ही पानी के नीचे पानी की हिलती हुई जाली में झिलमिलाते हुए अपने साए को देखा, तभी हवा का एक झोंका लहरों को सहला गया।

कभी-कभी वो अपना ज़र्द चेहरा अपने साथी की तरफ़ घुमाती और ऐसा लगा कि वो दोनों ही समुद्र की गहराइयों से उठती उलाहने और धिक्कार की आवाज़ सुन सकते थे।

और एर्दोसैन की कल्पना में वो आवाज़ कह रही थी, "तुमने उस बेचारे लड़के के साथ क्या किया?" ("क्योंकि मेरी इस उम्र में भी मैं एक लड़के की तरह ही था"—रेमो ने मुझे बाद में बताया—"देखो, एक आदमी जो ऐन अपनी नाक के नीचे से अपनी बीवी को चुराए जाने देता है।...वो ज़रूर दयनीय ही होगा ना...वो एक छोटे लड़के की तरह होता है...समझे?")

एर्दोसैन एक झटके से अपने भ्रम से बाहर आ गया। उसका अगला सवाल उसके भीतर बहुत गहरे से उठा, उसकी इच्छा के खिलाफ़।

"क्या तुम चिट्ठी लिखोगी?"

"किसलिए?"

"हाँ, बेशक, किसलिए?" एर्दोसैन ने आँखें बंद करते हुए दोहराया। पहले से कहीं ज़्यादा अब उसे एहसास हुआ कि वो एक खाई की तली में है जो इतनी गहरी है कि कोई कल्पना भी नहीं कर सकता।

"तो सेनोर एर्दोसैन, अब हम चलेंगे," कप्तान ने खड़े होते हुए कहा।

"आह, तो तुम जा रहे हो...तुम अभी जा रहे हो?"

"एलसा ने ग्लव्स पहने हाथ को आगे बढ़ाया।

"तुम जा रही हो?"

"हाँ...मैं जा रही हूँ...तुम्हें ये देखना ही होगा।"

"हाँ...मैं समझ रहा हूँ।"

"वो नामुमकिन था, रेमो।"

"हाँ, यकीनन, नामुमकिन...बेशक।"

कप्तान ने मेज़ का चक्कर काटा और एलसा का सूटकेस उठा लिया, ये वही सूटकेस था जो अपनी शादी वाले दिन एलसा साथ लायी थी।

"अलविदा, सेनोर एर्दोसैन।"

"आपकी सेवा में कप्तान...लेकिन सिर्फ़ एक बात...तुम जा रही हो...तुम, एलसा, मुझे छोड़ रही हो?"

"हाँ, हम जा रहे हैं।"

"अगर आप बुरा न मानें तो, मुझे बैठना होगा मुझे बस ज़रा दम लेने दो, कप्तान, बस थोड़ी देर।" दूसरे का मारने वाले ने कड़ा जवाब देने की इच्छा को जैसे होंठ काटते हुए दबा लिया। उसके अन्दर पति पर ज़ोर से चिल्लाने की एक तेज़ और क्रूर इच्छा हुई, "सावधान खड़े हो जाओ, बेवक़ूफ़!" लेकिन एलसा की खातिर उसने खुद को काबू में रखा।

अचानक एर्दोसैन कुर्सी से उठा। वह धीरे-धीरे कमरे के दूसरे कोने तक चला। फिर वह घूमा और कप्तान के सामने आ गया और बहुत स्पष्ट रूप से कहा ऐसी आवाज़ में जिससे उसकी चिल्लाने की दबी हुई इच्छा ज़ाहिर होती थी, "तुम्हें कोई आइडिया है कि मैं तुम्हें एक कुत्ते की तरह गोली क्यों नहीं मार रहा?"

दोनों ने एक-दूसरे को सावधान होकर घूरा।

"क्योंकि मैं ऐसा जानबूझकर क्रूरता से नहीं कर सकता।"

अब तक एर्दोसैन अपने पीछे हाथ बाँधे इधर से उधर घूम रहा था। वे उसे देख रहे थे और इंतज़ार करते रहे।

आखिरकार, वह पति एक हल्की-सी टेढ़ी मुस्कान के साथ पहले जैसे मुलायम स्वर में बोलने लगा, जो धीरे-धीरे और मंद होता जा रहा था मानो उसे फूट-फूट कर रोने से रोकने को बाध्य करते हुए, "हाँ, मैं बहुत रूखा था।...मैं बहुत ठंडा था।"

वह अपने चारों तरफ़ ताकता है बिना देखे लेकिन होंठों पर उसी अजीब-सी भ्रमपूर्ण मुस्कान के साथ। "मेरी बात सुनो...हो सकता है तुम्हें ये समझ न आये, लेकिन मुझे इसकी वजह मिल गयी है, मैं इसकी तफ़सील कर सकता हूँ।"

उसकी आँखें बहुत तेज़ी से चमक रही थीं, उसकी आवाज़ शब्दों को बाहर निकालने की कोशिश में रूखी हो गयी थी। "देखो...मैं अपनी ज़िन्दगी में इतना प्रताड़ित रहा हूँ...इतना टूटा हुआ।"

वह चुप हो गया, कमरे के एक कोने में झुक कर बैठा हुआ। उसके चेहरे पर अब भी वो अजीब-सी मुस्कराहट थी, एक ऐसे आदमी की तरह जो एक खतरनाक सपने को जी रहा हो। गुस्से के आवेश में एलसा अपने रुमाल का एक कोना चबा रही थी। कप्तान निगरानी में खड़ा था।

अचानक, एर्दोसैन ने अपनी जेब से रिवॉल्वर निकाला और कमरे के दूसरे कोने की तरफ़ फेंक दिया। उस तमंचे की टकराहट से दीवार की सफ़ेदी की पपड़ियाँ हवा में उड़ीं और फिर वह रिवॉल्वर फ़र्श पर गिर गया।

"बेकार वाहियात चीज़," वह बड़बड़ाया। फिर एक हाथ अपनी जैकेट की जेब में डाल कर और दीवार पर अपना माथा रख कर वह धीरे-धीरे बोलने लगा, "हाँ, मैं इतना प्रताड़ित रहा। इतना अपमानित। मेरा यकीन करो कप्तान। जाने की इतनी जल्दी मत करो। मैं कहानी सुनाता हूँ। ये मेरे पिता थे जिन्होंने मुझे अपमानित करने का घटिया काम शुरू किया। जब मैं दस बरस का था और कुछ गलत काम कर दिया था, तो उन्होंने मुझसे कहा—कल मैं तुम्हारी पिटाई करूँगा। यही बात वो हमेशा कहते—कल। तुम क्या सोचते हो इस बारे में ? कल...इस कारण रात मुझे ठीक से नींद नहीं आती, मैं एक बीमार कुत्ते की तरह सोता, आधी रात को जाग जाता और डर के मारे खिड़की से बाहर देखता कि कहीं सुबह तो नहीं हो गयी, लेकिन जब मैं बाहर चाँद को देखता तो जबरन अपनी आँखें बंद करके खुद से कहता, 'अभी बहुत वक्त है।' और फिर जब मुर्गा बांग देना शुरू करता, मैं फिर जाग जाता। चाँद तो गायब हो गया था लेकिन खिड़की के शीशे से एक नीली रौशनी अन्दर आती तो मैं चादर को सिर तक ओढ़ लेता ताकि उसे न देख पाऊँ। हालाँकि मैं जानता था कि वो वहाँ है।...हालाँकि मैं जानता था कि पृथ्वी की कोई ताकत उस उजाले को वहाँ से नहीं हटा सकती। फिर जब आखिरकार मैं सो जाता तो मैं तकिये पर एक हाथ महसूस

करता जो मुझे हिलाता। ये मेरे पिता होते जो गुर्राते, 'चलो...टाइम हो गया।' और धीरे-धीरे कपड़े पहनते हुए मैं उन्हें बाहर आँगन में कुर्सी लगाते सुनता। जब मैं वहाँ पहुँचता तो वो पहले से ही वहाँ खड़े होते कुर्सी के पीछे, सिपाही की तरह सख्ती से, 'जल्दी चलो।' वो मुझ पर फिर चिल्लाते, और मैं एक प्रेत की तरह उनके पास जाता; मैं कुछ कहना चाहता था, लेकिन उनकी क्रूर नज़र इसे नामुमकिन बना देती। वो मुझे मेरे घुटनों तक झुका देते और मेरा सीना कुर्सी की सीट पर और सिर उनके घुटनों के बीच में होता। फिर वो मुझे जानवर की तरह बेंत मारते। जैसे ही वो मुझे छोड़ते, मैं रोते हुए अपने कमरे की तरफ़ दौड़ जाता। शर्मिंदगी का एक भयावह एहसास मेरी आत्मा को अँधेरे में डुबो देता क्योंकि वो अँधेरा होता है, चाहे तुम उस पर विश्वास करो या नहीं।''

एलसा हैरानी से अपने पति को देख रही थी। कप्तान अलग-थलग अपने बाज़ुओं को छाती पर बाँधे खड़ा था। एर्दोसैन अब भी फीके तरीके से मुस्करा रहा था। वो बोलता रहा, ''मैं जानता था कि मेरे स्कूल के ज़्यादातर बच्चों को उनके बाप मारते-पीटते नहीं थे। जब भी वो बच्चे अपने घर की बात करते, मुझे मानो लकवा मार जाता, इतनी भयानक चिंता से कि अगर हम क्लास में होते और अध्यापक मुझसे सवाल पूछता तो मैं उसे बेवक़ूफ़ी से घूरता रहता, मुझे ज़रा-सा भी आइडिया नहीं होता कि उसने क्या कहा है, फिर एक दिन वो मुझ पर चिल्लाया, 'क्या बात है, एर्दोसैन? तुम बेवक़ूफ़ हो क्या?' सारी क्लास ठहाका लगा कर हँस पड़ी, और उसके बाद से वो सभी मुझे 'बेवक़ूफ़ एर्दोसैन' बुलाने लगे। सो, और ज़्यादा दबाये जाने, और ज़्यादा प्रताड़ित होने के बाद मैं चुप रहा क्योंकि मुझे अपने बाप से और पिटाई खाने का डर था। और बस मैं उन सब पर मुस्कुरा देता जो मुझे ऐसा कहकर पुकारते...एक कमज़ोर-सी मुस्कान। क्या तुम कल्पना कर सकते हो, कप्तान? तुम्हारा अपमान हो रहा हो और तुम एक हल्की-सी मुस्कान से उसका जवाब दो। मानो वो तुम पर उपकार कर रहे हों।''

घर में बिना अधिकार घुसने वाले ने त्योरियाँ चढ़ाईं। ''बाद में...अगर तुम मुझे माफ़ करो तो कप्तान...बाद में मुझे अक्सर 'बेवक़ूफ़' पुकारा जाने लगा। जब भी ऐसा होता, मैं अचानक अपने भीतर महसूस करता कि मेरी आत्मा सिकुड़ रही है और ये एहसास कि मेरी आत्मा डूब रही है। मेरी अपनी ही देह में छिपने के लिए उस थोड़े बहुत साहस को भी नष्ट कर देता जो उस वक्त मेरे भीतर रहा होगा। मुझे महसूस हुआ कि मैं और भी डूबता जा रहा था, लेकिन जब मैं मेरा अपमान करने वाले को एक घूँसा मारने की बजाय उसकी आँखों में झाँकता, तो ये सोचता, 'क्या इस शख्स को एहसास है कि ये मेरा कितना अपमान कर रहा है?' और उसके बाद लगभग रेंगते हुए चला जाता क्योंकि मैं समझता था कि वे लोग सिर्फ़ उस काम को अंजाम दे रहे थे जो मेरे बाप ने शुरू किया था।''

''तो अब,'' कप्तान ने बीच में टोका, ''मैं तुम्हें धकेल रहा हूँ, दबा रहा हूँ?''

''नहीं, तुम नहीं। बेशक अब तक मैं इतने कष्ट भोग चुका हूँ कि मेरे अंदर जो भी

हिम्मत बची है, वो कहीं बहुत गहरे छिपी हुई है। मैं खुद को देखता हूँ और पूछता हूँ, 'मेरा साहस कब बाहर फूटेगा?' मैं इसी का इंतज़ार कर रहा हूँ। एक दिन कुछ भयानक मेरे भीतर विस्फोट करेगा और मैं एक बिलकुल अलग आदमी हो जाऊँगा। और तब, अगर तुम तब ज़िंदा हुए, तो मैं तुमको ढूँढते हुए आऊँगा और तुम्हारे मुँह पर थूकूँगा।''

बिना अधिकार दाखिल होने वाले कप्तान ने शांति से उसे आँका।

''लेकिन ऐसा मैं नफ़रत से नहीं करूँगा बल्कि सिर्फ़ अपने साहस की परीक्षा लेने के लिए, जो मेरी एकदम नयी रचना होगी।...और अब तुम जा सकते हो।''

बिना अधिकार दाखिल होने वाला कुछ पल के लिए सकुचाया। एर्दोसैन उसे बड़ी-बड़ी और वहशी आँखों से घूर रहा था। कप्तान ने सूटकेस उठाया और कमरे से चला गया।

एलसा अपने पति के सामने हल्की घबराहट के साथ कुछ देर रुकी।

''तो, मैं जा रही हूँ, रेमो...इसे ऐसे ही ख़त्म होना था।''

''लेकिन...तुम...तुम... ?''

''तुम क्या चाहते हो? मैं क्या करूँ?''

''मैं नहीं जानता।''

''ठीक है, फिर। परेशान मत हो, प्लीज़। तुम्हारे साफ़ कपड़े छोड़े जा रही हूँ। तुम्हें अपना कॉलर बदल लेना चाहिए। इस तरह तुम हमेशा मुझे शर्मिंदा कर देते हो।''

''लेकिन तुम एलसा।...तुम? हमारे प्लान्स का क्या?''

''भ्रम थे, रेमो...शानदार मरीचिका।''

''हाँ, शानदार मरीचिका। लेकिन तुमने ये बढ़िया और बारीक शब्द कहाँ से सीखे? शानदार मरीचिका।''

''मैं नहीं जानती।''

''तो साथ-साथ हमारी ज़िन्दगी अब हमेशा के लिए ख़त्म?''

''तो तुम और क्या उम्मीद करते हो? और फिर भी शुरू में मैं तुम्हारे साथ अच्छा बर्ताव करती रही। बाद में मुझे तुमसे नफ़रत होने लगी...लेकिन तुम पहले जैसे क्यों नहीं रहे?''

''ओह हाँ...वैसे ही। पहले जैसे।''

उष्णकटिबंधीय क्षेत्र में तेज़ गर्मी के दिन की तरह वह दर्द से बोझिल था। उसकी

पलकें भारी महसूस हो रही थीं। वो बस सोना चाहता था। उसके दिमाग में शब्दों के अर्थ उतनी धीरे-धीरे जज़्ब हो रहे थे जैसे एक गाढ़े दलदल में फेंका हुआ पत्थर डूबता है। और जब वह शब्द उसकी आत्मा की गहराइयों तक पहुँचता तो अनजान ताकतें उसके भीतर और पीड़ा को जगा देतीं। एलसा बोलती रही, उसकी आवाज़ अंदरूनी समर्पण से मुलायम हो गयी थी, "अब कोई फ़ायदा नहीं...मैं जा रही हूँ। तुम मुझसे अच्छा बर्ताव क्यों नहीं कर पाए? तुमने कभी कोशिश भी क्यों नहीं की?"

उस पल में एर्दोसैन को यकीन हो गया कि एलसा भी उतनी ही नाखुश थी जितना कि वो और इस जानकारी के एहसास ने उसे मेज़ के बगल में उसकी कुर्सी पर निढाल कर दिया, उसने अपना सिर हाथों में छिपा लिया।

"तो तुम जा रही हो? तुम वाकई जा रही हो?"

"हाँ, मैं जानना चाहती हूँ कि क्या हमारी ज़िन्दगी इस तरह से बेहतर होगी। लो मेरे हाथ देखो।" ऐसा कहते हुए उसने अपने दायें हाथ का दस्ताना उतार कर उसे अपना हाथ दिखाया, ठण्ड से फटा हुआ, ब्लीच के दाग, सिलाई की सुई चुभने के छेदों से भरा और बर्तनों की कालिख से काला।

एर्दोसैन एकदम सीधा खड़ा हो गया, एक और भ्रम से स्तंभित।

वो अपनी नाखुश पत्नी को सीमेंट और लोहे के शहरों की भयावह हलचल के बीच देख सकता था, गगनचुम्बी इमारतों की तिरछी परछाइयों में अँधेरी गलियों में तेज़ी से चलते हुए, हाई टेंशन तारों की डरावनी पंक्तियों के नीचे की भीड़ में खोयी जो अपने-अपने छातों के नीचे सूखे हुए थे। उसका छोटा-सा चेहरा पहले से कहीं ज़्यादा पीला था, लेकिन जब अजनबियों की बासी साँस भी उसे चुभ रही थी, तब भी वो उसे याद कर रही थी, "मेरा छोटा लड़का न जाने कहाँ होगा?"

एर्दोसैन ने भविष्य की अपनी इस कल्पना को बीच में ही रोक दिया। "एलसा...तुम जानती ही हो...जब चाहो तुम आ जाना।...तुम आ सकती हो...लेकिन एक बात सच-सच बताओ, क्या तुमने कभी मुझसे प्यार किया?"

उसकी पलकें झपकीं, आँखें और ज़रा खुल गयीं। उसकी आवाज़ ने कमरे को इंसानी गर्माहट से भर दिया। एर्दोसैन को लगा कि वो वापस जीवित हो रहा है।

"मैंने तुम्हें हमेशा प्यार किया।...मैं तुम्हें अब भी प्यार करती हूँ...नहीं...तुमने इस तरह मुझसे कभी बात क्यों नहीं की जैसे आज रात तुमने बात की? मुझे लगता है मैं तुम्हें हमेशा प्यार करती रहूँगी। तुम्हारे करीब रहूँगी, वो तो एक आदमी के साए से ज़्यादा कुछ नहीं है।"

''मेरी जान, मेरा मन...हम कैसी ज़िन्दगी जीते हैं...कैसी ज़िन्दगी।...''

मुस्कान की जरा-सी कोशिश से एलसा के होंठ हल्के से मुड़े। वो थोड़ी देर उसकी तरफ़ चाहत से देखती रही। फिर उसने गंभीर, गुज़ारिश करने वाले स्वर में कहा, ''देखो... वादा करो कि तुम मेरा इंतज़ार करोगे। अगर ज़िन्दगी ऐसी है जैसा तुमने हमेशा कहा है, तो मैं वापस आऊँगी। और तब, अगर तुम चाहो तो हम साथ-साथ इसे ख़त्म कर देंगे...क्या इससे तुम खुश हो?''

एर्दोसैन को खून माथे की तरफ़ दौड़ता हुआ महसूस हुआ।

''मेरी जान, तुम मेरे लिए कितनी अच्छी हो...अपना हाथ दो।''

और जब वो एक शर्मीली-सी मुस्कान के साथ अपने डर से लड़ रही थी, एर्दोसैन ने उसके हाथ को चूमना शुरू कर दिया। ''तुम नाराज़ तो नहीं हो ना, मेरी प्रिय?''

एलसा अकड़ गयी, वो गंभीर थी और खुश भी।

''देखो, रेमो...मैं वापस आऊँगी, मैं वादा करती हूँ। और अगर जो तुम ज़िन्दगी के बारे में कहते हो वो सच है...तो हाँ, मैं आऊँगी, वादा करती हूँ।''

''तुम्हें यकीन है?''

''हाँ, जो भी मेरे पास है, उसके साथ।''

''अगर तुम अमीर हो गयीं, तब भी?''

''ओह तुम बेचारे! तुम्हारा मन वाकई बहुत अच्छा है। लेकिन फिर भी तुम नहीं देख सके कि मैं कौन हूँ...पर उसका कोई मतलब नहीं...हमने कैसी ज़िन्दगी जी है!''

''हमारी ज़िन्दगी।...ये सच है।...कैसी ज़िन्दगी! लेकिन अब इससे फ़र्क नहीं पड़ता। मैं बहुत खुश हूँ। तुम सोच सकते हो कि तुम कितने हैरान होगे, रेमो? एक रात तुम अकेले हो...बिलकुल अकेले...जब अचानक...चरमराहट की आवाज़।...दरवाज़ा खुलता है।...और ये मैं हूँ...मैं वापस आ गयी हूँ!''

''और तुम एक गाउन पहने हो...सफ़ेद जूते और एक मोतियों का हार।''

''मैं अँधेरी गलियों में नंगे पैर चलते हुए आई, तुम्हें खोजते हुए...लेकिन तुम मुझे नहीं देखते...तुम बिलकुल अकेले हो...तुम्हारा सिर...''

''बोलती जाओ, मुझे बताओ...बोलो...बोलो...''

''तुमने अपने हाथों से अपना सिर पकड़ा हुआ है और तुम्हारी कोहनियाँ मेज़ पर हैं...तुम मेरी तरफ़ देखते हो...और अचानक...''

‘‘मैं तुम्हें पहचान लेता हूँ और कहता हूँ, ‘एलसा, क्या ये तुम हो?’ और मैं जवाब देती हूँ, ‘हाँ, रेमो, मैं वापस आ गयी—तुम्हें याद है वो रात? वो रात आज ही है, और हालाँकि बाहर एक तूफ़ान शोर मचा रहा है, हमें न ठण्ड लगती है न ही डर। तुम खुश हो, रेमो?’’

‘‘हाँ, मैं खुश हूँ, कसम खाता हूँ, मैं खुश हूँ।’’

‘‘तो फिर, अभी मुझे जाना है।’’

‘‘तुम जा रही हो?’’

‘‘हाँ...’’

उस आदमी का चेहरा एकाएक दु:ख से फिर लटक गया।

‘‘तुम्हें फिर चलना चाहिए।’’

‘‘मैं जल्द ही वापस आ जाऊँगी, मेरे शौहर।’’

‘‘तुमने क्या कहा?’’

‘‘मैं तुमसे ये कह रही हूँ, रेमो—मेरा इंतज़ार करना। चाहे मुझे दुनिया के करोड़ों पैसे भी मिल जाएँ, मैं वापस आऊँगी।’’

‘‘तो फिर अलविदा।...लेकिन मुझे एक चुम्बन तो दो।’’

‘‘नहीं, जब मैं वापस आऊँगी तब...अलविदा, मेरे शौहर।’’

अचानक एर्दोसैन एक आवेग, एक वश में आकर उसकी कलाइयों को पकड़ कर उसे झकझोरने लगा।

‘‘मुझे ये बताओ, क्या तुम उसके साथ सो चुकी हो?’’

‘‘मुझे जाने दो, रेमो...मैंने सोचा नहीं था कि तुम...’’

‘‘मान लो, तुम उसके साथ सोयीं कि नहीं?’’

कप्तान दरवाज़े के रास्ते में खड़ा था। एर्दोसैन ने महसूस किया कि एक गहरी थकान उसकी उँगलियों की पकड़ को ढीला कर रही है। उसे लगा कि वो गिर रहा है, फिर उसे कुछ नहीं दिखाई दिया।

अँधेरे की परतें

उसे कभी यह पता नहीं चला कि वह खुद को घसीट कर बिस्तर तक कैसे लाया।

एर्दोसैन के लिए समय का अस्तित्व मानो ख़त्म हो गया था। एर्दोसैन बहुत दुखी था इसलिए उसे सोने की ज़रूरत थी। उसने अपनी आँखें बंद कर लीं। अगर उसमें ज़रा-सी भी ताकत होती तो जाकर किसी कुएँ में कूद जाता। उसके गले में हताशा के बड़े-बड़े बुलबुले उफ़न रहे थे, उसकी साँस को घोटते हुए, जबकि उसकी आँखें अँधेरे से उतनी ही जलती थीं जैसे कोई घाव नमक डाले जाने पर। रह-रह कर उसे अपनी शिराओं की खड़खड़ाहट रोकने के लिए अपने दाँत भींचने पड़ते, जो उसके मुलायम स्पंज जैसे शरीर में तार की तरह तनी हुई थीं और उसका शरीर दिमाग से निकलती अँधेरों की लहरों के सामने हार मान चुका था।

खुद को एक अंतहीन गड्ढे में गिरता महसूस करते हुए उसने अपनी आँखें कस कर बंद कर लीं। वह और, और भी नीचे गिरता जा रहा था—कौन बता सकता था कि उसका शरीर इस अदृश्य विस्तार में कितना तना हुआ था, और फिर भी अपनी डूबती चेतनता को पाने में असमर्थ था जो हताशा के गर्त में गायब हो जाती थी!

दर्द से बोझिल उसका दिल बेकार में संघर्ष करता रहा। उसकी आत्मा में एक भी दरार नहीं थी जहाँ से वो बच निकलता। दुनिया का सारा दर्द एर्दोसैन अपने भीतर उठाये था, दुनिया को त्यागने का सारा दु:ख। इस पृथ्वी पर ऐसा और कौन हो सकता था जिसकी त्वचा कड़वाहट से इतनी आहत हो? उसे लगा कि वो एक आदमी नहीं बल्कि एक ज़ख्म था जो अपनी नसों की हर धड़कन पर तड़पता, चिल्लाता। अपने शरीर से बहुत दूर और साथ ही भयावह रूप से बहुत नज़दीक, जीवित था। वो अब अपने कष्टों को समेटे एक जीव नहीं था।...बल्कि कुछ इससे ज़्यादा अमानवीय...उस कमरे के काले पेट में खुद में लिपटा हुआ एक दानव जैसा प्राणी। उसकी पलकों से टपकती अँधेरे की हर परत एक गर्भनाल की तरह थी जो उसे मनुष्यों की दुनिया से काटती जा रही थी। दीवार पर लगी ईंटों की पंक्तियाँ ऊँची और ऊँची होती गयीं, जबकि अँधेरे की ताज़ी बरसात उस गर्त पर भड़भड़ा कर पड़ती रही जहाँ वो अपने में सिमटा धड़कता हुआ पड़ा था, जैसे समुद्र की गहराई में एक सीप। वह खुद को नहीं जानता था।...उसे यकीन ही नहीं होता था कि वो औगस्टो रेमो एर्दोसैन है। उसने अपने माथे को उँगलियों से पकड़ा, लेकिन न तो वो अपने हाथ को पहचान सका,

न ही अपनी भौंह को, मानो उसका शरीर दो अलग-अलग पदार्थों से बना हो। कौन बता सकता था कि उसके भीतर क्या मर चुका था? उसकी अनुभूति में जो कुछ बचा था वो था एक सजगता का एहसास जो उस सबके परे मौजूद था जो उसके साथ हो रहा था, एक आत्मा जो तलवार की धार की तरह तीव्र थी, जो उसकी ज़िन्दगी के गंदले और अँधेरे पानी में एक ईल की तरह रेंग रही थी। ये चेतनता उसके अस्तित्व के एक सेंटीमीटर स्क्वेयर से ज़्यादा हिस्सा नहीं थी। बाकी सब उस अँधेरे में घुल गया—वह सिर्फ़ स्क्वेयर सेंटीमीटर ही मनुष्य बचा था, एक स्क्वेयर सेंटीमीटर का अस्तित्व जिसकी धड़कती हुई सतह किसी तरह उसके इस अविकसित भूत को ज़िंदा रखे थी। उसके भीतर बाकी सब मर गया था, अँधेरे की उस गर्भनाल में जज़्ब हो गया था जो उसे इस भयावह वास्तविकता में अन्दर रखे थी।

उसे और भी यकीन होने लगा कि वह एक कंक्रीट ब्लाक के नीचे है। इस पृथ्वी पर तो ऐसा कुछ नहीं था! तूफ़ान से काले हुए आसमान में एक अदृश्य नारंगी सूरज इसकी दीवारों से लगातार टकरा रहा था। ऊपर एक अकेले पक्षी का पंख नीले आसमान को चीर रहा था। लेकिन वो सदा के लिए इस उदास, गंदले नारंगी सूरज की रौशनी से प्रकाशित गर्त में ही रहने को अभिशप्त था।

उसके जीवन की रूपरेखा अब इस स्क्वेयर सेंटीमीटर के एहसास तक ही सीमित हो गयी। यहाँ तक कि वो अपने दिल की धड़कन को 'देख' सकता था और उसके लिए इस विद्रूप आकृति को ठुकराने की कोशिश करना बेकार था जो उसे उस गर्त में धकेल रही थी वह गर्त जो बारी-बारी से काला और नारंगी हो जाता था। वह एक क्षण भी सावधान नहीं होता तो उसके अन्दर का यथार्थ उठ खड़ा होता और उसके कानों में भयावह शोर मचा देता। एर्दोसैन चाहता था।...लेकिन वो देखना नहीं चाहता था।...ये बेकार था।...वह न उसकी पत्नी थी, नीले किनारे वाले कमरे के दूर दूसरे छोर पर। कप्तान दूसरे कोने में मशगूल था। बिना किसी के बताये ही, एर्दोसैन जानता था कि यह वो छोटा-सा षटकोणीय बेडरूम था, जिसमें एक चौड़ा और निचला पलंग था। वह एलसा की तरफ़ नहीं देखना चाहता था।... नहीं वो नहीं चाहता था, लेकिन फिर भी, चाहे इसके लिए उसे मौत का ही सामना क्यों न करना पड़ता, वो अपनी निगाहें उस आदमी से नहीं हटा सकता था जो एलसा के सामने कपड़े उतार रहा था।...उसकी वैध बीवी के सामने, जो अब उसके साथ नहीं थी, लेकिन किसी और के साथ थी। उसके भय से भी ज़्यादा ताकतवर थी और भी आतंक, और कष्ट की उसकी ज़रूरत, और तब अचानक एलसा, जो अब तक अपने हाथों से चेहरा छिपाए थी दौड़ कर उस मज़बूत टाँगों और नीली पृष्ठभूमि में सीधे खड़े हुए दानेदार जामुनी पुरुषत्व वाले नग्न आदमी के पास आ गयी।

एर्दोसैन को एक विशुद्ध भय का एहसास बोझिल करने लगा। अगर वो धातु की चादर बनाने वाली मिल के रोलर्स के नीचे से भी गुज़र जाता तो उसकी ज़िन्दगी इससे ज़्यादा सपाट नहीं हो सकती थी। क्या मोटे मेंढक ऐसे नहीं लगते जब गाँव के किसी रास्ते

पर कोई बैलगाड़ी उन्हें कुचल जाती है—सारे कुचले हुए, सपाट और फेन से भरे? लेकिन उसने देखने से इनकार कर दिया, उसने इतनी दृढ़ता से देखने से इनकार कर दिया कि उसे इसका सिर्फ़ एक धुँधला-सा खाका ही नज़र आया कि किस तरह एलसा उस आदमी के बालों से भरे, उठे हुए सीने पर झुकी थी, जबकि उस आदमी का हाथ उसकी ठोड़ी, उसका चेहरा उठा कर अपने मुँह के करीब ला रहा था।

फिर अचानक एलसा चिल्लाई, ''मैं भी, डार्लिंग, मैं भी।'' उसका चेहरा चाहत से लाल था और उसके कपड़े उसकी सफ़ेद दूधिया जाँघों पर से उड़ते हुए घूम रहे थे। उसकी आँखें आदमी के काँपते हुए सख्त चेहरे को बेतहाशा घूर रही थीं और उसके बेकाबू योनि के पेंच, उसके तने हुए वक्ष उघड़ गए...आह! उसे क्यों देखना था?

ये व्यर्थ था...एलसा...हाँ, एलसा...उसकी वैध पत्नी अपने छोटे हाथों से उस पुरुष के लिंग को प्यार से सहलाने की कोशिश कर रही थी। इच्छा से कराहते हुए उस आदमी ने अपने सिर को बाजुओं से ढँक लिया, लेकिन वो आगे झुकी और उसके कानों पर मानो जलती हुई इस्त्री रख दी, ''तुम मेरे शौहर से ज़्यादा सुन्दर हो! ओह, तुम कितने सुन्दर हो!''

अगर कोई एर्दोसैन के सिर को उसकी गर्दन पर घुमा कर इस भयानक दृश्य को उसकी आत्मा की गहराइयों तक मोड़ कर घुसाता तो भी उसे इससे ज़्यादा कष्ट नहीं हो सकता था। वह इतने कष्ट से गुज़र रहा था कि अगर उसका दर्द कुछ और बढ़ जाता तो वो एक बम की तरह फट सकता था। आत्मा इतना डर कैसे सह सकती है? और फिर भी वो चाहता था कि उसे और कष्ट हो। अगर वो टुकड़े काटने वाले ब्लॉक से उसके टुकड़े-टुकड़े कर देते, अगर वो उसके शव के चार टुकड़ों को उठा कर कूड़े में फेंक देते, तब भी उसे ये पीड़ा होती रहती उसके शरीर का रंच मात्र हिस्सा भी ऐसा नहीं था जो इस त्रास के भयानक दबाव से मुक्त होता।

इस भीषण तनाव ने उसे खींच के इतना तोड़ दिया था कि उसकी नसों के तार टूट गये, एक ऐसे बिंदु तक जब अचानक एक शांति उसके अंगों में फैलने लगी।

अब वह कुछ नहीं चाहता था। उसका जीवन बह रहा था जैसे बाँध टूट जाने के बाद एक झील। वहाँ ऐसे लेटे हुए आँखें बंद करके, बगैर सोये हुए, ये साफ़ पिघलाव उसके दर्द के लिए किसी भी क्लोरोफ़ॉर्म से लायी जाने वाली नींद से बेहतर दवा थी।

उसका दिल तेज़ी से धड़क रहा था। उसने अपनी खोपड़ी को ऊपर रखे तकिये से उठाने के लिए बहुत मेहनत से हिलाया और खुद को छोड़ दिया, अपनी गर्दन पर ठंडक के एहसास के अलवा ज़िंदा होने के किसी भी एहसास के बगैर और उसके दिल के खुलने और बंद होने के एहसास के अलावा जो एक विशाल आँख की तरह अपनी उनींदी पलकों को खोल कर अँधेरे को स्वीकार कर रहा था, और इससे ज़्यादा कुछ नहीं। अँधेरे से ज़्यादा कुछ नहीं?

उसकी स्मृति में एलसा इतनी सिकुड़ गयी थी कि इस सम्मोहित अवस्था में वो ये यकीन ही नहीं कर सकता था कि वो कभी उसे जानता भी था। उसे शक था कि कभी उसका वजूद था भी कि नहीं। जहाँ पहले वो उसकी छवि साफ़-साफ़ देख सकता था, वहीं अब उसे पहचानने के लिए भी एर्दोसैन को यत्न करना पड़ रहा था। अब उसका जीवन चुपचाप बह रहा था—वह पीछे बीते हुए सालों के बारे में सोचने लगा, जब वह एक बच्चा था एक हरे-भरे पेड़ को घूरता हुआ बच्चा, जिसकी छाँव लाल धारियों वाले पत्थरों से भरी तेज़ी से बहती हुई एक नदी पर पड़ रही थी। वो खुद छाया में बहता हुआ हाड़-मांस का झरना था। कौन कह सकता था कि उसमें से खून बह कर निकलना कब बंद होगा! वो सिर्फ़ एक चीज़ महसूस कर सकता था—अपने दिल का बंद होना और खुलना जो एक विशाल आँख की तरह अपनी उनींदी पलकों को खोल कर अँधेरे को स्वीकार कर रहा था। गली के बीच में लगे स्ट्रीट लैंप से चाँदी-सी रौशनी का एक टुकड़ा खिड़की की दरार से छन कर आया और उसकी मच्छरदानी की जाली पर पड़ा। धीरे-धीरे, बहुत कष्ट से उसमें ये बोध वापस आया कि वो कौन है।

वह एर्दोसैन था। अब वो एक बार फिर जानता था कि वो कौन है। बहुत यत्न करके वो सीधा बैठ गया। डाइनिंग रूम के दरवाज़े के नीचे वो एक पीली-सी रेखा देख सकता था। वो बत्ती बंद करना भूल गया था। उसे चुकाने थे...आह! नहीं, नहीं,...एलसा उसे छोड़ गयी थी।...उसे शुगर कम्पनी के 600 पेसोस और सात सेंट्स चुकाने हैं...लेकिन नहीं, अब नहीं, अब उसके पास चेक है।...

ओह, यथार्थ, यथार्थ!

गली से आती कुछ लम्बाकार रौशनी जिसने मच्छरदानी को चाँदी में बदल दिया था, उसकी वजह से वो सोचने लगा था कि वह पहले जैसा जीवन जी रहा है, जैसे वो एक दिन पहले था, या दस साल पहले जैसा जीवन।

वो उस रौशनी को नहीं देखना चाहता था, ठीक वैसे ही जैसे जब वो छोटा था तो खिड़कियों से छन कर आती नीली रौशनी को नहीं देखना चाहता था, हालाँकि वो जानता था कि वो रौशनी वहाँ है, हालाँकि वो जानता था कि पृथ्वी की कोई ताकत उस रौशनी को बुझा नहीं सकती। हाँ, बिलकुल उसी तरह जब उसके पिता उसे बताते थे कि वो उसे 'कल' पीटेंगे। नहीं, इस बार वैसा नहीं होगा। उसके बचपन में तो रौशनी नीली होती थी, इस बार ये चाँदी जैसी है, हालाँकि वो दोनों एक-सी चीरने वाली थीं, यथार्थ की संदेशवाहक। उसका माथा, उसके माथे के आगे के बाल पसीने से भीग गये। तो एलसा जा चुकी थी और कभी वापस नहीं आएगी? बार्सुत क्या कहेगा?

थप्पड़

तभी, बाहर दरवाज़े पर कोई रुका। एर्दोसैन को लगा कि वो बार्सुत है और वह कूद कर बिस्तर से बाहर निकल आया। हमेशा की तरह बार्सुत ने हल्के-से दरवाज़ा खटखटाया मानो शोर न मचाने की पूरी कोशिश कर रहा हो।

एर्दोसैन उस पर गुर्राया, ''अन्दर आ जाओ; तुम क्या कर रहे हो?''

बार्सुत दरवाज़े से अन्दर आया, अपनी एड़ियों पर लहराते हुए।

''मैं आ रहा हूँ,'' एर्दोसैन चिल्लाया, ज्यों ही दूसरा आदमी डाइनिंग रूम में दाखिल हुआ।

जब तक वो बेडरूम से निकला, बार्सुत पहले ही बैठ चुका था, एक के ऊपर एक टाँग रख कर, हमेशा की तरह, उसकी पीठ दरवाज़े की तरफ़ थी और वो कमरे के दक्षिण-पूर्वी कोने की तरफ़ घूर रहा था।

''क्या हाल है?''

''कैसा चल रहा है?''

बार्सुत ने अपनी कोहनी मेज़ के किनारे से टिका रखी थी और ठुड्डी पर हाथ लगाए बैठा था, जो बिजली की मंद रौशनी में काँसे-सी चमक लिए थी। मानो कान तक खिंची उसकी भौंहों के नीचे उसकी हरी आँखों की भावहीन घूरती नज़र में एक सवालिया भाव से कुछ कोमलता आ गयी थी।

एर्दोसैन को लगा मानो वो बार्सुत के नाक-नक्श को टिमटिमाती रौशनी की धुँध में देख रहा हो। माथा, उसके नुकीले कानों की तरफ़ पीछे झुकता हुआ, शिकारी पक्षी की तरह नुकीली नाक, लालटेन जैसा जबड़ा, जिसमें कठोर से कठोर मुक्के को झेलने की क्षमता थी, उसके कलफ़ लगे कॉलर से निकलती टाई की साफ़-सुथरी गाँठ।

तनावपूर्ण आवाज़ में बार्सुत ने पूछा, ''और एलसा?''

एर्दोसैन ने खुद को सँभाला, "वो बाहर गयी है।"

"आह..."

दोनों चुप हो गये। एर्दोसैन मोहित होकर उस समकोण को देखता रहा, जो बार्सुत की ग्रे बाज़ू, सफ़ेद मेज़ के किनारे के साथ बना रही थी और जिस तरह लैंप की रौशनी उसके गालों से लेकर नाक के उभार तक उसे एक काँसे-सी चमक दे रही थी, चेहरे का दूसरा पूरा हिस्सा, बालों की जड़ों से लेकर उसकी ठुड्डी तक अँधेरे में था, इस तरह से कि उसकी आँखों के नीचे सियाही का तालाब और भी गहरा दिख रहा था। बार्सुत बेचैनी से पैरों को हिला रहा था।

"आह!" एर्दोसैन ने सुना, और पूछा, "तुमने क्या कहा?"

दरअसल, एर्दोसैन ने 'आह' शब्द अभी ही सुना था, जो वह शख्स कुछ सेकंड पहले बोल चुका था। "तो एलसा बाहर गयी है?" ऐसा कहते हुए बार्सुत ने ऊपर देखा, और उसकी भौंहों में से होकर कुछ और रौशनी उसकी आँखों तक पहुँची। वह अपने अधखुले होंठों से फुसफुसाया, "वो चली गयी?"

एर्दोसैन ने त्यौरियाँ चढ़ाईं, तिरछी नज़र से इस दूसरे शख्स के जूतों को देखा, फिर अपनी भौंहों को सिकोड़ा, मानो एक आवरण में से वो बार्सुत की बेचैनी को जाँचना चाहता हो, फिर धीरे से वो आवरण गिरा दिया, "हाँ...वो...चली गयी है...किसी दूसरे आदमी के साथ..."

इस पर उसने अपनी बायीं आँख झपकी जैसा कि फ़ार्मेसिस्ट एर्गुएता की आदत थी। उसकी भौंहों की ताँबई रेखा के नीचे, उसकी पुतलियाँ तेज़ी से चमक रही थीं। एर्दोसैन ने आगे जोड़ा, "देखो, ये रिवॉल्वर है मेरे पास। मैं उन दोनों को जान से मार सकता था। लेकिन मैंने नहीं मारा। मनुष्य भी कितना अजीब जानवर है, है ना?"

"और तुमने ठीक अपनी नाक के नीचे से उसे तुम्हारी औरत को चुरा ले जाने की इजाज़त दे दी?"

एर्दोसैन की सारी दबी हुई नफ़रत, अभी मिले अपमान के साथ मिलकर अचानक एक दुष्टतापूर्ण उल्लास में बदल गयी। उसका मुँह कड़वाहट से सूख गया था, उसने काँपती आवाज़ में उग्रता से जवाब दिया, "इससे तुम्हें क्या?"

एक ज़बरदस्त थप्पड़ ने उसे वापस उसकी कुर्सी पर धकेल दिया। बाद में उसने याद किया कि बार्सुत की बाज़ू उसे मानो आटे की तरह थप्पड़ मारती हुई आगे-पीछे घूम रही थी। इस कुचल देने वाले पिंड से बचने के लिए जो उस पर प्रकृति के किसी उन्मुक्त बल की तरह टूट पड़ा था, उसने अपने दोनों हाथों से अपना चेहरा ढँक लिया। उसका सिर दीवार से टकराया और वो नीचे गिर गया।

जब उसे होश आया, बार्सुत उसकी बगल में घुटनों के बल बैठा था। उसने ध्यान दिया कि उसका कॉलर ढीला हो गया है और उसकी गर्दन से पानी की धार बह रही है। अपनी नाक के उभार पर उसे ज़बरदस्त दर्द महसूस हुआ, और लगा कि वह लगातार छींकने वाला है। उसके मसूड़ों में से खून बह रहा था, और उसके सूजे हुए होंठों के नीचे वो अपने दाँतों की धार ज़बान पर महसूस कर सकता था।

एर्दोसैन ने खड़ा होने की कोशिश की, फिर एक कुर्सी पर ढेर हो गया; बार्सुत इतना पीला पड़ गया था कि लग रहा था मानो उसकी दो आँखें लपटों की दो धार हों। उसके गालों की त्वचा के नीचे मांसपेशियों के गुच्छे काँप रहे थे। एर्दोसैन को लगा मानो उसे किसी अंतहीन दुस्वप्न में फेंक दिया गया हो, लेकिन उसे इतना आभास था कि बार्सुत ने उसकी बाज़ू पकड़ ली है और कह रहा है, "देखो, तुम चाहो तो मेरे मुँह पर थूक सकते हो, लेकिन मुझे बोलने दो। मुझे तुमको सब कुछ बताना है। ठीक से बैठो...हाँ, ऐसे।"—एर्दोसैन बगैर कुछ महसूस किये सीधे बैठ गया। "मेरी बात सुनो। मैं तुमसे विनती करता हूँ। तुमने देख लिया है ना कि मैं सिर्फ़ अपने हाथों से तुम्हें जान से मार सकता था...अभी मैं कुछ ज़्यादा कर गया...कसम खाता हूँ...अगर तुम चाहो तो मैं घुटने टेककर तुमसे माफ़ी माँग लूँगा। मैं खुद को रोक नहीं सका, मैं ऐसा ही हूँ। देखो...आह...आह...अगर लोग जानते..."

एर्दोसैन ने खून थूका। दर्द की लाल-गर्म टीस उसके दिमाग में घूम गयी। वह दुहरा हो गया इतना कि अपने माथे को मेज़ के किनारे से टिका सके। चिंतित होकर बार्सुत ने उससे पूछा, "क्या तुम अपना चेहरा धोना चाहते हो? इससे तुम्हें अच्छा लगेगा। थोड़ा-सा इंतज़ार करो, हिलना मत।" ये कहकर वो तेज़ी से रसोई में गया और एक चिलमची भर पानी लेकर वापस आया। "ये लो, अपना चेहरा धो लो। तुम्हें बेहतर लगेगा। तुम चाहते हो कि मैं पोंछ दूँ? मुझे माफ़ कर दो। ये अपने आप हो गया। लेकिन तुमने ऐसे आँख क्यों मारी? मानो तुम मेरा मज़ाक उड़ा रहे थे? मेहरबानी करके अपना चेहरा धो लो।"

एक शब्द कहे बगैर एर्दोसैन ने अपना मुँह कई बार चिलमची में डाला। हर बार उसने अपना सिर तब तक नीचे रखा जब तक उसकी साँस न छूटी। फिर वो बैठ गया और अब वो अपने गीले बालों से पानी सूखते हुए महसूस कर सकता था। वो कितना थका हुआ था! अगर एलसा उसे इस वक्त देख पाती! वो उसके लिए कितना दुख महसूस करती! उसने अपनी आँखें कस के बंद कर लीं। बार्सुत ने अपनी कुर्सी उसके पास सरका ली और फिर ज़ोर देकर बोला, "मुझे तुमको सब कुछ बताना है। अगर नहीं बताया तो मैं खुद को एक डरपोक महसूस करूँगा। जैसा कि तुम देख सकते हो, मैं अब काफ़ी शांत हूँ। अगर मेरा यकीन नहीं तो तुम मेरी नब्ज़ देख सकते हो। मैं तुमसे साफ़-साफ़ बात कर रहा हूँ। तो...मैं...मैं ही था जो...मैं ही था जिसने शुगर कम्पनी में तुम्हारा भांडा फोड़ा...मैंने ही वो बेनाम चिट्ठी भेजी थी।"

एर्दोसैन ने अपना सिर भी नहीं उठाया। बार्सुत हो या कोई और, क्या फ़र्क पड़ता है?

बार्सुत उसे घूरने लगा, उसके बोलने का इंतज़ार करते हुए। फिर वो बोला, ''तुम कुछ कहते क्यों नहीं ? वो मैं था जिसने तुम्हें धोखा दिया। मैं चाहता था कि तुम गिरफ़्तार हो जाओ ताकि मैं एलसा के साथ अकेला रह जाऊँ, और उसका अपमान कर सकूँ। तुम सोच भी नहीं सकते कितनी रातें मैंने ये सपना देखते बिताईं कि उन्होंने तुम्हें गिरफ़्तार कर लिया है। तुम्हारे पास पैसे लौटाने का कोई ज़रिया नहीं था, तो वे तुम्हें पुलिस को सौंप ही देते। तुम कुछ कहते क्यों नहीं ?''

एर्दोसैन ने आँखें उठायीं। बार्सुत वहाँ था, वो बेशक वहाँ था और वो ये सब बातें कह रहा था। उसके गालों की त्वचा के नीचे उसकी मांसपेशियाँ काँप रही थीं जो दिखाई नहीं दे रहा था। बार्सुत नीचे देखने लगा, अपनी कोहनियाँ घुटनों पर टिका दीं, मानो वो आग के पास बैठा हो, और फिर उसने धीरे-धीरे अपना इसरार जारी रखा, ''मुझे तुमको सब कुछ बताना है। ये सारी चीज़ें जो मुझे अन्दर-ही-अन्दर टुकड़े-टुकड़े कर रही हैं, मैं उन्हें और किसे बता सकता हूँ ? वो कहते हैं और ये सच भी है कि दिल वाकई दर्द महसूस नहीं करता, लेकिन मेरा यकीन करो, ऐसे मौके आते हैं जब मैं खुद से पूछता हूँ—मैं किसलिए जी रहा हूँ ? और अगर मैं ऐसा ही हूँ, तो फिर जीने का क्या मतलब है ? क्या तुम समझ रहे हो ? तुम कल्पना भी नहीं कर सकते कि मैं कितनी बार अपने मन में इन्हीं बातों को दोहरा चुका हूँ। मुझे ये बातें तुम्हें बतानी नहीं चाहिए। ये कैसे हो सकता है कि आप किसी को धोखा देते हैं और फिर उसी शख्स को ढूँढते हैं अपने सबसे गहरे राज़ बताने के लिए, और आपको ज़रा-सा अफ़सोस, ग्लानि भी महसूस नहीं होती ? बार-बार मैंने खुद से ये पूछा है कि तुम्हें कोई पछतावा क्यों महसूस नहीं हो रहा ? अगर हम इतने निर्दयी हो सकते हैं और कुछ महसूस नहीं करते तो ये किस तरह की ज़िन्दगी है ? क्या तुम बता सकते हो ? स्कूल में हमें जो कुछ भी पढ़ाया गया है, उसके मुताबिक, एक अपराध आखिरकार अपराधी को पागल कर देता है; तो फिर ये कैसे हो सकता है कि आप अपराध करें और आप पर इसका ज़रा-सा असर न हो ?''

एर्दोसैन, बार्सुत को इतनी सख्ती और तीव्रता से घूर रहा था कि ऐसा लगा मानो उसकी छवि एर्दोसैन की चेतना में छप सी गयी हो। उसकी जीवन शक्ति ने उस छवि की पीली रूपरेखा को इतनी महीन जाली से बुना था कि इस पल बनी ये छवि उसके अन्दर हमेशा के लिए बनी रही।

''देखो,'' बार्सुत बोलता रहा, ''मैं जानता था कि तुम मुझसे नफ़रत करते हो और ये कि अगर तुम ऐसा कर सकते तो तुम मुझे मार डालते और इस बात से मैं एक साथ ही खुश और उदास हो जाता। कितनी रातों को मैं तुम्हारा अपहरण करने का षड्यंत्र बनाते हुए सोने गया हूँ! यहाँ तक कि मैंने तुम्हें डाक के ज़रिये एक बम या एक गत्ते के डिब्बे में एक साँप भेजने तक का सोचा! या फिर एक ड्राइवर को पैसे देकर तुम्हें सड़क पर कुचलवा देने का। मैं अपनी आँखें बंद करता और तुम दोनों के बारे में सोचते हुए घंटों गुज़र जाते। मुझे लगता

है कि तुम सोचते हो, मैं उससे प्यार करता था?'' एर्दोसैन ने बाद में ध्यान दिया कि उस रात उनकी बातचीत के दौरान बार्सुत लगातार एलसा को उसके नाम से पुकारने से बचता रहा।

''नहीं। मैं उससे कभी प्यार नहीं करता था। लेकिन हाँ मुझे उसको नीचा दिखाना बहुत अच्छा लगता। उसे ऐसे ही नीचा दिखाना : तुम्हें इतना दीन-हीन और बेचारा देखना कि वो अपने घुटनों पर झुक के मुझसे मदद की भीख माँगने को मजबूर हो जाए। क्या तुम समझ रहे हो? मैंने उससे कभी प्यार नहीं किया। इसी वजह से मैंने तुम्हारा भेद खोल दिया; उसे अपमानित करने के लिए, क्योंकि वो हमेशा मेरे साथ घमंड से भरा हुआ बर्ताव करती। जब तुमने मुझे बताया कि तुम शुगर कम्पनी के पैसे मार रहे हो तो मुझे अपने भीतर एक गहरी तसल्ली महसूस हुई और इससे पहले कि तुम बात पूरी करते, मैं खुद से कह रहा था—अब देखते हैं, वो कितना मगरूर महसूस करती है।''

एर्दोसैन पूछे बगैर न रह सका, ''लेकिन क्या तुम उससे प्यार करते थे?''

''नहीं, मैं उससे कभी प्यार नहीं करता था। काश, तुम जान पाते उसने मुझे कितना कष्ट दिया! प्यार करना, जबकि उसने कभी अपना हाथ भी मेरी तरफ़ आगे नहीं बढ़ाया? हर बार जब वो मेरी तरफ़ देखती ऐसा लगता मानो वो मेरे चेहरे पर थूक रही हो। तुम उसके पति रहे हो, लेकिन तुम उसे वाकई कभी जान नहीं पाए। तुम क्या जानते हो वो किस तरह की औरत है? वो तुम्हें मरता देख सकती है लेकिन सहानुभूति में उसमें ज़रा-सी भी हरकत नहीं होगी। तुम समझ रहे हो? तुम्हें याद है जब उस एस्त्राल्दी की जगह पर छापा पड़ा था और तुम लोग सड़कों पर आ गये थे : अगर वो मुझसे वो हर चीज़ जो मेरे पास थी उसे माँग भर लेती तो मैं ख़ुशी-ख़ुशी उसे सब दे देता। मैं अपनी सारी संपत्ति दे देता सिर्फ़ उससे 'शुक्रिया' सुनने के लिए। बस इतना ही, इससे ज़्यादा कुछ नहीं। सिर्फ़ शुक्रिया शब्द सुनने के लिए मुझे मेरा नितांत कंगाल हो जाना मंज़ूर था। फिर एक दिन जब मैंने उससे इस बारे में बात करने की कोशिश की, तो उसने इतना ही कहा, 'एर्दोसैन में इतनी मर्दानगी तो है कि वो हम दोनों के लिए कमा सके।' ओह, तुम्हें कोई आइडिया ही नहीं है कि वो कैसी है! वो ज़रा-सा भी पिघले बगैर तुम्हें मरता हुआ देख सकती है। और फिर मैं सोचने लगता—हे भगवान, एक इंसान के दिमाग में कितनी बातें आ जाती हैं! और मैं अपने बिस्तर पर पड़ जाता और ऐसी ही पागलपन की बातें सोचता रहता।...तुमने किसी की हत्या कर दी है।... तुम्हें हर हाल में बचाना है तो, वो मेरे पास मदद की विनती करने आती है और अपनी सारी कुर्बानियों के बारे में एक शब्द कहे बगैर मैं तुम्हारे लिए ज़मीन आसमान एक कर देता। वो क्या औरत है, रेमो! मुझे याद है जब वो सिलाई किया करती थी। मैं उसकी बगल में उसकी टोकरी पकड़े ख़ुशी-ख़ुशी बैठा रहता—और मैं जानता था कि वो तुमसे खुश नहीं है। मैं ये उसके चहरे पर, उसकी थकान में, उसकी मुस्कराहट में देख सकता था।''

बार्सुत बोलता रहा, ''और बेशक मैं खुद से पूछता रहता था कि वो क्या बात है जिसके कारण वो तुम्हारे साथ ऐसी ज़िन्दगी जी रही है, तुम्हारे जैसे आदमी के साथ...''

लगभग एक घंटे पहले जो शब्द एलसा ने कहे थे वो एर्दोसैन के ज़ेहन में तैरने लगे—"अब फ़र्क नहीं पड़ता।...मैं खुश हूँ। क्या तुम उसकी कल्पना कर सकते हो, तुम कितने हैरान होगे, रेमो? एक रात तुम अकेले हो...बिलकुल अकेले...जब अचानक... दरवाज़े की चरमराहट...और दरवाज़ा खुलता है...और ये मैं हूँ...मैं हूँ...मैं वापस आ गयी हूँ।"

"मैं नंगे पैर अँधेरी गलियों से होते हुए आती हूँ, तुम्हें ढूँढती हुई, लेकिन तुम मुझे नहीं देखते, तुम्हारा सिर..."

एर्दोसैन को लगा जैसे ये सारे विचार उसके दिमाग के ऊपर एक भंवर की तरह घूम रहे हैं। ये बवंडर से चीर कर उसके अस्तित्व की जड़ों तक जा रहा था। चक्कर खाकर चारों तरफ़ घूमते हुए इस बवंडर में उसकी आत्मा से एक ताज़ा पीड़ाजनक कोमलता आ जाती। एलसा के शब्द कितने तसल्लीबख्श थे, कितने अद्भुत!

"मैंने तुमसे हमेशा प्यार किया है। मैं तुमसे अब भी प्यार करती हूँ...कभी नहीं, तुमने इस तरह मुझसे कभी बात क्यों नहीं की जैसे तुमने आज रात की? मुझे लगता है कि मैं तुमसे हमेशा प्यार करूँगी कि तुम्हारे सामने वो एक पुरुष के साये से ज़्यादा कुछ भी नहीं।"

एर्दोसैन विश्वस्त हो गया कि ये शब्द उसकी आत्मा को बचा लेंगे, हालाँकि बार्सुत अपनी नफ़रत भरी जलन को उड़ेलता रहा, "और किसी बात से ज़्यादा मैं उससे ये पूछना चाहता था कि उसने तुम में क्या देखा—और उसकी आँखों के सामने तुम्हारी शख्सियत की चीर-फाड़ करना, जब तक कि वो इससे तंग न आ जाये कि तुम एक पागल, ठग और कायर के अलावा कुछ नहीं हो...मैं कसम खाता हूँ कि ये सब बताते हुए मेरे अन्दर कोई गुस्सा नहीं है।"

"और मैं तुम्हारा यकीन करता हूँ," एर्दोसैन ने जवाब दिया।

"इस वक्त तुम्हें देखते हुए मैं खुद से यही पूछता हूँ कि एक औरत, एक मर्द में क्या देखती है? ये ऐसी बात है जिसे हम कभी नहीं जान पाएँगे, क्या तुम इससे सहमत नहीं हो? मेरे लिए, तुम एक बेचारे अभागे शख्स से ज़्यादा कुछ नहीं हो, एक ऐसा शख्स जिसे आप कभी भी एक ही वार से अपने रास्ते से हटा सकते हैं। लेकिन तुम उसके लिए दरअसल क्या हो? यही है जिसे समझना इतना मुश्किल है। क्या तुम्हें लगता है कि तुम ये जानते थे? मुझे ईमानदारी से बताओ कि क्या तुम कभी अपने दिल-ही-दिल में ये जानते थे कि तुम उसके लिए क्या मायने रखते हो? ऐसा उसने तुम में क्या देखा कि वो तुम्हारे साथ रह कर इतना कुछ झेल गयी, तुम्हें ऐसे बर्दाश्त करती रही?"

बार्सुत कितना उदास था! उसकी फटी हुई आवाज़ में किये गये सवाल, जवाबों की माँग कर रहे थे। उसके इतने करीब बैठे हुए एर्दोसैन ने ऐसा महसूस किया मानो वो दूसरा आदमी नहीं उसी का प्रतिरूप था, हड़ीली नाक वाला, ताँबई रंग के बालों वाला एक फैंटम

जो अचानक उसकी अपनी चेतना का हिस्सा बन गया था, क्योंकि बार्सुत उससे ठीक वही सवाल पूछ रहा था जो उसकी चेतना ने अतीत में उससे पूछे थे। एक भावहीन निश्चितता के साथ अब उस पर ये प्रकट हुआ कि उसके शांति से रहने के लिए ये ज़रूरी था कि वो बार्सुत से पीछा छुड़ाये।

"रूई की एक गठरी में तलवार घुसाने की तरह," एर्दोसैन ने बाद में ये टिप्पणी की।

बार्सुत को इस बात का ज़रा अंदाज़ा नहीं था कि ऐन उस पल में एर्दोसैन ने उसे मौत की सज़ा सुना दी थी। जब एर्दोसैन समझा रहा था कि ये आइडिया उसके दिमाग में कैसे आया, उसने कहा, "क्या तुमने लड़ाई के मैदान में एक जनरल को देखा है? लेकिन इसको और साफ़ तौर पर समझाने के लिए, मैं एक आविष्कारक की तरह बात करूँगा : एक लम्बे वक्त तक आप एक समस्या के हल को ढूँढते रहते हैं। ये आप यकीनन जानते हैं कि जवाब, वो राज़ आपके भीतर ही कहीं है, लेकिन आपको वो मिल नहीं सकता, क्योंकि वो अनिश्चितताओं की कई परतों के नीचे छिपा है। फिर एक दिन, जब आपको इसकी उम्मीद सबसे कम होती है, वो प्लान, उस पूरी मशीन का विज़न अचानक आपकी आँखों के सामने आ जाता है और आप उसकी सरल पूर्णता से चौंधिया जाते हैं। ये चमत्कार है! कल्पना करो लड़ाई के मैदान में एक जनरल की...सब कुछ हार की कगार पर दीखता है लेकिन फिर अचानक उसे एक आसान और बेहतरीन तरीका सूझता है, ऐसा जो उसने सोचा भी नहीं था कि वो जानता है, लेकिन वो हमेशा वहाँ था, उसमें कहीं गहरे, उसकी पहुँच में। उस क्षण में मैं जान गया कि मुझे तुम्हें मरवाने की ज़रूरत है। मेरे सामने तुम बकवास करते रहे, इस असलियत से अनजान कि अपने फूले हुए मुँह और सूजी हुई नाक के साथ मुझे उस ख़ुशी को काबू करना पड़ रहा था, इस विस्मय के एहसास को जो कि कुछ ऐसा था जो हम तब महसूस करते हैं जब हम कुछ ऐसा खोज लेते हैं जो उतना ही निश्चित है जितने कि गणित के नियम। शायद अंतरात्मा का भी गणित होता है, जिसके भयानक नियम उतने ही अटल होते हैं। जितने कि वो जो अंकों और रेखाओं के बीच के सम्बन्ध को संचालित करते हैं।* ये सबसे अजीब बात है। वो थप्पड़ जिससे मेरे मसूढ़ों से खून बहने लगा था, वो हाइड्रोलिक प्रेस की मुहर की तरह था जिसने मेरी चेतना पर हत्या की साजिश की रूपरेखा छोड़ दी थी। आप समझ रहे हैं? एक प्लान में तीन मुख्य रेखाएँ होती हैं, तीन सीधी रेखाओं का संयोजन, इससे ज़्यादा कुछ नहीं। और मेरी उत्तेजना और जोश ने उन तीन दिशा-निर्देशों की भावहीन छाप को ख़त्म कर दिया, जिसने इस प्रकार आकार लिया—बार्सुत का अपहरण करना, उसे मरवाना और फिर उसके पैसे का इस्तेमाल करके उस गुप्त सोसाइटी को शुरू करना जिसके सपने ज्योतिषी देख रहा था। आप समझ रहे हैं ना? इस अपराध की योजना मेरे दिमाग में सहज रूप से आ गयी, जबकि बार्सुत रो रहा था कि कैसे हम दोनों की आत्माएँ अभिशप्त

---

*समीक्षक का नोट : एर्दोसैन के अपराध स्वीकरण का ये अध्याय मुझे सोचने के लिए प्रेरित करता है कि क्या जो अपराध वह करने जा रहा था उसका आइडिया उसके अवचेतन में पहले से ही मौजूद था। ये बात बार्सुत की आक्रामकता के सामने उसकी निष्क्रियता को व्यक्त कर सकती है।

हैं। ये मेरे दिमाग में वैसे ही अंकित हो गया मानो ये एक हज़ार पाउंड के दबाव से धातु की चादर पर अंकित कर दिया गया हो।''

''मैं ये कैसे तुम्हें समझा सकता हूँ? अचानक मैं और सब कुछ भूल गया : मैं उसके बारे में एक बर्फ़ीली, खुशनुमा सोच में डूब गया, जो मेरे पास ऐसी भोर की तरह आई थी जिसका स्वागत एक ज़िद्दी उल्लू करता है, क्योंकि एक थकान और ऐयाशी भरी रात के बाद भोर उसकी थकान को कम करती है। आप समझ रहे हैं ना? अपने मालिक की योजना को पूरा करने के लिए बार्सुत को किसी ऐसे शख्स से मरवाना जिसे पैसे की बहुत ज़रूरत हो। मेरे भीतर उगी ये नयी भोर पूरी तरह से मेरा ही हिस्सा थी, तब से मैं अक्सर सोचता हूँ कि मनुष्य की अंतरात्मा में कितने राज़ भरे होते हैं जो उसे लगातार इस तरह के नए परिदृश्य, नयी योजना से लगातार स्तब्ध करते रहते हैं, ऐसी बातें प्रकट करते हैं जो ज़ाहिर तौर पर इतनी दुरूह होती हैं कि मनुष्य भौंचक्का रह जाता है।''

इस प्रकरण को दोबारा सुनाते हुए मैंने ये ज़िक्र नहीं किया है कि जब एर्दोसैन अपनी रौ में बह जाता तो शब्दों की बौछार के साथ वो अपने 'केन्द्रीय' आइडिया के चारों तरफ़ घूमता रहता। एक धीमे-धीमे आते उन्माद की गिरफ़्त में, जो उसे बोलते वक्त एक बेकार, मामूली-सा इंसान होने की बजाय एक असाधारण व्यक्ति होने का एहसास दे रहा था, उसे अभिव्यक्ति की हर अंतिम सम्भावना का इस्तेमाल करना था। मुझे इसमें कोई शक नहीं था कि वो सच बोल रहा है। जो मुझे परेशान कर रहा था वो सवाल मैं खुद से पूछता रहा : ''ये शख्स अपने आपको इतने लम्बे वक्त तक इस तरह बर्दाश्त करने की हिम्मत कहाँ से जुटाता है? ऐसा लगा कि उसकी एकमात्र योग्यता और काम था खुद के भीतर देखना, जो भी उसके भीतर चल रहा है उसका विश्लेषण करते रहना, मानो इन सारे ब्योरों का संकलन ही उसे आश्वस्त कर सकता था कि वो ज़िंदा है। मैं ज़ोर देकर कहता हूँ, ''एक मरा हुआ आदमी, जिसे बोलने की ताकत मिल जाए, एर्दोसैन से ज़्यादा कुछ नहीं कह सकता था, खुद को विश्वास दिलाने के लिए कि वो दरअसल ज़िंदा है।

इसका ज़रा-सा भी अंदाज़ा न होते हुए कि एर्दोसैन के दिमाग में क्या चल रहा है, बार्सुत बोलता रहा, ''आह, तुम उसे नहीं जानते...तुम उसे कभी जानते ही नहीं थे। मसलन...जो मैं बताने जा रहा हूँ, उसे सुनो। एक शाम मैं तुमसे मिलने आया, लेकिन मैं जानता था कि तुम घर पर नहीं हो, दरअसल मैं उसी से मिलना चाहता था—उससे ज़्यादा कुछ नहीं। मैं पसीने से भीगा हुआ वहाँ पहुँचा, मुझे नहीं मालूम कि इतना साहस जुटाने के लिए धूप में मैं कितने ब्लॉक्स पैदल चला था।''

'मेरी तरह धूप में,' एर्दोसैन ने सोचा।

''मैं पैदल चला, जबकि, तुम जानते ही हो कि मैं आसानी से टैक्सी कर सकता था। फिर जब मैंने उससे तुम्हारे बारे में पूछा, उसने दरवाज़े पर खड़े-खड़े ही कहा, 'माफ़ी

चाहती हूँ, मैं तुम्हें अन्दर आने के लिए नहीं कह सकती, क्योंकि मेरे पति घर पर नहीं हैं।' देखा, वो कितनी घटिया औरत है?''

एर्दोसैन ने सोचा, 'टेम्परली के लिए अब भी ट्रेन मिल सकती है।'

बार्सुत बोलता रहा, ''जहाँ तक मैं बता सकता था, तुम एक बेचारे गरीब आदमी के अलावा कुछ नहीं थे, इसलिए मैं ये सोचता रहता कि एलसा ने इस बौड़म में क्या देखा कि वो इससे प्यार करने लगी?''

बहुत शांत आवाज़ में एर्दोसैन ने उससे पूछा, ''और मेरे चेहरे से तुम ये देख सकते हो कि मैं इतना मूर्ख हूँ?''

बार्सुत ने हैरानी से ऊपर देखा। एक पल के लिए, वो अपनी चमकती हरी आँखों से एर्दोसैन को देखता रहा।

रौशनी का पर्दा जो उन दोनों के सिरों पर गिर रहा था, उससे बहुत दूरी का भ्रम पैदा हो रहा था। ऐसा लगा कि बार्सुत को एहसास हो गया कि वो भी इस दूसरे शख्स की तरह एक प्रेत ही था, क्योंकि उसने बड़ी मुश्किल से अपना सिर हिलाया, मानो उसकी गर्दन की मांसपेशियाँ अचानक बहुत सख्त हो गयी हों, और फिर जवाब दिया, ''नहीं, अब मैं तुम्हें करीब से देख रहा हूँ तो तुम एक ऐसे शख्स जैसे ज़्यादा लगते हो जिस पर कोई धुन सवार हो...भगवान जाने किस चीज़ की।''

एर्दोसैन हँसा, ''तुम वाकई एक मनोवैज्ञानिक हो। बेशक, मुझे भी कोई अंदाज़ा नहीं है कि वो जुनून क्या हो सकता है।...लेकिन ये अजीब बात है, ये बात कभी मेरे दिमाग में नहीं आई कि तुम मेरी बीवी को मुझसे छीनने की सोचोगे...और ये बातें तुम कितनी शांति से, आराम से कह रहे हो!''

''तुम इस बात से इनकार नहीं कर सकते कि मैं तुमसे बिलकुल ईमानदारी से बात कर रहा हूँ।''

''नहीं...''

''और वैसे भी, मैं उसे नीचा दिखाना चाहता था, तुमसे चुराना या छीनना नहीं। उसका क्या फ़ायदा होता? मुझे मालूम था कि वो मुझसे कभी प्यार नहीं करेगी।''

''तुम्हें ये कैसे पता चला?''

''यही तो मुझे नहीं मालूम। क्योंकि लोग ऐसे काम करते हैं, जिन्हें वो समझा नहीं सकते। क्योंकि मैं तुमसे मिलता रहा और तुम भी मेरी अगवानी करते ही रहे, जबकि हम दोनों एक-दूसरे को 'बर्दाश्त' नहीं कर सकते थे। मैं आता था क्योंकि इस तरह मैं तुम्हें कष्ट देता था, परेशान करता था और मैं खुद भी कष्ट झेलता था। हर रोज़ मैं अपने आप से कहता, 'मैं वहाँ फिर नहीं जाऊँगा।...मैं वहाँ फिर नहीं जाऊँगा।...' लेकिन जैसे ही जाने का

वक्त होता, मैं हैरान–परेशान हो जाता, मानो मुझे कहीं से बुलाया जा रहा है, तो मैं जल्दी से कपड़े बदलता।...और आ जाता।...''

एकाएक एर्दोसैन को एक अजीब ख़याल आया, ''जब हम ये बात कर ही रहे हैं...मुझे नहीं पता कि तुम ये जानते हो कि नहीं...लेकिन आज सुबह ही शुगर कम्पनी की वो बेनाम चिट्ठी मिल गयी। अगर मैं कल तक उनका पैसा नहीं दे पाता, तो वो मुझे गिरफ़्तार करवा देंगे। मेरे ख़याल से तुम वो पहले आदमी होगे जो ये मानेगा कि तुम और सिर्फ़ तुम इस सबके लिए दोषी हो, इसलिए तुम्हें ही मुझे पैसा देना चाहिए। वर्ना मुझे आखिर कहाँ से पैसा मिलेगा?''

बार्सुत हैरान होकर एकदम सीधा बैठ गया।

''ये क्या है? मैं, जिसकी बीवी के शादी से बाहर रिश्ते हैं,जो कुत्ते की तरह थका–हारा है, एलसा जा चुकी है और मैंने कुछ बहुत ज़्यादा गलत काम किया है और तुम उम्मीद करते हो कि मैं ही पैसे भी लेकर आऊँ? तुम पागल हो क्या? तुम्हें 600 पेसोस देने के लिए मेरे पास क्या वजह हो सकती है?''

''और सात सेंट्स...'' एर्दोसैन खड़ा हो गया।

''तो ये तुम्हारा आखिरी फ़ैसला है?''

''तुम्हें समझना चाहिए...मैं कैसे... ?''

''ठीक है, फिर 'बच्चे'...हमें इंतजार करना होगा, देखना होगा। अब मेरे ऊपर एक उपकार करो और यहाँ से चले जाओ, मैं सोना चाहता हूँ।''

''क्या तुम्हारा बाहर जाने का मन नहीं कर रहा?''

''मैं थका हुआ हूँ। अब तुम जाओ।'' बार्सुत थोड़ा सकुचाया, फिर वो भी खड़ा हो गया, अपने एक हाथ में हैट की किनारी को पकड़े लड़खड़ाता हुआ कमरे से बाहर निकल गया।

एर्दोसैन ने बाहर का दरवाज़ा ज़ोर से बंद होते सुना, कुछ देर वहीं त्योरियाँ चढ़ाये खड़ा रहा, अपनी जेब में रेलवे गाइड को ढूँढा और उसमें रेल का टाइम टेबल देखा, फिर गया और अपना चेहरा फिर से धोया, और आखिर में उसने एक आईने के सामने अपने बाल काढ़े। उसका होंठ सूजा हुआ था और नाक के आस–पास और सिर की तरफ़ बालों के पास चोट के निशान थे।

उसने चारों तरफ़ कुछ ढूँढा, फिर फ़र्श पर उसे रिवॉल्वर दिखाई दी, उसे उठाने के लिए वो झुका और फिर बाहर चला गया। फिर उसे एहसास हुआ कि उसने लाइट खुली छोड़ दी है, इसलिए वो फिर अन्दर गया और लैंप बुझा दिया। अँधेरे में बाहर निकलते हुए वो रौशनी थोड़ी देर के लिए उसकी आँखों में चमकती रही। उस दिन दूसरी बार वो ज्योतिषी के घर की तरफ़ जा रहा था।

एक अपराध का शुक्रिया

टेलीग्राफ़ दफ़्तर के दरवाज़े से रौशनी चमक रही थी और उससे टेम्परली स्टेशन के प्लेटफ़ॉर्म के एक हिस्से में हल्की-सी रौशनी फैल रही थी। एर्दोसैन अँधेरे में पॉइंट्स स्विचेस की बगल में पड़ी एक बैंच पर बैठा था। उसे ज़बरदस्त ठण्ड लग रही थी, शायद बुखार की वजह से। उसे लगा कि एक अपराध का ख़याल उसके ही शरीर का एक हिस्सा है, जैसे प्रकाश में पड़ती उसकी छाया। एक सिग्नल के हत्थे से, जो दिखाई नहीं पड़ रहा था,एक लाल डिस्क चमक रही थी। दूसरे लाल और हरे घेरे अँधेरे में दूर लटके थे और रात में घूमते हुए उनका प्रतिबिम्ब रेलों से मिल रहा था, जिससे उनमें एक नीली या एक गुलाबी-सी चमक आ जाती थी। कभी-कभी लाल और हरी रौशनी अपनी जगह बदल लेती थीं। फिर एकदम चुप्पी हो जाती, ज़ंजीरें अपने खम्बों से टकरा कर आवाज़ करना बंद कर देती थीं, और तारों की भनभनाहट भी ख़त्म हो जाती थी।

एर्दोसैन बस आधा जगा हुआ था।

"मैं यहाँ क्या कर रहा हूँ? मैं यहाँ क्यों ठहरा हूँ? क्या ये सच है कि मैं उसे मारना चाहता हूँ? या ऐसा इसलिए है कि मैं उसे मारने की इच्छा-शक्ति रखना चाहता हूँ? इससे क्यों कोई फ़र्क पड़ना चाहिए? ठीक इसी पल में वो उसके साथ बिस्तर पर होगी। लेकिन इससे मुझे क्या? पहले जब वो अकेली घर में होती थी और मैं कैफ़े में, तो मुझे उसके लिए अफ़सोस होता, क्योंकि वो मेरे साथ नाखुश थी।...अब बात अलग है।...वो तो अब सो चुके होंगे, उसका सिर उसके सीने पर होगा। हे भगवान! क्या बस इतना ही? हारा हुआ महसूस करना, हमेशा हारा हुआ, खोया हुआ महसूस करना? लेकिन क्या मैं दरअसल वो हूँ जो मैं वास्तव में हूँ? और अगर मैं कोई और हूँ तो क्या? ये अजीब दूरी है! अपने आप से इतना अलग और इतना दूर रहना! यही तो मैं करता हूँ। बिलकुल इसी की तरह। जो आस-पास नहीं होता उसे मैं असलियत में देख सकता हूँ, एक बेचारा अभागा इंसान। उसने लगभग मेरी नाक तोड़ दी। कितना अविश्वसनीय है! अब पता नहीं किस तरह ये मालूम पड़ता है कि उसकी बीवी के शादी से अलग रिश्ते हैं, और वो हारा हुआ है, मैं नहीं! मैं!...वाकई ये ज़िन्दगी एक भद्दा मज़ाक है! फिर भी इसमें इससे ज़्यादा और कुछ तो होना चाहिए। जब वो मेरे साथ होता है तो मैं उससे इतनी नफ़रत क्यों करता हूँ?" टेलीग्राफ

दफ़्तर की पीली खिड़की में से कुछ परछाइयां मंडराईं।

"उसे मारूँ या न मारूँ? इससे मुझे क्या फ़र्क पड़ता है? अगर मैं उसे मार दूँ, क्या इससे कुछ फ़र्क पड़ेगा? या मेरे लिए सब कुछ एक जैसा ही है? अगर वो ज़िंदा रहे तो मेरे लिए सब एक सा, वैसा ही रहेगा? फिर भी उसे मारने की इच्छा-शक्ति है। अगर कोई भगवान् मेरे सामने प्रकट हो और पूछे, 'क्या तुम पूरी मानवता को नष्ट करने की सामर्थ्य चाहते हो?' तो क्या मैं ये करूँगा? क्या मैं इसे नष्ट कर दूँगा? नहीं, मैं ऐसा नहीं करूँगा, अगर मुझे पता हो कि मेरे पास ऐसा करने की ताकत है तो इसी से इस आइडिया में मेरी रुचि ख़त्म हो जाएगी। वैसे भी, पृथ्वी पर अकेला रह कर मैं क्या करूँगा? वर्कशॉप में डाइनेमोस को ज़ंग लगते देखूँगा, या भट्टियों के सामने बैठे कंकालों को मिट्टी में ढहते देखूँगा? ये सच है कि उसने मुझे झापड़ मारे लेकिन क्या मुझे इसकी परवाह है? क्या सूची है! क्या संकलन! कप्तान, एलसा, बार्सुत, सूअर जैसे सिर वाला आदमी, ठग ज्योतिषी और एर्गुएता। क्या सूची है! ये सारे राक्षस कहाँ से उगे हैं? मैं भी अपने अस्तित्व के केंद्र में नहीं हूँ। मैं वो नहीं हूँ, जो मैं हूँ, और फिर भी मुझे अपने अस्तित्व को साबित करने के लिए, उसकी पुष्टि करने के लिए कुछ करना है। यही है, पुष्टि करना। क्योंकि ऐसा लगता है कि मैं मर गया हूँ। कप्तान के लिए, एलसा के लिए, बार्सुत के लिए मैं हूँ ही नहीं। अगर वो चाहें तो मुझे गिरफ़्तार करवा सकते हैं, बार्सुत मुझे फिर थप्पड़ मार सकता है, एलसा ठीक मेरी नाक के नीचे से किसी और के साथ भाग सकती है, कप्तान एक बार फिर मुझसे मेरी बीवी को चुरा सकता है। इन सभी के लिए मैं स्वयं जीवन का प्रतिवाद हूँ, खंडन हूँ। कुछ गैर-जीव की तरह। एक मनुष्य बस कर्म ही नहीं है, इसीलिए उसका अस्तित्व नहीं है। या न होने के बावजूद उसका अस्तित्व है? वह है और नहीं है। ज़रा पुरुषों को देखो। संभवतः उनकी बीवियाँ हैं, बच्चे हैं, घर हैं। शायद वे सब हारे हुए लोग हैं। लेकिन अगर कोई उनके घर में घुसने की, उनसे नया पैसा चुराने की या उनकी बीवी को छूने की कोशिश करता है तो वह जंगली जानवर में बदल जाता है। तो मैंने विद्रोह क्यों नहीं किया? मेरे लिए इसका जवाब कौन दे सकता है? मैं निश्चित रूप से नहीं। मैं सिर्फ़ इतना जानता हूँ कि इसी तरह मैं मौजूद हूँ, मैं हूँ, एक खंडन एक प्रतिवाद की तरह। और जब मैं इस तरह की बात कहता हूँ, मैं उदास नहीं हूँ : मेरी आत्मा मौन है, मेरा दिमाग खाली। फिर इस चुप्पी, इस खालीपन से मेरे दिल में जान से मारने की उत्सुकता हिलोरें मारने लगती है। बिलकुल यही। मैं पागल नहीं हूँ क्योंकि मुझे पता है कि सोचा कैसे जाए, तर्क कैसे किया जाए। ये एक उत्सुकता है जो मेरे अन्दर उठती है, एक उत्सुकता जो ज़रूर मेरा अंतिम दुःख होगा, उत्सुकता का दुःख. या उत्सुकता का प्रेत। मैं कैसा हूँ? ये जानने के लिए, एक अपराध का शुक्रिया। ठीक यही। मेरी चेतना, मेरी संवेदनशीलता एक अपराध को करने के प्रति कैसी प्रतिक्रिया करती है, ये जानने के लिए।

लेकिन फिर भी इन शब्दों से मैं अपराध महसूस नहीं कर सकता, जैसे कि चीन में हुई किसी तबाही का सन्देश मुझे तबाही का एहसास नहीं कराता। ऐसा लग रहा है मानो

कोई और इस हत्या के बारे में सोच रहा है, मैं नहीं। कोई और जो मेरी तरह सिर्फ़ सतही आदमी हो, एक आदमी की छाया मात्र जैसा सिनेमा में होता है। उसका एक छाया चित्र हो जो चले फिरे, लगे कि उसका अस्तित्व है, उसे कष्ट होता है, और फिर भी वो एक छाया के अलावा कुछ न हो। उसमें कोई जीवन न हो। मैं भगवान की कसम खाता हूँ, ये सब फिर भी कुछ ठीक, संगत लग रहा है। तो ये छाया रूपी आदमी क्या करेगा? उसे ये तो पता होगा कि क्या हुआ था, लेकिन वो उसका बोझ महसूस नहीं कर सकेगा, क्योंकि उसका इतना विस्तार ही नहीं होगा कि इसे खुद में सोख सके। वो तो सिर्फ़ छाया है। और मैं भी ये तो देखता हूँ कि क्या हुआ लेकिन उसे खुद में जज़्ब नहीं कर पाता। ये ज़रूर कोई नया सिद्धांत होगा। पता नहीं अपराध सम्बन्धी अदालत का जज इससे क्या समझेगा? क्या उसे महसूस होगा कि मैं कितनी ईमानदारी से पेश आ रहा हूँ? क्या उस तरह के लोग ईमानदारी पर यकीन करते हैं? मेरे चारों तरफ़ चीज़ें घूमती हैं, मेरे शरीर की सीमा से परे, लेकिन उनके लिए तो मेरा जीवन उतना ही कल्पनातीत होगा जितना कि चाँद और पृथ्वी पर एक साथ रहना। मैं किसी के लिए कुछ भी नहीं हूँ। और फिर भी, अगर कल मैं कहीं बम गिरा दूँ या बार्सुत की हत्या कर दूँ तो मैं सब कुछ हो जाऊँगा, एक आदमी जिसका वजूद है, जिसके लिए कानून के विशेषज्ञों ने सज़ा, जेल और सिद्धांत बनाये हैं। इस तरह, मैं, जो कुछ भी नहीं है, विशेषज्ञों, सचिवों, वकीलों, अभियोक्ताओं, वार्डनों और जेल की गाड़ियों की एक पूरी भयानक मशीनरी को हरकत में ला दूँगा। कोई भी मुझे एक बेचारे की तरह नहीं बल्कि एक समाज विरोधी की तरह देखेगा जिससे कि शत्रु समाज को बचाना है। कितनी अजीब बात है! लेकिन सिर्फ़ इस अपराध की ही मेहरबानी से मैं अपने अस्तित्व की पुष्टि कर सकता हूँ, जिस तरह बुराई के माध्यम से ही मनुष्य पृथ्वी पर अपने अस्तित्व की पुष्टि करता है। मैं वो एर्दोसैन होऊँगा जिसे पकड़ा गया और जिससे लोग डरते थे, दंड संहिता द्वारा परिभाषित; उन हज़ारों अज्ञात एर्दोसैन के बीच जो इस दुनिया को संक्रमित करते हैं, मैं एक असली एर्दोसैन होऊँगा, असली एर्दोसैन जो है और हमेशा रहेगा।

ये सब बहुत अजीब है। और फिर भी, इस सबके बावजूद अँधेरे का अस्तित्व है, और मनुष्य की आत्मा दुखों से भरी है। अनंत दुःख। लेकिन जीवन में बस इतना ही तो नहीं हो सकता। मेरे भीतर कुछ है जो कहता है कि जीवन ऐसा नहीं हो सकता। अगर मैं सिर्फ़ वो ठीक-ठीक वजह जान पाता कि क्यों जीवन ऐसा नहीं हो सकता, मैं अपने में एक पिन चुभोता और झूठ की सारी गर्म हवा गुब्बारे की तरह निकल जाती। और मेरे मौजूदा हाल से एक बिलकुल नया आदमी उठ खड़ा होता, आदिम देवताओं जैसा ताकतवर। लेकिन ये सब मुझे मुद्दे से भटका रहा है। मुझे जाकर ज्योतिषी से मिलना चाहिए या नहीं? वो मुझे फिर से आया देख कर क्या कहेगा? शायद वो मेरा इंतज़ार कर रहा हो। मेरी तरह वो भी खुद के लिए एक रहस्य है। यही सच है। वो मेरी तरह ही इस बारे में अनिश्चित है कि वो कहाँ जा रहा है। एक गुप्त संस्था, सीक्रेट सोसाइटी! उसके लिए, पूरी संस्था का सार इन शब्दों में है—एक सीक्रेट सोसाइटी! एक और शैतान। क्या जमावड़ा है! बार्सुत, एर्गुएता,

ठग और मैं...अगर आप चाहें भी तो ऐसे लोगों का जमावड़ा तैयार नहीं कर सकते। और इस सबके ऊपर, एक गर्भवती अंधी लड़की! कितना बड़ा राक्षस है!

स्टेशन गार्ड एर्दोसैन के सामने से दूसरी बार गुज़रा। उसे एहसास हुआ कि वो उस आदमी के मन में शक पैदा कर रहा था, इसलिए वो उठा और ज्योतिषी के घर की तरफ़ चल पड़ा। अँधेरी की रात थी। गली के नुक्कड़ पर पत्तों भरी शाखाओं से छन कर स्ट्रीट लैंप की रौशनी आ रही थी। एक घर में से पियानो की आवाज़ लहराती हुई आई और इस तरह चलते हुए एर्दोसैन को अपना दिल और डूबता हुआ महसूस हुआ, छाया में स्थित इन घरों की दीवारों के अन्दर ख़ुशी की एक झलक पर दर्द के एहसास से पीड़ित, हर घर के बाहर गैराज में एक कार खड़ी थी।

प्रस्ताव

ज्योतिषी सोने जाने ही वाला था जब उसने घर की तरफ़ आते बजरी से बने रास्ते पर क़दमों की आहट सुनी। चूँकि कुत्ता भौंका नहीं इसलिए उसने शटर को हल्का-सा उठाया। पीली गोलाकार रौशनी जो अनार के पेड़ों की चोटी पर चमक रही थी, में वो एर्दोसैन को अपनी तरफ़ आते देख सकता था, रौशनी सीधे उसके चेहरे पर पड़ रही थी।

'अजीब बात है!' ज्योतिषी ने सोचा। 'मैंने अभी तक ध्यान ही नहीं दिया था कि ये बच्चा स्ट्रॉ की टोपी पहनता है। वो क्या चाहता है?' फिर ये सुनिश्चित करते हुए कि उसके कमरबंद में रिवॉल्वर है उसने दरवाज़ा खोल दिया। एर्दोसैन अन्दर आ गया।

"मुझे लगा था कि तुम सो रहे होगे।"

"अन्दर आ जाओ।"

एर्दोसैन उसके अध्ययन कक्ष में चला गया। यूनाइटेड स्टेट्स का नक्शा अब भी वहाँ था, उसमें उन क्षेत्रों में वैसे ही काले झंडे लगे थे जहाँ क्लू क्लक्स क्लान का स्वामित्व था। ज्योतिषी ज़रूर किसी जन्मकुंडली पर काम कर रहा था, क्योंकि उसका कम्पास वाला डब्बा मेज़ पर खुला हुआ था। बाग़ से आती हवा से कागज़ हिल रहे थे और जब तक ज्योतिषी ने उनमें से कुछ कागज़ अलमारी में रखे, एर्दोसैन इंतज़ार करता रहा, और फिर वो खिड़की की तरफ़ पीठ करके बैठ गया।

वह बैठ गया और ज्योतिषी को घूरता रहा—उसका सपाट चौड़ा चेहरा, उसके उग्र माथे से निकलती हुई मुड़ी हुई नाक, गोभी जैसे कान, फीकी काली जैकेट में फँसा हुआ उसका पीपे जैसा सीना, वेस्टकोट से झूलती ताँबे की ज़ंजीर, एक सख्त, ज़िद्दी और मौसमों की मार झेले हुए हाथ पर जामुनी पत्थर जड़ी एक अँगूठी। अपने हैट के बगैर, ज्योतिषी के बाल छोटे, घने और घुँघराले थे। उसने अपने पैर फैला रखे थे और अपने सारे शरीर का बोझ कुर्सी के हत्थे पर डाला हुआ था। उसके बगैर पोलिश किये हुए जूतों से उसकी पहाड़ों पर रहने वाले किसान या सोने की खदान ढूँढने वाले व्यक्ति की छवि पूरी हो जाती थी। 'यक़ीनन, पेटागोनिया के सोना ढूँढने वाले ऐसे ही दीखते होंगे?' एर्दोसैन ने अन्यमनस्क

होकर यूनाइटेड स्टेट्स के नक़्शे को देखते हुए सोचा और उस सबको याद करते हुए जो उस दोपहर ज्योतिषी ने ठग को अलग-अलग राज्य दिखाते हुए कहा था।

"कू-क्लक्स-क्लान टेक्सास, ओहायो, इंडियानापोलिस, ओक्लाहोमा, ऑरेगोन में काफ़ी मज़बूत है।..."

"तो फिर मेरे दोस्त...क्या... ?"

"आह, मैं तुमसे मिलने आया।..."

"मैं बस सोने ही जा रहा था। मैं किसी बेवक़ूफ़ के लिए एक जन्मकुंडली पर काम कर रहा था।..."

"अगर मैं तुम्हें परेशान कर रहा हूँ, तो मैं चला जाता हूँ।"

"नहीं, रुको। क्या तुम्हारी किसी से लड़ाई हुई है? क्या माजरा है?"

"बहुत-सी चीज़ें। अगर तुम बता सको तो बताओ...मेरे सवाल से हैरान मत होना।...लेकिन अगर आपकी सीक्रेट सोसाइटी को शुरू करने के लिए, अगर उन 20 हज़ार पेसोस के लिए जिनकी आपको ज़रूरत है, अगर उतने पैसे का इंतज़ाम करने के लिए तुम्हें किसी को जान से मारना पड़े, तो क्या तुम करोगे?"

ज्योतिषी अपनी कुर्सी पर एकदम सीधा बैठ गया, उसका शरीर हैरानी से एक झटके में समकोण की स्थिति में आ गया।...हालाँकि जो विचार एर्दोसैन अभिव्यक्त कर रहा था, उसके कारण उसने अपना सिर हैरानी से उठाया लेकिन अब भी ऐसा लग रहा था कि उसके कंधे उसके सिर से काफ़ी बोझिल थे। उसने अपने हाथ मसले और एर्दोसैन के चेहरे को ध्यान से देखने लगा।

"तुम भला ऐसा सवाल मुझसे क्यों पूछ रहे हो?"

"मुझे एक बंदा मिला है जिसके पास 20,000 पेसोस हैं। हम उसका अपहरण कर सकते हैं, और अगर वो हमारे लिए चेक पर दस्तखत करने से इनकार करता है तो हम उसे टॉर्चर कर सकते हैं।"

ज्योतिषी की त्योरियाँ चढ़ गयीं। जब उसने इस प्रस्ताव का ब्यौरा सुना तो और भी परेशान दिखा और उसने अपने दायें हाथ की अँगूठी को घुमाना शुरू कर दिया। बार-बार उसके जामुनी पत्थर में ताँबे की ज़ंजीर का प्रतिबिम्ब दिखाई देता। हालाँकि उसका चेहरा नीचे झुका था, उसकी भौंहों में से उसकी आँखें ऊपर एर्दोसैन के चेहरे को ताक रही थीं। इस तरह बैठे हुए उसकी भद्दी-सी नाक उसकी काले रंग की बो टाई के कपड़े में छिपी हुई ठोड़ी के ऊपर सहारे के लिए लटके हुए पत्थर जैसी लग रही थी।

"ये सब तुम्हें मुझको तफ़सील से समझाना होगा। अभी तक मैं एक शब्द भी नहीं समझ पाया हूँ।" वह फिर से सीधा हो गया, उसका चेहरा ऐसा लग रहा था, मानो बहुत सारे आघातों को झेल सकता हो। "ये आसान है लेकिन बहुत बढ़िया है। आज रात मेरी बीवी मुझे छोड़ कर किसी और के साथ रहने चली गयी। तो वह..."

"वह कौन है... ?"

"बार्सुत, मेरी बीवी का रिश्ते का भाई...ग्रेगोरियो बार्सुत...वो मुझसे मिलने आया और उसने मेरे सामने मान लिया कि उसी ने शुगर कम्पनी के सामने मेरा राज़ खोला था।"

"ओह...तो वो था जिसने तुम्हें धोखा दिया?"

"हाँ, और इस पर भी..."

"उसके पास ऐसा करने की क्या वजह थी?"

"मैं कैसे जान सकता हूँ? मुझे नीचा दिखाना।...वैसे भी।...वो काफ़ी बावला है। वो ऐसा शख़्स है जो बेकाबू हो गया है। उसके पास 20,000 पेसोस हैं। उसके पिता एक पागलखाने में मरे थे। उसे 20,000 पेसोस उसके पिता की तरफ़ की एक चाची से विरासत में मिले।"

ज्योतिषी ने अपना सिर अपने हाथ पर झुका लिया। वो पहले से कहीं ज़्यादा खोया हुआ लग रहा था। इस आइडिया ने उसमें कुतूहल तो जगाया लेकिन उसे भरोसा नहीं था कि वो बात को समझा है। उसने फिर ज़ोर देकर कहा, "मुझे हर बात बताओ, एक-एक करके।"

एर्दोसैन ने एक बार फिर शुरुआत से शुरू किया। उसने ये कहानी सुनाई जैसा कि हम जानते ही हैं। अब अपने प्रस्ताव को ज्योतिषी के सामने प्रकट करने की जो उसकी शुरुआती झिझक और घबराहट थी, वह ख़त्म हो गयी थी और वो धीरे-धीरे और सावधानी से सोच कर बोल रहा था।

अब तक वो अपनी सीट के किनारे पर दायीं ओर झुक गया था, उसकी कोहनियाँ घुटनों पर थीं, उसके हाथ गालों पर थे और वो नीचे फ़र्श की तरफ़ घूर रहा था। उसकी गाल की हड्डियों पर फैली पीली त्वचा से वह तपेदिक के मरीज़ जैसा लग रहा था। उसके गले से नीचता की एक धार लगातार बह रही थी मानो वो अपने ज़ेहन में एक ठप्पे की तरह छपे हुए पाठ को पढ़ रहा हो। अपने मुँह को उँगलियों से ढँके विस्मित ज्योतिषी उसे सुनता रहा। उसने बहुत-सी चीज़ों की कल्पना की थी, लेकिन इस सबकी नहीं।

अपने भयों, अपमानों, स्मृतियों, दुखों उन सभी बिना नींद की रातों और कड़वे झगड़ों की सूची का ब्यौरा देते हुए एर्दोसैन धीरे-धीरे बोल रहा था, सावधानी से अपने

शब्द चुनते हुए ताकि उससे कोई गलती न हो जाये। जो बहुत-सी बातें उसने कहीं, उनमें से एक थी—

''ये तुम्हें पागलपन लगेगा कि हालाँकि मैं यहाँ किसी को मारने का प्रस्ताव लेकर आया था, मैं खुद को निर्दोष के तौर पर देखता हूँ—लेकिन मैं तब की बात कर रहा हूँ जब मैं बीस बरस का था और बच्चा ही था। क्या तुम्हें अंदाज़ा है कि वो किस तरह की उदासी होती है जो एक व्यक्ति को किसी घटिया बार में सस्ती रम पीते हुए और बेकार की बातचीत में वक्त ज़ाया करते हुए रातें गुज़ारने को मजबूर करती है? क्या तुम जानते हो ये कैसा होता है कि आप एक कोठे में हों और अचानक खुद पर काबू रखना नामुमकिन हो जाए और आप फूट-फूट कर रो पड़ें? तुम मेरी तरफ़ हैरानी से घूर रहे हो—शायद तुम्हें मैं थोड़ा अजीब लगा था, लेकिन तुम्हें अंदाज़ा नहीं था कि ये सारा अजीबपन उस दर्द से पैदा हुआ है, जिसे मैं अपने अन्दर कहीं गहरे महसूस करता हूँ। मैं हैरान हूँ कि कितनी साफ़ और सटीक तरीके से मैं ये सब बता सकता हूँ। मैं कौन हूँ? मैं कहाँ जा रहा हूँ? मुझे कोई अंदाज़ा नहीं है। और फिर भी मुझे ये एहसास है कि तुम भी मेरी तरह ही हो और यही वजह है कि मैं ये सुझाव लेकर आया कि हम बार्सुत को मार डालें। हम उसके पैसे का इस्तेमाल अपनी गुप्त संस्था बनाने के लिए कर सकते हैं और इस तरह हम इस संस्था की मज़बूत नींव डालेंगे।''

ज्योतिषी बीच में बोला, ''तुम हमेशा से इस तरह क्यों रहे हो?''

''यही तो मैं नहीं जानता। तुम अपनी संस्था क्यों शुरू करना चाहते हो? वो उदास ठग क्यों औरतों का इस्तेमाल, उनका शोषण करके अपने जूते चमकाए जा रहा है, जबकि उसके पास काफ़ी दौलत है? एर्गुएता ने एक लखपति औरत को धोखा देकर एक रंडी से शादी क्यों की? तुमको लगता है कि मैं बार्सुत के थप्पड़ों और जो कप्तान ने मेरे साथ किया उसे यूँ ही बर्दाश्त कर रहा हूँ? ऊपरी तौर पर, मैं एक कायर हूँ, एर्गुएता पागल आदमी है, ठग कंजूस है और तुम एक ऐसे आदमी हो जिस पर जुनून सवार है। ऊपरी तौर पर, हम यही हैं, लेकिन कहीं गहरे भीतर, कहीं हमारी चेतना और जागरूकता के नीचे, एक और जीवन है, जो कि कहीं ज़्यादा ताकतवर और विशाल है।...सो, अगर हम ये सब बर्दाश्त कर रहे हैं, वो इसलिए कि हमें यकीन है कि इस तरह बने रहने से, ऐसा करते रहने से हम आख़िरकार सच तक पहुँच सकते हैं...मेरा मतलब है, अपने बारे में सच।''

ज्योतिषी उठ खड़ा हुआ, उसके पास गया और उसका सिर सहलाया। उसने अनिश्चितता से कहा; ''तुम बिलकुल ठीक कहते हो, मेरे बच्चे। हम लोग रहस्यवादी हैं, लेकिन ये जानते नहीं। उदास ठग एक रहस्यवादी है, एर्गुएता भी रहस्यवादी है।...तुम भी, वो भी और वो सब...धर्म की कमी जो इस सदी की बुराई है, उसने हमारे विवेक को इतना नष्ट कर दिया है कि हम वो सब अपने बाहर खोजते हैं जो दरअसल हमारे अवचेतन के रहस्य में मौजूद है। हमारे ऊपर आई इस त्रासदी से बचने के लिए हमें एक धर्म की आवश्यकता

है। तुम यहाँ ये आपत्ति कर सकते हो कि जो मैं कह रहा हूँ उसमें नया कुछ भी नहीं। ठीक है, लेकिन ये भी याद रखो कि इस पृथ्वी पर सिर्फ़ शैली बदलती है, चीज़ों को करने का अंदाज़ बदलता है; सारतत्व तो एक-सा रहता है। अगर तुम ईश्वर पर विश्वास रखते तो तुम अपनी अभागी ज़िन्दगी से बच सकते थे; अगर मैं भगवान् पर विश्वास करता तो मैं यहाँ तुम्हें अपने ही साथी मनुष्य को मारने का सुझाव देते हुए नहीं सुन रहा होता। और सबसे बुरी बात तो ये है कि हमारे लिए एक विश्वास, एक आस्था को खोजने का वक्त अब गुज़र चुका है। अगर हम एक पादरी के पास जाएँ तो वो हमारी दिक्कत नहीं समझ पायेगा। वो सिर्फ़ ये कर सकेगा कि हमें लॉर्ड्स प्रेयर का पाठ करने और हर हफ़्ते मॉस में जाने की सलाह दे।''

''और हम हर वक्त खुद से पूछते हैं कि क्या किया जा सकता है।''

''और हम हर वक्त खुद से पूछते रहते हैं कि क्या करना होगा।''

''हाँ, ठीक कहा। क्या किया जा सकता है। पहला ज़माना होता तो कम-से-कम हमारे पास किसी कॉन्वेंट में शरण लेने का मौका होता या हम किसी दूर जादुई जगह की यात्रा करते। आजकल तो आप सुबह पेटागोनिया में आइसक्रीम खाओ तो दोपहर में ब्राज़ील में केले खा सकते हो। क्या किया जा सकता है? मैं बहुत पढ़ता हूँ और मेरा यकीन मानो, यूरोप की सारी किताबें उसी कड़वाहट और हताशा के प्रवाह से भरी पड़ी हैं जो तुम खुद अपनी ज़िंदगी में बताते हो। ज़रा अमेरिका की तरफ़ देखो—फ़िल्मी सितारे प्लेटिनम का अंडाशय प्रतिरोपित करवा रहे हैं; ऐसे हत्यारे हैं जो सबसे भयानक अपराध का रिकॉर्ड तोड़ने की कोशिश कर रहे हैं। तुम तो यहाँ रहे हो, तुमने तो ये सब देखा है। घर-घर में, चेहरे अलग हैं, लेकिन दिल वैसे ही हैं। मनुष्यता ने अपनी खुशी मनाने की, खुशी महसूस करने की काबिलियत ही खो दी है। मानवता इतनी नाखुश है कि इसने ईश्वर तक को खो दिया है! यहाँ तक कि 300 हॉर्स पॉवर का इंजन भी महज़ मज़े की बात है जब उसे कोई पागल आदमी चला रहा हो और इसकी पूरी संभावना हो कि वो एक गड्ढे में गिर कर खुद को चकनाचूर कर देगा। मनुष्य एक उदास जानवर है जिसे सिर्फ़ अद्‌भुत चीज़ों, चमत्कारों में ही मज़ा आता है। या फिर नरसंहार में। तो हमारी सोसाइटी में, हम ये सुनिश्चित करेंगे कि हम उन्हें अद्‌भुत चीज़ें दें—एशियाटिक हैजे का प्रकोप, मिथक, सोने की खदानों की खोज या फिर हीरे की खानों की। मैंने ये देखा है जब हम दोनों बात करते हैं तब। जब भी कभी किसी ताज़ा आश्चर्य का ज़िक्र होता है तुम एकाएक जीवंत हो उठते हो। ऐसा सभी के साथ है, चाहे वो अपराधी हो या संत।''

''तो फिर, क्या हम बार्सुत को अगवा करने जा रहे हैं?''

''हाँ, अब हमें इस पर काम करना होगा कि हम ठीक-ठीक किस तरह उसे और उसके पैसे को हथियाएँगे।''

बाग़ में हवा से पत्ते हिलने लगे। एर्दोसैन कुछ पल के लिए अधखुली खिड़की से

आती रौशनी की एक किरण को देखता रहा जो अनार के पेड़ों पर चमक रही थी। अब ज्योतिषी ने अपनी कुर्सी पीछे हटा दी थी और उसने अपना सिर आराम से एक गहरे भूरे कैबिनेट पर टिका दिया था। एक बार फिर वो अपनी उँगली की स्टील की अँगूठी को घुमा रहा था, बिलकुल अपने चेहरे के सामने।

''हम उसे कैसे कब्ज़े में करेंगे? ये तो आसान है। मैं बार्सुत को बताऊँगा कि मुझे मालूम हो गया है कि कप्तान, एलसा को कहाँ लेकर गया है।...''

''हाँ, ये अच्छा आइडिया है।...लेकिन तुम्हें ये कैसे पता चला।...ये तो वो पूछेगा ही।...''

''मैं उसे बताऊँगा कि मैं युद्ध मंत्रालय के कर्मचारी विभाग में गया था।...''

''बहुत बढ़िया।...ये बहुत अच्छा है।...बढ़िया।...''

ज्योतिषी उत्साह से आगे की तरफ़ झुक गया और अब वो एर्दोसैन को दिलचस्पी से देख रहा था।

''और इस बहाने कि हम चाहते हैं कि वो एलसा को मेरे पास वापस आने के लिए मनाये, हम उसे यहाँ ले आएँगे।''

''बहुत अच्छे। मुझे ज़रा सोचने दो। जो भी सुझाव तुमने दिए हैं...लगता है, फिट बैठते हैं। आह...मुझे ये बताओ कि उसका कोई परिवार है?''

''न, सिवाय मेरी बीवी के।''

''वो कहाँ रहता है?''

''किराये के एक कमरे में। उसके मकान मालिक की बेटी भैंगी है।''

''जब बार्सुत गायब हो जायेगा तो वो क्या कहेंगे?''

''हम ऐसा कर सकते हैं। हम उसकी मकान मालकिन को उसके दस्तखत वाला एक टेलीग्राम भेजेंगे रोज़ारियो से, जिसमें उससे कहा गया होगा कि उसका सामान एक निश्चित होटल में भेज दे, जहाँ तुम उसके नाम से रह रहे होगे।''

''बहुत बढ़िया! तुमने ये सब बहुत अच्छी तरह से सोच के रखा है। ये प्लान तो बेहतरीन है। ये भी सच है कि सब कुछ हमारे पक्ष में ही है : कप्तान, मंत्रालय से पता लेना, ये बात कि उसका कोई रिश्तेदार ही नहीं है कि वो एक किराए के मकान में रहता है। ये तो शतरंज की बाज़ी की तरह एकदम साफ़ है। बहुत बढ़िया!''

बात ख़त्म करने के बाद ज्योतिषी ने कमरे में इधर से उधर टहलना शुरू कर दिया।

हर बार जब वो खिड़की के सामने से गुज़रता, बाग़ की रौशनी को रोक लेता या उस कैबिनेट पर और छत की बीम्स पर एक लम्बी-सी परछाईं बना देता। एर्दोसैन ने ठीक ही कहा था कि उसके प्लान की रूपरेखा इतनी स्पष्ट थी मानो 'उसकी छाप हज़ारों पाउंड के दबाव से लगायी गयी हो।'

हर कदम पर ज्योतिषी के जूतों से तेज़ आवाज़ आती और एर्दोसैन को अभी से अफ़सोस हो रहा था कि ये प्लान इतना सरल था, किसी भी साहित्यिक पेचोखम से महरूम। इसमें कुछ अतिरिक्त खतरनाक रोमांच जोड़ना उसे अच्छा लगता, ताकि ये ज्यामितीय रूप से कुछ कमज़ोर रहे।

"लानत है, इसमें तो कोई मज़ा नहीं! इस तरह तो कोई भी हत्यारा हो सकता है!" "और ग्रेगोरियो और उस भैंगी लड़की के बीच कुछ नहीं है?"

"नहीं।"

"तो तुमने उसका ज़िक्र क्यों किया?"

"मैं नहीं जानता।"

"तुम्हें इस बात का तो डर नहीं है कि 'इस' के होने के बाद तुम्हें कहीं पछतावा न हो?"

"मुझे लगता है, वो सब उपन्यासों में ही होता है। असल ज़िन्दगी में मैंने अच्छे और बुरे दोनों काम किये हैं और दोनों सूरतों में न तो मुझे ज़रा-सा भी मज़ा आया न ही रंच मात्र पछतावा। मेरी समझ में जिसे पश्चाताप कहा जाता है वो महज़ सज़ा मिलने का भय होता है। अर्जेंटीना में वो लोगों को फाँसी पर नहीं चढ़ाते, और सिर्फ़ कायर..."

"तुम्हारा क्या।..."

"माफ़ कीजिये, लेकिन मैं कायर नहीं हूँ। मैं निर्दयी हूँ, जो कि एक अलग बात है। ज़रा सोचो इस बारे में। अगर मैंने बिना किसी प्रतिक्रिया के अपनी बीवी को ले जाने दिया, अगर मैं उस शख़्स से थप्पड़ खाता रहा जिसने मुझे धोखा दिया, तो क्या ये ज़्यादा संभव नहीं कि उसे मरता देखने पर मुझ पर ज़रा भी असर न पड़े, बशर्ते कि खून-खराबा न हो।"

"ये सच है। ये काफ़ी तर्क संगत है। हर बात जो तुम कह रहे हो, वो तर्क संगत है। जानते हो, तुम वाकई एक दिलचस्प आदमी हो, एर्दोसैन!"

"यही बात मेरी बीवी कहा करती थी। लेकिन फिर भी ये उसे किसी और के साथ जाने से नहीं रोक सका।"

"और इसके लिए तुम उस आदमी से नफ़रत करते हो?"

"कभी-कभी। और बातों पर भी ये निर्भर करता है। शायद मेरे लिए ये नफ़रत से

ज़्यादा शारीरिक घृणा है। और वाकई, नहीं, मैं उससे नफ़रत नहीं करता, आप उन लोगों से नफ़रत नहीं करते तो आप जानते हैं कि आप उस जैसी ही नीचता कर सकते हैं।''

''तो तुम उसे मरवाना क्यों चाहते हो?''

''और तुम अपनी सोसाइटी क्यों शुरू करना चाहते हो?''

''तुम्हें लगता है कि ये अपराध तुम्हारे जीवन पर कोई असर डालेगा?''

''यही जानने को तो मैं उत्सुक हूँ। ये पता लगाने के लिए कि उसे मरता देख कर क्या मेरी ज़िन्दगी, मेरा चीज़ों को देखने का तरीका, मेरी समझ या संवेदनशीलता बदलेगी? वैसे भी, मुझे किसी को मार देने की ज़रूरत महसूस हो रही है। चाहे ये मुझे अपने आप से निकलने के लिए ही क्यों न हो।''

''और तुम चाहते हो कि तुम्हारे लिए ये गंदा काम मैं करूँ?''

''बेशक!...क्योंकि 'मेरे लिए गंदा काम करने' का तुम्हारे लिए मतलब है 20,000 पेसोस मिलना, जिसकी तुम्हें अपनी संस्था और वेश्यालय खरीदने के लिए ज़रूरत है।...''

''तुम्हें ऐसा क्यों लगा कि मैं ऐसा शख़्स हूँ जो 'ये काम' कर देगा?''

''क्या? मैं तुम्हें बहुत लम्बे समय से देख रहा हूँ। लेकिन तुम ऐसा जोखिम मोल ले सकते हो, इस बात का यकीन मुझे एक साल पहले हुआ जब मैं तुमसे अध्यात्म-विद्या समाज (थियोसोफ़ी सोसाइटी) में मिला था।''

''ऐसा क्यों हुआ?''

''मुझे वो ऐसे याद है मानो अभी ही हुआ हो। एक कोयला बेचने वाली औरत तुम्हारे बायीं तरफ़ थी, वो एक जूता बनाने वाले से सूक्ष्म देह की बात कर रही थी। तुमने कभी ध्यान दिया है कि जूता बनाने वाले गुप्त विज्ञान से कितना आकर्षित होते हैं?''

''और?''

''और तब तुमने एक पोलिश सज्जन से बात करनी शुरू कर दी जो सोबिएज्की की प्रेतात्मा के संपर्क में था।''

''मुझे याद नहीं...''

''मुझे याद है। वो पोलिश शख़्स, जैसा कि तुमने मुझे बाद में बताया कि एक इमारत बनाने वाला मज़दूर था...तुम और वो पोलिश शख़्स सोबिएज्की की बात करते-करते 'कबूतरों में घर वापस आने की प्रवृत्ति' पर चर्चा करने लगे, और तुमने उसे बताया, 'कबूतरों के घर वापस आने की प्रवृत्ति की मेरे लिए सिर्फ़ एक अहमियत है—वो एक

ब्लैकमेल के षड्यंत्र में बिचौलिए की भूमिका अदा कर सकते हैं।' और तब तुमने समझाना शुरू किया कि तुम्हारा क्या मतलब है।...जब तक तुमने अपनी बात पूरी की, वो पोलिश आदमी, कोयला बेचने वाली और जूते बनाने वाला सब अचंभित थे और मैं खुद से कह रहा था कि ये शख्स किसी भी चीज़ के लिए तैयार है।..."

"हा, हा, तुम भी क्या नगीना हो, क्या तुम जानते हो?"

"बेशक, याद रखना : हमारी योजना का तंत्र तीन छोटे हिस्सों पर निर्भर करता है, जिन्हें बहुत अच्छे से एक-दूसरे में बुना होना चाहिए, हालाँकि ये तीनों एक-दूसरे से अलग हैं। पहला भाग है : अपहरण। दूसरा है तुम्हारा रोज़ारियो जाना और वहाँ बार्सुत के नाम पर सामान के लिए संदेश भेजना और फिर सामान लेना। और तीसरा है, हत्या और शव को ठिकाने लगाना।"

"क्या हम उसे ठिकाने लगा देंगे?"

"बेशक। या तो नाइट्रिक एसिड से या फिर एक बड़ी भट्टी में। इस स्थिति में हमें 500 डिग्री तक की गर्मी चाहिए होगी, ये सुनिश्चित करने के लिए कि हड्डियाँ पूरी तरह से राख में बदल जाएँ।"

"तुम ये सब कैसे जानते हो?"

"मैं एक आविष्कारक हूँ, याद है ना। और हाँ, उन 20,000 पेसोस का कुछ हिस्सा हम मेरे काँसे के गुलाबों का बड़े स्तर पर उत्पादन करने में इस्तेमाल कर सकते हैं। फ़िलहाल तो एक परिवार मेरे लिए उन्हें बनाता है। उस परिवार का एक लड़का तुम्हारी सोसाइटी का एक उम्मीदवार हो सकता है। और अभी हाल ही में मैं स्टीफेंसन के भाप के इंजन में इलेक्ट्रोमैग्नेटिक्स से कुछ सुधार लाने के बारे में सोच रहा हूँ। इससे ये सौ गुना सरल हो जाएगा। जानते हो मुझे फ़िलहाल वाकई किस चीज़ की ज़रूरत है? कुछ समय के लिए यहाँ से निकलने की, पहाड़ों पर जाकर आराम करने और पढ़ने की।"

"तुम उस शिविर में जा सकते हो जिसका हम आयोजन कर रहे हैं।"

"तो तुम इस प्लान से सहमत हो?"

"बस एक बात, बार्सुत को ये पैसा कहाँ से मिला?"

"तीन साल पहले उसने वो मकान बेचा था जो उसे विरासत में मिला था।"

"तो क्या ये पैसा उसके बचत खाते में है?"

"नहीं, चालू खाते में।"

"वो उसके ब्याज से अपना काम नहीं चलाता?"

''नहीं। वो उसमें से थोड़ा-थोड़ा पैसा निकाल कर काम चलाता है। दो सौ पेसोस हर महीने। उसका कहना है कि जब तक सारा पैसा खर्च होगा तब तक तो वो मर जाएगा।''

''अजीब बात है। वो आदमी किस तरह का है?''

''ताकतवर। निर्दयी। तुम्हें उसे पकड़ने के लिए बहुत अच्छी तरह से योजना बनानी होगी, क्योंकि वो एक जंगली जानवर की तरह विरोध करेगा।''

''ठीक है।''

''ओह, जाने से पहले एक बात और। क्या तुम इसके बारे में कुछ भी ठग को बताने की सोच रहे हो?''

''नहीं। ये हम दोनों के बीच का राज़ है। ठग का काम है वेश्यालयों का इंतज़ाम करना, बस। तुम कल शुगर कंपनी का पैसा वापस कर दोगे ना?''

''हाँ।''

''अब जब मैंने सोचा तो ख़याल आया, मैं एक जालसाज़ को जानता हूँ। वो युद्ध मंत्रालय के दस्तावेज़ तैयार कर देगा। कुछ देर के लिए एर्दोसैन कमरे में इधर से उधर टहलने लगा।''अपहरण आसान होना चाहिए। तुम रोज़ारियो चले जाओ और उसके सामान के लिए टेलीग्राम भेज दो। बात ये है कि जब आप वाकई एक अपराध करने से रू-ब-रू होते हैं तो...''

''ये एकमात्र अपराध नहीं होगा जो हम करेंगे...''

''क्या?''

''बेशक नहीं। इससे अलग एक और चीज़ जिसकी मुझे चिंता है, वो है कि हम अपनी सोसाइटी में चीज़ों को गुप्त कैसे रखेंगे। और मैंने ये सोचा है कि अर्जेंटीना के हर कोने में हमारे क्रान्तिकारी शाखा बनायेंगे। केन्द्रीय समिति यहाँ राजधानी में होगी। इसकी संरचना कुछ इस तरह होगी कि हर प्रांतीय नेता एक सदस्य होगा, और एक प्रांतीय ज़िले का हर नेता प्रांतीय मुख्य समिति का सदस्य और हर प्रांतीय कस्बे का नेता प्रांतीय मुख्य समिति का सदस्य और इसी तरह से आगे भी।''

''ये क्या कुछ जटिल नहीं लगता?''

''मैं नहीं जानता, हम इस पर काम करेंगे। मैंने और संगठनात्मक ब्यौरा भी सोचा है, हर सेल में एक रेडियो रिसीवर और ट्रांसमीटर होगा और हर दस सदस्य एक वाहन, दस राइफ़ल और दो मशीनगन खरीदने का वादा करेंगे। हर सौ सदस्यों की ज़िम्मेदारी होगी एक लड़ाकू जहाज़, बम वगैरह खरीदना। सभी पदोन्नतियाँ केन्द्रीय समिति द्वारा निर्धारित की

जाएँगी, कम अहम नियुक्तियाँ सीमित मतदान के ज़रिये तय की जाएँगी। कुछ ही मिनटों में एक ट्रेन के आने का वक्त है।...या तुम यहीं सोना चाहोगे?''

एर्दोसैन के पास वहाँ से जाने की वाकई कोई वजह नहीं थी। घड़ी में तीन बज चुके थे और ज्योतिषी ने जो सब कहा था उसका आखिरी हिस्सा तो मानो एक स्तब्ध अवस्था में ही उसके सामने से गुज़र गया था। अब इससे ज़्यादा वो झेल नहीं सकता था। उसे वहाँ से निकलने की ज़रूरत थी। जितना मुमकिन हो, उतना दूर निकल जाने की।

उन्होंने हाथ मिलाया; ज्योतिषी ने सीढ़ियों के ऊपर से ही अलविदा कह दिया और थकान से चूर एर्दोसैन बाग़ के बीच में से निकल पड़ा। जब परछाइयों में से उसने पीछे मुड़ कर देखा, तो रौशनी वाली खिड़की अँधेरे में एक पीले आयत की तरह लटक रही थी।

पेड़ के ऊपर

पौ फट रही है। एर्दोसैन बागों की दीवार के बाहर टूटी हुई ज़मीन पर बनी पगडंडी पर चल रहा है। सुबह की काटती हुई ठंड उसके पहले से थके हुए फेफड़ों के सुदूर कोष तक को चीर रही है। ऊपर आसमान पर अब भी अँधेरा है, जिससे दूर की चीज़ें दिखाई नहीं दे रहीं लेकिन बाकी चीज़ें कुछ ज़्यादा करीब लग रही हैं। गलियों की भूल-भुलैया के दूर कोने में हरी रौशनी की पट्टियाँ आसमान को प्रकाशित कर रही हैं।

चलते हुए एर्दोसैन सोच रहा है, 'ये तो एक रेगिस्तान जैसा उदास है। इस वक्त, वो उसके साथ सो रही है।'*

पनीली भोर में से निकलती सफ़ेद धुँध के कण गलियों में जज़्ब हो रहे हैं।

एर्दोसैन खुद से कहता है, ''मगर फिर भी मुझे हिम्मत रखनी है। मुझे याद है बचपन में मैं बादलों के किनारों पर विशाल आदमियों को चलते हुए देखता था, जिनके बाल बाहर की तरफ़ लहरा रहे होते थे और शरीर उजाले में लिप्त होता था। दरअसल, वो उस खुशनुमा जगह में घूम रहे होते थे जो मेरे भीतर था।

''ओह, एक सपने को खो देना ऐसा ही है जैसे अपनी जायदाद खो देना। ये मैं क्या कह रहा हूँ? ये तो इससे भी बुरा है। तुम्हें मज़बूत और सख्त होना होगा, यही किया जा सकता है। और कोई सहानुभूति मत रखना। और तुम कितने भी निढाल, थके हुए हो, अपने आप से यही कहना कि मैं अभी तक थका हुआ हूँ, मैं फ़िलहाल हर चीज़ पर अफ़सोस महसूस कर सकता हूँ, लेकिन कल हालात अलग होंगे। बस, अभी सिर्फ़ यही है; आने वाला कल।''

एर्दोसैन अपनी आँखें बंद कर लेता है। गुलनार और गुलमेहन्दी के फूलों की खुशबू

*समीक्षक का नोट : एर्दोसैन को तो बाद में पता चला कि ठीक उसी क्षण में एलसा की देखभाल एक नन कर रही थी। कप्तान की सिर्फ़ एक मूर्खतापूर्ण हरकत काफ़ी थी एलसा को ये एहसास दिलाने के लिए कि उसने खुद को किस स्थिति में धकेल दिया है, और वो चलते हुए वाहन से कूद गयी, जिसमें वो थे। उसने एक अस्पताल जाने का फ़ैसला किया, जहाँ मदर सुपीरियर उसे ले गयीं, जिन्हें ये एहसास हो गया था कि वे एक ऐसी औरत से बात कर रही हैं जो मुश्किलों से घिरी है।

हवा में एक अजीब-सा उत्सव का माहौल भर रही है।

और एर्दोसैन सोचता है, 'हर चीज़ के बावजूद जीवन खुशियों से भरा होना चाहिए। ये कोई तरीका नहीं है जीने का। ये ठीक नहीं। कोई तो इस तरह की ख़ुशी होगी जो सभी दुखों, कष्टों से परे होगी, पता नहीं, शायद हमारे बदसूरत इंसानी चेहरों, हमारी घटिया इंसानी सच्चाई से ज़्यादा सौम्य और महान होगी। ज्योतिषी ठीक कहता है। हमें झूठ का, शानदार झूठों का एक राज्य लाना होगा। किसी को पूजने के लिए। मूर्खता के इस जंगल में अपना रास्ता बनाना होगा। लेकिन कैसे?'

सूरज उसके गालों पर एक गुलाबी उजास ले आता है और एर्दोसैन खुद से बातें करता जाता है, "इससे क्या फ़र्क पड़ता है कि मैं हत्यारा हूँ या पतित हूँ। क्या कोई फ़र्क पड़ता है? नहीं। ये एक छोटी-सी दिक्कत है। पूरी मानवता की समग्र नीचता से भी ज़्यादा अहम कोई चीज़ है, और वह है ख़ुशी। अगर मैं ख़ुशी मना सकूँ, खुश हो सकूँ, तो वो ख़ुशी मुझे मेरे अपराध से छुटकारा दिला देगी। ख़ुशी ही है जो मायने रखती है। ख़ुशी और किसी से प्यार करना..."

दूर आकाश हरा-सा हो जाता है, जबकि पेड़ों के तने अब भी नीचे फैले हुए अँधेरे में डूबे हैं। एर्दोसैन त्योरियाँ चढ़ाता है। स्मृतियों के तिनके उसके दिमाग से आज़ाद होकर तैरने लगते हैं, सुनहरी धुँध, दोपहर से सराबोर सूरज के मंडप से ढँकी एक जगह में धूप से चमकती दूर तक जाती रेलिंग। और एक लड़की का चेहरा, एक छोटा पीला-सा चेहरा, हरी आँखें और उसके हैट में से निकलते काले घुँघराले बाल, सतह पर आ जाता है।

दो साल पहले। नहीं। तीन। हाँ, तीन साल पहले। उसका क्या नाम था? मारिया, मारिया एस्थर। वो क्या था? उसका प्यारा-सा चेहरा उसकी कल्पना की रात के वक्त को अपनी गर्माहट से भर जाता है। उसे कितनी अच्छी तरह से याद है! वो उसकी बगल में बैठा था और हवा में उसके काले घुँघराले बाल लहरा रहे थे, और एकाएक उसने अपना हाथ बढ़ा कर उसकी ठोड़ी को हल्के से पकड़ लिया। अब वो कहाँ हो सकती है? किस छत के नीचे वो सो रही है? अब अगर वो उससे मिला तो क्या वो उसे पहचान पायेगा? वह उससे एक ट्रेन में मिला था, करीब एक पखवाड़े तक उससे कुछ मिनट बातचीत की और फिर वो गायब हो गयी। बस इतना ही हुआ। और वो नहीं जानती थी कि वह शादीशुदा है। अगर उसे ये मालूम होता तो वो क्या कहती? हाँ, अब उसे याद आया। उसका नाम मारिया था। लेकिन इससे क्या फ़र्क पड़ता है? बिलकुल नहीं। इस सब में कुछ ऐसा था जो कहीं ज़्यादा कीमती था; वो नरम गर्माहट जो उसकी कभी हल्की भूरी, कभी हरी आँखों में चमकती थी। और उसका मौन। एर्दोसैन को ट्रेन के वो सफ़र याद हैं; वो उस लड़की की बगल में बैठा है; वो अपना सिर उसके कंधे पर टिका देती है, वो अपनी उँगलियों में उसके बालों की लट को लपेटता रहता है और वो लड़की ख़ामोशी में काँपती है। अगर उसे मालूम होता कि वो किसी को मारने की योजना बना रहा है तो वो क्या कहती? उसे तो ये शब्द तक समझ

नहीं आता। एर्दोसैन को याद आता है कि किस तरह एक स्कूल की बच्ची की तरह शर्माते हुए उसने हाथ बढ़ाकर उसके खुरदुरे और बगैर शेव किये हुए गालों को सहलाया था, और शायद वो ख़ुशी जो उसने खो दी है, ही वो चीज़ है जिसकी ज़रूरत है इंसानी चेहरे से सारी बदसूरती को पोंछ देने के लिए।

अब एर्दोसैन खुद से सवाल पूछना शुरू करता है, "वह ऐसे क्यों सोच रहा है? क्या हक़ है उसे? नौसिखिया हत्यारों ने कब से सोचना शुरू कर दिया?" और फिर भी इस सबके बावजूद उसमें कुछ है जो इस ब्रह्माण्ड का शुक्रिया अदा करता है। क्या ये विनम्रता है या प्यार? वह नहीं जानता, लेकिन इस सम्बद्धता, स्पष्टता की कमी में भी एक मधुरता है जिसको वह महसूस करता है। उसे लगता है कि जब एक अभागा मन पागलपन के कगार तक धकेल दिया जाता है तो वह इस पृथ्वी के दुखों का त्याग करने के लिए शुक्रगुज़ार होता है। दया और करुणा की इस अनुभूति से जुड़ा एक प्रबल लगभग विडम्बनापूर्ण बल उसे नफ़रत से अपने होंठ काट लेने को बाध्य कर देता है।

देवता होते हैं। वे उन लोगों की त्वचा में छिपे होते हैं जिन्हें अब भी याद है कि पृथ्वी पर जीवन कैसा होता था। एर्दोसैन के भीतर भी एक ईश्वर है। क्या ये संभव हो सकता है? वो अपनी नाक को महसूस करता है, जो अब भी बार्सुत की पिटाई की धमक से दर्द कर रही थी और वह प्रबल ताकत एक बार फिर ज़ोर देती है : उसकी दुखती हुई त्वचा के भीतर एक देवता छिपा है। क्या दंड संहिता में एक हत्यारे देवता के लिए सज़ा का प्रावधान है? जज क्या कहेगा, अगर उसने उसे जवाब दिया, "मैं पाप करता हूँ, क्योंकि मेरे भीतर एक देवता है?"

मगर फिर भी, क्या ये हकीकत नहीं है? ये प्यार, ये ताकत जो इन ओस से टपकते पेड़ों के नीचे अलसुबह उसके भीतर प्रवाहित हो रही है, क्या ये उसके देवता-जैसे स्वभाव का सुबूत नहीं है? एक बार फिर उसके मन के धरातल पर वो स्मृति उभर आती है—एक ज़र्द, अंडाकार चेहरा, हरी आँखें और हवा में उसकी गर्दन पर से लहराते उसके काले घुँघराले बाल। यह सब कितना सरल है! वो एक ऐसी समाधि की अवस्था में है कि उसे कुछ भी कहने की ज़रूरत नहीं। हालाँकि हो सकता है कि वो पागल हो गया हो जो इस तरह एक स्कूली बच्ची के बारे में टपकते हुए पेड़ों के नीचे खड़ा होकर सोच रहा है। पिछली रात उसके जिस अंतर्मन ने उसे इतनी यातना में रखा, उसको अब इतना अलग महसूस करने की और क्या वजह हो सकती है? या क्या ये मुमकिन है कि रात में सिर्फ़ हमें अँधेरे से भरे बुरे ख़याल ही आते हैं? अगर ये सच भी है तो कोई फ़र्क नहीं पड़ता। अब वो एक बिलकुल अलग व्यक्ति है। वो पेड़ों के नीचे खड़ा हँस रहा है। क्या यह हास्यास्पद और बेतुका नहीं है? उदास ठग, ऐयाश अंधी लड़की, एर्गुएता और उसका ईसा मसीह वाला मिथक, ज्योतिषी, वो सब समझ से परे प्रेत छायाएँ जो इंसानी ज़बान बोलती हैं, जो शब्दों को रूप देती हैं, उनमें जीवन भरती हैं—ये सब उसकी तुलना में क्या

हैं? फूलों वाली बेल के पास एक खम्बे से टिक कर अपने सीने में जीवन के प्रवाह को महसूस करते हुए वो सोचता है।

'वो एक दूसरा आदमी है,' महज़ इस बात से कि उसने ट्रेन में उसके सीने से सिर टिकाये उस बच्ची के बारे में सोचा। एर्दोसैन अपनी आँखें बंद कर लेता है। मिट्टी की तीखी गंध से उसे कँपकँपी होने लगती है। उसका थका हुआ शरीर चकराने लगता है।

रास्ते में कोई उसकी तरफ़ आता है। स्टेशन से सीटी की आवाज़ सुनाई देती है। दूर से टोपी और तिरछे हैट लगाये दूसरे लोग गुज़रते हैं।

वो यहाँ कर क्या रहा है? एर्दोसैन एक आँख झपकाता है, ऐसे व्यक्ति का स्वांग करते हुए जो ईश्वर के अभिशाप से बच नहीं सकता। फिर भी रह-रह कर उसकी आँखों के सामने अँधेरा छा जाता है और एक तरह का हल्का नशा उसकी चेतना पर हावी हो जाता है। वो किसी चीज़ का उल्लंघन करना चाहता है। व्यावहारिक ज्ञान का उल्लंघन करना। अगर पास में ही कोई घासफूस का ढेर होता तो वो उसमें आग लगा देता...उसका चेहरा एक विद्रूपता से फूल जाता है, उस पर पागलपन का एक घिनौना-सा भाव आ जाता है; अचानक वो एक पेड़ देखता है, हवा में कूदता है, टहनियों को पकड़ लेता है, उनसे लटक जाता है, जबकि अपने पैरों से उसके तने को खरोंचते हुए चढ़ने की कोशिश करता है, उसकी कोहनी ऊपर तक आ जाती है, और वो किसी तरह उस बबूल की दो टहनियों के बीच तक चढ़कर बैठ जाता है।

चमकदार छाल पर उसका जूता फिसल जाता है, छोटी-छोटी टहनियाँ उसके चेहरे पर लगती हैं, लेकिन वो सीधा चढ़ता जाता है दूसरी शाखाओं को पकड़ कर और गीली पत्तियों में से झाँकता है। नीचे पेड़ों के द्वीप के बीच से घूमती हुई सड़क है।

अब वो पेड़ के ऊपर है। उसने व्यावहारिक समझ का उल्लंघन कर दिया है, ऐसे ही, बगैर किसी वजह के, किसी ऐसे शख्स की तरह जो किसी राहगीर की सिर्फ़ इसलिए हत्या कर दे कि वो उससे टकरा गया था, ये देखने के लिए कि पुलिस उसका पता लगा पायेगी कि नहीं। पूर्व में, हरी धारियों वाले आसमान की पृष्ठभूमि में मनहूस-सी चिमनियाँ खड़ी हैं; उनके परे बनफील्ड के निचले इलाके में हाथियों के विशाल समूह जैसे दिखने वाले हरियाली के टीले हैं; और फिर भी उसे बहुत वीरान और तन्हा-सा लगता है। अब वो जानता है कि खुश महसूस करने के लिए सिर्फ़ व्यावहारिक विवेक का उल्लंघन करना ही काफ़ी नहीं। वो एक अंतिम प्रयास करता है और ज़ोर से चिल्लाता है, ''ओ, तुम सोते हुए जानवरो!...ए!...मैं कसम खाता हूँ...पर नहीं...मैं सामान्य समझ के नियमों को तोड़ना चाहता हूँ, सो, शांत रहना, तुम छोटे-छोटे जानवरों। नहीं। जो मैं वाकई समझाना चाहता हूँ वो है दुस्साहस, एक नयी ज़िन्दगी। मैं एक पेड़ पर से बोल रहा हूँ, लेकिन मैं किसी ऐसी

हालत में नहीं हूँ जिससे निकलना मुश्किल हो, बबूल के पेड़ पर चढ़ा हूँ। अरे ओ, सोते हुए जानवरो!''

जल्द ही वो थक जाता है। वह चारों तरफ़ देखता है मानो ख़ुद को इस हालत में देख कर हैरान हो, फिर अचानक उसके दिमाग में दूरदराज़ उस लड़की का चेहरा एक फूल की तरह खिल जाता है। एकाएक जो हंगामा वो कर रहा था, उस पर शर्मिंदा महसूस करते हुए* वो पेड़ से नीचे उतर आता है। वो पराजित है। एक टूटा हुआ शख़्स।

*समीक्षक का नोट : एर्दोसैन ने मेरे सामने अपनी इस हालत की दो व्याख्याएँ पेश कीं। पहली ये कि वह पागल होने का स्वांग रचते हुए बहुत ही खुश था, एक ऐसे व्यक्ति की तरह, 'जिसने सिर्फ़ एक गिलास वाइन पी हो और दोस्तों के सामने नशे में होने का ढोंग कर रहा हो, उनसे शरारत करने के लिए।' ये सब बताते हुए एर्दोसैन के चेहरे पर एक उदास-सी मुस्कान थी और उसने मुझे बताया कि जब वह उस बबूल के पेड़ से उतरा तो उसे वैसी ही शर्मिंदगी महसूस हुई जैसे उस शख़्स को होती है जो किसी कार्निवल के लिए तैयार होता है और अजनबियों के एक समूह के सामने अपनी वेशभूषा का प्रदर्शन करता है। लेकिन उन्हें हँसाने की बजाय उसके इस वेश पर वो कुछ अपमानजनक टिप्पणी ही करते हैं। ''मैं खुद से इतना परेशान था कि मैंने आत्महत्या करने के बारे में भी सोचा, और मुझे अफ़सोस हुआ कि मेरे पास अपनी रिवॉल्वर नहीं थी। वापस घर जाकर जब मैं कपड़े उतार रहा था तब मुझे एहसास हुआ कि मैं ये भूल गया था कि मेरी पतलून की जेब में बन्दूक थी।''

अध्याय
2

असम्बद्धतायें

बार्सुत के अपहरण से पहले कुछ दिन एर्दोसैन ने एक कमरे में बिताये जो उसने शुगर कंपनी के पैसे चुका देने के बाद किराये पर लिया था। उसे घर से बाहर जाने में डर लगने लगा था। उसने उस सुनियोजित अपहरण के बारे में सोचना बंद कर दिया और यहाँ तक कि ज्योतिषी से मिलना भी। इसकी बजाय, हर रोज़ वो बिस्तर पर लेटा रहता, तकिये पर अपनी मुट्ठियों से अपने माथे को दबाये हुए। फिर वो घंटों दीवार की तरफ़ घूरते हुए बिताता, जिस पर, वो अपने सपनों और हताशा के क्षणों को तैरते हुए देखता।

इन दिनों वो एलसा के चेहरे की कल्पना भी नहीं कर पाया।

''वो मेरे मन से इतने रहस्यपूर्ण ढंग से गायब हो गयी थी कि उसके नाक-नक्श को याद करने में भी मुझे बहुत कोशिश करनी पड़ती थी।''

बाद में, वो सो जाता या फिर सारी बातों को अपने मन में एक बार फिर दोहराता।* उसने उन दो प्रोजेक्ट्स पर काम करने की एक बेकार कोशिश की, जिन्हें वो महत्त्वपूर्ण समझता था : स्टीम इंजन को इलेक्ट्रोमैग्नेटिक के अनुकूल बनाना, और कुत्तों का एक ऐसा सैलून जहाँ लोग अपने पालतू कुत्तों को इलेक्ट्रिक नीला, बुलडॉग को चमकीला हरा रंगवा सकें, ग्रेहाउंड को जामुनी, फॉक्स-टेरियर को हल्का नीला, लैपडॉग की पीठ पर सूर्यास्त के

---

*समीक्षक का नोट : उन दिनों के बारे में बात करते हुए, एर्दोसैन ने मुझे बताया, ''मुझे लगा मुझे एक आत्मा दी गयी है ताकि मैं इस दुनिया की खूबसूरती का आनंद ले सकूँ। रात में एक हल्के नारंगी बादल के किनारों पर चमकती चाँदनी, गुलाब पर काँपती एक ओस की बूँद। जब मैं बच्चा था, तो मैं ये भी मानता था कि ये जीवन सिर्फ़ मेरे लिए कुछ खूबसूरत, भव्य और उदात्त संजोये हुए है। लेकिन जब मैंने दूसरों की ज़िन्दगी को देखा तो पाया कि उनमें से हरेक ऊबा हुआ था, मानो वो एक ऐसी जगह रह रहे हों जहाँ हमेशा बारिश होती रहती है और वो बारिश उनकी आँखों में गहरे कहीं पानी की फुहारें छोड़ गयी है, जिससे दुनिया को देखने की उनकी नज़र खराब हो गयी है। फिर मुझे समझ आया कि अंतरात्मायें इस पृथ्वी पर ऐसे विचरण करती हैं जैसे एक एक्वेरियम में फँसी हुईं मछलियाँ। जीवन, वास्तविक और अद्‌भुत, शैवाल सी हरी काँच की दीवारों के बाहर था : वहाँ हर चीज़ अलग होगी, ऊर्जा और विविधता से भरपूर और इस अपेक्षाकृत अधिक पूर्ण रचना के नए जीव एक शांतिपूर्ण माहौल में से उड़ान भरेंगे...'' और फिर उसने आगे जोड़ा, ''इसमें कोई उम्मीद नहीं। मुझे इस दुनिया से बच निकलना है।''

तीन रंगों का प्रिंट, और नन्हे पूचेस पर पर्शियन कालीन जैसे छल्ले रंगवा सकें। वो दुखी था, एक दोपहर वो सोया और उसे ये सपना आया—

वह जानता था कि एक स्पैनिश राजकुमारी उसके प्रति आकर्षित थी। इसके साथ ही इस बात से कि वो 93वें महाराज एल्फोन्सो का अनुचर था, वह बहुत खुश था क्योंकि इसका मतलब था कि वह हमेशा उन जनरल्स से घिरा रहता जो उसके राज़ों को जानने की लगातार कोशिश करते रहते। एक झील का आईना उन पेड़ों के नीचे बहता जिन पर हमेशा बहुत सफ़ेद फूल लदे रहते और उस खूबसूरत, लहराती-सी राजकुमारी ने उसकी बाज़ू पकड़ी और अपने स्पैनिश लहज़े में कहा, ''क्या तुम मुझसे प्यार करते हो, एर्दोसैन?''

एर्दोसैन ठहाका मार के हँस पड़ा और उसने कुछ अपमानपूर्ण जवाब दिया, जिस पर उसकी आँखों के सामने तलवारों का एक घेरा कौंध गया और उसे लगा कि वो डूब रहा है, एक के बाद एक त्रासदी से महाद्वीप एक-दूसरे से दूर हो गये लेकिन उसे कोई परवाह नहीं, क्योंकि वो तो सदियों से समुद्र की गहराइयों में एक सीसे की कोठरी में सो रहा है। उसकी खिड़की के बाहर एक आँख वाली शार्क गुस्से में चक्कर काटती क्योंकि उन्हें बवासीर थी, इससे एर्दोसैन हँसा, ऐसी घुटी हुई सी हँसी जब कोई नहीं चाहता कि उसकी हँसी कोई सुन पाए। अब समुद्र की सारी मछलियाँ एक आँख वाली थीं और वो एक-आँख वाली मछलियों के शहर का राजा था। पानी के किनारे रेगिस्तान को एक अनंत दीवार घेरे खड़ी थी, उसकी दीवारों पर हरा आसमान ज़ंग खा रहा था। लाल मीनारों की बगल में विशालकाय एक-आँख वाली मछलियों के विशाल समूह थे जो कुष्ठ रोग से फूली हुई थीं और एक पानी की ज़्यादती से फूला हुआ काला आदमी नमक की मूर्ति के सामने अपनी मुट्ठी हिला रहा था।

और दूसरे क्षणों में, एर्दोसैन उस वक्त को याद करता जब वो जानता था कि उसके साथ क्या होने जा रहा है, जैसा कि उसने उस भयानक विनाशकारी रात में कप्तान को बता दिया था। उसे एक अजीब परेशान कर देने वाली निराशा और घबराहट महसूस होती, वास्तविकता के इंतज़ार में झूठ बोलने का एक एहसास, इस तरह का, जिसके कारण वो खुद से कहता, ''मैं सही था, मैं ये हमेशा से जानता था।''

उसे याद आया कि कैसे एक रात जब वो एलसा से बात कर रहा था तो ईमानदारी के एक क्षण में एलसा ने माना था कि अगर वो पहले से ही शादीशुदा न होती तो हमेशा अविवाहित रहती और इसकी बजाय एक प्रेमी के साथ रहती।

एर्दोसैन ने उससे पूछा था, ''क्या वाकई?''

एलसा ने दूसरे बिस्तर से रुखाई से जवाब दिया, ''हाँ, बेशक। मैं एक प्रेमी के साथ रह लेती...शादी करने का क्या फ़ायदा?''

एर्दोसैन को एक अजीब मौत-सा मौन अपने ऊपर रेंगता महसूस हुआ, उसके औंधे

पड़े शरीर के साथ लेटा हुआ मानो एक ताबूत में। शायद यही वो पल था जब वो सारा प्रेम जो एक मर्द एक औरत के लिए महसूस करता है, उसके भीतर नष्ट हो गया, उसे आज़ाद करता हुआ, ताकि वो उन आगामी स्थितियों का सामना कर सके जिनसे अन्यथा निपटने में वो नाकामयाब होता। उसे लगा कि वो किसी गहरी कब्र में है कि वो कभी दिन की रौशनी नहीं देख पायेगा और उस कमरे में भरे अँधेरे, सन्नाटे में वो उन प्रेतों को अपने सामने तैरते हुए महसूस करता रहा जो उसकी बीवी की आवाज़ ने बुलाये थे।

बाद में, इस प्रकरण को समझने की कोशिश में, उसे याद आया कि वह उस वक्त बिलकुल स्थिर लेटा रहा था, डरते हुए कि उसने कुछ भी हरकत की तो वो उस बेइन्तहा नाखुशी को उलट देगा जो उसके सामानांतर पड़े शरीर को लगातार एक निर्दयी हताशा की तरफ़ दबाती रहती है।

उसका दिल ज़ोर से धड़क रहा था। हर बार जब वो सिकुड़ता, उसे लगता कि उसे एक फिसलन भरे कीचड़ को आगे धकेलना पड़ रहा है। बहुत ऊपर सूरज की रौशनी को पकड़ने की उसकी कोशिश बेकार थी। उसकी बीवी की आवाज़ उसके कानों में अब भी गूँज रही थी, ''मैंने कभी शादी ही नहीं की होती। मैं एक प्रेमी के साथ रह लेती।''

और ये चंद शब्द, जिन्हें बोलने में कुछ सेकंड से ज़्यादा नहीं लगे होंगे, ताउम्र उसके ज़ेहन में रहे। उसने कस के अपनी आँखें बंद कर लीं। ये शब्द हमेशा उसके साथ रहेंगे, उसके अन्दर किसी नुकसानदेह चीज़ के बढ़ने की तरह। उसने दाँत पीसे। वो और कष्ट भोगना चाहता था, दर्द से खुद को बेहद थका देना चाहता था, दर्द के धीरे-धीरे टपकने के साथ ही वो चाहता था उसका खून भी बह जाए। कफ़न में एक शव की तरह सख्त उसके हाथ उसकी जाँघों तक सीधे खिंचे थे। सिर आगे की तरफ़, साँस भी लेने की हिम्मत न करते हुए उसने फुसफुसाते हुए पूछा, ''और क्या तुम उससे प्यार करतीं?''

''किसलिए?...कौन जाने...और हाँ, अगर वो मुझसे अच्छा बर्ताव करता तो, क्यों नहीं?''

''और तुम कहाँ मिली होतीं उससे? तुम्हारे घर में तो ऐसी किसी बात की इजाज़त नहीं होती।''

''किसी होटल वगैरह में।''

''ओह...''

वो चुप हो गए। लेकिन अपनी नाखुशी की चारदीवारी में घिरा एर्दोसैन अपने मन में उसे एक नदी की तलहटी जैसे पत्थरों वाली एक सड़क के फुटपाथ पर चलता देख सकता था। उसका आधा चेहरा काले पर्दे से ढँका था और वो छोटे-छोटे मगर तेज़ और विश्वास

भरे कदमों से उस तरफ़ जा रही थी जहाँ उसकी चाहत उसे ले जा रही थी। अपने भीतर उम्मीद की आखिरी चमक को बुझा देने की कोशिश करते हुए एर्दोसैन सोचता रहा, चेहरे पर एक झूठी हल्की मुस्कान लिए जो अँधेरे में एलसा को दिखाई नहीं दी। वह हल्के से बोला, ताकि एलसा को उसके गुस्से से काँपते होंठ दिखाई न दें, ''तो शादी के रिश्ते में हर चीज़ के बारे में एक भाई-बहन की तरह बात करना कितना अच्छा है? लेकिन ज़रा बताओ, क्या तुम उसके सामने कपड़े उतार देतीं?''

''बकवास मत करो!''

''नहीं बताओ तो, क्या तुम कपड़े उतार देतीं?''

''हाँ...बेशक...मैं कपड़े पहने तो नहीं रह सकती ना, क्यों?''

यह सुनते ही एर्दोसैन ऐसे जम सा गया मानो किसी ने उसकी रीढ़ की हड्डी को कुल्हाड़ी से दो फाड़ कर दिया हो। उसका गला ऐसे सूख गया मानो उसने आग निगल ली हो। उसके दिल ने लगभग धड़कना बंद कर दिया और उसके मन से, उसकी आँखों के आगे एक धुँध छा गई। वो मौन और अँधेरे से घिर रहा था धीरे-धीरे रिक्तता में तैरते हुए जबकि हाड़-मांस का टुकड़ा उसका पंगु शरीर अस्तित्व में था कि दर्द की और भी गहरी छाप दर्ज कर सके। वह एक शब्द भी नहीं बोला, हालाँकि वो सिसक-सिसक कर रोना चाहता था, किसी के सामने घुटनों के बल गिर जाना चाहता था, वो चाहता था कि उसी क्षण उठे, कपड़े बदले, घर से निकल जाए और किसी गलियारे में या किसी अनजान शहर की बाहरी सीमा पर जाकर सो जाये।

अपने गुस्से में वो आखिरकार बोल ही पड़ा, ''तुम्हें एहसास नहीं है...तुम्हें ज़रा-सा भी एहसास नहीं है कि अभी तुमने जो कहा वो कितना भयानक है! मुझे तुमको जान से मार देना चाहिए...तुम कितनी घटिया औरत हो! मुझे तुमको जान से मार देना चाहिए, वाकई। क्या तुम्हें एहसास नहीं है?''

''क्या दिक्कत है तुम्हारे साथ? क्या तुम्हारा दिमाग खराब हो गया है?''

''तुमने मेरी ज़िन्दगी बर्बाद कर दी। अब मैं जान गया, तुमने क्यों मुझे खुद को छूने नहीं दिया, क्यों तुमने मुझे हस्त मैथुन के लिए मजबूर किया...हैं, वो भी! तुमने मुझे एक कठपुतली में तब्दील कर दिया है। मुझे तो तुम्हें जान से मार देना चाहिए। अब कोई भी मेरे सामने आकर मेरे मुँह पर थूक सकता है। क्या तुम्हें ज़रा भी एहसास नहीं है? और जब मैं तुम्हारे लिए चोरी कर रहा हूँ, धोखेबाज़ी कर रहा हूँ, कष्ट भोग रहा हूँ...तुम...हैं, तुम इस बारे में सोच रही हो। सोच रही हो कि तुम खुद को किसी अच्छे आदमी को सौंप सकती थीं! तुम्हें एहसास नहीं है? एक अच्छे आदमी को...अच्छे आदमी को!''

‘‘क्या तुम पागल हो गए हो ?’’

एर्दोसैन जल्दी–जल्दी कपड़े पहनने लगा।

‘‘तुम कहाँ जा रहे हो ?’’

एर्दोसैन ने किसी तरह अपना ओवरकोट पहना। फिर अपनी बीवी के पलंग की तरफ़ झुका और चिल्लाया, ‘‘तुम जानना चाहती हो कि मैं कहाँ जा रहा हूँ? मैं जा रहा हूँ कोठे पर, ताकि मुझे गुप्त रोग हो सके!’’

भोलापन और मूर्खता

इस कहानी को ब्यौरेवार सुनाने वाला एर्दोसैन को परिभाषित करने का जोखिम नहीं उठाना चाहता; उसकी ज़िन्दगी में आईं आफतें इतनी बड़ी थीं कि बाद में ज्योतिषी के साथ मिल कर उसने जो भी अनर्थ किया, उसे उस यातना के ज़रिए समझा जा सकता है जो उसने अपनी शादीशुदा ज़िन्दगी के दौरान महसूस की थीं।

यहाँ तक कि जब मैं उसके इकबालिया बयान को एक बार फिर पढ़ रहा था, तो मुझे ये यकीन ही नहीं हो रहा था कि उसने इतने दहला देने वाले तरीके से अपना दिल मेरे सामने खोल के रख दिया था, पीड़ा से इतना सराबोर की शर्मिंदगी के किसी भी एहसास से आज़ाद हो गया था वो।

मुझे अच्छी तरह याद है। वो तीन दिन जिस दौरान वो मेरे घर में छिपा हुआ था, उसने मुझे एक-एक बात बताई।

हम एक बड़े से कमरे में मिलते जहाँ रोशनी बहुत कम थी और फ़र्नीचर भी न के बराबर था। वो आगे की तरफ़ झुक कर, अपनी कोहनियों को घुटने पर रख कर कुर्सी के किनारे पर बैठता और अपना चेहरा हाथों में छिपा लेता। और हर वक्त नीचे फ़र्श की तरफ़ घूरता रहता।

वह बगैर रुके एक ही स्वर में बोलता, मानो किसी सबक का पाठ कर रहा हो, जिसे उसकी सायों से घिरी चेतना में हज़ारों पाउंड के दबाव से अंकित कर दिया गया है। वो जिस बारे में भी बात कर रहा था, उसके स्वर में ज़रा-सा भी बदलाव नहीं आता, बल्कि वह पेंडुलम की व्यवस्थित गति की तरह स्थिर रहता।

अगर मैं उसे बीच में टोक देता, वो नाराज़ नहीं होता, बल्कि फिर शुरुआत से शुरू करता, वो सारी बातें भी जोड़ कर जिनके लिए मैंने गुज़ारिश की थी, वैसे ही सिर झुका कर फ़र्श को घूरते हुए, अपने घुटनों पर कोहनियाँ टिकाये। वो धीरे बोल रहा था क्योंकि वो हर सूक्ष्म ब्योरे पर ध्यान दे रहा था, ताकि किसी भी भ्रम या अनिश्चितता की गुंजाइश न बचे।

वो बगैर किसी मनोभाव के एक के बाद एक भयानक बातें बताता रहा। वह जानता

था कि वह मरने जा रहा है, उस शख्स का इन्साफ़ उसके पीछे निर्दयतापूर्वक पड़ा हुआ था, और फिर भी, वो वहाँ था, जेब में रिवॉल्वर लिए, कोहनियाँ घुटनों पर, चेहरा हाथों में छिपाए, उस धूल भरे खाली कमरे को घूरते हुए, बगैर किसी जज़्बात के बात करते हुए।

कुछ ही दिनों में वो काफ़ी दुबला हो गया था। उसके चेहरे की सपाट हड्डियों पर तनी हुई फीकी त्वचा से वो तपेदिक के मरीज़ जैसा दिख रहा था। बाद में शव परीक्षा से पता चला कि इस बीमारी ने उसे अन्दर-ही-अन्दर खाना शुरू कर ही दिया था।

मेरे घर में आये हुए उसे दूसरा दिन हुआ था जब उसने मुझे बताया, ''अपनी शादी से पहले विवाह से अलग सम्बन्ध बनाने का ख़याल भी मुझे आतंकित कर जाता था। मेरे मन में, एक मर्द, एक औरत से शादी करता है हमेशा उसके साथ रहने के लिए, सारे वक्त एक-दूसरे को देखते रहने का सुख उठाने के लिए; एक-दूसरे से बात करने के लिए, अपनी नज़रों, शब्दों और मुस्कान से एक-दूसरे के लिए अपना प्यार ज़ाहिर करने के लिए। ये सच है कि जब मैं ऐसा सोचता था, उस वक्त मैं काफ़ी छोटा था, लेकिन जब एलसा से मेरी सगाई हुई, तो मुझे इन सारी बातों में अपने यकीन को एक बार फिर ताज़ा करने की ज़रूरत महसूस हुई।''

वो बात करता रहा, करता रहा।

एर्दोसैन ने कहा कि उसने कभी एलसा को चूमा तक नहीं था, क्योंकि उसे प्रेम करने का सुरूर उसे गले तक अपनी गिरफ़्त में ले लेता, वो इससे ही संतुष्ट था और इसलिए भी क्योंकि उसका मानना था कि एक कमसिन युवती को चूमना नहीं चाहिए। इसलिए उसने अपनी शारीरिक चाहत को कुछ अध्यात्मिक-सा रूप दे दिया था।

''हमने कभी एक-दूसरे को अपनेपन से संबोधित भी नहीं किया, क्योंकि औपचारिक तरीके से बात करने से हमारे बीच जो दूरी बनती थी, वो मुझे पसंद थी। मैं ये भी सोचता था कि एक नौजवान युवती के साथ बहुत अंतरंगता नहीं होनी चाहिए। नहीं, हँसो मत। मेरे मन में, 'अ यंग लेडी' शब्द उस सबका सच्चा प्रतीक था जो शुद्ध है, सम्पूर्ण है और निश्छल, मासूम है। उसकी बगल में, मुझे चाहत या वासना महसूस नहीं होती थी, बल्कि एक अद्‌भुत आनंद का स्पंदन होता था, जिससे मेरी आँखें आँसुओं से भर जातीं। और मैं अपने प्रेम के लिए कष्ट भोगने में खुश था, अपनी इच्छा के वास्तविक लक्ष्य से अनजान, सच में ये मानते हुए कि वो शारीरिक उत्तेजना नहीं बल्कि एक अध्यात्मिक आवेग था जो मुझे उसकी उस ठंडी कुछ तलाश करती नज़र का दास बना देता था जो धीरे-धीरे मेरी आत्मा की सबसे ज़्यादा बेचैन तह तक चीरती चली जाती थी।''

जब एर्दोसैन इस तरह बात करता तो मैं उसे ध्यान से देखता रहता। ये वो हत्यारा था, हत्यारा, जो हमारे जज़्बातों की सूक्ष्मताओं के बारे में इस तरह बात कर रहा था! वो बोलता रहा, ''फिर हमारी शादी की रात जब हम अपने होटल के कमरे में अकेले थे तो उसने

लैंप की रौशनी में बहुत सहज तरीके से अपने कपड़े उतार दिए। बुरी तरह से शर्म से लाल होते हुए मैंने अपना मुँह फेर लिया ताकि वो देख न सके कि मैं कितना शर्मिंदा महसूस कर रहा था। मैंने अपनी कमीज़ का कॉलर हटाया, जैकेट उतारी, बूट उतारे और पतलून पहने ही बिस्तर पर चला गया। तकिये पर अपने घुँघराले बालों के बीच में से उसने अपना सिर घुमाया और एक अजीब हँसी के साथ बोली, 'क्या तुम्हें इस बात की चिंता नहीं कि इस पर सिलवटें पड़ जाएँगी? उसे उतार दो, बुद्धू।' ''

बाद में उनकी शादीशुदा ज़िन्दगी में एक रहस्यपूर्ण दूरी ने एलसा और एर्दोसैन को अलग रखा, मानो वो ऐसा महसूस करती थी कि उससे दगा हुआ है। जब वो बिस्तर पर उसकी तरफ़ घुटनों के बल बैठ कर उससे भीख माँगता था कि वो खुद को उसे सौंप दे, वो गुस्से से भरी आवाज़ में बोलती, ''मुझे अकेला छोड़ दो! क्या तुम नहीं देख सकते कि मुझे तुमसे घिन आती है?''

किसी आपत्ति की आशंका पर काबू पाते हुए एर्दोसैन अपने बिस्तर पर लुढ़क जाता।

''मैं लेटता नहीं था, बल्कि सीधे बैठ जाता, पीठ को तकिये पर टिकाये अँधेरे में घूरते हुए। मैं जानता था कि इसका कोई मतलब नहीं था, लेकिन मैं सोचता कि अगर वो मुझे अँधेरे सायों में इसी तरह खोया हुआ और तनहा देख ले तो शायद उसे मुझ पर दया आ जाये और आख़िरकार वो मुझसे कहे, 'अच्छा ठीक है, अगर तुम चाहते हो तो यहाँ आ जाओ।' लेकिन उसने कभी भी एक शब्द नहीं कहा और आखिरकार एक रात मैं हताशा में चिल्ला पड़ा, 'क्या तुम वाकई सोचती हो...कि मैं हमेशा हस्तमैथुन ही करता रहूँगा?' इस पर, तटस्थ भाव से उसने जवाब दिया, 'इसका कोई फ़ायदा नहीं : मुझे तुमसे शादी कभी करनी ही नहीं चाहिए थी।' ''

ब्लैक हाउस

दुःख एर्दोसैन पर इस कदर हावी हो गया, इतने दर्दनाक तरीके से कि एकाएक उसने अपना सिर पकड़ लिया, मानो वो दर्द उसे पागल बना रहा हो। हर नया ख़याल उसे इतना हिला जाता कि ऐसा लगता मानो उसका मस्तिष्क हिलकर अलग होकर खोपड़ी के अंदरूनी किनारों पर छलक गया हो।

उसे मालूम था कि वह इतना खो चुका है कि अब उसकी मुक्ति नामुमकिन है, उस हल्की-सी ख़ुशी से भी बहुत दूर भटका हुआ, जो एक-ना-एक दिन सबसे कुम्हलाये हुए गाल पर भी चमक ला देती है। वह समझ गया कि नियति ने उसे उन बहिष्कृत, निर्वासितों के बवंडर में फेंक दिया था जो जीवन पर हर संभव दोषों और कष्टों की मैली छाप छोड़ जाते हैं।

उसकी सारी उम्मीद ख़त्म हो चुकी थी। जीवन के प्रति उसका डर और भी गहन हो गया जब उसे ये एहसास हुआ कि ज़िंदा रहने के लिए उसके पास कोई सपना नहीं है, जब लगातार कमरे के दूर कोने की तरफ़ घूरते हुए उसने ये क़ुबूल किया कि उसके लिए इससे कोई फ़र्क नहीं पड़ता कि वो एक शराबघर में बर्तन धोने के तौर पर काम करे या एक कोठे पर दरबान का।

इससे उसे क्या फ़र्क पड़ता! तीव्र दर्द और दुःख ने उसे उन भयभीत लोगों की मौन भीड़ में फेंक दिया था जो छोटे-मोटे सामान या *बाइबिल* बेच कर अपनी दयनीय ज़िन्दगी के दिन काटते हैं और जैसे ही रात घिरती है तो सार्वजनिक शौचालयों का फेरा चालू कर देते हैं जहाँ वे अपने गुप्तांग कमसिन लड़कों को दिखाते हैं जो अपनी ऐसी ही बेकाबू वासनाओं के वश में वहाँ खिंचे चले आते हैं।

एर्दोसैन निरंतर इन्हीं मनहूस चिंताओं के भीतर चक्कर काटता रहता। उसे लग रहा था मानो वो एक विशाल लकड़ी के लट्ठे से बँधा हुआ है, जिससे वो कभी आज़ाद नहीं हो पायेगा।

पीड़ा ने उसके अंदर इतनी गहरी जड़ें जमा ली थीं कि उसे इस बात पर दया आने लगी कि उसके शरीर का क्या हश्र होगा, सत्तर किलो का शरीर, जब भी वह आईने के

सामने से गुज़रता उसे सिर्फ़ यही दिखाई देता। पहले के दिनों में सभी किस्म के सुख और विलासिता के लिए एर्दोसैन अपने मन की शरण लेता था—उस किस्म के अभौतिक सुख जो समय और दैहिक सीमाओं में सीमित नहीं होते। लेकिन अपनी मौजूदा हताशा में वो अपने शरीर से परे निकलने में असमर्थ था, उसका कष्ट भोगता शरीर, जो कभी-कभी उसे लगता उसका है ही नहीं, उस शरीर को कभी खुशी महसूस न करवा पाने के अपराधबोध के बावजूद।

यह अपराधबोध जो वह अपने दयनीय शारीरिक अस्तित्व के प्रति महसूस करता था, उस माँ की पीड़ा की तरह गहरा था जो वो अपने बेटे की गहनतम इच्छाओं को संतुष्ट न करने पर महसूस करती होगी।

एर्दोसैन ने अपनी इस अभिशप्त देह के लिए कुछ भी नहीं किया था—न तो उसके लिए एक ठीक-ठाक सूट बनवाया न ही वो संतोष जो जीवन से उसका समझौता करवा पाता। उसने अपने दैहिक अस्तित्व के सुख के लिए कुछ भी नहीं किया, जबकि मन को हर बात की इजाज़त दी थी, उन जगहों तक जाने की काल्पनिक उड़ान की भी जो फिलवक्त मनुष्य की मशीनों ने खोजी भी नहीं थीं।

बार-बार वह खुद से कहता, "अपने इस अभागे शरीर के सुख के लिए मैंने किया क्या है?" सच तो यह था कि वो खुद को किसी ऐसी चीज़ में बँधा हुआ महसूस करता जो उससे उतनी ही अलग थी जैसे वाइन उस बैरल से होती है जिसमें उसे रख जाता है। लेकिन उसे एहसास हो गया था कि उसका यही शरीर था जो उसके सारे संदेहों और निराशा का वाहक था, जो इन्हें अपने थके-हारे खून से पोषित करता था, एक दयनीय, अस्त-व्यस्त कपड़े पहने शरीर जिसे कोई औरत नज़र उठा कर देखना भी नहीं चाहे, जो गुज़रते दिनों के भारी बोझ और नफ़रत के कष्ट को सिर्फ़ इसलिए भोगता था, क्योंकि उसके दिमाग ने कभी उन सुखों की इच्छा ही नहीं की जिसके लिए उसका शरीर चुपचाप, डरते-डरते तरसता रहता। एर्दोसैन को अपने इस शारीरिक रूप पर दुख और अफ़सोस होता, जो उसके किसी दूर का परिचित जैसा था।

तो फिर, उस हताश आदमी की तरह जो सातवीं मंज़िल से कूद जाता है, वो खुद को हस्तमैथुन के ज़ायकेदार आतंक को सौंप देता, अपने अपराधबोध को उस दुनिया में भुलाते हुए जहाँ से कोई उसे बाहर नहीं निकाल सकता था, खुद को उन सुखों के जैसे सुरक्षा कवच में बंद करके जो असल दुनिया में उसकी पहुँच से बाहर थे, खूबसूरत जिस्मों की शानदार पंक्तियाँ जिनका सुख भोगने के लिए उसे अनंत ज़िन्दगियों और असीमित पैसे की ज़रूरत होती।

ये जिलेटिन जैसे चिपचिपे ख़यालों का ब्रह्माण्ड था, गलियारों में बँटा हुआ जहाँ अश्लीलता रेशम और ज़री, मखमली कपड़ों और कीमती गोटों में छिपी थी, एक दुनिया जो एक नाजुक, स्पंज जैसे सूर्यास्त की रौशनी में नहाई हुई थी। सबसे खूबसूरत औरतें टहलती

हुई उसके करीब आतीं, अपने सेब जैसे वक्ष को अनावरित करते हुए अपने खुशबूदार होंठ कामुक शब्दों के साथ उसकी सस्ती सिगरटों की गंध से बासी मुँह के करीब ले आतीं।

कभी-कभी ये औरतें लम्बी, चुस्त और नफीस नवयुवतियाँ होतीं और कभी स्वच्छंद और बिगड़ी हुई स्कूली लड़कियाँ, ये दुनिया लगातार रूप-रंग बदलती औरतों की थी जिसमें से कोई भी उसे निकाल बाहर नहीं कर सकता था : वो, जो इतना फटा-पुराना और गंदा लगता था कि सबसे घटिया और सस्ते कोठे की मैडम भी उसे शक की निगाह से देखती थीं, मानो वो उनसे एक बार सेक्स करने का पैसा मार लेगा।

उसने अपनी आँखें बंद कीं और उस जलते हुए अँधेरे की गुमनामी में खो गया उस अफीमची की तरह जो अपने घटिया और गंदे बसेरे में दाखिल होता है, जिसका मालिक कोई चीनी है और जिसमें से मल की बदबू आ रही है, लेकिन उसे लगता है कि वो स्वर्ग की दहलीज़ पर है।

धीरे-धीरे लेकिन निश्चितता से वो चोरी-छिपे इस निषेध सुख की तरफ़ फिसलता जाता; शर्मिंदा लेकिन उत्तेजित जैसे कोई किशोर उम्र का लड़का पहली बार वेश्यालय जाकर होता है। इच्छा घुड़मक्खी की तरह उसके कान में भुनभुनाती रहती, लेकिन इस कामुक अँधेरे से अब उसे कोई नहीं निकाल सकता था।

ये अँधेरा एक परिचित मकान था जहाँ वो अचानक रोज़ाना की ज़िन्दगी की सभी धारणाएँ भूल जाता था। वहाँ, उस काले मकान में, वो उन सुखों का मज़ा लेता जो, अगर उसे पता भी चल जाये कि दूसरा आदमी उनका आनंद ले रहा है, तो उसके पास दोबारा कभी नहीं जाता।

हालाँकि ये काला मकान एर्दोसैन के भीतर कहीं गहरे स्थित था, मगर एर्दोसैन उसके भीतर बहुत घूम-फिर के दाखिल होता, सबसे ज़्यादा कष्टकर दांव-पेंच करने के बाद। और फिर भी, एक बार वह उस दहलीज़ को पार कर जाता तो उसे मालूम था कि फिर वापस नहीं मुड़ सकता, क्योंकि गलियारे में, सायों से घिरे एक गुप्त गलियारे में उससे मिलने वही चुस्त क़दमों वाली औरत आती जिसे एक दिन वह सड़क पर, ट्राम में, या किसी के घर में देख कर इच्छा और वासना से कामुक हो गया था।

जैसे कोई अलग-अलग तरीके से कमाए गये पैसे को एक ही पर्स में से निकालता है, एर्दोसैन उस अँधेरे मकान के कोनों से टुकड़े-टुकड़े कर एक पूरी औरत निकालता, सैकड़ों ऐसे प्राणियों से बनीं जो एक ही वासना के सैकड़ों दोहराव में बँटी थी लेकिन उनकी मौजूदगी में एक बार फिर पूरी की पूरी खिल उठती।

इस काल्पनिक औरत के उस एक लड़की की तरह घुटने थे जिसकी स्कर्ट हवा में उड़ गयी थी, उस वक्त जब वो बस का इंतज़ार कर रही थी; उसकी जाँघें उसे एक अर्धनग्न औरत के पोर्न पोस्टकार्ड से याद दिला रही थीं; और उदास फीकी मुस्कान उस लड़की की

जिससे वह बहुत पहले एक ट्राम में मिला था; आँखें उस नाटी दर्ज़ी की तरह हरी थीं जिसके ज़र्द मुँह के चारों ओर दाग थे, जो एक दोस्त के साथ उन क्लबों में से एक में डांस के लिए जा रही थी जहाँ दुकानदार अपनी पतलून का सामने का हिस्सा उन लड़कियों पर ज़ोर से ठेल देते थे जो मर्दों का साथ पसंद करती हैं।

और ये काल्पनिक औरत जो उन सभी औरतों–लड़कियों के कुछ–कुछ हिस्सों से बनी थी, जिन्हें वो पाने में असमर्थ रहा था, उससे वैसा ही विनम्रता से भरा बर्ताव करती जैसे वो सतर्क लड़कियाँ जो अपने बॉय फ्रेंड्स की जाँघें सहलाती हैं लेकिन फिर भी खुद को शालीन समझती हैं। वो एक ओर्थोपीडिक कमर पेटी पहने हुए उसके करीब आती, जिससे उसके हल्के कटाव वाले स्तन मुक्त रहते, और उसका बर्ताव एकदम दोष रहित था, एक युवती जैसा जिसे उचित–अनुचित का पूरा बोध होता है, हालाँकि ये बोध उसे अपने बॉय फ्रेंड के हाथ को अपने ब्लाउज़ के अन्दर ऐसे ही ले जाने से नहीं रोकता।

फिर वो उस काले मकान की गहराइयों में डूब जाता। काला मकान! एर्दोसैन को उन दिनों की डरावनी स्मृति थी; उसे लगता कि वो एक असली नरक में जीया था, जिसकी भयानक छवि वो अपने बाकी दिनों से नहीं हटा सकता था, जबकि वो मौत के करीब था, कानून उसका पीछा कर रहा था। जब भी उसके ख़याल उस वक्त की तरफ़ मुड़ते, वो गंभीरता से उत्तेजित हो जाता और उसकी आँखों में एक हल्की लाल चमक कौंध जाती। वह इतना कष्टकर रूप से कामोत्तेजित हो जाता कि उस वक्त वो सितारों तक छलांग लगा सकता था, उस आग में जल सकता था जो उसके वर्तमान को उस भयानक, दर्दनाक और अपरिहार्य अतीत से शुद्ध कर दे।

काला मकान! मैं अब भी देख सकता हूँ—उस उदास खिन्न आदमी का थका–हारा चेहरा, पहले छत को घूरते हुए ऊपर की तरफ़ उठा हुआ, फिर अपनी नज़रें नीची करके मेरी आँखों में देखता उसका चेहरा, जबकि उसने एक ठंडी जमी हुई मुस्कान से कहा, ''जाओ, मनुष्यता को बता दो कि काला मकान क्या है, और उन्हें बताना कि मैं हत्यारा था। और फिर भी, मैंने, एक हत्यारे ने, हर किस्म की ख़ूबसूरती को प्यार किया, और अपने भीतर उन सभी भयावह प्रलोभनों से लड़ता रहा जो लगातार मेरे भीतर उमड़ते रहे। मैं जो हूँ उसके लिए मैंने कष्ट भोगा है, और सभी दूसरे लोगों के लिए भी, क्या तुम समझ रहे हो? और सभी दूसरे लोगों के लिए भी...''

अधिसूचना

एलसा जिस दिन घर से भागी थी, उसके दस दिन बाद ही अपहरण की घटना हुई। चौदह अगस्त को ज्योतिषी एर्दोसैन के पास गया, जबकि एर्दोसैन बाहर गया हुआ था, सो जब वो वापस आया तो उसने दरवाज़े के नीचे से अन्दर सरकाया हुआ एक लिफ़ाफ़ा देखा। इस लिफ़ाफ़े में युद्ध मंत्रालय की एक झूठी अधिसूचना थी, जिसमें कैप्टेन बलौन्दे का काल्पनिक पता लिखा हुआ था और कुछ अजीब से नोट भी जो इस प्रकार थे, ''मैं बीस तारीख तक बार्सुत और तुम्हारा सुबह दस से ग्यारह बजे तक इंतज़ार करूँगा। दरवाज़ा खटखटाना और सीधे अन्दर आ जाना। अकेले मत आना।''

ज्योतिषी के इस ख़त से एर्दोसैन कुछ विचार करने के लिए रुका। वह बार्सुत के बारे में तो भूल ही गया था। पहले उसने ये फ़ैसला किया कि उसे मारना है, फिर उसका ये फ़ैसला अँधेरे से ढँक गया और उसके बाद के दिन जब वो अकेले कमरे में बंद था तब आकर जा चुके थे। 'मुझे बार्सुत की हत्या करनी ही थी।' शायद एर्दोसैन के पागलपन का राज़ इस 'हत्या करनी ही थी की व्याख्या में मिल सकता था। जब मैंने उससे इस बारे में पूछा, उसने जवाब दिया, ''मुझे उसको मारना ही था, वर्ना मैं खुद के साथ शांति से नहीं रह पाता। बार्सुत की हत्या जीने के लिए ज़रूरी थी, जैसे दूसरों के लिए ताज़ी हवा होती है साँस लेने के लिए।''

जैसे ही उसे ये चिट्ठी मिली, वो बार्सुत के घर की तरफ़ चल पड़ा। बार्सुत एक ऐसे घर में रहता था, जिसके अलग-अलग कमरों में अलग-अलग अजीबोगरीब लोग रहते थे। मकान की मालकिन को अध्यात्म में रुचि थी, उसकी एक भैंगी बेटी थी और किराये के मामले में वो...थी। कोई भी किरायेदार अगर किराया देने में एक दिन भी लेट हो जाता तो शाम तक उसे उसका सारा सामान बाहर आँगन के बीचोबीच फेंका हुआ मिलता।

जब एर्दोसैन वहाँ पहुँचा तो रात हो चुकी थी। जब वो उसके कमरे में दाखिल हुआ तो बार्सुत दाढ़ी बना रहा था। बार्सुत पीला पड़ गया और गाल के बीच में ही रेज़र को रोक दिया, फिर उसने एर्दोसैन को ऊपर से नीचे तक घूरा और हैरत से बोला, ''तुम यहाँ क्या कर रहे हो?''

''कोई और होता तो इस बात से नाराज़ हो जाता। लेकिन मैं उस पर 'दोस्ताना

तरीके' से मुस्कराया, क्योंकि ऐसे पलों में मैं वाकई उसके लिए दोस्ताना महसूस करता था, और उसे युद्ध मंत्रालय वाला वो नोटिस पकड़ा दिया। एक अकथनीय ख़ुशी से मैं घबरा-सा गया : एक मिनट के लिए उसके बिस्तर के किनारे पर बैठना और फिर झटके से उठते हुए कमरे में यहाँ से वहाँ चक्कर लगाना मुझे याद है।''

''तो वो टेम्परली में है। और तुम चाहते हो कि हम वहाँ जाकर उसे ले आयें।''

''हाँ, मैं यही चाहता हूँ। मैं चाहता हूँ कि तुम जाओ और उसे लेकर आओ।''

बार्सुत कुछ बड़बड़ाया जो एर्दोसैन की समझ में नहीं आया, और फिर उसने अपनी बाँह की मांसपेशियों को मसलना शुरू कर दिया, इतना कि उसकी त्वचा पर एक गुलाबी चमक आ गयी। अपनी मूंछ को ट्रिम करने के लिए उसने रेज़र उठाया, एर्दोसैन की तरफ़ सिर घुमा कर बोला, ''तुम जानते हो? मैंने कभी नहीं सोचा था कि तुम में इतनी हिम्मत होगी कि तुम मेरे पास आओगे।''

एर्दोसैन उस नज़र को झेल गया—इसमें शक नहीं कि इस आदमी का चेहरा एक बाघ की तरह था—फिर उसने अपने बाजुओं को सीने पर बाँध कर बात का जवाब दिया, ''सच है। मुझे भी ऐसा लगता था, लेकिन जैसा कि तुम देख सकते हो, चीज़ें बदलती भी हैं...''

''क्या तुम्हें अकेले जाने में डर लगता है?''

''नहीं, लेकिन इस मामले में मैं तुम्हें शामिल करना चाहता हूँ...'' बार्सुत ने अपने दाँत पीसे। उसकी ठोड़ी अब भी झाग से भरी थी, भौंहों पर शिकन थी, उसने फिर एर्दोसैन को जाँचा-परखा और अंततः कहा, ''देखो, मुझे लगता था कि मैं ही काफ़ी बुरा हूँ, लेकिन मुझे अब लगता है कि तुम...तुम मुझसे भी बुरे हो। लेकिन, जो भी हो, ये तो ईश्वर के हाथ में है।''

''तुम ऐसा क्यों कह रहे हो, 'ये भगवन के हाथ में है'?''

बार्सुत कमर पर हाथ रख कर आईने में घूरने लगा। उसके बाद उसने जो शब्द कहे वो एर्दोसैन को हैरान करने वाले नहीं लगे, जिसने इन शब्दों को चेहरे पर बगैर कोई प्रतिक्रिया दिखाए सुना, ''कौन कह सकता है कि ये नोटिस झूठा नहीं है और तुम मुझे मारने के लिए जाल नहीं बिछा रहे?''

''एक इंसान की आत्मा कितनी अजीब हो सकती है!'' एर्दोसैन ने बाद में इस पर टिप्पणी करते हुए कहा, ''मैंने वो शब्द सुने, और मेरे चेहरे की एक नस तक नहीं फड़की। ग्रेगोरियो ने सच का अंदाज़ा कैसे लगा लिया था? मुझे कोई आइडिया नहीं। या फिर उसकी कल्पना भी उतनी ही विकृत थी जितनी मेरी?''

एर्दोसैन ने सिगरेट सुलगाई और बस इतना जवाब दिया, ''जैसा तुम चाहो, करो।''

लेकिन बार्सुत, जो बात करने के मूड में लगता था, बोलता रहा, ‘‘हालाँकि क्यों नहीं? मुझे जवाब दो : क्यों नहीं? अगर तुम मुझे जान से मारना चाहो तो इसमें अजीब क्या है? ये तो ठीक ही है, तर्कसंगत। मैं तुम्हारी बीवी तुमसे छीन लेना चाहता था, मैंने तुम्हें दगा दिया और तुम्हारी सच्चाई बता दी, मैंने तुम्हारी खूब धुनाई की, अब अगर तुम मेरी हत्या न करना चाहो तो तुम ज़रूर संत ही होगे।''

‘‘संत! नहीं मेरे दोस्त, वो तो मैं नहीं हूँ। लेकिन मैं तुमसे वादा करता हूँ कि मैं कल तुम्हारी हत्या नहीं करूँगा। किसी दिन, ज़रूर, लेकिन कल नहीं।''

बार्सुत ठहाका मार कर हँस पड़ा, ‘‘तुम वाकई नगीना हो, रेमो, जानते हो? एक दिन तुम मेरी हत्या करोगे। तुम कितने अजीब हो सकते हो? जानते हो मुझे क्या अपनी तरफ़ खींचता है? जब तुम मेरी हत्या करोगे तो तुम्हारे चेहरे पर जो भाव होगा, वो। अच्छा बताओ, तुम उस वक्त गंभीर होगे या हँस रहे होगे?'' उसके सवाल का स्वर गंभीर था उग्र या प्रतिरोधी नहीं।

‘‘मुमकिन है मैं गंभीर होऊँ। मैं नहीं जानता शायद। किसी को जान से मारना आखिर कोई आसान बात नहीं होती।''

‘‘और तुम्हें जेल जाने का डर नहीं?''

‘‘नहीं, क्योंकि अगर मैं तुम्हें मारता हूँ, तो ज़रूर कुछ एहतियात तो लूँगा ही और मैं सल्फ़्यूरिक एसिड से तुम्हारी बॉडी को ठिकाने लगा दूँगा।''

‘‘तुम तो राक्षस हो...ओह, वैसे, मेरी याददाश्त तो बिलकुल बेकार है। क्या तुमने शुगर कंपनी के पैसे चुका दिए?''

‘‘हाँ।''

‘‘तुम्हें पैसे किसने दिए?''

‘‘एक ठग ने।''

‘‘तुम्हारे बहुत दोस्त तो नहीं हैं लेकिन काफ़ी वफ़ादार हैं...सो, कल मेरे पास तुम किस वक्त आ रहे हो?''

‘‘कप्तान आठ बजे ड्यूटी पर जाता है ...तो उसके बाद...''

‘‘देखो, मुझे अब भी यकीन नहीं है कि तुम सच बता रहे हो...लेकिन अगर एलसा वहाँ है तो मैं तुम्हें चेता देता हूँ, मैं उसे इतना डाटूँगा कि उसे कई साल लगेंगे उससे उबरने में।''

जब एर्दोसैन वहाँ से निकला तो सीधे टेलीग्राफ दफ़्तर की तरफ़ गया और ज्योतिषी को एक तार भेज दिया।

पीड़ाजनक काम

उस रात एर्दोसैन सो नहीं सका, वह थक के चूर हो चुका था। न ही वो किसी चीज़ पर ध्यान लगा पा रहा था। उसने अपनी इस मानसिक अवस्था को इस तरह मुझे समझाने की कोशिश की।*

''ये ऐसा है मानो आपकी आत्मा आपके शरीर से करीब आधा मीटर ऊपर तैर रही हो। आपको ऐसा लगता है मानो आपकी सभी मांसपेशियाँ भरभरा कर ढह गयी हों, दर्द और पीड़ा की एक अनंत अनुभूति। आप अपनी आँखें बंद करते हैं तो ऐसा लगता है मानो आपकी देह शून्य में घुल रही हो, फिर एकाएक आपको अभी तक जीए हुए उन सभी हज़ारों दिनों में से एक छोटी-सी भूली-बिसरी बात याद आ जाती है। कभी भी कोई अपराध मत करना—अपराध की विभीषिका से ज़्यादा खौफ़नाक वो उदासी होती है जो ये स्मृति आपमें रचती है। आपको लगता है कि आप एक एक करके समाज से अपने रिश्तों को काट रहे हैं, कि आप जंगलीपन की एक अंधियारी दुनिया में डूबते जा रहे हैं, कि आपका सारा दिशाबोध ख़त्म हो गया है; वे कहते हैं—मैंने ये खुद ज्योतिषी से कहा कि ये सब इसलिए है, क्योंकि मैं पक्का अपराधी नहीं हूँ—लेकिन ये सच नहीं। दरअसल, आप वैसे ही रहना चाहते हैं जैसे कि सब रहते हैं, और सभी की तरह शालीन होना चाहते हैं, चाहते हैं कि एक घर हो, एक बीवी हो, कि आप भी अपने घर की खिड़की से बाहर गुज़रते हुए राहगीरों को देखें, और फिर भी आपके शरीर में इंच मात्र भी जगह नहीं बची जिस पर ये घातक सन्देश न लिखा हो, 'मुझे उसको मारना ही है।' आप तर्क दे सकते हैं कि मैं महज़ अपनी नफ़रत को बयान करने की कोशिश कर रहा हूँ। मैं ऐसा क्यों नहीं कर सकता? मुझे लगता है मानो मैं एक सपने में जी रहा हूँ। मुझे यहाँ तक एहसास है कि मैं इतनी बात इसलिए कर रहा हूँ ताकि खुद को यकीन दिला सकूँ कि मैं ज़िंदा हूँ, जो कुछ हुआ उसकी वजह से नहीं

---

*समीक्षक का नोट : मैं उम्मीद करता हूँ कि एक दिन मैं एर्दोसैन द्वारा बिताये गये उन दस दिनों के बारे में विस्तार से लिखूँगा। फ़िलहाल मेरे लिए ऐसा करना नामुमकिन है, चूँकि उसके लिए भी इतनी ही लम्बी किताब की ज़रूरत होगी जितना कि ये है। तब ये याद रखें कि ये अध्ययन मुख्य किरदारों की तीन दिनों की गतिविधियों तक ही सीमित है, और ये कि खुद को जितनी जगह मैंने दी है उसके बावजूद मैं उनकी मानसिक अवस्था की तरफ़ सिर्फ़ इंगित कर सकता हूँ। ये एक्शन *द फ़्लेमथ्रोअर्स* शीर्षक के अगले खंड में जारी रहेगा।

बल्कि वह सब आपको इस अवस्था में छोड़ जाता है, उसकी वजह से। जैसे बुरी तरह जल जाने के बाद त्वचा। जल जाने वाली त्वचा आखिरकार ठीक हो जाती है लेकिन क्या कभी आपने ध्यान दिया है कि वो कैसी दिखती है? झुर्रीदार, सख्त, रूखी और चमकदार। ऐसी ही एक मनुष्य की आत्मा हो जाती है। वह इतनी तेज़ चमकती है कि उसकी चौंध से आप अंधे हो जाएँ। और इसकी झुर्रियाँ आपको त्रस्त और भयभीत कर देती हैं। आप जान जाते हैं कि आपके भीतर एक दैत्य है जो कभी भी आज़ाद हो सकता है, और आप नहीं जानते कि वो किस तरफ़ कूद कर जाएगा।

"एक राक्षस! मैंने अक्सर इस बारे में सोचा है एक आलसी, विनम्र और रहस्यपूर्ण राक्षस, अपने हिंसक आवेगों, जीवन के छिपे गुप्त स्थानों में शैतानी पेंचों से उघाड़ता, जो खुद आपको हैरत में डाल दें, जिस तरह वो किसी भी कोण से बुराई ढूँढ निकालता है। कितनी बार मैं अपने रू-ब-रू ठहरा हूँ, उस रहस्य के रू-ब-रू जो मैं हूँ और सबसे अदना लोगों से कितनी जलन महसूस की है! आह, कभी कोई अपराध मत करो। देखो, मैं कैसा हूँ। और ये सब मैं तुम्हारे सामने मान रहा हूँ क्योंकि, हाँ, मुझे लगता है कि तुम समझ सकते हो...

"और वो रात?...जब मैं घर पहुँचा तो बहुत देर हो चुकी थी। पूरे कपड़े पहने ही मैं पलंग पर ढेर हो गया। मेरा दिल दीवानों-जैसा धड़क रहा था जैसे किसी जुआरी का धड़कता होगा। दरअसल मैं इस बात से परेशान नहीं था कि उस अपराध के बाद क्या होगा, मगर जब मैं वो अपराध करने ही वाला था तब भी मैं ये जानने को उत्सुक था कि मैं कैसे बर्ताव करूँगा, बार्सुत क्या कर सकता है, और ज्योतिषी उसका अपहरण कैसे करेगा। जबकि जो उपन्यास मैंने पढ़े थे, उनमें अपराध को बहुत आकर्षक तरीके से पेश किया गया था, मुझे तो ये एक मशीनी काम की तरह लग रहा था—अपराध करना आसान होता है, हमें ये बहुत जटिल सिर्फ़ इसलिए लगता है क्योंकि हमें इसकी आदत नहीं होती, बस।

"सच तो ये है कि मुझे वहाँ लेटे हुए कमरे के सबसे अँधेरे कोने को घूरते रहना याद है। मेरी पूर्व अस्मिता के अलग-अलग चीथड़े मानो हवा में तैर रहे थे। स्मृति किस रहस्यपूर्ण तरीके से काम करती है, ये मैं कभी जान नहीं पाया—कैसे हमारी ज़िन्दगी के बहुत अहम मौकों पर एक बेहद गैर ज़रूरी ब्यौरा या एक छवि जिसे स्मृति ने हमारे मौजूदा सरोकारों के बीच बिलकुल छिपा दिया था, एकाएक बहुत ज़रूरी और अहम होकर उभर आती है। हमें एहसास भी नहीं था कि ये तस्वीरें कभी अस्तित्व में भी थीं, जब तक कि उन पर ढँका आवरण फट नहीं जाता है। सो उस पूरी रात यही हुआ, बार्सुत के बारे में सोचने की बजाय मैं बस वहाँ लेटा रहा, उस निर्जन तन्हा कमरे में, उस शख्स की तरह जिसे कुछ घटित होने का इंतज़ार हो, उम्मीद हो, वो असाधारण कुछ, जिसके बारे में मैंने आपको इतना बताया है, जो मुझे लगता था कि मेरी ज़िन्दगी को एक बिलकुल नया मोड़ दे देगा, मेरे अतीत को बिलकुल खारिज कर देगा, मुझे दिखा देगा कि मैं उस शख्स से बिलकुल

अलग आदमी हूँ, जैसा मैं दिखता था।

''दरअसल, मैं उस अपराध के बारे में इतना चिंतित नहीं था जितना किसी और के कि इसके बाद मैं कैसा हो जाऊँगा? क्या मुझे पछतावा होगा? क्या मैं पागल हो जाऊँगा या फिर खुद को कानून के हवाले कर दूँगा? या फिर मैं पहले की तरह ही जीता रहूँगा, उस अजीब-सी असमर्थता को झेलते हुए जो मेरे सारे कामों में से तारतम्यता को छीन लेती है—अब जो आप कहते हैं वो मेरे पागलपन का लक्षण है?

''अजीब बात ये है कि कभी-कभी मुझे अपने भीतर ढेर सारी ख़ुशी उमड़ती हुई महसूस होती, या फिर उस पागलपन का ढोंग करने की ज़रूरत जो दरअसल नहीं था। मैंने अपनी इस तीव्र इच्छा को जबरन दबा लिया, और ये पता लगाने की कोशिश की कि हम बार्सुत का अपहरण कैसे करेंगे। मुझे पक्का यकीन था कि वो लड़ेगा, लेकिन मैं ज्योतिषी को भी जानता था, वो ऐसा नहीं था कि किसी भी चीज़ को बगैर किसी तैयारी के करे। मैंने ये भी सोचा कि बार्सुत ने ये कैसे अंदाज़ा लगा लिया कि युद्ध मंत्रालय का वो नोटिस जाली था और मैं अपनी बुद्धि की तत्परता की बड़ाई किये बगैर न रह सका जिसका परिचय मैंने उस वक्त दिया था जब बार्सुत ने अपना साबुन लगा चेहरा मेरी तरफ़ मोड़ कर थोड़ी गंभीरता से कहा था, 'ये अजीब होगा, नहीं? अगर ये चिट्ठी जाली हुई तो?'

''वो कमीना तो था, लेकिन मैं भी उससे पीछे नहीं था; शायद हम में बस एक ही फ़र्क था कि उसमें उन घटिया वासनाओं के प्रति कोई उत्सुकता नहीं थी जो उसे संचालित करती थीं। बहरहाल, अब मैं इसकी परवाह करने से परे जा चुका था। वो मैं हो सकता था जो उसकी हत्या करता या फिर ज्योतिषी—सच ये था कि मैंने अपनी ज़िन्दगी को एक ऐसे भयानक गड्ढे में धकेल दिया था जहाँ पिशाच मेरी इन्द्रियों से ऐसे खेल रहे थे मानो टंबलर में पाँसे।

''दूर से आते हुए तमाम शोर मुझ तक पहुँचे; थकान मेरी हड्डियों तक रिस कर पहुँच चुकी थी; कभी-कभी ऐसा लगता मेरी त्वचा मौन और आराम पाने के किसी भी मौके को स्पंज की तरह सोख रही थी। मुझे एलसा के बारे में घिनौने ख़यालात आते रहे; एक मौन द्वेष ने मेरे मुँह को बंद कर दिया था; मैं अपनी अभागी ज़िन्दगी के लिए तरस से भर गया।

''लेकिन अपनी आँखों में खुद को मुक्त करने का मैं एक ही रास्ता सोच सकता था और वो था बार्सुत की हत्या और अचानक मैं बार्सुत की बगल में खड़ा हो गया। उसे मोटी रस्सी से बाँधा हुआ था और वो बोरों के ढेर के ऊपर लेटा हुआ था। मैं जो उसके चेहरे पर साफ़-साफ़ देख सकता था वो थी उसकी एक हरी आँख और उसकी फीके पीले रंग की नाक। मैं एक रिवॉल्वर से उसकी तरफ़ निशाना साधते हुए उसके शरीर की तरफ़ शांति से झुका, मैंने हल्के से उसके बाल पीछे की तरफ़ किये और उसे नरम स्वर में बताया, 'तुम मरने वाले हो, हरामज़ादे।'

“‘वो शरीर काँपा, और मैंने रिवॉल्वर उठा कर उसके माथे पर लगा दी, नरम आवाज़ में ये दोहराते हुए, तुम मरने वाले हो, हरामज़ादे।’

“मोटी रस्सियों में बँधे उसके हाथ तड़पने लगे; उसका शरीर आतंकित हड्डियों और मांसपेशियों का ढेर था।

“ ‘क्या तुझे याद है, हरामी, क्या तुझे याद है, वो आलू सलाद जो तूने मेज़ के ऊपर बिखरा दिया था? क्या अब भी मेरे चेहरे पर वो बुद्धूपना है, जिससे तुझे तब इतना गुस्सा आ गया था?’

“लेकिन अचानक मैं उसका इस तरह अपमान करने पर शर्मिंदा महसूस करने लगा, तो मैंने उससे कहा, या नहीं, मैंने उससे कुछ नहीं कहा, लेकिन एक बोरा लेकर उसके सिर पर चढ़ा दिया। उस खुरदुरे टाट के अन्दर उसका सिर तेज़ी से छटपटाने लगा। मैंने उसे जबरन फ़र्श की तरफ़ झुकाने की कोशिश की ताकि निशाना साध सकूँ और बन्दूक को सीधा तान सकूँ, लेकिन वो बोरा उसके बालों से सरक गया और मेरे पास इतनी ताकत नहीं थी कि मैं मौत से लड़ते इस फुफकारते प्रचंड जानवर को काबू कर पाता। फिर जब ये सपना धुँधला पड़ गया तो मैंने खुद को मलेशियाई द्वीपसमूह की तरफ़ समुद्री यात्रा करते देखा या हिन्द महासागर में एक जहाज़ पर। मैंने अपना नाम बदल लिया था, मैं अंग्रेज़ी में गुर्रा रहा था। मेरी उदासी वही रही होगी लेकिन अब मेरे बाजू ताकतवर थे, और नज़र शांत; शायद बोर्नियो या कलकत्ता में, या लाल सागर के सुदूर किनारों पर, या साइबेरिया के जंगलों के परे, कोरिया या मंचूरिया में मैं फिर से एक नयी ज़िन्दगी शुरू कर सकता था।”

उस आविष्कारक के दिन लद गये थे, वो आदमी अब जा चुका था जिसने इतनी ताकतवर विद्युत किरणों को खोजा था जो स्टील के टुकड़ों को मोम की तरह पिघला दें, या जिसने लीग ऑफ़ नेशंस की काँच की मेज़ पर हुई बैठक की अध्यक्षता की थी।

कुछ दूसरे पलों में एर्दोसैन खौफ़ के चंगुल में होता : उसे लगता कि वो ज़ंजीरों में बँधा है—घृणित सभ्यता ने उसे इस कदर ज़ंजीरों में जकड़ रखा था कि उसका निकलना मुश्किल था। वह खुद को अपनी कल्पना में ज़ंजीरों में जकड़ा हुआ, जेल की धारीदार पोशाक पहने कैदियों की एक पंक्ति में बर्फ़ीले टीलों के बीच से धीरे-धीरे उशुआया के जंगलों की तरफ़ जाते देख सकता था। ऊपर आसमान टिन की तरह सफ़ेद था।

इस कल्पना से वो पागल हो जाता। उस पर एक अँधा कर देने वाला गुस्सा हावी हो जाता, वो उठ कर कमरे के एक कोने से दूसरे कोने तक टहलने लगता, दीवारों को अपनी मुट्ठियों से मारने, या फिर अपनी हड्डियों से उनमें छेद कर देने की तीव्र इच्छा के साथ।

दरवाज़े की चौखट के पास वो रुक गया। एक बार फिर उसके भीतर दुख उमड़ा और उसने अपनी बाजुएँ कस के सीने पर बाँध लीं। उसने जो भी किया वो व्यर्थ था। उसके जीवन की बस एक असलियत थी, जिससे इनकार नहीं किया जा सकता था : वह और

दूसरे लोग। उसके और दूसरों के बीच एक ऐसी दूरी थी जिसे पार नहीं किया जा सकता था, उनकी समझ की कमी की वजह से या उसके पागलपन के कारण। किसी भी तरह से, वह अभिशप्त था। उसके अतीत के अवशेष उसकी आँखों के सामने उभरते रहते। सच तो ये था कि वो खुद से बच निकलना चाहता था, उस जीवन को आखिरकार पूरी तरह से त्यागना चाहता था जो उसके पूरे शरीर में व्याप्त था, दरअसल यह उसमें ज़हर फैला रहा था।

वाह! एक नई दुनिया में दाखिल हो पाना कितना अच्छा होगा, जहाँ जंगलों में फैले चौड़े पेड़ों से ढके रास्ते होंगे और जानवरों की तेज़ गंध मनुष्य की घिनौनी मौजूदगी की तुलना में मीठी लगेगी।

वह गोल-गोल चक्कर लगाता रहा, अपने शरीर को थकाने की कोशिश में; उसे इतनी बुरी तरह थका देने, इतना कुचल देने की कोशिश में ताकि शरीर इतना थक के चूर हो जाये कि वो एक आइडिया, एक विचार भी न सोच पाए।

अपहरण

अगले दिन सुबह नौ बजे एर्दोसैन बार्सुत से मिलने गया।

वे बगैर एक शब्द बोले घर से निकल पड़े। बाद में एर्दोसैन ने इस अजीब सफ़र के बारे में सोचा कि किस तरह वो दूसरा आदमी बिना एक शब्द बोले अपनी नियति की तरफ़ चला गया।

उस अवसर के बारे में बात करते हुए, उसने टिप्पणी की, ''मैं बार्सुत के साथ इस तरह गया जैसे एक मौत की सज़ा वाले व्यक्ति को उसकी मृत्यु की जगह पर ले जाया जाता है, मेरी सारी ताकत खत्म हो चुकी थी; मुझे लगातार एक खालीपन का एहसास साल रहा था, जो मेरे शरीर के रोम-रोम में प्रवेश कर चुका था।

''बार्सुत खुद त्योरियाँ चढ़ाये बैठा था; मैं महसूस कर सकता था कि रेलिंग पर कोहनियाँ टिकाये बैठा वो अपने सारे गुस्से को इकट्ठा कर रहा था, अपने उस अदृश्य दुश्मन पर उतारने को तैयार, जो उसकी सहज बुद्धि बता रही थी कि टेम्परली में उसका इंतज़ार कर रहा था।''

एर्दोसैन बोलता रहा, ''रह-रह कर मेरे मन में ये कौंध रहा था कि ये कितना अजीब होता अगर दूसरे यात्रियों को ये मालूम होता कि अपनी सीट की चमड़े की पैडिंग पर झुक कर बैठे हुए इन दो आदमियों में से एक हत्यारा और दूसरा उसका शिकार होने जा रहा है।

''मगर फिर भी हर चीज़ पहले की तरह चलती रही। खेतों पर धूप चमक रही थी; हम गोश्त पैक करने वाले प्लांट्स, चर्बी और तेल साबुन बनाने वाली फ़ैक्टरियों, काँच और लोहे के ढलाई घरों और मवेशी खानों को पीछे छोड़ चुके थे, जिनके खम्भों पर सूँघते जानवर खड़े हुए थे, मलबे और पहियों के निशानों से भरे रास्ते अभी पूरी तरह से दिखाई नहीं दे रहे थे। और तब लेंटिस के बाद हमें रेमेडिओस डे एस्कलाडा के लाल ईंटों और काले दरवाज़ों वाले बेहद खराब गोल घरों का दृश्य नज़र आया, जहाँ मेहराबों के नीचे से ट्रेन आ-जा रही थीं, जबकि कुछ ही दूरी पर पटरियों के बीच कुछ गरीब अभागों के गैंग ईंट-पत्थर, बेलचे से हटा रहे थे और रेल के स्लीपर डब्बों को खींच रहे थे।''

उससे कुछ और दूरी पर, पेट्रोल की भभक और धूल-धक्कड़ से सने छितरे हुए

मैदानी पेड़ों के झुंड के साथ ही एक कतार से लाल मकान थे जहाँ रेलवे के कर्मचारी रहा करते थे, अपने छोटे-छोटे बगीचों और धुएँ से काले पड़े शटर्स, कोयले के टुकड़ों और राख से भरे रास्तों के साथ।

बार्सुत अपने ख़यालों में खोया हुआ था। और संक्षेप में कहा जाए तो एर्दोसैन ने उसे वैसे ही रहने दिया। अगर, ऐन उसी पल में वो उसी ट्रैक पर सामने से रेल को अपनी तरफ़ तेज़ी से आते देखता, तो भी वह अपनी आँख तक नहीं झपकाता, अपने मरने या ज़िंदा रहने की इतनी कम परवाह थी उसे।

इस तरह सफ़र गुज़र गया। जब वो टेम्परली के करीब आ गए तो बार्सुत ने खुद को झिंझोड़ा, मानो किसी खराब सपने से चौंक कर जागा हो। उसने बस इतना ही कहा, ''अब किस तरफ़ जाना है?''

एर्दोसैन ने अपनी बाँह उठा कर अस्पष्टता से उस तरफ़ इशारा किया जहाँ उन्हें जाना था। बार्सुत चल पड़ा। वे चुपचाप ज्योतिषी के घर की तरफ़ जाने वाली गली में चल पड़े। कतार से बनी गलियों की दीवारों पर सुबह का हल्का नीला उजाला फैल रहा था।

हर शेड के हरे रंग के झाड़-झंखाड़, पेड़-पौधों, वनस्पतियों की एक गड्डमड्ड संरचना बना रहे थे, जिसे ऊपर से पेड़ों की कलगी घेरे थी और आड़ी-तिरछी लाल टहनियों की एक भूलभुलैया से भरी थी। धीरे-धीरे चलती हवा से प्रकृति की ये संयोगवश बनी अद्‌भुत रचना सुनहरी माहौल में तैरती हुई लग रही थी जो अवतल आईने जैसी साफ़ चमक रही थी और अपने गुम्बद के नीचे पृथ्वी के सारी मदहोश कर देने वाली खुशबूयें छिपाए थी।

''सुन्दर सुबह है,'' बार्सुत ने कहा।

उस जगह पर पहुँचने तक बस यही था जो उन दोनों के बीच कहा गया। ''बस यहीं,'' एर्दोसैन ने कहा। बार्सुत तेज़ी से पीछे हटा और चीर देने वाली नज़र से देखते हुए उसने पूछा, ''और तुम्हें कैसे पता कि यही है, जब यहाँ कोई नंबर ही नहीं?''

इस घटना पर बाद में एर्दोसैन ने टिप्पणी की, ''इससे महज़ ये पता चलता है कि अपराध के लिए ज़रूर एक सहज प्रवृत्ति होती है, जो आपसे तुरंत, ऐन मौके पर झूठ बुलवा लेती है, बगैर इस भय के कि आप अपनी ही बात के उलट बोल रहे हो सकते हैं, आत्म संरक्षण की उस सहज प्रवृत्ति की तरह जो, जब आपको लगता है कि सब कुछ खो गया है, तो आपको बचने के साधन खोजने के काबिल बनाता है, जिनके बारे में आपने सपने में भी नहीं सोचा होगा।''

एर्दोसैन ने ऊपर देखा और इतनी शांति से बोला कि बाद में इस पर हैरान हुए बगैर न रह सका, ''क्योंकि कल मैं यहाँ ढूँढते-ढूँढते पहुँचा था। मैं देखना चाहता था कि एलसा यहाँ दिखेगी कि नहीं।''

बार्सुत ने उसे शक से देखा।

वो कसम खाकर कह सकता था कि एर्दोसैन झूठ बोल रहा था*। लेकिन अभिमान ने उसे पीछे हटने से रोक लिया, इसलिए जब एर्दोसैन ने पुकारा तो उसने ज़ोर से ताली बजायी।

पूरी बाँहों की कमीज़ और स्ट्रॉ हैट पहने जिसके किनारों से उसका आधा चेहरा ढँक गया था, 'वो शख्स जिसने दाई को देखा था', लाल रंग से रंगे तारों के गेट पर आया।

"क्या घर की मालकिन घर पर हैं?" बार्सुत ने पूछा।

कोई जवाब न देते हुए ब्रोम्बर्ग ने चिटकनी सरकाई और गेट खोल दिया : फिर वह यूकेलिप्टिस के झुंड में से घर की तरफ़ जाते हुए घुमावदार रास्ते पर चल पड़ा। दोनों आदमी उसके पीछे-पीछे चल पड़े। अचानक किसी ने पुकारा, "तुम कहाँ जा रहे हो?"

बार्सुत ने चारों तरफ़ देखा। जब वो ऐसा कर रहा था तो ब्रोम्बर्ग मुड़ा और एकाएक उसकी बाज़ू ऐसे आगे बढ़ी मानो उसका कोई स्प्रिंग अचानक टूट गया हो।

साँस लेने की बेतहाशा कोशिश में उसका मुँह नीचे हो गया और वो दर्द से दोहरा हो गया। अपने हाथों से उसने पेट को पकड़ने की कोशिश की, लेकिन ब्रोम्बर्ग का हाथ एक बार फिर आगे की तरफ़ आया और जबड़े पर पड़े घूँसे ने बार्सुत की बत्तीसी हिला दी।

वह ज़मीन पर गिर पड़ा, इतना स्थिर कि वो मृत भी हो सकता था, उसके पैर अंदर की तरफ़ सिकुड़े हुए थे और होंठ हल्के से खुले हुए।

अब ज्योतिषी नमूदार हुआ, जबकि गंभीर, लगभग उदास-सा दिखता ब्रोम्बर्ग उस गिरे हुए आदमी की तरफ़ झुक गया।

ज्योतिषी ने बार्सुत की बाज़ुओं को पकड़ा, उसकी बगलों को एक पंजे की तरह जकड़ कर और वो दोनों उसे घसीटते हुए एक खाली कोच हाउस तक ले गए। गेरुए रंग के दरवाज़े को बंद करते हुए एर्दोसैन के भीतर की अँधेरी गहराइयों से सूखी घास की गंध और भुनगों का एक झुंड उमड़ पड़ा। बेहोश बार्सुत को उन्होंने एक घोड़ागाड़ी में डाल दिया जो एक खम्बे से भारी-सी ज़ंजीर से बाँध दी गयी।

ज्योतिषी ने ज़ंजीर का एक सिरा बार्सुत की एड़ियों से लपेट दिया, उसकी कड़ियों को कई बार लपेट कर उसे ताले से बाँध दिया, जो खोलने पर चरमराता था, एर्दोसैन ने

---

*समीक्षक का नोट : ज्योतिषी से हुई बातचीत में बार्सुत ने कहा था कि अपहरण से एक रात पहले उसे लगा था कि ये उसकी हत्या करने के लिए छिपा हुआ हमला हो सकता है, लेकिन एक स्वाभिमान के एहसास ने उसे पीछे हटने से रोक दिया।

ज्योतिषी की तरफ़ देखा और बोला, ''अफ़सोस—उसके पास अभी उसकी चेकबुक नहीं है।''

सुबह के दस बजे थे। ज्योतिषी ने अपनी घड़ी की तरफ़ देखा और बोला, ''अभी मुझे वो एक्सप्रेस पकड़ने में वक्त है जो दस बजे रोज़ारियो पहुँचती है। क्या तुम मेरे साथ रेतिरो तक चलोगे?''

''तुम रोज़ारियो जा रहे हो?''

''हाँ, मुझे इसकी मकान मालकिन को वो टेलीग्राम भेजना है, याद है ना?''

''हाँ, मुझे सारे डिटेल याद हैं।''

''यही सबसे अच्छा तरीका है बार्सुत के सामान को बगैर कोई शक पैदा किये कब्ज़े में करने का। क्या वो अपनी हर चीज़ उसी एक कमरे के मकान में रखता है?''

''हाँ, एक ट्रंक और दो सूटकेस में।''

''ठीक है। अब बातचीत बंद करो और काम पर लगते हैं। शाम छह बजे तक मैं रोज़ारियो पहुँच जाऊँगा, मैं मकान मालकिन को तार भेजूँगा, और तुम कल सुबह तकरीबन दस बजे उसके घर जाना। बिलकुल अनजान और भोले होने का दिखावा करना और पूछना कि क्या बार्सुत रोज़ारियो पहुँच गया है, क्योंकि तुम्हारी उससे बात नहीं हुई है, और तुम जानते हो कि उसे एक बहुत बढ़िया काम ऑफ़र किया गया है। कैसा लगा ये?''

''ठीक।''

बारह बजे, ज्योतिषी ट्रेन में बैठ गया था।

अध्याय
3

चाबुक

जो चाल एर्दोसैन ने सोची थी और जिसे ज्योतिषी ने अंजाम दिया था, इतनी कामयाब साबित हुई कि ज्योतिषी ने फ़ैसला किया कि सारे 'मुखिया' लोगों की एक बैठक अगले बुधवार को ही बुलाई जाए, जिसमें वे एक-दूसरे को जान सकें। मंगलवार दोपहर चार बजे वो एर्दोसैन को बताने गया कि वे सब अगली सुबह नौ बजे टेम्परली में मिलेंगे।

कुछ मिनटों के लिए वह एर्दोसैन के साथ रहा और फिर जब वे घर से बाहर निकल रहे थे, उसने एकाएक घबरा कर अपनी घड़ी को देखा और बोला, ''ओह, चार बज गए और मुझे अभी बहुत-सी जगह जाना है...तो कल तुमसे नौ बजे मिलता हूँ...और हाँ...वैसे मैं सोच रहा था कि सिर्फ़ एक ही शख्स है जो हमारे उद्योग क्षेत्र का प्रमुख हो सकता है, और वो तुम हो। बहरहाल, इस बारे में हम कल और बात करेंगे...और हाँ, हाइड्रोलिक टरबाइन बनाने की योजना को पेश करना...या...उसे तैयार रखना मत भूलना, एक सरल-सी स्कीम जिसे हम पहाड़ों पर लगा सकें। हम इसे अपनी कॉलोनी में अपने इलेक्ट्रो मेग्नेटिक काम के लिए इस्तेमाल करेंगे।''

''कितने किलोवाट ?''

''मुझे कोई अंदाज़ा नहीं...ये तो तुम्हारा काम है...याद रखना, हम बिजली की भट्ठियाँ भी लगायें...तुम्हें सारा मामला देखना होगा। 'सोने का पर्यवेक्षक' आ चुका है, वो तुम्हें कल तफ़सील से बता देगा। बस इस बात को पक्का कर लेना कि जब कल इस आइडिया का सुझाव दिया जाए तो तुम पूरी तरह से तैयार रहो। ओह, अब देर हो रही है...मैं कल मिलता हूँ तुमसे।''

उसने अपना हैट पहना, पास से गुज़रती एक टैक्सी को बुलाया और उसके पीछे वाली सीट पर बैठ गया।

अगले दिन जब एर्दोसैन टेम्परली की सड़कों पर निकला तो कई महीनों बाद पहली बार उसने स्वयं को शांत और तनावमुक्त महसूस किया।

वह टहलता रहा। पेड़-पौधों की सुरंगनुमा गलियों से वो गुज़रा तो उसे एहसास हुआ मानो कोई बड़ी घटना घटित हो रही हो जिसे नियंत्रित नहीं किया जा सकता। बगीचों के लाल बजरी के रास्तों को उसने ख़ुशी से देखा जिनकी लाल शाखाएँ उन मैदानों की तरफ़ निकल रही थीं जो जामुनी, पीले और लाल फूलों से जड़े हरे-भूरे कपड़े जैसे लग रहे थे। अगर वो ऊपर की तरफ़ देखता तो आसमान की पनीली नीली गहराइयों को देख सकता था, इससे उसका सिर इतना चकराने लगता कि आसमान एकाएक गायब हो जाता और उसकी आँखों के रेटिना में अंधा कर देने वाली काली चमक रह जाती, छोटे-छोटे चाँदी से चमकते हुए झिलमिलाते अणु धीरे-धीरे कठोर सूखी नीली स्लेटों में तब्दील हो जाते—मेथिलीन सी नीली गुफ़ाओं की तरह और फिर उसे फिर से दिखाई देने लगता। इस सुबह ने जो ख़ुशी उसे दी थी, एक नयी ख़ुशी, उसने उसकी शख्सियत के टूटे हुए टुकड़ों को जोड़ने में मदद की जो इस आपदा के कष्ट भोगते हुए कतरा-कतरा बिखर गयी थी। उसे लगा मानो अब उसका शरीर किसी भी चीज़ के लिए तैयार है।

और जिन शब्दों को वो बार-बार अपने आप में दोहरा रहा था, वो थे, 'औगस्तो रेमो एर्दोसैन', मानो महज़ अपना नाम बोलने से उसे एक दैहिक सुख मिल रहा था जो उस ऊर्जा को दोगुना कर रहा था जो सुबह की इस सैर ने उसके शरीर में भर दी थी।

सूरज की रौशनी से सराबोर वो कतार में बँधी गलियों में चलता रहा, अपनी इस एकदम नयी शख्सियत से खुश होता हुआ, उद्योग का प्रमुख। पेड़-पौधों के बीच सैर की एक शीतल ताज़गी ने उसके दिमाग में नए आइडिया और विचारों को जन्म दिया। और इस संतोष के कारण वो इन गलियों में ऐसे घूमता रहा जैसे सीसे से भरे जूते पहने एक गुड़िया। वह सोच रहा था कि उस बैठक में वह कितना नफ़रत और तिरस्कार से भरा होगा, और फिर दुनिया के कमज़ोर लोगों के लिए एक ठंडी नफ़रत से वो भर गया। ये पृथ्वी ताकतवर लोगों की है—बस-ताकतवर लोगों की। उन्होंने ही इस दुनिया को फ़तेह किया जब उनका उन मूर्खों से सामना हुआ जो हर देश में हर दफ़्तर में कुर्सियों पर अपने नितम्ब धंसाये बैठे रहते हैं, जबकि वो खुद महान और निर्दयी सम्राटों के प्रताप से लैस थे। एर्दोसैन एक बार फिर काँच की दीवारों वाले एक बड़े से दफ़्तर की कल्पना करने लगा जिसके बीच में एक गोल मेज़ रखी थी।

हाथ में कागज़ और कानों के पीछे पेन दबाये उसके चार सहायक उससे सलाह करने के लिए उसके पीछे-पीछे चल रहे थे, जबकि एक कोने में मज़दूरों के सफ़ेद बालों वाले प्रतिनिधि डरे हुए त्रस्त से बैठे थे। तब एर्दोसैन उनकी तरफ़ मुड़ा और बस इतना कहा, "या तो तुम सभी काम पर कल वापस आ जाओ, या तुम्हें गोली मार दी जाएगी।"

यही बस, इससे ज़्यादा कुछ नहीं। उसके आदेश संक्षिप्त थे, और मुलायम स्वर में बोले गये। उसकी बाज़ू इतने सारे आदेशों पर दस्तखत करते-करते खिंच-सी गयी थी। वक्त की पेटू भूख, उसे काम करने के लिए प्रेरित करती, बाघ की आत्मा पाने की उसकी

ज़रूरत उसे प्रेरित करती रहती, ताकि वो दिन के अंत को मृत्यु दंड की पर्याप्त संख्या से सजा सके।

वह ज्योतिषी के घर के करीब आ गया था, उसका दिल एक नए उत्साह के साथ धड़क रहा था, वह अपने आप से बार-बार लेनिन का वाक्य लगातार पीछा करती एक धुन की तरह दोहरा रहा था, "अगर हम किसी को गोली नहीं मारते तो ये किस तरह की क्रांति है?"

जब वह उस जगह पहुँचा और सामने का गेट खोल ही रहा था कि उसने ज्योतिषी को उससे मिलने के लिए बाहर आते देखा, वो हमेशा की तरह एक लम्बा ग्रे लबादा और स्ट्रॉ हैट पहने हुए था।

दोनों दोस्तों ने बड़ी गर्मजोशी से हाथ मिलाया और ज्योतिषी ने कहा, "बार्सुत अब शांत हो गया है। मुझे नहीं लगता कि वो चेक पर दस्तखत करने के लिए ज़्यादा आना-कानी या झगड़ा करेगा। दूसरे लोग भी आ गये हैं, लेकिन पहले बार्सुत को देखने चलते हैं। उन्हें इंतज़ार करने दो, ज़रा सोचो! तुम कल्पना भी कर सकते हो कि मुझे कैसा लग रहा है? उस पैसे से तो, दुनिया हमारे क़दमों में होगी।"

अब तक वे उसके अध्ययन कक्ष में आ गये थे। ज्योतिषी अपनी उँगली की जामुनी पत्थर की अँगूठी को घुमा रहा था और अमेरिका के नक़्शे को घूर रहा था। वो बोलता रहा, "हम इस पृथ्वी को जीत लेंगे, हम अपने 'महान विचार' को अमलीजामा पहनाएँगे, हम सैन मार्टिन या स्युदादेला में वेश्यालय खोल सकते हैं, हम लॉस सांतोस के पहाड़ों पर अपनी बस्ती बना सकते हैं। वेश्यालयों की देख-रेख के लिए उदास ठग से बेहतर आदमी और कौन हो सकता है? हम उसे 'वेश्यालयों का सर्वोच्च कुलपति' नियुक्त कर देंगे।"

एर्दोसैन खिड़की के पास चला गया...गुलाब की झाड़ियों से तीखी खुशबू आ रही थी, जिससे हवा में पहाड़ी झरने की तरह लाल और ताज़गी भरी खुशबू छा गयी थी। चमकदार पंखों वाले कीड़े अनार के पेड़ों की लाल सितारों जैसी कलियों पर मंडरा रहे थे। कुछ पल के लिए एर्दोसैन बाहर देखते हुए वहाँ खड़ा रहा। यह दृश्य उसे वापस उस दोपहर में ले गया जब वो यहाँ था, ठीक इसी जगह पर। और तब वह इस बात से बिलकुल अनजान था कि उस रात उसके साथ क्या होने वाला है : एलसा से बिछड़ने का आघात।

हरे रंग के तमाम शेड उसकी नज़रों के सामने तैर गये, लेकिन उसने उन पर ध्यान न दिया। अपने अन्दर की गहराइयों में उसने अपनी बीवी को ही देखा जिसके गाल किसी मर्द के निपल्स के करीब टिके थे, वो शिथिल थी उसकी आँखें ऊपर देख रही थीं, होंठ हल्के से खुले थे, उस मर्द के अश्लील मुँह से मिल जाने के लिए।

एक पक्षी उसके इस दृश्य क्षेत्र में से गुज़रा और एर्दोसैन वापस ज्योतिषी की तरफ़ मुड़ा और अपनी आवाज़ पर काबू पाने की भरसक कोशिश करते हुए उसने कहा, "जो

चाहते हो, वो करो।'' वह बैठ गया, सिगरेट सुलगाई और ज्योतिषी की तरफ़ देखा जो एक कम्पास से अपनी योजना के ब्लू प्रिंट पर एक वृत्त बनाने में व्यस्त था। उसने ज्योतिषी से पूछा, ''लेकिन तुम ऐसा कैसे करोगे? क्या उदास ठग वेश्यालयों को सँभालने के लिए राज़ी हो जायेगा?''

''हाँ, उसमें कोई दिक्कत नहीं। और बार्सुत भी ज़्यादा लड़ नहीं पायेगा।''

''क्या वो अब भी कोच हाउस में है?''

''मैंने सोचा कि उसे छिपा देना ही बेहतर होगा। मैंने उसे अस्तबल में बाँध कर रखा है।''

''अस्तबल में?''

''वही ऐसी जगह थी जहाँ मैं उसे छिपाकर रख सकता था। और फिर उसके ऊपर एक कमरा है जहाँ 'वो आदमी जिसने दाई को देखा था' सोता है...''

''इसकी क्या कहानी है?''

''मैं किसी दिन तुम्हें बताऊँगा। उसने उस दाई को देखा और उसके बाद से वो रात में सो नहीं पाता। और मैंने सोचा कि तुम...''

''क्या, मैं ही हूँ जो...''

''मुझे बात पूरी तो कर लेने दो। मैंने सोचा कि तुम आकर बार्सुत से मिल सकते हो, और उसे दस्तखत करने के लिए मनाने की कोशिश कर सकते हो—हमारे ख़याल उसे तफ़सील से बता सकते हो...''

''अगर वो दस्तखत नहीं करता तो?''

''तो हमें ज़बरदस्ती करनी पड़ेगी...ज़ाहिर है मैं हिंसा के खिलाफ़ हूँ, लेकिन तुम देख सकते हो कि मैं किन हालात में हूँ। हमारा आइडिया इतना महत्त्वपूर्ण है कि हम इस राह के बीच किसी भी जज़्बात को नहीं आने दे सकते—और यही बात तुम्हें बार्सुत को समझानी है—उसे बताओ कि हम नहीं चाहते कि हम उसके पैरों को जलाने या इससे भी कुछ बुरा करने के लिए मजबूर हो जाएँ—उससे चेक पर दस्तखत करवा लो।''

''तुम इतनी दूर तक जाने के लिए तैयार हो?''

''हाँ, क्योंकि हमें इस तरह का मौका दुबारा नहीं मिलेगा। मैं तुम्हारी ताँबे के गुलाब बनाने वाली योजना पर बहुत भरोसा कर रहा था लेकिन उसमें वक्त लग रहा है। उदास ठग से पैसे माँगने का कोई फ़ायदा नहीं। अगर उसके पास पैसा नहीं है तो हमारी इस बात से उसे बुरा ही लगेगा और अगर उसके पास पैसा है और वो हमें नहीं देगा, तो हमसे हमारा

एक दोस्त छूट जायेगा। वो तुम्हारे साथ उदारता से पेश आया, इसका ये मतलब नहीं कि वह दुबारा हमारे साथ दरियादिली दिखायेगा। और फिर वो ज़रा पागल-सा है जिसे ज़्यादातर वक्त ये पता नहीं होता कि वो आ रहा है या जा रहा है।''

एर्दोसैन खिड़की के आयताकार फ्रेम से बाहर अनार के पेड़ों के ऊपर चमकते लाल अनारों को देख रहा था। धूप की एक सुनहरी पट्टी कमरे की एक दीवार के ऊपर के आधे हिस्से को प्रकाशित कर रही थी। एक विशाल उदासी ने उसे घेर लिया। 'उसने क्या कर दिया अपनी ज़िन्दगी का?'

ज्योतिषी ने ताड़ लिया कि वो कितना चुप हो गया था, और बोला, ''देखो, एर्दोसैन, अब या तो हम सब चीज़ों को दांव पर लगाकर खतरा मोल ले सकते हैं, या फिर अभी ये सब छोड़ दें। यही स्थिति है। ये अफ़सोसनाक है...लेकिन हम क्या करें? मैं जानता हूँ कि अगर बगैर किसी बलिदान के हम अपना काम कर सकते तो बहुत अच्छा होता...''

''बात ये है कि इस केस में हम किसी और की बलि चढ़ा रहे हैं...''

''और अपनी भी, एर्दोसैन, ये मत भूलो कि हम जेल जाने और भगवान् जाने कितने लम्बे वक्त तक अपनी आजादी खोने का खतरा मोल ले रहे हैं। क्या तुमने कभी प्लुटार्क की किताब *पैरलल लाइव्स* पढ़ी है?''

''नहीं...''

''ठीक है, मैं तुम्हें वो किताब पढ़ने के लिए दूँगा, तब तुम्हें एहसास होगा कि अगर एक बलिदान से समाज की दिशा बदलने का मसला हो तो मनुष्य का जीवन कुत्ते से भी कम अहम है। क्या तुम सोच भी सकते हो कि मुसोलिनी या लेनिन जैसे शख्स को जीतने के लिए कितनी हत्याएँ करनी पड़ती हैं? लोग जानना ही नहीं चाहते...क्यों? क्योंकि लेनिन और मुसोलिनी शिखर पर पहुँचे। बस यही बात है जो मायने रखती है,यही बात हर मकसद को चाहे वो उचित हो या अनुचित, ठीक बना देती है।''

''बार्सुत की हत्या कौन करेगा?''

''ब्रोम्बर्ग, वो शख्स जिसने दाई को देखा।''

''तुमने मुझे नहीं बताया कि...''

''कोई वजह नहीं थी, हमने पहले ही तय कर लिया था...''

''खुशबू का एक झोंका कमरे को सराबोर कर गया। बारिश के पानी के लिए बने पीपे में पानी के टपकने की आवाज़ बहुत साफ़ सुनाई दे रही थी।

''तो इस बारे में कौन-कौन जानता है?''

''तुम, मैं और ब्रोम्बर्ग...''

''राज़ को राज़ बनाये रखने के लिए ये तो बहुत ज़्यादा लोग हैं...''

''नहीं, क्योंकि ब्रोम्बर्ग मेरा नौकर, गुलाम है, और इससे भी बदतर ये कि वो खुद अपना गुलाम है।''

''ये सब ठीक है, मगर मैं चाहता हूँ कि तुम और ब्रोम्बर्ग एक कागज़ पर ये लिख कर दस्तखत करके दो कि तुम इस अपराध में शामिल हो।''

''ये तुम्हें किसलिए चाहिए?''

''ये पक्का करने के लिए कि तुम मुझे डबल क्रॉस न करो।''

अनमनेपन से ज्योतिषी ने अपने हैट को नीचे खींचा, फिर अपने मंगोल जैसे चेहरे को अपनी मोटी उँगलियों पर टिका लिया, अपनी एक कोहनी को दूसरे हाथ की हथेली पर टिका, वो कमरे के बीच तक चला। एक बार फिर बोला, ''तुम जो माँग रहे हो वो देने में मुझे कोई दिक्कत नहीं, लेकिन सिर्फ़ इतना याद रखना, मेरा जीवन पूरी तरह से मेरे विचार को व्यावहारिक रूप देने के प्रति समर्पित है। शानदार समय बहुत करीब है। न तो मेरे पास समय है न ही इच्छा कि मैं उन अद्‌भुत बातों के बारे में बताऊँ जो घटित होने वाली हैं। इसमें कोई शक नहीं कि एक नया युग शुरू हो रहा है। उसे कौन देखेगा? जो चुने जायेंगे। एक बार ये आइडिया शक्ल लेने लगे उसके बाद जिस दिन मुझे ऐसा शख्स मिल गया जो पूरा काम सँभाल सके मैं ये सब छोड़ कर ध्यान-मनन करने के लिए पहाड़ों पर चला जाऊँगा। तब तक, मेरे आस-पास जितने भी लोग हैं वो मेरी आज्ञा का पालन करेंगे। अगर तुम चाहते हो कि तुम्हारा हश्र बार्सुत जैसा न हो, तो ये तुम्हें समझना ही होगा...''

''ये कोई बात करने का तरीका नहीं होता।''

''हाँ, ये है, क्योंकि मैं उस कागज़ पर दस्तखत करूँगा जो तुम चाहते हो।''

''मुझे नहीं चाहिए...''

''क्या तुम्हें पैसे की ज़रूरत होगी?''

''हाँ, 2000 पेसोस, मुझे...''

''मैं नहीं जानना चाहता। तुम्हें पैसे मिल जायेंगे...''

''एक बात और, इस सबमें जो वेश्यालय वाला काम है, मैं उसमें कुछ नहीं करना चाहता...''

''ठीक है, तुम पैसों का हिसाब-किताब देख लेना, मगर क्या तुम जानते हो कि

फ़िलहाल हमारे पास क्या नहीं है? हमें एक अश्लील, भड़कीला-सा प्रतीक चाहिए जो जनता को उत्तेजित कर सके...''

''लूसिफर।''

''नहीं, वो तो रहस्यपूर्ण प्रतीक है...कुछ ज़्यादा बौद्धिक...हमें जो चाहिए वो थोड़ा सस्ता और बेवकूफ़ाना होना चाहिए...ऐसा कुछ जो सीधे जनता को अपील करे, जैसे काली कमीज़...वो शैतान तो जीनियस है, जानते हो। उसे एहसास था कि इतालवी लोगों का मनोविज्ञान नाइयों और कॉमिक ओपेरा के स्वरूप जैसा है...बहरहाल, देखा जायेगा...मेरे पास हमारी सोसाइटी के विभिन्न पद क्रमों को लेकर पहले से ही दिलचस्प विचार हैं...किसी और दिन हम उन पर बात करेंगे...वो कारगर हो सकता है...''

''हमारे लिए ज़रूरी है कि हम आत्म निर्भर हों।''

''यह तो बगैर कहे ही ज़ाहिर है...वेश्यालयों से पैसा आयेगा...लेकिन, देखो, क्या तुम बार्सुत से मिलने नहीं जा रहे? क्या तुमने कुछ सोचा है कि उससे क्या कहोगे?''

''हाँ...''

एर्दोसैन बाहर कोच हाउस की तरफ़ गया, वहीं अस्तबल भी था। ये पत्थरों से बनी भारी सी इमारत थी, जिसकी ऊपरी मंज़िल पर बहुत से खाली और चूहों से भरे कमरे थे, इनमें से एक में वो दुष्ट ब्रोम्बर्ग रहता या यूँ कहें सोता था जिसे एर्दोसैन ने अपहरण वाले दिन देखा था।

एर्दोसैन को एहसास हुआ कि वो एक ऐसी चीज़ में गहरे चला जा रहा है जो निश्चित तौर पर उसकी ज़िन्दगी को इस तरह से बर्बाद कर देगी जिसकी उसने कल्पना भी नहीं की थी। ज्योतिषी की योजनाओं के प्रति विशुद्ध, निरुत्साह और इस एहसास के साथ उसे ऐसा महसूस हुआ जैसे वो कोई नाटक कर रहा हो, जैसे उसी ने ये बेतुकी स्थिति जानबूझ कर पैदा की थी। ''मेरे भीतर हर चीज़ नाकामयाब हो चुकी थी,'' उसने मुझे बाद में बताया; और फिर भी अपनी थकान और उदासीनता पर काबू कर वो कोच हाउस की तरफ़ बढ़ चला। 'दुश्मन से मिलने' के ख़याल से ही उसका दिल ज़ोर से धड़क रहा था। उसने अपनी भौंहें सिकोड़ लीं और अब गुस्सा उसके चेहरे पर ज़ाहिर था।

उसने ताला खोला, चेन को ढीला किया और अचानक उमड़ी उत्सुकता के वश में उसने स्लाइडिंग दरवाज़ों में से एक को खोल दिया। बार्सुत बनियान पहने बैठा था, कैरोसिन लैंप की पीली रौशनी के घेरे में जो देवदार की मेज़ पर बन रहा था, वह खाना खाने जा रहा था।

उसके ऊपर घोड़े के लिए बनी लकड़ी की एक चौकी पर खाना खिलाने के रैक का धातु का त्रिकोण लटक रहा था। जब उसने एर्दोसैन को गुस्से में घूरते हुए देखा तो ठण्डे गोश्त और आलुओं से भरी प्लेट पर तेल डालते हुए ज़रा रुका, लेकिन फिर, अपनी

हैरानी जताने के लिए एक भी शब्द कहे बगैर वो फिर अपने इस काम में जुट गया। उसने हाथ बढ़ा कर अपनी उँगलियों से नमक उठाया और आलुओं पर छिड़का। बहुत ध्यान से उसने मानसिक संतुलन बनाये रखने का एक माहौल तैयार किया था, हालाँकि उसकी लाल बनियान में हुए एक छेद में से उसकी काली-नीली पड़ी बगल साफ़ दिख रही थी।

जितने ध्यान से बार्सुत गोश्त को देख रहा था, उससे पता चलता था कि उसके लिए एर्दोसैन से ज़्यादा अहमियत भोजन रखता है। एर्दोसैन उससे कुछ कदम की दूरी पर ही खड़ा था। बाकी अस्तबल में अँधेरा था। दीवारों की दरारों से आती सूरज की किरणों से फ़र्श पर पड़ी धूल के कण कहीं-कहीं सुनहरे चमक रहे थे।

बार्सुत ने ऊपर देखने की मेहरबानी नहीं की। उसने मेज़ पर ब्रेड को रख, एक टुकड़ा काटा और अपने लिए कुछ सोडा वाटर निकाला, पहले सावधानी से बोतल के सिरे को साफ़ करने के लिए कुछ सोडा वाटर छिड़का। फिर वो और आगे झुका अपनी प्लेट की बगल में रखी किताब को पढ़ने के लिए और मुँह भर के गोश्त, आलू और ब्रेड को चबाता रहा। अचानक सूखी घास की गंध से बीमार-सा महसूस करते हुए वह खम्बे के सहारे खड़ा हो गया जिस पर छत टिकी थी। आँखों को सिकोड़ कर उसने बार्सुत को देखा, उसके आधे चेहरे पर बाहर से आती हरी रोशनी चमक रही थी, जबकि लैंप की रौशनी में उसके हिलते हुए जबड़े अलग से दिख रहे थे। तभी एर्दोसैन ने दीवार पर लटकता एक चाबुक देखा।

एर्दोसैन उस दृश्य को घूरता रहा। इस चाबुक का कुंदा लम्बा था और कोड़ा छोटा। उसकी नज़र का पीछा करते हुए, बार्सुत ने अपने होंठ उपहासपूर्वक मोड़ लिए। पहले एर्दोसैन ने चाबुक को देखा और फिर कैदी को, और उसके चेहरे पर एक मुस्कान फैल गयी। वो उस कोने पर गया और चाबुक को हुक से उठा लिया। अचानक बार्सुत खड़ा हो गया, उसका शरीर एक बॉक्स से निकलने की वजह से तनावपूर्ण और थकान से बोझिल था, और वो पागलों की तरह उसे घूरने लगा। उसकी गर्दन की नसें दिखाई देने लगीं। वह बोलने ही वाला था लेकिन उसके आत्मसम्मान ने उसे बोलने नहीं दिया। चाबुक के चलने की तेज़ आवाज़ गूँज गयी। एर्दोसैन ने लकड़ी के पार्टीशन पर चाबुक चलाया था ये देखने के लिए कि उसका चमड़ा कितना लोचदार है। लेकिन फिर उसने सिर्फ़ अपने कंधे उचकाए और अँधेरे को काटती तिरछी धूप की किरणों में एक काली पट्टी चमकी, और चाबुक घास-फूस पर गिर गया।

एर्दोसैन चुपचाप अस्तबल के एक कोने से दूसरे कोने तक टहलता रहा। उसने उस जीवन के बारे में सोचा जो अब उसके हाथों में था, लेकिन इस एहसास ने भी उसे कुछ खास ख़ुशी नहीं दी। घुड़साल की छोटी-सी पार्टीशन के ऊपर बार्सुत सामने के खुले हुए दरवाज़े से बाहर सूरज की रौशनी में नहाये खेतों को देख रहा था।

अब स्थिति बदल गयी थी। बस इतनी-सी बात थी। एर्दोसैन ने गुस्से में बार्सुत को घूरा और पूछा, ''तुम चेक पर साइन करोगे या नहीं ?''

बार्सुत ने कंधे उचकाए; एर्दोसैन ने अपना सवाल दोहराया नहीं। शायद एक दिन ठीक इसी वक्त वो खुद को किसी अँधेरी कोठरी में पाए जहाँ अचानक बार्सुत की तरह उसकी स्मृति भी नदी के पास लाल मिट्टी के बने कोर्ट का दृश्य प्रकट कर दे जहाँ आसमान लड़कियों के टेनिस रैकेट के जाल वाले फ्रेम में बँधा हो। वह खुद को चिल्लाने से रोक नहीं पाया, वह बार्सुत से ज़्यादा खुद पर चिल्ला रहा था, ''तुम्हें याद है? तुमने कहा था कि मैं एक बेवक़ूफ़ जैसा दीखता हूँ? अब एक शब्द भी मत कहना। तुम्हें अंदाज़ा भी नहीं था कि मैं कितने कष्ट से गुज़र रहा हूँ। न तुम्हें, न ही उसे। असल बात तो ये है कि मैं उदास हूँ। तुम्हारी और उसकी वजह से ही मैं इस सबमें फँसा हूँ। मुझे ये भी नहीं पता कि मैं तुमसे बात क्यों कर रहा हूँ। बस मैं इतना जानता हूँ कि मैं बहुत थक गया हूँ। इसका क्या मतलब है...'' वो अस्तबल से जाने ही वाला था कि ज्योतिषी आ गया। बार्सुत ने चिंतित होकर अपने हाथों को देखा; ज्योतिषी ने अपने हैट को पीठ पर बाँध लिया, लैंप उठाया और उसे बुझा दिया। फिर वो एक ट्रंक पर बैठ गया। उसने बात शुरू की, ''ये चेक वाले मसले को निपटाने के लिए मैं तुमसे मिलने आया हूँ। तुम्हारे लिए ये जानना ज़रूरी है कि हमने इसीलिए तुम्हारा अपहरण किया। यक़ीनन, मैं तुमसे इस तरह बात न कर रहा होता अगर तुम्हारी जेब से एक छोटी-सी नोट बुक न मिली होती—जिसे जलाने से मैंने एर्दोसैन को मना कर दिया*—जिसमें एक बहुत ही अद्‌भुत विचार लिखा था : पैसा मनुष्य को ईश्वर बना देता है। इसलिए फोर्ड भगवान् है। और अगर वो भगवान् है तो वो चाँद को भी नष्ट कर सकता है।''

ये बिलकुल मनगढ़ंत था, लेकिन बार्सुत ने इस पर कोई प्रतिक्रिया नहीं की।

एर्दोसैन ज्योतिषी के आयताकार और अबूझ चेहरे को ध्यान से देख रहा था। ज़ाहिर था कि वो नाटक कर रहा था और ये कि बार्सुत पर इसका असर नहीं पड़ रहा था, जिसे पक्का यकीन था कि उसे धोखा दिया जा रहा है।

---

*समीक्षक का नोट : इस किताब के दूसरे हिस्से में हम बार्सुत की नोट बुक का एक हिस्सा प्रस्तुत करेंगे।

ज्योतिषी का भाषण

ज्योतिषी बोलता रहा, ''पहले मैंने सोचा कि तुम्हारा ये विचार तुम्हारी उन सैकड़ों बेकार टिप्पणियों का हिस्सा है जो तुमने ऐसे ही लिखी हैं...मगर फिर भी अपनी समझ के बावजूद मैंने ये सोचना शुरू कर दिया कि पैसा मनुष्य को भगवान् क्यों बना सकता है और एकाएक मुझे एहसास हुआ कि तुमने वाकई एक मूलभूत सच कहा है। और क्या तुम जानते हो मैं कैसे साबित कर सकता था कि तुम सही हो? क्योंकि मैंने सोचा कि हेनरी फोर्ड के पास जो बेशुमार दौलत है, उससे वो इतने विस्फोटक खरीद सकता है कि चाँद जैसे एक ग्रह को उड़ा दे। तो तुम्हारा विचार ठीक था।''

''बेशक,'' बार्सुत गुर्राया, मन-ही-मन अपनी प्रशंसा पर खुश होते हुए।

''और तब मुझे एहसास हुआ कि सिर्फ़ पूरा क्लासिक जगत ही नहीं बल्कि हर दौर के लेखक—सिवाय तुम्हारे—जिन्हें भी इस सच का आभास हुआ, ये जाने बगैर कि इसका फ़ायदा कैसे उठाया जा सकता है—वो सभी ये समझने में असफल रहे कि फोर्ड रॉकफेलर और मॉर्गन जैसे लोग चाँद को नष्ट करने में समर्थ थे...कि उनमें ऐसा करने की ताकत थी...एक ऐसी ताकत जो अनेक मिथक मानते हैं कि भगवान् नाम के जीव में होती है। सो, बिना ये जाने तुम दरअसल सुपरमैन की प्रभुता की नींव रख रहे थे।''

बार्सुत, ज्योतिषी को ध्यान से देखने के लिए मुड़ा। एर्दोसैन को एहसास हुआ कि वो गंभीरता से बात कर रहा था।

''इसलिए, जब मुझे ये समझ आया कि जो ताकत पैसा उन्हें देता है उसकी बदौलत मॉर्गन, रॉकफेलर और फोर्ड; देवताओं की तरह हो जाते हैं, मुझे ये भी समझ आया कि इस पृथ्वी पर सामाजिक क्रांति असंभव होगी क्योंकि कोई भी एक रॉकफेलर, एक मॉर्गन पूरी मानव जाति को पलक झपकते ही बर्बाद कर सकता है, ठीक वैसे ही जैसे आप अपने बगीचे में चलते हुए चींटियों के घरौंदों को कुचल देते हैं।''

''अगर उनमें ऐसा करने का साहस हो तो।''

''साहस? मैं दरअसल ये सोच रहा था कि क्या एक देवता अपनी ताकतों का परित्याग कर सकता है...क्या ताँबे के स्वामी या तेल के शक्तिशाली उद्योगपति कभी इसकी

इजाज़त देंगे कि उनके वाहनों के बेड़ों, पहाड़ों, सोने और कुँओं को उनसे ले लिया जाए। मैंने पाया कि ऐसा होने के लिए उन्हें महात्मा बुद्ध या ईसा मसीह जैसा आध्यात्मिक होना पड़ेगा...और ये कि इस तरह के देवता जिनके पास ये सभी ताकतें हैं, कभी इनसे महरूम नहीं होना चाहेंगे। इसके लिए, कुछ वाकई असाधारण घटित होना ज़रूरी है।''

''मैं तुम्हारी बात समझ नहीं पाया...मैंने उस आइडिया को बिलकुल किसी अलग वजह से लिखा था।''

''उससे फ़र्क नहीं पड़ता। असाधारण बात तो ये है कि मानवता, पूरी पृथ्वी के लोगों की आस्था ख़त्म हो गयी है। मेरा मतलब सिर्फ़ कैथोलिक आस्था से नहीं है। मेरा मतलब है सभी धार्मिक विश्वास। तो फिर आदमी खुद से ये पूछने को मजबूर हो जाता है कि हमारी ज़िन्दगी का क्या मकसद है?''

''एक बार जब विज्ञान सारी आस्थाओं को ख़त्म कर देगा तो कोई भी एक विशुद्ध मशीनी ज़िन्दगी नहीं जीना चाहेगा। और जैसे ही यह घटना घटित होती है, एक लाइलाज प्लेग पृथ्वी पर वापस आ जायेगा...आत्महत्याओं का प्लेग...क्या तुम कल्पना कर सकते हो ऐसे हताश लोगों से भरी दुनिया की जिनके दिमाग सिकुड़ गये हैं, जो हमारे विशाल शहरों की गुफाओं में खोये हुए हैं, कंक्रीट की दीवारों के तले शोक मनाते हुए, उन्होंने हमारे भगवान् का क्या कर दिया?'' और छोटी लड़कियाँ, स्कूली बच्चे गुप्त संस्थाओं का गठन करेंगे जहाँ वो आत्महत्या के खेल का अभ्यास करेंगे? या पुरुष बच्चा पैदा करने से इनकार कर देंगे, बार्थेलोट की मासूम-सी भविष्यवाणी के बावजूद कि उन सभी को सिंथेटिक गोलियाँ खिलाई जा सकती हैं।''

''ये कुछ ज़्यादा ही हो गया,'' एर्दोसैन ने कहा।

ज्योतिषी उसकी तरफ़ हैरानी से मुड़ा। वह उसकी मौजूदगी को बिलकुल भूल ही गया था।

''बेशक ऐसा कुछ भी तब तक नहीं होगा जब तक कि मनुष्यता अपनी नाखुशी का स्रोत नहीं खोज लेती। आर्थिक वजहों पर आधारित क्रांतिकारी आन्दोलनों के साथ यही गड़बड़ हुई। यहूदी धर्म ने दुनिया के भुगतान और क़र्ज़ की प्रविष्टियों का अनुमान लगाया और निष्कर्ष निकाल दिया कि ख़ुशी तो दिवालिया हो गयी है क्योंकि मनुष्यता के पास अपनी ज़रूरतों को पूरा करने के साधन नहीं हैं।''

''अब तुम अपनी ही बात के उलट बोल रहे हो? तुमने पहले कहा था कि...'' एर्दोसैन ने विरोध किया।

''चुप रहो, वैसे भी तुम क्या जानते हो? सो तब मुझे एहसास हुआ कि यही एक भयानक आध्यात्मिक बीमारी है जिससे हर कोई पीड़ित है। मनुष्य की ख़ुशी एक

आध्यात्मिक झूठ पर निर्भर करती है...अगर आप उसे इस झूठ से वंचित कर दें, तो वो आर्थिक भ्रमों की तरफ़ मुड़ जायेगा...और तब मुझे ये समझ आया कि उस वक्त मनुष्य के खोये स्वर्ग को जो लोग वापस ला सकेंगे वो सिर्फ़ यही हाड़-मांस के देवता होंगे—रॉकफेलर, मॉर्गन, फोर्ड...इसलिए मैंने एक योजना बनाई जो कुछ कम दिमाग वाले लोगों को दूर की कौड़ी लगेगी...मैंने देखा कि इस सामाजिक यथार्थ की अंधी गली से निकलने का सिर्फ़ एक ही रास्ता है...और वह है एक कदम वापस जाना।''

बार्सुत अब मेज़ के किनारे बैठा था, अपने बाज़ू सीने पर बाँधे हुए।

उसकी हरी आँखें ज्योतिषी पर टिकी थीं जो कोच हाउस में इधर-से-उधर टहल रहा था, उसके लबादे के बटन गले तक बँधे थे और उसके बिना कंघी किये बाल हवा में आज़ादी से लहरा रहे थे, वह चलते हुए अनमने ढंग से फ़र्श पर बिखरे फूस के ढेरों को अपने पैर के पंजे से हटा रहा था। एर्दोसैन अब भी खम्बे से टिका था। उसने बार्सुत के चेहरे को ध्यान से देखा, ये सब देखते हुए उसके चेहरे पर एक विडम्बनापूर्ण, लगभग द्वेषपूर्ण भाव आ गया, मानो ज्योतिषी के शब्द सिर्फ़ नफ़रत के ही लायक थे। ज्योतिषी चलता, रुक जाता, अपने बालों को खुजलाता मानो वो खुद की बातें सुन रहा हो। वह बोलता रहा, ''हाँ, एक क्षण आएगा जब इस आस्थाहीन मनुष्यता को, जो अपने सारे सुख भोग से बेलगाम हो जाएगी, अपनी नपुंसकता में धर्म विरोधी, अपने विवेक से इतनी दूर हो जाएगी कि इसे पागल कुत्ते की तरह ख़त्म करना होगा...''

''ये तुम क्या कह रहे हो?''

''ये मनुष्यता के पेड़ की छंटाई करने जैसा होगा...एक फ़सल जो सिर्फ़ करोड़पति, जिनकी सहायता में विज्ञान तत्पर होगा, वही उगा पाएँगे। यथार्थ से तंग आकर, जब ख़ुशी के स्रोत के रूप में विज्ञान पर उनका भरोसा उठ जायेगा, तो ये देवता अपने गुलाम बाघों के जत्थे के साथ—भयानक आपदाएँ लेकर आयेंगे—विपत्तिपूर्ण प्लेगों का कहर बरसाएँगे...अनेक दशकों तक इन सुपरमैन और इनके गुलामों का काम होगा हज़ारों तरीकों से मनुष्यता को नष्ट करना, जब तक कि पूरी दुनिया लगभग नष्ट नहीं हो जाती...और बस कुछ ही लोग, बहुत कम लोग एक छोटे से द्वीप में अलग रख दिए जायेंगे—और उनसे ही नए समाज की नींव रखी जाएगी।''

बार्सुत खड़ा हो गया था। उसके हाथ उसकी पतलून की जेबों में थे, उसने ज्योतिषी को गुस्से से घूरा, कंधे उचकाए और फिर पूछा, ''क्या तुम वाकई इस बकवास पर यकीन करते हो?''

''नहीं, ये बकवास नहीं है—मैं खुद ऐसा करूँगा, अपना मन बहलाने के लिए ही।'' और उसने बोलना जारी रखा, ''बहरहाल, ऐसे काफ़ी अभागे हैं जो इस पर यकीन करेंगे... लेकिन मेरा विचार ये है कि हमारे नए समाज में दो जातियाँ होंगी जिनमें कुछ फ़ासला

होगा...या यूँ कहें कि दोनों के बीच कुछ तीस सदियों का बौद्धिक फ़र्क होगा। ज़्यादातर लोग एक ध्यान से रची गयी अज्ञानता में रहेंगे, असत्य चमत्कारों से घिरे हुए, जो वैसे भी ऐतिहासिक चमत्कारों से कहीं अधिक दिलचस्प होते हैं, जबकि बहुत कम लोग ऐसे होंगे जिनकी पहुँच विज्ञान, सत्ता और ताकत तक होगी। और इस तरह बहुसंख्यकों की ख़ुशी और सुख की गारंटी हो जाएगी, क्योंकि इस जाति के लोग एक अलौकिक दुनिया के संपर्क में रहेंगे, जो आज उनके पास नहीं है। अल्पसंख्यक लोग बहुसंख्यकों के झुण्ड के सुखों और चमत्कारों का इंतज़ाम करेंगे, और इस तरह एक स्वर्ण युग की शुरुआत होगी, एक ऐसा युग जिसमें सांझ के वक्त फ़रिश्ते घूमा करेंगे और चाँद की रौशनी में देवता दिखाई दे जायेंगे।''

''लेकिन ये ख़याल ही भयावह है। ये कभी नहीं हो सकता।''

''क्यों नहीं? ओह, मैं जानता हूँ कि यह नहीं हो सकता, लेकिन हमें इस तरह आगे बढ़ना है मानो ये सब संभव है।''

''हर बात को तो उलट दिया है...और विज्ञान...''

''अरे भाड़ में जाए विज्ञान! क्या तुम जानते हो कि इसका क्या उद्देश्य है? और क्या तुमने अपनी नोटबुक में प्रतिभाशाली लोगों की खिल्ली नहीं उड़ाई ये कहते हुए कि वे सब 'उन चीज़ों के प्रति आकर्षित हैं जो अस्थायी और नश्वर हैं'?''

''ज़ाहिर है कि तुमने मेरे लिखे कचरे को काफ़ी अच्छी तरह से पढ़ा है।''

''बेशक। और तुम्हें लोगों की बात का खंडन यूँ ही नहीं करना चाहिए। और जहाँ तक तुम्हारा ये कहना है कि मेरे समाज में सब कुछ उलट-पलट है, तो मौजूदा समाज में भी तो स्थिति यही है, लेकिन विपरीत अर्थ में। हमारा ज्ञान—जिससे मेरा मतलब हमारे आध्यात्मिक झूठों और असत्यों से है, अभी बहुत शुरुआती अवस्था में है, जबकि विज्ञान बहुत विशाल है...और मनुष्य, बेचारा कष्ट झेलता प्राणी...उसे इस भयानक असंतुलन का बोझ सहना पड़ता है...एक तरफ़ तो वह सब कुछ जानता है और दूसरी तरफ़, कुछ भी नहीं। मेरे समाज में, आध्यात्मिक असत्य, अद्‌भुत कार्यों को अंजाम देने वाले भगवान् से घनिष्ठ परिचय ही उद्देश्य होगा, जबकि वस्तुओं के विज्ञान का प्रतिनिधित्व करने वाली हर चीज़, जो भीतरी ख़ुशी के लिए बेकार है—हमारे हाथ में प्रभुता के साधन के अलावा और कुछ नहीं होगी। इस बात पर हम बहस नहीं करते, उसका कोई मतलब नहीं। मनुष्य ने सभी चीज़ों का आविष्कार कर लिया है, लेकिन उसे सरकार के लिए एक ईसा मसीह या एक बुद्ध की शिक्षाओं से बेहतर मार्गदर्शक सिद्धांत नहीं मिले हैं। नहीं, स्वाभाविक है, मैं इस पर संदेह करने के अधिकार पर सवाल नहीं करूँगा, लेकिन संदेह करना अल्पसंख्यकों के सुख आराम की चीज़ है...बाकी सभी के सामने हम एक बहुत अच्छे से तैयार की गयी ख़ुशी पेश करेंगे और मानवता सूअरों के लिए बनाये गये इस दिव्य भोजन को भरपेट खाएगी।''

''तुम्हें लगता है कि तुम वाकई ऐसा कर सकते हो?''

ज्योतिषी कुछ क्षणों के लिए रुका। उसने अपनी उँगली में जामुनी पत्थर वाली स्टील की अँगूठी को घुमाया और उसके अन्दर देखने की कोशिश की; फिर वो बार्सुत की तरफ़ झुका, लेकिन उसके चेहरे पर ऐसा भाव था, मानो वो उस यथार्थ से दूर हो जिसमें वो अभी है, और उसने फिर बोलना शुरू किया, ''हाँ, समय हो तो हर वो चीज़ जिसकी कल्पना मनुष्य का दिमाग कर सकता है, उसे हासिल किया जा सकता है, क्या मुसोलिनी ने पहले ही सभी इतालवी स्कूलों में धर्म का विषय शुरू नहीं करवा दिया है? यह इस बात का सिर्फ़ एक उदहारण है कि कैसे पीठ पर एक चाबुक लोगों को एक कतार में ला सकता है। ज़रूरी बात ये है कि एक पीढ़ी की आत्मा को किस तरह काबू में किया जाए...बाकी तो आसान काम है।''

''तो तुम्हारे महान आइडिया का क्या?''

''मैं उसी पर आ रहा था...मेरी योजना है एक ऐसी गुप्त संस्था की शुरुआत करना जो न सिर्फ़ मेरे विचारों का प्रचार-प्रसार करे, बल्कि मनुष्यों के भावी राजाओं के लिए एक स्कूल के तौर पर भी काम करे। मैं जानता हूँ कि तुम कहोगे कि पहले भी ऐसी बहुत-सी गुप्त संस्थाएँ बनाई गयी हैं...और ये सच भी है...वो सब असफल हो गयीं क्योंकि वे ठोस नींव पर नहीं बल्कि भावनाओं पर आधारित थीं, एक राजनीतिक या धार्मिक भ्रम पर, बगैर ठोस असलियत को मद्देनज़र रखे। हमारा समाज, दूसरी तरफ़, एक ठोस और आधुनिक अवधारणा पर आधारित होगा—औद्योगीकरण। दूसरे शब्दों में इसका एक अति काल्पनिक पहलू हो सकता है, अगर आप जो मैं बयाँ कर रहा हूँ उसे इस नज़रिए से देखना चाहें तो, लेकिन उद्योग इसकी ठोस नींव के तौर पर भी होगा और इस तरह से हम सफल होंगे, हमें सोना मिलेगा।''

उसकी आवाज़ तीखी हो गयी थी। एक उग्र ऐठन ने उसके चेहरे को तिरछा सा भाव दे दिया था। वह अपना सफ़ेद बालों वाला सिर इधर-से-उधर तेज़ी से हिला रहा था मानो उस असाधारण जज़्बात का दबाव उसके दिमाग पर पड़ रहा हो। उसने अपनी पीठ पर हाथ रखे, फिर इधर-से-उधर चलना शुरू कर दिया और बोलना जारी रखा, ''आह, सोना...सोना...क्या तुम जानते हो प्राचीन समय के जर्मन इसे क्या कहते थे? लाल सोना... सोना...क्या तुम समझ रहे हो? एक शब्द भी न कहना, शैतान। क्या तुम्हें एहसास है कि इससे पहले कभी किसी गुप्त संस्था ने इस तरह के संयोजन का इस्तेमाल करने की कोशिश नहीं की है? पैसा इसे जोड़ कर रखेगा, विचारों को वो वज़न और उग्रता देगा जो लोगों को इसके प्रति आकर्षित करने के लिए ज़रूरी है। और सबसे अहम ये कि हम युवाओं पर ज़्यादा ध्यान देंगे, क्योंकि वो ज़्यादा मूर्ख होते हैं और जल्दी ही प्रभावित भी हो जाते हैं। हम उनसे इस दुनिया के राज्य और प्रेम का वादा करेंगे...हम उनसे हर चीज़ का वादा करेंगे... तुम समझ रहे हो? हम उन्हें चमकदार वर्दी देंगे, शानदार चुस्त जैकेट देंगे...हर रंग से सजे लबादे देंगे...चमकते हुए आभूषण...बिलकुल अलग तरह की दीक्षा...ज़बरदस्त आकर्षक नामों, और पदक्रम के साथ...पहाड़ों में हम एक गत्ते का मन्दिर बनायेंगे और फ़िल्म शूट

करने के लिए उसका इस्तेमाल करेंगे...नहीं। एक बार जब हम जीत जायेंगे तो हम सात स्वर्ण द्वारों का एक मन्दिर बनवायेंगे...इसमें गुलाबी संगमरमर के खम्बे होंगे और उसकी तरफ़ जाते मार्ग के दोनों तरफ़ ताँबे की कतरनें सजी होंगी। और इसके चारों तरफ़ हम बगीचे लगवाएँगे...सारी मानवता उस जीते-जागते भगवान् को देखने और उसकी सराहना करने आएगी जिसे हमने ईजाद किया होगा।''

''लेकिन इसके लिए पैसा कहाँ से आएगा...कितने करोड़?''

जितना ज्योतिषी बोलता उतना ही एर्दोसैन का उत्साह बढ़ता जाता। वह बार्सुत के बारे में बिलकुल भूल चुका था, हालाँकि वो ठीक उसकी बगल में खड़ा था। अपने विवेक के बावजूद, वह एक नयी दुनिया की सम्भावना की कल्पना कर रहा था। मनुष्यता सरलता और सादगी के एक निरंतर अनुष्ठान को जियेगी; रात का आकाश पीली रोशनी से भरा होगा और लाल सितारे बरस रहे होंगे, हरे, नीले, ताँबे जैसे पंख वाला एक फ़रिश्ता एक बादल पर बैठा होगा, जबकि नीचे सफ़ेद लबादे पहने स्त्री और पुरुष पेड़-पौधों के बीच से मानो तैरते हुए चल रहे होंगे, उनके दिल उस गन्दगी से बिलकुल साफ़ होंगे जो उसके दिल को घोंट रहे थे। उसने अपनी आँखें बंद कर लीं और एलसा का चेहरा उसकी स्मृति में तैर गया, लेकिन इससे पहले कि वो उसके अनुकम्पन को पकड़ पाता, एक कठोर जवाब के साथ ज्योतिषी की आवाज़ गूँज गयी, ''तो तुम जानना चाहते हो कि ये करोड़ों कहाँ से आयेंगे? बहुत आसान है। हम वेश्यालयों का इंतज़ाम करेंगे। उदास ठग इन वेश्यालयों का सबसे बड़ा प्रमुख होगा... लॉज के हर सदस्य का हमारे सभी कारोबार से सीधा नाता होगा...हम सूद गाहने वाले होंगे, हम औरतों, बच्चों, पागल लोगों सभी का फ़ायदा उठाएँगे...कैंपो चिलानो के पहाड़ों में...हम सोना निकालेंगे, कच्ची धातु निकालने के लिए बिजली का इस्तेमाल करेंगे। एर्दोसैन 500 हॉर्स पॉवर की टरबाइन का डिज़ाइन तैयार कर चुका है। वातावरण की नाइट्रोजन को बिजली के घूमते चक्कों की मदद से संकेंद्रित करके हम नाइट्रिक एसिड बनायेंगे; हम हाइड्रो इलेक्ट्रिक ऊर्जा से लोहे, ताँबे और एल्युमीनियम का उत्पादन करेंगे। तुम समझ रहे हो? हम मज़दूरों को धोखे से वहाँ ले जायेंगे और जो खदानों में काम करने से इनकार करेंगे उन्हें चाबुक के ज़रिये बाध्य किया जायेगा। क्या ये सब आजकल चाय, रबर, कॉफ़ी प्लान्टेशन और टिन की खदानों में नहीं होता? हम अपनी प्रॉपर्टी के चारों तरफ़ बिजली के तारों की बाड़ लगायेंगे और पेटागोनिया के सारे पुलिसवालों, इंस्पेक्टरों को भारी रिश्वत से खरीद लेंगे। बात बस शुरुआत करने की है। 'सोना पर्यवेक्षक' पहले से यहाँ है। जब वो मास्क नाम की एक वेश्या के साथ कैंपो चिलानो की यात्रा कर रहा था तो उसने सोने की खदानों की जगहें देखीं। बस अब हमें शुरुआत करनी है। जीते-जागते देवता के स्वांग के लिए हम किसी किशोर को चुन लेंगे...या फिर इससे भी बेहतर है कि हम किसी बहुत ही सुन्दर बच्चे को पालें-पोसेंगे और उसे ईश्वर की भूमिका के लिए शिक्षित करें। हम उसके बारे में बात करेंगे...उसके बारे में हर जगह चर्चा की जाएगी, लेकिन एक रहस्यपूर्ण तरीके से, ताकि लोगों के मन में उसकी प्रतिष्ठा बढ़ती चली जाए। क्या तुम कल्पना कर सकते

हो कि ब्युनो आयर्स के सभी मूर्ख क्या कहेंगे जब उन्हें इस अफ़वाह की भनक मिलेगी कि चुबुत के सुदूर पर्वतों पर एक किशोर वह भगवान् है, जो सोने और संगमरमर के मन्दिर में रहता है...एक अद्‌भुत नौजवान जो चमत्कार करता है ?''

''तुम्हारी बकवास काफ़ी दिलचस्प है, तुम जानते हो ?''

''बकवास ? क्या लोगों ने प्लेसियोसौर के अस्तित्व पर भरोसा नहीं कर लिया था, जिसे एक नशे में धुत्त अंग्रेज़ ने खोजा था, ने उक्रुएन का अकेला ऐसा आदमी जिसे पुलिस ने बन्दूक का लाइसेंस नहीं दिया था, क्या उसका निशाना इतना खराब था ?...ब्युनो आयर्स के लोगों ने क्या उस ब्राज़ील के धूर्त की चमत्कारिक ताकतों पर भरोसा नहीं कर लिया था, जिसने दावा किया था कि वो ओर्फिलिया रिको के लकवे का इलाज कर सकता है ? और अगर रंच मात्र कल्पना के बगैर कोई बेकार और भद्दा दृश्य हो सकता है, तो ये था। फिर भी क्या असंख्य बेवकूफ़ों ने उस वक्त आँसू नहीं बहाए जब उस चालबाज़ ने अपने हाथ विजय में उठाये थे, जबकि वो लड़की पहले जैसी ही अपंग थी ? ये बस इतना साबित करता है कि उस पीढ़ी और हर पीढ़ी के लोगों को किसी चीज़ में आस्था रखने की ज़रूरत होती है। और अगर कोई अखबार हमारे समर्थन में आ जाये तो हम चमत्कार कर सकते हैं। बहुत से ऐसे अखबार हैं जिन्हें बेचने के लिए ऐसा ही कुछ सनसनीखेज़ चाहिए। उन सभी चमत्कार के भूखे लोगों को हम एक शानदार देवता देंगे, जो *बाइबिल* की कहानियों से विभूषित होगा...अब, एक आइडिया है : हम ये घोषणा कर सकते हैं कि हमारा किशोर बालक वो मसीहा है, जिसकी भविष्यवाणी यहूदियों ने की थी...मुझे इस बारे में कुछ और सोचना होगा...हम उस जंगल के देवता की तस्वीरें ले सकते हैं...जंगल के बीच में उस गत्ते के मन्दिर की हम एक फ़िल्म बना सकते हैं और उस भगवान को पृथ्वी की प्राण आत्मा से बात करते हुए दिखा सकते हैं।''

''मगर क्या तुम बिलकुल सनकी हो, या पागल हो ?''

एर्दोसैन ने हेय दृष्टि से बार्सुत को देखा। ज्योतिषी की योजनाओं के प्रति वो इतना तटस्थ और इतना मूर्खतापूर्ण कैसे हो सकता था ? उसने सोचा, 'ये जंगली जानवर उसकी शानदार दीवानगी से जलता है। यही बात है। वह मारा ही जायेगा।'

''मैं दोनों ही हूँ। हम किसी ऐसे व्यक्ति को चुनेंगे जो कृष्णामूर्ति और रुडोल्फ वेलेंतिनो के बीच की शख्सियत हो, लेकिन थोड़ा ज़्यादा रहस्यपूर्ण हो : एक बच्चा जिसके नाक-नक्श दुनिया के सारे कष्टों के प्रतीक से लगें। हमारी फ़िल्में गरीब ज़िलों और शहरों में दिखाई जाएँगी। तुम कल्पना कर सकते हो कि अगर हम इस ज़र्द देवता द्वारा किसी मृत आदमी को जीवित करने का झूठा नज़ारा पेश करेंगे तो उसका क्या असर होगा, या फिर कोई गेब्रियल जैसा फ़रिश्ता सोने की खदान का काम या फिर जहाज़ पर धातु की ढुलाई का काम देख रहा हो, उसका नज़ारा ? और उन वेश्याओं का तो ज़िक्र करने की भी ज़रूरत नहीं जो किसी भी अभागे गरीब को खुद को सौंपने के लिए तैयार बैठी होंगी ? हमारे पास

दुनिया के खोये हुए शहरों में काम करने और मुक्त प्रेम का आनंद उठाने के निवेदनों की बाढ़ आ जाएगी...उन सबमें से हम उन्हें चुनेंगे जो सबसे कम पढ़े-लिखे होंगे...और एक बार जब वो यहाँ आ जायेंगे, हम उनका सारा उत्साह निचोड़ लेंगे और उनसे सोना खुदाई में बीस घंटे काम करवाएँगे।''

''मुझे लगा कि तुम मज़दूरों के पक्ष में थे।''

''जब मैं उनमें से एक से बात करूँगा तो मैं एक वामपंथी होऊँगा। लेकिन अभी मैं तुमसे बात कर रहा हूँ और मैं तुम्हें बताता हूँ कि मेरा गुप्त समाज नौवीं सदी की शुरुआत में हुए एक दस्यु अब्दला-अबन-मैमम द्वारा संगठित संस्था से प्रेरित है। बेशक उसके पास उद्योग वाला तत्व नहीं था जो मैं अपनी अवधारणा में जोड़ रहा हूँ, जो पक्का इसे सफल बनाएगा। मैमम ने पर्शियन और अरब जैसे मुख़्तलिफ़ समुदाय के आज़ाद ख़यालात वाले, अभिजात वर्ग और आस्थावान लोगों को मिला कर एक ऐसा संप्रदाय बनाया जो रहस्य और दीक्षा पर आधारित था। उन्होंने सभी को विशुद्ध झूठ बताया। यहूदियों से एक मसीहा का वादा किया तो ईसाइयों से एक हिमायती और तसल्ली देनेवाले शख़्स का, मुसलमानों से पैगम्बर का...और उन्होंने ये काम इतनी कुशलता से किया कि विभिन्न सामाजिक पृष्ठभूमि, आस्था और मतों वाले लोग एक ऐसी संस्था के लिए, एकजुट होकर काम करने लगे, जिसका लक्ष्य सिर्फ़ कुछ चुनिन्दा लोगों को ही मालूम था। इस तरीके से मैमम को उम्मीद थी कि वह पूरे इस्लाम जगत पर राज करेगा। मुझे ये बताने की इजाज़त दें कि इस आन्दोलन के नेता बेहद सनकी और शक्की मिज़ाज थे और लगभग किसी चीज़ पर विश्वास नहीं करते थे। हम उन्हीं के उदाहरण का पालन करेंगे। जैसी जिसकी पृष्ठभूमि होगी हम उसी के हिसाब से बोल्शेविक, कैथोलिक, नास्तिक, फ़ासिस्ट या सेनावादी हो जायेंगे।''

''तुम्हारे जैसे बेशर्म धोखेबाज़ से मैं कभी नहीं मिला...अगर ये कारगर हो जाये तो...''

उस ज्योतिषी का अपमान करने पर बार्सुत को एक अजीब संतोष का अनुभव हुआ। सच तो ये था कि वो ये नहीं मान सकता था कि वो किसी भी तरह से ज्योतिषी से कमतर था। और ऐसा कुछ था जो उसे बहुत अपमानजनक लगा, ये कितना ही बेतुका लगे, लेकिन हैरत में डालने वाली बात तो ये थी कि एर्दोसैन किसी ऐसी बुद्धि वाले शख़्स का दोस्त हो सकता था। उसने अपने आप से कहा, ''ये कैसे हो सकता है कि ये बेवक़ूफ़ इस तरह के शख़्स से दोस्ती कर ले?'' यही वजह थी कि वह आश्वस्त था कि उसका हर बात पर ज्योतिषी की बात का खंडन करना सही है।

''ये कारगर होगा क्योंकि लालच देने के लिए सोना है। हमारी संस्था की सफलता हमारे कारोबार के मुनाफ़े से आँकी जाएगी। वेश्यालय हमारी आय का ज़रिया होंगे। एर्दोसैन ने एक मशीन ईजाद की है जिससे हम पता लगा सकते हैं कि एक लड़की के पास रोजाना कितने ग्राहक आते हैं। फिर हमें चंदा मिलेगा और नया उद्योग जिसकी हम शुरुआत करेंगे—

ताँबे के गुलाब बनाने का उद्योग, जो एर्दोसैन का ही एक और आविष्कार है। शायद अब तुम समझ सको कि हमने तुम्हें अगुवा क्यों किया।''

''मुझे कैद करने से तुम्हारा क्या फ़ायदा होगा?''

उस वक्त एर्दोसैन अचानक सोचने लगा कि ये कितना अजीब था, बार्सुत ने एक बार भी ज्योतिषी को ये धमकी नहीं दी कि अगर वो किसी तरह आज़ाद हो गया तो बदला ज़रूर लेगा। इस ख़याल से वो खुद से बोला, ''हमें इस जुडास से बहुत सावधान रहने की ज़रूरत है। यह हमें चाँदी के टुकड़ों के लिए नहीं बल्कि सिर्फ़ ईर्ष्या के कारण बेच सकता है।''

ज्योतिषी बोलता रहा, ''तुम्हारे पैसे से हम वेश्यालय शुरू कर सकते हैं, अपनी पहली खोज यात्रा शुरू कर सकते हैं, औज़ार खरीद सकते हैं, टेलीग्राफ़ ऑफ़िस बना सकते हैं और सोने की तलाश के लिए जो भी ज़रूरी है वो खरीद सकते हैं।''

''और तुम असफल होने की सम्भावना को स्वीकार नहीं करोगे?''

''हाँ, करूँगा...लेकिन मैं इस तरह काम करता रहूँगा मानो मुझे कोई शकोशुबह नहीं है। और फिर एक गुप्त संस्था एक विशाल भाप के इंजन की तरह होती है। जो भाप ये बनाता है वो क्रेन को भी चला सकता है और एक पंखे को भी।''

''लेकिन वो क्या है जिसे तुम चलाना चाहते हो?''

''निष्क्रिय हाड़-मांस के पर्वत को। हम जो ख़ास चुनिन्दा लोग हैं—उन्हें सभी चमत्कारी इहलौकिक ताकतें चाहिए, हमें उनकी ज़रूरत भी है। हम खुद को खुशकिस्मत समझेंगे अगर हम अपने अत्याचारों से कमज़ोर लोगों को आतंकित कर सकें और ताकतवर को उत्तेजित। ऐसा करने के लिए हमें अपनी ताकत को बढ़ाना होगा,जागरूकता में आमूल बदलाव लाना होगा, बर्बरता को बढ़ाना होगा, सम्मानजनक बनाना होगा। हमें विधर्मियों की परीक्षा और उनको सज़ा देने वाली अदालत को फिर शुरू करना होगा, हम उन सभी लोगों को ज़िंदा जला देंगे जो हमारे ईश्वर पर विश्वास नहीं करते। ये कैसे हो सकता है कि लोगों ने ये महसूस नहीं किया कि किसी को ज़िंदा जला देना कितना असाधारण रूप से सुन्दर होता है? और वो भी ईश्वर पर विश्वास ना करने के लिए, समझ रहे हो, ईश्वर पर विश्वास ना करने के लिए! क्या तुम नहीं देख पा रहे ये कितना ज़रूरी है, बिलकुल ज़रूरी कि एक बार फिर मनुष्य के दिलों पर एक विस्मयकारी, गुप्त, गहन धर्म कब्ज़ा कर ले? कि जब कोई संत गुज़रे तो सब अपने घुटनों पर झुक जाएँ, कि एक छोटे से छोटे पुजारी की प्रार्थना से शाम के आसमान में चमत्कार प्रकट हो जाएँ? आह, काश तुम जानते कि मैंने कितनी बार इसकी कल्पना की है, सपने देखे हैं! और मुझे जो बात उम्मीद देती है वो ये सच है कि हमारी सदी की प्रगति और कष्टों ने कितने सारे लोगों को अव्यवस्थित, असंतुलित कर दिया है। और वो सभी विलक्षण, सनकी लोग जो समाज में अपना रास्ता नहीं बना पाते, इतनी सारी ऊर्जा की बर्बादी है। किसी सबसे लद्धड़ स्थानीय कैफ़े में दो कमअक्लों और एक सनकी को साथ

बैठा दो और तुम्हें तीन विलक्षण लोग मिल जायेंगे। ये विलक्षण लोग कुछ नहीं करते...किसी चीज़ का उत्पादन नहीं करते...मैं तुमसे सहमत हूँ, वे महज़ भड़कीले दिखावटी जीनियस के अलावा कुछ नहीं होते...लेकिन वो भड़कीलापन और दिखावा उस ऊर्जा का प्रतिनिधित्व करता है, जिसे हम एक नए और मज़बूत आन्दोलन के आधार का निर्माण करने में इस्तेमाल कर सकते हैं। ये वो औज़ार हैं जिनका मैं इस्तेमाल करना चाहता हूँ।''

''तो तुम पागल आदमियों के मैनेजर होगे।''

''बिलकुल ठीक। मैं उन पागल आदमियों, उन असंख्य झूठे विलक्षण लोगों, उन सभी दीवाने लोगों का मैनेजर होना चाहता हूँ, जिन्हें किसी आध्यात्मिक या बोल्शेविक दल में जगह नहीं मिल पायी...उन सभी पागलों का...और मैं तुम्हें ये इसलिए बता रहा हूँ क्योंकि उनके साथ मेरा काफ़ी अनुभव है...अगर उन्हें ठीक से ठगा जाए और उनके जज़्बात के आवेग को उत्तेजित कर दिया जाए, तो ये लोग वो सब करने में समर्थ हैं जिनसे तुम्हारे रोंगटे खड़े हो जाएँ। वो सभी, कॉफ़ी, शराबघर वाले बुद्धिजीवी। सभी घर के पीछे आँगन वाले आविष्कारक, पेरिश के पैगम्बर, कैफ़े के राजनीतिज्ञ, सोशल क्लब दार्शनिक—ये सभी वो हैं जो हमारी गुप्त संस्था की बलि चढ़ेंगे।''

एर्दोसैन मुस्कराया। फिर, ज़ंजीर में बँधे अपने कैदी को देखे बगैर, उसने कहा, ''तुम्हें कोई अंदाज़ा नहीं कि ये विलक्षणता की कगार पर खड़े लोग कितने असहनीय रूप से मगरूर होते हैं...''

''हाँ, जब तक कि उन्हें ठीक से समझा न जाये, ठीक है न, बार्सुत ?''

''मुझे इसमें कोई दिलचस्पी नहीं।''

''लेकिन तुम्हें होनी चाहिए, क्योंकि तुम हम में से एक होने जा रहे हो। ये मैं सोच रहा हूँ। उन कगार पर खड़े लोगों में से एक को साफ़ बता दो कि वो जीनियस नहीं है, और वो आपके सिर उस व्यक्ति की तरह सारी बदतमीज़ी मूर्खता उड़ेल देगा, जिसे गलत समझा गया हो। लेकिन अगर तुम सुनियोजित तरीके से इन आत्म-मुग्ध राक्षसों की खुशामद करते रहो, तो वही शख्स जो एक छोटी-सी वजह पर तुम्हारी हत्या कर सकता था, अपनी इच्छा से तुम्हारा गुलाम हो जायेगा। तुम्हें बस इतना करना है कि उचित मात्रा में उसे एक बड़ा-सा झूठ बताते रहो। फिर आविष्कारक हो या कवि, वो वही करेगा जो तुम उससे कहोगे।''

''तो तुम्हें लगता है कि तुम भी जीनियस हो ?'' बार्सुत गुर्राया।

''हाँ, मुझे लगता है, बेशक...लेकिन बस हर रोज़ पाँच मिनट के लिए...हालाँकि सच तो ये है कि इस बात से मैं इतना परेशान नहीं होता। जिन लोगों का जन्म काम करने के लिए होता है उनके लिए शब्द ज़्यादा मायने नहीं रखते। ये तो वो कगार पर खड़े लोग हैं जो खाली शब्दों और मुहावरों से फूल जाते हैं। मैंने अपने सामने ये पहेली रखी है, जिसका

मेरी बौद्धिक सामर्थ्य से कोई लेना-देना नहीं। क्या मनुष्यता खुश और सुखी हो सकती है? और इसके जवाब के लिए जिन पहले लोगों के पास मैं जा रहा हूँ वो यही विद्रोही, नाराज़ और नाखुश लोग हैं। एक लक्ष्य के तौर पर मैं उनके सामने एक झूठ पेश करता हूँ जो उनके गुरूर में हवा भर कर उन्हें ख़ुशी देगा...सो वही अभागे शैतान जिन्हें उनके हाल पर छोड़ दिया जाए तो वो दया के पात्र से ज़्यादा कुछ नहीं होंगे, हमारे लिए ऊर्जा...भाप उत्पादन के लिए बेशकीमती कच्चा माल बन जायेंगे।''

''तुम मुद्दे से भटक रहे हो। मैं ये पूछ रहा था कि ये तुम्हारी गुप्त संस्था को बनाने की तुम्हारी इच्छा के पीछे तुम्हारा क्या उद्देश्य है।''

''ये बड़ा बेवकूफ़ाना सवाल है। आइन्स्टीन ने अपने सिद्धांत का आविष्कार क्यों किया? दुनिया तो उसकी सापेक्षता के बगैर भी चल सकती थी। मैं ये कैसे जान सकता हूँ कि मैं उन हमसे ऊँची शक्तियों के हाथों एक माध्यम हूँ कि नहीं, वे ताकतें जिन पर मैं बिलकुल यकीन ही नहीं करता? मुझे इसका रत्ती भर भी अंदाज़ा नहीं। ये दुनिया एक रहस्य है। हो सकता है कि मैं महज़ एक काम करने वाला नौकर हूँ, एक ऐसा बढ़िया आवास तैयार करने वाला गुलाम जहाँ चुने हुए लोग, संत वगैरह प्राण त्यागने के लिए आयें।''

बार्सुत हल्के से मुस्कराया। गोभी जैसे कानों वाले, बालों की अस्त-व्यस्त-सी चोटी बनाये और एक बढ़ई जैसा लबादा पहने इस आदमी को 'चुने हुए' सवश्रेष्ठ लोगों के बारे में बात करते देखकर उसमें नफ़रत का एक अजीब भाव उठ रहा था। ये मसखरा कितनी दूर तक की सोच रहा था? और सबसे अजीब बात तो ये थी कि उसे गुस्सा नहीं आया था। ज्योतिषी उसमें कोई और भाव जगा रहा था, मानो वो जो कह रहा था उस पर उसे कोई हैरानी नहीं थी, मानो ये सब वह पहले कहीं सुन चुका था, बिलकुल इसी टोन में, किसी बहुत पुराने मौके पर, किसी सपने के ग्रे घेरों में खोये हुए।

ज्योतिषी का स्वर कुछ नीचा हुआ, ''मेरी मानो, अनिश्चितताओं और भटकाव के दौर में हमेशा ऐसा ही होता है। कुछ लोगों को जिस-किसी तरह यह पूर्वानुमान हो जाता है कि कुछ असाधारण घटित होने वाला है...और अंतराभास वाले ये लोग, भविष्य द्रष्टाओं का ये समूह, मैं खुद को जिसका एक सदस्य मानता हूँ—उन्हें मानवता में जागरूकता फ़ैलाने की ज़रूरत महसूस होती है...कुछ करने की, चाहे वो सिर्फ़ हास्यास्पद ही क्यों न हो। मेरे केस में, वो 'कुछ' मेरी गुप्त संस्था है। हे भगवान्! क्या किसी को अंदाज़ा भी है कि इसके कामों का क्या अंजाम होगा? जब मैं सोचता हूँ कि मैं कठपुतलियों की एक पूरी दुनिया को शुरू करने जा रहा हूँ...कठपुतलियाँ जो आगे जाकर अपनी तादाद में इजाफ़ा भी करेंगी...तो मैं डर से काँप जाता हूँ। मुझे ये भी लगता है कि जो दरअसल हो वह उससे बहुत अलग हो जो मैं चाहता हूँ, उस दुर्घटना की तरह जो एक इलेक्ट्रीशियन से हो जाती है जब वो अपने सचालन में अचानक गड़बड़ी करता है, क्योंकि ये उसकी फ़ैक्ट्री के मालिक की मर्ज़ी के मुताबिक है। लेकिन इसके बावजूद मुझे हर चीज़ की शुरुआत करने की घनी ज़रूरत

महसूस होती है, सैकड़ों विभिन्न मनोवृत्तियों की अलग-अलग ऊर्जाओं को एक साथ लाने की, अहम्, दिखावा, गुरूर, आवेग और छलावे का इस्तेमाल कर उनमे सामंजस्य बैठाने की, एक झूठ को इस प्रयास का आधार बनाने की, और स्वर्ण को इसका यथार्थ बनाने की...लाल सोने को...''

''तुम जो सब कह रहे हो, सच है...तुम बेशक कामयाब होगे।''

''तो, तुम मुझसे क्या चाहते हो?'' बार्सुत ने विरोध में पूछा।

''मैंने तुम्हें पहले ही बताया। मैं चाहता हूँ कि तुम 17,000 पेसोस के चेक पर साइन कर दो। फिर तुम्हारे पास 3,000 बच जायेंगे, उससे तुम्हारा जो जी चाहे करो। वेश्यालयों और सोने की खदानों से जो कमाई होगी उससे हम बाकी रकम मासिक किश्तों में चुका देंगे।''

''और मैं यहाँ से निकल पाऊँगा?''

''जैसे ही हम चेक भुनाएँगे, वैसे ही।''

''इस बात का क्या सबूत है कि तुम सच बोल रहे हो?''

''कुछ चीज़ों को साबित नहीं किया जा सकता...लेकिन अगर तुम्हें सुबूत चाहिए तो मैं बस इतना कहूँगा कि अगर तुम चेक पर दस्तखत करने से इनकार कर देते हो तो मैं 'जिस आदमी ने दाई को देखा' उससे तुम्हें यातना दिलवाऊँगा जब तक कि तुम दस्तखत करने पर मजबूर नहीं हो जाते, फिर मैं तुम्हें मार दूँगा...''

बार्सुत ने अपनी थकी हुई, बोझिल नज़रें उठायीं, तीन दिन की दाढ़ी से भरा उसका चेहरा ऐसा लग रहा था मानो ताँबे की धुँध से ढँका हो। 'मार देगा'! इन शब्दों का उस पर कोई असर नहीं हुआ। उस पल में उनके कोई मायने नहीं थे। और फिर ज़िन्दगी की इतनी कम अहमियत थी...काफ़ी वक्त से उसे किसी विपत्ति की आशंका थी और अब ऐसा हो चुका था; लेकिन दहशत में होने की बजाय उसे अपने आप में एक तटस्थता का बोध हुआ, जिससे उसके भाग्य में जो भी हो उस पर वो सिर्फ़ कंधे ही उचका रहा था।

ज्योतिषी बोलता रहा, ''लेकिन मैं नहीं चाहता कि बात वहाँ तक बढ़े...मैं तुम्हारे लिए ये चाहता हूँ कि तुम हमारी मदद करो...कि तुम हमारे कार्यक्रमों में दिलचस्पी लो। मेरी मानो, हम भयानक दौर में जी रहे हैं। जिस भी शख्स को वो झूठ पता चल गया जिसकी जनता को ज़रूरत है, वही इस दुनिया का राजा होगा। हर कोई चिंता और परेशानी का शिकार है...कोई भी कैथोलिक धर्म से खुश नहीं, लेकिन बौद्ध धर्म हमारे स्वभाव के अनुकूल नहीं। क्योंकि सुख की ज़रूरत ने हमें भ्रष्ट कर दिया है। शायद हमें लूसिफ़र और शाम के तारे (शुक्र) की बात करनी चाहिए। तुम वो सारी कविता जोड़ सकते हो जिसकी हमारे सपनों को ज़रूरत होती है, और हम नौजवानों को लक्ष्य बना सकते हैं...ओह ये इतना महान विचार है...इतना महान...''

ज्योतिषी ट्रंक पर ढह गया। इस भाषण ने उसे थका दिया था। उसने एक खुरदुरे रुमाल से अपने माथे पर आया पसीना पोंछा। एक पल के लिए तीनों चुपचाप बैठे रहे।

फिर अचानक बार्सुत बोला, "हाँ, तुम ठीक कहते हो। ये एक महान आइडिया है। मुझे खोल दो, और मैं तुम्हारे लिए चेक पर साइन कर देता हूँ।" उसने सोचा कि ज्योतिषी का भाषण इतनी सारी गर्म हवा थी, और इससे लगभग वो हार सा गया।

ज्योतिषी विरोध करते हुए खड़ा हो गया "नहीं, मैं तुम्हें आज़ाद तभी करूँगा जब हम चेक को भुना लेंगे। आज बुधवार है। तुम कल दोपहर तक आज़ाद हो सकते हो, लेकिन तुम हमारे घर से बाहर दो महीने में ही निकल सकते हो।" वह ये सब इसलिए कह रहा था क्योंकि उसे एहसास हो गया कि इस दूसरे आदमी को उसकी किसी भी योजना पर यकीन नहीं था, "इस दोपहर तुम्हें कुछ चाहिए?"

"नहीं।"

"ठीक है, बाद में मिलते हैं।"

"मगर...तुम ऐसे नहीं जा सकते...कुछ देर ठहरो..."

"नहीं, मैं थक गया हूँ। मुझे एक झपकी की ज़रूरत है। मैं आज रात फिर आऊँगा। तब हम कुछ और बात कर सकते हैं। क्या तुम्हें कुछ सिगरेटें चाहिए?"

"हाँ।" वो दोनों अस्तबल से चले गये। बार्सुत अपने सूखी घास के बिस्तर पर लेट गया। उसने सिगरेट सुलगाई और कुछ धुआँ छोड़ा। जब धुआँ ऊपर उठा तो तिरछी पड़ती सूरज की किरण में स्टील जैसे नीले जगमग छल्ले बन गये। अब वह अकेला था, उसके विचार लगभग व्यवस्थित से होने लगे, और उसने खुद से कहा, " 'इस बन्दे' की मदद क्यों ना करूँ? एक क्रान्तिकारी शिविर की उसकी योजना दिलचस्प है और अब मैं समझा कि ये एर्दोसैन इसके चक्कर में क्यों पड़ा। बेशक, इसका मतलब ये होगा कि मैं सड़क पर आ जाऊँगा—शायद हाँ, या शायद नहीं...लेकिन मुझे हमेशा से पता था कि जिस किसी तरीके से इसे ख़त्म तो होना ही था।" भविष्य के बारे में सोचने के लिए उसने अपनी आँखें बंद कर लीं।

ज्योतिषी ने अपना हैट अपने चेहरे तक खींच लिया और चलते हुए वह एर्दोसैन की तरफ़ मुड़ा, और बोला, "बार्सुत को लगता है कि वो हमारी आँखों में धूल झोंक रहा है। कल जब वो चेक पर दस्तखत कर देगा तो हमें उसको मारना होगा..."

"मुझे तो ठीक ही लगता है...हमारे पास कोई और चारा ही नहीं। अगर एक बार वो आज़ाद हो गया तो हमें पुलिस से पकड़वा देगा। और वो सोचता है कि हम पागल हैं! अगर हम उसे ज़िंदा छोड़ देंगे तब हम पागल होंगे।"

घर के करीब पहुँच कर वे रुक गये। ऊपर नीले आसमान में धारदार किनारे वाले चॉकलेटी रंग के बादल तेज़ी से गुज़र रहे थे।

“ये काम कौन करेगा?”

“वो आदमी जिसने दाई को देखा।”

“तुम जानते हो, गर्मी के मौसम के करीब मरना आसान नहीं होता।”

“हाँ, ये तो सच है...”

“और चेक का क्या?”

“तुम उसे भुना सकते हो।”

“क्या तुम्हें ये डर नहीं कि मैं पैसा लेकर भाग सकता हूँ?”

“फ़िलहाल तो नहीं।”

“क्यों?”

“ऐसे ही। क्योंकि और किसी से भी ज़्यादा तुम्हें इस बात की ज़रूरत है कि हमारी गुप्त संस्था सफल हो—ताकि तुम ऊब से बच सको। यही वजह है कि तुम इसमें मेरे साथ हो...ऊब और बेचैनी की वजह से...”

“तुम सही हो सकते हो। हम कल किस वक्त मिलेंगे?”

“देखो...स्टेशन पर नौ बजे। मैं तुम्हारे लिए चेक ले आऊँगा। वैसे, तुम्हारे पास कोई पहचान पत्र है?”

“हाँ।”

“ठीक है फिर। कुछ गलत नहीं हो सकता। आह, बस एक बात। मेरी सलाह है कि मीटिंग में तुम शांत रहना और संक्षेप में बात करना।”

“क्या वो सभी आ गये हैं?”

“हाँ।”

“सोने का खोजकर्ता भी?”

“हाँ।”

दोनों लोग रास्ते में आती पेड़ों की शाखाओं को हटाते हुए समर हाउस पहुँच गये। ये एक खुला हुआ मकान था, जिसकी जालीदार छत से हनीसकल झाड़ी की लताएँ अपने जामुनी और सफ़ेद फूलों के साथ अन्दर आ रही थीं।

तमाशा

जैसे ही इन दोनों ने प्रवेश किया, कुछ लोग जो एक घेरे में बैठे थे खड़े हो गये। एर्दोसैन हैरानी से ठहर गया जब उसने सेना के एक अधिकारी को मेजर की वर्दी में देखा।

मेजर के अलावा सोने का खोजकर्ता, हेफ्नर और एक व्यक्ति जिसे वह नहीं जानता था, ये सब भी मौजूद थे। हेफ्नर की कोहनियाँ मेज़ पर टिकी थीं और वह कुछ कागज़ों को ध्यान से देख रहा था, जिन पर कुछ लिखा हुआ था, जबकि उसके सामने सोने का खोजकर्ता एक नक़्शे को गौर से देखने में मशगूल था। उस कागज पर रखा एक खुरदुरा पत्थर उसे हवा में उड़ जाने से बचा रहा था। ठग ने एर्दोसैन से हाथ मिलाया और वह उसकी बगल में बैठ गया, अब भी वह मेजर को घूर रहा था, जिसने तुरंत उसकी उत्सुकता को बढ़ा दिया था। बेशक ज्योतिषी आश्चर्यों का उस्ताद था।

फिर भी, इस नए शख़्स ने उस पर अनुकूल छाप नहीं छोड़ी। वह लम्बा था, उसका चेहरा ज़र्द और आँखें घनी काली थीं। जो बात एर्दोसैन को परेशान कर रही थी वो ये थी कि उसका निचला होंठ लगातार एक तिरस्कारपूर्ण मुस्कान में मुड़ा हुआ लग रहा था और उसकी नाक और माथे के बीच तीन सिलवटें। उसके लाल होंठ रेशमी-सी मूँछ से ढँके थे, और उनका परिचय कराये जाने के बाद ऐसा लगा कि सिवाय एर्दोसैन को एक नज़र देखने के उसने उस पर कोई ध्यान नहीं दिया। उसके सपाट माथे पर बालों की एक लट झूल रही थी, वह अपनी तलवार को घुटनों के बीच रखे एक खम्बे पर झुके हुए उससे लटके झूले पर लगभग धंस-सा गया।

कुछ मिनटों तक कोई नहीं बोला; सब एक-दूसरे को कुछ बेचैनी से देखते रहे। समर हाउस के प्रवेश के नज़दीक बैठे ज्योतिषी ने सिगरेट सुलगाई और उन लोगों को ध्यान से देखा जिन्हें वो अपने 'चीफ़' का दर्जा देना चाहता था। एकाएक उसने अपना सिर उठाया और उन सभी लोगों को गौर से देखते हुए बोलने लगा, ''वो सब दोहराने का कोई मतलब नहीं जो आप लोग पहले से जानते हैं...और आपसे अलग-अलग हुई बातचीत में इस पर सहमत भी हो चुके हैं, यानी अपने नैतिक-अनैतिक प्रयासों से एक गुप्त संस्था बनाने की योजना। हम सभी इस पर सहमत हैं, हैं ना? क्या ख़याल है (चूँकि मुझे ज्यामिति पसंद है इसलिए) अगर हम इसका नाम 'सैल्स' (कोष्ठिका) रखें तो?''

''रूस में भी इन्हें यही बुलाया जाता है,'' मेजर ने कहा, ''और एक सैल के सदस्यों का दूसरे सैल के सदस्यों से कोई परिचय नहीं होना चाहिए।''

''क्या...नेता एक-दूसरे को जानेंगे भी नहीं?''

''नहीं...जो एक-दूसरे को नहीं पहचानेंगे वो नेता नहीं सदस्य होंगे।''

सोने का खोजकर्ता बीच में बोला, ''इससे तो चीज़ें नामुमकिन हो जाएँगी। अगर ऐसा होगा तो अलग-अलग सैल्स के सदस्यों को क्या जोड़ेगा?''

''लेकिन हम छह लोग तो हैं जो इस संस्था के बीच कड़ी होंगे।''

''नहीं श्रीमान...मैं ही ये संस्था हूँ,'' ज्योतिषी ने आपत्ति जताई। लेकिन गंभीरता से, सभी सदस्यों से मिल कर ये संस्था बनेगी...मुझसे सम्बन्धित कुछ प्रतिबंधों के अलावा।''

मेजर अपनी बात रखना चाहता था, ''मुझे लगता है कि इस चर्चा का कोई मतलब नहीं। क्योंकि जैसा कि मैं समझता हूँ, एक सुव्यवस्थित पदोन्नति प्रणाली होगी। और हर पदोन्नति सैल एक सदस्य को नए नेता के संपर्क में लाएगी। और सैल में उतनी ही पदोन्नतियाँ होंगी जितने कि नेता हैं।''

''वैसे, फ़िलहाल कितने सैल्स हैं?''

''चार। मैं इन सभी का इंचार्ज रहूँगा,'' ज्योतिषी बोलता रहा, ''तुम एर्दोसैन, हमारे उद्योग के प्रमुख होगे; सोने का खोजकर्ता...'' मेज़ के एक कोने में बैठे नौजवान ने हामी में सिर हिलाया, ''हमारे शिविरों और खदान के कामों का मुखिया होगा; ये मेजर हमारी संस्था का सेना में प्रचार-प्रसार करने का काम देखेंगे; और हेफ्नर वेश्यालयों का प्रमुख होगा।''

हेफ्नर विरोध में खड़ा हो गया, ''माफ़ कीजिये, लेकिन मैं किसी भी चीज़ का प्रमुख नहीं होऊँगा। ये तथ्य कि मैं यहाँ हूँ कोई अहमियत नहीं रखता। मैं सिर्फ़ वेश्यालयों का एक बजट तैयार करके आपकी मदद कर रहा हूँ। अगर आप इससे खुश नहीं, तो मैं चला जाता हूँ।''

''नहीं, ठहरो,'' ज्योतिषी ने उससे माफ़ी माँगी। उदास ठग बैठ गया और वापस पेंसिल से कुछ लिखने लगा। एर्दोसैन उसकी धृष्टता की प्रशंसा किये बगैर न रह सका।

बहरहाल, इसमें कोई शक नहीं था कि सबका ध्यान मेजर की तरफ़ था, उसकी वर्दी की प्रतिष्ठा और इस उल्लेखनीय तथ्य की वजह से कि वो वहाँ मौजूद था।

सोने का खोजकर्ता उसकी तरफ़ मुड़ा, ''तो आप यहाँ कैसे आये? क्या आप हमारी संस्था को सेना में फैलाने की उम्मीद कर रहे हैं?''

सभी एकदम सीधे बैठ गये। ये उनकी बैठक का सबसे बड़ा सरप्राइज़ था। मौन में

तैयार एक छद्म नाटक। इसमें शक की कोई गुंजाइश नहीं थी कि ज्योतिषी में वो सब गुण थे जो एक नेता को बनाते हैं। बस एक ही अफ़सोसजनक बात थी कि वह अपने विचारों को और जो कुछ भी उसके दिमाग में चल रहा है, उसे इतना गुप्त रखता था। लेकिन एर्दोसैन को उससे जुड़े होने पर गर्व था। हर कोई अपनी सीट पर आगे की तरफ़ झुका हुआ था वो सब सुनने के लिए जो मेजर कहने वाला था। मेजर ने ज्योतिषी के चेहरे को ध्यान से देखा और फिर बोला, ''सज्जनो, मैं जो बोलने जा रहा हूँ उसे मैंने सावधानी से सोचा है, तौला है। वर्ना मैं यहाँ नहीं होता। स्थिति ये है कि हमारी सेना असंतुष्ट अफ़सरों से भरी पड़ी है। इसकी वजहों में जाने का कोई मतलब नहीं; उनमें आपकी कोई दिलचस्पी भी नहीं होगी। 'तानाशाही' की अवधारणा और स्पेन और चिली में हाल में ही हुई राजनीतिक घटनाओं के कारण मेरे कुछ सहकर्मी ये सोच रहे हैं कि हमारा देश भी ऐसी ही तानाशाही के लिए एक अनुकूल जगह हो सकता है।'' उसके श्रोताओं के मुँह विशुद्ध हैरानी और विस्मय से खुल गये। वो जो सुन रहे थे वह बिलकुल अनपेक्षित था।

सोने का खोजकर्ता जानना चाहता था, ''तो आप सोचते हैं कि अर्जेंटीना की सेना... या इसके अफ़सर हमारे विचारों को स्वीकार करने के लिए राज़ी होंगे?''

''बेशक होंगे। बशर्ते कि आप उन्हें ठीक से पेश कर सकें। मैं आपको ऊपरी तौर पर ही बता सकता हूँ कि आप जितना सोचते हैं उससे कहीं ज़्यादा अफ़सर लोकतान्त्रिक सिद्धांतों, जिनमें पार्लियामेंट भी शामिल है, से तंग आ चुके हैं। नहीं, मुझे बीच में टोको मत। हमारी पार्लियामेंट के नब्बे फ़ीसदी सदस्य शिक्षा और संस्कृति के हिसाब से सेना के लेफ़्टिनेंट के करीब भी नहीं बैठ सकते। एक राजनेता ने, जिस पर एक गवर्नर की हत्या में शामिल होने का आरोप था, बिलकुल सटीक बात कही थी जब उसने जवाब दिया, 'एक राष्ट्र को शासित करने के लिए एक पशु फ़ार्म में काम करने वाले फ़ोरमैन से ज़्यादा कुशलता की ज़रूरत नहीं होती।' जो उसने कहा वो सारे लैटिन अमेरिका के लिए सही है।''

ज्योतिषी वहाँ ख़ुशी में हाथ मसलते हुए बैठा रहा।

मेजर ने उनमें से हरेक को देखा, फिर बोलने लगा, ''सेना एक कमतर समाज के भीतर एक श्रेष्ठ राज्य होता है, क्योंकि परिभाषा के अनुसार हम देश की ताकत होते हैं। मगर फिर भी हम सरकार के प्रस्तावों और निश्चय के अधीन होते हैं...लेकिन सरकार आखिर है क्या?...वैधानिक और कार्यकारिणी की सत्ता, ताकत...दूसरे शब्दों में, वो लोग जो छोटी-मोटी राजनीतिक पार्टियों द्वारा चुने जाते हैं ...और मेरे दोस्तो, वे कैसे प्रतिनिधि होते हैं! आप मुझसे बेहतर जानते हैं कि संसद में जाने के लिए आपको झूठ बोलने का करियर बनाना पड़ता है, समितियों में झूठ बोलने, गाली-गलौज करने से शुरुआत करनी होती है, हर तरह के बेईमान आदमी से सौदा करना होता है, बातचीत करनी होती है—संक्षेप में कानून और सच की हद के परे जीवन। मुझे अंदाज़ा नहीं कि ज़्यादा सभ्य देशों में क्या होता है लेकिन यहाँ तो हालत यही है। हमारी कांग्रेस और सीनेट में ऐसे सदस्य हैं, जिन पर ब्याजखोरी और

हत्या के आरोप हैं, विदेशी कंपनियों से पैसे लेने वाले कपटी ठग—इस हद तक अज्ञानी लोग हैं कि हमारे यहाँ संसदीय व्यवस्था सबसे भौंडा मज़ाक बन गयी है, जिसने इस राष्ट्र के जीवन को मैला कर दिया है। राष्ट्रपति के चुनाव में फण्ड अमेरिका की पूँजी होती है, जो इस वायदे पर दी जाती है कि हम उनकी कंपनियों को हमारे देश के संसाधनों का शोषण करने देंगे। मैं कुछ ज़्यादती नहीं करूँगा अगर मैं ये कहूँ कि हमारे इस देश में राजनीतिक दलों के बीच जो चुनाव होता है वो उन सेल्समैन के बीच झगड़े से ज़्यादा कुछ नहीं होता जिनमें इस राष्ट्र को सबसे ज़्यादा बोली लगाने वाले के हाथ बेचने की होड़ लगी हो।''*

वे सभी मुँह खोले मेजर को देखते रहे। लकड़ी के जाली और हनीसकल के झुण्ड के परे सुबह का आसमान चमक रहा था, लेकिन उनमें से किसी ने इस पर ध्यान न दिया। बाद में, एर्दोसैन ने मुझ पर ये राज़ ज़ाहिर किया कि उस बुधवार की सुबह हुई बैठक में मौजूद कोई भी इतनी सनसनीखेज़ बात की उम्मीद नहीं कर रहा था। मेजर से अपने होंठों को हल्के से रुमाल से पोंछा और फिर बोला, ''मुझे ख़ुशी है कि मेरे शब्दों ने आप पर अनुकूल असर डाला है। बहुत से ऐसे नौजवान अफ़सर हैं जो मेरे जैसा ही सोचते हैं और यहाँ तक कि हाल में नियुक्त कुछ जनरल भी...आपको जो करना ही चाहिए—और जो मैं कहने जा रहा हूँ उससे हैरान मत होना—वो है इस समाज को पूरी तरह से वामपंथी नज़रिया देना। मैं ऐसा इसलिए कह रहा हूँ, क्योंकि अर्जेंटीना में साम्यवाद जैसी कोई चीज़ है ही नहीं—कुछ बढ़ई एक कक्ष में कुछ समाज शास्त्रीय बकवास कर रहे हों जहाँ लोग अपने हैट तक न उतारें—मैं उन्हें साम्यवादी नहीं कहूँगा। मैं आपके सामने अपने विचार पूरी स्पष्टता से रखना चाहूँगा। हर गुप्त संस्था किसी भी समुदाय में एक कैंसर के समान होती है। इसकी रहस्यपूर्ण प्रक्रियाएँ इसके मेज़बान के उचित कार्यकलाप को बाधित करती हैं। तो...हम शाखा के नेताओं को ये सुनिश्चित करना होगा कि ये प्रक्रियाएँ पूरी तरह बोल्शेविक हों।'' ये पहली बार था कि इस मीटिंग में ये शब्द बोला गया और अपने पर काबू रखने के बावजूद सभी एक-दूसरे को हल्की घबराहट और तनाव से देखने लगे।

''ये बहुत से बेवकूफ़ों को आकर्षित करेगा, और इससे शाखाओं को बढ़ाने में मदद मिलेगी। इस तरह से हम एक...क्रांतिकारी दल बना सकते हैं। हम आतंकवादी हमलों में महारत हासिल करेंगे। एक आधा सफल प्रयास भी समाज के उग्र दुष्ट बलों को प्रोत्साहित कर सकता है। अगर हम एक साल तक इन हमलों को दोहराते रहें...उनके साथ सर्वहारा वर्ग को 'सोवियत' स्थापित करने के लिए उकसाने वाले लीफ़लेट बाँटते रहें...तो मालूम है हम एक साल में क्या हासिल कर लेंगे? कुछ बेहद हैरतअंगेज़ और साधारण भी। हम एक

---

*समीक्षक का नोट : यह उपन्यास 1928 से 1929 के बीच लिखा गया। अक्टूबर 1929 में इसे रोस्सो द्वारा प्रकाशित किया गया। इसलिए ये सोचना हास्यास्पद होगा कि मेजर की घोषणा और उसके विचार 6 सितम्बर 1930 को हुए क्रान्तिकारी आन्दोलन से प्रेरित थे। बहरहाल ये ध्यान देने की बात है कि 6 सितम्बर में सेना के क्रांतिकारियों की घोषणा मेजर के विचारों से इतना मेल खाए, और ये कि उसके बाद की घटनाएँ भी लगभग उसके पूर्वानुमान के मुताबिक हों।

क्रांतिकारी विरोध का माहौल तैयार करने में कामयाब हो जायेंगे।''

''मैं इस 'क्रांतिकारी विरोध' को एक सामूहिक अशांति के रूप में परिभाषित करूँगा। जो अपने लक्ष्य को खोज पाने में असमर्थ है; हर कोई परेशान और उत्तेजित होगा; उनकी भावनाएँ भड़की हुई होंगी; अखबार चीज़ों को और भड़का देते हैं और पुलिस उन निर्दोष लोगों को गिरफ़्तार करके इसमें और इज़ाफ़ा करेगी जो उनके हाथों कष्ट भोग कर क्रांतिकारी बन जायेंगे; हर कोई सुबह सवेरे किसी ताज़ा खबर के इंतज़ार में परेशां और उत्तेजित अवस्था में उठेगा, किसी और भी भयावह आतंकी कारनामे की खबर की उम्मीद में जो उनकी सबसे बुरी आशंकाओं की पुष्टि ही करेगी; पुलिस की निर्दयता उन लोगों के गुस्से को और बढ़ा देगी जो इसे भुगतते हैं, जब तक कि कोई गुस्सैल आदमी एक पुलिस वाले के सीने पर अपनी बन्दूक की गोलियाँ खाली नहीं कर देता। फिर मज़दूर संगठन प्रतिक्रिया करना शुरू करते हैं, हड़ताल की घोषणा कर देते हैं; 'क्रांति' और 'बोल्शेविज़्म' शब्द सभी में भय और उम्मीद भी पैदा करेंगे। फिर, जब सारे बम पूरे शहर में फट चुके होंगे, सभी लीफ़लेट पढ़े जा चुके होंगे और क्रांतिकारी विरोध अपने चरम पर पहुँच जायेगा, यही वो समय होगा सेना के दाखिल होने का...''

मेजर ने फ़र्श पर पड़ती धूप की एक किरण से अपने बूट हटा लिए और बोलना जारी रखा, ''हाँ, हम सेना के लोग तब आयेंगे। हम कहेंगे कि चूँकि सरकार हमारी पितृभूमि की संस्थाओं, व्यापार और परिवारों को बचने में ज़ाहिर तौर पर असफल रही है, इसलिए हम राज्य का नियंत्रण अपने हाथ में ले रहे हैं और एक अस्थायी तानाशाही की घोषणा कर रहे हैं। सभी तानाशाही व्यवस्था अस्थायी ही कही जाती हैं : इससे आत्मविश्वास और साहस बढ़ाने में मदद मिलती है। बुर्जुआ पूँजीवादी और सबसे ज़्यादा, दक्षिणपंथी विदेशी सरकारें इस हुकूमत को तुरंत मान्यता दे देंगी। इस तरह का कदम उठाने को बाध्य होने के लिए हम 'सोविएट्स' को दोष देंगे, और जो कुछ लोग पकड़े जाने पर बम बनाने की बात मान लेंगे उन चंद अभागों को हम गोली से उड़ा देंगे। हम संसद के दोनों सदनों को बंद कर देंगे और सरकारी खर्चे को कम-से-कम कर देंगे। राज्य का प्रशासन सेना के हाथ में होगा। इस तरह से अर्जेंटीना एक ऐसी भव्यता को हासिल कर लेगा जो अभी तक किसी ने सुनी नहीं होगी।''

मेजर चुप हो गया। फूलों से ढँके उस समर हाउस में सभी ने ताली बजा कर इसका स्वागत किया। एक कबूतर वहाँ से उड़ गया।

''आपका आइडिया तो बहुत बढ़िया है,'' एर्दोसैन ने कहा, ''लेकिन इसका मतलब तो यह हुआ कि हम सब आपके लिए काम करेंगे...''

''क्या तुम नेता नहीं बनना चाहते ?''

''हाँ, लेकिन हमें जो मिलेगा वो तो बस एक महाभोज के बचे हुए टुकड़े होंगे।''

''नहीं, श्रीमान...आपने गलत समझा...आइडिया ये है...''

ज्योतिषी बीच में बोला, ''जेंटलमैन...हम यहाँ अपनी संस्था की भावी दिशा पर चर्चा करने के लिए इकट्ठा नहीं हुए हैं, बल्कि हर शाखा की गतिविधियों पर चर्चा करने के लिए आये हैं। अगर आप सभी सहमत हैं तो हम शुरू कर सकते हैं।''

एक सुन्दर-सा नौजवान जो अभी तक एक शब्द नहीं बोला था, अब उसने अपनी आवाज़ उठाई, ''अगर आपको कुछ परेशानी न हो तो मैं कुछ कहूँ?''

''हाँ, हाँ बिलकुल...''

''तो ठीक है, मेरे ख़याल से पहली बात जो हमें हल कर लेनी चाहिए, वो है—क्या आप एक क्रांति लाना चाहते हैं, या नहीं? संगठनात्मक ब्यौरे तो बाद में तय किये जा सकते हैं।''

''बिलकुल ठीक, वे बाद में आते हैं...हाँ, तुम ठीक कहते हो।''

उस अजनबी ने आख़िरकार बताया कि वो कौन है।

''मैं हेफ्नर का दोस्त हूँ। एक वकील। लेकिन मैंने वो सब फ़ायदे त्याग दिए जो मेरा पेशा मुझे दे सकता था, क्योंकि मैं पूँजीवादी व्यवस्था से कोई वास्ता नहीं रखना चाहता। क्या मैं जो सोचता हूँ वो कहने का हक़ है मुझे?''

''हाँ, बिलकुल।''

''ठीक तब। मेरे ख़याल से जो मेजर ने कहा है वो हमारे समाज की पूरी दिशा बदल देगा।''

''नहीं,'' सोने के खोजकर्ता ने आपत्ति जताई। ''ये उसका आरम्भ बिंदु हो सकता है, किसी भी सिद्धांत पर असर डाले बगैर।''

''बेशक।''

''हाँ, ठीक।''

चर्चा एक बार फिर शुरू होने वाली थी। ज्योतिषी खड़ा हो गया।

''जेंटलमैन, ये बहस किसी और दिन। आज जो हमारे लिए मुद्दे की बात है वो विचार नहीं बल्कि हमारे दल का वित्तीय संगठन है। इसलिए मैं प्रस्तावित करता हूँ कि जो भी बात इससे सीधे जुड़ी न हो, उसे छोड़ दिया जाए।''

''लेकिन ये तो तानाशाही है,'' वकील फूट पड़ा। ज्योतिषी ने एक पल के लिए उसकी आँखों में घूरा फिर चुभते हुए तरीके से उसे लक्षित करके बोला, ''लगता है, तुम खुद को जन्मजात नेता के तौर पर देखते हो...और मेरे ख़याल से तुम सही हो। अगर तुम स्मार्ट हो, चतुर हो, तो तुम्हें हम से अलग एक दूसरा संगठन बनाना शुरू कर देना चाहिए।

इस तरह हम दोनों ही मौजूदा व्यवस्था को ढहाने में मदद कर सकते हैं। लेकिन यहाँ, या तो तुम मेरी बात मानोगे, या तुम जा सकते हो।"

दोनों आदमी कुछ पलों के लिए एक-दूसरे के आमने-सामने रहे; फिर वकील उठा, एक अंतिम बार उसने ज्योतिषी को घूरा, सख्त आदमी की तरह हल्की मुस्कराहट के साथ सिर हिलाया और वहाँ से चला गया।

उसके बाद की चुप्पी को आखिरकार मेजर की आवाज़ ने तोड़ा। उसने ज्योतिषी से कहा, "तुमने जैसा बर्ताव किया वो बिलकुल सही था। अनुशासन हर चीज़ का आधार है। हम सुन रहे हैं।"

समर हाउस के काले मिट्टी के फ़र्श पर सूरज के हीरे के आकार के टुकड़े सुनहरी पच्चीकारी बना रहे थे। दूर किसी लोहार के यहाँ से लोहा पीटने की आवाज़ सुनाई दे रही थी;पेड़ों की शाखाओं पर बैठे असंख्य पक्षियों ने चहचहाना शुरू कर दिया। एर्दोसैन हनीसकल के एक सफ़ेद फूल को चबा रहा था, जबकि सोने का खोजकर्ता अपने घुटनों पर कोहनियाँ टिकाये फ़र्श पर घूर रहा था।

ठग सिगरेट पी रहा था; एर्दोसैन ने ज्योतिषी के मंगोलों जैसे नाक-नक्श और गले तक बंद लबादे को ध्यान से देखा।

मेजर के बोलने के बाद एक अजीब-सी चुप्पी छा गयी। ये घुसपैठिया उनसे क्या चाहता था? अचानक एर्दोसैन उठा और विरोध में बोला, "तुम इसमें जितना अनुशासन चाहो, रख सकते हो लेकिन एक सैन्य तानाशाही की बात करना तो बेतुका है। हमें बस इस बात में दिलचस्पी है कि सशस्त्र सेना हमारे क्रांतिकारी आन्दोलन में शामिल हो जाये।"

मेजर कुर्सी पर सीधा बैठ गया और एर्दोसैन पर मुस्कराया, "तो तुम ये मानते हो कि मैंने अपनी भूमिका अच्छे से निभाई?"

"भूमिका?"

"हाँ, बिलकुल ठीक...मैं उतना ही मेजर हूँ जितने कि तुम।"

"तुमने देखा कि एक झूठ कितना ताकतवर हो सकता है?" ज्योतिषी बोला। "मैंने अपने इस दोस्त को एक मेजर की पोशाक में छिपा दिया था और ये—इसके बावजूद कि आप सभी इस राज़ में शामिल हैं—आपको ये यकीन दिलाने में कामयाब हो गया कि सेना में क्रांति होगी।"*

"तो क्या?"

---

*समीक्षक का नोट : बाद में ये पाया गया कि मेजर काल्पनिक अफ़सर नहीं बल्कि वाकई सेना का अफ़सर था और ये कि जब उसने कहा कि वह एक रोल अदा कर रहा था, तो वह झूठ बोल रहा था।

"तो, ये सिर्फ़ एक पूर्वाभ्यास भर था, लेकिन एक दिन हम वाकई इस नाटक को खेलेंगे।"

ज्योतिषी के शब्द इतने कँपकँपा देने वाले थे कि चार दूसरे लोग मेजर को देखते हुए बस बैठे रहे, जो अब बोला, "दरअसल, मैं सार्जेंट से आगे कभी बढ़ ही नहीं पाया" लेकिन ज्योतिषी ने उसे बीच में ही रोक कर कहा, "तुम्हारा क्या हेफ्नर, क्या तुम्हारे पास प्रस्तावित बजट तैयार है?"

"हाँ...ये रहा।"

ज्योतिषी ने अनेक कागज़ों पर जो संख्याएँ लिखी थीं, उन्हें पलटा, और फिर अपने श्रोताओं को समझाया, "हमारी गुप्त संस्था के लिए वेश्यालय ही सबसे निश्चित तरीका है पैसे कमाने का।" वह बोलता रहा, "हमारे इस दोस्त ने हमें एक दस लड़कियों वाला वेश्यालय खोलने का बजट दिया है। लागत की सूची इस तरह है—

बेडरूम फ़र्नीचर के दस सेट...2000

मासिक किराया...400

तीन महीने का डिपॉज़िट...1200

रसोई, बाथरूम और शराबघर बनाने का खर्चा...2000

पुलिस इंस्पेक्टर की मासिक रिश्वत....300

डॉक्टर की रिश्वत...150

लाइसेंस के लिए स्थानीय नेता को रिश्वत...2000

मासिक लोकल कर...50

इलेक्ट्रिक पियानो...1500

एक महिला मैनेजर...150

खानसामा...150

कुल खर्चा...9,900

हर लड़की को अपने खाने के लिए हर हफ़्ते चौदह पेसोस देने होंगे और चाय, चीनी, कैरोसिन, मोमबत्ती,स्टॉकिंग, पाउडर, साबुन और इत्र वगैरह जो भी उसे चाहिए उसे इस संस्था से ही खरीदना होगा।

ज्योतिषी लम्बे डग भरता हुआ टहलने लगा, "हमारे खर्चों के बाद हमें हर महीने

2,500 पेसोस की आय तो हो ही सकती है। इसका मतलब ये हुआ कि हम जितनी पूँजी का निवेश करेंगे, उसे चार माह के भीतर कमा लेंगे। जितना पैसा हम कमाएँगे उसके आधे से हम और वेश्यालय खोलेंगे, उस आय का एक तिहाई हम अपना कर्ज़ा चुकाने में लगायेंगे और बाकी हम अपनी क्रांतिकारी शाखाओं की सहायता में लगा देंगे। क्या सभी को 10,000 पेसोस का खर्चा मंज़ूर है?''

सभी ने हामी में सिर हिलाया सिवाय सोने के खोजकर्ता के जिसने पूछा, ''हमारा अकाउंटेंट कौन होगा?''

''एक बार सब व्यवस्थित हो जाये तो हम चुन सकते हैं।''

''ठीक है, तब।''

''तुम हमारे साथ हो मेजर?''

''हाँ।''

एर्दोसैन ने ऊपर देखा और हरी घास पर मंडराती हुई एक सफ़ेद तितली को घूमती हुई निगाह से देखते हुए नकली मेजर के फीके से चेहरे का निरीक्षण किया। एर्दोसैन ये सोचे बिना नहीं रह सका कि ये ज्योतिषी अपनी योजनाओं के लिए ऐसे प्राणियों को कहाँ-कहाँ से ढूँढ कर लाता है। ऐसा लगा कि ज्योतिषी ने उसके विचारों को समझ लिया।

''और तुम्हारा क्या, एर्दोसैन? अपनी गल्वानो-प्लास्टिक प्रयोगशाला शुरू करने के लिए तुम्हें कितने पैसों की ज़रूरत होगी?''

''एक हज़ार पेसोस।''

''ओह तो ताँबे के गुलाब के आविष्कारक तुम हो?'' मेजर ने पूछा।

''हाँ।''

''बधाई हो! मुझे लगता है, ये बहुत सफल होगा। बेशक तुम्हें बड़े स्केल पर फूलों में जस्ता चढ़ाना पड़ेगा।''

''हाँ, ठीक कहा। मैं सोच रहा हूँ कि उसी प्रयोगशाला में फ़ोटोग्राफ़ी भी शुरू कर दूँ। उससे लागत कम होगी।''

''ये फ़ैसला तो तुम्हें ही लेना है।''

''मेरा एक प्रशिक्षित दोस्त भी है जो गल्वानो-प्लास्टिक में हमारी मदद कर सकता है''—जब उसने ये कहा तो एर्दोसैन एस्पिला परिवार के बारे में सोच रहा था जो उस गुप्त संस्था के संभावित सदस्य हो सकते थे—लेकिन ज्योतिषी ने ये कह कर उसके विचारों में बाधा डाल दी, ''अब सोने के खोजकर्ता हमें उस क्षेत्र के बारे में कुछ खबर देंगे जहाँ हम

अपने शिविर लगायेंगे।'' इस पर दूसरा आदमी खड़ा हो गया। एर्दोसैन उसके रूप, रंग और वेशभूषा पर हैरान था। सिनेमा के ज़रिये इस तरह के शख्स की जो छवि उसके मन में थी उसके मुताबिक, एर्दोसैन ने एक विशाल आदमी की कल्पना की थी जिसकी भूरी-सी दाढ़ी होगी और जिससे शराब की बदबू आती होगी। लेकिन असलियत इससे बिलकुल अलग थी।

सोने का खोजकर्ता उसी की उम्र का एक नौजवान था, उसके सपाट गालों की हड्डियाँ कसी हुई फीकी त्वचा से ढँकी हुई थीं और उसकी आँखें जीवंत और घनी काली थीं। इससे बिलकुल भिन्न। उसका विशाल सीना ऐसा लगता था मानो उससे दोगुने बड़े आकार वाले किसी और व्यक्ति का हो। उसकी टाँगें पतली, लम्बी और धनुष के आकार की थीं। चमड़े की बेल्ट और पतलून के बीच में से रिवॉल्वर का पिछला हिस्सा दिखाई दे रहा था। उसकी आवाज़ साफ़ और एकसमान स्वर की थी लेकिन उसकी हर चीज़ बहुत बेमेल दिखाई देती थी, मानो उसे अलग-अलग लोगों के हिस्सों से मिला कर बनाया गया हो। उसका चेहरा अपने हाथों को कनखियों से देखते हुए किसी पत्ते चोर सा था, मुक्केबाज़-सा सीना था और घुड़सवार जैसी टाँगें थीं। और उसका अतीत भी उसके शरीर जैसा ही उलझा हुआ था। चौदह साल की उम्र तक वो गाँव में रहा था, फिर उसने एक चोर की हत्या कर दी। फिर सालों बाद तपेदिक होने के डर से वो पम्पास चला गया था, जहाँ रात-दिन दूर-दूर तक सफ़र करता रहा। एर्दोसैन को वो तुरंत पसंद आ गया।

सोने के खोजकर्ता ने कुछ पत्थरों को खोल कर दिखाया। वो एक चमकीले पत्थर के टुकड़े थे जिनमें सोने के अंश थे। और उसने गंभीरता से कहा, ''और मेरे पास खदान विभाग से विश्लेषण करने का प्रमाण पत्र भी है।''

वो पत्थर जल्दी-जल्दी सबने हाथों में लेकर देखे। सभी ने उन्हें लालची निगाहों से ऐसे देखा, मानो महाभोज को देख रहे हों, उनकी उँगलियाँ उन पत्थरों पर सोने के कणों को हल्के से सहलाती रहीं। ज्योतिषी ने धीरे-धीरे अपने लिए एक सिगरेट निकाली, और वह उनके चेहरों को ध्यान से देखता रहा, जिनमें वो जो देख रहे थे उसका झटका धीरे-धीरे एक लोभ में बदल गया था। सोने का खोजकर्ता फिर से बैठ गया और उदासीन तरीके से बोला, ''उधर बहुत-सा सोना है, जिसके बारे में कोई नहीं जानता। कैंपो चिलानो के करीब। पहले मैं एस्कुएल में था...एक ऐसी खदान में जहाँ काम बंद कर दिया गया था...फिर मैं अरोयो पेस्कादो गया...मैं चलता रहा, चलता रहा...पता नहीं आप जानते हैं या नहीं, लेकिन वहाँ आप दिनोंदिन चलते रह सकते हैं और कहीं पहुँचते ही नहीं। बहरहाल, मैं आख़िरकार कैंपो चिलानो पहुँचा। वो जंगल है, हज़ारों किलोमीटर तक फैला विशुद्ध जंगल। मैं वहाँ 'मास्क' के साथ था, वो एस्कुएल की एक वेश्या है और जो वहाँ का रास्ता जानती थी, क्योंकि वो वहाँ एक खदान में काम करने वाले मज़दूर के साथ गयी थी, जो खदान से शहर लौट कर मारा गया। वहाँ लोग एक-दूसरे को यूँ ही मार देते हैं, बिना किसी कारण के। 'मास्क' को गुप्त रोग हो गया था और जंगल से बाहर वो नहीं आ सकी। मुझे वो कितनी अच्छी तरह

से याद है! वो उस इलाके में बीस साल से भी ज़्यादा अरसे से घूम रही थी। पुएर्तो मद्रिन से वो कोमोडोर गया था और वहाँ से त्रेलेऊ और फिर एस्कुएल। वो लगभग सभी सोने के खोजियों को जानती थी। पहले हम दोनों अरोयो पेस्कादो गये जो एस्कुएल के दक्षिण में चालीस लीग (एक लीग यानी तीन मील) की दूरी पर है...लेकिन वहाँ मुझे सिर्फ़ बहुत थोड़ी मात्रा में ही सोना मिला...फिर हम घोड़े पर सवार होकर दो हफ़्तों तक पहाड़ों के बीच से सफ़र करते रहे और कैंपो चिलानो पहुँचे।''

सोने का खोजकर्ता अपने सारे रोमांचक कारनामे बताता रहा, उसका स्वर शांत और एकसमान था और वह अपनी दक्षिण की लम्बी यात्रा का विवरण देता रहा। ध्यान से सुनते हुए एर्दोसैन ने खुद को कल्पना में 'मास्क' के साथ पाया, कड़ी ठण्ड और अँधेरे में घाटियों से गुज़रते हुए, क्षितिज तक जामुनी रंग के पर्वतों का समूह। फिर पर्वत की चोटियाँ गायब हो गयीं और वे एक शाश्वत जंगल में दाखिल हो गये जहाँ लाल शाखाओं वाले पेड़ थे, गहरे हरे रंग की वनस्पतियाँ; जिन्हें लगातार हटाते हुए वो चल रहे थे; बर्फ़ीले नीले रेगिस्तान की तरह आसमान का विशाल विस्तार उन्हें सुन्न करता हुआ।

उस हैरत से अनजान जो उसके शब्दों से एर्दोसैन में पैदा हुई थी, सोने का खोजकर्ता अपने महीनों के साहसिक कामों के बारे में बताता रहा, कभी-कभी किसी बात पर ज़ोर देने के लिए इशारा करता हुआ। और सभी लोग पूरी तन्मयता से सुन रहे थे।

''आख़िरकार, एक सुबह मैं उस काली घाटी तक पहुँच गया। वो काली नुकीली धारदार चट्टानों का एक घेरा था, एक गहरा कुआँ, जिसके ऊपर गहरे पत्थरों के निक्षेप थे, जिसके बहुत ऊपर आसमान का नीला रंग बेहद उदास लगता था। उससे भी ऊँची चोटियों पर स्थित चट्टानों के साए में कुछ पक्षी भटक कर आ जाते थे...। और इस खाई के नीचे एक सुनहरे पानी की झील थी, जिसमें चाँदी से झरते झरनों से पानी आ रहा था जो ऊँचाई से वनस्पतियों के बीच से अपना रास्ता बना रहा था।''

सोने का खोजकर्ता इतने भयावह माहौल में कभी नहीं रहा था। हैरान होकर वह उस ताँबई झील में झाँकने के लिए रुक गया, जिस पर काली नुकीली चट्टानों का प्रतिबिम्ब दिखाई पड़ रहा था।

हरी काई के धब्बों और ताँबे पर चढ़ने वाली हरी परत की धारियों से छितरी चट्टानों की दीवारें गहरे पानी तक जा रही थीं, जिसमें एक फीका दाढ़ी से भरा चेहरा और उसके पीछे विशाल आसमान झाँक रहा था।

हालाँकि उसका रंग देख कर सोने का खोजकर्ता ये बता सकता था कि वो पानी सोने से भरा है, लेकिन उसने इस ख़याल को बेतुका समझ कर नकार दिया क्योंकि उसने कभी इस तरह की चीज़ के बारे में न तो पढ़ा था न ही सुना था। वह बोलता रहा, ''लेकिन उस जंगल से निकल आने के बाद एक दिन मैं एक डेंटिस्ट के यहाँ प्रतीक्षा कक्ष में बैठा

था, तो वहाँ एक मेज़ पर *मेडिकल वीकली* नाम की पत्रिका की एक प्रति पड़ी थी, मैं उसे पलटने लगा। तब मैंने ये पता लगाया। मैं पत्रिका को ऐसे ही पलट रहा था तो पहला पन्ना जो खुला उसमें एक लेख था जिसका शीर्षक था 'लुपस एरिथमेटोटस के इलाज में सोने या कोलाइडीय सोने का प्रयोग'। मैंने उसे पढ़ना शुरू किया और मुझे पता चला कि सोना पानी में अतिसूक्ष्म कणों में विद्यमान रह सकता है...और ये कि जो अद्‌भुत दृश्य मैंने देखा था वो दरअसल कीमियागीरों और रसायन बनाने वालों ने पहले ही खोज लिया था, जिसे वो 'सोने का पानी' कहते थे। और वे इसे बहुत ही आसान तरीके से प्राप्त करते थे : सोने के एक बहुत गर्म टुकड़े को बारिश के पानी में डुबो देने से। मुझे तुरंत वो झील याद आ गयी, जिसका रंग, मुझे लगा था उसमें उगी वनस्पतियों की वजह से ऐसा है। मुझे ये एहसास भी नहीं था और मैं एक कोलाइड सोने की झील के किनारे खड़ा था, जो सदियों से चट्टानों की नसों में झरनों के पानी के रिसने से बनी थी। देखा, अज्ञानता आपका क्या हश्र करती है? अगर संयोग से वो पत्रिका मेरी नज़र में न आती तो मुझे ये एहसास ही नहीं होता कि मैंने क्या खोज लिया है।''

''तो क्या तुम वहाँ दोबारा गये?'' मेजर जानना चाहता था।

''ज़ाहिर है, मैं आठ महीने पहले वहाँ वापस गया, जब मैंने ज्योतिषी को लिखा था इस बारे में...लेकिन मुझसे एक गलती हो गयी...मुझे इसका अध्ययन करना है कि सोना निकाला कैसे जाता है...वो सब वहाँ पतली पर्तों में है...हमें बहुत मेहनत करनी पड़ेगी...गोताखोरों के सूट लाने होंगे, क्योंकि सोना झील की तली में है, पानी खुद तो बेरंग है।''

हेफ्नर ने कहा, ''जो तुम कह रहे हो, है तो बहुत दिलचस्प है। चाहे वहाँ सोना न भी निकले वो इस बेकार शहर से तो बेहतर ही होगा।''

मेजर ने आगे जोड़ा, ''अगर हम कैंपो चिलानो में शिविर लगाते हैं तो हमें एक टेलीग्राफ़ ऑफ़िस की ज़रूरत होगी।''

एर्दोसैन ने जवाब दिया, ''अगर ऐसा है तो, हम पैंतालीस और अस्सी मीटर की वेव लेंग्थ का एक पोर्टेबल यंत्र रख सकते हैं, इसकी लागत होगी 500 पेसोस और ये 3,000 किलोमीटर की रेंज का होगा।''

मेजर एक बार फिर बोला, ''मैं ख़ास तौर पर वहाँ एक शिविर लगाने के पक्ष में हूँ, क्योंकि हम वहाँ अपनी ज़हरीली गैस बनाने की फ़ैक्ट्री लगा सकते हैं। मेरा मानना है कि तुम इस बारे में जानते हो, एर्दोसैन?''

''हाँ, मसलन मस्टर्ड गैस को एलेक्ट्रोलिसिस के ज़रिये बनाया जा सकता है, हालाँकि मैंने इस मामले का गहराई से अध्ययन नहीं किया है—लेकिन तुम सही कह रहे हो, गैस और जीवाणु प्रयोगशालाओं पर हमें ध्यान केन्द्रित करना चाहिए। खास तौर पर ब्युबोनिक प्लेग और एशियाटिक हैजा फैलाने के कीटाणु पैदा करने की प्रयोगशालाएँ। हमें कुछ ख़ास

बेक्टीरिया के नमूने हासिल करने होंगे, क्योंकि उनको आगे बनाना बहुत सस्ता है।''

ज्योतिषी ने हस्तक्षेप किया, ''मेरे ख़याल से शिविर के प्रबंधन को हम बाद के लिए छोड़ देते हैं। अभी के लिए हमें हेफ्नर के प्रोजेक्ट को शुरू करने पर ध्यान देना चाहिए। हमारी कॉलोनी के लिए पहला समूह तभी निकल सकता है जब हम कुछ कमा रहे हों। तुम्हारे दिमाग में कोई परिवार है क्या, एर्दोसैन?''

''हाँ, एस्पिला परिवार।''

हेफ्नर बीच में ही बोल पड़ा, ''एक मिनट रुको! मुझे लगता है कि ये सब इतनी हवाबाज़ी है। मैं आपकी इस सोसाइटी में सिर्फ़ एक सहयोगी हूँ, लेकिन मेरे ख़याल से हमें कुछ बातें अभी ही सुलटा लेनी चाहिए।''

ज्योतिषी ने उसे घूरा और कहा, ''तुम हमारा काम शुरू करवाने में पैसा डालना चाहते हो? नहीं। ठीक फिर? तब तक इंतज़ार करो जब तक हमें कुछ फ़ण्ड नहीं मिल जाते, कुछ ही दिनों की बात है, और फिर तुम देखोगे।''

हेफ्नर खड़ा हो गया और सोने के खोजकर्ता की तरफ़ देखते हुए बोला, ''सुनो, दोस्त! एक बार ये शिविर का आइडिया तय हो जाए तो मुझे बताना; और अगर तुम्हें लोगों की ज़रूरत हो, तो और भी अच्छा, मैं तुम्हें ऐसे आवारागर्दों का एक गैंग दे सकता हूँ जो ब्यूनो आयर्स से बाहर निकलने में खुश होंगे।'' ऐसा कहते हुए उसने अपना हैट पहना और वो बगैर किसी से हाथ मिलाये बाहर निकलने ही वाला था कि उसे अचानक कुछ याद आ गया और वह ज्योतिषी की तरफ़ चिल्लाया, ''अगर तुम जल्दी करो और पैसे का इंतज़ाम कर लो तो एक बढ़िया कोठा बिकाऊ है अभी। उसमें ग्रिल लगी हुई है और जुआ खेलने के लिए भी बढ़िया जगह है। इसका मालिक उरुग्वे का है; वो पंद्रह हज़ार नकद माँग रहा है लेकिन अभी वो दस हज़ार में मान जायेगा और बाकी पाँच हज़ार एक साल में देने होंगे।''

''क्या तुम यहाँ शुक्रवार को आ सकते हो?''

''हाँ।''

''ठीक है, फिर शुक्रवार को मिलते हैं, और मुझे लगता है कि सौदा हो सकता है।''

''बाय'', बस इतना ही ठग ने कहा और वो चला गया।

सोने का खोजकर्ता

जब हेफ्नर चला गया तो एर्दोसैन जो सोने के खोजकर्ता से बात करना चाहता था, उसने ज्योतिषी और मेजर से विदा ली। वह फिर बेचैन महसूस कर रहा था। जब वो निकलने ही वाला था तो ज्योतिषी उसके कानों में फुसफुसाया, ''कल तुम यहाँ पक्का नौ बजे आ जाना। हमें चेक भुनाना है।''

एर्दोसैन 'उस' बारे में तो भूल ही गया था। उसने चारों तरफ़ ऐसे देखा कि मानो एक आघात ने उसे सुन्न कर दिया हो। उसे किसी से बात करने की ज़रूरत थी; उस एहसान को भूलने के लिए जो उसके ऊपर था और जिसे याद करके दोपहर की गर्म धूप में भी उसका दिल ज़ोर से धड़कने लगा था।

उसे सोने का खोजकर्ता अच्छा लगा था। वह उसके पास गया और पूछा, ''क्या हम साथ चल सकते हैं? मैं तुमसे 'उस दूरदराज़ जगह' के बारे में बात करना चाहता हूँ।''

उस शख़्स ने अपनी चमकीली आँखों से उसका अध्ययन किया और फिर बोला, ''बेशक, मुझे ख़ुशी होगी। तुम दिलचस्प आदमी नज़र आते हो।''

''शुक्रिया।''

''ख़ास तौर पर वो सब बातें जो ज्योतिषी ने तुम्हारे बारे में बतलाई हैं। जानते हो, प्लेग के कीटाणु का इस्तेमाल करके क्रांति लाने का तुम्हारा प्लान गज़ब का है।''

एर्दोसैन ने ऊपर देखा। इतनी प्रशंसा से वो कुछ शर्मिंदा-सा हो गया। क्या ऐसा वाकई हो सकता था कि जिस बकवास के वो सपने देखा करता था, कोई उसे इतनी गंभीरता से ले रहा था?

सोने के खोजकर्ता ने ज़ोर देकर कहा, ''प्लेग के कीटाणु और ज़हरीली गैसें तो शानदार आइडिया हैं। ज़रा कल्पना करो कि क्या हो सकता है। पुलिस मुख़यालय में वो कीटाणु वाला कनस्तर छोड़ा जाए ठीक तब जब वो संतियागो वहाँ हो! सभी पुलिसवालों को चूहे की तरह ज़हर देकर मार देना!'' उसने इतनी ज़ोर से ठहाका लगाया कि एक नींबू के पेड़ पर बैठे तीन पक्षी एक साथ उड़ गये। ''एर्दोसैन, मेरे दोस्त, तुम बहुत खास हो।

प्लेग और क्लोरीन! हम इसी शहर में क्रांति की रचना करने जा रहे हैं। मैं वो दिन देख सकता हूँ—सारे दुष्ट चालाक दुकानदार डर कर अपने बिलों में से अपनी थूथनी निकाल कर देखेंगे जबकि हम अपनी मशीनगन से दुनिया के कचरे को साफ़ कर रहे होंगे। एक अच्छी मशीनगन 1,000 पेसोस की आती है। एक मिनट में दो सौ पचास राउंड। असली खज़ाना है! फिर हम क्लोरीन और मस्टर्ड गैस के बादल छोड़ देंगे...। ओह, यकीन मानो, तुम्हें अपने विचार एक पेपर की शक्ल में प्रकाशित करवाने चाहिए।''

इस अति प्रशंसा को बीच में रोक कर एर्दोसैन ने पूछा, ''तो, तुम्हें सोना मिल गया है ना? सोना...''

''मुझे लगता है कि 'सोने के पानी' के बारे में जो कहानी सुनाई थी, उसका एक शब्द भी तुम पचा नहीं पाए।''

''क्या मतलब है तुम्हारा, कहानी? तो वो सोना... ?''

''वो सोना है, बेशक है...सवाल सिर्फ़ उसे ढूँढने का है।''

एर्दोसैन इतना हतोत्साहित नज़र आया कि सोने के खोजकर्ता ने जल्दी से जोड़ा, ''इधर देखो...मैंने तुम्हें इसलिए बताया, क्योंकि ज्योतिषी ने कहा था कि मैं तुम पर भरोसा कर सकता हूँ।''

''हाँ, लेकिन मैंने सोचा...''

''क्या?''

''कि उन सभी झूठों के बीच ये कुछ सच बातों में से एक था...''

''वैसे मूल रूप से तो ये सच है। सोना वहाँ है...हमें बस उसे ढूँढना है। तुम्हें तो खुश होना चाहिए कि हर चीज़ का इंतज़ाम इस तरह हो रहा है कि हम उसकी तलाश में वहाँ जाएँ। या तुम्हें ऐसा लगता है कि ये बेवक़ूफ़ एक इंच भी हिलेंगे अगर उन्हें शानदार झूठों से प्रेरित नहीं किया जाए? मैंने इस बारे में इतना सोचा है! इसीलिए ज्योतिषी का सिद्धांत इतना प्रतिभाशाली विचार है : मनुष्य सिर्फ़ झूठ पर प्रतिक्रिया करता है। वह झूठ को सत्य की संगतता दे देता है; वो लोग जो कुछ भी पाने के लिए हिलेंगे नहीं, बन्दे जो बिलकुल हताश और सनकी हो चुके हैं, उसके झूठों के सत्य में फिर से जीवंत हो उठते हैं। इससे ज़्यादा श्रेष्ठता की कल्पना की जा सकती है? और तो और, हर बार ठीक एक ही बात दोहराई जाती है और कोई भी विरोध नहीं करता। हाँ...सब कुछ नकली है, अगर हम सिर्फ़ उसके बारे में सोचें तो...ऐसा कोई नहीं है जो ये स्वीकार नहीं करेगा कि हमारा समाज छोटे-छोटे, मूर्खतापूर्ण झूठों पर चलता है। तो ज्योतिषी ऐसा कौन-सा बड़ा पाप कर रहा है? वह सिर्फ़ एक छोटे से झूठ को एक विशाल, भव्य और अतीन्द्रिय झूठ से बदल रहा है। अपने झूठ के साथ ज्योतिषी हमें असाधारण दिखाई देता है, लेकिन वो ऐसा कुछ भी नहीं है...या वो है,

वो है क्योंकि वो अपने झूठ से कोई निजी लाभ लेने के पीछे नहीं है; फिर भी वो असाधारण नहीं है, क्योंकि वो सिर्फ़ एक पुराने सिद्धांत को ही लागू कर रहा है जिसे हर धोखेबाज़ और सामाजिक द्रष्टा ने इस्तेमाल किया है। अगर एक दिन उसकी जीवनी लिखी जाती है तो जो इसे कोई धारणा बनाने के लिए पढ़ेंगे वो यही कहेंगे, ''वह महान था क्योंकि आपने आदर्शों को पाने के लिए उसने जो तरीके अपनाये वो किसी भी ढोंगी के पास उपलब्ध थे। और जो हमें असाधारण और व्याकुल कर देने वाले तत्व के तौर पर देखते हैं वो सिर्फ़ कमज़ोर और निरुत्साहित लोगों के मन का भय है जो ये मानते हैं कि सफलता सिर्फ़ जटिल और रहस्यमय प्रक्रियाओं के ज़रिये मिलती है, किसी सरल चीज़ से नहीं।

''झूठों का सत्य ?''

''बिलकुल ठीक। समस्या यह है कि हम इन महान योजनाओं के लिए पर्याप्त निर्भीक नहीं हैं। हम ये सोचते हैं कि एक राज्य को चलाना एक घर को चलाने से कहीं ज़्यादा कठिन होता होगा; हम सारी चीज़ों में कुछ ज़्यादा ही साहित्य और रुमानीपन जोड़ देते हैं।''

''लेकिन मन में कहीं भीतर...मेरा मतलब कि तुम्हें ऐसा लगता है कि हम कामयाब होंगे ?''

''पूरी तरह से, और मेरी मानो, अगर दुनिया के न भी बन पाए तो...हम अर्जेंटीना के शासक बनेंगे...ऐसा होना ही है। ज्योतिषी की योजना मनुष्यता की मुक्ति की योजना है जो सभ्यता के मशीनीकरण से थक चुकी है, तंग आ चुकी है। अब कोई विचार नहीं हैं। न ही कोई अच्छे या बुरे प्रतीक। मैंने एक बार ज्योतिषी से ही प्राचीन दुनिया के उन नगरों के बारे में सुना था जो अनुपयुक्त लोग थे और अपने ही देशों में निश्चिन्त महसूस नहीं करते थे। हम भी वैसा ही करेंगे, लेकिन हम अपनी संस्था को एक उपद्रवी खेल-सा बना देंगे...एक खेल जो उन दुकानदारों की आत्मा तक को जीत लेता है जिन्हें काऊबॉय फ़िल्में देखना पसंद है। ओह, तुम सोच भी नहीं सकते कि हम क्या-क्या शैतानियाँ कर सकते हैं! आखिरी कदम के तौर पर हम नाइट्रोग्लिसिरिन के बम फैला सकते हैं, उस घबराहट का मज़ा लेने के लिए जो इससे लोगों की भीड़ में पैदा होगी। तुम्हें क्या लगता है आस-पड़ोस के गैंग्स अपने ज़माने में क्या थे ? नौजवान जिन्हें अपनी ऊर्जा का इस्तेमाल करने का कोई और रास्ता नहीं मालूम था। तो उन्होंने किसी घमंडी शख्स या किसी अरब को मारने में इसका इस्तेमाल किया। ज़रा सोचो...कोमोडोर...पुएर्तो मद्रिन, लेऊ, एस्कुएल, अरोयो पेस्कादो, कैंपो चिलानो, मैं इन सभी रास्तों और बीहड़ों को जानता हूँ...मेरा यकीन करो...हम नौजवानों का एक शानदार गिरोह बनायेंगे।'' वो अपनी रौ में बहता जा रहा था, ''तुम्हें भरोसा नहीं कि वहाँ सोना है ? तुम खाने की मेज़ पर बैठे ऐसे बच्चों की तरह हो, जिनकी आँखें उनके पेट से ज़्यादा बड़ी होती हैं। हमारे इस देश में हरेक चीज़ सोना है।''

एर्दोसैन भी इस शख्स में उत्साह में खुद को बहता हुआ महसूस करने लगा। सोने

का खोजकर्ता लम्बी साँस में बात करता था और जब वो एक भौंह उठा कर दूसरी भौंह उठाता तो उसकी आँखें फड़कतीं, बात करते हुए वो एर्दोसैन की बाजू को दोस्ताना तरीके से दबाता रहा।

''यकीन मानो, एर्दोसैन...वहाँ बहुत सोना है...तुम उसकी कल्पना भी नहीं कर सकते, इतना ज़्यादा...लेकिन मुद्दा यह नहीं है। मुद्दा यह है, कि समय हमारे हाथों से फिसल रहा है। एस्कुएल, अरोयो पेस्कादो, रिओ पिको...कैंपो चिलानो...मीलों चलते हुए, दिनोंदिन यात्रा करते हुए...और जैसा कि तुम जानते हो, एक घोड़े का प्रमाणपत्र लेने के लिए हफ़्तों यात्रा करनी पड़ती है, जबकि उस घोड़े की कीमत दस पेसोस भी नहीं होती। वहाँ समय निरर्थक है...हर चीज़ विशाल है...असाधारण...शाश्वत। तुम्हें इस पर यकीन करना होगा। मुझे याद है जब मैं 'मास्क' के साथ अरोयो पेस्कादो के करीब था। सिर्फ़ सोना नहीं, लाल सोना। वहीं पर सभ्यता से परेशान हुए लोगों का इलाज किया जा सकता है। हमें अपने सभी दोस्तों को पहाड़ों पर भेज देना चाहिए। देखो, मैं सत्ताईस साल का हूँ...और मैंने कई बार अपनी ज़िन्दगी को जोखिम में डाला है।'' ऐसा कहते हुए उसने अपना रिवॉल्वर निकाला, ''उस चिड़िया को देख रहे हो?''...वह पचास कदम की दूरी पर थी—उसने अपनी बन्दूक अपनी ठोड़ी तक उठाई और ट्रिगर दबा दिया। वह पक्षी पेड़ से नीचे गिर गया। ''देखा तुमने? इस तरह मैं कई बार अपनी ज़िन्दगी खतरे में डाल चुका हूँ। उदास होने की कोई वजह नहीं है। देखो मैं अभी सत्ताईस का हूँ। अरोयो पेस्कादो, एस्कुएल, रिओ पिको, कैंपो चिलानो...वो सभी खाली सुनसान और विशाल प्रदेश हमारे हो सकते हैं...हम 'नयी ख़ुशी' ऑर्डर ऑफ़ द नाइट ऑफ़ रेड गोल्ड के लिए पहरेदारों का प्रबंध कर सकते हैं...तुम्हें लगता है कि मैं आपे से बाहर हो रहा हूँ। नहीं! तुम्हें समझने के लिए उन जगहों को देखना होगा। यह उस तरह का अनुभव है जो आपको इस बात के लिए सजग बनाता है कि किसी भी चीज़ से ज़्यादा हमें एक स्वाभाविक अभिजात वर्ग की ज़रूरत है। जब आप एकाकीपन, सभी खतरों, उदासी, सूरज, अनंत खाली मैदानों के बरअक्स खड़े होते हैं, तो आप एक नए व्यक्ति बन जाते हैं...उन गुलामों के झुण्ड से बिलकुल अलग जो शहर में अपने अस्तित्व के लिए मशक्कत करते रहते हैं। तुम जानते हो, हमारे शहरों के अराजकतावादी, समाजवादी सर्वहारा वाकई क्या हैं? कायरों के एक समूह से ज़्यादा कुछ नहीं। पर्वतों या खाली निर्जन मैदानों में अपनी आत्मा और साहस का इम्तेहान लेने की बजाय उन्हें सुविधाएँ और मनोरंजन पसंद है; वे नितांत निर्जन बीहड़ के वीरतापूर्ण अकेलेपन के बारे में नहीं जानना चाहते। अगर सभी लोग उन बीहड़ों की तरफ़ निकल गये तो इन सभी फ़ैक्ट्रियों, फ़ैशन हाउसों, शहर के हज़ारों परजीवियों का क्या होगा...अगर हरेक ने वहाँ अपना शिविर लगा लिया तो? क्या अब तुम समझे कि मैं, ज्योतिषी के साथ क्यों हूँ? ये हम नौजवान लोगों पर है कि हम एक नए जीवन की रचना करें। हम एक दस्यु अभिजात वर्ग को स्थापित करेंगे। हम उन सभी बुद्धिजीवियों को गोली मार देंगे जो टॉलस्टॉय के बेवकूफ़ाना विचारों से संक्रमित हैं और बाकी लोगों

से अपने लिए काम करवाएँगे। यही वजह है कि मैं मुसोलिनी का प्रशंसक हूँ। उसने उन सभी मैन्डोलिन बजाने वालों के पिछवाड़े पर छड़ी का इस्तेमाल किया और एक ही दिन में कॉमिक ओपेरा राज्य भूमध्यसागर के कुत्तों में बदल गया। शहर इस दुनिया के कैंसर हैं। वे लोगों को नष्ट कर देते हैं। कुटिल और ईर्ष्यालु लोगों को कायरों में बदल देते हैं—और ये ईर्ष्या ही है जो उन्हें अपने हक़, कायरता और जलन पर दृढ़तापूर्वक खड़े रहने के लिए प्रेरित करती है। अगर उन समूहों में कुछ साहसी, श्रेष्ठ और कठोर व्यक्ति होते तो वो बहुत पहले हर चीज़ के टुकड़े-टुकड़े कर चुके होते। लोगों में विश्वास करने का मतलब है इस बात पर यकीन करना कि आप आगे बढ़ कर चाँद को नीचे ला सकते हैं। देखो, रूसी किसानों के साथ लेनिन का क्या हुआ। लेकिन अब सभी चीज़ों का इंतज़ाम हो चुका है और बस अब यही कहना बचा है कि इस सदी में जो शहरों में आराम और शांति नहीं महसूस करते उन्हें बीहड़ निर्जनों के लिए निकल जाना चाहिए। यही तो ज्योतिषी भी सुझाव दे रहा है। और वह ठीक है। जो पहले ईसाई थे, जब वो शहरों के जीवन को बर्दाश्त नहीं कर पाए तो वे रेगिस्तान की तरफ़ निकल गये थे। वहाँ उन्हें अपनी तरह की ख़ुशी मिल गयी।

''जानते हो? मुझे तुम्हारी ये रेगिस्तान से तुलना अच्छी लगी।''

''ये ठीक है, एर्दोसैन। जैसा कि ज्योतिषी कहता है कि जो शहरों में फ़िट नहीं बैठते उन्हें शहरों को उन लोगों के लिए खराब नहीं करना चाहिए जो वहाँ फ़िट बैठते हैं। नाखुश और शहरों के लिए बेमेल लोगों के लिए पर्वत हैं, मैदान हैं, विशाल नदियों के तट हैं।''

एर्दोसैन को इतनी आवेगपूर्ण प्रतिक्रिया की उम्मीद नहीं थी। ऐसा लगा कि सोने के खोजकर्ता ने उसके विचारों को पढ़ लिया, क्योंकि उसने कहा, ''हम हिंसा का प्रवचन तो देंगे लेकिन अपनी किसी शाखा में हिंसा के समर्थक विचारक को आने की इजाज़त नहीं देंगे। जो भी कोई इस समाज के लिए अपनी नफ़रत दिखाना चाहता है, उसे पहले अपनी वफ़ादारी का सुबूत देना होगा। क्या अब तुम देख सकते हो कि प्रशिक्षण शिविरों का क्या मकसद है? क्या सोना एक और अद्‌भुत भ्रम नहीं है? जो भी हम में शामिल होना चाहता है, उसे खुद को हमारे लिए न्यौछावर करना होगा। ये प्रयास उसको एक सुपरमैन बना देगा। और उस वक्त उसे सत्ता और ताकत दी जाएगी। क्या मठों की व्यवस्था में ऐसा ही नहीं होता? क्या सेना की व्यवस्था भी ऐसी ही नहीं होती? नहीं, मुझे इस तरह मत घूरो! यहाँ तक कि बड़े स्टोर्स में, जैसे गाथ एंड चावेस या हैरड्स में, वहाँ के कर्मचारियों ने मुझे बताया है कि वहाँ का स्टाफ़ एक खास स्तर का अनुशासन स्वीकार करता है, जिसकी तुलना में सेना का अनुशासन मज़ाक लगे! तो तुम देख सकते हो, एर्दोसैन, हम कोई नयी चीज़ ईजाद नहीं कर रहे। हम सिर्फ़ एक तुच्छ मकसद को एक असाधारण लक्ष्य से बदल रहे हैं।''

सोने के खोजकर्ता ने एर्दोसैन को शर्मिंदा कर दिया। उसे उसकी हिंसा से ईर्ष्या हुई;

वह उसके अपरिवर्तनीय सत्यों से चिड़चिड़ा गया और सबसे ज़्यादा तो वो उसकी बात का खंडन करने में समर्थ होना चाहता था। लेकिन उसने खुद से कहा, ''मैं उसकी स्टार जैसी भूमिका के लिए नहीं बना हूँ, मैं तो उन अभागे कायरों में से एक हूँ जो शहर में रहते हैं। मैं उसके जैसा आवेग और नफ़रत क्यों नहीं महसूस कर सकता? हाँ, जो वो कहता है, सच है। और मैं उस पर विनम्रता से मुस्कुराता हूँ मानो मुझे डर है कि वो मुझे पीट देगा। और ये भी सच है कि उसकी हिंसा मुझे डराती है, मैं उसके जोश और आवेग से घबराता हूँ।''

''क्या सोच रहे हो, दोस्त?'' सोने के खोजकर्ता ने कहा।

एर्दोसैन ने उसे देर तक ध्यान से देखा, फिर कहा, ''मैं सोच रहा था कि एक कायर की तरह किसी को पाला-पोसा जाए, कितना दुखद है यह।''

सोने के खोजकर्ता ने कंधे उचकाए, ''तुम्हें लगता है कि तुम कायर हो क्योंकि जो जीवन तुमने जीया है, उसने कभी तुम्हें अपना पिछवाड़ा खतरे में डालने के लिए बाध्य नहीं किया। मैं तुम्हें उस दिन देखना चाहता हूँ जब तुम्हारा जीवन ट्रिगर खींचने पर निर्भर करेगा, और तब मैं जान जाऊँगा कि तुम कायर हो या नहीं। दरअसल शहर में कोई भी बहादुर नहीं हो सकता। तुम अच्छी तरह से जानते हो कि अगर तुम किसी कमीने को एक घूँसा मारोगे तो पुलिस तुम्हारा इतना पीछा करेगी कि तुम इसकी बजाय सहनशील होना पसंद करोगे, कानून अपने हाथ में लेने की तुलना में। स्थिति ऐसी ही है। इसलिए आपको हर चीज़ मान लेने, स्वीकार कर लेने की आदत हो जाती है।''

एर्दोसैन ने उसकी तरफ़ देखा, ''तुम विलक्षण हो, तुम जानते हो?''

''फ़िक्र मत करो दोस्त। तुम देखो कि कितनी जल्दी तुम खुद भी जाग जाओगे...। तुम भी अपने साहसी पहलू को पा लोगे...तुम्हें बस पहला कदम बढ़ाने की ज़रूरत है।''

दोपहर का एक बज रहा था, जब उन दोनों ने एक-दूसरे से विदा ली।

अपाहिज

उसी दिन जब एर्दोसैन अपने कमरे की घुमावदार सीढ़ियों पर चढ़ता हुआ आख़िरी सीढ़ी पर पहुँचा तो उसने एक फरकोट और हरा हैट पहने औरत को अपनी मकान मालकिन से बात करते देखा। 'ओह, वह आ गया,' से उसे पता चल गया कि वे उसी का इंतज़ार कर रही थीं और जैसे ही वो उनके सामने रुका, उस अजनबी औरत ने अपने हल्की झुर्रियों वाले चेहरे को उसकी तरफ़ घुमाया और पूछा, "क्या आप ही श्री एर्दोसैन हैं?"

'ये चेहरा मैंने पहले कहाँ देखा है?' ये जवाब देते हुए कि वही एर्दोसैन है, वह ये सोचने लगा। फिर उस महिला ने अपना परिचय दिया, "मैं श्री एर्गुएता की पत्नी हूँ।"

"ओह तो आप 'अपाहिज' की पत्नी हैं?" उसने कहा और फिर अपनी ही बदतमीज़ी पर शर्मिंदा हो गया, जिसकी वजह से मकान मालकिन भी हैरान होकर उस महिला के पैरों की तरफ़ घूरने लगी थी, एर्दोसैन ने तुरंत माफ़ी माँगी, "ओह, माफ़ कीजियेगा, आपको यहाँ देख कर मैं ज़रा हैरान हो गया...आपको समझना ही होगा, मुझे बिलकुल उम्मीद नहीं थी कि आप यहाँ आएँगी...आप अन्दर आइये ना..." दरवाज़ा खोलने से पहले उसने इस बात के लिए भी माफ़ी माँगी कि उसका कमरा बहुत खराब हालत में हो सकता है, लेकिन हिपोलिता सिर्फ़ हल्के से मुस्करायी और बोली, "कोई बात नहीं।"

उसकी हल्की हरी आँखों से छनकर आते एक ठण्डे भाव से एर्दोसैन खीज गया और सोचने लगा, 'इसमें कुछ ऐसा है जो भ्रष्ट और विकृत है'—उसने ये देख लिया था कि उसके हैट के नीचे हिपोलिता के बाल दो चिकनी पट्टियों की तरह उसके कान को ढँके हुए थे। उसने फिर उसकी सुन्दर पलकों को देखा, उसके भरे हुए होंठों को जो उसके गुलाबी हल्के झुर्रीदार चेहरे से मेल नहीं खाते थे। 'ये अपनी तस्वीर से कितनी अलग दिखती है!' एर्दोसैन ने सोचा।

उसकी बगल में खड़ी उस महिला ने उसे ऐसे देखा मानो कह रही हो, "अच्छा तो ये जनाब हैं!"

उसके साथ खड़ा एर्दोसैन उसकी मौजूदगी को अनुभव तो कर रहा था लेकिन जज़्ब नहीं कर पा रहा था, मानो वो वाकई वहाँ थी ही नहीं, या फिर उसके विचारों से मीलों दूर

थी। फिर भी वो वहाँ थी, और उसे कुछ तो कहना ही था; इसलिए बत्ती जलाने, उसे बैठने के लिए कुर्सी देने के बाद वो सोफ़े पर बैठ गया और ये कह सका, ''तो आप एर्गुएता की बीवी हैं? ज़रा सोचो तो!''

उसे अब भी समझ नहीं आया था कि अचानक उसकी अव्यवस्था में दाखिल ये प्राणी यहाँ क्या कर रही थी। अचानक उसके मन में उत्सुकता ने घर कर लिया, लेकिन वो चाहता था कि ये स्थिति अलग होती कि वो इस महिला के चेहरे को वाकई जानता, उसके ताँबई चमक वाले अंडाकार घुमावों को, उसकी लाल-सी पलकों को, जिसमें से उसकी नज़र ऐसी दिखती थी जैसे किसी लोकप्रिय तस्वीर में संत के सिर के पीछे बादलों में से पनीले सूरज की किरणें झाँकती-सी दिखती हैं।

एर्दोसैन सोच रहा था, 'मेरा शरीर तो यहाँ है, लेकिन मेरा मन, मेरी आत्मा कहाँ है?' और उसने दोहराया, ''तो आप एर्दोसैन की बीवी हैं, ज़रा सोचो तो।''

हिपोलिता ने अपनी एक टाँग पर दूसरी टाँग रखी, अपनी ड्रेस की किनारी को ठीक किया, उसकी ड्रेस घुटनों से लम्बी थी और उसका कपड़ा उसकी गुलाबी उँगलियों में सरसरा गया। उसने धीरे धीरे अपना सिर उठाया, मानो एक अजनबी हालात में एक अनजान कमरे में इसके लिए उसे बहुत कोशिश करनी पड़ रही हो, और बोली, ''तुम्हें मेरे पति के लिए कुछ करना पड़ेगा। वह पागल हो गया है।''

'ये मेरे लिए कोई बड़ी हैरानी की बात नहीं है,' एर्दोसैन ने सोचा और इस बात से प्रसन्न कि वह ज़विएर डी मोंतेपां के उपन्यासों के किरदार बैंकरों की तरह शांत और संतुलित रह सकता था, उसने अपने द्वारा ईजाद की गयी इस भूमिका में व्यवस्थित होते हुए जवाब दिया, ''तो वो पागल हो गया है?'' फिर अचानक ये महसूस करते हुए कि वह इस दिखावे को ज़्यादा देर तक नहीं बनाये रख सकता, वह फूट पड़ा, ''आप जानती हैं? आप मुझे ये अजीब खबर सुना रही हैं और फिर भी इस खबर से मैं भावहीन, ठंडा-सा महसूस कर रहा हूँ। मुझे इस तरह महसूस करना आहत करता है, सभी तरह के भावों से खाली; मैं कुछ महसूस करना चाहता हूँ, मगर फिर भी मैं एक बाड़ के खम्बे की तरह हूँ। मुझे माफ़ कीजियेगा। मुझे नहीं पता मेरे साथ क्या गड़बड़ है। आप मुझे माफ़ कर देंगी ना? मैं हमेशा से ऐसा नहीं था। मुझे याद है। मैं बहुत खुश मिजाज़ हुआ करता था। कतरा-कतरा करके मैं बदल गया। मैं समझा नहीं सकता। मैं आपको देखता हूँ। मैं महसूस करना चाहता हूँ कि मैं आपका दोस्त हूँ, लेकिन ये नामुमकिन है। अगर आप मेरे सामने ठीक यहाँ, अभी मर भी रही होतीं तो मैं आपसे एक गिलास पानी तक के लिए नहीं पूछता। क्या आप समझ रही हैं? और फिर भी...बहरहाल, वो है कहाँ?''

''लॉस मर्सिडीस के पागलखाने में।''

''अजीब बात है। क्या आप लोग अजुल में नहीं रहते थे?''

''लेकिन हम लोग पिछले पंद्रह दिन से यहाँ हैं...''

''ये कब हुआ?''

''छह दिन पहले। मुझे समझ नहीं आ रहा। जैसा कि आपने पहले कहा। अगर मैं आपका वक्त बर्बाद कर रही हूँ तो माफ़ कीजियेगा। मैंने आपके बारे में सोचा क्योंकि आप उसे जानते थे, क्योंकि वो हमेशा आपके बारे में बात करता रहता था। आप उससे आख़िरी बार कब मिले थे?''

''जब आप लोगों की शादी हुई...हाँ उसने मुझे आपके बारे में बताया था...उसने आपको 'अपाहिज' और घटिया औरत कहा था।''

उसने महसूस किया कि हिपोलिता की आत्मा उसकी नज़रों को हल्की भाव शून्यता से धो रही थी। उसे यकीन था कि वो उससे किसी भी विषय पर बात कर सकता था। उस औरत की आत्मा वहाँ सिमटी हुई बैठी थी, उसे ग्रहण करने के लिए। जब वह बोल रही थी तो उसके बँधे हुए हाथ उसकी गोदी में रखे थे और उसकी इस निश्चिन्त मुद्रा से वह भी तनाव मुक्त महसूस कर रहा था। ज्योतिषी के यहाँ जो घटनाएँ हुई थीं वो अब बहुत दूर सी लग रही थीं; उसे अब सिर्फ़ पेड़ों की खुशबू और आसमान याद था और जब ये दृश्य उसके दिमाग में तैर रहे थे तो उसे एक गैरज़रूरी-सी ख़ुशी का एहसास हुआ। उसने संतोष से अपने हाथों को मसला और कहा, ''नाराज़ मत होना...लेकिन मुझे लगता है कि वह पागल ही था जो उसने आपसे शादी की...''

''मुझे बताइए, मुझसे शादी से पहले क्या वो जुआ खेलता था?''

''हाँ...और मुझे याद है कि वो *बाइबिल* का अध्ययन करता था, क्योंकि वो एक नए युग के आने का, चौथी सील (*बाइबल* के अनुसार मृत्यु की अवधारणा) की बात करता था और भी बहुत सारी ऐसी ही बातें करता था। और हाँ, वो जुआ भी खेलता था। उसमें मुझे हमेशा दिलचस्पी रहती थी, क्योंकि मुझे वो एक विशुद्ध उन्मादी लगता था।''

''हाँ, बिलकुल ठीक। एक हिस्टेरिक। एक बार तो उसने जुए में 5,000 पेसोस दाँव पर लगा दिए थे। उसने मेरे ज़ेवर बेच दिए, वो नेकलेस भी जो एक दोस्त ने मुझे दिया था...''

''ये क्या?...क्या तुमने वो नेकलेस अपनी शादी के ठीक पहले किसी नौकरानी को नहीं दे दिया था? उसने तो मुझे यही बताया कि तुमने अपना नेकलेस और तुम्हारी चाँदी की रकाबियाँ...और दस हज़ार पेसोस का चेक, जो दूसरे आदमी ने तुम्हें दिया था...।''

''तुम्हें लगता है कि मैं भी पागल हूँ? मैं अपनी नौकरानी को मोतियों का नेकलेस क्यों दूँगी भला?''

''तो उसने झूठ बोला?''

''ऐसा ही लगता है।''

''कितनी अजीब बात है!''

''हैरान मत हो। वह बहुत झूठ बोलता था। बहरहाल, हाल में तो वो दूसरी दुनिया में ही रहता था। उसने संख्याओं के एक मेल का अध्ययन किया था, जिसे वो रूलेट में लागू कर सके। अगर आप उसे देखते तो ज़रूर हँसते। उसने कॉपी भर के नंबर लिखे थे, जिन्हें सिर्फ़ वही समझ सकता था। क्या आदमी है! वो इतना चिंतित हो गया था कि उसे नींद नहीं आती थी। वो फ़ार्मेसी को ऐसे ही छोड़ देता था; कभी-कभी जब बत्ती बंद हो जाती, मैं पहले से ही बेडरूम में होती और बस सोने ही वाली होती कि मुझे फ़र्श पर ज़ोर से धड़ाम की आवाज़ आती : वह बिस्तर से कूद कर उत्तेजित अवस्था में नंबरों को लिख रहा होता मानो डरता हो कि वो नंबर उसके हाथ से निकल जायेंगे...तो उसने आपको ये बताया कि मैंने अपना मोती का नेकलेस किसी और को दे दिया था? हाँ? क्या आदमी है! हमारी शादी के पहले उसने ही उस नेकलेस को बेच दिया था...बहरहाल, जैसा मैं कह रही थी... पिछले महीने वो सैन कार्लोस के रियल कसीनो गया था...''

''और बेशक, वो हार गया...''

''नहीं, वो 7,00 पेसोस के बदले 7,000 जीत कर लाया। तुम्हें देखना चाहिए था वो जब वापस आया तो किस हालत में था...एक शब्द भी नहीं...मैंने खुद से कहा कि ''बस, अब वो खो गया है...लेकिन ख़ास बात ये है कि वो अपनी ही अच्छी किस्मत से कितना डर गया था...तब तक, उस संख्याओं के मेल के लिए उसमें काफ़ी संदेह था...''

''हाँ...मैं समझता हूँ...उसने उस कॉम्बिनेशन को टैस्ट करने की बजाय उस पर यकीन करना बेहतर समझा।''

''हाँ, ठीक। उसे असफल होने का डर था। लेकिन जैसा मैं कह रही थी...कई दिनों तक वो एक दूसरी ही दुनिया में रहा। मुझे याद है एक दिन दोपहर को सोने के वक्त वो मेरी तरफ़ मुड़ा और बोला, 'तो, मेरी बीवी,ऐसा लगता है कि अब तुम्हें इस दुनिया की रानी होने की आदत डालनी होगी।' ''

''हमेशा की तरह बढ़ा-चढ़ा कर बोला।''

''मुझे ये मानना ही होगा कि उसकी कामयाबी के बाद, मुझे भी उसके कॉम्बिनेशन पर यकीन करने का लालच हुआ। पहली बार उसने नंबरों का कड़ा पालन किया था, सो अब उसने मेरे खाते से 3,000 पेसोस निकाले, इससे बैंक को तोड़ने के लिए और 6,500 पेसोस निकाले—बाकी का इस्तेमाल फ़ार्मेसी के कुछ कर्ज़े चुकाने के लिए और फिर हम मोंटेविडियो चले गये। फिर वह एक-एक पैसा हार गया।''

''कितनी देर में ?''

''बीस मिनट में...वापस लौटते हुए उसे लगा कि वो रास्ते में ही बेहोश हो जायेगा... लेकिन क्या उसने वाकई तुमसे ये कहा था कि मैंने वो नेकलेस नौकरानी को दे दिया था ? क्या आदमी है !''

''शायद उसने ऐसा इसलिए किया, ताकि तुम्हारी अच्छी छवि बन जाये। वहाँ से वापस आने का सफ़र कैसा रहा ?''

''ठीक था...उसने एक शब्द भी नहीं कहा। उसकी आँखें हालाँकि चमक रही थीं, और उसका चेहरा भयानक, फूला हुआ और बेडौल। जैसे ही हम ब्यूनो आयर्स पहुँचे, वह सोने चला गया...उस दिन सोमवार था। वह बेडरूम में रात घिर आने तक रहा, फिर घर से निकल गया...पता नहीं क्यों लेकिन मुझे अपने अन्दर से ऐसा लग रहा था कि कुछ होने वाला है...वह दस बजे तक वापस नहीं आया, तो मैं सोने चली गयी। करीब सुबह एक बजे कमरे में उसके क़दमों की आहट से मैं जाग गयी। मैं बत्ती जलाने ही वाली थी कि उसने कूद कर मेरी बाजू पकड़ ली—तुम जानते हो वो कितना ताकतवर है—उसने मुझे मेरे रात के कपड़ों में ही बिस्तर से बाहर खींच लिया और होटल के सामने वाले दरवाज़े के गलियारे में खींचता हुआ ले गया।''

''आपने क्या किया ?''

''मैं चिल्लाई नहीं, क्योंकि मुझे मालूम था इससे वो और भी नाराज़ हो जायेगा। होटल के दरवाज़े के गलियारे में वह मुझे घूरता हुआ खड़ा रहा मानो वो किसी अजनबी को देख रहा हो, उसके माथे पर दर्द की सलवटें थीं और आँखें बाहर की तरफ़ निकली हुई थीं। बाहर बहुत तेज़ हवा में पेड़ों की शाखाएँ चाबुक की तरह हिल रही थीं और मैं अपनी बाँहों से खुद की हिफ़ाज़त करने की कोशिश कर रही थी, लेकिन वो बस वहीं खड़ा रहा, मुझे घूरते हुए, फिर एक पुलिसवाला दौड़ता हुआ आया, और एक दरबान भी जो शोर सुन कर जाग गया था, पीछे से उसके ऊपर कूदा। फिर उसने चिल्लाना शुरू कर दिया, इतनी ज़ोर से कि गली के दूसरे कोने तक उसे सुना जा सकता था—''ये वो घटिया औरत है... जो ठगों से प्यार करती है, जिसकी त्वचा गधों जैसी है।''

''आपको ठीक-ठीक शब्द याद हैं ?''

''इस तरह मानो ये सब मेरी आँखों के सामने अभी इसी वक्त हो रहा हो। वह रहा वो, वापस अन्दर आने के लिए जूझते हुए, पुलिसवाला उसे बाहर खींच रहा था और दरबान उसका गला पकड़ कर उसे कमज़ोर करने की कोशिश कर रहा था, जबकि मैं वहाँ एक बेवक़ूफ़ की तरह खड़ी इंतज़ार कर रही थी, इस सबके ख़त्म हो जाने का, उन लोगों की नज़रों को झेलते हुए जो वहाँ इकट्ठा हो गये थे और जिन्हें मुझ पर हँसने में ज़्यादा मज़ा आ रहा था बजाय पुलिसवाले की मदद करने के। ये तो अच्छी बात थी कि मैं हमेशा लम्बी-

सी नाईटड्रेस पहनती हूँ...आखिरकार होटल के अन्दर किसी नौजवान की मदद के लिए लगायी गयी गुहार पर सक्रिय हुए कुछ और पुलिसवाले आ गये और किसी तरह वे उसे पुलिस स्टेशन तक घसीट कर ले जाने में कामयाब हुए। उन्हें लगा था कि वो नशे में है... लेकिन वो पागलपन का दौरा था...डॉक्टर ने यही कहा। वह नोआह के आर्क के बारे में बड़बड़ा रहा था...''

''ओह, तो मैं आपकी कैसे मदद कर सकता हूँ?'' एर्दोसैन ने एक बार फिर महसूस किया कि उस स्त्री का सार तत्व किसी उपन्यास की तरह उसके जीवन का अंग बन गया है, कुछ ऐसा जिसकी उसी तरह परवाह करनी होगी, जैसे डांस की उछल-कूद के दौरान टाई की गाँठ का ख़याल रखना पड़ता है।

''वो मैं सोच रही थी कि अगर आप मुझे कुछ पैसे उधार दे सकते तो...मैं उसके परिवार पर तो बिलकुल निर्भर नहीं कर सकती।''

''क्या उसी के घर में आपकी शादी नहीं हुई थी?''

''हाँ, लेकिन जब हम शादी के बाद मोंटेविडिओ से वापस आए...तो हम एक दिन उनसे मिलने गए। ''क्या तुम कल्पना कर सकते हो...उस घर में जाना, जहाँ मैं नौकरानी रही थी!''

''ये बहुत हैरत में डालने वाला है।''

''आप अंदाज़ा भी नहीं लगा सकते कि वो लोग कितने नाराज़ हुए। उसकी एक चाची...लेकिन इन सब घटिया नफ़रत भरी बातों की क्या चर्चा करना, क्या आप ऐसा ही नहीं सोचते? ज़िन्दगी ऐसी ही है और इसमें इतना ही कुछ है। उन्होंने हमें बाहर निकाल दिया और हम वापस चले आये। बाद में क्या पता बेहतर किस्मत हो...''

''अजीब ये है कि आप एक नौकरानी थीं...''

''इसमें इतनी कोई अजीब बात नहीं...''

''बस आप उस तरह की लगतीं नहीं...''

''शुक्रिया...बात ये है कि जब मैंने होटल छोड़ा तो मुझे अपनी एक अँगूठी बेचनी पड़ी और अब जितना पैसा मेरे पास है, मुझे सावधानी से इस्तेमाल करना होगा...''

''और उस फ़ार्मेसी का क्या?''

''उसे एक जन देख रहा है, जिस पर हम भरोसा कर सकते हैं। मैंने पैसे के लिए उसे तार भेजा था लेकिन उसने जवाब दिया कि उसके पास एर्गुएता परिवार के सख़्त आदेश हैं कि मुझे एक पैसा भी न दिया जाए, सो...''

"तो अब आप क्या करने का सोच रही हैं?"

"यही तो मुझे नहीं पता...कि मुझे पिको के पास जाना चाहिए या यहीं रहना चाहिए।"

"क्या झंझट है!"

"यकीन कीजिये, मैं तंग आ गयी हूँ इससे।"

"माफ़ कीजिये, आज मेरे पास पैसा नहीं है। लेकिन कल होगा।"

"देखिये, जो कुछ मेरे पास हैं मैं उन्हें इमरजेंसी के लिए बचा के रखना चाहती हूँ।"

"आप जितने दिन चाहें यहाँ रह सकती हैं। मेरे कमरे के बगल में एक कमरा खाली है। और मैं आपके लिए क्या कर सकता हूँ?"

"देखिये, अगर आप उसे पागलखाने से निकाल सकें।"

"अगर वो वाकई पागल हो गया है तो मैं ऐसा कैसे कर सकता हूँ? बहरहाल, देखते हैं...आज रात आप यहाँ सो सकती हैं। मैं सोफ़े पर सो जाऊँगा...लेकिन बहुत मुमकिन है कि मैं यहाँ सोऊँ ही नहीं..."

एक बार फिर उस औरत ने अपनी आँख की लाल पलकों के नीचे से उसकी तरफ़ दुष्ट नज़र डाली। ऐसा लगा मानो वो इस आदमी के विचारों की बाहरी रेखा पर अपनी आत्मा को ढाल रही थी, ये देखने के लिए कि उसकी मंशाएँ क्या छाप छोड़ती हैं।

"ठीक है, मैं स्वीकार करती हूँ।"

"कल, अगर आप कहें तो मैं आपको कुछ पैसे दे दूँगा ताकि आप एक होटल में जा सकें अगर आपको यहाँ रहने से वो बेहतर लगे तो..." लेकिन फिर अचानक एक विचार उसके मन में कौंधा और वो उससे नाराज़ होकर बोला, "जानती हैं, ऐसा लगता नहीं कि आप वाकई एडुआर्डो से प्यार करती हैं..."

"ऐसा क्यों?"

"ये तो ज़ाहिर है। आप यहाँ आती हैं और इस सारे ड्रामे के बारे में मुझे इतनी शांति से बताती हैं कि मुझे हैरानी है इस पर...और फिर मैं आपके बारे में और क्या सोचूँगा?"

ये कहते हुए एर्दोसैन ने उस छोटे से कमरे में इधर-से-उधर घूमना शुरू कर दिया। वह फिर बेचैन हो उठा था और तिरछी निगाह से उसके हल्की झुर्रियों से भरे अंडाकार चेहरे, हैट के नीचे से झाँकती उसकी सुन्दर लाल पलकों, उसके होंठ जो सूजे हुए से दिख रहे थे और कानों को ढके हुए उसके ताँबई बालों की चिकनी पट्टियों को देखता रहा और

वो अपनी पारदर्शी आँखों से रौशनी बिखेरती रही।

एर्दोसैन ने सोचा, 'उसके वक्ष तो लगभग हैं ही नहीं।' हिपोलिता ने चारों तरफ़ देखा और अचानक एक चमकदार मुस्कान के साथ उसने पूछा, "तो तुम मुझसे और क्या उम्मीद कर रहे थे, डार्लिंग?"

एक अनौपचारिक 'बाद में किस्मत बेहतर हो' के बाद अचानक इस सस्ता कोठे वाला शब्द 'डार्लिंग' सुन कर एर्दोसैन चिढ़ गया।

थोड़ी देर बाद वह बोला, "पता नहीं...शायद मुझे लगा नहीं कि तुम इतनी ठंडी, भावहीन थीं। कभी-कभी तुम कुछ अस्वाभाविक लगती हो, नकली...मैं गलत भी हो सकता हूँ...बहरहाल, ये तुम्हारा मसला है..."

हिपोलिता खड़ी हो गयी, "डार्लिंग, मैं कभी नाटक करने के पक्ष में नहीं रही। मैं यहाँ क्यों आयी, इसकी वजह सीधी-सी है। मैं जानती थी कि तुम उसके सबसे करीबी दोस्त हो। क्या चाहते हो तुम? कि मैं मैरी मैग्डलीन की तरह रोऊँ, जबकि मुझे किसी बात का अफ़सोस नहीं है? मैं पहले ही काफ़ी रो चुकी हूँ..."

एर्दोसैन भी खड़ा हो चुका था। वह उसे घूर रही थी, लेकिन उसके चेहरे की त्वचा के नीचे की सख्त रेखाएँ, कवच से ढँकी इच्छाशक्ति-सी, थकान से मुरझा-सी गयी थीं। उसका सिर हल्का-सा एक तरफ़ झुका हुआ था और इस तरह वो एर्दोसैन को अपनी बीवी की याद दिला रही थी...वो उसकी बीवी भी हो सकती थी...वो एक अजनबी कमरे के दरवाज़े के सामने खड़ी थी, तटस्थ...और कप्तान उसे हमेशा के लिए जाते हुए देख रहा था, और उसने उसे रोकने की कोशिश भी नहीं की...गलियाँ उसे बुला रही थीं...शायद वो किसी घटिया मनहूस होटल की तरफ़ जा रही थी...अचानक द्रवित होते हुए एर्दोसैन बोला, "मुझे माफ़ कीजिये...मैं ज़रा चिड़चिड़ाया हुआ हूँ। आपका यहाँ स्वागत है। मुझे बस अफ़सोस है कि जब आप आयीं तो मेरे पास आपको देने के लिए पैसे ही नहीं थे। लेकिन कल मेरे पास होंगे।"

हिपोलिता फिर बैठ गयी। इधर-से-उधर घूमते हुए एर्दोसैन को अपनी धड़कनें महसूस होने लगीं। उसका दिल तेज़ी से धड़क रहा था। ज्योतिषी और बार्सुत के साथ बिताये दिन के बाद थकान से बोझिल उसने कड़वाहट से कहा, "ज़िन्दगी में कितनी मेहनत होती है ना?"

अजनबी चुपचाप उसके जूते की नोक की तरफ़ देखता रहा। उसने अपनी आँखें उठायीं और उसकी भौंह पर एक हल्की-सी सलवट आ गयी। फिर उसने कहा, "आप परेशान लग रहे हैं। कोई बात है?"

"नहीं, कुछ नहीं। मुझे बताइए, उसके साथ रहना मुश्किल था क्या?"

“हाँ, थोड़ा-सा। वो मार-पीट करता है...”

“ये इतनी अजीब बात है! मैं अपने मन में उसे पागलखाने में देखना चाहता हूँ, लेकिन नहीं देख पाता। मैं सिर्फ़ उसके चेहरे का एक हिस्सा और एक आँख ही देख पाता हूँ...लेकिन आपको बताऊँ, मैं देख रहा था कि ये मुसीबत आने वाली है। एक सुबह वो मुझे मिला और उसने सारी कहानी बताई थी। मुझे उसी वक्त लग गया था कि तुम उसके साथ खुश नहीं रहोगी...लेकिन अभी आप थकी होंगी। मुझे बाहर जाना है। मैं मकान मालकिन से कह देता हूँ कि वो आपके रात का खाना यहीं ले आये।

“नहीं...मुझे भूख नहीं है।”

“ठीक है, फिर, मैं चलता हूँ। इस पर्दे को खींच लेना, अगर आप चाहें तो। आराम से रहना।”

जब एर्दोसैन जा रहा था, तो ‘अपाहिज’ ने उसे ऐसे तरीके से देखा, जैसे एक हाथ -पंखा खुले और आदमी को सिर से पैर तक दो फाँकों में बाँट दे, और फिर उसके भीतरी रूपरेखा से खुद को झटके से बंद कर ले।

कन्दरा के भीतर

बाहर सड़क पर, एर्दोसैन को महसूस हुआ कि हल्की बारिश हो रही थी, लेकिन वो एक अज्ञात गुस्से से प्रेरित हो चलता रहा, वह गुस्से में था क्योंकि वह सोच नहीं पा रहा था।

हर चीज़ इतनी उलझती जा रही थी...और वो क्या था, जैसे वह चक्कों में फँसा जो उसके जीवन को ज़्यादा और ज़्यादा लीलते जा रहे थे, एक हताश दलदल में और गहरे खींचते हुए। और इस सबके के अलावा अब ये भी था...ठीक से सोच पाने में असमर्थता, एक मानसिक स्पष्टता की कमी जिसकी वजह से वह हरेक से नाराज़गी, महसूस कर रहा था।

सबसे ज़्यादा वो दुकानदारों के वहशीपने पर झल्लाया हुआ था, जो अपने-अपने बिलों के दरवाज़े पर खड़े बारिश में थूक रहे थे। एर्दोसैन की कल्पना में वे लोग निरंतर किसी षड्यंत्र में जुटे थे, जबकि पीछे के कमरों में उनकी अभागी बीवियाँ जर्जर खाने की मेज़ों पर कपड़े बिछाने में मसरूफ़ रहतीं, खाने के बचे-खुचे कणों को साफ़ करती हुई, जिनमें से काली मिर्च और तेल की बासी बदबू आ रही होती, या फिर एस्कालोप को दोबारा गर्म करने के बाद ढक्कन खोलने पर जो खट्टी-सी गंध आती है वो माहौल में फैली होती।

एर्दोसैन उदास चलता रहा, उन तंग दिमागों में रचे जा रहे विचारों को समझने की कोशिश करता हुआ, खुले तौर पर उन दुकानदारों के चेहरों को देखता हुआ, जबकि वे जासूसी कर रहे थे, अपने सामने खड़े उन ग्राहकों की जिन्हें वो आँखों की गहराइयों में क्रोध की चमक के साथ देख रहे थे। कभी-कभी एर्दोसैन ज़ोर से गालियाँ बकने की कगार पर स्वयं को महसूस करता; वह तीव्रता से चाहता था कि उन्हें चोर, चूतिया, हरामज़ादे बुलाये, उन्हें उनके सामने कहे कि अगर वो मोटे हैं तो इसलिए कि वो कोढ़ से फूल गये हैं, और अगर वो पतले हैं तो इसलिए कि वो अपने पड़ोसियों से जलन में सूख गये हैं। और अपने मन में वो उन्हें ढेरों बद्दुआएँ देने लगा, ये कल्पना करते हुए कि वो सभी कर्ज़े में इतना डूबे हुए हैं कि दिवालिया होने की कगार पर हैं, साथ ही वो ये भी इच्छा कर रहा था कि जिस निराशा के गड्ढे में वो फँसा हुआ था, वही उनकी गन्दी बीवियों को भी घेर ले जो उन्हीं हाथों से ब्रेड को काट रही थीं जिनसे उन्होंने अपने मासिक धर्म का तौलिया बदला था और साथ

बैठ कर खाते हुए भरे मुँह से अपने प्रतिद्वंद्वी को कोस रही थीं।

हालाँकि वो ये नहीं बता सकता था, क्यों लेकिन उसे इन इज़्ज़तदार धोखेबाज़ों से भी नफ़रत होती थी; ये पूरा समुदाय ही मूरिश समुद्री लुटेरों के दल की तरह ही दुष्ट और निर्दयी था।

असबाब बनाने वालों, जनरल स्टोर और कपड़े सिलने वालों की दुकानों के सामने से गुज़रते हुए एर्दोसैन सोच रहा था कि इन लोगों का कोई बड़ा और महान लक्ष्य नहीं था कि ये लोग अपना सारा जीवन अपने पड़ोसियों की निजी ज़िन्दगी पर जासूसी करने में मिलती दुष्टतापूर्ण ख़ुशी में ही बिता देते थे—वो पड़ोसी जो उतने ही नाकारा और बेकार थे, वे उनके दुखों और कष्टों पर नकली सहानुभूति दिखाते और सिर्फ़ ऊब कर चारों तरफ़ अफ़वाहें और गपशप को फैलाते रहते। इस ख़याल से ही वो इतना गुस्से में आ गया कि उसने सोचा कि इससे पहले कि वो इनमें से एक नीच के साथ किसी लफड़े में पड़ जाए, उसके लिए इन गलियों से निकलना ही बेहतर होगा। इन लोगों की घिनौनी छवि उसके लिए इस पूरे शहर की आत्मा का प्रतीक थी, जो अपने कोर तक उतनी ही दुष्ट, नीच और बेरहम थी जितने कि वो लोग।

उसके दिमाग में कोई स्पष्ट विचार नहीं था, हालाँकि वो जानता था कि अब वो जीवन भर के लिए एक वितृष्णा से कलंकित हो गया था, लेकिन अचानक उसे प्लाजा ओंस की तरफ़ जाती एक ट्राम दिखी और वह दौड़ कर पीछे के प्लेटफ़ार्म पर चढ़ गया। स्टेशन पर उसने रामोस मेहिया का रिटर्न टिकट खरीदा। उसे इस बात से कोई फ़र्क नहीं पड़ता था कि वह कहाँ जा रहा है। वह थका हुआ था, खोया हुआ था और उसे इस बात पर यकीन हो गया था कि उसने अपनी आत्मा को एक ऐसे गड्ढे में धकेल दिया है जहाँ से वो उसे कभी निकाल नहीं पायेगा। और घर पर 'अपाहिज' उसका इंतज़ार कर रही थी। कितना अच्छा होता कि वो एक जहाज़ का कैप्टन होता, उन सभी निर्भीक लोगों को कमांड करता। चिमनियों से धुएँ के बादल उड़ रहे होते, और वो ब्रिज पर वरिष्ठ अफ़सर से बात कर रहा होता जिसके सीने पर एक औरत की छवि का टैटू होता, जो शायद उसकी बीवी नहीं थी। आखिर उसकी ज़िन्दगी ऐसी क्यूँ थी? और दूसरे लोगों की भी, वो भी 'इस तरह' के थे, मानो 'इस तरह' नाखुशी की गारंटी की मुहर हो जो हम दूसरे लोगों में देख नहीं पाते।

ज़िन्दगी की उस ताकत, ऊर्जा का क्या हुआ जो कुछ लोगों की नसों में शेर के ख़ून की तरह दौड़ती नज़र आती थी? वो ताकत जो अचानक किसी के अस्तित्व को हमारे सामने ला खड़ा करती है, बगैर किसी पूर्वाभास के, एक फ़िल्म के कथानक की तरह स्पष्ट। क्या महान लोगों की तस्वीरें यही नहीं दिखलातीं? किसी के पास कोई रिकॉर्ड था जो लेनिन को एक छोटे से कमरे में बहस करते हुए, या मुसोलिनी को इटली की सड़कों को नापते हुए दिखा सके? और फिर भी अचानक वो किसी बालकनी से लोगों के विशाल झुण्ड को प्रभावशाली भाषण देते हुए दिखाई दिए या फिर हाल में ही नष्ट की गयीं इमारतों

के अवशेष के बीच में से स्पोर्ट्स शूज़ पहने और स्ट्रॉ हैट लगाये चलते हुए। ऐसा हैट जो उनके उग्र नाक-नक्श को नहीं छिपा पा रहा था। ठीक इसके विपरीत, एर्दोसैन की ज़िन्दगी छोटी-छोटी छवियों से भरी थी, 'अपाहिज', कप्तान, उसकी बीवी, बार्सुत—ये सभी वो लोग थे जो, जैसे ही उसकी आँखों से ओझल होते तो इतनी छोटी-छोटी आकृतियों में तब्दील हो जाते जैसे दूर से कोई वस्तु दिखाई देती है।

उसने शीशे की खिड़की से अपना सिर टिका लिया। ट्राम चलने लगी, फिर रुक गयी। गार्ड ने दूसरी बार सीटी बजाई और पूरी ट्रेन सुरंग से बाहर निकल गयी।

एक क्षण के लिए सुरंग की हरी और लाल बत्ती से उसकी आँखें चौंधिया गयीं, तो उसने आँखों को बंद कर लिया। अँधेरे में पटरियों पर काँपती हुई ट्रेन का संकोच उसे महसूस हुआ, उसका भार गति से गुणित होकर वही वज़नदार, अनवरत प्रवेग उसके विचारों को भी प्रदान कर रहा था।

पटरियों पर हर ट्रेन की गडगड़ाहट की मंद आरामदेह ताल ने धीरे-धीरे उसके गुस्से को ख़त्म कर दिया और उसका मन भी ठीक महसूस करने लगा और ट्रेन की गति से उसका शरीर नींद से भर गया।

उसने एर्गुएता के पागलपन के बारे में सोचना शुरू कर दिया। उसे उस उद्यमी के शब्द याद आये जब वो खुद बर्बादी के कगार पर था, "भागो यहाँ से, मूर्ख, चले जाओ।" उसने अपनी सीट के मुलायम हत्थे पर आराम से सिर टिकाया और शुरुआती दिनों के बारे में सोचने लगा। उसने अपनी स्मृति पर अंकित छवियों पर ध्यान देने के लिए आँखें बंद कर लीं। शुरुआत में ये उसके लिए पहेली थीं—उसे इस एहसास पर हैरानी हुई कि उसके मन में कुछ छवियाँ तो उसी आकार में हैं जैसी असलियत में होती हैं और दूसरी चीज़ें या लोग छोटे-छोटे हैं, सीसे के सिपाहियों जैसे, और सिर्फ़ सायों के तौर पर हैं, उनके कोई आयाम, उनमें कोई गहराई नहीं। सो, एक विशाल काले आदमी ने जिसका हाथ फिसल कर एक छोटे लड़के के नितम्बों पर आ गया है, उसने एक छोटी-सी मेज़ देखी, लगभग एक डॉल्स हाउस के जितनी छोटी, जिस पर एक गैंग के लफंगे सदस्यों के सिर झुके हुए थे, हालाँकि उनके ऊपर की छत सामान्य ऊँचाई पर थी, इस सबने मिल कर उसकी स्मृति की ग्रे रूपरेखा को और भी उजाड़, सुनसान बना दिया था।

एक भीड़ सी उसके दिमाग में गोल-गोल घूम रही थी; फिर एक परछाईं ने थकान के बादल की तरह उसके कष्ट को ढँक लिया, और उस छोटी-सी मेज़ की बगल में, जहाँ वो छोटे मगर वयस्क अपराधी सो रहे थे, वो एक बड़े से आकार को देख सकता था, एक बैल के सिर जैसा—उस शराबघर के मालिक का जो उनकी मज़बूत बाज़ुओं को अपनी उँगलियों से झंझोड़ रहा था।

एक और स्मृति कौंधी जिसने एर्दोसैन को दिखा दिया कि अपने पतन के नज़दीक

होने का उसका एहसास कितना सच था, शुगर कम्पनी को ठगने के बारे में सोचने से भी पहले, लेकिन अब वो किसी अँधेरे कोने में उसकी शख्सियत के किसी प्रतिबिम्ब को तलाश रहा था।

उसके दिमाग में कितने सारे रास्ते थे! वह उस रास्ते पर चल पड़ा जो उसे एक विशाल शराबघर की तरफ़ ले गया, जिसकी उदास इमारत उसके दिमाग के गहरे अँधेरे कोनों में डूबी हुई थी। और हालाँकि उसके दिमाग को चीरती ये इमारत बीस डिग्री के कोण पर झुकी हुई थी, वो छोटी-सी मेज़ जिस पर वो अपराधी सोये हुए पसरे थे—फिसली नहीं—जैसा कि तर्क संगत होता, लेकिन शुक्र है उस तरीके का जिससे उसके दिमाग को पूरे दृश्य को समायोजित करने की आदत थी, उसके नीचे की चीज़ों को सीधा कर देने की। एर्दोसैन का शरीर भी अंडरग्राउंड ट्रेन की तेज़ गति का आदी हो गया था, इसलिए वो नींद के नशे में अपनी सीट पर आराम से बैठ गया। और अब चूँकि स्मृति ने उसके विरोध के हर एक इंच को काबू में कर लिया था, उस शराबघर की स्पष्ट, सटीक रूपरेखा उसके मन में छा गयी।

ऐसा लग रहा था कि ये रूपरेखाएँ सीधे उसके सीने में उभर रही थीं, वो लगभग कल्पना कर सकता था कि अगर वो खुद को आईने में देखे तो उसके सामने का शरीर आईने की तरफ़ फैले हुए एक तंग से कमरे का भीतरी हिस्सा दिखायेगा और इसीलिए एर्दोसैन ने अपने ही भीतर खुद को धूल और थूक से सने हुए फ़र्श पर चलते देखा, ये छवि इतनी अच्छी तरह से फ्रेम में जड़ी थी कि उसे एक ही तरह की अनुभूति का अनंत बार एहसास हो रहा था।

और उसने सोचा कि अगर 'अपाहिज' उसके साथ होती, तो उसने इस स्मृति के बारे में ये कहा होता, ''ये मेरे चोर बनने से पहले की बात है।''

एर्दोसैन ने कल्पना की कि अपाहिज उसकी तरफ़ मुड़ कर देखेगी जबकि वह बेतकल्लुफ़ी से कहता रहेगा, ''सार्मिएंतो में क्रिटिका इमारत की बगल में एक बार हुआ करता था।''

फिर, जब ट्रेन काबल्लितो जंक्शन से गुज़री, उसने हिपोलिता को अपनी तरफ़ उत्सुकता से देखने की कल्पना की। एर्दोसैन खुद को एक ऐसे किरदार के तौर पर देख रहा था, जिसने अतीत में कानून के खिलाफ़ काम किया था लेकिन अब वह ठीक राह पर चलने लगा था, इसलिए उसने अपनी अदृश्य साथी से कहा, ''रोज़ाना वहाँ आने वाले लोगों में कुछ अखबार बाँटने वाले और कुछ अपराधी होते थे।''

''ऐसा क्या?''

इन घटिया लोगों के बीच होने वाले बहुत से झगड़ों में खिड़कियों के काँच न टूट जाएँ, इसलिए शराबघर के मालिक ने खिड़कियों के मेटल शटर हमेशा के लिए बंद करवा

दिए थे। जो रौशनी आ रही थी वो पास के सैलून से दरवाज़ों के नीले काँच से छन कर आ रही थी। सो, ये अरब कसाई की दुकान जैसा दिखने वाला अड्डा हमेशा उदासी में डूबा हुआ लगता, जिसमें सिगरेट का धुआँ हल्की तब्दीली लाता। उस मंद रौशनी वाली खोह में, जिसकी भारी खंबो वाली छत थी और जो सब्ज़ियों की भाप और तेल की गंध से भरा हुआ था, अपराधियों की बिरादरी का जमावड़ा स्थल था, वो पुरुष जिन्होंने अपनी कैप को चेहरे तक खींचा हुआ था या अपने गले में एक रुमाल बाँधा हुआ था।

दोपहर के ग्यारह से दो बजे तक ये लोग वहाँ की चिकनी तेल भरी मेज़ों के आस-पास जमा होते...कुछ गटकने या शराब के साथ ताश की बाज़ी खेलने के लिए।

उस गंधाती उदासी के बीच, ये चेहरे एक निम्नवर्गीय जीवन की पुष्टि करते थे। कुछ लंबोतरे, खिंचे हुए से थे, मानो इनके मालिकों का गला घोंटा जा रहा हो, उनके मुँह खुले हुए, होंठ सूजे हुए और सॉसेज की तरह पिलपिले थे, सफ़ेद आँखों और चमकीले दाँतों वाले, मोटे होंठ वाले काले आदमी छोटे लड़कों को छू रहे थे, अपने दाँतों को खुशी से किटकिटाते हुए; छुटभैया चोर और भेदिये जो अपने झुके हुए माथे और स्थिर नज़र के कारण चीते जैसे दिखते थे।

बैंच पर लुढ़के या मेज़ के इर्द-गिर्द खड़े इन लोगों के बीच कुछ अस्पष्ट स्वर उठते थे, जिनके बीच शालीन कपड़े पहने कुछ ठग भी टहलते हुए आ जाते थे—मुलायम कॉलर, ग्रे वेस्ट कोट और सात पेसोस का बॉलर हैट पहने। उनमें से कुछ हाल में ही एज्क्वेनागा जेल से छूटे थे और कैदियों ने जो सन्देश दूसरे लोगों के लिए दिए थे, उन्हें पहुँचा रहे थे, कुछ कछुए के खोल से चश्मे पहने हुए थे ताकि आत्मविश्वास से भरे हुए लगें; उनमें से हरेक वहाँ दाखिल होते ही जल्दी से उस माहौल को भाँपता था। वे सभी फुसफुसा कर बातें करते थे, अपने अजीब से साथियों के लिए बियर खरीदते थे और करीब पौने घंटे में अपने गैरकानूनी कामों के लिए बुलाये जाने पर कई बार बाहर जाते और अन्दर आते थे। इस जगह का बॉस एक विशाल-सा आदमी था, जिसका सिर बैल जैसा था, हरी आँखें, बल्ब जैसी गोल-सी नाक और पतले, कसे हुए होंठ थे।

जब भी वह गुस्सा होता तो उसकी चीख-चिल्लाहट ग्राहकों को तुरंत उसके वश में कर देती, वो सभी उससे डरते थे। हिंसा और मार-पीट की धमकी से वो उन्हें काबू में रखता था। अगर उनमें से एक अपराधी उससे ज़्यादा शोर मचाता जिसकी अलिखित-सी इजाज़त थी, तो वह अचानक वहाँ आ जाता। दोषी को मालूम होता कि क्या होने वाला है, लेकिन वह वहाँ चुपचाप इंतज़ार करते हुए बैठा रहता और वो विशाल आदमी उसके खोपड़े पर छोटे लेकिन तीखे मुक्कों की बारिश करने लगता।

बाकी शराबघर बिलकुल शांत हो जाता चूँकि अन्य लोग इस सज़ा का मज़ा लेते। उस अभागे व्यक्ति को मार-पीट कर बाहर निकाल दिया जाता और शोरगुल एक बार फिर शुरू हो जाता, सिगरेट के धुएँ के ताज़ा छल्ले ऊपर छत की तरफ़ उड़ने लगते।

कभी-कभी कुछ संगीतकार इस अड्डे में जमा हो जाते अक्सर एक गिटार के साथ। जैसे ही वो संगीत बजाना शुरू करते, तो ऐसे लगता था कि पूरे कमरे में एक उदासी सी छा गई है।

जैसे ही वाद्य यंत्रों से घटिया जीवन के टैंगो के दुखभरे सुर निकलते, सभी अपराधी और धोखेबाज़ अपने गुस्से और बदकिस्मती के साथ उसमें सुर मिलाने लगते। मौन एक बहुत से हाथों वाला दानव हो जाता जो इन संगमरमर की मेज़ों पर झुके सिरों के ऊपर स्वरों का एक गुम्बद बना देता। कौन जानता है कि उनके क्या विचार होते होंगे! और वह विशाल भयानक गुम्बद उन सभी के दिलों को चीर जाता, गिटार और बन्दोनेओन की आवाज़ इतनी उदास हो जाती, कि उसमें एक वेश्या के कष्टों जैसा सूक्ष्म या जेल की खतरनाक ऊब आ जाती जिसमें कैदी अपने जेल से बाहर दोस्तों को जीवन के सुख उठाते देखने की कल्पना करता है।

और एक मौके पर वहाँ सबसे बदबूदार लोगों, सबसे ज़्यादा वहशियाना नाक-नक्श पर भी एक कभी न सुना गया कम्पन फैल जाता—लेकिन वह वैसे ही लुप्त हो जाता जैसे वह कम्पन प्रकट हुआ था, और जब वो संगीतकार पैसे के लिए अपनी कैप फैलाते, एक हाथ भी एक नया सिक्का डालने के लिए आगे नहीं बढ़ता।

''ये वो जगह है, जहाँ मैं जाया करता था,'' एर्दोसैन ने अपनी काल्पनिक साथी को बताया, ''अपनी पीड़ा की पुष्टि के लिए, पक्के तौर पर ये जानने के लिए कि मैं भटक गया हूँ और ये सोचने के लिए कि मेरी बीवी घर पर अकेले कष्ट भोग रही है, क्योंकि उसने एक निकम्मे, नालायक से शादी की। कितनी बार मैंने इस शराबघर के एक कोने में बैठ कर कल्पना की कि वो किसी और मर्द के साथ भाग गयी है, जबकि मैं नीचे और नीचे डूब रहा था और वो गड्ढा तो सिर्फ़ उसका आभास भर था जो बाद में मेरे साथ होने वाला था। कितनी बार उन बेचारे अभागों को देखते हुए मैंने सोचा, 'शायद एक दिन मैं भी ठीक उनके जैसा हो जाऊँगा?' मुझे पता नहीं कैसे लेकिन मुझे हमेशा से ये महसूस हुआ कि मैं जानता था, मेरे साथ क्या होने वाला है। मैं कभी गलत नहीं हुआ। क्या तुम अंदाज़ा लगा सकती हो? फिर एक दिन उसी खोह में मेरी मुलाकात एर्गुएता से हुई जो गहरी सोच में डूबा हुआ था। हाँ, एर्गुएता। वो एक मेज़ पर अकेले बैठा हुआ था और कुछ अखबार बाँटने वाले लड़के उसकी तरफ़ हैरानी से घूर रहे थे, हालाँकि और दूसरे लोगों ने यही सोचा होगा कि वह अच्छे कपड़े पहने हुए महज़ कोई चोर है।''

और एर्दोसैन ने कल्पना की कि इस पर अपाहिज ने पूछा, ''क्या, मेरा शौहर भी वहाँ था?''

''हाँ, कुत्ते पकड़ने वाले के जैसे चेहरे वाला वो वहाँ था, अपनी छड़ी को कुतरता हुआ, जबकि एक काला आदमी किसी छोटे लड़के के नितम्बों को प्यार से सहला रहा था। लेकिन एर्गुएता आस-पास होने वाली चीज़ों से बिलकुल बेखबर था। ऐसा लगता था,

मानो उस खोहनुमा शराबघर के फ़र्श से उसे कील से जमा दिया गया हो। उसने मुझे बताया कि वो किसी जानने वाले का इंतज़ार कर रहा है जो उसे अगली रेस के बारे में कोई गुप्त जानकारी देगा, लेकिन लग ऐसा रहा था कि उसे अचानक महसूस हुआ कि वह भटक गया है और वहाँ इस उम्मीद में आया है कि शायद उसे इस ज़िन्दगी के कुछ मायने मिल जाएँ। हो सकता है कि ठीक ऐसा ही रहा हो। उन चोरों के बर्ताव के बीच जीवन के अर्थ ढूँढना। इसी वक्त मुझे ये भी पता चला कि वो किसी वेश्या से शादी करने की योजना बना रहा है, और जब मैंने उससे फ़ार्मेसी के बारे में पूछा तो उसने कहा कि पिको से किसी शख़्स को उसने फ़ार्मेसी का ज़िम्मा दे दिया है, क्योंकि वो ब्युनो आयर्स जाकर जुआ खेलना चाहता है। मुझे नहीं मालूम कि तुम ये जानती हो या नहीं कि उसे ज़ुए में धाँधली करने की वजह से एक क्लब से बाहर निकाल दिया गया था। यहाँ तक भी कहा गया कि वो नकली चिप्स खेल में चलाना चाहता था, लेकिन ये कभी साबित नहीं हो पाया। मैंने तुम्हारे बारे में पहली बार तब सुना जब मैंने उससे उसकी मंगेतर के बारे में पूछा, कचारी से आया वह जवान करोड़पति औरत जो उसे बहुत प्यार करती थी।''

'' 'वो रिश्ता तो कुछ दिन हुए मैंने तोड़ दिया,' उसने बताया।

'' 'क्यों?'

'' 'पता नहीं...मैं तंग आ गया था...ऊब गया था...'

''मैंने ज़ोर देकर पूछा, 'लेकिन तुमने उसे छोड़ क्यों दिया?'

''एक कड़वाहट भरी चमक उसकी आँखों में आई। अपने बियर मग पर मंडराती मक्खियों को हाथ से उड़ाते हुए वो गुर्राया—मुझे कैसे पता होगा? क्योंकि मैं ऊब गया था। क्योंकि मैं इतना बुद्धू हूँ, और वो बेचारी लड़की मुझसे वाकई प्यार करती थी। लेकिन मैं उसे क्या दे सकता था? बहरहाल, अब तो वो मामला बीत गया...''

''एर्गुएता ने ऐसा कहा?''

''हाँ। उसके ठीक-ठीक शब्द ये थे, 'अब तो बात ख़त्म हो गयी, क्योंकि कल मैं किसी और से शादी कर रहा हूँ।' ''

ट्रेन फ़्लोरेस से आगे चल पड़ी। अपनी सीट पर झुक कर बैठे हुए एर्दोसैन को याद आया कि उसने उस फ़ार्मेसी वाले के चेहरे को कितने ध्यान से देखा था जब घबराहट से फड़कती मांसपेशियों के कारण उसके चहेरे पर एक दुष्टता का भाव आ गया था।

''और तुम किससे शादी कर रहे हो?''

एर्गुएता का चेहरा सफ़ेद पड़ गया। और जब उसने अपना विशाल-सा सिर एर्दोसैन की तरफ़ झुकाया, उसने बायीं आँख को झपका, जबकि दूसरी आँख मानो बाकी सभी

चीज़ों से अलग हो गयी थी, खुद को जज़्ब करते हुए ताकि उस हैरानी को देख सके जो जल्द ही एर्दोसैन को अवाक् करने वाली थी, ''मैं उस 'वेश्या' से शादी कर रहा हूँ,'' उसने कहा।

''यह सुनकर मैं हिला तक नहीं,'' एर्दोसैन ने बाद में मुझे बताया।

फ़ार्मेसी वाले के चेहरे पर चरम प्रसन्नता का भाव था, जैसा लोकप्रिय तस्वीरों में उन संतों का होता है जो हाथ बाँधे भक्ति में झुके होते हैं।

एर्दोसैन को याद है कि जब ये सब हो रहा था तो वो काला आदमी जो एक लड़के के नितंबों को सहला रहा था, उसने उस लड़के का हाथ अपने गुप्तांगों पर रख लिया था। अखबार बाँटने वालों का एक समूह शोरगुल मचा रहा था, मानो चिल्लाने की प्रतियोगिता चल रही हो और उस शराबघर का विशालकाय मालिक एक हाथ में सूप और दूसरे हाथ में तरी की सब्ज़ी लिए कोने में बैठे भूख से बेहाल दो जेबकतरों के लिए ले जा रहा था।

और फिर भी वह एर्गुएता के फ़ैसले पर हैरान नहीं था। उसने इस तरह का हताश फ़ैसला इसलिए किया था, क्योंकि वह उन उन्मादियों में से एक था जिनका जुनून उन्हें एक तीव्र गुस्सा दे देता है, कहीं गहरे भीतर हुआ विस्फोट जो उन्हें सुनाई तो नहीं देता, लेकिन जिसकी शॉक वेव्स उनकी संवेदनशीलता को सैकड़ों गुना बढ़ा देती है। बहरहाल एर्दोसैन ने बिलकुल शांत होने का दिखावा किया और पूछा, ''वेश्या? ये 'वेश्या' कौन है?''

एर्गुएता के चेहरे पर खून फिर दौड़ गया। उसकी आँखें चमकने लगीं।

''वो कौन है?...वो एक फ़रिश्ता है, एर्दोसैन। मेरी आँखों, मेरी अपनी आँखों के सामने उसने दो हज़ार पेसोस का एक चेक टुकड़े-टुकड़े कर दिया जो उसके एक चाहने वाले ने दिया था। उसने अपनी नौकरानी को एक नेकलेस दे दिया, जिसकी कीमत 5,000 पेसोस थी। उसने अपने दरबान और उसकी बीवी को अपने सारे चाँदी के बर्तन दे दिए। 'मैं तुम्हारे घर नग्न दाखिल होऊँगी,' उसने मुझसे कहा।''

''लेकिन ये सब झूठ है।'' एर्दोसैन की कल्पना में हिपोलिता ने कहा।

''उस वक्त मैंने उसका यकीन कर लिया। और वो बोलता रहा, 'अगर तुम वो सब जानते जो उस औरत ने भोगा है। एक बार, अपने सातवें गर्भपात के बाद वो इतनी हताश हो गयी कि चौथी मंज़िल पर उस क्लिनिक की खिड़की से कूदने ही वाली थी। अचानक...इस पर यकीन नहीं होता...लेकिन जीसस उसके सामने बालकनी में प्रकट हुए, उन्होंने अपना हाथ बढ़ाया और उसे कूदने नहीं दिया।'' एर्गुएता अब भी मुस्कुरा रहा था। अचानक उसने अपनी जेब में हाथ डाला और एर्दोसैन को एक तस्वीर दी।

वो खूबसूरत जीव बहुत आकर्षक थी।

वो मुस्कुरा नहीं रही थी। पृष्ठभूमि में ताड़ के पेड़ और फ़र्न लगे थे। वह एक बैंच पर बैठी थी और उसका सर हल्का-सा झुका हुआ था, वह अपने घुटनों पर रखी एक पत्रिका पढ़ रही थी। वह एक पैर पर दूसरा पैर रख कर बैठी थी जिससे घास के ऊपर उसकी आकृति एक घंटे जैसी लग रही थी। उसके बाल पीछे सर के ऊपर बँधे थे, जिससे उसका माथा और भी चमकीला लग रहा था। उसकी भौंहें खूबसूरत नाक के ऊपर आकर्षक चाप बना रही थीं, उसके नाज़ुक अंडाकार चेहरे पर हल्की तिरछी आँखों को उभारते हुए।

तस्वीर को ध्यान से देखते हुए, एर्दोसैन को यकीन हो गया था कि वह हिपोलिता के प्रति कभी कोई चाहत महसूस नहीं करेगा और इस निश्चितता ने उसे इतना खुश कर दिया कि वह कल्पना करने लगा कि इस अजीब प्राणी की ठोड़ी को सहलाना कितना अद्भुत होगा या फिर उसके सैंडलों के नीचे मिट्टी की चरमराहट को सुनना। वह बुदबुदाया, ''ये कितनी सुन्दर है! उसका मन भी कितना संवेदनशील होगा!''

असलियत में वो कितनी अलग थी!

अब तक ट्रेन विला लुरो से गुज़र रही थी। कोयले के ढेरों और धुँध से ढँके गैसोमीटर पर बिजली की रौशनी उदासी से चमक रही थी। इंजन के डिपो की बगल में बड़े-बड़े काले गड्ढे खुले थे और इधर-उधर छितरी हुई हरी-लाल बत्तियाँ ट्रेन की सीटी को और भी विषादपूर्ण बना रही थीं।

असलियत में 'अपाहिज' कितनी अलग थी! फिर भी एर्दोसैन को एर्गुएता से ये कहना याद है, ''ये कितनी सुन्दर है! उसका मन भी कितना संवेदनशील होगा!''

''हाँ। बिलकुल ठीक। उसके बारे में हर चीज़ बहुत खुशनुमा है। मुझे रोमांचक काम पसंद हैं। ज़रा कल्पना करो उन लोगों के चेहरों की जिन्हें मेरे वामपंथी होने पर शक था। एक वेश्या से शादी करने के लिए मैंने एक अमीर, कुंवारी लड़की को छोड़ दिया। लेकिन हिपोलिता का मन, उसकी आत्मा, उसे खास बनाती है।

''उसे भी साहसी काम और उदार, सौम्य दिल वाले पसंद हैं। हम साथ मिल कर महान काम कर सकते हैं क्योंकि अब समय आ गया है...''

एर्दोसैन ने उसके शब्दों को दोहराया, ''तो तुम्हें लगता है कि वक्त आ गया है...''

''हाँ। भयानक चीज़ें होने ही वाली हैं। तुम्हें याद नहीं, तुमने ही मुझे बताया था कि राष्ट्रपति रूज़वेल्ट भी *बाइबिल* की बहुत प्रशंसा करते हैं?''

''हाँ, लेकिन वो तो बहुत पहले कहा था।''

दरअसल एर्दोसैन ने ऐसा इसलिए कहा, क्योंकि उसे याद नहीं था कि कभी एर्गुएता

से उसने ऐसा भी कहा था, जो अब ज़ोर देकर कह रहा था, ''मैं आजकल *बाइबिल* काफ़ी पढ़ रहा हूँ...''

''जो तुम्हें बेतहाशा लापरवाही से जीने के लिये नहीं रोकता।''

''मसला ये नहीं है,'' एर्गुएता ने तेज़ी से बात काटी। झल्लाकर, एर्दोसैन ने उसे घूरा, लेकिन वो फ़ार्मेसी वाला सिर्फ़ एक बचकाने तरीके से मुस्कराया, शराबघर के वेटर ने उसके सामने बियर का एक मग रखा और वो बोलता रहा, ''इन रहस्यमय शब्दों को सुना जो मुझे *बाइबिल* में मिले, और मैं 'अपाहिज' को बचा लूँगा, मैं भटकी हुई भेड़ों को वापस राह पर घर तक ले आऊँगा और हर अस्त-व्यस्तता भरी जगह में मैं उनके नाम का ज़िक्र करूँगा, उनकी सराहना करूँगा।''

इस पर शराबघर में एक असाधारण मौन छा गया। वहाँ बस झुके हुए सिर और मेज़ की चिपचिपी सतह पर भुनभुनाती मखियों के करतब देखते छोटे समूह ही देखे जा सकते थे। एक चोर अपने साथी को एक कीमती रत्नों से जड़ी अँगूठी दिखा रहा था, उन पत्थरों को ध्यान से देखने के लिए दोनों के सिर एक साथ झुके हुए थे।

अधखुले काँच के दरवाज़े से धूप की एक किरण चमक रही थी, सल्फर की छड़ी की तरह धुएँ भरे नीले माहौल को दो भागों में चीरती हुई।

एर्गुएता ने फिर कहा, ''और मैं 'अपाहिज' को बचा लूँगा, और भटकी हुई भेड़ों को वापस घर ले आऊँगा।'' शब्दों पर ज़ोर देते हुए, दुष्टता से आँख मार कर वाक्य ख़त्म करते हुए, ''और उनके नामों का ज़िक्र करूँगा और अव्यवस्था के हर देश में उनकी प्रशंसा करूँगा।''

''लेकिन हिपोलिता अपाहिज नहीं है...''

''नहीं, यकीनन वो भटकी हुई भेड़ तो है और मैं धोखेबाज़ हूँ, 'नरक का, बर्बादी का पुत्र'। प्रेम की तलाश में मैंने एक कोठे से दूसरे, एक कष्ट से दूसरे कष्ट तक का सफ़र किया है। मुझे लगा था कि मैं शारीरिक प्रेम की तलाश में हूँ, लेकिन इस पवित्र किताब को पढ़ने के बाद मुझे एहसास हुआ कि मेरा दिल जिस प्रेम के लिए इतना उत्सुक था, वो दिव्य प्रेम था। देखा? दिल अपने गुप्त रास्ते पर ही चलता है। आपको बड़े-बड़े ख़याल आते हैं, आपको लगता है कि आप जानते हैं, आप क्या चाहते हैं, और फिर भी आपको वो मिल नहीं पाता...आपको पता नहीं चलता क्यों...ये एक रहस्य है...फिर एक दिन, अकस्मात् ही, सत्य प्रकट हो जाता है। और जैसा कि तुम जानते हो, मैंने तो 'बर्बादी के बेटे' की तरह जीवन जीया है; यही मेरी ज़िन्दगी रही है। कोस्कुइन में खून की उल्टी करते हुए मरने से पहले मेरे बाप ने मुझे तोहमतों और इल्ज़ामों से भरी एक बहुत ही बुरी चिट्ठी लिखी थी। और उस पर उन्होंने अपने दस्तखत नहीं किये बल्कि लिखा—तुम्हारा अभिशप्त पिता। तो इससे तुम क्या समझोगे? इस पर एर्गुएता ने घबराहट से आँख मारी तो उसकी दोनों भौंहें ऊपर उठ

गयीं, इतने खतरनाक ढंग से कि एर्दोसैन खुद से पूछने लगा, ''कहीं ये पागल तो नहीं ?''

फिर वे दोनों लोग शराबघर से बाहर आ गये। धूप में नहाये हुए कोर्रिएन्तेस में कारें तेज़ी से दौड़ रही थीं, काम पर जाते हुए लोगों की भीड़ उनकी बगल से गुज़र रही थी और दुकानों के पीले शामियाने वहाँ से गुज़रती महिलाओं के चेहरों पर एक रंगीन चमक दे रहे थे। वे अम्बोस मुंडोस कैफ़े में चले गये। संदेहपूर्ण लगने वाले लोगों के समूह मेज़ों के चारों तरफ़ बैठे ताश या जुआ खेल रहे थे। दूसरे कुछ लोग बिलियर्ड्स खेल रहे थे। एर्गुएता ने अच्छी तरह से चारों तरफ़ देखा, फिर थूका और ज़ोर से बोला, ''बहुत से दलाल हैं यहाँ। इन सभी को फांसी पर लटका देना चाहिए, बगैर ये जाने कि ये हैं कौन।''

किसी ने इस अपमान को व्यक्तिगत तौर पर नहीं लिया।

सब कुछ के बावजूद एर्दोसैन ने पाया कि वह उन शब्दों को नहीं भूल सका जो एर्गुएता ने पहले कहे थे, ''मैं तो दिव्य प्रेम की तलाश में था।'' उन दिनों एर्गुएता काफ़ी कामुक और ऐयाशी की ज़िन्दगी जी रहा था। वो अपने सारे दिन-रात जुए के अड्डों और कोठों पर बिताता, नाचते, शराब पीते और चोरों-ठगों और दलालों के साथ लड़ाई-झगड़ा करते। एक अंधे आवेग से प्रेरित हो वो घटिया से घटिया काम करता।

एक रात एर्गुएता निएर्स कैफ़ेटेरिया के सामने फ्लोरेस स्क्वेयर में था। वो देलावीन शराबी के साथ था, जिसने एक माह पहले ही वकालत पास की थी, और फ़्लोरेस क्लब के बहुत से गुंडे भी थे। वे वहाँ से गुज़रने वालों से धक्का-मुक्की कर रहे थे उन्हें गरिया रहे थे। एक स्पैनिश अप्रवासी को आता देख, एर्गुएता ने अपनी पतलून की फ्लाई खोली और जैसे ही वो आदमी करीब आया, उसने उसके ऊपर पेशाब कर दिया। स्पैनिश व्यक्ति को बहस करना बेकार लगा, तो वो उसे कोसता हुआ, गाली देता हुआ वहाँ से चला गया। फिर एर्गुएता ने देलावीन को चुनौती दी जो अक्सर अपने कारनामों के बारे में बढ़ा-चढ़ा कर बताता था।

''ठीक है...तो मैं शर्त लगता हूँ कि जो पहला शख्स यहाँ से गुज़रे तुम उस पर पेशाब नहीं कर सकते।''

''शर्त मंज़ूर।''

हर कोई हँसने लगा। जल्द ही उनके सामने नुक्कड़ से एक आदमी उनकी तरफ़ मुड़ा, उनके करीब से गुज़र ही रहा था कि देलावीन ने पेशाब करना शुरू कर दिया। उस अजनबी ने वहाँ से हटने की कोशिश की लेकिन बास्क लगभग उसके ऊपर गिर गया, और उसे भिगो देने में कामयाब हो गया।

फिर कुछ भयानक घटित हुआ।

बगैर एक शब्द बोले, बास्क का शिकार व्यक्ति रुक गया। उन लोगों का गैंग हँस रहा था, सीटी बजा रहा था और अचानक उस आदमी ने पिस्तौल निकाली, गोली चलने की

आवाज़ हुई और देलावीन अपना पेट पकड़े घुटनों के बल गिर पड़ा। उस बास्क की मौत धीमे-धीमे और भयानक रूप से हुई। मरने से पहले उसने उदारतापूर्वक ये मान लिया कि इसका ज़िम्मेदार वो खुद था, और इसके बाद जब भी एर्गुएता शराब के नशे में होता और देलावीन का ज़िक्र चलता तो वो घुटनों के बल बैठ ज़मीन पर माथा रख के क्रॉस बनाता।

एर्दोसैन ने उससे पूछा, ''क्या तुम्हें बास्क की याद है?''

सिगरेट को जलाते हुए, एर्गुएता ने उसे देर तक सख्त नज़रों से देखा, और फिर बोला, ''हाँ, वो अच्छे दिल वाला था...वो लाखों में एक था। किसी दिन मुझे उसका भुगतान करना होगा।'' फिर अपने विचारों को हाल के सरोकारों पर वापस लाते हुए, वो बोलता, ''मैं आजकल काफ़ी सोच-विचार कर रहा हूँ। मैं सोच रहा था कि क्या मेरे जैसे बंजर, बीमार और लम्पट आदमी के लिए एक कुँवारी लड़की से शादी करना सही है...''

''क्या हिपोलिता को मालूम है?''

''हाँ, वह सब कुछ जानती है। और फिर अगर औरत कुँवारी है तो आदमी को भी कुँवारा होना चाहिए। उसे शरीर और मन से कुँवारा होना चाहिए। किसी दिन ऐसी स्थिति भी आएगी। क्या तुम ऐसे सुन्दर, मज़बूत और कुँवारे पुरुष की कल्पना कर सकते हो?''

''ऐसा ही होना चाहिए,'' एर्दोसैन बुदबुदाया।

फ़ार्मेसिस्ट ने अपनी घड़ी पर नज़र डाली।

''क्या तुम्हें कोई काम है अभी?'' एर्दोसैन ने कहा।

''हाँ, मुझे जल्द ही हिपोलिता से मिलने घर जाना है।''

''मुझे इस पर वाकई हैरानी हुई,'' एर्दोसियन ने इस कहानी के लेखक को बाद में बताया—एर्गुएता परिवार का एक आलीशान मकान था और इसमें घोंघे की तरह घूमते लोगों की मानसिकता बहुत दकियानूसी और परम्परावादी थी। एर्दोसैन ने उससे पूछा, ''क्या मतलब है तुम्हारा? तुम उसे घर ले आये?''

''तुम अंदाज़ा नहीं लगा सकते कि मुझे कितनी तरह की कहानियाँ बनानी पड़ीं! वो तो जाना नहीं चाहती थी...या यूँ कहें तो बेहतर होगा कि उसे ये ख़याल तो अच्छा लगा था, मगर वो ज़ोर दे रही थी कि कुछ भी छिपाया न जाये...''

''उसने नहीं छिपाया!''

''उसने छिपा लिया, बिलकुल आख़िरी मौके पर ही मैं उसको अपना इरादा बदलने के लिए मना पाया। मैंने मम्मा को बताया कि ये अपने परिवार के साथ यूरोप जाने वाले जहाज़ पर चढ़ने ही वाली थी कि मैंने इसे इसके रिश्तेदारों और परिवार से लगभग छीन

लिया...वाकई एक बे-सिर-पैर की कहानी!''

''और तुम्हारी माँ का क्या?''

एर्दोसैन उससे ये पूछना चाहता था कि क्या उसकी माँ ने ऐसे सफ़ेद झूठ पर विश्वास कर लिया, मानो हिपोलिता के चेहरे पर उन कठोर तरीकों के निशान हों जिनसे वो जीविका कमाती थी...

''तुम्हारी माँ ने इसे कैसे लिया?''

''उन्होंने कहा कि मैं उसे तुरंत घर ले आऊँ और जब मैंने उससे उनका परिचय करवाया, तो उन्होंने उसका माथा चूमा और पूछा, ''बेटी, उसने तुम्हारी इज़्ज़त की ना?'' और हिपोलिता ने अपनी नज़रें नीची करके जवाब दिया, ''हाँ, मम्मा।'' और ये सच भी है। मैं तुम्हें बता दूँ कि मेरी माँ और मेरी बहन सारा दोनों ही उससे बहुत खुश हैं।''

जब उसने ये कहा तो एर्दोसैन को एकाएक ऐसा पूर्वाभास हुआ कि ये बदनसीब जोड़ा बर्बादी की तरफ़ जा रहा है। वो गलत नहीं था, उस अंडरग्राउंड ट्रेन में बैठे, जो अब लिनिएर्स से गुज़र रही थी, उसे याद आया कि वो कितना सही था और वो खुद से बोला, ''अजीब बात है, पहली बार जो एहसास होता है, वो कभी गलत नहीं होता।'' उस वक्त उसने एर्गुएता से पूछा था कि वो कब शादी करने वाले हैं।

''हम कल मोंटेविडियो जा रहे हैं। वहीं पर शादी की रस्में होंगी, कहीं हमारी पटरी नहीं बैठ पायी...'' ऐसा कहते हुए उसकी भौंहें फिर ऊपर चढ़ गयीं और रूखेपन से मुस्कुराते हुए उसने जोड़ा, ''मैं बेवक़ूफ़ नहीं हूँ, जानते हो ना।''

''ये क्या बात हुई?...तुमने अभी शादी नहीं की लेकिन तुम पहले से ही तलाक के बारे में सोच रहे हो? ये किस तरह का कम्युनिस्ट होना है? अपने अन्दर कहीं गहरे तुम अब भी धोखेबाज़ जुआरी ही हो।''

फ़ार्मेसिस्ट ने इस पर सिर्फ़ उसे घूर कर देखा, अपने पर उसी तरह गर्व करते हुए जैसे कोई सूदखोर कोई भी अपमान झेल लेता है बशर्ते कि दूसरा शख्स पैसा वापस दे रहा हो। उसने खिलखिलाते हुए कहा, ''काम में तेज़ होना पड़ता है, दोस्त।''

एर्दोसैन इस संवेदनाहीन रवैये से स्तंभित रह गया।

उसने तस्वीर वाली उस सुन्दर औरत को इस राक्षस के साथ जीवन को झेलते हुए सोचा, 'वह चट्टानों के ढेर में बोये हुए एक फ़र्न की तरह मुरझा जाएगी।' एर्दोसैन ने गुस्से से अपने साथी को घूरा।

उस जुआरी ने भी ध्यान दिया कि वह कितना नाराज़ है, लेकिन बोला, ''मैं इस सोसाइटी को ढहा देना चाहता हूँ। कुछ ऐसे दिन होते हैं जब मुझे असहनीय कष्ट होता है।

ऐसा लगता है मानो जो कुछ भी होता है वो नियंत्रण के परे है, एक जंगली जानवर की छलांग की तरह। इससे मेरा मन करता है कि मैं बाहर सड़कों पर निकलूँ और नर-संहार का प्रवचन दूँ प्रचार करूँ, या हर गली के मोड़ पर एक मशीनगन रख दूँ। तुम्हें ये समझना चाहिए, भयानक वक्त आ रहा है।''

''पिता, बेटे के खिलाफ़ खड़ा हो जायेगा और बेटा, पिता के खिलाफ़।' हमें इस अभिशप्त समाज पर जवाबी हमला करने के लिए कुछ-न-कुछ तो करना होगा। यही वजह है कि मैं एक वेश्या से शादी कर रहा हूँ। जैसा कि धर्मग्रन्थ कहते हैं और तुम मनुष्य के बेटे, तुम्हें खून के प्यासे शहर को आंकना है, इसकी सारी घृणित बातें दिखानी हैं।'' और इसके बारे में क्या, ज़रा ये सुनो, 'और वो चोरों से प्यार करने लगी, जिनका हाड़-मांस गधों जैसा होता है, जिनके तरल तत्व घोड़ों की तरह बहते हैं।' इस पर वो उन दलालों की तरफ़ मुड़ा जो मेज़ों के इर्द-गिर्द खड़े ताश खेल रहे थे और बोला, ''इन्हे देखो। चाहे रॉयल कैलर जाओ, या मर्ज़ोतो'स, पिगाल्ल या माइपू, और हर जगह तुम इन्हें देखोगे। भटकी हुई आत्माएँ। उनके जैसे तुच्छ, छोटे लोग भी ऊब चुके हैं। क्रांति होगी तो या तो ये लटका दिए जायेंगे या फिर उन्हें सीमा पर भेज दिया जायेगा। तोपों का शिकार होने। मैं भी उनके जैसा हो सकता था, लेकिन मेरा मन बदल गया। एक भयानक वक्त आने वाला है...इसीलिए, पवित्र किताब कहती है, 'मैं अपाहिज की रक्षा करूँगा और भटके हुए लोगों को वापस ले आऊँगा क्योंकि शहर को अपने चोरों से प्यार है और ये वही हैं जिन्होंने अपाहिज को कुचल दिया और लोगों को राह से भटका दिया, लेकिन जल्द ही उन्हें साष्टांग गिर कर उनके पैरों को चूमना होगा।''

''लेकिन तुम हिपोलिता से प्यार तो करते हो ना?''

''बेशक करता हूँ। कभी-कभी मुझे लगता है कि वो चाँद से एक सीढ़ी के ज़रिये नीचे उतरी है। वो जहाँ होगी, लोग वहाँ खुश होंगे।''

और एक पल को एर्दोसैन को वाकई यकीन हो गया कि वो चाँद से उतर कर आई है ताकि पूरी मानव जाति उसकी शांत सरलता में आनंदित हो सके।

फ़ार्मेसिस्ट बोलता रहा, ''खून-खराबे का वक्त, प्रतिशोध का वक्त आने वाला है। मानव जाति की आत्मा रो रही है। लेकिन कोई भी उनके फ़रिश्तों के आँसू, उनका रुदन नहीं सुनना चाहता। और हमारे शहर उन वेश्याओं की तरह हैं जो अपने अपराधियों, चोरों पर मुग्ध हैं। इस तरह ज़्यादा देर नहीं चल सकता।''

उसने एक क्षण के लिए बाहर सड़क की तरफ़ देखा, और फिर दुख भरे स्वर में कहा, मानो इस उदास कैफ़े में अपने अंदर की आवाज़ सुनते हुए बोल रहा हो, ''आज हमें ज़रूरत है किसी शख्स, किसी फ़रिश्ते के नमूदार होने की। अवेनिदा डे मेयो में लोग अपने घुटनों के बल झुक जाएँगे। कारें रुक जाएँगी, बैंक मैनेजर और होटल में बैठे अमीर

लोग अपनी बालकनियों में निकल आएँगे और गुस्से से हाथ हिलाते हुए चिल्लायेंगे, 'तुम क्या चाहते हो, मेंढक जैसी शक्ल वाले? हमें परेशान मत करो।' लेकिन वो उठेगा, उनकी बाजुएँ नीचे हो जाएँगी जैसे ही वो उसका छोटा-सा भावपूर्ण चेहरा, उत्तेजना से जलती हुई आँखें देखेंगे और फिर वो इन सभी घमंडी लोगों को संबोधित करेगा वह उनसे बात करेगा, पूछेगा—उन्होंने गलत काम क्यों किये, वे अनाथ लोगों को क्यों भूल गए, अपने साथी इंसानों के साथ बुरा बर्ताव क्यों किया, क्यों उन्होंने जीवन को नरक बना दिया, जबकि यह इतना सुंदर हो सकता है। और उन्हें नहीं पता होगा कि क्या जवाब दें, और उस फ़रिश्ते की आवाज़ इतनी तेज़ गूँजेगी कि उनके रोंगटे खड़े हो जाएँगे, और उनमें से सबसे निर्दयी लोगों को भी रोना आ जायेगा।''

फ़ार्मेसिस्ट का बाहर निकला हुआ मुँह पीड़ा से ज़रा सिकुड़ा, मानो उसने कोई कड़वा ज़हर निगल लिया हो।

''हाँ, आज हमें ज़रूरत है कि ईसा मसीह दुबारा आएँ। सबसे नीच आदमी, सबसे घिनौना निंदक भी कष्टों और दुखों से भरा है। और अगर ईसा मसीह नहीं आये, तो हमें और कौन बचा सकता है?''

एस्पिला परिवार

ट्रेन रामोस मेहिया पर रुक गयी। स्टेशन की घड़ी में रात के आठ बजे थे। एर्दोसैन ट्रेन से उतर गया। इस छोटे से कस्बे की कीचड़ भरी गलियों में घनी धुँध छाई हुई थी।

सेंटेनारियो के स्टेशन से दूर, घने कोहरे की एक दीवार पीछे और एक दीवार सामने देख उसे याद आया कि अगले दिन वो बार्सुत की हत्या करने वाले थे। एर्दोसैन चाहता था कि वो एक आईना उठा कर उसके हत्यारे के शरीर को देख पाता, उसे ये इतना अविश्वसनीय लग रहा था कि वही 'वो' व्यक्ति था, जिसने वह अपराध करके खुद को पूरी मानवजाति से अलग कर लिया था।

स्ट्रीटलैंप हल्के से चमक रहे थे, उनकी मखमली रौशनी की किरणें अँधेरे फुटपाथों पर सिर्फ़ कुछ ही दूर तक उजाला कर रही थीं, बाकी शहर अदृश्य था।

गहरे दुख से भरा एर्दोसैन एक कोढ़ी की तरह गमगीन चलता रहा।

उसे लगा मानो उसकी आत्मा आखिरकार किसी भी इंसानी जज़्बात से खाली हो गयी है। उसकी पीड़ा उस शख़्स जैसी थी जिसके भीतर एक डरावना पिंजरा है, जहाँ खून के दागों से सने बाघ, मछलियों के काँटों के ढेर के बीच टहल रहे हैं, बेरहम आँखों से अगले शिकार पर छलांग लगाने को तैयार।

ऐसे ही चलते हुए एर्दोसैन अपनी ज़िन्दगी के बारे में सोचने लगा मानो वो किसी और शख़्स की हो।

उस कोहरे में डूबा हुआ एर्दोसैन जिसकी चिपचिपी नमी उसके फेफड़ों को सुदूर कोनों तक चीर गयी थी, आखिरकार गाओना पहुँच गया। फिर वह अपनी भौंहों पर आते पसीने को पोंछने के लिए रुका।

उसने लकड़ी के एक दरवाज़े को खटखटाया जो उस छोटे से मकान में जाने का एकमात्र दरवाज़ा था, जिसमें कैरोसिन का एक लैंप जल रहा था। एक हाथ ने दरवाज़ा खोला और एक नौजवान की आकृति उस इमारत के कोने में गालियाँ बुदबुदाती हुई अदृश्य हो गयी उस ईंटों से बने एक कच्चे रास्ते से उसके क़दमों से मानो हिल सा रहा हो।

एक काँच के दरवाज़े के सामने एर्दोसैन रुक गया और उसने ताली बजाई। अन्दर से एक रूखी आवाज़ आई "अन्दर आ जाओ।"

एर्दोसैन अन्दर चला गया।

तेल से जल रहे लैंप की धुआँ भरी लपट की रौशनी एस्पिला परिवार के पाँच सदस्यों के सिर पर पड़ी, जिन्होंने अपने रात के खाने की प्लेट से सिर उठा कर देखा। उन सभी ने एक खुशनुमा मुस्कान से उसका अभिवादन किया और एमिलिओ एस्पिला घने बालों वाला लम्बा नौजवान उठा और उसने एर्दोसैन से हाथ मिलाया।

एर्दोसैन ने सभी को एक-एक करके अभिवादन किया-पहले माँ को जो अपनी उम्र के कारण झुक गयी थी और काली ड्रेस पहने थी; फिर लुसिआना और एलेना, दोनों छोटी बहनों को; फिर युस्ताकियो को, जो बहरा था, और डंडे जैसा इतना लम्बा कि लगता था उसे तपेदिक है। जैसी की उसकी आदत थी, वह कोई पत्रिका पढ़ने में मशगूल था, जबकि उसकी नाक अपनी प्लेट में डूबी हुई थी और उसकी ग्रे आँखें तस्वीरों को देखने-समझने के लिए इधर-से-उधर घूम रही थीं।

वे दोनों लड़कियाँ जिस स्नेहपूर्ण तरीके से एर्दोसैन को देखकर मुस्करायीं उससे एर्दोसैन को कुछ बेहतर महसूस होने लगा। लुसिआना के बाल भूरे थे, ब्लॉन्ड और उसका चेहरा लम्बोतरा था, नाक हल्की-सी दबी हुई, और एक बड़ा पतला-सा मुँह, चमकीले पतले कामुक गुलाबी होंठ, जबकि एलेना माँ से अपने अंडाकार चेहरे, लम्बी स्कर्ट और मोटे पीले हाथों से नन की तरह लगती थी।

"क्या तुम हमारे साथ खाना खाओगे?" माँ ने पूछा।

ये देख कर कि बर्तनों में खाना न के बराबर था, एर्दोसैन ने जवाब दिया कि वो पहले ही खा चुका है।

"पक्का?"

"हाँ...मैं बस चाय ले लूँगा।" उन्होंने मेज़ पर उसके बैठने के लिए जगह बना दी, और एर्दोसैन बहरे युस्ताकियो, जो पहले की तरह अपनी पत्रिका में मशगूल था और एलेना, जिसने बाकी बची तरकारी माँ और एमिलिओ के साथ बाँट कर खा ली, के बीच बैठ गया।

एर्दोसैन ने उन्हें दया के एक भाव के साथ देखा। वह उनको बरसों से जानता था। पहले पहल वो परिवार अपेक्षाकृत रूप से खुशहाल था, फिर एक के बाद एक मुसीबतों के सिलसिले ने उन्हें बिलकुल गरीब बना दिया। एक दिन एर्दोसैन की रास्ते में अचानक एमिलिओ से मुलाकात हो गयी और वह उनके घर चला गया। उसने उन्हें सात सालों से नहीं देखा था और वह ये देखकर हैरान रह गया कि वो सब एक छोटी-सी झोंपड़ी में रह रहे थे, जबकि पहले उनके पास एक नौकरानी थी, उनके घर बाहर के प्रतीक्षा कक्ष और

एक बैठक भी थी। तीनों महिलाएँ एक ही कमरे में सोती थीं जो पुराने फ़र्नीचर से भरा पड़ा था, जिस पर बैठ कर वो कभी खाना खाया करते थे; एमिलिओ और युस्ताकियो रसोई के साथ एक छोटी-सी जगह में सोते थे,जिस पर टिन की छत थी। वे तरह-तरह के काम कर के रोज़ी-रोटी चला रहे थे—ब्रोशर बेच कर, घर में बनी आइसक्रीम बेच कर या दोनों बहनें ड्रेस बना कर भी पैसे कमा रही थीं। एक बार सर्दियों के मौसम में तो हालत इतनी खराब हो गयी थी कि उन्होंने एक टेलीग्राफ़ का खम्बा चुरा कर उस पर आरा चला दिया था। एक-दूसरे मौके पर उन्होंने बाड़ पर लगे खम्बों की एक पूरी पंक्ति चुरा ली थी; पैसे बनाने के लिए वो लोग जो रद्दी जुटाते थे, उससे एर्दोसैन को हँसी भी आती थी और वह दुखी भी हो जाता था।

पहली बार उन्हें उनके इस हाल में देख कर एर्दोसैन को धक्का लगा था। एस्पिला परिवार चाकारिता के पास एक तीन मंज़िला जीर्ण-शीर्ण इमारत में रहने चला गया था, जिसे लहरदार लोहे की चादरों से अलग-अलग विभाजित किया गया था। बाहर से देखने पर वो आवासीय जगह एक बड़े से समुद्री जहाज़ जैसी दिखती थी, जिसमें सब तरफ़ बच्चे ही मंडराते दीखते थे, मानो ये कोई धार्मिक संगत चल रही हो। उसके बाद कई दिनों तक एर्दोसैन इधर-उधर घूमता हुआ यही सोचता रहा कि इस हालत में आकर एस्पिला परिवार को किन-किन दिक्कतों का सामना करना पड़ा होगा। बाद में, जब उसने ताँबे के गुलाबों का आविष्कार किया तो उसे लगा कि ये उम्मीद उनको थोड़ा उत्साहित कर देगी। सो, जो पैसा उसने शुगर कंपनी से चुराया, उसके कुछ हिस्से से उसने एक सेकंड हैण्ड एक्युमलेटर, एक एम्प-मीटर और कुछ और यंत्र खरीदे ताकि एक साधारण-सी गल्वानो-प्लास्टिक कार्यशाला खोल सके।

उसने एस्पिला परिवार को इस बात के लिए भी राज़ी कर लिया कि वे अपने खाली समय का इस्तेमाल उसके प्रयोगों के लिए करें, ये तर्क देते हुए कि अगर ये प्रयोग सफल हो गये तो वे अमीर हो सकते हैं। और वो, जिसकी ज़िन्दगी किसी भी उम्मीद या सांत्वना से विहीन थी, वो,जो इतने लम्बे अरसे से भटका हुआ महसूस कर रहा था, उसने उन लोगों में ऐसी उम्मीद की किरण जगाई कि वे इसे आज़माने के लिए भी राज़ी हो गये। एलेना ने गंभीरता से गल्वानो प्लास्टिक का अध्ययन शुरू कर दिया, जबकि युस्ताकियो ने रसायनों का मिश्रण बनाना और एम्प-मीटर के तारों को एक कड़ी में और एक-दूसरे के विपरीत जोड़ना और प्रतिरोधक क्षमता को नापना सीखना शुरू कर दिया। यहाँ तक कि उनकी माँ भी प्रयोगों में हिस्सा लेने लगी और जब वो एक लोहे की चादर पर ताँबे का लेप लगाने में सफल हो गये तो उन्हें यकीन हो गया कि उन्हें गुलाब बनाने के लिए भी इसी प्रक्रिया का पालन करना होगा और उनकी किस्मत बदल जाएगी।

एर्दोसैन सोने की झालर, चाँदी के परदे, हैट के लिए ताँबे का नकाब बनाने की भी बात करता था। यहाँ तक कि उसने एक धातु की टाई का भी ज़िक्र किया, जिससे वो सब

हैरान रह गये। या फिर वो कमीज़ के सामने का हिस्सा, कफ़, या कॉलर धातु के बना सकते थे, कपड़े को...मिश्रण में भिगो कर फिर उसे ताँबे या निकल के गल्वानो प्लास्टिक प्रक्रिया से निकाल कर। गाथ शवस, हैरॉड्स या सैन हुआन इसका पेटेंट खरीद लेंगे। एक दिन एर्दोसैन जिसे इन सब पर आधा-सा विश्वास था, उसने सोचना शुरू कर दिया कि वो इन कल्पनाओं को प्रेरित करने में कुछ ज़्यादा ही आगे निकल गया था, क्योंकि अब, इस असलियत के बावजूद कि उनके पास एक नया पैसा नहीं था, और वे लगभग भूख से मर रहे थे, वे कम-से-कम एक रॉल्स रॉयस और एक आलीशान बंगले के सपने ले रहे थे, वो भी अल्वेर्स एवेन्यू में। जब एर्दोसैन चाय पीने के लिए कप पर हल्का-सा झुका, लुसिआना ने एमिलिओ की सवालिया निगाह पर हल्के-से गर्माते हुए न में सिर हिला कर जवाब दिया, लेकिन एमिलिओ फिर भी बोल पड़ा, भयानक रूप से तुतलाते हुए क्योंकि उसके मुँह में दाँत न के बराबर थे, "ज़रा सोचो...ताँबई गुलाब असलियत में बन सकता है!"

"भगवान का शुक्र है, हमने एक गुलाब बना लिया।"

लुसिआना जल्दी से उठी, एक ड्रावर खोली, और एर्दोसैन खुशी से मुस्कराया। उस खूबसूरत लड़की की उँगलियों के बीच एक ताँबई गुलाब चमक रहा था। उस शानदार धातु के फूल की सिन्दूरी पंखुड़ियाँ उस अभागी झोंपड़ी में फैल गयीं। लैंप की काँपती हुई लौ में उसका पारदर्शी लाल रंग चमक उठा मानो उस गुलाब में एक वनस्पतीय जीवन हो, जो तेज़ाब में घुल गया था, लेकिन यह अब भी उसकी आत्मा में जीवित था।

बहरे भाई ने अपनी नाक प्लेट से ऊपर उठाई। उसने पहले अपनी तस्वीरों को देखा फिर उस गुलाब को, और फिर गूँजती आवाज़ में उसने कहा, "इसमें कोई दो राय नहीं, एर्दोसैन कि तुम एक जीनियस हो..."

"हाँ, और इससे हम अमीर हो ही जायेंगे..." (एमिलिओ ने तुतलाते स्वर में कहा।)

"भगवान् ने चाहा तो..." बूढ़ी महिला ने कहा।

"इतना शक मत करो माँ..."

"क्या इस पर बहुत मेहनत करनी पड़ी?"

एक गंभीर मुस्कान के साथ एलेना ने इसकी वैज्ञानिक व्याख्या की, "सुनो, रेमो, पहले तो एमिलिओ ने बहुत ज़्यादा एम्पियर्स दे दिए तो गुलाब झुलस गया..."

"और प्रक्षालन से वो तेज़ी से डूबा तो नहीं?"

"नहीं...फिर हमने उसे थोड़ा-सा गर्म किया..."

"फिर इस गुलाब के लिए हमने एक जोड़ने वाला तत्व इस्तेमाल किया..."

‘‘हाँ, ठीक...धीरे-धीरे जोड़ने वाले तत्व में इसे डाला...’’

रेमो ने उस गुलाब की सम्पूर्णता पर खुश होते हुए एक बार फिर उसका निरीक्षण किया। हरेक लाल पंखुड़ी लगभग पारदर्शी थी और धातु की झीनी चादर के अन्दर वो प्राकृतिक पंखुड़ी की महीन रेखाएँ देख सकता था, जो जोड़ने वाले तत्व के प्रयोग से हल्की काली हो गयी थीं। ये बहुत हल्का था और एर्दोसैन ने कहा, ‘‘ये कितना हल्का है...पाँच सेंट के सिक्के से भी हल्का...’’

लेकिन फिर फूल के बीच में एक पीले धब्बे को देख कर जो पंखुड़ियों तक फैल गया था, एर्दोसैन बोला, ‘‘जब आप फूल को रसायन के घोल से निकालते हैं तो उसे बहुत सावधानी से धोना होता है। ये पीली रेखाएँ देख रहे हो? ये रसायन में साइनाइड की वजह से हैं जो फूल पर लगे ताँबे को धीरे-धीरे खा रहा है।’’

सिरों का झुण्ड उसके इर्द-गिर्द जुट गया, एक धार्मिक विस्मय के साथ सुनते हुए। वह बोलता रहा, ‘‘इससे कॉपर साइनेट बनता है, और हमें वो नहीं चाहिए क्योंकि वो निकल प्लेटिंग को ख़त्म कर देगा। इसमें कितना वक्त लगा?’’

‘‘एक घंटा।’’

जब एर्दोसैन ने गुलाब से अपनी निगाहें उठायीं तो लुसिआना को घूरते हुए पाया। एक रहस्यमय ऊष्मा से उसकी नज़र मखमली-सी थी। और उसकी बड़ी-सी मुस्कान में उसके चमकते हुए दाँत दिखाई देते थे। उलझन में एर्दोसैन ने उसकी तरफ़ देखा। उसका बहरा भाई गुलाब को ध्यान से देख रहा था, जबकि और सभी सिर साइनाइड से बनी पीली रेखाओं को देख रहे थे। लुसिआना अब भी उसे घूर रही थी। अचानक एर्दोसैन को याद आया कि अगली सुबह उसे बार्सुत को मारने में मदद करनी थी। और एक गहरी उदासी से उसने अपनी नज़रें नीची कर लीं। इससे तुरंत उसमें इन भ्रमित लोगों के प्रति एक गुस्से का भाव आया, जिन्हें उस पीड़ा और कष्ट का कोई अंदाज़ा नहीं था, जिससे वह पिछले कुछ महीनों से गुज़र रहा था।

वो खड़ा हो गया और बोला, ‘‘ठीक है फिर। मैं मिलता हूँ आप लोगों से...’’

यहाँ तक कि बाहर युस्ताकियो ने भी उसे स्तब्ध होकर देखा। बूढ़ी महिला तो जैसे अपनी जगह पर जड़ हो गयी, उसके हाथ वो प्लेट लेकर आगे फैले हुए थे जो वो उसे देने वाली थी। एलेना ने अपनी कुर्सी पीछे खींची, ‘‘क्या बात है, रेमो?’’

‘‘लेकिन...एर्दोसैन...’’

एलेना ने उसे ऊपर से नीचे तक देखा,

‘‘क्या कुछ गड़बड़ है, रेमो?’’

"नहीं, एलेना, मेरा यकीन करो..."

"क्या तुम नाराज़ हो?" लुसिआना ने पूछा, उसकी आँखें एक उदास, रहस्यमयी ऊष्मा से भरी थीं।

"नहीं, कुछ भी तो नहीं...मैं बस आप सभी को देखना चाहता था...लेकिन अब मुझे वाकई जाना होगा..."

"तुम वाकई नाराज़ नहीं हो?"

"नहीं, सिनोरा।"

"मैं समझता हूँ...वो सारी चिंताएँ जो तुम्हें हैं..." (एमिलिओ तुतला कर बोला)

"चुप रहो, बेवक़ूफ़!"

युस्ताकियो ने अपनी पत्रिका को छोड़ कर वही दोहराने का फ़ैसला किया जो उसने पहले कहा था, "मैं तुम्हें चेतावनी दे रहा हूँ। तुम्हें इसे गंभीरता से लेना होगा, इसका मतलब ये है कि तुम अमीर हो जाओगे।"

"तुम्हें यकीन है कि कुछ गलत नहीं है, कुछ गड़बड़ नहीं है?"

एर्दोसैन ने अपना हैट उठाया। उसे ये सब बेकार बातें कहने पर वितृष्णा-सी हुई। वैसे भी हर चीज़ तो तय ही थी अब। तो बात करने का क्या फ़ायदा? फिर भी उसने एक आख़िरी कोशिश की, और कहा, "मेरा यकीन कीजिये...मैं, आप सभी को बहुत पसंद करता हूँ...जितना पहले करता था...चिंता न करें...मैं नाराज़ नहीं हूँ...मेरे पास और भी बहुत सारे आइडियाज़ हैं...हम कुत्तों के बालों का एक सैलून शुरू कर सकते हैं, और हरे, नीले, पीले और जामुनी रंग से रंगे पालतू जानवर बेच सकते हैं...जैसा कि आप देख सकते हैं...मेरे पास आइडियाज़ की कमी नहीं है...एक दिन आप ज़रूर अपनी इस भयानक ख़राब हालत से निकल जायेंगे...मैं ये निश्चित करूँगा...जैसा कि आप देख सकते हैं मेरे पास कई आइडियाज़ हैं।"

लुसिआना ने दया भरी नज़रों से उसे देखा। वो बोली, "मैं आती हूँ तुम्हारे साथ।"

वो दोनों बाहर सड़क पर निकल आये। तेल के स्ट्रीट लैंप के चारों तरफ़ के गोल घेरे के परे धुँध पूरी सड़क पर छाई थी। अचानक लुसिआना ने एर्दोसैन के बाजू पर हाथ रखा और बुदबुदाई, "मैं तुम्हारी बहुत परवाह करती हूँ, वाकई।"

एर्दोसैन ने उसे कटाक्षपूर्ण नज़रों से देखा। उसकी सारी पीड़ा निर्दयता में बदल गयी थी। उसने कहा, "मैं जानता हूँ।" वह बोलती रही, "मैं तुम्हें इतना प्यार करती हूँ कि सिर्फ़

तुम्हें खुश करने के लिए मैंने ये पढ़ लिया कि ब्लास्ट फ़र्नेस और 'बेसेमर' कनवर्टर कैसे काम करते हैं। क्या मैं तुम्हें समझाऊँ कि कड़ियाँ किसलिए होती हैं, या कूलिंग प्रोसेस किस तरह काम करता है?''

एर्दोसैन ने उसे ठंडी भावहीन निगाह से देखा। वो सोच रहा था, 'इस औरत के साथ क्या गड़बड़ है।'

वह बोलती रही, ''मैं हमेशा तुम्हारे बारे में सोचती हूँ। क्या तुम चाहते हो कि मैं तुम्हें विभिन्न प्रकार के स्टील के बारे में समझाकर बताऊँ, या ये बताऊं कि ताँबे को किस तरह गलाया जा सकता है? या सोने को धोने की प्रक्रिया; या फ़र्नेस के भीतर की चद्दर के बारे में?''

एर्दोसैन ने अपने दाँत पीसे। वह सड़क पर लड़खड़ाता-सा चल रहा था, सिर्फ़ ये सोचते हुए कि मनुष्य का अस्तित्व कितना बेतुका है, और फिर उसके अन्दर गुस्सा उमड़ने लगा, जिसका निशाना वो लड़की बनी जो उसकी बाजू पकड़े थी और कह रही थी, ''तुम्हें वो वक्त याद है जब तुमने मुझे बताया था कि एक फ़र्नेस का इन्चार्ज होना तुम्हारा आदर्श था? ये ख़याल ही मुझे पागल कर देता था। तुम कुछ कहते क्यों नहीं? तभी मैंने धातु विज्ञान पढ़ना शुरू किया। क्या मैं तुम्हें अनियमित कार्बन वितरण और आणविक रूप से पूर्ण कार्बन के बीच का फ़र्क बताऊँ, डियर?''

दूर से एक ट्रेन गुज़री, स्ट्रीट लैंप से कुछ फ़ीट की दूरी पर धुँध के कपासी कण, घने अँधेरे में बदल गये, और एर्दोसैन बोलना चाहता था, लुसिआना को अपनी मुसीबतों, मुश्किलों के बारे में बता सकता था, लेकिन अब भी एक अस्पष्ट और नाराज़ विरोध से वो उसकी बगल में तनावग्रस्त और चुप रहा, वह बोलती रही, ''क्या बात है? क्या तुम हम लोगों से नाराज़ हो? लेकिन वापस अपनी खुशहाली के लिए हमें तुम्हारा ही शुक्रिया अदा करना होगा। उसने लुसिआना की बाँह पकड़ी और गुर्राया, ''मुझे तुम में कोई दिलचस्पी नहीं।'' फिर वो मुड़ा और इससे पहले उसे कुछ कहने का मौका मिल पाता, एर्दोसैन जल्दी-जल्दी चलते हुए धुँध में गायब हो गया।

वह जानता था कि उसने बिना वजह लुसिआना का अपमान किया है, लेकिन इससे उसे एक अजीब क्रूरतापूर्ण संतोष मिला और वो मन-ही-मन बुदबुदाया, ''उम्मीद करता हूँ कि ये सब मर जाएँ और मुझे चैन से रहने दें।''

दो जीव

अगली सुबह दो बजे तक एर्दोसैन शहर की सड़कों पर हवा की दीवार से संघर्ष करता हुआ किसी कोठे की तलाश में भटक रहा था।

उसके कान एक धीमे गुंजन से बज रहे थे, लेकिन फिर भी एक उन्मत्त-सी वृत्ति उसे फुटपाथ पर पड़ती ऊँचे मकानों की परछाइयों के बीच सड़कों पर भटकाती रही। वह एक तीव्र उदासी से भर गया। वह ऐसे ही निरुद्देश्य भटकता रहा।

नींद में चलने वाले की तरह वह चलता रहा, गली के नुक्कड़ पर रौशनी में झिलमिलाते पुलिसवालों के बिल्ले पर बने निकल के चमकते हुए तीरों, नियोन लैंप से निकलते रौशनी के छल्लों को वह अपनी भावहीन आँखों से देखता रहा...एक असाधारण वृत्ति के वशीभूत हो वह घूमता रहा। प्लाजा डी मेयो से चलते हुए वह प्लाजा ओंस को पार कर अब कान्गाल्लो की तरफ़ बढ़ रहा था।

वो एक भयानक उदासी से भरा हुआ था। उसका दिमाग एक ही बात पर अड़ा हुआ था। वह बार-बार खुद से कह रहा था, ''इसका कोई फ़ायदा नहीं। मैं एक हत्यारा हूँ।'' फिर भी, जब भी उसे किसी वेश्यालय के आँगन की लाल रौशनी दिखती, वह रुक जाता, एक पल के लिए सकुचाता, रंग भरे कोहरे में नहाया हुआ...फिर खुद से कहता, ''दूसरा वाला होगा।'' और फिर अपने रास्ते चल पड़ता।

एक कार चुपचाप उसकी बगल से गुज़र कर तेज़ी से गायब हो गयी। एर्दोसैन ने उस ख़ुशी के बारे में सोचा जिसका आनंद वो कभी नहीं उठा पायेगा, अपनी खोयी हुई जवानी के बारे में; और उसकी परछाईं पहले तो फुटपाथ पर लम्बी खिंची, फिर छोटी होती गयी और फिर इतनी छोटी कि उसके क़दमों के नीचे गायब हो गयी। और फिर से उसके पीछे उसका साया नाचने लगता, लेकिन उसका कष्ट मिनट-दर-मिनट और भारी होता जा रहा था, ज्वार की एक लहर की तरह उसके शरीर से सारी ताकत निचोड़ता हुआ।

इसके बावजूद एर्दोसैन कल्पना करने लगा कि किस्मत से उसे वो कोठा मिल गया है, जिसकी तलाश वो कर रहा था।

कोठे की मैडम ने बैडरूम का दरवाज़ा खोला और वह पूरे कपड़े पहने ही बिस्तर पर ढेर हो गया। एक कोने में पैराफ़िन के स्टोव पर पानी गर्म हो रहा था...और अचानक एक अर्धनग्न लड़की आयी...और लगभग उस विस्मय की कगार पर जिसे सिर्फ़ वही दोनों समझ सकते थे, वो वेश्या हैरानी से बोली, "वह, ये तुम हो...तुम ही हो! आखिरकार तुम आ गए!"

और एर्दोसैन ने जवाब दिया, "ये मैं ही हूँ। काश तुम जान पातीं कि मैंने तुम्हारी कितनी तलाश की!"

लेकिन चूँकि ऐसा होना नामुमकिन था, एर्दोसैन का दुख और उदासी वैसे ही वापस घिर आयी जैसे दीवार पर गेंद फेंकने से वापस आती है। वो ये भी जानता था कि जैसे-जैसे दिन गुज़र रहे थे, उसकी ये चाहत कि कोई अनजान वेश्या उस पर दया करेगी, सहानुभूति दिखाएगी, वैसे ही व्यर्थ साबित हो रही थी जैसे उस सीसे की गेंद से जीवन के कवच को चीर कर छेद कर देने की। उसने एक बार फिर खुद से कहा, "आह, ये तुम हो...ये तुम ही हो...तुम आखिरकार आ गये, मेरे उदास प्यार!" लेकिन ये सब बेकार था, क्योंकि उसे वो औरत कभी नहीं मिलने वाली थी और इसलिए हताशा जनित एक उग्र ऊर्जा से वो भर गया, जो उसके पूरे सत्तर किलो हाड़-मांस में फैल गयी, उसे उन सायों के बीच से गुज़रने की प्रेरणा देती हुई, जबकि उसके सीने में एक गहरी उदासी उसकी धड़कनों को चूर-चूर कर रही थी।

उसे हैरानी हुई जब उसने खुद को उस मकान के दरवाज़े पर पाया जहाँ उसने किराये पर कमरा लिया हुआ था। उसने अन्दर जाने का फ़ैसला किया। उसका दिल ज़ोर-ज़ोर से धड़क रहा था।

पंजों के बल चलते हुए उसने गलियारा पार किया और सावधानी से दरवाज़ा खोला। वह धीरे-धीरे कमरे के उस कोने की तरफ़ बढ़ा जहाँ सोफ़ा रखा हुआ था, और उस पर लेट गया, किसी तरह का कोई शोर न करने की कोशिश करता हुआ। बाद में वो ये नहीं समझा सका कि ऐसा उसने क्यों किया। फिर वह सोफ़े पर तन के लेट गया, अपने हाथों को सिर के पीछे रखे हुए। उसके मन में उस कमरे की बनिस्पत कहीं ज़्यादा अँधेरा था। अगर वो लैंप जलाता तो कमरे का अँधेरा तो वॉल पेपर से ढँके एक बॉक्स में तब्दील हो जाता। उसने अपने से बाहर, अपने से परे कुछ सोचने की कोशिश की, लेकिन ये नामुमकिन था। इससे उसमें एक बचकाना-सा भय पैदा हुआ, उसने अपने कान लगा कर कुछ सुनने की व्यर्थ कोशिश की और फिर अपनी आँखें बंद कर लीं। उसका दिल ज़ोरों से धड़क रहा था, खून को उसके शरीर में चारों तरफ़ दौड़ाते हुए; उसकी पीठ के रोंगटे खड़े हो गये मानो उस पर ठंडा पानी डाल दिया गया हो। बंद पलकों और तने हुए सख्त शरीर के साथ वो कुछ घटित होने का इंतज़ार करने लगा। तब उसे एहसास हुआ कि अगर वो ऐसे ही रहा तो डर से चिल्ला उठेगा, तो उसने अपने पैर समेट लिए, इतने कि अब वो बुद्ध की तरह पैर पर पैर

रखकर बैठ गया और अँधेरे में बैठा रहा। उसे लग रहा था कि वो टुकड़े-टुकड़े हो बिखर रहा था, और न तो वो किसी को पुकार सकता था, न रो ही सकता था। लेकिन इस तरह वह सारी रात पैरों के बल बैठा भी तो नहीं रह सकता था।

उसने सिगरेट जलाई और हैरानी से जमा रह गया।

पर्दे के किनारे अपाहिज स्त्री खड़ी थी, अपनी ज़हरीली ठंडी निगाहों से उसे घूरती हुई। उसके बाल दो चिकनी पट्टियों में उसके कानों को ढँके हुए थे, और होंठ दबे हुए। लगा कि वो उसकी मदद करने को उत्सुक थी, लेकिन एर्दोसैन डरा हुआ था। अंततः वो बुदबुदाया, ''तुम!''

माचिस की तीली उसकी उँगलियों को जला रही थी। फिर उसकी शर्म से ज़्यादा मज़बूत एक सहज आवेग के वश वह उठ बैठा। अँधेरे में वो उसके करीब गया और बोला, ''तुम? तुम सोई क्यों नहीं?''

उसने महसूस किया कि वो अपनी बाँह आगे बढ़ा रही है, फिर उसकी उँगलियों को अपनी ठोड़ी पर महसूस किया। हिपोलिता ने गंभीरता से कहा, ''और तुम क्यों नहीं सो पाए?''

''तुम मुझे सहला रही हो?''

''तुम सो क्यों नहीं पाते?''

''तुम मुझे छू रही हो? तुम्हारा हाथ कितना ठंडा है! ये इतना ठंडा क्यों है?''

''लैंप जला लो।''

छत से रौशनी टपकने लगी। वो सोफ़े पर बैठी थी और एर्दोसैन खड़ा हुआ उसे घूर रहा था। वह शरमाते हुए बुदबुदाया, ''क्या मैं तुम्हारी बगल में बैठ जाऊँ? मैं सो नहीं पाया,'' हिपोलिता ने उसके लिए जगह बना दी। उसके साथ बैठ कर एर्दोसैन को स्थिर बैठना असंभव लगा और वह अपनी उँगलियों के पोरों से उसके माथे को सहलाने लगा।

''तुम ऐसी क्यों हो?''

हिपोलिता ने उसे फिर उसी ठंडेपन से देखा, शांति से।

एर्दोसैन ने मौन हताशा में एक पल के लिए उसे घूरा और फिर उसके दुबले हाथ को पकड़ लिया। वह उसे अपने होंठों से लगाने ही वाला था कि एक अजीब-सी ताकत ने उसे ऐसा करने से रोक दिया। एक सिसकी के साथ वह उसकी गोदी में ढेर हो गया।

उसने बेतहाशा रोना शुरू कर दिया और वो सीधी पीठ किये बैठी रही, बगैर किसी जज़्बात के, उसके हिलते हुए शरीर को देखते हुए। वह आँखें बंद किये रोता रहा, जैसे

नाउम्मीदी से भरे क्रोध की गाँठदार, उलझी हुई कोई गेंद; वह दर्द से नहीं रो सकता था, लेकिन उस आक्रोश को दबाने से उसका भयानक दु:ख और भी बढ़ जाता; एक अंतहीन लहर में उसका कष्ट उमड़ पड़ा, उसे डुबोते हुए और वो सिसकी लेता रहा। इस तरह वो कई मिनटों तक फफक कर रोता रहा, खुद को चीखने से रोकने की कोशिश में रुमाल को मुँह में दबा कर, जबकि हिपोलिता का मौन उसके थके हुए अंतर्मन के लिए एक मुलायम तकिया बना रहा। धीरे-धीरे ये गहन पीड़ा चुक गयी; कुछ आख़िरी आँसू उसकी आँखों में भर आये, उसकी साँसें सीने में झनझनाहट के व्याकुल स्वर की तरह महसूस हुईं। उसे एक औरत की गोदी में गीले गालों से इस तरह लेटे रहना तसल्लीबख्श लगा। उसे बिलकुल शुष्क महसूस हुआ; उसकी उदासीन पत्नी की छवि आखिरकार उसके कष्ट की सतह से गायब हो गयी; और वहाँ लेटे हुए एक संध्या सी शांति उसमें फैल गयी, जो भी बर्बादी उसकी किस्मत में थी, उसके लिए एक तरह की स्वीकृति।

उसने अपना चेहरा उठाया, जो आँसुओं और उसकी ड्रेस की सलवटों से लाल हो गया था।

वह अब भी उसे एक ठंडी शांति से देख रही थी।

''तो तुम उदास हो?''

''हाँ।''

वे दोनों चुप हो गये, बाहर बिजली कड़की और आँगन के अँधेरे कोनों में एक लाल कौंध फैल गयी। बारिश शुरू हो गयी।

''क्या हमें माटे (चाय) पीना चाहिए?''

''हाँ।''

बगैर कुछ और कहे, उसने पानी उबाला। जब वो बर्तन में माटे की पत्तियाँ डाल रहा था तो हिपोलिता अनमनेपन से खिड़की पर पड़ती बारिश को देख रही थी। अपने आँसुओं के बीच मुस्कुराते हुए वह बोला, ''जैसे मैं बनाता हूँ, तुम्हें ये चाय पसंद आएगी।''

''तुम उदास क्यों थे?''

''नहीं जानता...एक दर्द का एहसास...एक अरसा हो गया मुझे अपने भीतर सुकून, शांति महसूस किये।''

वह चुचाप माटे पी रहा था। हिपोलिता अपना फर कोट पहने, कानों तक आते बालों की दो पट्टियों के साथ एक कोने में खड़ी थी, जहाँ से दीवार पर लगा वॉल पेपर उखड़ रहा था।

एर्दोसैन एक बचकाना हँसी हँसा और बोला, ''जब मैं अकेला होता हूँ तो बहुत माटे पीता हूँ।''

वो दोस्ताना तरीके से मुस्कुरायी। वह पैर पर पैर रख आगे की तरफ़ झुकी हुई थी, उसकी कोहनी दूसरे हाथ में थी और निकल प्लेटेड स्ट्रॉ में से वह धीरे-धीरे चाय के घूँट ले रही थी।

''हाँ, मुझे ऐसा लग रहा था कि मैं बिलकुल अपनी बर्दाश्त की हद पर खड़ा हूँ।'' एर्दोसैन ने दुबारा कहा, ''लेकिन तुम्हारे हाथ कितने ठण्डे हैं! क्या ये हमेशा ऐसे ही रहते हैं?''

''हाँ।''

''क्या मैं तुम्हारा हाथ पकड़ सकता हूँ?''

हिपोलिता सीधी खड़ी हुई और उसने लगभग एक शाही अंदाज़ से अपना हाथ आगे बढ़ा दिया। एर्दोसैन ने हल्के से उसका हाथ पकड़ा और अपने होंठों से लगा लिया। एक लम्बे पल के लिए उसने एर्दोसैन को देखा, उसकी आँखों का ठंडापन पिघल कर अचानक एक गर्माहट में तब्दील हो गया, जिससे उसके गालों में रंगत आ गयी। एकाएक एर्दोसैन को ज़ंजीर में बँधा कैदी याद आ गया, लेकिन जो हल्की-सी उम्मीद की लौ उसमें जागी थी, ये स्मृति उसे नष्ट नहीं कर पाई। उसने कहा, ''सुनो, अगर तुम यहाँ, इसी वक्त मुझसे कहो कि मैं आत्महत्या कर लूँ, तो मैं कर लूँगा। मैं इतना खुश हूँ!''

एक पल पहले जो गर्माहट हिपोलिता की नज़रों की गहराइयों में जागी थी, वो बुझ गयी, वहाँ एक बार फिर वही ठंडा भाव घर कर गया। उसने उसे कुतूहल से देखा।

''मैं गंभीर हूँ। मैं अपनी जान ले लूँगा...नहीं। बेहतर ये होगा कि तुम मुझसे कहो कि मैं अपनी जान ले लूँ...ज़रा बताओ, तुम्हें नहीं लगता कि ये बेहतर होगा अगर कुछ लोगों का अस्तित्व ही ख़त्म हो जाए?''

''नहीं।''

''अगर वो बहुत खराब काम करें, तो भी?''

''वो सब भगवान के हाथ में है।''

''फिर तो इस बारे में बात करने का कोई फ़ायदा ही नहीं।''

फिर वो चुपचाप बैठे हुए माटे पीते रहे। इससे उसे इस लाल बालों वाली औरत को देखने का मौका मिल गया, जो फरकोट पहने थी, उसके पारदर्शी से हाथ अपने घुटनों को घेरे थे और वो हरी सिल्क की ड्रेस पहने थी।

अपनी उत्सुकता पर काबू न रखते हुए, उसने ये सवाल उगल ही दिया, "क्या ये सच है कि तुम एक नौकरानी थीं?"

"हाँ...इसमें अचरज की क्या बात?"

"ये अजीब तो है।"

"क्यों?"

"बस है। कभी-कभी मुझे लगता है कि जो मेरी ज़िन्दगी में कमी है, वो मुझे किसी और की ज़िन्दगी में मिल जायेगी। मुझे लगता है कि कुछ लोगों को ख़ुशी का रहस्य पता चल गया है...और अगर वो हमें वह राज़ बता सकें, तो हम भी खुश और सुखी हो जायेंगे।"

"लेकिन मेरी ज़िन्दगी में कोई राज़ की बात नहीं।"

"क्या तुम्हें कभी नहीं लगा कि ज़िन्दगी कितनी अजीब है?"

"हाँ, बेशक।"

"मुझे बताओ इस बारे में।"

"जब मैं एक छोटी बच्ची थी तो मैं अल्वीयर एवेन्यू में काम करती थी। उसकी तीन बेटियाँ थीं और चार नौकर। मैं सुबह उठती और मुझे तब भी विश्वास नहीं होता कि ये मैं ही हूँ उस सारे फ़र्नीचर के चारों तरफ़ घूमती जो मेरा नहीं था, उन लोगों के आस-पास जो सिर्फ़ हुक्म देने के लिए ही मुझसे बात करते थे। कभी-कभी मुझे लगता कि और सभी लोगों के अस्तित्व को उनके अपने घरों का एक सहारा है, अपने घरों से वो बँधे हुए हैं, बस एक मैं ही खुली हुई हूँ, कोई शरण स्थान नहीं, कोई बंधन नहीं, सिर्फ़ एक धागे से अपनी ज़िन्दगी से बँधी हुई। मैं दूसरे लोगों की आवाज़ें अपने कान में ऐसे सुनती जैसे कोई आधी नींद में लोगों की बातें सुनता है और उसे पक्का नहीं पता होता कि वो सपना देख रहा है या ये असलियत है।"

"ये वाकई बहुत उदासी भरा रहा होगा।"

"हाँ, ये जानना उदासी भरा होता है कि दूसरे लोग खुश हैं कि वो नहीं समझेंगे कि आप नाखुश हैं और हमेशा रहेंगे। मुझे याद है, जब मेरे दोपहर के सोने का वक्त होता था तो अपने कमरे में जाकर कपड़ों को ठीक से रखने या सुधारने की जगह मैं बैठ कर यही सोचा करती, 'क्या मैं हमेशा नौकरानी ही रहूँगी?' मुझे काम थकाने वाला नहीं लगता था, पर ये मन में बार-बार एक ही जैसे विचारों का चलना थका देता। कभी तुमने ध्यान दिया है, कैसे उदास और दुखी विचार मन से निकलते ही नहीं?"

"हाँ, सच है। उस वक्त तुम्हारी क्या उम्र रही होगी?"

''सोलह साल।''

''और तुम कभी किसी मर्द के साथ नहीं सोई थीं?''

''नहीं...लेकिन मैं गुस्से में थी...इस बात पर नाराज़ कि मैं ज़िन्दगी भर नौकरानी ही रहूँगी...किसी और चीज़ से ज़्यादा एक बात मेरे मन में फँसी रह गयी। उनके बेटों में से एक का किस्सा। उसकी सगाई हो गयी थी और वो कट्टर कैथोलिक था। मैंने कई बार उसे अपनी एक कज़िन के साथ रंगरलियाँ मनाते हुए पकड़ा, जो अब मुझे लगता है उसकी मंगेतर ही रही होगी। उसकी कज़िन बहुत कामुक थी और मैं हमेशा खुद से यही पूछती रहती कि वो अपने इन घृणित जीने के तरीके के साथ कैथोलिक आस्था का मेल कैसे बैठा पाता है।

''अपने को बहुत रोकने के बावजूद मैं खुद को उसकी जासूसी करते पाती...। हालाँकि मेरे साथ वो बहुत अच्छे से बर्ताव करता, वैसा कतई नहीं जैसा अपनी कज़िन के साथ करता था। बाद में मुझे एहसास हुआ...कि मैं क्या तलाश रही थी...लेकिन तब तक देर हो चुकी थी...मैंने किसी और घर में काम करना शुरू कर दिया था...''

''और फिर?''

''मेरा जुनून अब भी मेरा पीछा कर रहा था। मैं ज़िन्दगी से क्या चाहती थी, मुझे इसका ज़रा भी अंदाज़ा नहीं था। सभी लोग मुझसे अच्छा बर्ताव करते थे। तब से मैंने लोगों को अमीरों की बुराई करते सुना, लेकिन उनकी निर्दयता, क्रूरता मैंने तो कभी नहीं देखी। चीज़ें ऐसी ही थीं। उन्हें निर्दयी और बेरहम होने की ज़रूरत ही नहीं थी, है ना? वो उनकी बेटियाँ थीं और मैं उनकी नौकरानी।''

''और फिर?''

''मुझे याद है एक दिन मैं ट्राम में अपने मालिकों में से एक के साथ थी। हमारे सामने खड़ा नौजवानों का एक जोड़ा बातचीत कर रहा था। क्या तुमने कभी ध्यान दिया है कि किस तरह कुछ दिन ऐसे होते हैं जब कुछ ख़ास शब्द आपके कानों में बम की तरह फटते हैं...मानो आप हमेशा से बहरे हों और अचानक आप पहली बार लोगों को बात करते सुनें? ऐसा ही कुछ हुआ। उनमें से एक नौजवान ने कहा, ''अगर एक बुद्धिमान औरत, चाहे वो कितनी बदसूरत हो, खुद को बेचने का फ़ैसला कर ले तो वह अमीर बन सकती है और अगर वो सावधानी बरते और किसी के प्रेम में न पड़े तो वह एक पूरे शहर पर राज कर सकती है। अगर मेरी बहन होती तो मैं उसे यही बताता।'' उसके शब्द सुनकर मैं अपनी सीट पर जैसे जम-सी गयी। इन शब्दों ने मेरा सारा शर्म और लिहाज़ ख़त्म कर दिया। जब तक हम ट्राम से उतरे मुझे ऐसा लगने लगा कि ये मारक शब्द और किसी ने नहीं बल्कि खुद मैंने ही बोले थे, हालाँकि तब तक मैं इन शब्दों को भूल चुकी थी। उसके बाद कई दिनों तक मैं इस उधेड़बुन से परेशान रही कि खुद को वाकई कैसे बेचा जाता है।''

एर्दोसैन मुस्कुराया, ''ये गज़ब की बात है!''

''उसके बाद अपने पहले महीने की तनख्वाह मैंने उन किताबों को खरीदने में खर्च कर दी, जिनके ज़रिये मैं ये पता लगा सकूँ। ये मेरी गलती थी...क्योंकि लगभग वे सभी किताबें बेवकूफ़ाना और पोर्नोग्राफ़ी से भरी थीं...उनमें खुद को बेचने के बारे में कुछ नहीं था...बल्कि सुख भोगने की उदासी के बारे में था...और आप यकीन करें या नहीं...मेरी कोई भी दोस्त ये नहीं बता पायी कि इसका क्या मतलब था।''

''बोलती जाओ...मुझे इसमें हैरानी नहीं कि एर्गुएता तुमसे क्यों प्यार करने लगा। तुम एक असाधारण औरत हो।'' हिपोलिता ख़ुशी से लाल हो गयी।

''बढ़ा-चढ़ा कर मत बोलो। मुझमें कॉमन सेंस है, बस।'' ''और बताओ, खूबसूरत प्राणी।''

''तुम कितने बच्चे से हो! ठीक, तब...'' हिपोलिता ने अपने कोट को सीने पर खींचा और बोलने लगी, ''मैं पहले की तरह सारा दिन काम करती लेकिन वह काम मुझे रोज़-ब-रोज़ बहुत अजीब लगने लगा...मतलब, जब मैं फ़र्श साफ़ कर रही होती या बिस्तर बना रही होती तो मेरा दिमाग मेरे ख़याल कहीं और होते...या मेरे अंदर इतने भीतर छिपे होते कि कभी-कभी मुझे लगता कि मेरे ये ख़याल अगर कुछ और बड़े हो गए तो वो मेरी खाल से फूट पड़ेंगे। लेकिन अब भी अपनी समस्या का हल मैं नहीं कर पाई थी। मैंने एक किताबों की दुकान को ख़त भी लिखा कि क्या उनके पास कोई ऐसी गाइड है जो बता पाए कि एक औरत खुद को कैसे बेच सकती है, लेकिन मुझे कोई जवाब नहीं मिला। फिर एक दिन मैंने फ़ैसला किया कि इस सिलसिले में मैं एक वकील से मिलूँगी। मैं डिस्ट्रिक्ट कोर्ट गयी, और एक-एक कमरे पर लिखी तख्ती छान मारी, आख़िरकार मैं हुन्काल पहुँची और एक अच्छी-सी इमारत के सामने रुक गयी। मैंने दरबान से बात की और वो मुझे ऊपर एक अच्छे वकील के पास ले गया। मुझे वो सब ऐसे याद है मानो कल की ही बात हो। वो एक दुबला, गंभीर-सा दिखता हुआ आदमी था, जो लुटेरा ज़्यादा दीखता था, लेकिन उसकी मुस्कराहट एक छोटे बच्चे जैसी थी। बाद में उसके बारे में सोचते हुए मैंने तय किया कि उसने ज़रूर बहुत कष्ट भोगे होंगे।''

उसने माटे का घूँट लिया, और उसे प्याला वापस कर दिया, और बोली, ''यहाँ कितनी गर्मी है! क्या तुम दरवाज़ा नहीं खोल सकते?''

एर्दोसैन ने एक तरफ़ का दरवाज़ा आधा खोल दिया। बारिश अब भी हो रही थी। हिपोलिता बोलती रही, ''मैं बिलकुल सकुचाई नहीं और उसे सीधे कह दिया, 'मैं आपसे मिलने इसलिए आई हूँ क्योंकि मैं जानना चाहती हूँ कि एक औरत खुद को कैसे बेच सकती है।' वो हैरानी से बैठा मुझे घूरता रहा। कुछ पलों बाद, उसने पूछा, 'किस वजह से आप ये जानना चाहती हैं?' मैंने शांति से उसे अपनी वजहें बतायीं और उसने सावधानी से सुना,

जो भी मैं कह रही थी उस पर कभी त्यौरियाँ चढ़ाते हुए तो कभी सोच-विचार करते हुए। आखिरकार उसने कहा, 'एक औरत के लिए अपने शरीर को बेचने का मतलब है सेक्स करना, बगैर प्रेम के, और पैसे के लिए।' मैंने जवाब दिया, 'आपका मतलब है कि अपना शरीर बेच कर आप खुद को इससे आज़ाद कर सकते हैं...आप आज़ाद हो सकते हैं...' "

"तुमने उससे ये कहा?"

"हाँ।"

"ये तो अद्भुत है!"

"क्यों?"

"और फिर?"

"मैं उसके दफ़्तर से बगैर अलविदा कहे ही निकल आई। मैं इससे पहले इतनी खुश कभी नहीं हुई थी। अपने शरीर को बेचना, एर्दोसैन, इसका मतलब था खुद को इससे आज़ाद कर लेना, अपने मन और इच्छाशक्ति को तुम जो भी चाहो उसे पाने के लिए आज़ाद कर लेना। मैं इतनी खुश थी कि जब एक अच्छा-सा दीखता नौजवान पास आया और उसने साथ चलने को कहा, तो मैं उसके साथ चली गयी।"

"और फिर?"

"मुझे इतनी हैरानी हुई...एक बार जब वो आदमी...मैंने पहले ही तुम्हें बताया कि वो अच्छा-सा दिखने वाला नौजवान था। जैसे ही वो संतुष्ट हुआ, वो एक बधिया सांड़ की तरह ढह गया। पहले मैंने सोचा कि ज़रूर वो बीमार हो गया होगा—मैंने कभी ऐसी किसी चीज़ की कल्पना ही नहीं की थी। लेकिन जब उसने मुझे समझाया कि मर्दों में ये स्वाभाविक होता है तो मैं अपनी हँसी रोक ही नहीं पायी। तो मर्द, जो सांड़ों जैसे ताकतवर लगते हैं...अच्छा! तुम्हें सोने से भरे कमरे में एक चोर की कहानी याद है? उस पल में मैं, एक नौकरानी, उस सोने से भरे कमरे में चोर की तरह थी। मुझे लगा कि अब दुनिया मेरी मुट्ठी में है...बाद में वाकई एक वेश्या बनने से पहले मैंने इस बारे में हर चीज़ का अध्ययन किया...हाँ, इतने हैरान मत दिखो, जो भी मेरे हाथ लगा इस बारे में, मैंने पढ़ा...मैंने जो उपन्यास पढ़े, उससे मैं इस नतीजे पर पहुँची कि पुरुष सोचते हैं, पढ़ी-लिखी औरतों में प्रेम की असाधारण ताकत होती है...पता नहीं मैं समझा पा रही हूँ या नहीं...कहने का मतलब ये है कि बिक्री की चीज़ों की कीमत बढ़ाने के लिए संस्कृति ऊपर से लगायी गयी एक सजावटी परत भर होती है।"

"क्या तुम्हें किसी के अधिकार में रहने में मज़ा आया?"

"नहीं। लेकिन जो मैं कह रही थी, वापस उस पर लौटते हुए, मैंने सब कुछ पढ़ा।"

उसके समझौता न करने वाले हठी रवैये के प्रति एर्दोसैन ने सहानुभूति की एक लहर महसूस की और हल्के से कहा, ''अपना हाथ दोगी मुझे?'' उसने गंभीर भाव से ऐसा किया। उसने कोमलता से उसका हाथ उठाया और होंठों से लगा लिया। वह उसे चुपचाप घूरती रही, लेकिन रेमो को अचानक ज़ंजीर में बँधा वो कैदी याद आ गया, जो अब तक उस घुड़साल में जाग गया होगा। लेकिन ये छवि उस मुलायम मधुरता को ख़त्म नहीं कर पायी जो उसकी इन्द्रियों को बहका रही थी, और वो बोला, ''देखो, अगर तुम...अगर तुम मुझसे खुद को अभी इसी वक्त मार देने के लिए कहोगी, तो मैं ख़ुशी से ऐसा कर लूँगा।''

अपनी लाल पलकों में से उसने उसे देखा।

''मैं वाकई गंभीर हूँ...कल...आज...बेहतर है...मुझसे कहो कि मैं अपनी जान ले लूँ...मुझे बताओ, क्या तुम्हें नहीं लगता कि बेहतर हो कुछ लोग बस मर जाएँ?''

''नहीं, वो ठीक नहीं है।''

''अगर वो अपराधी बन जाएँ, तब भी?''

''किसी दूसरे शख्स के बारे में कौन फ़ैसला कर सकता है?''

''फिर तो इस पर कुछ और कहना बाकी नहीं रहता।''

वह पहले की तरह चुपचाप माटे पीता रहा। एर्दोसैन को अचानक एहसास हुआ कि कैसे बहुत-सी चीज़ें मधुर हो सकती हैं। वह उसे घूरता रहा फिर बोला, ''तुम कितनी अद्‌भुत जीव हो!''

वह ख़ुशी से मुस्कुरायी और उसका मन ख़ुशी से नाच उठा।

''क्या कुछ और बना दूँ?''

''हाँ।''

हिपोलिता ने गंभीर निगाहों से उसे घूरा।

''तुम्हें इस तरह का मन, इस तरह की आत्मा कहाँ से मिली?''

एर्दोसैन उसे वो सब बताने ही वाला था जो कष्ट उसने भोगा था, लेकिन शर्म के एहसास से वह रुक गया। इसके बजाय उसने कहा, ''मैं नहीं जानता...मैंने अक्सर शुद्धता, पवित्रता के बारे में सोचा है...मुझे अच्छा लगता अगर मैं एक पवित्र इन्सान होता...'' फिर, अपने ही शब्दों से जोश में आते हुए बोला, ''अक्सर एक पवित्र आदमी न होने पर मैं उदास हो जाता हूँ। क्यों? मुझे कोई अंदाज़ा नहीं है। मगर क्या तुम एक निष्कलंक अंतर्मन वाले शख्स को पहली बार प्रेम करते हुए सोच सकती हो? और सभी इसी तरह के हों, ऐसी कल्पना कर सकती हो? क्या तुम सोच सकती हो कि एक शुद्ध पवित्र मर्द और शुद्ध औरत

के बीच प्रेम कितना महान होगा? खुद को एक-दूसरे को समर्पित करने से पहले वे खुद को मार देंगे...या फिर, वो खुद को समर्पित कर देगी और फिर दोनों आत्महत्या कर लेंगे, ये जानते हुए कि बगैर किसी उम्मीद के जीना व्यर्थ है।''

''लेकिन ये नामुमकिन है।''

''लेकिन ये फिर भी होता है। क्या तुमने देखा नहीं कि कितने दुकानदार और दर्ज़ी औरतें साथ-साथ आत्महत्या कर लेते हैं? वे एक-दूसरे से प्रेम करते हैं...लेकिन शादी नहीं कर सकते...वे एक होटल में जाते हैं...औरत खुद को मर्द को समर्पित कर देती है, फिर वे अपनी जान दे देते हैं।''

''हाँ, लेकिन वो ऐसा करते हैं, ये जाने बगैर कि वे क्या कर रहे हैं।''

''हो सकता है।''

''कल रात तुमने खाना कहाँ खाया?''

एर्दोसैन ने उसे एस्पिला परिवार के बारे में बताया और ये भी कि किस तरह वे गरीब हो गये थे।

''वे काम क्यों नहीं करते?''

''वो कैसे काम करें? वो हमेशा काम की तलाश करते रहते हैं, लेकिन काम मिलता ही नहीं। ये सबसे बुरा है। मुझे लगता है कि गरीबी और बदकिस्मती ने उनकी जीने की इच्छाशक्ति को नष्ट कर दिया है। युस्ताकियो—जो बहरा है—उसमें गणित की प्रतिभा है। वह इनफ़िनिटेसीमल कैलकुलस कर सकता है; मगर इसका कोई फ़ायदा नहीं उसके लिए। उसे पूरा डॉन कुइक्सोट याद है...हालाँकि उसमें कुछ है जो ठीक नहीं है...मैं तुम्हें एक मिसाल देता हूँ—जब वो सोलह बरस का था तो उसे कुछ माटे चाय खरीदने के लिए भेजा गया और वह किराने की दुकान पर जाने की बजाय कैमिस्ट के यहाँ चला गया। बहुत सारी बहस के बाद उसने कहा कि ऐसा इसलिए हुआ क्योंकि माटे एक इलाज संबंधी बूटी है...उसने वनस्पति विज्ञान में पढ़ा था।''

''तो तुम्हारा मतलब है कि उसके कॉमनसेन्स नहीं है?''

''हाँ, और वो एक जुआरी भी है...और अगर वो कोई पहेली सुलझाने में मशगूल है तो वो अपना रात का खाना भी छोड़ सकता है। जब भी उसके पास कुछ पैसा होता है तो वो दुकान में जाकर खूब सारा केक खाता है।''

''वो बहुत अजीब लगता है!''

''एमिलिओ, हालाँकि, अच्छा है। उसे पक्का यकीन है...और ये उसने खुद मुझे

बताया कि उनमें इच्छाशक्ति की ये अजीब-सी कमी आनुवांशिक कारणों से है। और ये विचार उसके जीवन को संचालित करता है—वो कछुए-सी धीमी गति से काम करता है। कपड़े पहनने में ही वो दो घंटे लगा सकता है। ऐसा लगता है मानो जो भी वह करता है, उसे पूरी तरह से अनिश्चय की स्थिति में डाल देता है।''

''और उन दोनों बहनों का क्या?''

''वो दोनों बेचारी जो हो सकता है, करती हैं...वे सिलाई करती हैं...उनमें से एक अपनी दोस्त के लड़के की देखभाल करती है, जिसके सिर में पानी भर गया है और उसका सिर तरबूज जितना बड़ा हो गया है।''

''ओह, कितना दर्दनाक है!''

''मुझे ये समझ नहीं आता कि उन्होंने ये सब कैसे स्वीकार कर लिया। यही वजह है कि उनकी झोंपड़ी में जाने के बाद मैंने तय कर लिया कि उनमें कुछ उम्मीद जगाऊँगा...और चूँकि मैं अच्छी तरह बात कर लेता हूँ, मैंने उन्हें आश्वस्त कर लिया। अब वो सभी मेरे ताँबई गुलाब को लेकर काफ़ी उत्साहित हैं।''

''वो क्या है?''

एर्दोसैन ने एक आविष्कारक के तौर पर अपनी प्रतिभा उसे बताई। शादी के तुरन्त बाद ही ये सब शुरू हुआ था, जब उसने रात में एक सपना देखा कि वो किसी ऐसी चीज़ का आविष्कार करेगा जो उसे अमीर बना देगी। उसकी कल्पना ने रात को असाधारण मशीनों से भर दिया, मशीनरी का एक पूरा खंड अपने ग्रीज़ लगे चक्कों पर घूमता हुआ।

''तो, तुम एक आविष्कारक हो?''

''नहीं...अब नहीं हूँ...लेकिन ये मेरे लिए अहम हुआ करता था। मैं पैसे के लिए भूखा था, बहुत लालची...शायद मैं दीवाना था...उस तरह मैं अब नहीं हूँ...जब मैंने एस्पिला परिवार से ताँबई गुलाब का ज़िक्र किया था, तो इसलिए नहीं कि उससे मैं पैसे बना सकता था, बल्कि इसलिए कि मैं उनमें कुछ उम्मीद जगाना चाहता था। मैं अपनी आँखों से देखना चाहता था कि वो बेचारी लड़कियाँ किस तरह सपने देखती थीं—रेशमी ड्रेसेस के, सुन्दर बॉय फ्रेंड्स के और एक आलीशान मकान के, वो मकान जो वे कभी नहीं ले पाएँगी। और अब मुझे यकीन हो गया है कि वो मेरे एक-एक शब्द पर विश्वास करते हैं।''

''क्या तुम हमेशा से ऐसे ही थे?''

''नहीं, सिर्फ़ कभी-कभी। क्या तुम्हें कभी कुछ चैरिटी करने की इच्छा नहीं होती? मुझे एक और किस्सा याद है। मैं तुम्हें ये इसलिए बता रहा हूँ, क्योंकि तुमने मुझसे पूछा कि मेरा मन, मेरी आत्मा किस तरह की है। मुझे अब याद है। एक साल पहले की बात है।

अलस्सुबह कोई दो बजे का वक्त था, मुझे याद है कि मैं बहुत उदास महसूस कर रहा था और मैं एक वेश्यालय चला गया। बाहरी बरामदा अपनी बारी का इंतज़ार करते हुए लोगों से भरा हुआ था। एकाएक, बैडरूम का दरवाज़ा खुला और वो लड़की आयी...ज़रा कल्पना करो...उसका सोलह बरस की लड़की जैसा गोल चेहरा था...चमकदार नीली आँखें...और स्कूल जाने वाली बच्ची जैसी मुस्कान। वो एक हरा लबादा पहने हुए थी...और काफ़ी लंबी थी...लेकिन उसका चेहरा एक स्कूली लड़की-सा था। उसने चारों तरफ़ नज़रें घुमाईं... लेकिन तब तक देर हो गयी थी...कोयले जैसे काले होंठों वाला एक भयानक सा दिखने वाला नीग्रो खड़ा हो गया और इसलिए लड़की ने हमें उम्मीद जगाने वाली नज़रों से देखा और उदासी से उसके साथ अंदर चली गयी, जबकि मैडम हमें तेज़ निगाहों से घूरती रही।''

एर्दोसैन एक पल के लिए रुका और फिर पहले से धीमी और साफ़ आवाज़ में बोला, ''एक कोठे पर इस तरह इंतज़ार करना आपको शर्म से भर देता है, यकीन मानो। वहाँ पर इस तरह अपनी वासना को झूठी, बचती...मुस्कान से छिपाने वाले ज़र्द चेहरों से घिरे बैठने से ज़्यादा उदास बात और कोई नहीं हो सकती। और इससे भी ज़्यादा अपमानजनक एक और बात होती है। ये बताना मुश्किल है कि ठीक-ठीक वो क्या बात है...और आप पलंग की चरमराहट सुने बगैर नहीं रह सकते, फिर एक मौन...और बाद में वॉशबेसिन की आवाज़...लेकिन इससे पहले कि कोई और उस काले आदमी की सीट पर बैठता, मैं उठा और वहाँ जाकर बैठ गया। मैं इंतज़ार कर रहा था और मेरा दिल ज़ोर से धड़क रहा था और जब लड़की दरवाज़े पर फिर आई, तो मैं खड़ा हो गया।''

''ऐसे ही होता है हमेशा...एक के बाद एक लगातार।''

''मैं खड़ा हुआ और अन्दर चला गया। मेरे पीछे दरवाज़ा बंद हो गया; मैंने पैसे वॉश-स्टैंड पर रख दिए लेकिन जब लड़की ने अपनी पोशाक उतारना शुरू किया, तो मैंने उसकी बाजू पकड़ी और उससे कहा—''नहीं मैं यहाँ इसलिए नहीं आया हूँ।''

एर्दोसैन का स्वर एक ऊष्मा से दमक उठा।

''उसने मुझे घूरा, और ये ज़ाहिर था कि वो ज़रूर सोच रही होगी कि मैं किसी किस्म का विकृत मानसिकता का आदमी हूँ; लेकिन मैं उसे सिर्फ़ दया भरी नज़रों से देखता रहा, यकीन करो, और मैंने कहा, 'देखो, मैं यहाँ इसलिए आया क्योंकि मुझे तुम्हारे लिए अफ़सोस हो रहा था।' अब हम एक सुनहरे किनारों से जड़े आईने वाली ड्रेसिंग टेबल की बगल में बैठे थे और वो मेरे चेहरे का ध्यान से निरीक्षण कर रही थी। मुझे कितनी अच्छी तरह याद है! मानो वो सब अभी घटित हो रहा हो। मैंने उससे कहा, 'हाँ मुझे तुम्हारे लिए अफ़सोस हो रहा था। मैं जानता हूँ कि तुम एक महीने में दो या तीन हज़ार पेसोस तो ज़रूर कमाती होगी...और ये भी कि ऐसे बहुत से परिवार हैं जो उतने पैसों में ख़ुशी-ख़ुशी बसर कर लेंगे, जितने तुम जूतों पर उड़ा देती हो...मैं जानता हूँ...लेकिन मुझे तुम्हारे लिए अफ़सोस हुआ, बहुत अफ़सोस, जब मैंने ये देखा कि तुम्हारे भीतर जो भी अच्छा-भला है, तुम उसे

बर्बाद कर रही हो।' वो मुझे चुपचाप घूरती रही, लेकिन मुझसे शराब की बू नहीं आ रही थी। 'तो फिर मैंने सोचा...जैसे ही वो काला शख्स अन्दर आया, मैंने सोचा कि मैं तुम्हारे लिए कुछ अच्छा-सा छोड़ जाऊँ...और सबसे अच्छी चीज़ जो मैं सोच सका तुम्हारे लिए छोड़ने की...वो ये थी...कि मैं अन्दर आ जाऊँ लेकिन तुम्हें हाथ भी न लगाऊँ...ताकि तुम इसे हमेशा याद रख सको।' जब मैं बात कर रहा था, तो उस लड़की का लबादा खुल गया, जिससे उसके स्तन उभर आये, और उसके घुटने के ऊपर का हिस्सा...अचानक उसने आईने में देखा कि क्या हुआ है और जल्दी से उसने अपनी पोशाक से घुटने और वक्ष को ढँक लिया। उसकी इस चेष्टा का मेरे ऊपर अजीब असर हुआ...वह एक शब्द कहे बगैर मुझे देख रही थी...भगवान ही जानता है कि वो क्या सोच रही थी...तब मैडम ने दरवाज़ा खटखटाया, उसने कातरता से दरवाज़े की तरफ़ देखा, और फिर मुझे देखने के लिए मुड़ी...कुछ देर मुझे घूरा...खड़ी हुई, वो पाँच पेसोस उठाये और उन्हें मेरी जेब में ठूँसने की कोशिश करने लगी। वह बोली, 'यहाँ दोबारा मत आना, वर्ना दरबान से कह कर तुम्हें बाहर फिंकवा दूँगी।' हम दोनों खड़े हुए थे...मैं दूसरे दरवाज़े से निकलने ही वाला था कि मैंने महसूस किया उसने अपनी बाँहें मेरे गले में डाल दी थीं...वह मेरे चेहरे को घूर रही थी और फिर उसने मुझे मुँह पर चूम लिया...वो चुम्बन कैसा था, ये मैं कैसे बता सकता हूँ?...उसने अपना हाथ मेरे माथे पर फेरा और जब मैं दरवाज़े से बाहर निकल रहा था तो उसने पीछे से कहा, 'अलविदा, अच्छे दिल वाले बन्दे।' ''

''और तुम कभी वापस नहीं गये?''

''नहीं लेकिन मुझे अभी भी उम्मीद है कि एक दिन मैं उससे मिलूँगा...कौन जाने कहाँ...लेकिन मुझे यकीन है कि वो, लुसीयेन, मुझे कभी नहीं भूलेगी। वक्त गुज़रेगा और वो सबसे गंदे कोठे में कहीं जगह पाएगी...दुष्ट, निर्दयी हो जाएगी...लेकिन मैं हमेशा उसके साथ रहूँगा, ठीक वैसे ही जैसे मैंने उम्मीद की थी, उसके जीवन की सबसे बेशकीमती स्मृति की तरह।''

दरवाज़े पर और आँगन में लगी टाइल पर बारिश की बूँदें पड़ रही थीं। एर्दोसैन धीरे-धीरे माटे के घूँट ले रहा था। हिपोलिता खड़ी हुई, दरवाज़े की तरफ़ गयी और अँधेरे आँगन की तरफ़ देखने लगी। फिर वह उसकी तरफ़ मुड़ी और बोली, ''तुम एक अजीब आदमी हो, जानते हो?''

एर्दोसैन एक क्षण के लिए सकुचाया।

''मैं तुमसे ईमानदारी से बात करूँगा। मुझे नहीं पता मेरी ज़िन्दगी का क्या हश्र होने वाला है...लेकिन यकीन मानो एक अच्छा आदमी बने रहना मेरे बस में नहीं था। अँधेरी ताकतों ने मुझे दूर खींच लिया, नीचे धकेल दिया।''

''तो अब क्या?''

"अब, मैं एक प्रयोग करने की कोशिश कर रहा हूँ। मैं अभी एक प्रतिभाशाली शख़्स से मिला हूँ, जिसका पक्का विश्वास है कि झूठ मनुष्य की ख़ुशी का आधार है, और मैंने तय कर लिया है कि उसके साथ किस्मत आज़माऊँगा।"

"क्या इससे तुम्हें ख़ुशी मिलती है?"

"नहीं...मुझे काफ़ी समय से ये महसूस होता है कि मैं अब कभी खुश नहीं हो पाऊँगा।"

"लेकिन क्या तुम्हें प्रेम में विश्वास नहीं?"

"उसका तो ज़िक्र भी न करो!" लेकिन अचानक उसे एहसास हुआ कि उसकी समझाने की अस्पष्ट और गड्ड-मड्ड कोशिशों का क्या मकसद था और वो बोला, "अगर कल तुम्हें पता चले कि मैंने एक आदमी की हत्या की है...तो तुम मेरे बारे में क्या सोचोगी?"

हिपोलिता फिर गयी थी। सोफ़े पर अपने सिर को पीछे टिकाते हुए, उसने धीरे-धीरे उसे देखा, उसकी लाल पलकों में से वही ठंडापन एक बार फिर फैल रहा था। उसने कहा, "मैं सोचूँगी कि तुम एक बहुत ही नाखुश, दुखी शख़्स थे।"

एर्दोसैन अपनी कुर्सी से उठा, स्टोव को, माटे चाय को रख दिया और प्याले को दराज़ में रखा। हिपोलिता ने कहा, "यहाँ आओ...मेरे पैरों पर लेट जाओ।" एर्दोसैन को अपने भीतर बहुत सारी मधुरता महसूस हुई। वह कालीन पर बैठ गया, उसकी टाँगों पर झुके हुए उसने अपना सिर उसकी गोदी में रख दिया। हिपोलिता ने अपनी आँखें बंद कर लीं।

उसे बहुत अच्छा लगा। वह उसकी गोदी में सिमटा हुआ था और उसकी ड्रेस में से उसके बदन की गर्माहट को अपने गालों पर महसूस कर सकता था। ये सब उसे इतना स्वाभाविक, सहज लग रहा था : ठीक वैसा ही जिसकी उसने हमेशा इच्छा की थी, ज़िन्दगी एक सिनेमा की तरह हो गयी थी; और उसे अंदाज़ा ही नहीं हुआ कि सोफ़े पर तनी हुई बैठी हिपोलिता ये सोच रही थी कि वो कितना कमज़ोर और भावुक है...अपनी गति के बीच के ठहराव में घड़ी की टिक-टिक ने आवाज़ की एक बूँद गिरने दी जो उस कमरे के खोखले मौन में पानी की तरह टपकी। हिपोलिता ने खुद से कहा, "ये अपनी सारी ज़िन्दगी यूँ ही रोते हुए, कष्ट भोगते हुए गुज़ारेगा। इस तरह के मर्द का मेरे लिए क्या फ़ायदा? मुझे ही उसकी देखभाल करनी होगी। और मुझे यकीन है कि ताँबई गुलाब भी फ़ालतू की बात है। कौन-सी औरत अपने हैट पर धातु का कोई जेवर पहनना चाहेगी, खासकर अगर वो काला पड़ जाता हो? सारे मर्द ऐसे ही होते हैं। कमज़ोर पुरुष बुद्धिमान होते हैं लेकिन उनका कोई फ़ायदा नहीं; दूसरे मर्द जानवर और नीच होते हैं, और उबाऊ भी। मुझे आज तक ऐसा कोई नहीं मिला जो और सभी के सिर काटने, और एक तानाशाह बनने में सक्षम हो। इन सबसे नफ़रत होती है मुझे।"

उसकी मरीचिका को उसकी कल्पना ने थोड़े से वक्त के लिए जो चमकीले रंगों के कपड़े पहना दिए थे वास्तविकता ने उन्हें चीथड़े-चीथड़े कर दिया और वो इसी तरह सोचती रही। वह उन सभी को पहचान सकती थी। रूखे, चीथड़े से बनी गुड़िया जैसे मर्द, इत्र लगाये, और सख्ती से अपना काम करते हुए और गंभीर और मौन रहने के लिए खुद पर गुरूर करने वाले दरअसल अन्दर से लम्पट महामूर्ख होते; ठिगने, तहज़ीबदार, हमेशा समझदार और सज्जनता से बर्ताव करने वाले सबसे घृणित विकृतताओं के गुलाम थे और दूसरे पुरुष सामान ले जाने वाले वाहन जितने हिंसक और बैल जितने मज़बूत लेकिन एक स्कूली लड़के की तरह फूहड़...सभी उसकी बगल से गुज़रते रहे, सभी एक ही कभी न बुझने वाली वासना से जुड़े हुए, और सभी ने कभी-न-कभी उसके नंगे घुटने पर अपना थका हुआ सिर झुकाया था; और उस सारे वक्त के दौरान जब वह उनके भौंडे स्पर्श को झेल रही होती; वो क्षणिक इच्छाएँ जो इन उदास मूर्खों को सख्त कर देतीं, उसे ज़िन्दगी रेगिस्तान के बीचोबीच प्यासे रहने की तरह महसूस होती।

ज़िन्दगी ऐसी ही थी। पुरुष केवल भूख, वासना या पैसे के लिए ही काम करने को प्रेरित होते। ज़िन्दगी ऐसी ही थी।

हताशा में, वो यहाँ तक सोचने लगी कि वो फ़ार्मेसिस्ट ही एकमात्र ऐसा शख्स था जिसमें उसे कोई दिलचस्पी थी। कम-से-कम वो कुछ मौकों पर देह की इच्छा से ऊपर उठने में कामयाब रहा था; लेकिन जुआ खेलने के लालच ने उसके पूरे तंत्र को तोड़ के रख दिया था और अब वो अन्य मर्दनुमा गुड़ियों से कहीं ज़्यादा बिखर गया था।

कैसी ज़िन्दगी जी थी उसने! अपनी जवानी में, जब वो एक गरीब बेसहारा लड़की थी, उसे मालूम था कि उसके पास पैसा कभी नहीं होगा, न ही सुन्दर फ़र्नीचर से सजा हुआ एक मकान, न ही चमकदार चाइना कटलरी...और इस सबकी असम्भावना ने उसे उस वक्त उतना ही उदास कर दिया था, जितना वह अब थी ये जान कर कि जिन भी मर्दों को वो आकर्षित करेगी, उनमें से किसी में भी एक तानाशाह या नये प्रदेशों को जीतने का साहस नहीं था।

आंतरिक जीवन

उसने क्या-क्या सपने देखे थे!

कुछ दिनों वो एक शानदार आदमी से मुलाकात का सपना देखती जो जंगलों की बात करता और अपने घर में एक पालतू शेर रखता। वो एक कभी न थकने वाला प्रेमी होता और वो उसकी एक गुलाम की तरह पूजा करती; उसके लिए उसे अपनी बगलों को शेव करने या अपने स्तनों को पेंट करने में सुख का अनुभव होता। एक लड़के के वेश में वो उसके साथ उन खंडहरों में जाती जहाँ विशाल कनखजूरे छिपे होते, उस जगहों पर जाती जहाँ काली जनजातियाँ पेड़ों पर अपनी झोपड़ियाँ बनाती हैं। लेकिन हिपोलिता को अपने शेर कभी नहीं मिले, सिर्फ़ पिस्सुओं से गर्त कुत्ते ही मिले, और सबसे अधिक रोमांचक पुरुष जो हिपोलिता को मिले वो शराबघर के काउंटर पर खड़े झूठे हीरो थे, रहस्यवादी जो अपने अगले भोजन के लिए चिंतित रहते। वो जुगुप्सा से उनकी ज़िंदगियों से भाग निकलती।

जैसे-जैसे वक्त गुज़रा, वो चंद लोग जिनसे उसकी मुलाकात हुई और जो उपन्यास के किरदारों जैसे हो सकते थे, वो दरअसल उसकी कल्पना से कहीं कम दिलचस्प निकले, इसलिए कि जो खासियतें उपन्यास में ऐसे किरदारों को विशिष्ट बनाती थीं, असल ज़िन्दगी में वही लोग असहनीय साबित होते। फिर भी उसने खुद को उन सभी को सौंपा।

एक बार जब वो संतुष्ट हो जाते, तो जल्द ही उसे छोड़कर चले जाते, मानो उसे अपनी कमज़ोरियाँ दिखा देने पर शर्मिंदा हों। उसके बाद से वह अपनी ज़िन्दगी की उजाड़ गन्दगी में ऐसी डूब गयी मानो वह रेत के एक परिचित रेगिस्तान में घूम रही हो।

मर्दों के अंतर्मन को बदलना उतना ही असंभव था, जितना कि सीसे को सोने में बदलना।

कितनी बार वह एक अजनबी की बाँहों में नग्न ढेर हुई है और उसके कानों में बुदबुदाई है, ''क्या तुम अफ्रीका जाना पसंद नहीं करोगे?'' इस पर वो आदमी ऐसे उछल जाता मानो वो एक नाग की बगल में लेटा हो। हिपोलिता को आख़िरकार एहसास हुआ कि तनी हुई मांसपेशियों और बढ़िया हड्डियों के ढाँचे वाले ये शरीर दरअसल बच्चों से भी ज़्यादा कमज़ोर थे, जंगल में छोटे बच्चों की तरह डरे हुए।

साथ ही, उसे महिलाओं से नफ़रत होती। वह हर जगह देखती कि कैसे वो मर्दों के

कामोन्माद के नीचे बिछ जातीं, और फिर चारों तरफ़ अपने विकराल रूप से फूले हुए पेट को दिखाती फिरतीं। ऐसा लगता उनका जन्म ही कष्ट भोगने के लिए हुआ है। वो एक थके हुए लोगों की प्रजाति थीं, नींद में चलते हुए पिशाच, अपनी उनींदी गर्भावस्था में चलते हुए जिनसे मिट्टी की गंध आती थी, प्रागैतिहासिक वक्त के धीरे-धीरे चलते विशालकाय दैत्यों की तरह। उन्हें इस तरह ज़ंजीरों में जकड़े और बोझिल देखकर उसका उड़ान भरता अंतर्मन कुचला हुआ महसूस करता। हिपोलिता को इससे कम सघन, कम बोझिल ब्रह्माण्ड में जीना अच्छा लगता, एक ऐसी दुनिया जो साबुन के बुलबुले जैसी हल्की होती, गुरुत्वाकर्षण को चुनौती देती हुई। वह सोचती कि वो कितनी खुश होती अगर वो दुनिया के सारे रास्तों को अपनी इच्छाओं के अनुकूल बदल लेती, अगर वो हर गुज़रते दिन को एक खेल में बदल सकती, जो उन सभी खेलों की भरपाई कर देता, जो वो बचपन में नहीं खेल पायी।

जब वो छोटी थी,तो हर चीज़ से महरूम रही। उसे याद आया कि बचपन में उसका पसंदीदा सपना था कि उसके कमरे की दीवारों पर वॉलपेपर हो। अगर ऐसा हो जाए तो वह बहुत खुश हो जाएगी।

हार्डवेयर की दुकान पर उसने वॉलपेपर के गट्ठर देखे थे जो उसकी गरीब कल्पना में सुख और ख़ुशी की गारंटी की तरह थे; वॉलपेपर, जिन्हें घर में लाना किसी जादुई लकड़ी को घर में लाने की तरह था, सुनहरी पृष्ठभूमि में चक्करदार पंखुड़ियों वाले नीले फूलों से सजा। ये सात-साल का सपना उतना ही गहरा और तीव्र था जितना कि उसका बतौर नौकरानी ये सोचना कि अगर वो रोल्स रॉयस की मालकिन बन जाए तो उससे वह खुश हो जाएगी। उसके चमड़े के कवर उसके दिमाग में उतने ही बेशकीमती थे जितना कि साठ सेंट्स में आने वाला लेकिन उसके लिए रोल्स रॉयस जितना ही असंभव वॉल पेपर।

उसका मन अतीत में घूमने लगा। एर्दोसैन के सिर को अपनी गोद में लिए बैठी हिपोलिता को रविवार की वो दोपहर याद आयी जब आसमान अचानक तूफ़ानी हो गया था और ठंडी हवा के तेज़ झोंकों के कारण वह पूरा परिवार बगीचे से जल्दी-जल्दी उठ कर बैठक में चला गया था। बारिश की बूँदें खिड़की के पल्लों पर पड़तीं और वो चमकदार, एकदम साफ़ रसोई में शरण ले लेती, दूर के कमरों में बैठे मेहमानों की आवाज़ें उसके कानों में पड़ती रहतीं, महिलाएँ बातचीत में मशगूल होतीं और छोटी लड़कियाँ पत्रिकाएँ पलटने में, कभी-कभी किसी पन्ने पर ठहर कर किसी मशहूर शख्स की शादी की तस्वीरें देख लेतीं या फिर पत्रिका रख कर पियानो बजातीं।

जबकि वो इस दौरान अपनी मेज़ पर बैठ कर अपने एप्रन के किनारों को उँगलियों में लपेटती रहती, आगे झुककर उन आवाज़ों को सुनने की कोशिश करते हुए, जो उसे हमेशा उदास ही महसूस होतीं, जबकि ये आवाज़ें अक्सर खुशनुमा विषयों पर बातचीत कर रही होतीं। उसे ऐसा लगता मानो एक कोढ़ी की तरह उसे ख़ुशी से वंचित कर दिया गया है। पियानो का संगीत उसके मन में अलग-अलग दुनिया को ले आता, पहाड़ों पर एक होटल की कल्पना जहाँ वो एक नव विवाहिता की तरह अपने पति की बाँह में बाँह डाले डिनर के

लिए कभी नहीं जा पायेगी, जहाँ पर गर्म चमकीले बोन चाइना के बर्तन होंगे, बाहर पक्षी चहचहाते हुए उड़ रहे होंगे और वहाँ एक झरना भी होगा। पैर पर पैर रखे, वो अपने एप्रन के किनारों को उँगलियों में मरोड़ती रहती और सिर झुका कर वो संगीत सुनती रहती।

एक मशहूर उपन्यास के किरदार मार्सेलो जैसा पति उसे कभी नहीं मिलेगा, न ही वो एक ओपेरा बॉक्स की मखमली रेलिंग पर अपना शॉल फैला कर बैठेगी, जहाँ डचेस के कानों में बेशकीमती हीरे चमक रहे होंगे और मंच पर संगीत वादकों के लिए बनी जगह से वायलिन के कोमल स्वर आ रहे होंगे।

न ही वो उन शादीशुदा युवतियों में से एक होगी जिनकी सेवाटहल करने की उसे आदत थी, जो अपने गर्भवती होने के कारण फूले हुए, दर्द करते पेट के साथ, अपने पतियों के लाड़-दुलार से इठलाया करती थीं। और उदासी, गोधूलि में रौशनी पर फैलते अँधेरे की तरह हिपोलिता की शख्सियत पर फैल जाती। इस पर हिपोलिता की पीड़ा में गुस्से का पुट भी आ गया...।

''एक बार नौकर...हमेशा के लिए नौकर!''

उसकी भौंहें भारी महसूस होने लगीं और उसने इस सबकी स्वीकृति में अपनी पलकें बंद कर लीं।

बैठक से आते पियानो के स्वर हिपोलिता की सपनीली कल्पना को एक कड़ी में बहुत से देशों में ले जाते। वह कल्पना करती कि तालीम एक युवती के मन को ज़रूर बहुत खूबसूरत और उसके चाहने वालों के लिए बहुत आकर्षक बनाती होगी। उसका सिर बहुत भारी हो गया, मानो उसकी खोपड़ी में सीसे की हड्डियाँ भरी हों।

उसके आस-पास की हर चीज़, बर्तनों और स्टोव से लेकर साफ़-सुथरी रसोई के शेल्फ़, गुसलखाने का आईना और लाल लैंप शेड सभी कुछ इतना कीमती लगता जिन्हें वो कभी खरीद नहीं पायेगी; उसे लगता कि बर्तनों के कपड़े, कालीन और बच्चों की ट्राईसाइकिल हर चीज़ लोगों के लिए ख़ुशी का सबब है और किसी अलग ही धातु से बनी है।

उसे ये तक लगता कि उन लड़कियों के कपड़े, रिबन और किनारियाँ जिन्हें वो अपने बेशकीमती शरीर को सजाने के लिए इस्तेमाल करतीं, उन चीज़ों से अलग थीं जो उसी पैसे में वो भी अपने लिए खरीदती थी। कुछ देर के लिए उन लोगों के साथ रहना जो उससे अलग दुनिया में रहते थे उसे एक निराशा का एहसास दे जाता, इस हद तक कि हताशा उसके चेहरे पर आये मुँहासे जितनी स्पष्ट हो जाती।

वह एक नौकरानी के सिवाय और क्या हो सकती थी, हमेशा एक नौकरानी!

धीरे-धीरे एक अस्पष्ट-सी अस्वीकृति ने उसके दिल में आकार लेना शुरू कर दिया, उस अदृश्य प्रेत के प्रत्युत्तर में जो उसे अपने आक्रोश से खाए जा रहा था। उसका पूरा जीवन घरेलू जीवन का एक लम्बा-सा प्रतिरोध बन गया था। उसे नहीं पता था कि वो नाखुशी की

इस लगातार चलती कड़ी से कैसे बच पाएगी, लेकिन वह खुद को ये बताने से कभी नहीं चूकती कि ये सिर्फ़ एक दौर है जो गुज़र जायेगा, हालाँकि उसे कतई अंदाज़ा नहीं था कि उसका आगे क्या होने वाला है। वो दिनोंदिन इस बात पर गौर करते हुए जीती रही कि उस घर की लड़कियाँ किस तरह बर्ताव करती हैं; वे कैसे अपना सिर घुमाती हैं, कैसे दरवाज़े पर खड़े हो अपनी सहेलियों, दोस्तों को अलविदा कहती हैं, बाद में आईने के सामने खड़े होकर, उनके हाव-भाव का जो कुछ भी उसे याद रह जाता, वह उसकी नकल करती। और कुछ वक्त के लिए उसके छोटे से एकाकी कमरे में उसकी ये नकल उसके होंठों, और मन में उन्हीं में से एक होने का एहसास छोड़ जाती, हर तरह से उनके ही जैसा बेशकीमती होने का एहसास—इतना कि वह अपनी पहले वाली फूहड़-सी शख्सियत को खारिज कर देती, मानो वो अब उससे बाहर निकल चुकी हो और एक सुसंस्कृत युवती के तौर पर अपनी सच्ची शख्सियत को पा गयी हो।

सो, कुछ घंटों के लिए उसका जीवन वनीला फ्लेवर्ड क्रीम की तरह भीतर तक जाता हुआ और मुलायम हो जाता; इतना कि वो अपने ही गले में 'जी हाँ' और 'नहीं' के संगीतमय स्वर सुनने लगती। इस हद तक कि वो अपनी कल्पना में खुद को गर्दन में नीला फ़र पहने अपने शानदार साथी की बात का जवाब देते हुए भी सुन लेती।

उसका नौकरानी वाला कमरा मायावी प्रेतों से भरा हुआ था। सिल्क की किनारी वाली कुर्सी पर बैठ कर वो उन दोस्तों से मिलती जो 'पेरिस, फ्रांस' की यात्रा से पहले उससे विदा लेने आतीं और लगातार अपने बॉय फ्रेंड्स की बातें करतीं। उसकी माँ उसे 'एक्स'...के साथ गर्मी की छुट्टियाँ बिताने की इजाज़त नहीं देंगी...क्योंकि वहाँ पक्का 'एस'...से उसकी मुलाकात हो जाएगी...वही अफ़वाह जो उसका बेतहाशा पीछा कर रही थी। या फिर वो खुद को बेंत की कुर्सी पर बैठ समुद्र पार करते देखती जो पलेर्मो पार्क की झील की तरह शांत और सपाट था, ठीक उसी तरह जैसा कि उसने आलीशान समुद्री जहाज़ों की तस्वीरों में देखा था जबकि, वास्तव में वो बाज़ार से कुछ किराने का सामान लाने के लिए सड़क पार कर रही होती। वो अपनी गोदी में एक कोडैक कैमरा लिए बैठी होती कि अपनी टोपी हाथ में लिए एक सजीला नौजवान वहाँ आता, अभिवादन में ज़रा-सा झुकता और थोड़े संकोच के साथ उससे बात करने लगता।

उसका नौकरानी वाला अंतर्मन ख़ुशी से लबालब हो जाता। उसे लगता कि वह कितना अद्‌भुत होता, अगर वो इस तरह अमीर होती तो उसमें असीमित उदारता और दया होती। फिर वह खुद की कल्पना करती एक सर्द अँधेरी शाम को वो अपने गर्म फ़रदार कोट में एक गरीबों की बस्ती की सड़क पर एक अनाथ लड़की से मिलने जल्दी-जल्दी जा रही है। वह लड़की एक अंधे गरीब आदमी की बेटी है जिसे उसने गोद ले लिया है और उसके पालन-पोषण में मदद की है, फिर वह लड़की समाज में दाखिल होती है, अब वो एक खूबसूरत युवती है, औगैंडी से उभरते उसके कंधे, साफ़ माथे पर पड़ी सुनहरे बालों की एक लट उसकी बादामी आँखों के नाजुक आकार को उभारती हुई।

तभी एक आवाज़ उसे पुकारती, ''हिपोलिता...चाय दोगी क्या?''

एक अपराध

एर्दोसैन ने अचानक अपना सिर उठाया और हिपोलिता ने कहा, मानो वो उसी के बारे में सोच रही थी, ''तुम भी...तुम भी बहुत नाखुश थे, है ना?''

एर्दोसैन ने उसका ठंडा हाथ उठाया और होंठों से लगा लिया।

वह धीरे-धीरे बोलती रही, ''कभी-कभी ज़िन्दगी एक बुरे सपने जैसी लगती है। अब मुझे लगता है कि मैं तुम्हारी हूँ, तो पिछली जितनी बार दिल टूटा, वो सारा वक्त ज़ेहन में दौड़ रहा है। हमेशा...हमेशा कोई कष्ट, कोई दुख रहता ही है।''

फिर वह बोली, ''हम ऐसा क्या करें कि हमें कष्ट न हो, दुख न हो?''

''दिक्कत ये है कि हम इसे अपने भीतर लिए घूमते हैं। पहले मैं सोचता था कि ये हमारे बाहर है...हवा में तैरता हुआ...मगर वो ख़याल हास्यास्पद था...असलियत ये है कि ये सारा कष्ट और दुख हमारे भीतर है...''

वे दोनों चुप हो गए। हिपोलिता उसके बालों को धीरे-धीरे सहला रही थी। फिर अचानक उसने अपना हाथ उसके सिर से हटा लिया और एर्दोसैन को उसके हाथ का दबाव अपने होंठों पर महसूस हुआ।

वो उठा और उसकी बगल में बैठ कर बुदबुदाने लगा, ''मुझे बताओ, मैंने ऐसा क्या किया है कि तुम मुझे इतनी खुशी दे रही हो? क्या तुम नहीं देख रहीं कि तुमने स्वर्ग को मेरी मुट्ठी में ला दिया है? इससे पहले मैं इतना बुरा महसूस कर रहा था...''

''क्या तुमसे कभी किसी ने प्यार नहीं किया?''

''मैं नहीं जानता। लेकिन मैंने प्रेम के इस तीव्र आवेग को कभी महसूस नहीं किया। मैं बीस बरस का था जब मैंने शादी की। और मेरा विश्वास था कि प्रेम विशुद्ध आध्यात्मिकता है,'' वह कुछ देर सकुचाया, फिर लैंप बुझा कर सोफ़े पर हिपोलिता की बगल में बैठ गया।

''हो सकता है, मैं बेवकूफ़ था। अपनी शादी से पहले मैंने अपनी बीवी को चूमा तक

नहीं था। मुझे ऐसा करने की इच्छा भी महसूस नहीं हुई, क्योंकि मैं उसके ठंडेपन को उसकी पवित्रता, शुद्धता समझता रहा...क्योंकि मुझे लगता था कि एक शालीन और शीलवान औरत को चूमना नहीं चाहिए।''

हिपोलिता अँधेरे में मुस्कुराई। अब तक एर्दोसैन सोफ़े के किनारे पर अपने घुटनों में कोहनियाँ गड़ाए और ठोड़ी पर अपने हाथ टिकाये बैठ गया था।

बिजली कड़की और उसकी लाल-सी रौशनी से कमरा कुछ देर के लिए दमक गया।

वह धीरे-धीरे बोलता रहा ''मेरे लिए अच्छे संस्कार वाली युवती शुद्धता की सच्ची अभिव्यक्ति की तरह थी। और मैं...हँसना मत...लेकिन मैं शर्मीला भी था। हमारी शादी की रात, बत्ती जली हुई थी और उसने सहज रूप से कपड़े उतार दिए, तो मैंने शर्मिंदा होकर अपना मुँह फेर लिया...और मैं बिस्तर पर पतलून पहने ही लेटा...''

''तुमने ऐसा किया?'' हिपोलिता की आवाज़ गुस्से से काँपने लगी।

एर्दोसैन ने उत्तेजना से हँसना शुरू कर दिया।

''क्यों नहीं?'' तिरछी नज़र से उसे देखते हुए एर्दोसैन ने अपने हाथ मसलना शुरू कर दिया। ''मैंने ऐसा किया और उससे ज़्यादा बुरा भी। उसका क्या ज़िक्र करूँ जो मैं करूँगा...'अभी वक्त है' तुम्हारा पति कहा करता था। मुझे लगता है कि वो सही कहता था। बेशक जिन बातों का मैंने ज़िक्र किया वो उस दौर की हैं जब मैं एक बेवक़ूफ़ की तरह व्यवहार करता था। मैं ये सब तुम्हें इसलिए बता रहा हूँ कि अगर मैं तुम्हारे साथ सोया तो यकीन करो, मैं पतलून पहन कर नहीं सोऊँगा...''

अचानक हिपोलिता चिंतित-सी हो गयी। एर्दोसैन उसे तिरछी नज़रों से देखता रहा और अपने हाथ मलता रहा। हिपोलिता एहतियात बरतते हुए बोली, ''तुम ज़रूर बीमार रहे होगे। मेरी तरह, जब मैं नौकरानी थी। तुम अपने आपे में नहीं रहे होगे।''

''हाँ, ठीक। मैं अपने आप में नहीं था...बिलकुल यही। मुझे याद है जब लोग मुझे बेवक़ूफ़ बुलाया करते थे।''

''तुम्हें भी?''

''हाँ, मेरे सामने ही...और मैं वहाँ खड़ा अपनी बेइज़्ज़ती करने वालों को घूरता रहता और उस वक्त मेरी मांसपेशियाँ शिथिल और तनाव मुक्त रहतीं। मैं खुद से पूछता कि अपनी ज़िन्दगी के किसी भी मोड़ पर मैंने ऐसा क्या किया है कि मुझे इतना अपमान, और कायरता झेलनी पड़ती है। मुझे इतना बुरा लगता...इतना कष्ट होता कि मैं अक्सर सोचता कि किसी अमीर के घर जाकर मैं वहाँ बतौर नौकर काम करने की पेशकश करूँ...इससे ज़्यादा अपमान मैं कैसे सह सकता था? तो मैं आतंकित रहता। जीवन का कोई महान

मकसद, कोई महान सपना न होने के भयानक भय से। लेकिन अब मुझे ये मिल गया है। मैंने एक बन्दे की मौत तय कर दी है...न, खड़ी मत हो...कल, क्योंकि मैं इसे रोकने के लिए कुछ भी नहीं करने जा रहा, एक आदमी की हत्या होगी।''

''लेकिन ये नामुमकिन है!''

''हाँ, ये है। वो शख्स जिसे झूठों पर यकीन है, जिसका मैंने पहले तुमसे ज़िक्र किया, उसे अपनी योजना पूरी करने के लिए पैसों की ज़रूरत थी। और ये होगा क्योंकि मैं चाहता हूँ कि ऐसा हो। कल वो मुझे एक चेक देगा भुनाने के लिए। और जब मैं चेक कैश कराऊँगा वो दण्डित व्यक्ति मर जायेगा।''

''यह नहीं हो सकता।''

''ये होगा। और, अगर मैं वापस नहीं जाता तो वे उसे नहीं मारेंगे क्योंकि बिना पैसे के अपराध का कोई मतलब नहीं...। 15,000 पेसोस का मसला है...मैं पैसा लेकर भाग भी सकता हूँ...फिर उसकी गुप्त संस्था कभी नहीं बन पाएगी...और ये आदमी भी बच जायेगा। क्या तुम समझ रही हो? अब सब बतौर चोर जो मेरी प्रतिष्ठा है, इज़्ज़त है उस पर निर्भर करता है।''

''हे भगवान!''

''मैं चाहता हूँ कि वो प्रयोग आगे बढ़े...क्या ये अजीब बात नहीं कि कैसे कुछ ख़ास हालात आपको भगवान बना देते हैं? एक लम्बे समय से मैंने निश्चय कर लिया था कि मैं खुद को मार दूँगा। अगर तुमने कुछ देर पहले 'हाँ' कहा होता तो मैंने ऐसा कर भी लिया होता। काश, तुम जान पातीं कि अब मैं कितना अच्छा और बड़ा महसूस कर रहा हूँ! दूसरे मसले पर कुछ मत कहना...वो सब तय है और मैं अब तो उस गड्ढे के बारे में सोच कर खुश हूँ जिसमें मैं खुद को धकेलने जा रहा हूँ। क्या तुम समझ सकती हो? फिर जल्द ही किसी दिन...नहीं वो दिन नहीं होगा...किसी रात, जब इस तमाशे और अस्त-व्यस्तता से मेरा मन भर जायेगा तो मैं चला जाऊँगा।''

हिपोलिता के माथे पर एक शिकन आ गयी। इसमें कोई शक नहीं था कि ये आदमी पागल था। और एक जोखिम उठाने वाली औरत की तरह, जो कि वो थी, वो पहले से ही भावी दिक्कतों को देख रही थी और खुद से बोली, ''इस बेअक्ल के सिलसिले में तुम्हें सावधान रहना पड़ेगा।''

उसने अपने सीने पर हाथ बाँधे और उससे पूछा, ''लेकिन क्या तुममें इतनी हिम्मत है कि तुम खुद को मार सको?''

''मुद्दा ये नहीं है। मसला हिम्मत या कायरता का नहीं है। मैं अपने भीतर कहीं गहरे ये जानता हूँ कि खुद को मारना बस वैसे ही है जैसे अपना दाँत निकलवाना। जब मुझे ये

एहसास होता है तो मैं बिलकुल शांत महसूस करता हूँ। ये सच है कि मैंने दूसरी यात्राओं, दूसरी जगहों, देशों यहाँ तक कि दूसरे जीवन के बारे में भी शायद सोचा। मुझमें कुछ है जो हर अच्छी और सुन्दर चीज़ को चाहता है। मैंने अक्सर सोचा है कि...मान लो कि कल मुझे जो 15,000 पेसोस मिलेंगे...उनसे मैं फिलिपीन्स या इक्वाडोर जाकर एक नयी ज़िन्दगी शुरू कर सकता...वहाँ एक अच्छी शालीन करोड़पति लड़की से शादी कर सकता...हम दोपहर की नींद नारियल और ताड़ के पेड़ों के बीच बने झूले पर लेते, जबकि काले वेटर हमारे लिए संतरे की फांकें लेकर आते...और मैं उदासी से समुद्र को निहारता रहता... जानती हो ?...ये बात बहुत निश्चित रहती है मेरे अन्दर कि मैं जहाँ भी जाऊँगा, मैं समुद्र को उदास नज़रों से ही देखूँगा...ये विश्वास पक्का रहता है मुझे कि मैं फिर कभी खुश नहीं हो पाऊँगा...पहले पहल ये एहसास मुझे पागल कर देता था...लेकिन अब मुझे इसकी आदत पड़ चुकी है...''

''तो फिर उस प्रयोग को क्यूँ जारी रखना ?''

''क्यों ? मुझे लगता है कि मैं अब भी खुद अपने भीतर तह तक नहीं पहुँचा हूँ। ये जुर्म मेरी आखिरी उम्मीद है...और ज्योतिषी इस बात को जानता है, क्योंकि जब मैंने उससे पूछा कि क्या उसे इस बात का डर नहीं कि मैं पैसे लेकर भाग भी सकता हूँ तो उसने जवाब दिया, 'नहीं, फ़िलहाल नहीं...और किसी से भी ज़्यादा तुम्हें इसकी ज़रूरत है ताकि तुम अपनी चिंता और परेशानी से बच सको...' तो तुम देख ही सकती हो कि मैं इसमें किस तरह फँसा हुआ हूँ।''

''मैं तो ये सपने में भी नहीं सोच सकती। क्या वो उसे टेम्परली में मारने वाले हैं ?''

''हाँ। और फिर भी...कौन जाने ? पीड़ा! क्या तुम जानती भी हो इसके क्या मतलब हैं ? ये महसूस करने के कि इस पीड़ा ने तुम्हें अन्दर तक सड़ा दिया है, यौन रोग की तरह ? सुनो, मैं तुम्हें बताता हूँ एक बात जो चार महीने पहले हुई—मैं एक छोटे से स्टेशन पर ट्रेन का इंतज़ार कर रहा था। उसे आने में अभी पैंतालीस मिनट थे, तो मैं सामने के टाउन स्क्वायर तक चला गया। कुछ ही मिनट बाद एक छोटी लड़की, करीब नौ साल की रही होगी, वो आई और बैंच पर मेरी बगल में बैठ गयी। हममें बातचीत शुरू हो गयी। वह स्कूली लड़की वाला एप्रन पहने हुए थी...वो सामने के घरों में से एक में रहती थी...धीरे-धीरे, खुद पर काबू न रख पाते हुए मैं बातचीत को एक अश्लील विषय पर ले आया... लेकिन सावधानी से आगे बढ़ते हुए। मुझ पर उत्सुकता का एक घटिया जुनून सवार हो गया था। किसी मनोवृत्ति के बस में मानो सम्मोहित हुए वो लड़की काँपते हुए मेरी बात सुनती रही...धीरे-धीरे मेरे चेहरे पर एक अपराधी जैसा भाव आ गया...इतना कि सिग्नलमैन के कमरे में बैठे दो रेलवे कर्मचारियों ने मुझे ध्यान से देखना शुरू कर दिया...लेकिन फिर भी मैंने उसके सामने सेक्स का रहस्य ज़ाहिर किया और उसे बढ़ावा दिया कि वो अपनी दोस्तों को भी इस राह पर ले जाये...''

हिपोलिता अपनी उँगलियों से माथे को मसलने लगी। ''तुम तो राक्षस हो राक्षस!''

''अब मैं अंत तक पहुँच गया हूँ। मेरी ज़िन्दगी एक बर्बादी के अलावा कुछ भी नहीं...मुझे अपने लिए सबसे ख़राब झमेले तैयार करने पड़ेंगे...पाप करने के लिए। मेरी तरफ़ मत देखो। शायद...सुनो—लोग पाप शब्द का मतलब ही भूल गये हैं...पाप कोई गलती नहीं होता...मैंने महसूस किया है कि पाप वो काम होता है जिसके ज़रिये मनुष्य उसे ईश्वर से जोड़ने वाले नाज़ुक से धागे को तोड़ देता है। इसका मतलब है कि वह हमेशा के लिए ईश्वर से वंचित हो जाता है। अगर उस शख़्स की ज़िन्दगी पाप कर लेने के बाद सबसे पवित्र संत से भी ज़्यादा शुद्ध हो, तो भी, वो दोबारा ईश्वर तक नहीं पहुँच सकता। और मैं उस महीन धागे को तोड़ने जा रहा हूँ जो मुझे उस दिव्य उदात्तता से जोड़ता है। मैं जानता हूँ। कल से मैं इस धरती पर एक राक्षस के समान हो जाऊँगा...ज़रा सोचो...एक छोटा-सा प्राणी...एक भ्रूण...जो पता नहीं कैसे अपनी माँ के गर्भ से बाहर जी रहा है...जो बढ़ नहीं सकता...छोटा-सा...बालों से ढँका हुआ...नाखूनों के बगैर...इंसानों के बीच इंसान न होते हुए भी घूमता हुआ...अपनी कमज़ोरी और कोमलता से उसके आस-पास के लोगों में डर और घबराहट पैदा करता हुआ। लेकिन धरती पर ऐसी कोई ताकत नहीं जो उसे उसके खोये हुए गर्भ तक ले जा सके। कल से मेरे साथ यही होने वाला है। मैं खुद को ईश्वर से जुदा कर लूँगा। मैं इस धरती पर बिलकुल अकेला हो जाऊँगा। मैं और मेरी आत्मा, बस हम दोनों। दिन और रात...पीले सूरज के नीचे...क्या तुम कल्पना कर सकती हो इसकी? अनंतता लगातार फैलती हुई...ऊपर दमकता पीला सूरज। और एक आत्मा जिसने खुद को दिव्य उदात्तता से अलग कर लिया अकेली भटकती हुई, ऊपर चमकते हुए सूरज की रौशनी से चौंधियाती...''

हल्की-सी धड़ाम की आवाज़ से फ़र्श हिला और अचानक कुछ असाधारण घटित हुआ।...एर्दोसैन चुप हो गया। हिपोलिता घुटनों के बल उसके पैरों पर बैठी थी...उसने एर्दोसैन का हाथ पकड़ा और उसे बेतहाशा चूमने लगी। अँधेरे में वो बोली, ''मुझे करने दो...तुम्हारे बेचारे हाथों को चूमने दो...तुम इस ज़मीन पर सबसे नाखुश इंसान हो।''

''उठ जाओ, हिपोलिता, मेहरबानी करके उठ जाओ...ये तुम हो जिसने इतने सारे कष्ट भोगे हैं...मैं हाथ जोड़ता हूँ, तुम उठ जाओ...''

''नहीं, मैं तुम्हारे पैरों को चूमना चाहती हूँ,'' वह अपनी टाँगों को पकड़े हिपोलिता के हाथों को महसूस कर सकता था। ''तुम इस दुनिया के सबसे अभागे, बदकिस्मत इंसान हो! तुमने कितने कष्ट भोगे हैं, हे भगवान! फिर भी तुम कितने अच्छे इंसान हो, तुम्हारा मन कितना उदात्त, कितना महान है!''*

बहुत ही कोमलता से एर्दोसैन ने उसे उठाया। एक अगाध दया के वशीभूत हो उसने

---

*समीक्षक का नोट : बाद में हिपोलिता ने ज्योतिषी को ये बताना था, ''मैं एर्दोसैन के सामने झुकी जब मुझे ये सूझा कि मैं तुम्हें ब्लैकमेल कर सकती हूँ, क्योंकि वो मुझे हत्या की योजना के बारे में बता चुका था।''

हिपोलिता को अपने करीब खींच लिया, उसकी भौंहों के बालों को हाथ से सहलाया और बोला, ''काश, तुम जानतीं कि मेरे लिए मरना कितना आसान होगा, किसी खेल की तरह।''

''तुम्हारा मन कितना महान और उदार है!''

''क्या तुम्हें बुखार है?''

''तुम बेचारे लड़के!''

''क्यों? हम देवताओं की तरह हैं। आओ, और मेरी बगल में बैठो। अब ठीक है? देखो, छोटी बहन, मेरे सारे कष्ट तुम्हारे शब्दों से मिट गये। हम थोड़ा और जी सकते हैं...'

''उस जोड़े की तरह जिसकी सगाई हुई हो...''

''और जब वो महान दिन आएगा तो तुम मेरी दुल्हन होगी।''

''मैं तुम्हें इतना प्यार करती हूँ!...तुम कितने अच्छे हो!''

''तब हम ये सब पीछे छोड़ देंगे।''

उन्होंने और कोई बात नहीं की। हिपोलिता का सिर उसके सीने पर था। लगभग भोर हो चुकी थी। एर्दोसैन ने उसके थके हुए शरीर को सोफ़े पर लिटा दिया...वह थकी हुई सी मुस्कुरायी; फिर वह नीचे कालीन पर बैठ गया, सोफ़े के किनारे से अपना सिर टिकाया, पैर सिकोड़े और सो गया।

अवचेतन मन की मौजूदगी

उसी रात, अपने अँधेरे अध्ययन-कक्ष में सोफ़े पर हाथ मोड़े हुए और आँखों को हैट से ढँक कर लेटा हुआ ज्योतिषी अपने सामने आईं समस्याओं पर गहराई से सोच रहा था। वह खिड़की के शीशे पर पड़ती हुई बारिश की बूँदों की हल्की-सी आवाज़ सुन सकता था। लेकिन उसका मन उसकी कई योजनाओं पर केन्द्रित था। और उसके साथ कुछ अजीब सा हो रहा था।

जैसे-जैसे गुनाह करने का वक्त करीब आ रहा था, वह सामान्य समय के भीतर समय की एक दूसरी निजी अनुभूति को महसूस कर रहा था। वो महसूस करता कि वो इन दोनों समयों में जी रहा था। एक समय था जीवन की सामान्य दशाओं का और दूसरा था अस्थायी लेकिन बोझिल, उसकी धड़कनों का कुछ हिस्सा, उसकी उँगलियों से फिसल कर ध्यानावस्था में बँधा हुआ ठीक उसी तरह फिसलता जैसे सरकंडे की टोकरी में से पानी बह जाता है।

नतीजतन ज्योतिषी घड़ी के समय से बँधा हुआ भी अपने दिमाग में इस दूसरे तेज़ी से बढ़ते हुए समय को लगातार बेअंत महसूस कर सकता था, ठीक उसी तरह जैसे चरखी से उतर कर सिनेमा फ़िल्म परदे पर धुँधली आकृतियाँ थका देने वाले तरीके से फेंकती है, और ये एहसास उसे खीझ से भर देता, क्योंकि इससे पहले कि वो एक ख़याल को ठीक से समझ पाता, वो गायब हो जाता और उसकी जगह दूसरा विचार आ जाता। इस हद तक कि जब वो माचिस जला कर घड़ी में वक्त देखता तो पाता कि कुछ ही मिनट गुज़रे हैं, जबकि उसे लगा था कि वो मशीनी मिनट्स उसकी चिंता और परेशानी के कारण तेज़ी से गुज़रते हुए इतने लम्बे हो गये हैं कि उनको मापना भी नामुमकिन है।

ये एहसास उसे अँधेरे में भी सजग बनाये रखता। वो समझता था कि अपनी इस मौजूदा स्थिति में अगर कोई गलती हुई तो वो बाद में जानलेवा और घातक साबित हो सकती है।

वह बार्सुत की हत्या के बारे में इतना चिंतित नहीं था जितना कि उन सावधानियों के बारे में जो उसे बरतनी थीं, ताकि इस हत्या को बहुत ज़्यादा अहमियत न मिल पाए। और

हालाँकि उसे इस घटना के समय कहीं और मौजूद होने का बहाना ढूँढना था, उसे ये मुश्किल लगा। उसे लगा कि अँधेरे में बैठा वो शख्स वो खुद नहीं, बल्कि कोई और है, भावनाओं के द्वारा बनाया गया उसका प्रतिरूप, ठीक वैसे ही आकार, आयताकार नाक-नक्श, हाथ बाँधे और आँखों को हैट से ढँके हुए। लेकिन उसने खुद को इस दूसरे शख्स के विचारों को समझने में असमर्थ पाया, जो उससे इतना करीब और इतना जुड़ा हुआ था लेकिन समझ से उतना ही दूर। इन क्षणों में उसने महसूस किया कि अस्तित्व का ये एहसास उसके शारीरिक अस्तित्व पर हावी हो गया था। बाद में जब उसने इस हालत का ब्यौरा दिया तो उसने कहा कि ये एक-दूसरे टाइम-स्केल के प्रति सजगता थी, जिसमें भावनाएँ बह रही थीं और जो घड़ी वाले समय के भीतर ही निहित था—उसी तरह जैसे लोग कहते हैं, ''वो मिनट एक सदी की तरह लगा।''

सोच पाने की ये असमर्थता महत्त्वपूर्ण थी, क्योंकि उसे एक व्यक्ति का जीवन लेना था—उसके पाँच लीटर खून का प्रवाह बंद कर देना था, उसके शरीर की सारी कोशिकाओं को ठंडा कर देना था, उसे जीवन से ऐसे मिटा देना था मानो एक कागज़ पर कोई धब्बा हो, बगैर उसका कोई नामोनिशान छोड़े। चूँकि ज्योतिषी इस पेचीदा समस्या से पीछा नहीं छुड़ा सकता था, उसने महसूस किया कि उसका शारीरिक अस्तित्व, मशीनी घड़ी का हिस्सा है, जबकि उसका प्रतिरूप उस धीरे-धीरे चलते समय में स्थित है, जिसे कोई घड़ी माप नहीं सकती—और ये कि उसका प्रतिरूप भी गहरी सोच में था, पहेलीनुमा तरीके से नहीं बल्कि एक रहस्यमय तरीके से ये सोचने में व्यस्त कि कहीं और मौजूद होने का कौन-सा बहाना बाद में इस विचारशील व्यक्ति को हैरान कर देगा।

भावी अपराध की निश्चितता ने उसके अस्तित्व को बहुत अलग गति और ठहराव वाले दो तंत्रों में विभाजित कर दिया था, जिससे वह अँधेरे में निराश और बेजान महसूस करने लगा था। एक तीव्र थकान ने, एक भयानक थकान ने उसकी मांसपेशियों, मज़बूत अंगों और हड्डियों के जोड़ों तक को अपने काबू में कर लिया।

बारिश के कारण गड्ढों में मेंढकों के टर्राने का संक्षिप्त तंत्र शुरू हो गया, लेकिन वो, जो कर्मठ था, चिंता से इस हद तक बोझिल हो गया था और उसे अपनी हड्डियाँ इतनी कमज़ोर और शिथिल महसूस हुईं कि लगा वह खड़ा भी नहीं हो पायेगा। उसने खुद से कहा, ''मैं, जो कर्मठ आदमी हूँ, काम करता हूँ, खुद को समय के इस मशीनी तंत्र में फँसा हिलने में भी खुद को असमर्थ पा रहा हूँ, जबकि मैं एक दूसरे समय का शिकार हो गया हूँ, जिस पर मेरा कोई काबू नहीं, एक ऐसा समय जिसके सामने मेरा कोई रक्षा कवच नहीं रहता। क्योंकि, वैसे तो ये सही है कि किसी आदमी को मारना उतना ही आसान है जितना कि किसी जानवर का गला रेतना, लेकिन दूसरे लोग इसे ऐसे नहीं देखते—और हालाँकि वो मुझसे दूर हैं और मेरा बर्ताव उनके लिए एक रहस्य है, लेकिन इस असाधारण समय ने उन्हें मेरे करीब ला दिया है, इतना कि मैं हिल भी नहीं सकता, ऐसा लगता है कि वो सभी

सायों की तरह मेरे आस-पास हैं, मेरी जासूसी करते हुए। ज़रूर ये अवचेतन समय ही है जो मुझे निष्क्रिय बना रहा है। अवचेतन का ज्योतिषी जो अपने विचार सिर्फ़ अपने भीतर ही रखे है और जब उन विचारों को सोचने का वक्त है जिनकी मुझे ज़रूरत है तो ये ज्योतिषी मुझे उतना ही बेकार और निष्क्रिय छोड़ देता है जितना कि एक निचोड़ा हुआ संतरा। मगर फिर भी एक बार बार्सुत मर गया तो ज़िन्दगी ऐसे चलती रहेगी मानो कुछ हुआ ही न हो। और सच तो ये है कि कुछ वाकई नहीं होगा, बस अगर ये दिमागी हालत गुज़र जाए तो।

उसने माचिस की दूसरी तीली जलाई और घूमते हुए साये कमरे में झिलमिलाए। मुश्किल से एक मिनट ही गुज़रा होगा। लेकिन उसके विचार एक साथ आ रहे थे और समय की गैर मौजूदगी में उन सभी तथ्यों को एक साथ ला रहे थे जो अगर असलियत में होते तो उन्हें सालों नहीं तो महीनों तो लगते ही ज़ाहिर होने में। तो, वो तैंतालीस साल और सात दिन पहले पैदा हुआ था, लेकिन उसके इस अतीत को वर्तमान लगातार निगल रहा था, अब उसकी ज़िंदगी एक ऐसे काम की तरफ़ चल रही थी जिसका फ़िलहाल कोई अस्तित्व नहीं था लेकिन जो कुछ ही घंटों में एक तथ्य होगा। लगता था मानो वो मशीनी घड़ी के भीतर पीछे की तरफ़ लक्षित एक तीर की तरह था, एक तीर जिसमें उस सामान्य घड़ी में एक असाधारण तनाव का मंद एहसास होता था ।

इस तथ्य के बावजूद कि वह हमेशा कहता था, "अगर उसे किसी को जान से मारने का मौका मिला तो वह इसे खोना नहीं चाहेगा," उसने खुद को इस रहस्यमय दूसरे समय के बारे में चिंतित होते हुए पाया। फिर उसने कल्पना करनी शुरू की एक ऐसी तानाशाही की जो लगातार मृत्यु दंड देकर पैदा किये गए आतंक के ज़रिए खुद को सत्ता में रखेगी; उसने क्षैतिज रेखा में पड़े लोगों के शवों की कल्पना की, जिन्हें गोली मार दी गयी थी, इससे उसे इस पल पैदा हुए भयों से बच निकलने में मदद मिली। उसने अपने मन में उस आदमी की तस्वीर बनाई जो एक विशाल मैदान के बीच मृत पसरा हुआ है और उसके मृत शरीर की लम्बाई की उस हज़ारों किलोमीटर क्षेत्र से तुलना कर जहाँ तक उसका राज्य फैला हुआ था, उसने खुद को आश्वस्त कर लिया कि एक व्यक्ति का जीवन महत्त्वहीन होता है।

सो, ये आदमी ज़मीन के नीचे दबा सड़ जायेगा, जबकि वह, इस मानवीय बाधा से छुटकारा पाकर जो उसके स्वामित्व के क्षेत्र के एक नन्हे से टुकड़े में ही समा सकता है, आगे शानदार विजयों को हासिल करने चला जायेगा।

फिर उसने लेनिन के बारे में सोचा, जो अपने हाथ मलते हुए सोवियत कमीसार (commissar) को बता रहा था, "ये पागलपन है। अगर हम किसी को गोली नहीं मारते तो हम क्रांति कैसे करेंगे ?" ज्योतिषी का दिल ख़ुशी से उछल पड़ा। वह ये निश्चित करेगा कि उसकी संस्था भी इसी सिद्धांत को अपनाये। नस्लों के भावी संस्थापकों के मन में ये बात कठोर राजनीतिक अनुशासन से बैठाई जाएगी; इस विचार ने उसे नयी प्रेरणा दे दी। फिर उसे ये विचार आया कि किसी भी नए विचारक को पुराने पड़ चुके ख़यालात से संघर्ष

करना ही पड़ता है, जो कि खुद उसकी शख्सियत का भी एक हिस्सा होते हैं और तब उसने देखा कि उसकी मौजूदा सकुचाहट दरअसल पहले से स्थापित सिद्धांतों और स्थापित होने की कोशिश में लगे नए विचारों के बीच संघर्ष का ही परिणाम है।

समय उसकी उँगलियों से फिसलता जा रहा था जो एक-दूसरे से बँधी थीं।

आज का हत्यारा, कल का विजेता होगा, लेकिन इस बीच उसे वर्तमान के घृणित प्रतिरोध को झेलना होगा जिसमें अतीत का अंश भी मिला हुआ है। उसे गुस्सा आया और वह उठ खड़ा हुआ। बारिश अब भी हो रही थी। वह बाहर जाने वाली सीढ़ियों पर खड़ा हो गया और अँधेरे से भरे बगीचे को घूरने लगा जहाँ तेज़ बारिश से पेड़ और झाड़ियाँ काँप रहे थे। ऐसा लगा मानो वो अँधेरे साये काली रात में हाँफ़ते दैत्य हों। पानी से भीगी मिट्टी का रंग गहरा गेरुआ हो गया था...और वह वहाँ था, एक ताकतवर मज़बूत आदमी, भविष्य की महान घटनाओं की प्रेरक शक्ति। वह सोचने लगा कि क्या पहले ज़माने के लोग भी इतने अनिश्चय में रहते थे या वे ख़ुशी-ख़ुशी अपनी नियति की तरफ़ मार्च करते जाते थे ये जान कर कि मृत्यु ही उनके लिए पर्याप्त कवच है। हालाँकि, क्या मौत इतनी अहम थी? उसने खुद को बताया कि एक दार्शनिक होने के नाते उसे जिसमें दिलचस्पी थी वो थीं प्रजातियाँ, एक व्यक्ति नहीं; लेकिन साथ ही उसकी भावनाएँ उस पर संदेहों की बौछार कर रही थीं। उसकी इच्छा के खिलाफ़ उस समय को दो भागों में बाँट रही थीं जिस समय की उसे ज़रूरत थी।

बिजली चमकी और उससे पहाड़ जैसे बादलों के किनारों के बीच एक नीली रोशनी उजागर हो गयी। सीढ़ियों के किनारे पानी से भीगा और अस्त-व्यस्त 'जिसने दाई को देखा था वो शख्स' खड़ा था।

"ओह, तो तुम हो!" ज्योतिषी ने हैरानी से कहा।

"हाँ, मैं तुमसे पूछना चाहता था कि तुम *बाइबिल* के इस पद की व्याख्या कैसे करोगे जिसमें कहा गया है कि 'ईश्वर का स्वर्ग'। इसका मतलब तो ये हुआ कि ऐसे दूसरे स्वर्ग भी हैं, जिन्हें ईश्वर ने नहीं बनाया..."

"फिर किसने बनाया है?"

"मेरा मतलब है, ऐसा हो सकता है कि ऐसे स्वर्ग भी हों जहाँ ईश्वर का अस्तित्व ही ना हो। क्योंकि उस पद में आगे कहा गया है, 'और नया येरुशलम प्रकट होगा।' नया येरुशलम? क्या इसका मतलब नए चर्च से है?"

ज्योतिषी ने एक पल के लिए सोचा। उसे इस मसले में कोई दिलचस्पी नहीं थी लेकिन वो जानता था कि दूसरे आदमी की निगाहों में अपनी प्रतिष्ठा बनाये रखने के लिए उसे कुछ तो कहना ही होगा, इसलिए उसने जवाब दिया, "हम जो जानकार और प्रबुद्ध लोग

हैं, गुप्त रूप से जानते हैं कि नया येरुशलम ही नया चर्च है। यही वजह है कि स्वीडनबोर्ग कहता है, ''चूँकि हमारे भगवान एक व्यक्ति के तौर पर खुद को प्रकट नहीं कर सकते और ये जानते हुए कि उन्होंने घोषणा की है कि वे आयेंगे और नए चर्च को स्थापित करेंगे, तो इसका मतलब यही है कि वे ऐसा किसी मनुष्य के ज़रिये ही करेंगे, जो न सिर्फ़ इस चर्च के सिद्धांत को ग्रहण करेगा, बल्कि इसे प्रेस द्वारा प्रकाशित भी करेगा...लेकिन सिर्फ़ इसी सन्दर्भ से तुमने ये क्यों मान लिया कि बहुत से स्वर्ग होंगे?''

ब्रोम्बर्ग आया और आँगन में बारिश से बचने के लिए शरण ली। उसने गीले हाँफ़ते हुए अँधेरे को घूरा और कहा, ''क्योंकि स्वर्ग ऐसी चीज़ है जिसे आप महसूस करते हैं, जैसे प्रेम।''

ज्योतिषी उसे हैरानी से देखने लगा, लेकिन वो यहूदी बोलता रहा, ''यह प्रेम जैसा होता है। आप प्रेम से कैसे इनकार कर सकते हैं जब वो आपके भीतर ही है और आपको हमेशा महसूस होता रहता है कि फ़रिश्ते उसे और पुख्ता कर रहे हैं? चार स्वर्गों के बारे में भी कुछ ऐसा ही है। *बाइबिल* में लिखी हर बात रहस्य से भरी है, वर्ना तो वो किताब बिलकुल बेतुकी, बेमानी होती। अभी एक रात मैं *बुक ऑफ़ रेवलेशन* पढ़ रहा था। और मैं ये सोच कर उदास हो गया कि हमें बार्सुत को मारना होगा, और सोचने लगा कि क्या मनुष्य का खून बहाने की इजाज़त है।''

''किसी का गला घोंटते वक्त खून नहीं बहता,'' ज्योतिषी ने व्यंग्यपूर्वक कहा।

''और जब मैं किताब के उस हिस्से पर आया जहाँ 'ईश्वर के स्वर्ग' का ज़िक्र है, मैं समझ गया कि मनुष्यता इतनी दुखी क्यों है। 'अँधेरे के चर्च' ने इसे ईश्वर के स्वर्ग से वंचित कर दिया है...और यही वजह है कि इंसान ने इतने पाप किये हैं।''

अँधेरे में ब्रोम्बर्ग की बचकानी आवाज़ ऐसी शोकग्रस्त सुनाई पड़ रही थी, मानो सच्चे स्वर्ग से निकाल दिए जाने का दुःख मना रही हो। ज्योतिषी बोल उठा, ''वो पंख वाला फ़रिश्ता जो सपने में मुझसे बात किया करता है, उसने मुझे बताया है कि 'अँधेरे के चर्च' का अंत अब करीब है...''

''ये सच ही होगा...क्योंकि नर्क दिन-ब-दिन बढ़ता ही जा रहा है। इतने कम लोग बचाए जा रहे हैं और नरक से तुलना की जाये तो स्वर्ग एक समुद्र के सामने अनाज के एक छोटे दाने की तरह ही है। नर्क साल-दर-साल बढ़ता जा रहा है और 'अँधेरे का चर्च' जिसे मनुष्यता को बचाना था सिर्फ़ अपनी संख्या में इजाफ़ा कर रहा है; तो नरक बढ़ता ही जाता है, इसके सिकुड़ने का कोई मौका ही नहीं आता। और भयभीत फ़रिश्ते जलोदर के रोगी के बढ़ते हुए पेट की तरह बढ़ते इस 'अँधेरे के चर्च' को, डर से देखते रहते हैं।''

ज्योतिषी ने बुलंद स्वर में कहा, ''यही वजह है कि उस पंखों वाले शख्स ने मुझसे कहा, 'जाओ, पवित्र आदमी, मानव जाति को जागृत करो, अच्छे वचनों का उपदेश दो।

एंटीक्राइस्ट (antichrist) को निकाल दो और ब्रोम्बर्ग पर नए येरुशलम के रहस्यों को उद्घाटित करो।''—ये कह कर उसने अपने साथी की बाँह पकड़ ली और बोला, ''तुम्हें याद नहीं जब तुम्हारी आत्मा फ़रिश्तों से बात करती थी और तुम उन्हें सड़क के किनारे सफ़ेद ब्रेड खिलाते थे, फिर उन्हें अपने घर के दरवाज़े पर बिठा कर उनके पैर धोते थे?''

''नहीं, मुझे याद नहीं।''

''अच्छा, तुम्हें याद होना चाहिए। ईश्वर (लॉर्ड) क्या कहेंगे जब वो यह सुनेंगे? मैं नए चर्च के फ़रिश्ते के सामने तुम्हारी आत्मा की ज़िम्मेदारी, उसकी गवाही कैसे दूँगा? वो मुझसे कहेगा, 'मेरे प्यारे बेटे का क्या हो गया, मेरे पवित्र अलफोन?' और तब मैं उससे क्या कहूँगा? कि तुम एक डरपोक सूअर हो? कि तुम वो वक्त भूल चुके हो जब तुम्हारा अस्तित्व एक फ़रिश्ते का-सा था और अब तुम सारा दिन एक कोने में बैठे खच्चर की तरह पादते रहते हो?''

ब्रोम्बर्ग को बहुत बुरा लगा और उसने तुरंत विरोध जताया, ''मैं पादता नहीं रहता।''

''हाँ, तुम करते हो...और ज़ोर से पादते हो...लेकिन उससे कोई फ़र्क नहीं पड़ता... नए चर्च के फ़रिश्ते को ये मालूम है कि तुम्हारी आत्मा में सच्ची भक्ति और समर्पण की लौ जलती है और ये कि तुम बेबीलोन के राजा, अँधेरे के पोप के सच्चे दुश्मन हो। यही वजह है कि तुम्हें उस शख्स के दोस्त के तौर पर चुना गया है जो, ईश्वर की आज्ञा का पालन करते हुए इस धरती पर नये चर्च की स्थापना करेगा।''

अंजीर के पेड़ों पर बारिश कोमलता से पड़ रही थी; हाँफ़ते हुए सायों में तीखा, मुलायम अँधेरा तमाम तरह की वनस्पतियों की सीली हुई सी गंध फैला रहा था। ब्रोम्बर्ग ने गंभीरता से भविष्यवाणी की, ''और पोप, खुद पोप नंगे पैर डरावनी सड़क पर नंगे पैर दौड़ेगा और हर कोई उससे दूर भागेगा जबकि सड़क की मेहराबों पर फूलमालाएँ सजी होंगी, सामने से गुज़रते 'होली लेम्ब' (Holy Lamb) का सम्मान करने के लिए।''

''ऐसा ही होगा,'' ज्योतिषी ने सहमति जताई।

''और स्वर्ग फिर दर्शन करवायेगा उन पश्चाताप करते पापियों और नए येरुशलम के सुनहरी दरवाज़े का। मेरे प्यारे अलफोन, ईश्वर की उदारता, दयाशीलता इतनी असीमित है कि कोई भी मनुष्य ज़मीन पर गिरे बगैर उसके सीधे संपर्क में नहीं आ सकता।''

''यही वजह है कि मैं कयामत के बारे में अपने विचार पूरी मानवजाति से साझा करना चाहता हूँ और फिर पहाड़ों पर जाना चाहता हूँ ताकि तपस्या कर सकूँ, पश्चाताप कर सकूँ, उन सभी के लिए प्रार्थना कर सकूँ।''

''ठीक है, अल्फोन, लेकिन अभी तुम जाओ और सो जाओ, क्योंकि मैं सोचना चाहता हूँ, और यही वक्त है पंखों वाले फ़रिश्ते के आने और मेरे कानों में बुदबुदाने का।

तुम्हारे लिए भी सोना ज़रूरी है, वरना तुम में इतनी ताकत नहीं रहेगी कि तुम कल सुबह उस अपराधी का गला घोंट सको।''

''और बेबीलोन का राजा...''

''ठीक कहा।''

'वो शख्स जिसने दाई को देखा था' धीरे-धीरे सीढ़ियों से दूर चला गया। ज्योतिषी वापस घर के अंदर आ गया, हॉल के एक तरफ़ बनी सीढ़ियों पर चढ़ा और उसने खुद को तिरछी छत के नीचे बने एक लंबे तंग से कमरे में पाया।

पपड़ी भरी दीवार पर कोई तस्वीर नहीं थी। बार्सुत के संदूक एक कोने में थे, एक गोल आकार की खिड़की के नीचे लाल लकड़ी का पलंग था। सफ़ेद चादरों पर इसके ठीक उलट काली बेडशीट बिछी थी। गहरी सोच में डूबा हुआ ज्योतिषी बिस्तर के किनारे पर बैठ गया। उसका कोट खुल गया, जिससे उसका नंगा, बालों से भरा सीना दिखाई देने लगा। अपनी नीचे की तरफ़ झुकी मूँछों को खुली उँगलियों से सहलाते हुए वह त्यौरियाँ चढ़ाये एक संदूक को घूरते हुए बैठा रहा।

वह अपने विचारों को खुद से बाहर किसी नयी चीज़ पर केन्द्रित करना चाहता था जो उसकी भावनाओं की लय को तोड़ सके और उसे फिर से अपनी बुद्धि की तत्परता को हासिल करने में मदद करे जिस पर उसे हमेशा से गर्व रहा था। लेकिन बार्सुत की हत्या की योजना ने चीज़ों को जटिल बना दिया था।

'बीस हज़ार पेसोस।' उसने सोचा, 'बीस हज़ार पेसोस, कोठे और हमारे प्रशिक्षण शिविर खोलने के लिए...हमारे शिविर...'

लेकिन वह अब भी साफ़-साफ़ नहीं सोच पा रहा था। विचार उसके मन से परछाइयों की तरह फिसल रहे थे। उसके मन की स्थायी विभाजित-सी स्थिति में, विचारों का भंवर बन रहा था, जिससे किसी एक चीज़ पर ध्यान केन्द्रित करना मुश्किल हो रहा था। फिर उसने अचानक अपने माथे पर हाथ मारा खुशी-खुशी उठा और साथ के अटारी में जाकर एक पुराना संदूक खींचकर ले आया जो हल्का-सा बँधा था और जिस पर मोटी धूल की परत जमी थी।

इस बात की फ़िक्र किये बगैर कि ये धूल उसके कोट की स्लीव्स में लग जायेगी, उसने वो संदूक खोल दिया। उसके अंदर बहुत से खिलौने थे—सीसे के सिपाही, लकड़ी की गुड़िया, फ़ौजी जनरल, मसखरों के ढेर, राजकुमारियाँ और अजीब मेंढक की शक्ल और फटे हुए होंठों वाले मोटे दैत्य।

उसने रस्सी का एक टुकड़ा लिया और उसे कमरे के एक कोने में दो कीलों से बाँध दिया। फिर उसने संदूक में से कई कठपुतलियाँ निकालीं और उन्हें बिस्तर पर फेंक दिया।

उसने इस रस्सी से उनमें से हरेक की गर्दन को बाँध दिया; वह अपने काम में इतना मशगूल था कि उसे ध्यान ही नहीं रहा, बारिश तेज़ हो गयी थी और हवा के साथ बारिश अधखुली खिड़की से अन्दर आ रही थी।

उसे मज़ा आ रहा था। उसने कठपुतलियों की गर्दन के चारों तरफ़ रस्सी बाँधने का काम ख़त्म किया, फिर उनको अलग-अलग लम्बाई में काट दिया, कोने में गया और उन गुड़ियों को रस्सी पर लटका दिया। जब वह ये काम कर चुका तो पीछे हट कर अपनी रचना को देखता रहा। पाँच लटकी हुई गुड़ियों की काँपती हुई परछाईं गुलाबी दीवार पर पड़ रही थी। उनमें से सबसे ऊँची एक मसखरे की थी जिसकी पतलून तो खो गयी थी लेकिन काले सफ़ेद चेक की जैकेट ज़रूर थी। उसके साथ ही एक चॉकलेट के रंग वाला बुत था, जिसके लाल होंठ थे और उसका तरबूज जैसा सिर मसखरे के पैरों तक आ रहा था। तीसरा पुतला एक चाबी से चलने वाले मसखरे का था, जिसके पेट पर पीतल की एक डिस्क थी और बन्दर-सा चेहरा था; चौथा पुतला एक नीले गत्ते के मसखरे का था; पाँचवाँ पुतला एक काली कठपुतली का था, जिसकी नाक गायब थी और उसकी सख्त, गुलबंद से बँधी सफ़ेद गर्दन में एक प्लास्टर का घाव दिख रहा था। ज्योतिषी पीछे हट कर अपना काम देखता रहा। उसकी पीठ लैंप की तरफ़ थी और उसकी विशाल गहरी परछाईं छत तक जा रही थी। वह ज़ोर से चिल्लाया, "तुम मसखरे, तुम एर्दोसैन हो; तुम लम्बे-चौड़े बन्दे, 'सोने के खोजकर्ता' हो, तुम, विदूषक, 'ठग' हो; और तुम काले आदमी, अलफोन हो। सबको मंज़ूर है?"

उसका भाषण ख़त्म होने के बाद उसने बार्सुत के संदूक को दीवार से दूर खींच लिया और कठपुतलियों के सामने रखकर बैठे हुए उन्हें देखता रहा। फिर एक मौन संवाद की शुरुआत हुई। ज्योतिषी सवाल पूछ रहा था और जब भी वो उनमें से एक पुतले को सीधे देखता तो उसे अपने भीतर से जवाब भी मिलता।

इससे उसके विचारों को स्पष्ट होने में मदद मिली। उसे ज़रूरत थी अपने विचारों को इसी तरह एक के बाद एक लगातार टेलीग्राफ़िक तरीके से बगैर किसी रुकावट के व्यक्त करने की, मानो उसकी हर बात को उस भावनात्मक उथल-पुथल से कदम मिलाते चलना था जो वह अपने भीतर गहरे महसूस कर रहा था।

उसके विचार कुछ इस तरह थे, 'महत्त्वपूर्ण है : ज़हरीली गैस की फ़ैक्टरियाँ लगाना। रसायनों का इंतज़ाम करना। शाखा के लिए कारें नहीं, ट्रक्स। टायर। पहाड़ों पर प्रशिक्षण शिविर, बकवास। या नहीं। हाँ। नहीं। और भी, फ़ैक्टरी पराना नदी के किनारे। कारों पर निकल स्टील की प्लेटिंग का कवच। ज़हरीली गैसें ज़रूरी। वेश्यालयों के मालिकों को मार दो। हवाई जहाज़ों में हत्यारों के गैंग। सब संभव है। हर शाखा के लिए रेडियो-टेलीग्राफ़। उसके कोड और वेव लेन्थ बदले जाने वाले हों। पानी के प्रवाह से बिजली का करंट। स्वीडिश टरबाइन। एर्दोसैन ठीक कहता है। जीवन असीमित है। मैं कौन हूँ? ब्युबोनिक रोग के कीटाणु और छूत के रोग टाइफस के लिए प्रयोगशालाएँ। अकादमी शुरू करना, फ्रेंच

और रूसी क्रांति का तुलनात्मक अध्ययन। स्कूल में क्रांतिकारी प्रोपेगंडा। सिनेमा बहुत महत्त्वपूर्ण तत्व। नोट—फ़िल्म निर्माता से मिलो। एर्दोसैन से कहो कि उसका अध्ययन करे। क्रांतिकारी प्रोपेगंडा के प्रति समर्पित फ़िल्म निर्माता। बस यही।'

उसके विचारों की लय भी मंद पड़ गयी। उसने खुद से कहा, ''सभी के दिमाग में ठीक वही क्रांतिकारी आवेग कैसे प्रेरित किया जाए, जिसे मैं महसूस करता हूँ? हाँ, हाँ! क्या सच और झूठ इस्तेमाल करूँ? वक्त कितनी जल्दी बीतता है! और कितने दु:ख की बात है! क्योंकि ये सच है; मेरे अन्दर इतनी उदासी है, अगर वो सब ये जानते तो हैरान रह जाते। और ये मैं ही हूँ जिसे ये सारी चीज़ चलाये रखनी है।''

वह सोफ़े पर पैर समेट कर बैठ गया। उसे ठण्ड लग रही थी। माथे की नसें फड़क रही थीं।

''वक्त बीत रहा है। और वे सब के सब आलू के बोरे की तरह भारी हैं। उनमें से एक भी उड़ना नहीं चाहता। मैं उन गधों को कैसे समझाऊँ कि उन्हें उड़ना है? सच है कि ज़िन्दगी अलग है; उस किसी भी चीज़ से अलग जिसका उन्होंने कभी सपना देखा होगा। सत्तर किलो के हाड़-मांस के अन्दर ठाठें मारता आत्मा का समुद्र। वही हाड़-मांस जो उड़ना चाहता है। हमारे भीतर का हर अंश बादलों तक पहुँचने, हवाई किलों को असलियत में बदलने के लिए बेताब...लेकिन इसे कैसे किया जाए? ये 'कैसे' हमेशा रहता है...और मैं...यहाँ मैं...उन लोगों के लिए कष्ट भोग रहा हूँ, उन्हें ऐसे प्यार कर रहा हूँ मानो मैंने उन्हें जन्म दिया हो, क्योंकि मैं उन्हें प्यार करता हूँ...उन सभी को प्यार करता हूँ। वे इस धरती पर किसी खास वजह से नहीं हैं, लेकिन वे लोग कितने अलग हो सकते थे। मगर फिर भी, मैं उन्हें प्रेम करता हूँ। अब मुझे इस बात का पक्का यकीन है। मैं पूरी मनुष्यता को प्यार करता हूँ। मैं उन्हें इस तरह प्यार करता हूँ मानो वे सभी एक महीन धागे से मेरे दिल से बँधे हुए हों। और वे मेरा सारा खून, जीवन मुझ में से चूस रहे और इस सबके बावजूद, मेरे भीतर इतना जीवन है कि मैं चाहता हूँ कि लाखों और लोग ऐसे ही मुझसे जुड़े हों, ताकि मैं उन्हें प्यार कर सकूँ और अपना जीवन उनको पेश कर सकूँ। हाँ, एक सिगरेट की तरह अपना जीवन पेश कर सकूँ। अब मैं क्राइस्ट को समझता हूँ। उन्हें मनुष्यता से कितना प्यार होगा! और फिर भी, मैं बदसूरत हूँ। मेरा मोटा बड़ा-सा चेहरा बदसूरत है। मुझे तो खूबसूरत होना चाहिए, एक देवता की तरह। लेकिन मेरे गोभी जैसे कान हैं, मुक्केबाज़ जैसी हड्डीली नाक। लेकिन इससे क्या फ़र्क पड़ता है? मैं एक मनुष्य हूँ और इतना ही काफ़ी है। और मुझे विजय करनी है। और बस इतना ही। मैं सबसे खूबसूरत औरत के लिए अपना एक भी विचार छोड़ूँगा नहीं।''

अचानक, पहले कहे गये उसके अपने ही शब्द उसके दिमाग में कौंध गये, 'क्यों नहीं?...हम तोपें बना सकते हैं, जैसा कि एर्दोसैन ने कहा। ये तो सरल-सी प्रक्रिया है। और फिर उन्हें कोई हज़ारों बार थोड़े ही चलाना होगा। कोई भी क्रांति जो इतना समय ले, असफल ही साबित होगी।'

अब उसके पास शब्द ख़त्म हो गये थे। अँधेरे में उसकी खोपड़ी का अंदरूनी हिस्सा एक उदास से गलियारे की छवि से भरा है, दो खम्बों के सहारे लहरदार लोहे का एक ओसारा है; बीच में, कोयले से उड़ती धूल के बीच भट्ठियाँ हैं, विशालकाय कवच की प्लेटिंग जैसे उन्हें ठंडा करने के यंत्र हैं। कोयला डालने पर भट्ठियों के मुँह से आग की लपटें बाहर जीभ की तरह लपलपातीं, जबकि बाहर एक घना जंगल दूर तक फैला होता जिसे चीर कर गुज़रना नामुमकिन होता।

ज्योतिषी अब महसूस करता है कि उसने अपनी शख्सियत को वापिस पा लिया है, जो कि उस दोहरे समय ने उससे चुरा ली थी।

वह सोच रहा है कि क्रोम की चादर वाली स्टील और रेकॉइलिंग बन्दूक बनाना संभव है। क्यों नहीं? उसके विचार तेज़ी से संभावित समस्याओं पर तैरते हैं। जो पैसा वो वेश्यालयों से कमाएँगे उनसे पूरे अर्जेंटीना में ज़मीन के प्लॉट खरीद लेंगे। वहाँ पर संस्था के सदस्य अनाज के गोदामों की आड़ में तोपखाने के लिए कंक्रीट की जगह बना सकते हैं।

वह पूरे देश में एक क्रांतिकारी सेना बनाने के ख़याल से उत्तेजित है, जो उसके एक रेडियो सिग्नल से सक्रिय हो उठेगी। क्यों नहीं? स्टील, क्रोम, निकल। ये शब्द एक जादू की तरह उसके दिमाग में गूँजते हैं। संस्था के हर प्रकोष्ठ का नेता एक तोपखाने के दल का इंचार्ज होगा। क्या ज़रूरी था? उनकी तोपों का चार सौ से पाँच सौ गोले छोड़ना। ट्रकों पर लगी मशीनगन्स। क्यों नहीं? हर दस आदमियों के लिए एक ट्रक, मशीनगन और एक तोप। इसकी कोशिश क्यों नहीं कर सकते?

धीरे-धीरे अँधेरे में दो खम्बों के सहारे एक गर्म-सफ़ेद स्टील का अंडा उभरता है और उसकी नोक छत को छूने लगती है। ये एक बेसेमर कनवर्टर है जो हाइड्रॉलिक पिस्टन से संचालित होता है। इस अंडे के एक सिरे से चिंगारियों और लपटों की एक धारा निकलती है। लोहे में से वायु को सौ पाउंड के दबाव से विस्फोटित करने पर ये स्टील में परिवर्तित हो रहा है। स्टील, क्रोम, निकल। इसे आज़मा कर क्यों न देखा जाए? उसके विचार सैकड़ों सूक्ष्म ब्यौरों पर केंद्रित होते हैं। कुछ देर पहले, उसके भीतर एक आवाज़ ने पूछा था, "ऐसा क्यों है कि इंसानी खुशी के लिये इतनी कम गुंजाइश है?"

इस सच ने उसे उदास कर दिया। ये दुनिया चंद लोगों के लिए ही होनी चाहिए और उन मुट्ठीभर लोगों को विशाल प्राणियों की तरह विचरना चाहिए।

पहले एक जटिल स्थिति की रचना करो। फिर उसे स्पष्ट विचारों से हल करो। पहले, बार्सुत की हत्या...फिर वेश्यालयों को शुरू करना, पहाड़ों पर प्रशिक्षण शिविर लगाना...लेकिन वो उसकी लाश को कैसे ठिकाने लगाएँगे? वह, जिसके लिए तोप बनाना, स्टील, क्रोम, निकल बनाना इतना आसान था, उसे एक, सिर्फ़ एक लाश को ठिकाने लगाना इतना मुश्किल लग रहा था—क्या ये बेतुकी बात नहीं थी? उसे इस बारे में इतना सोचने

में वक्त ज़ाया नहीं करना चाहिए...वे उसे जला सकते हैं...एक बड़े से डिब्बे में पाँच सौ डिग्री...काफ़ी होगा एक लाश को नष्ट करने के लिए। पाँच सौ डिग्री।

वक्त और थकान उसके मन पर हावी होने लगते हैं। वो सोचना नहीं चाहता, लेकिन अचानक उसके भीतर की आवाज़, जो उसकी अपनी आवाज़ और इच्छा से अलग है, उसके कानों में सुझाव फुसफुसाने लगती है, ''क्रांतिकारी आंदोलन अर्जेंटीना के हर कस्बे में एक साथ उठेगा। हम हर बैरक पर हमला बोलेंगे। उन सभी को गोली मार देंगे जो समस्या खड़ी कर सकते हैं। कुछ दिन पहले ही हम टाइफस और ब्युबोनिक प्लेग के कुछ किलो कीटाणु राजधानी में छोड़ देंगे। रात में हवाई जहाज़ों से। राजधानी की बाहरी सीमा पर हर प्रकोष्ठ रेलवे लाइन्स को काट देगा। हम किसी भी ट्रेन को न अन्दर आने देंगे न बाहर जाने देंगे। देश के बिलकुल केंद्र पर काबू पाकर, कम्युनिकेशन के सारे ज़रियों को काट कर और नेताओं को गोली मार कर सत्ता हमारे ही हाथ में होगी। यह सब पागलपन लग सकता है, लेकिन ये संभव है। जब आप कोई इतना बड़ा काम करने चलते हैं, तो आप हमेशा एक सपने की-सी स्थिति में रहते हैं, मानो आप नींद में चल रहे हों। फिर भी आप अपने लक्ष्य की तरफ़ एक तरह की स्लो-मोशन गति से चलते हैं और इसीलिए जब आप वहाँ पहुँच जाते हैं तो ये सब बड़ा हैरतअंगेज़ लगता है। इसके लिए बस इच्छाशक्ति और पैसे की ज़रूरत होती है...हमारे क्रांतिकारी प्रकोष्ठों के अलावा हम चोरों और हत्यारों के एक गैंग को गठित करेंगे। पता नहीं सेना के पास कितने हवाई जहाज़ हैं? लेकिन एक बार जब कम्युनिकेशन काट दिया जायेगा और बैरकों पर भी कब्ज़ा कर लिया जायेगा, सारे नेताओं को मार दिया जायेगा, तो उन्हें कौन पुकारेगा? ये तो मूर्ख जानवरों का देश है। हमें फ़ायरिंग स्क्वाड रखनी पड़ेगी। यह तो बहुत ज़रूरी है। हम तभी सम्मान जीत सकेंगे जब हम लोगों में डर पैदा कर सकें। पुरुष सिर्फ़ कायर होते हैं। एक मशीन के साथ...फिर वे हमसे लड़ने के लिए कैसे ऐसा बल तैयार कर सकेंगे? टेलीग्राफ़ और टेलिफ़ोन कट जाने पर, रेलवे लाइन कट जाने के बाद...दस आदमी दस हज़ार लोगों के शहर को आतंकित कर सकते हैं। बस उन्हें एक मशीनगन चाहिए। अर्जेंटीना में एक करोड़ दस लाख लोग हैं। उत्तर के चाय बागान हमारे साथ होंगे। तुकुमन और सेंटिआगो देल एस्तेरो...सैन हुआन के गन्ने वाले इलाके...वहाँ तो आधे कम्युनिस्ट पहले से ही हैं...सिर्फ़ सेना से ही विरोध होगा। हम रात को बैरकों पर कब्ज़ा कर सकते हैं। एक बार हमने उनके हथियार छीन लिए, अफ़सरों को गोली मार दी और सार्जेंट्स को लटका दिया, तो हमें एक हज़ार सैनिकों की बैरक पर काबू रखने के लिए दस आदमियों की ज़रूरत होगी, बशर्ते कि हमारे पास मशीनगन हो। यह इतना आसान है और हथगोलों का क्या, ये इसमें कैसे आयेंगे? अगर हम एक ही समय में पूरे देश में क्रांति कर उन्हें चौंका दें, हर शहर में दस आदमी नियुक्त करके, तो अर्जेंटीना हमारा हो जायेगा। सैनिक तो युवा होते हैं और वैसे भी हमारा अनुकरण करेंगे। हम जवानों को सेना का अफ़सर बना देंगे और अमेरिका के इतिहास में सबसे अविश्वसनीय सेना बनायेंगे। क्यों नहीं? इसकी तुलना में सैन मार्टिन बैंक पर, रौसन के अस्पताल पर, या मोंटेविडियो की मर्तेल्ली की एजेंसी पर धावा करना

क्या है? तीन पूर्वनिर्धारित अखबार विक्रेताओं के साथ हम इस शहर को जीत सकते हैं।''

एक बेवजह के गुस्से से उसकी नसों में खून उबलने लगा। खून उसके तंदरुस्त शरीर में दौड़ने लगा, मानो किसी हमले के लिए तैयार हो।

तूफ़ान की हर गड़गड़ाहट से बिजली की बत्ती झूलने लगती, लेकिन ज्योतिषी उस ट्रंक पर वैसे ही बिस्तर की तरफ़ पीठ किये बैठा रहा, पैर पर पैर रखे, ठोड़ी हाथ पर टिकाये, उन पाँच कठपुतलियों को घूरते हुए जिनकी परछाइयाँ गुलाबी दीवार पर चल रही थीं, नाच रही थीं।

उसके पीछे हवा के कारण खिड़की से अन्दर आते बारिश के पानी का ढेर बढ़ता गया और अब भी हवा में मौन सवाल और जवाब तैरते रहे। कभी-कभी ज्योतिषी के चेहरे पर त्योरियाँ चढ़तीं और उसका चेहरा गहरा जाता। फिर उसके चौड़े चेहरे पर स्थिर आँखों में धीमे से आई झपकी से ज़ाहिर हो गया कि उसने एक ऐसा उत्तर पा लिया है, जिससे वह संतुष्ट हो गया है। वह वहाँ पौ फटने तक बैठा रहा, फिर खड़ा हो गया और उन पाँच कठपुतलियों की तरफ़ पीठ फेर ली; वे कमरे के एकांत में छोड़ दी गयीं जहाँ वो फाँसी पर लटके पाँच आदमियों की तरह सूली पर लटकती रहीं।

ज्योतिषी क्षण भर के लिए सकुचाया, फिर सीढ़ियों से तेज़ी से नीचे उतरा, सामने के दरवाज़े से बाहर निकला और भोर होते-होते उस कोच हाउस की तरफ़ चल पड़ा जहाँ बार्सुत को रखा गया था।

बारिश थम चुकी थी, बादल बिखर गये थे और नीले आकाश में पीले चाँद का एक टुकड़ा नज़र आ रहा था।

रहस्योद्घाटन

जब ये सब हो रहा था तो लॉस मर्सिडीस के पागलखाने में एर्गुएता जो महसूस कर रहा था उसने बाद में उसे 'परमात्मा से मिलन' का नाम दिया। यह इस तरह से हुआ।

वह वार्ड में तड़के ही जाग गया। चाँद की किरण ने उसके बिस्तर के सामने वाली सफ़ेद पुती दीवार पर एक नीला आयत बना दिया था। खुली खिड़की की लकड़ी की सलाखों के फ्रेम से आसमान झाँक रहा था, मेथाइलिन में डूबे प्लास्टर जैसा सूखा नीले पाउडर-सा। सलाखों के बीच से सुदूर एक सितारे की रौशनी झिलमिला रही थी। एर्गुएता ने अपनी नाक को ज़ोर से खरोंचा। वह कोई ख़ास परेशां नहीं था। वह समझ रहा था कि वो पागलखाने में है लेकिन 'ये ऐसी बात थी जिससे उसका कोई वास्ता नहीं था'।

वह इस बात से चिंतित था कि हो सकता है कि उन्होंने उसकी आत्मा को कैद कर लिया हो, लेकिन वास्तव में ये उसका शरीर था जो उस पागलखाने में कैद था, नब्बे किलो का शरीर,जिसे, अब उसे बहुत शर्म के साथ याद आया, वह कई वेश्यालयों में घसीट कर ले गया था। खुद को न रोक पाते हुए, उसने एक बार फिर उस सर्कस को देखा जो उसका लम्पट जीवन रहा था। उसकी आत्मा का उसके हाड़-मांस के आवेगों से क्या लेना-देना था?

उसके लिए ये इतनी स्पष्ट-सी बात थी कि उसे हैरानी हुई कि आखिर डॉक्टरों ने अब तक ये क्यों नहीं समझा?

एर्गुएता अपनी इस खोज पर खुश हुआ। अब वह एक मनुष्य नहीं बल्कि एक आत्मा था, 'एक आत्मा का विशुद्ध एहसास'। उसके हाड़-मांस की संरचना में इस अनुभूति की रूपरेखाएँ स्पष्ट तौर पर परिभाषित थीं ठीक उसी तरह जैसे अनंत नीले आकाश में बादल।

उसे ख़ुशी और हल्कापन महसूस हुआ। पिछली रातों में उसे ये विश्वास हो गया था कि वो अपना शरीर छोड़ सकता है, उसे कपड़ों की तरह उतार कर। एकाएक हुए इस विश्वास ने उसे हल्का-सा भयभीत भी कर दिया था। कुछ निश्चित पलों में उसे ये एहसास भी हुआ था कि वो सिर्फ़ अपनी आत्मा के ऊपरी हिस्से के ही संपर्क में था और मानो वो किसी बहुत तेज़ चलती लिफ़्ट से नीचे की तरफ़ आ रहा हो।

उसे अपने शरीर को पूरी तरह छोड़ने का भी डर था। अगर वो नष्ट हो गया, तो फिर वह वापस अपने शरीर में कैसे आएगा? वो नर्स भी दुष्ट लगता था और हालाँकि एर्गुएता निश्चित होना चाहता था कि वो उसके शरीर को नष्ट नहीं करेगा, उसे इस नर्स पर भरोसा नहीं था। लेकिन एक बार जब वो उसके बारे में अपनी इस पहली धारणा से उबर आया, तो एर्गुएता को वो नर्स, एक कमज़ोर बच्चे जैसा लगने लगा, हालाँकि इससे वो नर्स, एर्गुएता को अपने नब्बे किलो वज़न को सँभालते देख हँसने से नहीं रोक पाया। वो नहीं जानता था कि एर्गुएता जहाँ चाहे वहाँ जा सकता है...लेकिन नहीं...वह खेल नहीं खेलना चाहता था। उसकी भलमनसाहत उसे ऐसा नहीं करने देती। और ये अनुभव करना कितना सुन्दर था कि वो दानशीलता से इतना भरा हुआ है! उसकी करुणा संसार पर ऐसे छा गयी जैसे बादल शहर की छतों पर छा जाते हैं।

उसको लगा उसका शरीर—जैसे बहुत नीचे पड़ा हुआ था।

अब वो उसे ऐसे देख सकता था मानो वो एक संदूक की तली में लेटा हुआ है : वो परछाइयों के किनारों पर गलियाँ नीली रौशनी से चमक रही थीं; रेलवे की हरी बत्तियाँ मंद-मंद दिखाई पड़ रही थीं; फिर अंतरिक्ष उसमें ऐसे प्रवेश कर गया मानो स्पंज में समुद्र और समय का अस्तित्व समाप्त हो गया।

ख़ुशी की उड़ान में एर्गुएता अपने आप में शांत था, किसी बाहरी शक्ति से प्रेरित अच्छाइयों का एक स्रोत। वह ऐसे खुश हो उठा जैसे एक सूखी झील आसमान से बारिश के आने पर हो जाती होगी।

और जब वो उदारता के साथ पृथ्वी को देखने के लिए मुड़ा, उसने उसे हरे गोल किनारों के साथ देखा जिन पर नीले ईथर की परत चढ़ी हुई थी। और वो ये दृश्य देख कर अवाक् रह गया, वह सिर्फ़ इतना ही कह सका, ''शुक्रिया...हे भगवान, आपका शुक्रिया।''

उसे उत्सुकता का कोई आवेग महसूस न हुआ। एक समर्पण के बोध ने उसकी विनम्रता को और भी सबल कर दिया।

आकाशीय क्षेत्र में उसे अचानक एक चट्टानी पहाड़ी दिखी। हालाँकि रात का वक्त था लेकिन वो चट्टानें एक सुनहरी प्रकाश से दमक रही थीं। और दूर से दिखती नीलिमा इन सुनहरी ऊँचाइयों से गहरी तंग घाटियों में गिर रही थी। अब वह फिर अपने शरीर में आ गया और सावधानी से आगे चलने लगा...उसके बाज़ जैसे नाक-नक्श में उसकी क्रूर आँखें एकदम स्थिर थीं।

बेशक वह चिंतित हो सकता था,क्योंकि उसका शरीर कई बार पाप की खोह में गिर चुका था, और वह जानता था कि वर्तमान में गंभीर भाव होने के बावजूद उसके चेहरे पर एक ठग के लक्षण थे। बिलकुल उन ठगों की तरह जिनकी बचपन में अपने गरीब पड़ोसियों के गैंग के साथ वह नक़ल किया करता था।

फिर भी उसकी आत्मा क्षमा-दान खोज रही थी और इतना ही काफ़ी हो सकता था, हालाँकि वो विस्मय से ये कहे बगैर न रह सका, ''लॉर्ड मेरे बारे में क्या कहेंगे? मैं उनके सामने जाने की हिम्मत कैसे कर सकता हूँ?'' जब उसने नीचे अपने जूतों की तरफ़ देखा तो ये एहसास हुआ कि उन्हें पॉलिश की सख्त ज़रूरत थी, वह और भी डर गया।

''मैं जैसा दिखता हूँ, इस बारे में भगवान क्या कहेंगे; जब वो देखेंगे कि मैं जुआरी और दलाल हूँ? वो मुझसे मेरे पापों के बारे में पूछेंगे...उन्हें वो सब धोखाधड़ी याद होगी जो मैंने की है...और मैं उन्हें कैसे जवाब दूँगा...कि मैं नहीं जानता था... लेकिन ये मैं कैसे कह सकता हूँ जबकि सभी फ़रिश्तों के पास अपने अस्तित्व के सुबूत छोड़े थे?''

उसने एक बार फिर अपने गंदे, घिसे हुए जूतों की तरफ़ देखा।

''वो मुझसे कहेंगे, 'यहाँ तक कि तुम एक बुद्धू भी हो गए हो...एक गंदे से आवारा शख्स : तुम, जो यूनिवर्सिटी पढ़ने के लिए गए...। तुमने घोड़ों पर जुआ खेला, तुमने उस अनश्वर आत्मा को, जो मैंने तुम्हें दी थी, उसे तमाम व्यभिचार में कलंकित कर दिया, तुम अपने गार्डियन एंजेल तक को एक के बाद एक वेश्यालय में घसीट ले गए, जबकि वो तुम्हारे लिए रोता रहा और तुम अपने लार टपकाते मुँह को गंदी घृणित बातों से भरते रहे'...और सबसे बुरी बात तो ये है कि मैं एक भी बात से इनकार नहीं कर पाऊँगा...मैं अपने पापों से कैसे इनकार कर सकता हूँ? ओ मेरे भगवान, क्या झमेला है!''

उसके सिर के ऊपर आसमान एक नीले प्लास्टर की गुम्बद की तरह लग रहा था। सुदूर ग्रह अपनी धुरी पर संतरों की तरह घूम रहे थे और एर्गुएता ने विनम्रतापूर्वक ऊपर सुनहरी चट्टानों को देखा।

और वो एकाएक बहुत परेशान हो गया। सिर उठा कर जो उसने देखा तो बायीं तरफ़ दस कदम से भी कम दूरी पर ईश्वर के बेटे, हमारे लॉर्ड जीसस क्राइस्ट खड़े थे। एक आसमानी लबादे में ढँके नाज़ारेथ के वासी ने अपना दुर्बल चेहरा उसकी तरफ़ मोड़ा। एक शांत बादामी आकार की आँख चमकी।

एर्गुएता बेहद असमंजस में पड़ गया—वो झुक नहीं सकता था, क्योंकि 'एक सम्मानीय पुरुष कभी अपनी पीठ नहीं झुकाता,' और वो एक यहूदी बढ़ई के सामने कभी झुकेगा भी नहीं। मगर फिर भी उसे अपने भीतर उसकी आत्मा को चीरती एक सिसकी महसूस हुई, और उसने हाथों को विनय में बाँध कर अपनी बाहें उस मौन ईश्वर के सामने खोल दीं।

उसने अपने अधम अस्तित्व को ईश्वर के प्रति श्रद्धा और समर्पण से सराबोर महसूस किया।

चट्टान पर बैठे जीसस की तरफ़ एर्गुएता चुपचाप देखता रहा। उसकी आँखें आँसुओं से लबालब थीं। उसे इस बात का अफ़सोस था कि वहाँ कोई लड़ने के लिए नहीं था, ताकि वो ईश्वर के प्रति अपने महान प्रेम को व्यक्त कर सके और आख़िरकार वह मौन इतना असहनीय हो गया कि उसने अपनी डरा देने वाली हैरानी पर काबू पाकर विनम्रतापूर्वक कह ही दिया, ''मैं जो हूँ, उससे अलग होना चाहता हूँ। लेकिन हो नहीं पाता।''

जीसस ने उसे देखा।

''मेरा यकीन मानिए...मुझे ये बताना इतना मुश्किल लग रहा है कि मैं आपसे बहुत प्रेम करता हूँ।''

एर्गुएता मुड़ा, तीन कदम दूर चला, फिर वापस मुड़ा और फिर रुक गया।

''मैंने बहुत से पाप किये हैं और बहुत बकवास...बेकार की बातें...मैं पश्चाताप करना चाहता हूँ, लेकिन कर नहीं पाता...मैं चाहता हूँ कि मैं घुटनों के बल झुक सकूँ...आपके पैर चूमने के लिए, आप जो हमारे लिए सूली पर चढ़ गये...। ओह, काश आप जान पाते वो सारी बातें जो मैं आपको बताना चाहता था, लेकिन अब वो सब मेरे दिमाग से निकल चुकी हैं...लेकिन फिर भी मैं आपसे प्यार करता हूँ। क्या मैं ये कह सकता हूँ, क्योंकि यहाँ बस हम दोनों ही हैं?''

जीसस उसे देखते रहे।

जीसस के चेहरे पर एक ताज़ी मुस्कान खिल उठी।

एर्गुएता एक पल के लिए चुप रहा, फिर उसका चेहरा हल्का लाल हो गया और वो शर्मा कर बोला, ''ओह, आप कितने अच्छे हैं! कितने अच्छे! आपने मुझ पर मुस्कुराने की मेहरबानी की, मैं जो एक नीच पापी हूँ...आपने देखा? आप मुस्कुराये। आपके सामने, विश्वास कीजिये, मुझे लगता है मैं एक बच्चा हूँ, सिर्फ़ एक बच्चा। मैं सारी ज़िन्दगी आपकी पूजा करना चाहूँगा, आपका रक्षक बन कर रहना चाहूँगा। अब से मैं दोबारा कोई पाप नहीं करूँगा। सारी ज़िन्दगी आपके बारे में सोचूँगा, और उस पर दुःख टूट पड़े जो आप पर ज़रा भी शक करे...मैं उसका थोबड़ा बिगाड़ दूँगा...''

जीसस उसकी तरफ़ देखते रहे।

तब एर्गुएता के पास जो था उसमें सर्वश्रेष्ठ पेश करना चाहता था, वह बोला, ''मैं आपके सामने झुकता हूँ।'' वह कुछ कदम आगे आया और जब वो जीसस के सामने आ गया, उसने अपना सिर झुकाया, एक घुटना सुनहरी चट्टान पर रखा लेकिन ज्यों ही वो झुकने को हुआ, जीसस ने अपना सूली से छिला हाथ आगे बढ़ाया, उसके कंधे को छुआ और कहा, ''आओ। हमेशा मेरा अनुकरण करो और अब और पाप मत करो, क्योंकि तुम्हारी आत्मा उतनी ही सुन्दर है जितनी कि उन फ़रिश्तों की जो ईश्वर की प्रशंसा के गीत गाते हैं।''

एर्गुएता कुछ कहना चाहता था लेकिन उसने खुद को एक मौन, दौड़ती हुई रिक्तता से घिरा हुआ पाया। एर्गुएता समझ गया कि वह ईश्वर से साक्षात् मिल चुका है। ये स्पष्ट था, क्योंकि जब वह उस अँधेरे वार्ड में उसे पुकारती आवाज़ों को सुनने के लिए मुड़ा, तो एक पागल जो जन्म से ही गूँगा था, हैरानी से चिल्लाया, ''तुम ऐसे लग रहे हो, मानो अभी स्वर्ग से उतरे हो।''

एर्गुएता भी आश्चर्यचकित रह गया।

''तुम्हारे सिर के चारों तरफ़ एक आभामंडल है जैसा कि संतों के हुआ करता है।''

एर्गुएता भयभीत हो गया। उसने अपना सिर पीछे दीवार पर टिका दिया। एक काना पागल, जो अब तक चुप रहा था, अचानक हैरानी से चिल्लाया, ''चमत्कार...। तुम तो चमत्कार कर सकते हो। तुमने उस गूँगे आदमी को ज़बान दे दी।''

उनकी बातचीत से एक तीसरा पागल भी जाग गया, जो सारा दिन अपनी थकी, गन्दी और लापरवाह उँगलियों के बीच जुएँ मारा करता था। उसने अपना दाढ़ी वाला चेहरा एर्गुएता की तरफ़ घुमाया और बोला। ''तुम तो मरे हुओं को फिर जिलाने आये हो...''

''और अंधों को आँखें देने के लिए,'' गूँगे आदमी ने आगे कहा।

''और आधे अंधों को भी,'' एक आँख वाले पागल ने ज़ोर देकर कहा। ''मैं अब इस आँख से भी देख सकता हूँ।'' बहरा-गूँगा पागल अपने बिस्तर पर सीधे बैठ गया और बोलता रहा, ''लेकिन ये तुम नहीं हो जो ऐसा कर रहा है, ये ईश्वर है, जो अब तुम्हारे शरीर में है।''

हक्के-बक्के एर्गुएता ने जवाब दिया, ''ये सच है, भाइयो...ये मैं नहीं हूँ...लेकिन मेरे अन्दर का भगवान् है...मैं एक नीच वेश्यागामी कैसे ये चमत्कार कर सकता हूँ!''

इस पर जुओं का शिकारी जो अपने बिस्तर के किनारे बैठा पैर हिला रहा था, उसने सुझाव दिया, ''तुम एक और चमत्कार क्यों नहीं करते?''

''मैं यहाँ इसलिए नहीं आया, बल्कि जीवित ईश्वर के वचनों का उपदेश देने आया हूँ।''

जुओं का शिकारी अपना एक पैर दूसरे घुटने पर रख कर धृष्टता से बोला, ''तुम्हें एक चमत्कार करना चाहिए।''

गूँगे-बहरे ने अपना तकिया फ़र्श पर रखा, उस पर बैठ गया और घोषणा की, ''मैं एक शब्द नहीं बोलूँगा।'' जो कुछ उसने देखा था उस पर हैरान और अवाक् एर्गुएता ने अपना सिर पकड़ लिया। एक-आँख वाले व्यक्ति ने दोस्ताना तरीके से कहा, ''हाँ, तुम्हें एक मृत व्यक्ति को फिर से जीवित करना चाहिए।''

''यहाँ कोई मृत व्यक्ति नहीं है।''

एक आँख वाला आदमी धीरे-धीरे लंगड़ाते हुए उसके पास आया, उसकी बाज़ू पकड़ी और लगभग घसीटते हुए उसे सामने वाले एक बिस्तर तक ले गया जहाँ एक छोटे से कद का आदमी जिसका सिर गोल था और बड़ी-सी नाक, बिना हिले-डुले पड़ा था।

गूँगा-बहरा उधर आया, होंठ दबा कर बोला, ''तुम देख नहीं सकते कि ये मर गया है?''

''ये आज दोपहर को ही मरा।'' एक आँख वाले ने आगे जोड़ा।

''मैं तुम्हें बता रहा हूँ कि ये मरा नहीं है,'' एर्गुएता गुस्से से चिल्लाया, उसे यकीन था कि ये लोग उसका मज़ाक उड़ा रहे हैं। लेकिन जुओं का शिकारी अपने बिस्तर से कूदा और दूसरे बिस्तर पर जाकर उस गोल सिर वाले छोटे आदमी पर झुक गया। फिर उसने उस लाश को घसीटा इतना कि वो वार्ड के फ़र्श पर धम्म से जा गिरी, दो पलंगों के बीच में अटकी, उसके पैर हवा में थे। पेड़ के दो ठूंठों की तरह जिनकी हाल में ही छँटाई हुई हो।

''अब तो देख सकते हो कि ये मर गया है?''

उनकी रात में पहनने वाली कमीज़ें हवा में फड़फड़ा रही थीं, और ये चार पागल उस लुढ़की हुई लाश को घेरे खड़े थे और चाँद की नीली रौशनी के आयत में उनकी परछाईं पड़ रही थी।

''देखा, वो मर गया है?'' दाढ़ी वाले आदमी ने दोहराया।

''हमारे लिए ये चमत्कार कर दो,'' एक आँख वाले ने एर्गुएता से निवेदन किया, ''हम उस भगवान पर कैसे विश्वास कर सकते हैं, अगर तुम ये चमत्कार नहीं करते तो? तुम्हारे लिए ये क्या है?''

बहरे-गूँगे ने भी अपना सिर तेज़ी से हामी में हिलाया, एर्गुएता को उकसाने के लिए। एर्गुएता गंभीरता से उस लाश पर झुका और वो जीवनदायी शब्द बोलने ही वाला था कि उसकी आँखों के सामने कमरे की दीवारें तेज़ी से घूमने लगीं, उसके कानों में एक अँधेरी घनी हवा गूँजने लगी और उसे इतना ही वक्त मिला कि वो उन तीन पागलों को देख सके जिनकी परछाईं कमरे की दीवार पर नीली चाँदनी के आयताकार में पड़ रही थी और उनकी कमीज़ें हवा में फूल कर फड़फड़ा रही थीं, और वह इस चक्कर खाते अँधेरे में बेहोश हो कर गिर पड़ा।

आत्महत्या

लगभग आधे घंटे तक एर्दोसैन हिपोलिता के पैरों में पड़ा रहा। उसकी मौजूदा उनींदी हालत में उसके पहले के जज़्बात धुँधले पड़ गए। उसे लगा कि वो दिन भर में जो हुआ था, उससे बहुत दूर है। पीड़ा और विरोध उसके दिल में ऐसे जम गई थी जैसे धूप में मिट्टी जमकर सख्त हो जाती है। फिर भी वह वहाँ बिना हिलेडुले पड़ा रहा, थकान की वजह से सोने की इच्छा करते हुए। और वह बहुत व्यग्र महसूस कर रहा था। उसका एक बड़ा डर, खुद को एक भटके हुए भूत की तरह ग्रेनाइट...की बगल में खड़ा पाने का डर अँधेरे और धुँध को चीर रहा था। ग्रे पानी अलग-अलग दिशाओं में घूमती परतें बना रहा था। लोहे की परत चढ़ी मछली पकड़ने वाली नावें बहुत से अनजान लोगों को सुदूर जगहों तक ले जा रही थीं। मर्दों को रिझाने के लिए सजी-धजी नखरीली एक औरत थी; उसने हीरे का नेकलेस पहना था और शराबघर की मेज़ पर वो अपने सजे हुए हाथ पर सिर टिकाये बैठी थी। जब वो बात कर रही थी तो एर्दोसैन ने अपनी नाक को खुजाया। जब उसने इसकी वजह ढूँढी तो एर्दोसैन को याद आया कि घुटने तक की ड्रेस पहने चार लड़कियाँ आई थीं, उनका मैला-कुचैला स्ट्रॉ हैट उनके लम्बोतरे चेहरों को ढँके था। उसके पास से गुज़रते हुए उन्होंने अपना टिन का कप आगे फैला दिया था और एर्दोसैन सोचने लगा, 'क्या वो इस तरह भीख माँग कर अपने गुज़ारे लायक कमा लेती हैं?' तब ठोड़ी के नीचे हीरे पहने हुए उस भड़कीली औरत ने जवाब दिया कि हाँ, वो चार लड़कियाँ भीख माँग कर ही अपना गुज़ारा करती हैं, और उसने अपनी बेहद आकर्षक आवाज़ में एक रूसी राजकुमार की कहानी सुनानी शुरू कर दी, जिसके जीवन का तौर-तरीका उन चार लड़कियों के जीवन के साथ किसी भी तरह फ़िट नहीं होता था, चाहे वो कितनी भी कोशिश कर ले। सिर्फ़ तभी एर्दोसैन को एहसास हुआ कि वो क्यों अपनी नाक को खुजला रहा था जब वो शानदार और मोहक औरत बात कर रही थी। जब उसने एक ट्रेन जिसके सारे शटर बंद थे पर चढ़ते हुए अनगिनत लोगों की भीड़ को वापस मुड़ कर देखते हुए देखा तो उसकी उदासी और भी बढ़ गयी। किसी ने रास्ते में आने वाले स्टेशनों और जहाँ जाना है उन जगहों के बारे में नहीं पूछा। पटरियों से बीस गज की दूरी पर एक धूल का काला रेगिस्तान फैला हुआ था। एर्दोसैन लोकोमोटिव को तो नहीं देख पाया, लेकिन ब्रेक लगने पर उसने ज़ंजीरों की खड़खड़ाहट सुनी। वह दौड़ कर उस तक पहुँच सकता था, सीढ़ियों पर चढ़कर आख़िरी गाड़ी के प्लेटफ़ॉर्म पर एक पल

खड़ा रहकर ट्रेन को तेज़ी से जाते हुए देख सकता था। अब भी उसके पास वक्त था इस बदरंग अकेलेपन से निकल जाने का जिसमें अँधेरे और उदास शहर तक नहीं थे...। लेकिन अपनी हताशा के पंजों में जकड़ा हुआ वो खड़ा रहा, उसका गला रुँद्ध गया था और उसने आख़िरी ट्रेन जिसकी सारी खिड़कियाँ बंद थीं, को जाते हुए देखा।

जब उसने ट्रेन को मुड़ते हुए एक कोहरे की-सी दीवार में चले जाते देखा तो उसे एहसास हुआ कि राख से भरे इस रेगिस्तान में अब वो बिलकुल अकेला है कि अब वो ट्रेन कभी वापस नहीं आएगी, अपना मुँह फुलाए हुए आगे ही आगे लुढ़कती जाएगी, और इसकी खिड़कियाँ भी कस के बंद ही रहेंगी।

उसने धीरे-धीरे हिपोलिता की गोदी से अपना सिर उठाया। बारिश बंद हो चुकी थी, उसके पैर ठण्ड से जम से रहे थे और जोड़ों में दर्द हो रहा था। उसने सोती हुई औरत के चेहरे को देखा जो दरवाज़े की दरारों से आती दिन की हल्की रौशनी में लगभग नहीं दिख रहा था, वह जितनी सावधानी से उठ सकता था, उठा। वो घोड़े से चेहरों और सूखी घास से बालों वाली चार लड़कियाँ अब भी उसके साथ थीं। उसने सोचा, 'मुझे खुद को मार डालना चाहिए...' लेकिन फिर सोती हुई औरत के बालों की लाल चमक ने उसके विचारों को और भी भयावह मोड़ दे दिया। "वह ज़रूर निर्दयी रही है। और मैं उसे मार सकता हूँ..." उसने अपनी जेब में रखी पिस्तौल के हत्थे को छुआ। "बस सिर में एक गोली। गोली स्टील की बनी है, वो एक छोटा-सा छेद करेगी। बेशक, उसकी आँखें बाहर निकल आएँगी और शायद उसकी नाक से खून बह निकले। बेचारी! उसने ज़रूर बहुत कष्ट भोगे हैं। लेकिन मुझे यकीन है कि वह बेरहम है।"

एक छिपे हुए द्वेष ने उसे उस औरत पर झुकने को प्रेरित किया। जितनी देर वह उसे सोता देखता रहा, उसकी अभिव्यक्ति उतनी ही हिंसक और जुनून भरी हो गयी। अपनी जेब में उसने पिस्तौल को महसूस किया और उसे चलाने के लिए तैयार किया। तब दूर तूफ़ान की तेज़ गड़गड़ाहट सुनाई दी और जो अजीब पागलपन उसके दिमाग पर सवार था वो ख़त्म हो गया। एर्दोसैन ने बहुत सावधानी से, चुपचाप अपना कोट उठाया, दरवाज़े के दोनों पल्लों को बहुत सावधानी से बंद किया ताकि उनके चरमराने की आवाज़ न आए और उस कमरे से बाहर निकल गया।

जब वो सीढ़ियों के नीचे पहुँचा तो उसे ये महसूस कर तसल्ली हुई कि उसे भूख लगी थी। वो धीरे-धीरे स्पिनेत्तो मार्किट में लगी बहुत-सी ग्रिल किये हुये पकवानों की दुकानों की तरफ़ चल पड़ा।

चाँद पर जामुनी बादलों की एक हल्की परत चढ़ी थी और इस चाँदनी में सड़कें और फुटपाथ ऐसे लग रहे थे जैसे एक जिंक की चादर से ढँके हों; पानी और कीचड़ के छोटे-छोटे गड्ढे ऐसे चमक रहे थे मानो उनमें चाँदी के सिक्के छिपे हों, गटर में बारिश का

पानी हल्की गड़गड़ाहट के साथ घूम रहा था, ग्रेनाइट के किनारों को छूते हुए। सड़कें इतनी गीली थीं कि लग रहा था मानो अभी-अभी इन पर सीसे को पिघलाया गया है।

एर्दोसैन इमारतों की पंक्तियों के बीच पड़ती परछाइयों को चकमा देते हुए चल रहा था। बारिश की सीली हुई गंध से सुबह के एकाकीपन में समुद्र के आस-पास फैली निर्जनता का एहसास हो रहा था।

इसमें कोई शक नहीं था कि एर्दोसैन ठीक दिमागी अवस्था में नहीं था। वह अब भी उन चार घोड़े जैसी शक्ल वाली लड़कियों और लोहे की लहरों वाले समुद्र को लेकर चिंतित था। पीले रंग से रंगे एक कैफ़े के दरवाज़े से जले हुए तेल के धुएँ की बदबू सी उठ रही थी, जिससे एर्दोसैन को मितली आने लगी, और इसलिए, अपना मन बदलते हुए उसने एक वेश्यालय में जाने का निश्चय किया जो पासो में था और उसे याद था। जब वो वहाँ पहुँचा तो उसका दरवाज़ा अभी बंद था, तो, उसे समझ नहीं आया कि क्या करे, ठण्ड से काँपते हुए, और मुँह में कॉपर सल्फ़ेट जैसे कड़वे स्वाद के साथ वह करीब के ही एक कैफ़े में चला गया जिसने अभी-अभी अपना शटर खोला था। बहुत देर इंतज़ार करने के बाद उन्होंने उसे चाय दी, जिसका कि उसने ऑर्डर किया था।

वह उस सोती हुई औरत के बारे में सोचने लगा। उसने अपनी आँखें आधी बंद कर लीं, सिर पीछे दीवार पर टिका लिया और अपनी तीव्र हताशा के सामने हथियार डाल दिए।

उसे अपने लिए दुःख या कष्ट नहीं हो रहा था, उस शख्स के लिए नहीं जिसका नाम उसके जन्म के प्रमाणपत्र पर था, बल्कि उसकी चेतना उसके शरीर से अलग होकर उसे एक अजनबी की तरह देखने लगी और उसने खुद से कहा, ''इस मानवता पर कौन दया करेगा?''

और ये शब्द, जो उसके सारे विचारों का सार तत्व से थे उसे और भी परेशान कर गये। वो अपने अदृश्य साथी मनुष्यों के प्रति एक दर्द भरी कोमलता से सराबोर हो गया।

''गिरते...हमेशा नीचे गिरते हुए। और फिर भी दूसरे लोग खुश हैं, उन्हें प्रेम मिल जाता है—लेकिन वो सब कष्ट भोगते ही हैं। बात ये है कि कुछ को इस बात का एहसास होता है, कुछ को नहीं। कुछ लोग इसका दोष उन सब चीज़ों पर मढ़ देते हैं जो उन्हें मिली नहीं। वो कितना हास्यप्रद सपना था! मगर उसका चेहरा प्यारा था। और जो उसने उस ऐयाश राजकुमार के बारे में कहा, वही सबसे ज़्यादा अर्थ रखता था। ओह, काश मैं समुद्र की तली में एक सीसे के चैम्बर में सो पाता। साल-दर-साल सोता रहता जबकि धूल चारों तरफ़ जमती रहती, और मैं सोता रहता। यही वजह है कि ज्योतिषी सही बात कहता है। एक ऐसा दिन आएगा जब लोग खुद क्रांति कर देंगे, क्योंकि उनके पास कोई भगवान नहीं होगा। जब तक भगवान प्रकट नहीं होता, मनुष्यता हड़ताल पर जाने की घोषणा कर देगी।''

साइनाइड की कड़वी गंध तैरते हुए उसके नथुनों में आई; अपनी अधखुली आँखों

से वो सुबह की दूधिया रौशनी को हल्का-सा देख सकता था। लेकिन उसे ऐसा लगा कि वो बहुत दूर है मानो समुद्र की तली में और उसकी सीसे की बनी झोंपड़ी के ऊपर मिट्टी लगातार इकट्ठी होती जा रही है। किसी ने उसके कंधे को थपथपाया, ''आप यहाँ सो नहीं सकते।''

वह जवाब देने ही वाला था कि वेटर दूसरे ग्राहक को जगाने के लिए चला गया। ये एक भारी-सा आदमी था जो अपनी बाज़ुओं पर सिर रख कर सो गया था, उसके बाज़ू मेज़पोश पर एक के ऊपर एक रखे थे।

सोते हुए शख़्स ने वेटर के अनुरोध और बार-बार कहने पर कोई प्रतिक्रिया नहीं की तो कैफ़े का मालिक जिसकी बड़ी-बड़ी मूँछें थीं, वहाँ आया और उस आदमी को इतनी ज़ोर से हिंसक तरीके से हिलाया कि बस मेज़ के किनारे ही उसे गिरने से बचा पाए।

कुतूहल से एर्दोसैन उठ खड़ा हुआ, जबकि वो दोनों एक-दूसरे को अपने इस अजीब ग्राहक के कारण तिरछी नज़रों से देखने लगे।

वो सोता हुआ आदमी अपनी बेढंगी स्थिति से भी नहीं हिला। उसका सिर उसके कन्धों पर झूल गया, जिससे उन्हें उसके फुंसी भरे चेहरे और चश्मे की झलक मिली। उसके हल्के नीले होंठों से लाल-सी लार उसकी हरी टाई पर टपक गयी थी। मेज़ पर उसकी कोहनी के नीचे एक कागज़ दबा था जिस पर कुछ लिखा हुआ था। उनको अचानक एहसास हुआ कि वो आदमी मर चुका है। वे पुलिस को बुलाने चले गये, लेकिन एर्दोसैन अपनी जगह पर ही जमा रहा काले चश्मे में और पूरी त्वचा पर फैलते नीले धब्बों वाले उस भयावह आत्महत्या के दृश्य से सम्मोहित-सा। और अब भी कड़वे बादामों की गंध हवा में फैल रही थी, ज़ाहिर तौर पर ये उसके खुले हुए मुँह से आ रही थी।

एक पुलिसवाला आया, फिर एक सिपाही, उसके पीछे दो पुलिसवाले और एक इंस्पेक्टर। सभी ने उस मरे हुए आदमी को ऐसे थपथपाया, कोंचा, मानो वो कोई बछड़ा हो। पुलिसवाले ने तुरंत इंस्पेक्टर से कहा, ''क्या आप नहीं जानते ये कौन है?''

मरे हुए आदमी की जेब से सार्जेंट ने एक होटल का बिल, कुछ सिक्के, एक रिवॉल्वर, और तीन सील बंद लिफ़ाफ़े निकाले। ''तो ये वो शख़्स है जिसने ताल्काहुआनो में उस लड़की को मारा था?'' उन्होंने उस आदमी का चश्मा उतारा, और अब उसकी आँखें देखी जा सकती थीं, जो चढ़ गयी थीं और उसकी पुतलियाँ बाहर निकल आई थीं, पलकें इतनी लाल मानो वो खून के आँसू रो रहा था। ''मैंने क्या बताया था आपको?'' पहले पुलिसवाले ने कहा। ''ये रहा इसका आई-कार्ड।''

''वह अब हमेशा के लिए उशुआया जाना चाहता था।''

जब उसने ये सुना तो एर्दोसैन को ये कहानी याद आई। इस तरह मानो उसने बहुत

पहले कभी ये कहानी सुनी हो। (दरअसल उसने इस बारे में एक सुबह पहले ही एक अख़बार में पढ़ा था)। मृतक एक ठग था। वह अपनी एक बीवी और पाँच बच्चों को छोड़ कर दूसरी औरत के साथ रहता था, जिसके साथ उसके तीन बच्चे थे। लेकिन फिर दो रात पहले वो ताल्काहुआनो के एक होटल में अपनी नयी प्रेमिका के साथ प्रकट हुआ था, जो सत्रह बरस की नवयुवती थी और सुबह करीब तीन बजे उसने उसके मुँह पर हल्के से तकिया रखा और उसके सिर के एक तरफ़ गोली मार दी। किसी को कोई आवाज़ नहीं सुनाई दी।

अगली सुबह, आठ बजे हत्यारा तैयार हुआ, कपड़े पहने और नौकरानी को बुला कर कहा कि उसकी बीवी को दस बजे से पहले न जगाये क्योंकि वो बहुत थकी हुई थी। फिर वह बाहर चला गया और मरी हुई लड़की का पता दोपहर तक चला।

लेकिन एर्दोसैन को जो बात प्रभावित कर गयी वो ये थी कि इस हत्यारे ने पाँच घंटे अकेले उस मृतक लड़की के साथ बिताये थे, रात की तन्हाई में उसके शव के साथ पाँच घंटे...और ये कि वह उस लड़की को ज़रूर बहुत प्यार करता होगा।

तो क्या उसने भी कुछ घंटों पहले उस लाल बालों वाली औरत के साथ ठीक यही महसूस नहीं किया था। क्या ये एक अचेतन स्मृति थी या ये उस आदमी की आत्महत्या से उसके ज़हन में आ गयी थी जो उसके सामने दोहरा पड़ा हुआ था?

अस्पताल की एम्बुलेंस आ गयी थी और लाश को उसमें चढ़ा दिया गया।

पुलिस ने उससे सवाल पूछे। एर्दोसैन जो थोड़ा–बहुत जानता था उसने बता दिया, फिर वह बाहर सड़कों पर निकल आया, लेकिन अब भी वह कुतूहल से भरा था।

उसे याद आया कि मृतक व्यक्ति की पतलून के पौंचों में कीचड़ लगा था; उसकी कमीज़ गन्दी, मैली–कुचैली थी। इस सबके बावजूद वह उस नौजवान लड़की के प्यार को कैसे जीत पाया, जिसकी उसने हत्या कर दी थी?

तो क्या प्रेम का अस्तित्व है? अपनी दो बीवियों और तमाम बच्चों के बावजूद, बतौर चोर और ठग एक मनहूस ज़िन्दगी होने के बावजूद वह हत्यारा प्रेम जानता था। एर्दोसैन ने उस क्रूर रात में उस हत्यारे की कल्पना की, उस होटल में जहाँ वेश्याएँ आती थीं, और वो लोग जिनके पास कोई नौकरी या काम नहीं था, एक कमरे में जिसकी दीवारों पर से वॉल पेपर उखड़ रहा था, उस लड़की का खून से सना ज़र्द ठंडा चेहरा। शोकग्रस्त पाँच घंटों तक उस लड़की को घूरते हुए बिताना जिसने कुछ ही देर पहले उसे अपनी बाँहों में भरा था। एर्दोसैन इसी दर्दनाक व्यग्रता में प्लाज़ा ओंस तक पहुँच गया।

सुबह के पाँच बजे थे। वह रेलवे स्टेशन के अन्दर गया, चारों तरफ़ देखा और उस वक्त भी उनींदा महसूस करते हुए वेटिंग रूम के एक कोने में रखी बैंच पर गया और सिकुड़ कर बैठ गया।

आठ बजे एक यात्री अपने सूटकेस को घसीटने से जो शोर मचा रहा था, उससे वह जाग गया। उसने अपनी दर्द भरी आँखों को मसला। बादल विहीन आसमान में सूरज चमक रहा था।

वह बाहर निकला और उसने कोन्स्तितुसिओन स्टेशन के लिए बस पकड़ ली।

टेम्परली के प्लेटफ़ॉर्म पर ज्योतिषी उसका इंतज़ार कर रहा था।

ओवरकोट से ढँके उसके भारी शरीर, आँखों तक खिंचा हैट और उसकी झुकी हुई मूँछों से एर्दोसैन उसे तुरंत पहचान गया।

''तुम बड़े फीके से लग रहे हो,'' ज्योतिषी ने कहा।

''मैं फीका-सा लग रहा हूँ?''

''पीले।''

''मैं ठीक से नहीं सोया...और इस पर सुबह-सुबह मैंने एक आत्महत्या देख ली...''

''ठीक है...ये रहा चेक।'' एर्दोसैन ने उसे ठीक से देखा। ये 15,375 पेसोस का चेक था, नकदी देने के लिए—लेकिन चेक पर तारीख़ दो दिन पहले की थी।

''उसने ये तारीख़ क्यों डाली?''

''ये बेहतर लगेगा ना। बैंक क्लर्क को मालूम ही होगा कि अगर चेक खो गया होता तो जब तक तुम चेक वहाँ देते, उसे रोक लिया गया होता।''

''क्या उसने बहुत बहस की?''

''नहीं...वो सिर्फ़ मुस्कुराया। उसे लगता है कि वो हम सबको जेल भेजने वाला है...आह! लेकिन बैंक जाने से पहले तुम नाई के पास जाओ और दाढ़ी बनवा लो।''

''क्या ब्रोम्बर्ग जानता है?''

''नहीं। जब वक्त आएगा तो हम उसे बता देंगे।''

ट्रेन के आने में कुछ ही मिनट बचे थे। एर्दोसैन ने ज्योतिषी से मुस्कुरा कर कहा, ''अगर मैं भाग गया तो तुम क्या करोगे?''

ज्योतिषी ने अपनी मूँछों पर हाथ फिराया और फिर जवाब दिया, ''ये उतना ही नामुमकिन है जितना ये ख़याल कि ये ट्रेन यहाँ नहीं रुकेगी।''

''लेकिन एक पल के लिए मान लो कि ये हो सकता है।''

‘‘मैं नहीं मान सकता। अगर एक सेकंड के लिए भी मैंने ये सोचा तो फिर मैं तुम्हें ये चेक भुनाने के लिए नहीं भेजूँगा...आह! वो कौन था जिसने आज सुबह आत्महत्या की?’’

‘‘एक हत्यारा। अजीब बात है। उसने उस लड़की की हत्या कर दी, जिसने उसके साथ रहने से इनकार कर दिया था।’’

‘‘बेकार कोशिश की।’’

‘‘क्या तुममें खुद को मार देने की क्षमता है?’’

‘‘नहीं...तुम्हें पता होना चाहिए कि मेरा लक्ष्य महान काम करना है।’’

एर्दोसैन ने फिर एक अजीब-सा सवाल पूछा, ‘‘मुझे बताओ, क्या तुम्हें लगता है कि लाल बालों वाली औरतें बेरहम होती हैं?’’

‘‘मैं ऐसा तो नहीं कहूँगा...ये ज़रूर है कि वो ज़्यादा सेक्स वगैरह से परे होती है, इसीलिए जिस ठंडी निगाह से वो हर चीज़ को देखती हैं, उससे एक रूखी और कठोर छाप छोड़ जाती हैं। ‘उदास ठग’ ने मुझे एक बार बताया था कि बतौर दलाल उसने इतने बरस काम किया, लेकिन शायद ही किसी लाल बालों वाली औरत का सौदा किया हो...। बहरहाल, दाढ़ी बनाना मत भूलना, बैंक ग्यारह बजे ही जाना, उससे पहले नहीं। मैं लंच पर तुमसे मिलता हूँ, ठीक?’’

एर्दोसैन ट्रेन पर चढ़ गया, जिसके ठीक पीछे मेजर था, जिसने ज्योतिषी को इशारा कर दिया था कि वो पीछे जा रहा है। एर्दोसैन ने उसे नहीं देखा।

अपनी सीट पर निढाल पड़ा हुआ एर्दोसैन सोचने लगा, ‘कितना असाधारण शख्स है! उसे कैसे पता चला कि मैं उसे धोखा नहीं दूँगा? अगर वो और बातों के बारे में भी उतना ही सही है, तो उसे सफल होने से कोई रोक नहीं सकता।’ फिर ट्रेन के एक ताल में हिलने से, वह एक बार फिर सो गया।

मेजर उसके पीछे ही बैठा था। जब एर्दोसैन बैंक पहुँचा तो उसका दिल ज़ोरों से धड़क रहा था। क्लर्क ने उसे बुलाया तो वह काउंटर की खिड़की तक गया, ‘‘बड़े या छोटे नोट?’’

‘‘बड़े।’’

‘‘यहाँ दस्तखत कर दो।’’

एर्दोसैन ने चेक के पीछे दस्तखत कर दिए। उसे लगा कि अब वो उसके पहचान-पत्र के बारे में पूछेंगे लेकिन क्लर्क, जिसकी बाज़ुओं के आगे के हिस्से में प्लास्टिक कफ़ लगे थे, उसने दस एक हज़ार पेसो के नोट और पाँच 500 के नोट गिने और बाकी छोटे नोट

गिने। एर्दोसैन अन्दर से इतना घबराया हुआ था कि वो तेज़ी से वहाँ से भाग जाना चाहता था, लेकिन उसने धीरे-धीरे सारे नोट गिने उन्हें अपने पर्स में रखा और फिर पर्स को अपनी पतलून की जेब में, और फिर उस पर्स पर पकड़ बनाये हुए बैंक से बाहर निकल आया।

सफ़ेद बादलों के किनारों में से एक पेंचदार आसमान किसी नयी धातु की तरह चमक रहा था। एर्दोसैन खुश था, उसने सोचा कि स्थायी रूप से बिलकुल साफ़ आसमान, जैसा अभी उसके ऊपर था, के नीचे कहीं अद्भुत औरतें भी ज़रूर होंगी। उनके बाल चिकने और चमकदार होंगे, लम्बी पलकों से ढँकी बड़ी बादामी आँखें होंगी। और सुबह की सुगन्धित हवा उठेगी और हर गली-नुक्कड़ तक फैल जाएगी, उन शहरों में जहाँ इमारतें हरे-भरे घास के मैदानों के बीच खड़ी होंगी, पार्क और बालकनी में भरी हरियाली के हिलते हुए पंखों के बीच सर्पिल इमारतें।

ज्योतिषी के चौड़े चेहरे, उसकी झुकी हुई मूँछों से ढँके मुँह के ख़याल से वह और भी संतुष्ट और खुश महसूस करने लगा, अगर वो संस्था सफल हो गयी तो वह अपने इलेक्ट्रो-मैग्नेटिक प्रयोग जारी रख सकता है।

वो एक घातक किरण का आविष्कार करेगा जो एक भयानक लाखों वोल्ट्स की पॉवर वाली जामुनी रंग की किरण होगी जो लड़ाकू जहाज़ों के स्टील को इस तरह पिघला देगी जैसे फ़र्नेस में मोम का बड़ा-सा टुकड़ा पिघल जाता है, और सीमेंट से बने शहरों को ठीकरों में तब्दील कर देगा, मानो उनके नीचे डायनामाइट का एक ज्वालामुखी फूटा हो। वह खुद को ब्रह्माण्ड के स्वामी की तरह देखने लगा। वह सभी शक्तियों के दूतों को सख्त आदेश से बुला रहा था। उसने खुद को एक विशाल काँच की दीवार वाले कमरे में देखा जिसके बीचोंबीच एक गोल मेज़ रखी थी। इस मेज़ के चारों तरफ़ गंजे, कांतिहीन चेहरे वाले बूढ़े राजनयिक सख्त और लगातार चौकन्नी नज़र के साथ अपनी कुर्सियों पर कंधे झुकाए बैठे थे। कुछ अपनी पेंसिल से मेज़ के काँच पर टक-टक कर रहे थे, कुछ चुपचाप सिगरेट पी रहे थे, जबकि हरी वर्दी में एक विशाल-सा नीग्रो, दरवाज़े पर लगे लाल मखमली पर्दों के पास बिलकुल स्थिर खड़ा हुआ था।

और वह! एर्दोसैन, औगुस्तो रेमो एर्दोसैन, पूर्व चीफ़, पूर्व ऋण कलेक्टर खड़ा हुआ। काँच की मेज़ पर उसके शरीर के ऊपरी हिस्से का प्रतिबिम्ब दिखाई दे रहा था, वह डबल-ब्रेस्टेड काली जैकेट में शानदार लग रहा था, उसके दायें हाथ की चार उँगलियाँ जेब में थीं और दूसरे हाथ में कुछ कागज़। वह खड़ा हुआ और उसने राजदूतों की भावहीन शक्लों को ठंडी नज़र से घूरा। एक मज़ेदार सिहरन से उसके चेहरे का खून सूख गया। उसके भीतर अतीत के महान नायक जीवित हो उठे। युलिसिस, देमेत्रिअस, हन्निबाल, लोयोला, नेपोलियन, मुसोलिनी उसकी आँखों में एक जलते हुए चक्र की तरह कौंध गये और फिर एक दूसरी दुनिया के धुँधलके में इस एकाकी पृथ्वी के नीचे डूब गये।

उसके शब्द छोटे-छोटे खण्डों में निकले, स्टील जैसे सख्त और ठोस। इस दृश्य से

मंत्रमुग्ध उसने खुद को एक काल्पनिक आईने में देखा, जीवंत और गौरवान्वित।

वह कुछ शर्तें उन पर थोप रहा था।

राष्ट्रों को अपने जहाज़ों के बेड़ों को सौंपना होगा, हज़ारों तोपों और राइफ़लों के बहुत बड़े भंडार को भी। इसके बाद हर जाति के कुछ सौ लोगों को चुना जायेगा और उन्हें एक द्वीप पर ले जाया जायेगा, बाकी मनुष्यता को नष्ट कर दिया जायेगा। वह अपनी घातक किरण से नगरों को फूँक देगा, खेत-खलिहानों पर झाड़ू फेर देगा और पशुशालाओं और जंगलों को राख में बदल देगा। इसके साथ ही ज्ञान, कला और सौन्दर्य की सारी स्मृति भी हमेशा के लिए खो जाएगी। सनकियों और डाकुओं का एक अभिजात वर्ग जो उतना ही संशयवादी होगा जितना कि वो सभी हैं, सत्ता में आ जायेगा और इसका नेतृत्व वो खुद करेगा। और चूँकि खुश रहने के लिए सभी लोगों को एक आध्यात्मिक झूठ पर अपनी उम्मीदें आधारित करनी पड़ती हैं, वे धर्मगुरुओं को सशक्त करेंगे, और वो कोई भी धर्मविरोधी बात जो मनुष्य के सुख और खुशी के आधार पर इस धर्म सिद्धांत या धार्मिक आस्था की एकता को चुनौती देने वाली होगी, उसे ख़त्म करने के लिए न्यायिक जाँच बिठाई जाएगी। इस तरह से मनुष्यता आदिम समाज वाली स्थिति में पहुँच जाएगी और जैसे मिस्र के राजाओं के समय में था, मनुष्य खेती का काम करेगा। यह आध्यात्मिक झूठ मनुष्यता को वो खुशियाँ वापस दे सकेगा जो तर्कपूर्ण विचार करने की शैली ने उससे छीन ली हैं। उसके शब्द स्टील की छड़ों की तरह हल्की आवाज़ करते हुए लोगों के कानों में पड़े। उसने राजदूतों को बताया, "हमारा शहर, राजाओं का शहर सफ़ेद संगमरमर का होगा, समुद्र के किनारे। ये शहर इक्कीस मील में गोलाकार होगा, और इसमें झीलें, जंगल और ताँबई गुलाबों के गुम्बद होंगे, यह सभी नकली पवित्र पुरुषों, झूठे मसीहाओं, शेखीबाज़ जादूगरों और नकली देवियों के रहने का स्थान होगा। सारा विज्ञान जादू होगा। डॉक्टर फ़रिश्तों के भेष में घूमेंगे और जब मनुष्यों की संख्या बहुत बढ़ जाएगी तो हवा में उड़ते चमकते ड्रैगनों के ज़रिये उन पर एशियाई हैज़े के बैक्टीरिया गिरा कर सज़ा दी जाएगी।"

"मानवजाति का जीवन चमत्कारों में लीन रहेगा और सबसे ज़्यादा, धार्मिक आस्था में सम्पन्न होगा। रात में हम बड़ी-बड़ी सर्च लाइट्स के ज़रिये 'अच्छे और सच्चे लोगों का सीधे स्वर्ग में प्रवेश' कार्यक्रम को बादलों में दिखायेंगे। क्या आप इसकी कल्पना कर सकते हैं? अचानक एक हरी-जामुनी किरण पर्वतों के पीछे से उठेगी, बादल एक बाढ़ बन जायेंगे जहाँ चौंधिया देने वाली हवा बर्फ़ के कणों जैसी तैरती होगी। गुलाबी पंखों वाला एक फ़रिश्ता सीमा को पार कर स्वर्ग के दरवाज़े पर आएगा, और खुली बाँहों से अच्छे और सच्चे व्यक्ति का स्वागत करेगा, जनता के आदमी का, जिसका फटा-पुराना हैट है, लम्बी दाढ़ी है और एक छड़ी है। क्या आप देख सकते हैं, पेशेवर दुष्ट, मुख्य मानवद्वेषी लोगो? क्या देख सकते हो? गुलाबी पंखों वाला फ़रिश्ता पृथ्वी के उस आदमी का स्वागत करता है जो अपना पसीना बहाता है, कष्ट भोगता है। क्या तुम्हें एहसास है कि मेरा ये विचार कितना

बढ़िया है, मेरा ये सरल-सा चमत्कार कितना अद्भुत है? और जनता अपने घुटनों पर झुक कर ईश्वर की पूजा करेगी, और सिर्फ़ हम, उदास लुटेरे, जिनके पास सत्ता है, ज्ञान और अंतिम सत्य, वे ही ये जानेंगे कि ईश्वर और स्वर्ग का कोई अस्तित्व नहीं।''

वह बोलते हुए काँप रहा था।

''हम देवताओं की तरह होंगे। हम मानवजाति के सामने विशाल चमत्कार, नाजुक सौन्दर्य पेश करेंगे। हम उनके सामने एक ऐसे शानदार और यशस्वी भविष्य की सुनिश्चितता प्रस्तुत करेंगे कि सभी धार्मिक गुरुओं के वायदे हमारे झूठे चमत्कारों की असलियत के सामने फीके पड़ जायेंगे। और आखिरकार वह खुश होगा...क्या तुम देख सकते हो, तुम मूर्खों?''

एक लापरवाह राहगीर उससे टकराया और वो उछल कर दीवार की तरफ़ लड़खड़ाया। उसने डरते हुए एक लम्बी साँस ली, जेब में पैसों को कस कर पकड़े हुए। वह एक चीते के बच्चे की तरह उत्तेजित था जिसे ईंटों के जंगल में खुला छोड़ दिया गया हो, और एक फ़ैशन बुटीक के सामने उसने उपेक्षा और तिरस्कार से थूका, ''तुम हमारे होगे, शहर।''

मेजर उसका पीछा कर रहा था।

आँख मारने का इशारा

टेम्परली स्टेशन पर ज्योतिषी उसका इंतज़ार कर रहा था। एर्दोसैन को देख कर वह गर्मजोशी से मुस्कुराया। एर्दोसैन उससे मिलने के लिए लगभग दौड़ पड़ा, लेकिन दूसरे व्यक्ति ने उसकी बाज़ू पकड़ ली और एक पल के लिए उसकी आँखों में देखते हुए खड़ा रहा। फिर उसने कहा, "तो अब तुम्हें तसल्ली हो गयी?"

एर्दोसैन शर्म से लाल हो गया। इस क्षण में एक साथ दो रहस्य उस पर उद्घाटित हुए। एक ये कि ज्योतिषी झूठ नहीं बोल रहा था और दूसरा ये कि उसने खुद को ज्योतिषी के इतने करीब महसूस किया कि वह उससे लगातार बातें कर सकता था, अपनी अकेली, उदास ज़िन्दगी के सबसे अंतरंग ब्यौरे बताते हुए। लेकिन वह बस इतना ही कह पाया, "हाँ, मैं बहुत खुश हूँ।" ज्योतिषी प्लेटफ़ॉर्म पर एक पल के लिए ठहर गया। अचानक फिर गंभीर होकर वो बोला, "तुम जानते हो? हम में से कइयों के भीतर एक सुपरमैन होता है। यह सुपरमैन हमारी इच्छा-शक्ति है जब वह अपनी पूरी शक्ति में आ जाती है। जब वह अपनी सारी नैतिकता भूल कर क्रूर से क्रूर काम ऐसे करती/करवाती है जैसे उसको इसमें आनन्द आ रहा हो।"

"हाँ, तब आप कोई भय या पीड़ा महसूस नहीं करते, ऐसा लगता है मानो आप बादलों पर चल रहे हों।"

"ठीक। और आदर्श स्थिति ये होगी कि इस चिंतामुक्त सहज उग्रता को हम जितने संभव हों उतने आदमियों में जगा सकें। ये हमारा काम है कि हम एक मासूम राक्षस के युग का आरम्भ करें। ऐसा होगा, इसमें तो कोई शक नहीं। ये बस वक्त की बात है और पर्याप्त निर्भीक होने की। लेकिन जब लोगों को ये एहसास हो कि उनकी आत्मा सभ्यता के गर्त में बही जा रही है तो उन्हें अपने डूबने से पहले दिशा बदलनी होगी। समस्या ये है कि अपनी कायरता और ईसाइयत के कारण उन्हें ये एहसास नहीं होता कि वे कितने बेकार और बीमार हैं।"

"लेकिन क्या तुम सब में एक आस्था नहीं जगाना चाहते थे?"

"नहीं, सिर्फ़ जनता में...लेकिन अगर यह असफल हो जाता है तो हम उसकी ठीक

विपरीत नीति अपना सकते हैं। हमने किसी एक सिद्धांत को अंतिम रूप से नहीं चुना है और बुद्धिमानी ये होगी कि हम विपरीत सिद्धांतों और नीतियों को तैयार रखें। एक फ़ार्मेसी की तरह हमारे पास बहुत से विभिन्न प्रकार के झूठ हों और हरेक पर मन और शरीर के विभिन्न रोगों के लेबल लगे हों।''

''तुम जानते हो, मुझे लगता है कि हम में से तुम सबसे ज़्यादा पागल हो, जैसा कि कल बार्सुत ने कहा था?''

''जिसे पागलपन के नाम से जाना जाता है, दरअसल बस एक सोचने का तरीका है जिससे ज़्यादातर लोग परिचित नहीं होते। देखो, अगर वो दरबान तुम्हें अपने वो सब ख़याल बता दे जो उसके दिमाग में आते हैं तो तुम उसे पागलखाने में भर्ती कर दोगे। बेशक, हम जैसे बहुत से नहीं हो सकते...ज़रूरी बात ये है कि हमारे कामों से हमें ताज़ा ताकत और ऊर्जा मिलेगी। इसी में हमारी मुक्ति है।''

''और बार्सुत का क्या?''

''उसे इसका कोई अंदाज़ा नहीं है कि उसका क्या हश्र होने वाला है।''

''तुम ये कैसे करोगे?''

''ब्रोम्बर्ग उसका गला घोंट देगा...मैं नहीं जानता, इससे मेरा कोई वास्ता नहीं।''

फिर वे दोनों चमकती धूप में कीचड़ के गड्ढों को टापते हुए चलने लगे। एर्दोसैन ने खुद से कहा, ''हमारा शहर, राजाओं का शहर सफ़ेद संगमरमर का होगा, समुद्र के किनारे बसा हुआ...और हम देवताओं की तरह होंगे।'' इस पर वो अपने साथी की तरफ़ मुड़ा, उसकी आँखें चमक रही थीं, और वह उत्तेजना से बोला, ''तुम जानते हो, एक दिन हम लोग देवताओं की तरह होंगे!''

''यही बात तो सामान्य लोग नहीं समझते। उन्होंने अपने देवताओं का कत्लेआम करवाया है। एक दिन आएगा जब वे रास्तों पर चिल्लाते हुए दौड़ेंगे, 'हमें अपने भगवान से प्रेम है, हमें भगवान की ज़रूरत है।' कितने मूर्ख लोग हैं! मुझे समझ नहीं आता कि उन्होंने भगवान् की हत्या कैसे कर दी। लेकिन हम उसे वापस जीवित कर देंगे...हम भव्य, शानदार देवताओं को ईजाद कर लेंगे—सभ्यता के प्रतीक...और जीवन हमेशा के लिए बदल जाएगा!''

''और अगर ये असफल रहा तो?''

''कोई बात नहीं...कोई और आएगा...कोई और आएगा मेरी जगह लेने। यही होना चाहिए। हमें बस ये आशा करनी चाहिए कि ये विचार लोगों की कल्पना में उगे...जिस दिन ये बहुत से लोगों के अंतर्मन में अंकुरित होगा, अद्भुत बातें होंगी।''

एर्दोसैन इस बात पर हैरान था कि वो कितना शांत महसूस कर रहा था।

उसका सारा डर ख़त्म हो गया था और राजदूतों से भरा वो कमरा एक बार फिर उसके मन में आ गया, उन प्राचीन से गंजे सिर, फीके चेहरों और घबराहट से भरी निगाहों वाले राजनयिकों पर उसकी खतरनाक नज़र। खुद पर काबू रखने में असमर्थ वह चिल्ला पड़ा, ''ओह एक अदने से आदमी की गर्दन मरोड़ने के लिए कितना हो-हल्ला, तैयारी!''

ज्योतिषी ने उसे हैरानी से घूरा, ''क्या तुम घबरा गये हो, या तुम एक हाथी की तरह बिना किसी बात के यूँ ही बेचैन हो जाते हो?''

''नहीं, बस इतनी-सी बात है कि मैं अपने उन पुराने-धुराने नैतिक संकोच से इतना आजिज़ आ गया हूँ।''

''तुम सभी बच्चे ऐसे ही हो,'' ज्योतिषी ने कहा। ''एक बिल्ली की तरह जिसे पता नहीं कि वो बाहर जाए या अन्दर आये।''

''क्या मैं उसे मरता हुआ देखूँ?''

''क्या तुम्हें इसमें दिलचस्पी है?''

''बहुत।''

लेकिन जैसे ही वे ज्योतिषी के घर में दाखिल हुए, एर्दोसैन के पेट में एक मरोड़ उठी और उलटी का स्वाद उसके गले में आ गया। वह मुश्किल से खड़ा हो पाया। उसे हर चीज़ एक दूधिया सफ़ेद धुँध में से दिखाई देने लगी। उसकी बाँहें पीतल की तरह बाहर लटकी हुई थीं। और किसी एहसास के बगैर चल रहा था, उसे लगा मानो हवा काँच में तब्दील हो रही थी, मानो उसके पैरों के नीचे की ज़मीन ठंडी उसांस भर रही हो, और रह-रह कर पेड़ों की सीधी पंक्ति उसकी आँखों के सामने टेढ़ी-मेढ़ी नज़र आने लगती। वह थक कर हाँफ़ने लगा, उसका मुँह बिलकुल सूख गया, और वो अपने सूखे हुए होंठों या जलते हुए गले को तर नहीं कर सकता था। सिर्फ़ शर्म का एक एहसास उसे अपने पैरों पर खड़ा रखे था।

जब उसने अपनी अधखुली आँखों से एक बार फिर देखा तो पाया कि वह ब्रोम्बर्ग के साथ कोच हाउस की तरफ़ जा रहा था।

'वो शख्स जिसने दाई को देखा' ऐसे चल रहा था मानो पूरी तरह स्तब्ध हो, उसके मोटे बाल ठीक से कढ़े नहीं थे। उसकी पतलून बेल्ट से ढीली-सी बँधी हुई थी और सफ़ेद कमीज़ का एक छोटा-सा टुकड़ा पतलून की फ्लाई से बाहर निकला हुआ था जो रुमाल की तरह लग रहा था। वह बार-बार अपनी बड़ी-बड़ी जम्हाइयों को मुट्ठी से रोकने की कोशिश कर रहा था। उसका उनींदा, अन्यमनस्क भाव उसके आपराधिक इरादों से मेल नहीं खा रहा था। उसकी आँखें अच्छी थीं, लेकिन भावहीन और गंभीर, किसी मूक जानवर की तरह, जो घनी पलकों से बाहर देखती थीं, इन पलकों की परछाईं उसके लड़की जैसे गोल गालों पर पड़ रही थी।

एर्दोसैन ने उसे घूरा लेकिन ये दूसरा शख्स तो अपने शानदार बेतुकेपन में इतना डूबा हुआ था कि उस पर ध्यान ही नहीं दिया। फिर उसी भावहीनता से उसने ज्योतिषी की तरफ़ देखा जिसने इशारे में सिर हिलाया तो उसने ताला खोल दिया। तीनों आदमियों ने अस्तबल में कदम रखा।

बार्सुत उचक कर खड़ा हो गया। वह बात करना चाहता था। ब्रोम्बर्ग हवा में उछला और लकड़ी से खोपड़ियों के टकराने की आवाज़ हुई। धूप ने धूल पर एक पीला आयताकार रंग दिया था। फ़र्श पर पड़ी आकारहीन ढेर सी घुटी हुई कराहटें उठ रही थीं। एर्दोसैन एक क्रूर आकर्षण के साथ उन दोनों के संघर्ष को देख रहा था कि अचानक, जब ब्रोम्बर्ग अपनी ताकतवर भुजाओं से दूसरे शख्स का गला घोंट रहा था तो उसकी पतलून नीचे खिसक गयी। कमीज़ के नीचे दो गोरे नितम्ब दिखाई देने लगे। कराहटें बंद हो गयीं। हत्यारा अपने शिकार के गले को अपने हाथों से दबा रहा था और एक पल सब कुछ शांत हो गया।

एर्दोसैन बिलकुल स्थिर खड़ा देखता रहा।

ज्योतिषी अपने हाथ में घड़ी लिए देख रहा था। वो सब दो मिनट के लिए बिलकुल स्थिर खड़े रहे, दो मिनट, जो एर्दोसैन को अनंतकाल जैसे लम्बे जान पड़े।

''ठीक है। इतना काफ़ी है।''

ब्रोम्बर्ग जिसकी भौंहों के बाल फूहड़ तरीके से उलझे हुए थे, खड़ा हो गया। अपनी भावहीन नज़रों से बिना किसी की तरफ़ देखे, उसने अपनी पतलून को ऊपर खींचा और जितनी जल्दी संभव हुआ, बेल्ट से उसे बाँध लिया।

फिर वह अस्तबल से बाहर निकल आया। एर्दोसैन उसके पीछे-पीछे चला गया जबकि ज्योतिषी उस व्यक्ति को आख़िरी बार देखने के लिए ज़रा रुका जिसकी हत्या कर दी गयी थी। छत की तरफ़ घूरते हुए बार्सुत फ़र्श पर पड़ा था। उसका जबड़ा ढीला पड़ गया था और उसकी जीभ ऐंठे हुए मुँह से बाहर निकल आई थी।

फिर एर्दोसैन के जाने बगैर एक अजीब बात हुई। घुड़साल के दरवाज़े पर ठहर कर ज्योतिषी मृत व्यक्ति को देखने के लिए पीछे मुड़ा, तो अचानक बार्सुत ने अपना सिर उठाया और उसे आँख मारी।* ज्योतिषी ने अपने हैट के किनारे को एक उँगली से छुआ और फिर बाहर एर्दोसैन के साथ हो लिया, जो फूट पड़ा ''बस इतना ही?''

ज्योतिषी ने उसे दया भरी नज़र से देखा।

''क्या तुमने वाकई सोचा था कि ये थिएटर की तरह होगा?''

''तुम लाश से कैसे छुटकारा पाओगे?''

---

*समीक्षक का नोट : हत्या का झूठा नाटक करने का फ़ैसला ज्योतिषी ने बिलकुल आखिर में लिया था और इस पर बार्सुत से तफ़सील से चर्चा भी की थी।

"हम इसे नाइट्रिक एसिड में गला देंगे। मेरे पास तीन डिब्बे भरे हैं। मगर, विषय बदलते हुए, ताँबई गुलाबों का क्या हुआ?"

"वह बिलकुल सफल रहा। एस्पिला परिवार बहुत खुश है। कल रात ही मैंने उस गुलाब का एक बढ़िया नमूना देखा।"

"ठीक है, फिर। आओ लंच करें...हमने इसके लिए काम किया है।"

जब वो डाइनिंग रूम में गये तो ज्योतिषी को ख़याल आया, "क्या हम अपने हाथ नहीं धोयेंगे?"

एर्दोसैन ने अचम्भे से उसे देखा फिर अपने हाथ उठाये और उन्हें देखने लगा। फिर तीनों जल्दी से शौचालय की तरफ़ गये, अपनी जैकेट उतारीं और नल खोल दिए। एर्दोसैन ने अपनी कमीज़ के बाज़ू ऊपर चढ़ाये और एक साबुन से खुद को अच्छी तरह धोया। फिर उसने अपने हाथ पानी में धोये और तौलिये से अच्छी तरह पोंछा। बाहर निकलने से पहले ज्योतिषी ने कुछ अजीब बात की।

उसने तौलिया लिया और उसे नहाने के टब में फेंक दिया, फिर एक अल्कोहल की बोतल ली और उसे तौलिया पर अच्छी तरह छिड़क दिया। उसने दियासलाई जलाई और एक मिनट के लिए उन दोनों के चेहरे अँधेरे कमरे में तौलिये को जलाने वाली नीली लपटों की रौशनी में चमक उठे। अंत में सिर्फ़ राख का एक छोटा-सा ढेर बचा। ज्योतिषी ने नल खोला, पानी तेज़ी से बाहर निकला और जो शेष था वो सब बह गया। दोनों आदमी वापस डाइनिंग रूम की तरफ़ चल दिए।

एर्दोसैन के चेहरे पर एक विडम्बनापूर्ण मुस्कान आ गयी।

"तो तुम पोंटियस पाईलेट हो, है ना?"

"तुम ठीक कह रहे हो, और बगैर इस बात को जाने ही..."

छायादार भोजन कक्ष से वे बगीचे को देख सकते थे। हनीसकल की कोमल लताएँ खिड़की के नीचे वाले भाग तक आ रही थीं। पारदर्शी से कीड़े नींबू के पेड़ के चारों तरफ़ मंडरा रहे थे और मकान की सफ़ेद दीवारों की छाया मोम जैसे चिकने फ़र्श की गहराइयों पर पड़ रही थी। टेबल क्लॉथ के किनारे चौकोर मेज़ के चौपायों तक आ रहे थे। एत्रुस्कन फूलदान में कारनेशन फूलों का गुच्छा एक अच्छी खुशबू फैला रहा था, लिनन और बोनचाइना बर्तनों की पृष्ठभूमि में चाँदी की कटलरी चमक रही थी। छायाएँ उनके गिलासों की बाहरी रेखाओं को मोड़ रही थीं और उनकी प्लेटों पर त्रिकोणीय आकार में रेंग कर आ रही थीं। परोसने की अंडाकार थाली में लोबस्टर सलाद रखा था।

ज्योतिषी ने गिलास में वाइन भरी। वे चुपचाप खाना खाते रहे। फिर ज्योतिषी अंडा शोरबा, तेल में बनाये गये अस्परागास, चुकंदर का सलाद और आखिर में मछली ले आया।

मिठाई में रिकोता पनीर था जिस पर फल और दालचीनी के टुकड़े सजे थे।

बाद में एर्दोसैन ने उसे पैसे दे दिए। ज्योतिषी ने उन्हें गिना। ''ये लो 3,500। जाओ और अपने लिए कुछ सूट बनवा लो। तुम अच्छे दीखते हो और तुम्हें अच्छे कपड़े पहनने चाहिए।''

''शुक्रिया...लेकिन सुनो...मैं बहुत थका हुआ हूँ। मैं कुछ देर सोना चाहता हूँ। क्या तुम मुझे पाँच बजे जगा सकते हो?''

''बेशक, आओ मेरे साथ,'' और ज्योतिषी उसे उसके बेडरूम में ले गया। थकान से चूर एर्दोसैन ने अपने जूते उतारे, जैकेट को पलंग के पैताने पर टाँग दिया। उसकी आँखें थकान से झपक रही थीं, सीने पर पसीना बह रहा था और फिर उसने कुछ नहीं सोचा।

ज्योतिषी के शटर खोलने की आवाज़ से वह अँधेरे में उठा। वह चौंक कर उठ बैठा जबकि दूसरे शख्स ने कहा, ''आख़िरकार! तुम अट्ठाईस घंटे से सो रहे हो।'' और जब एर्दोसैन इस बात पर यकीन नहीं कर सका तो उसने उस दिन के अखबार लाकर उसे दिखाए, और ये सच था, उसने उन्हें दो दिन पहले देखा था।

अचानक हिपोलिता को याद कर एर्दोसैन बिस्तर से बाहर उछल कर निकला।

''मुझे जाना है।''

''तुम एक मरे हुए आदमी की तरह सो रह थे। मैंने किसी को इस तरह सोते नहीं देखा, इतना थके हुए कि तुम बाथरूम जाना भी भूल गये...ओह, वैसे, तुम्हें वो कैफ़े में आत्महत्या वाली कहानी कहाँ से मिली? मैंने कल शाम और आज सुबह के अख़बार छान मारे। इस घटना का कहीं कोई ज़िक्र नहीं। ज़रूर तुमने इसका सपना देखा होगा।''

''लेकिन मैं तुम्हें उस कैफ़े तक ले जा सकता हूँ।''

''तुमने कैफ़े को भी सपने में ही देखा होगा।''

''शायद...इससे कोई फ़र्क नहीं पड़ता...तो?''

''हर बात को निपटा दिया गया है।''

''हर बात? एसिड का क्या?''

''हम उसे धीरे-धीरे नाले में बहा देंगे।''

''सो, तो वह...''

''मानो उसका कभी कोई वजूद ही नहीं था।''

जब वो एक-दूसरे से विदा ले रहे थे तो ज्योतिषी ने उसे बताया, ''बुधवार को पाँच बजे आना। उस शाम एक बैठक रखी है। एक बना-बनाया सूट लेना मत भूलना और

बाकी को सिलने के लिए डाल देना। तुम्हें ज़रूर आना है। 'सोने का खोजकर्ता' और 'ठग' भी वहाँ होंगे। हम अपने विचारों पर बातचीत करेंगे, और ये मत भूलना कि मुझे तुम्हारी ज़हरीली गैस वाली स्कीम में बहुत दिलचस्पी है। क्लोरीन और फ़ोस्जीन गैस की एक छोटी फ़ैक्ट्री लगाने का प्लान बना लेना। आह, और देखना अगर तुम पता लगा सको कि ये मस्टर्ड गैस क्या बला है। यह हर उस चीज़ को नष्ट कर देती है जो तेल में डूबी या वाटर टाइट न हो।''

फ़ोस्जीन का आधार कार्बन मोनो ऑक्साइड होता है।''

''ज़्यादा वक्त मत लगाओ, एर्दोसैन। एक छोटी-सी फ़ैक्ट्री जो क्रांतिकारी रसायन शास्त्रियों के लिए प्रशिक्षण का माध्यम बन सके। याद रखना, हमारी गतिविधियाँ तीन क्षेत्रों में बँटी हैं। सोने का खोजकर्ता प्रशिक्षण शिविरों का इन्चार्ज होगा, तुम हमारे उद्योग क्षेत्र के मुखिया होगे और हेफनर वेश्यालयों का कामकाज सँभालेगा। अब हमारे पास पैसा आ गया है, अब हमें वक्त ज़ाया नहीं करना चाहिए। तुम्हें काम करना शुरू कर देना है। तुम्हारा क्या ख़याल है अगर हम जर्मनी के क्रूप्प जैसी एक अर्जेंटीनी कहानी बना लें। हमें खुद पर भरोसा करना होगा। हमारी संस्था बहुत-सी हैरत अंगेज़ चीजें सामने ला सकती है। हम अन्वेषक/खोजकर्ता हैं, जिन्हें ये नहीं पता कि वे किस दिशा में जा रहे हैं।* अगर ये है तो!''

एर्दोसैन ने एक सेकंड के लिए उसके चौड़े चेहरे को देखा, हँसा और बोला, ''क्या तुम्हें मालूम है कि तुम लेनिन जैसे लगते हो?''

और इससे पहले कि ज्योतिषी जवाब दे पाता, वो चला गया।

❑❑❑

---

*समीक्षक का नोट : इस उपन्यास के किरदारों की कहानी एक और उपन्यास द *फ़्लेमथ्रोअर्स* में आगे बताई गयी है।